DANS LA MÊME COLLECTION (derniers parus)

José Agustín, *Mexico midi moins cinq.* ♦ Anonyme, XIIe siècle, *La Geste du Prince Igor.* ♦ François Augiéras, Paul Placet, *La Chasse fantastique.* ♦ José Blanco, *Pessoa en personne.* ♦ Michel Bulteau, *New York est une fête.* ♦ Karel Čapek, *La Maladie blanche, R.U.R.* ♦ Maria Judite de Carvalho, *Ces mots que l'on retient, Paysage sans bateaux.* ♦ Jean Chalon, *Une jeune femme de soixante ans.* ♦ John Cleland, *Mémoires de Fanny Hill, femme de plaisir.* ♦ Claude Michel Cluny, *Un jeune homme de Venise, Sous le signe de Mars.* ♦ Isi Collin, *Pan ou l'exil littéraire.* ♦ Mohammed Dib, *Neiges de marbre, Le Désert sans détour, Qui se souvient de la mer.* ♦ James Ensor, *Dame peinture toujours jeune.* ♦ Vilma Fuentes, *Gloria, La Castañeda.* ♦ Maurice Girodias, *L'Affaire Kissinger.* ♦ Maurice Heine, *Luce ou les Mémoires d'un veuf.* ♦ Horace, *Odes, Épodes et Chant séculaire.* ♦ Henry James, *Une vie à Londres, L'Autre Maison, Heures italiennes, Esquisses parisiennes, Le Sens du passé, La Scène américaine, La Maîtresse de M. Briseux, Les Papiers d'Aspern, Le Siège de Londres, Une tournée de visites, Le Point de vue, Le Motif dans le tapis.* ♦ Salim Jay, *Portrait du géniteur en poète officiel.* ♦ Frigyes Karinthy, *Capillaria ou le pays des femmes.* ♦ Jack Kerouac, *L'Écrit de l'éternité d'or.* ♦ Ladislav Klíma, *Les Souffrances du prince Sternenhoch.* ♦ Abdellatif Laâbi, *L'Œil et la nuit, Le Chemin des ordalies, Les Rides du lion, Chroniques de la citadelle d'exil.* ♦ Mohamed Leftah, *Demoiselles de Numidie.* ♦ Pierre Lepère, *L'Âge du furieux.* ♦ Louis Lerne, *Horn.* ♦ Emmanuelle Marie, *Le Paradis des tortues.* ♦ Sophia de Mello Breyner, *Contes exemplaires.* ♦ Francis de Miomandre, *Écrit sur de l'eau.* ♦ Jean-Luc Outers, *La Place du mort.* ♦ Jack Kerouac, *L'Écrit de l'éternité d'or.* ♦ Vitorino Nemésio, *Gros temps sur l'archipel.* ♦ Ramon Pané, *Relation de l'histoire ancienne des Indiens.* ♦ Marcel Paquet, *L'Affaire Socrate, « Merde à Jésus ! ».* ♦ Jean Pavans, *Persée, Sauna, Le Regard du dandy.* ♦ Éric Pessan, *L'Effacement du monde.* ♦ Fernando Pessoa, *Érostrate, Commerce et civilisation, Le Pèlerin.* ♦ Phèdre, *Les Fables.* ♦ Anna Luisa Pignatelli, *Les Grands Enfants, Le Dernier Fief.* ♦ Pindare, *Œuvres complètes.* ♦ Paul Placet, *François Augiéras, un barbare en Occident.* ♦ Marcel Proust, *Petit Pan de mur jaune.* ♦ Eça de Queiroz, *Lettres de Paris, Le Crime du Padre Amaro, Son Excellence, 202, Champs-Élysées.* ♦ Eça de Queiroz et Ramalho Ortigão, *Le Mystère de la route de Sintra.* ♦ Mário de Sá-Carneiro, *Poésies complètes.* ♦ Sénèque, *Les Troyennes.* ♦ Sophocle, *Œdipe roi.* ♦ A. C. Swinburne, *Les Contre-Feux de l'amour.* ♦ Urbano Tavares Rodrigues, *Bâtards du soleil.* ♦ Habib Tengour, *Le Vieux de la montagne.* ♦ Jean-Marc Tisserant, *La Nuit du peyotl.* ♦ Mark Twain, *Trois mille ans chez les microbes.* ♦ Michel Waldberg, *La Boîte verte.*

Minos

collection au format de poche

Cet ouvrage a paru pour la première fois à La Différence en 1996.

Titre original : *La Febre d'or.*

Narcís Oller

La Fièvre de l'or

roman

traduit du catalan et préfacé
par Mathilde Bensoussan

Minos
La Différence

PRÉFACE

par Mathilde Bensoussan

Narcís Oller publia son premier roman, La Papallona (Le Papillon) *en 1882 et eut la chance d'être traduit en français par Albert Savine, et surtout de voir son roman accompagné d'une lettre-prologue fort élogieuse d'Émile Zola, alors au zénith de sa gloire. Ceci eut pour effet d'attirer l'attention du monde littéraire sur le modeste auteur catalan, surtout à Madrid où, jusque-là, la nouvelle littérature de langue catalane n'avait guère eu d'écho.*

Grand admirateur de Zola, Oller fut extrêmement reconnaissant à celui-ci d'accepter de rédiger un prologue, comme le prouve la lettre qu'il lui adressa le 4 avril 1885 – le roman fut publié en français au début de l'année suivante – et que nous transcrivons sans en modifier les fautes de français :

« Monsieur et Maître,

« Au moment où je viens de lire Germinal, *je n'hésite plus à vous écrire. Je devais déjà le faire pour vous avouer mes sentiments de gratitude que je dois en votre inoubliable grâce d'honorer mon roman* Le Papillon *avec un [sic] préface. Malheureusement je ne connais que trop peu la langue française pour vous exprimer, tel que je le voudrais, ma reconnaissance, ainsi que la joyeuse émotion dont j'ai appris de nos amis Savine et Paulovsky votre bienveillante résolution de pousser mon pauvre livre avec votre nom glorieux. Permettez-moi, donc, que je vous répète mes remerciements les plus chauds en vous orant toutes mes amitiés et toutes mes sympathies.*

« Permettez-moi aussi que je vous félicite très ardemment pour votre Germinal. *Moi je ne sais pas qu'est-ce que vous en pensez. Je crois* Germinal *non seulement le premier de vos livres, mais aussi le chef d'œuvre du roman moderne. Il m'a ravi, il m'a accablé, et tout petit et tout humble que je me sens toujours, votre* Germinal *vient de m'amoindrir encore. Et croyez-le bien, mon maître, je ne dis pas ça pour vous flatter ; je l'avoue sincèrement comme je viens de le dire à M. Sardà, le premier de nos critiques actuels, qui est aussi émerveillé de votre* Germinal. *D'ailleurs, je crois bien que, si vous avez en quelque estime mon goût, vous ne pouvez pas en douter. Il y a bien longtemps que vous méritez à mes yeux le titre de chef de l'école moderne ; aujourd'hui j'attends cette consécration même de vos nombreux ennemis. Pardonnez-moi, Monsieur, mon mauvais français et croyez toujours à ma sympathie la plus dévouée ainsi qu'à toute ma gratitude. Narcís Oller. »*

Le français est incorrect, certes, mais il se dégage de cette lettre une si forte impression de sincérité dans l'admiration et la gratitude que Zola en fut touché. Aussi lui répondit-il rapidement, le 16 avril, en le remerciant pour le « bel enthousiasme » manifesté au sujet de Germinal, *et ajoutant que la lettre d'Oller l'avait beaucoup touché, « car je suis un nerveux, toujours dans le doute de mes œuvres. Et cela me rassure, me fait grand bien, lorsque j'apprends qu'un esprit distingué comprend et applaudit mon effort ». Certainement les sentiments exprimés par Oller au sujet de son* Germinal *contribuèrent-ils à lui faire tenir la promesse, faite à Savine, d'écrire une lettre-préface pour* Le Papillon. *Cette préface, véritable article de critique littéraire, prouve qu'il avait soigneusement lu le roman dans la traduction française faite par Savine. Il ne s'agit nullement d'un article de complaisance puisqu'il en signale les défauts – trop de coïncidences, le pathétisme de certaines scènes – mais en loue surtout la profondeur et la vérité des caractères, l'impression de vie et de mouvement qui se dégage de ses descriptions de Barcelone. Il dit, par exemple, que « le milieu est très exact. C'est bien de la vie cruelle, mais vue au travers d'un talent attendri », jugement on ne peut plus juste concernant les premiers romans d'Oller. Il termine affectueusement par : « C'est ce que j'ai senti en lisant* Le Papillon, *et c'est pourquoi j'envoie à Narcís Oller, non l'encouragement d'un précurseur,* mais la poignée de main d'un frère. »

Oller reçut cette préface le 25 octobre 1885 et il s'empressa d'écrire à Zola dès le lendemain pour lui manifester sa gratitude : « Monsieur et cher Maître, Je me hâte d'accepter avec le plus grand charme et la meilleure gratitude cette poignée de main que vous avez la bonté de m'offrir en bon frère. Très obligé que je vous suis je regrette vivement de me voir reclus par l'ignorance de votre langue à exprimer, seulement à demi, l'effet que m'a produit votre lettre sur Le Papillon, *si sincère, si impartiale et si bienveillante. Je n'ai pas le talent d'un Musset mais on voit tout de suite, par exemple, que vous avez bien plus de talent et de cœur qu'un Lamartine. Et ce n'est pas maintenant que je l'apprends, mais j'ai besoin de le constater. Veuillez, Monsieur, recevoir une autre fois l'expression de ma reconnaissance et croyez à toute ma gratitude, à tout mon dévouement, mes mains dans les vôtres. »*

Jusque-là Zola et Oller ne se connaissaient pas personnellement. Ils eurent l'occasion de le faire lors du voyage d'Oller à Paris au printemps 1886. Zola les reçut – Oller, Savine et Yxart, le cousin d'Oller – à son domicile parisien. Après une conversation générale, au moment du départ, Zola demanda à Oller de revenir le voir avant de quitter Paris, entre midi et une heure, et il lui donna une de ses cartes de visite qui devait lui servir de sauf-conduit, car la domestique avait l'ordre de n'introduire personne sans ce sésame, « car autrement je n'aurais même pas le temps d'écrire à mes amis ».

Inutile de dire qu'Oller accepta l'aimable invitation et, avant son départ, il alla, seul cette fois, prendre congé de Zola, avec qui il eut une longue conversation. Zola lui dit qu'il venait de finir L'Œuvre *et qu'il allait continuer, toujours dans la série des Rougon-Macquart, avec* La Terre, *et il ajouta :*

« Et vous, allez-vous bientôt entreprendre un nouveau roman ?

– Je pense faire un roman de bourse.

– Bon ! Un beau sujet !... J'y songe aussi ; mais il me faut étudier encore ce monde-là. Vous le connaissez bien ?

– Rien qu'un petit peu, malheureusement. Mais j'y reviendrai, moi. »

Ainsi, dès le printemps 1886, les deux écrivains songeaient déjà à écrire un roman qui aurait comme sujet principal la Bourse, nouveau phénomène social affectant à l'époque riches et pauvres, atteints de la fièvre boursière, victimes de son mirage de gains fabuleux. Il faudra, cependant, attendre 1890 pour que paraissent, la même année, les deux romans : L'Argent, *de Zola, et* La Febre d'or, *de Narcís Oller.*

Oller, toujours inquiet, manquant de confiance en lui, craignait d'être accusé d'avoir plagié l'auteur français. Craintes tout à fait sans fondement. Si le thème est le même – le krach boursier de Paris qui s'étendit rapidement à toutes les places financières européennes –, la façon dont il est traité est totalement différente : dans L'Argent *nous trouvons quelques monstres tels que Saccard et son fils, victimes de l'hérédité, dans* La Febre d'or *ce sont des êtres humains agités par toutes nos misérables passions : la cupidité, la va-*

nité, la mesquinerie, la jalousie, mais aussi l'amour, l'abnégation, la naïveté, le goût du bonheur... Ainsi le personnage principal, Foix le banquier, est à la fois naïf et roublard, vaniteux et simple... Nous pouvons dire que L'Argent *est, à coup sûr, un roman « naturaliste », tandis que cette comédie humaine qu'est* La Fièvre de l'or, *est sans aucun doute, un roman balzacien qui nous plonge dans la Barcelone du dernier quart du XIX*e *siècle, avec ses us et coutumes, sa misère et sa richesse ; elle apparaît, surtout, comme une ville d'une vitalité explosive qui cherche à se donner un visage moderne et européen. L'esprit qui l'animait alors était,* mutatis mutandis, *le même qu'elle a retrouvé, un siècle plus tard, pour mener à bien les Jeux Olympiques de 1992.*

Première partie

L'ASCENSION

I

Lorsque Josep Rodon arriva au portail d'entrée de la Bourse il fut surpris par le calme qui régnait dans ce grand palais. La cour était déserte, toutes les fenêtres qui donnaient sur elle étaient fermées ; le grand escalier de marbre était propre et solitaire comme pour un jour férié. Il y était entré par le côté du marché des Encants et il allait en sortir de même, quand, du coin de l'œil, il aperçut, au bout du vestibule, la porte qu'il cherchait ; une porte qu'il n'avait franchie qu'une fois dans sa vie, bien des années auparavant, celle de la salle des transactions. Il s'y dirigea, tout en consultant sa montre. Une heure et demie, il était un peu en avance ; la pendule du restaurant l'avait trompé. De cette porte sortait une rumeur sourde, comme d'une église un jour de nettoyage. On nettoyait, effectivement : six ou huit employés mettaient contre le mur quantité de pupitres, rangeaient quelques chaises à droite et à gauche. Rodon s'arrêta un instant sur le seuil, l'esprit encore hésitant et machinalement il s'en retourna par où il était venu. Mais arrivé au grand portail il s'appuya au pied d'une des grandes colonnes qui le flanquent, regarda à nouveau sa montre, sentit que l'air de la rue était humide et retourna à l'intérieur, s'arrêtant à nouveau devant la porte de la salle. La clarté très vive qui entrait du Pla del Palacio, par les larges grilles du côté opposé, l'éblouissait au point de lui faire détourner les yeux. Alors il avança de trois pas dans la salle. Les employés arrosaient et balayaient, faisant se lever un nuage de poussière. Personne ne faisait attention à lui, et Rodon continua d'avancer.

– J'attendrai un moment, se dit-il.

Mais comme la poussière le gênait, il sortit à nouveau dans le vestibule, et il se promena distraitement, jouant avec la chaîne de sa montre tout en songeant :

« L'affaire était excellente, l'occasion pour l'entreprendre tout à fait propice ; Gil Foix, bien choisi pour inspirer confiance. S'il réussissait, adieu l'influence de Cot et de Pinyol ! Tout Vilaniu s'offrirait à nouveau, corps et âme, à Rodon ! »

Et, pensant de la sorte, il trouvait le temps bien long, désireux qu'il était de se trouver au milieu du tumulte de la Bourse, de voir par quel art magique naissaient ces sources de richesse qui par des courants invisibles allaient remplir les caisses du banquier et du rentier, augmentant le crédit de tous, ouvrant des routes et des canaux, et promettant de régénérer la sève de la vieille Europe par des transfusions d'or, le meilleur des toniques pour combattre la pauvreté de cet organisme usé et vétuste. Il n'avait jamais vu fonctionner la Bourse, mais il savait par des journaux et des conversations l'importance de sa force thaumaturgique et aujourd'hui il pénétrait dans son temple avec l'ardent fanatisme du néophyte. « Proposer son plan et le voir accepter ce serait tout un. » C'est pour ça qu'il était impatient et, porté par son désir, il allait et venait de façon désordonnée dans la salle qui n'était jamais prête, il entrait et sortait dans la cour, jetant des regards indifférents aux fortes statues de marbre qui l'ornaient, il sentait et réprimait à la fois l'impulsion de grimper le grand escalier jusqu'au premier étage. Étranger à ces lieux, et donc curieux, il aurait voulu voir où menait cet escalier en forme de Y, quels trésors s'entassaient dans les salles de cet étage, que symbolisaient les matrones au pied de l'escalier ;

mais il était pressé, la Bourse l'attendait, Foix pouvait lui échapper. Et derechef il passait la tête dans la salle, de plus en plus propre, à l'atmosphère plus transparente, mais encore déserte et sonore comme une grosse caisse. La nervosité le poussa encore à y entrer, comme pour prendre son tour et il avança de quatre ou cinq pas à l'intérieur ; alors un des employés le pria de sortir. Le cœur chagrin, Rodon entendit grincer derrière lui la lourde espagnolette.

Peu après, deux inconnus, habillés de façon quelconque, pénétraient dans le vestibule, fumant et discutant avec animation.

– Je te dis que cela ne dépasse pas les deux millions, rétorquait le plus gringalet, parlant très fort en agitant les bras.

Et les deux hommes s'arrêtèrent devant la porte fermée tout en poursuivant leur conversation.

– Deux millions ! s'écria intérieurement l'étranger, les contemplant un instant avec une admiration béate. Ils parlent de millions et personne ne croirait qu'ils aient une peseta !

Mais en s'éloignant il se heurta à de nouveaux individus qui arrivaient peu à peu ; des hommes de tout âge emplissaient la cour et le vestibule, plus ou moins affairés, plus ou moins calmes ; beaucoup lisaient des journaux en fumant ou en se curant les dents, pleines encore de l'arrière-goût d'un déjeuner avalé à la va-vite. La plupart stationnaient autour de cette porte qui ne s'ouvrait pas tandis que d'autres, appuyés contre le mur, continuaient de lire et abandonnaient leurs pieds aux cireurs qui arrivaient avec des vendeurs de journaux et d'allumettes.

À la fin une cloche invisible, au ton nasillard, tinta, et la porte s'ouvrit. Aussitôt tous ces gens se précipitèrent, d'un seul élan, dans la salle et s'emparèrent des chaises à la hâte. Rodon, qui était entré au milieu d'eux, entendit l'agitation causée par ceux qui se ruaient dans la cour intérieure du côté du Pla del Palacio. Et à sa grande surprise, il s'aperçut qu'il était le seul à se promener dans la grande salle. Ceux qui étaient entrés avec lui, disséminés sur les chaises, formaient à l'intérieur un petit contingent. Repris à nouveau par la lecture ils ne parvenaient pas à altérer la quiétude. Tous affichaient sur leur visage l'indifférence de l'homme de métier qui se dirige par habitude à son travail ; une tranquillité que Rodon n'arrivait pas à comprendre.

Alors, tout en marchant, il commença à contempler, avec un recueillement dévot, la grande salle. Les quatre colonnes gothiques qui, avec leurs arceaux très hauts et arrondis, la partagent en trois nefs lui donnaient quelque allure de temple catholique ; cependant dès que le regard tombait sur les murs de pierre artistiquement travaillés, aux moulures Renaissance, le temple devenait protestant. Mais si on suivait des yeux la galerie qui l'entoure plus haut, les grands balcons, les grilles qui l'éclairent des deux côtés, quand on découvrait, là dans les gris des hauteurs les élégants lambris de son plafond, toute impression religieuse s'évanouissait, il ne restait que l'aspect d'une grande salle tout à fait profane, aux proportions majestueuses et aux tons gris très sévères. Sa solide construction, la nudité de ses murs convenaient davantage au sérieux mercantile de nos consuls de la mer, ses fondateurs, qu'à l'ivresse boursière de notre époque. L'Eldorado rêvé par Rodon se révélait être d'une froideur et d'un sérieux inattendus. Il lui semblait impossible que là où tant de millions circulaient on n'en vît briller l'or que dans les fines moulures du lambris. Tous ces trafiquants d'or, aurait-on dit, l'avaient emporté au bout de leurs ongles ou peut-être pour attiser davantage le désir d'en posséder, ils ne le laissaient briller que dans les hauteurs de ce plafond si haut.

Avançant en somnambule Rodon arriva à l'une des entrées vitrées de la cour. Il la franchit. Dans cette sorte de serre en pierre de taille aux grands vitraux bruissait déjà la rumeur de cent conversations. Beaucoup parlaient, tout en fumant, les coudes appuyés sur les corbeilles, d'autres s'accotaient aux murs massifs ou se promenaient. Dans cet endroit, il sembla à Rodon qu'il y avait sur tous les visages bien plus de vivacité que sur ceux de la grande salle. Les yeux étaient souvent pleins de flamme, les moustaches en désordre, les sourcils froncés, les barbes hérissées, les regards avides de joueurs. Une certaine expression dominante sur tous ces visages et dans les mouvements désordonnés de leur corps refrénait le premier mouvement d'attaque. Rodon regarda à travers une des grandes grilles du monumental escalier qui donne sur la place du Pla del Palacio, contemplant un bref instant les voitures et les tramways qui se croisaient sur la grande place. Alors il se remémora avec tristesse son passage dans ces lieux, avant la révolution[1], quand on l'emmena, prisonnier, à la Ciutadella. Des souvenirs amers s'emparèrent de lui : il se souvenait de tous les épisodes, de ses conspirations, de toute l'histoire de Galceran, son ancien rival ; de toute la puissance qu'il avait obtenue à Vilaniu jusqu'en 1873, où il fut vaincu par Cot, un fédéral, et laissé de côté, pour voir encore tomber Cot et monter Pinyol, partisan enthousiaste de Canovas, alors en pleine gloire. « Que de changements en quatorze ou quinze ans ! Des luttes, des complots, la prison, des persécutions, des victoires, le caciquisme, la défaite, la république, la guerre civile, la restauration de la monarchie, la moitié des propriétaires terriens de Vilaniu installés à Barcelone ; lui, veuf, remarié avec Montserrat Montellà. Que de revirements, que de renversements ! »

---

1. Révolution de 1868 qui vit la chute de la reine Isabelle II. *(Toutes les notes sont de la traductrice.)*

Et il se remit à songer à la perte de son prestige et, au milieu de son amertume, il trouva très raisonnable, pour restaurer son pouvoir, le plan qui le faisait venir là. « À chaque époque son combat. La Bourse, aujourd'hui, était le club d'hier, l'argent. S'il réalisait son plan il redeviendrait l'homme important de Vilaniu, bien plus sûrement qu'en attendant l'avènement de Sagasta, le chef de son parti : l'époque s'était monétisée, la Bourse régnait sur le monde. »

À ce moment-là la cloche invisible, ... ding, dong, ding, dong !... recommença à l'assourdir de sa voix nasillarde. Des vociférations s'élevèrent aussitôt autour des corbeilles, où s'étaient déjà penchés les joueurs en double et triple rang. La négociation des trésors commençait ; dans une corbeille les valeurs de l'extérieur, les ex, comme disaient ces hommes avares de paroles, dans l'autre celles de l'intérieur. L'homme de Vilaniu, sans s'en rendre compte, se trouva pris au milieu de la ruche qui essaimait là : le vacarme était inégal, tonitruant, truffé de voix isolées qui s'élevaient çà et là, des balustrades des corbeilles, devant, derrière, d'un côté et de l'autre sans ordre ni harmonie, avec des hauts et des bas ; algarades terribles qui éclataient comme des flambées de poudre, longues pauses calmes au milieu desquelles s'échappait d'un ton somnolent, le chant venimeux et continu de ceux qui soutenaient avec flegme le change. – J'en prends deux à vingt-cinq... J'en prends deux à vingt-cinq. – La corbeille se taisait, les regards se perdaient, les cannes des quidams appuyés à la balustrade se balançaient dans le vide des corbeilles, transformées déjà en grands crachoirs où tombaient sans arrêt des bouts de cigares, des allumettes éteintes, des petites boîtes vides, des morceaux de papier... jusqu'à ce qu'une voix, venue d'on ne sait où, reprît la lutte d'un ton discordant : – Je prends un million à vingt-sept et demi ! – Les regards scrutaient, inquiets, la qualité de l'acheteur ; les pensées serpentaient sur ces fronts méfiants, et des cris nombreux commençaient à éclater chez les haussiers et les baissiers, des joueurs grimpaient sur le socle des corbeilles, des cannes, des mains excitées se dressaient, un crayon ou un carnet aux doigts. Mais Rodon ne comprenait pas ce langage, il ne savait pas ce qu'ils jouaient, ni quel était le taux ; il ne comprenait pas ce tohu-bohu, et il s'ouvrit un passage comme il put, pour retourner à la grande salle. Il fut surpris d'y trouver une si grande animation. La plupart des messieurs qu'il avait laissés assis y étaient toujours, mais au moins deux ou trois cents personnes se trouvaient au milieu du large espace, formant divers petits cercles. De chacun de ces cercles sortait, comme d'une fourmilière, une colonne de fumée qui s'élevait, paresseusement, vers le plafond, et la confusion des conversations bruissait telle une rumeur de bourdons.

À partir de ce moment les gens entrèrent sans arrêt, en bande ; Rodon se mit à examiner tous les petits groupes, à regarder partout sans voir un seul visage connu parmi cette foule bigarrée qui grossissait par moments. Des messieurs aux chapeaux luisants, aux redingotes boutonnées, des jaquettes et des vestes, des chapeaux melon et même quelque *barretina* mauve se mêlaient, bouillonnaient, dans une confusion plébéienne se rapprochant, se séparant, se parlant dans le creux de l'oreille ou se saluant à grands cris. Et les portes, comme les vannes d'une écluse, continuaient à déverser des flots de gens. Les colonnes de fumée se multipliaient, s'épaississaient, le bruit des conversations s'amplifiait et parmi les sons cassants du catalan on entendait quelque phrase suave en castillan, les languissantes paroles des latino-américains, et, nasillards, quelques mots français, en vibrato.

Ce fourmillement constant, d'instant en instant plus intense, cette multiplication et ce fractionnement continu des groupes, ce mélange de classes sociales, de vêtements et de langues lui faisaient tourner la tête, d'autant plus que les gens s'entassaient toujours davantage, la foule ne cessant d'augmenter. Pour son plus grand malheur, quand on entendit la cloche, il éclata, là aussi, dans plusieurs endroits, une clameur assourdissante de cris rudes et âpres, comme ceux d'une rixe, tantôt isolés, tantôt tumultueux, image d'une ville en révolte, et parfois dominés par la véritable émeute qui tonnait dans l'épaisse ruche de l'atrium qu'il avait déjà visité, surnommé par les habitués « la cour de la Fouine ».

Et la fumée augmentait, l'agitation croissait, se glisser par là devenait difficile et la secousse sismique était chaque fois plus impressionnante. Malgré tout Rodon pensait pouvoir attraper Foix au moment où il entrerait. « Habitant rue de Giriti il arriverait du côté des Encants. » Et regrettant de ne pas y avoir songé plus tôt, il s'achemina vers le vestibule. Il contourna les tables à sa gauche, traversa un groupe de commis, tous très jeunes, sans un poil de barbe, sauf ceux qui laissaient pousser un duvet déguisé en moustache, très proprets, habillés dernier cri, une canne polie à la main, les vêtements bien repassés, sans un pli, comme s'ils venaient de sortir de la boîte. À ce moment Rodon entendit une voix connue qui l'appelait par son nom. C'était Jeroni, un grainetier de Vilaniu. Quittant la table où il s'était assis, il venait à sa rencontre à travers les chaises en désordre occupées par quelques-uns de ces blancs-becs, presque au pied de la porte :

– Qui cherchez-vous ? demanda Jeroni.

– Je cherche le Gilet.

– Le Gilet ?

Et comme ils parlaient assez fort et que quelques-uns des jeunes gens entendirent ce *le* avec l'étonnement de Barcelonais, un grand rire éclata près des deux hommes de Vilaniu et aussitôt des voix insolentes commencèrent un échange de :

– Eh, toi, tu as vu *le* Gilet ?

– Allons, tu ne vois pas le Gilet ?

– Eh, toi, regarde le Gilet !

Mi-indignés, mi-honteux, les étrangers s'éloignèrent de quelques pas. On entendit trois ou quatre applaudissements, à moitié étouffés par le brouhaha général. Mais, dans un coin, les deux habitants de Vilaniu parlèrent, enfin, librement.

– On m'a dit, reprit Jeroni, que le Gilet est à la corbeille des Catalanes.

– Qui vous l'a dit ?

– Un de ces galopins, qui travaille chez lui.

Et tous deux sourirent, se souvenant de la malice de ces gamins. Ensuite Rodon demanda :

– Et où se trouve la corbeille des Catalanes ?

– Je ne sais pas ; là au milieu. Mais il m'a dit d'attendre, car il ne pourrait pas s'occuper de nous maintenant.

Instinctivement ils tournèrent la tête, cherchant une chaise. De ce côté-là elles étaient toutes occupées par des messieurs d'un certain âge, très dignes, presque tous vêtus de noir. Des agents de change et des commis arrivaient de la corbeille et leur parlaient à l'oreille. D'autres fois c'étaient des domestiques qui venaient porter des télégrammes que ces messieurs lisaient avec des besicles cerclés d'or. Aussitôt ils se levaient, faisaient un signe et donnaient des ordres à la personne qui s'approchait :

– Achetez-en six mille. Vendez-en huit cents.

Une demi-minute plus tard le poulailler recommençait à s'agiter : un vacarme effroyable résonnait dans toute la salle. L'ordre donné dans ce coin faisait battre le cœur de la Bourse.

– On dirait qu'on a lâché les fous, disait Jeroni.

– Ces gens-là doivent être du gros gibier, remarqua Rodon en contemplant avec envie ceux du premier rang.

Machinalement il se regarda des pieds à la tête, et il se trouva bizarre. « Les vêtements de ces messieurs étaient flambant neufs, coupés d'un autre ciseau ; leur haut-de-forme était différent, brillant comme du satin. » Mais ce qui l'étonnait le plus c'était ces cols si blancs, si vernissés et si raides, qui les obligeaient à garder la tête droite malgré les années qu'il découvrait sur les crânes chauves et les rides, quand elles n'étaient pas cachées par des dentiers et des teintures. « Il avait vu la même chose à Madrid, dans le Salon des Conférences. »

Mais Rodon s'impatientait, le temps courait, des nuées et des nuées de gens entraient encore, et le bruit grandissait sans cesse. Ses jambes commençaient à craquer, et ces messieurs n'abandonnaient les chaises que de brefs instants, pour donner des ordres.

Jeroni le poussa du coude :

– Regardez ! Ceux-là, pour sûr, ils sont du haut du panier.

Il désignait deux messieurs qui arrivaient, suivis par quatre jeunes gens qu'on eût pris pour leurs aides de camp.

Tous deux avaient dépassé la cinquantaine, surtout le plus petit qui devait friser déjà les soixante ans. Ils étaient bien conservés, habillés de noir avec des redingotes boutonnées, serrées sur leurs ventres proéminents, des bottines d'un vernis resplendissant, des épingles de cravate très chères, des hauts-de-forme fort bien repassés. Le plus grand avait une belle prestance, la figure ronde comme la pleine lune avec des yeux noirs, un peu fixes ; les cheveux et la moustache grisonnants et l'air arrogant. Son compagnon, de taille moyenne, était un peu voûté et boitait légèrement ; il s'appuyait sur une bonne canne en rotin au pommeau d'ivoire ; il était brun, avec des joues molles et rouges, sa moustache et ses cheveux grisonnaient davantage, son nez était aquilin, ses yeux saillants et humides, mais avec une expression bienveillante. À leur passage on les observait beaucoup et la plupart les saluaient : « Dieu vous garde, don Evaristo », « Bonne journée, don Claudio ». Et l'un et l'autre répondaient distraitement, absorbés par leur conversation qui leur faisait ralentir le pas, s'arrêter toutes les trois secondes. Pendant ce temps leurs « aides de camp » tout en bavardant joyeusement, observaient du coin de l'œil, sourire aux lèvres, les manœuvres subreptices de quelques joueurs qui les entouraient, les astuces de curiosité de certains. Mine de rien, ceux-ci passaient et repassaient frôlant les deux potentats, l'oreille aux aguets, l'œil plus vif qu'une belette ; et quand ils les virent échanger à voix haute « D'accord », il fallait voir avec quelle rapidité ils se rassemblaient, échangeaient un mot et s'éparpillaient dans divers endroits de la salle comble. Mais Rodon, trop néophyte pour remarquer tout cela, passa ce moment à se demander pourquoi Jeroni se trouvait là et comment il pourrait s'en défaire en cas de besoin.

– Et alors, reprit-il en voyant son voisin fermer la bouche, qui était restée ouverte jusqu'à ce que ceux « du dessus du panier » se fussent éloignés dans le noir de la foule, et alors, Jeroni, ça marche bien pour vous ? Vous gagnez des sous ?

– Couci-couça. Ça ne marche pas mal. Voyez-vous, aujourd'hui c'est ce qui rapporte le plus. Ce qui me manque c'est le capital pour réussir un bon coup.

Et baissant la voix, la tête penchée, fermant un œil, l'air rusé, il ajouta :

– Le Gilet a beaucoup de flair, croyez-moi, Rodon, croyez-moi. La semaine dernière il m'a fait gagner une poignée de sous. Si j'avais ce que vous avez et dans ces mains ! Mais avec des sommes misérables, que voulez-vous faire ?

Il leva deux ou trois fois l'épaule droite, avec une résignation forcée et d'un air plus mystérieux encore, lui serrant le bras, il poursuivit :

– Que voulez-vous que je vous dise ? J'ai grande confiance dans « France », les « France » vont beaucoup monter.

Un raffut immense brisa la conversation. Rodon avisa une chaise et suivant l'exemple donné par d'autres, il grimpa dessus. Les gens ne tenaient plus dans la salle, tout en ébullition ; l'atmosphère n'était qu'une grande fumée qui se balançait paresseusement sur cet océan de têtes. Et une agitation continue, faite de remous et de vagues en sens contraire, soulevait cette mer mugissante sur laquelle surnageaient des nageurs tremblants, échauffés, tête en arrière, visage tiré, regard enflammé, un bras levé, brandissant un carnet noir, faisant sonner comme des coups de fouet les mots : « Je prends ! »… « Mille ! »… « Noté ! ». À moitié étourdi par ce fracas le bouillant progressiste de Vilaniu eut un moment d'hallucination : ce qu'il voyait c'était une grande fabrique de monnaie ; son oreille percevait le tapage des puissantes forges, interrompu par le coup rapide des viroles qui crachaient des flots de pièces sonores. Rodon ne voyait ni forges, ni feu, ni soufflet, ni monnayage, ni argent ; mais il sentait résonner tout cela à ses pieds, vibrant et glissant, et le spectacle de cette multitude criant à pleins poumons, se disputant comme des chiens de chasse des millions et des millions, lui suffisait pour imaginer la fabrication de cet or qui exaltait tant d'esprits.

Ses yeux brillaient d'ambition, comme le jour de la révolution de septembre devant les foules de Vilaniu qui l'acclamaient sur la grande place. Et le vacarme augmentait, surmonté toujours par le feu nourri des mots qui éclataient dans l'air : – « Je prends ! »... – « Mille ! » « C'est noté ! » Il ne voyait que les nageurs impulsifs, levant la tête au milieu de la houle sombre des chapeaux, agitant en l'air ces carnets microscopiques où, de temps en temps, une main tremblante notait des sommes d'argent. Il n'entendait plus rouler à ses pieds ce flot d'argent. La pure réalité glaçait l'illusion, mais elle ouvrait en lui un gouffre de curiosité tourmentée. « Que criaient-ils ? Que voulaient-ils ? Quelle valeur agitait ce roulement d'office des ténèbres qui assourdissait et rendait frénétique toute la Bourse ? » C'était là le délire de la tarentule ; tout un peuple piqué par des guêpes. Des centaines de bras se dressaient là au milieu, des centaines de mains, entre le clic-clac des vociférations, griffonnaient un chiffre sur les carnets. Les têtes qui dépassaient portaient leur chapeau sur les oreilles. Les vagues noires moutonnaient et, tels des flocons d'écume, quelques mouchoirs, trempés de sueur, les saupoudraient. Rodon, dont le regard papillonnait, se tourna un instant vers son ami, le cherchant des yeux à droite et à gauche ; mais Jeroni n'était plus là. La plupart de ses voisins, tout comme lui, avaient grimpé sur les chaises. Ceux qui restaient assis étaient entourés d'un essaim de courtiers qui leur transmettaient des nouvelles, l'air affairé et souriant à la fois.

– Les « France », les « France » sont montées à cent ! cria tout le monde à la fois.

– Elles ont monté de cinq points ? Vendez.

– Hum !... C'est l'action de la journée ; elles vont monter davantage.

Rodon sauta de la chaise. Entre les poussées et les bourrades qui le soulevaient de terre à mesure qu'il avançait, il essaya de s'enfoncer dans l'épais fouillis. Là, ballotté, pressé, vibrant dans la tempête, il entendit un bon moment bramer dans les airs la mer mugissante, tout en continuant à chercher vainement son ami. Mais, soudain, les cris s'éteignirent : il y eut comme une suspension de vie. Il devint attentif, et alors qu'il s'y attendait le moins, les cris éclatèrent à nouveau par la voix d'un géant à rouflaquettes qui s'écriait :

– Catalanes !... J'achète des Catalanes... À vingt-trois quart !... À vingt-trois quart !

– De l'argent ?... Des billets à ordre ? demandaient des voix isolées.

– Je vends à vingt et un ! répliqua aussitôt une autre voix.

– À vingt-trois quart ! reprit le géant, le haut-de-forme sur la nuque, l'œil bleu interrogatif, le crayon dans les doigts de sa main droite, prêt à noter dans son carnet.

– Je prends à sept-huit ! cria un petit homme brun, au nez et aux moustaches imposants, les cheveux noirs et brillants comme son chapeau.

– À vingt et un ! répéta le vendeur, un homme très calme, à la barbe rousse et aux yeux froids.

– J'en prends deux cents ! cria le géant.

– Noté !

Et Rodon remarqua que son voisin, le vendeur, notait « deux cents à Salvador, vingt et un ». Rodon attendit en vain de voir les deux cents, ou le montant de leur prix, ou un échange de documents comme garantie du contrat. Une houle immense de gens vint se briser contre le nouveau groupe : formant des remous épouvantables, le tir nourri des mots, provoqué un peu avant par les « France », recommença. Salvador offrait déjà à vingt et un un quart, en concurrence avec Eladi, le calme rouquin. Et comme Paco, l'homme aux cheveux brillants (Paco, le Chien comme on l'appelait), en achetait cinq cents éclata un tumulte de demandes, toujours à la hausse, qui finit par étourdir l'habitant de Vilaniu. Heureusement pour lui arriva alors, on ne savait d'où, Gil Foix, qui en offrait deux mille à un quart plus bas. « Enfin, il le voyait, l'épiant entre une fente de têtes inquiètes, avec sa barbe fournie et bouclée, ses yeux ronds et noirs, ses lèvres charnues d'orateur. Mais comment l'approcher ? Comment attirer son attention par un signe, au milieu de l'émeute infernale que son offre avait provoquée ? » Salvador, Eladi, Paco avalèrent l'hameçon, ils prirent les deux mille pour tenir ferme devant la poussée, mais alors Foix en offrit encore deux mille au même prix. Il y eut un moment d'hésitation, de silence réfléchi. Mais soudain, comme si une caisse de fusées explosait, les cris de : « J'achète ! » « Noté ! » « Je prends ! » « Noté ! » éclatèrent à nouveau et la corbeille réagit un moment. Gilet en vendit encore trois mille à un change plus bas et s'en alla, souriant, le carnet dans la poche, rejoindre Rodon qui avait réussi, enfin, à l'appeler.

– Nous devrions avoir une conversation, vous et moi, dit Rodon.

– Quand vous voudrez : j'aurai bientôt fini. Sortons d'ici.

Et marchant de côté, entre bourrades et bousculades, ils s'ouvraient un passage parmi la foule dense, qui continuait à s'égosiller, prise de folie. Pendant ce temps un domestique ouvrait les balcons de la galerie et Rodon vit s'y précipiter de grands nuages de fumée qui, de la rue, devaient sembler provenir d'un incendie. La grande forge était en pleine activité. Autour des chaises que Rodon avait abandonnées, arrivaient, comme des fusées, des douzaines de messagers apportant les derniers télégrammes de Paris, les toutes dernières pulsations du monde de la Bourse et de la politique. Des courtiers, des agents de change se firent entendre à nouveau, et le tumulte fut immense : des valeurs montaient, d'autres baissaient ; c'était une confusion indescriptible. L'homme de Vilaniu dut encore se résigner, pendant plus de vingt minutes, à supporter cette marée, planté au pied d'une colonne pour ne pas perdre son ami, qui papillonnait dans les groupes voisins.

Finalement la cloche, « ding, dong ! ding, dong !... », arrêta le vacarme : la masse commença à se disloquer, un lent courant se forma, péniblement, et se dirigea vers la porte du vestibule. C'était la fin d'un meeting avec rien que des hommes, un confus mélange de classes sociales ; les uns parlaient de choses indifférentes, d'autres défendaient la hausse, certains, au contraire, la taxaient de folie dangereuse. Et tandis qu'ils avançaient lentement dans le courant bruyant qui les poussait, des dialogues parvenaient aux oreilles de Rodon qui lui prouvaient à l'évidence qu'on trouvait là, mêlés, non seulement toutes les classes sociales, mais aussi toutes les professions, tous les emplois : des avocats qui parlaient du procès du lendemain, des médecins qui confiaient à un ami le diagnostic sur tel malade, des magistrats, des généraux, des sénateurs. Une fois, en tournant la tête, il reconnut même, sous un haut-de-forme, le visage glabre d'un chanoine qu'il avait connu jadis. « Aucun doute, la Bourse régnait sur le monde : plus puissante que les gouvernements, que la politique, elle était la seule chose pouvant redonner à Rodon l'influence et le pouvoir perdus. » Ses yeux se fixèrent alors, avec espoir et affection, sur Gil Foix. Ils arrivèrent ainsi jusqu'à la cour des statues où la masse éparpillée des joueurs, pas encore rassasiée, s'agglomérait à nouveau en groupes qui se répandaient jusqu'à l'avenue d'Isabel, pour continuer à faire des opérations avec du papier d'État.

Mais même dans ce vestibule Rodon dut se morfondre un moment. Gil Foix le laissait, il courait çà et là, cueillait l'un ou l'autre pour échanger deux mots, donnait des ordres à ses employés, prenait les dernières cotations enregistrées, encore mouillées et gluantes ; il parlait avec tel ou tel autre banquier, il sortait enfin dans la rue et se précipitait, le chapeau à la main, à la portière d'un coupé pour dire, très aimable, à une marquise qui l'attendait, que ses ordres avaient été exécutés.

– Mon ami, les grandes dames viennent-elles là aussi ? s'exclama Rodon, le contemplant avec la même admiration qu'il avait ressentie d'autres fois devant des ministres.

– Ah ! répondit Foix, plein de vanité. La marquise de Penyalta est une bien brave dame ; tandis que son mari le gaspille, elle veille sur le patrimoine. Aujourd'hui, je lui ai fait gagner dix mille douros.

– Ah ! si j'avais pu vous attraper à temps !...

– Que vouliez-vous faire ? dit vivement Gil Foix.

– Mais mon vieux ! Tenter ma chance avec les « France ». Ne dit-on pas que c'est l'action du jour ?

– Écoutez, un de vos voisins, Jeroni, m'en a fait acheter trois cents aujourd'hui. N'ayez pas peur : nous ferons ce que vous voudrez. Aujourd'hui tout le monde gagne de l'argent.

Rodon ressentit un mouvement de mauvaise humeur. « Tout le monde lui passait devant. Était-il possible d'entrer dans cet hôtel de la monnaie et s'en retourner sans une poignée d'or ? La moitié de Vilaniu, il le savait, s'enrichissait depuis un moment, grâce à quelques voyages à Barcelone et parce qu'ils avaient confié leurs intérêts à Gil Foix, le neveu du curé, tandis que lui, absorbé par les luttes des partis politiques pour renverser Pinyol et attendant ce sacré triomphe de Sagasta, se contentait d'un vulgaire six pour cent ! » Et comme ils étaient déjà arrivés au coin de la rue Agullers, Rodon commença à exposer son plan : « C'était un grand projet, un chemin de fer ; une ligne centrale passant par Vilaniu, traversant la province de Cuenca, encore vierge, remplie de forêts et de mines très riches, pour arriver à Madrid, en parcourant deux cents kilomètres de moins que les autres compagnies. Gambarrus, l'ingénieur, qui avait fait toutes les études, lui en avait parlé sérieusement, à l'époque où Rodon était député. Mais en ce temps-là, il n'était pas aussi facile de trouver de l'argent. Gambarrus et lui s'engageaient à obtenir la concession de la ligne. Pour éviter des oppositions dangereuses le mieux était de la demander par tranches, en commençant par Barcelone-Vilaniu sans rien laisser deviner du reste. Rien que de Vilaniu on pouvait escompter déjà un gros bénéfice, surtout si Gil Foix était à la tête de l'entreprise. »

Celui-ci, les mains croisées derrière le dos, la tête inclinée, l'écoutait très attentivement. « N'était-il pas assez convaincu que la chance lui souriait ? Pourquoi tarder davantage à prendre ce chemin dont il avait souvent rêvé ? Cet après-midi-là seulement il avait déjà gagné trois cents douros, et des journées comme celles-ci étaient fréquentes ; sa clientèle s'était multipliée par trois dans l'espace d'un an ; à la Bourse on commençait à le considérer et à le craindre. Comment avait-on édifié tant de grandes fortunes, en peu de temps, si ce n'était en se risquant dans de grandes entreprises ? "Qui ne risque rien, n'a rien." Pourquoi se contenter de trente, quand on pouvait en gagner cent ? Un chemin de fer ! Lui aussi il y avait songé. » Mais en ruminant de la sorte, l'amertume de ses origines misérables lui revint dans la bouche, comme tant de fois, quand il savourait les futurs plaisirs de la richesse. Et manquant de courage pour prendre une résolution sur-le-champ, il répondit à la fin :

– Nous en parlerons, de tout ça. Cela ne me semble pas mal du tout ; mais laissez-moi y réfléchir. Ça vaut la peine, ça vaut la peine d'y songer.

Et comme ils arrivaient au coin de la rue de Giriti, Rodon quelque peu contrarié par cette froideur à laquelle il ne s'attendait pas, fit un effort pour vanter les mérites de cette affaire, pour rappeler à Gil Foix son prestige à Vilaniu, d'où provenait la plupart de sa clientèle, d'insinuer la nécessité d'avoir à se décider avant que quelqu'un d'autre ne les devançât.

– Bon, j'y penserai cette nuit ; revenez demain matin et je vous donnerai une réponse.

– Mais je suis déjà venu ce matin et je ne vous ai pas trouvé.

– Ça ne fait rien : demain j'y serai, venez avant onze heures.

Ils se serrèrent distraitement la main et Rodon, tout pensif et troublé, resta une bonne minute planté au coin de la rue, sans se sentir le courage de marcher ; il contemplait son ami qui pénétrait dans l'étroite rue de Giriti, la tête penchée, les larges épaules relevées par la contraction des bras unissant en arrière ses mains enlacées dont la blancheur se détachait sur le tissu sombre du pardessus.

II

Vers six heures du soir, comme les employés étaient déjà partis, Gil Foix profita du silence de son bureau pour se concentrer et réfléchir. La proposition de Rodon le flattait ; c'était une révélation supplémentaire du prestige que l'heureux courtier était en train d'acquérir en tant qu'homme d'affaires, de la confiance obtenue à Barcelone et ailleurs. Il avait le vent en poupe, il fallait seulement se laisser porter, sans résistances absurdes, pour arriver à bon port. Mais Gil Foix craignait un brusque revirement. « Chat échaudé craint l'eau froide. » Combien de fois n'avait-il pas trébuché jusqu'à se casser le cou, dans sa quête du veau d'or ? Malgré cela il lui semblait n'avoir jamais, jamais trouvé comme maintenant, la bonne route. Gil se remémora toute son histoire. Fils d'un modeste menuisier des faubourgs de Sant Cugat, qui se débrouillait en fabriquant des autels et des bancs d'église, Gil était apprenti chez son père et enfant de chœur à l'église de Sant Just. Un jour il se crut destiné à la prêtrise, dans l'espoir d'exhiber, un jour peut-être, l'anneau d'évêque, la crosse dorée, la cape de flamme d'or et la mitre cloutée de pierreries, portés par tant de saints et de vénérables prélats en chair et en os qu'il avait vus de près. Mossèn Pere, un prêtre de Sant Just, ami du vieux Foix et homme de cœur, prit sous sa protection l'enfant de chœur, lui donna la préparation nécessaire et le fit entrer au Séminaire. On ne pensait pas que le petit Gil serait aussi indépendant que Peret, le serrurier, son deuxième frère, ni aussi versatile et rêveur que son frère aîné, Bernat, qui s'était enfui en France et là-bas fréquentait, disait-on, des chimistes et des inventeurs de machines. Et alors le pauvre menuisier fut stupéfait quand un jour son fils, sur le point de recevoir la tonsure, vint lui demander de le pardonner, parce qu'il ne se sentait pas la vocation pour continuer. Pendant quelque temps il erra dans Barcelone, hantant les cafés des faubourgs, vivotant du jeu, étant une vraie croix pour ses parents, jusqu'à ce que Mossèn Pere, pris de pitié, le fît venir à Vilaniu, où il dirigeait alors une paroisse. Il le garda un bon bout de temps avec lui, le sermonnant et lui offrant sa protection pour faire de lui un homme, à condition qu'il retourne chez ses parents pour être leur bâton de vieillesse. Gilet, avec la protection qu'on lui offrait, se voyait déjà marié avec Catarina, la nièce de Mossèn Pere, qu'il guignait déjà à la dérobée quand il n'était qu'enfant de chœur. Il se soumit donc et obéit. Il jeta les cartes, reprit, malgré lui, la varlope, tout en suivant le soir les cours d'une école de commerce, son cœur adouci par une nouvelle crise de mysticisme, tempéré par un sentiment platonique pour Catarina. Fils exemplaire désormais, il ferma les yeux de ses parents, morts dans ses bras et dans ceux de Mossèn Pere en l'espace de deux ans. Son projet de mariage devint alors réalité. Ce fut Mossèn Pere luimême qui le proposa et la jeune fille accepta avec plaisir. Un an après le mariage leur naquit une petite fille, Delfina. Mais l'enfant n'avait pas encore trois mois quand, un jour, son père l'abandonna. Ce bébé avait éveillé dans le cœur de Gilet une soif démesurée de richesse. Ce n'était pas avec ce qu'il avait hérité de ses parents, ni avec la misérable dot de Catarina, ni avec le fruit rachitique de son travail, qu'il serait possible à Gilet de s'enrichir. Tout ce qu'il possédait ne dépassait pas trois mille douros, et selon toute probabilité, il n'était pas près de toucher le problématique héritage de l'oncle. Le mysticisme de jadis se transforma en passion folle pour sa fille et sa femme. Tout comme il avait rêvé dans le temps de la crosse d'évêque, il rêva alors d'un million, d'un coffre rempli d'or lui permettant d'entourer de bien-être et de plaisir ces chères créatures. Faire part à l'avance de ses desseins à Catarina et à l'oncle c'était les supprimer, il en était sûr. Il connut quelques nuits de fièvre. Il laissa une longue lettre pour tout avouer, expliquant éloquemment ses mobiles et ses projets, et il s'enfuit à La Havane, priant le généreux oncle de s'occuper pendant son absence des chers objets de son cœur. Mais sur ces entrefaites éclata la guerre de Cuba, les industries et les affaires furent paralysées, et le séjour de Gilet aux Antilles fut seulement une lutte acharnée et stérile, remplie de peines. Elle dura quatre ans, au bout desquels il fut obligé de revenir, avec quelques cheveux blancs, un tas de remords sur les épaules, et l'escarcelle vide, quoique vêtu comme un monsieur. Heureusement pour lui l'oncle et l'épouse comprirent, en dépit de leur affliction, les mobiles de cette frasque, et ils surent lui pardonner. Une fois de plus le brave Mossèn Pere se comporta envers lui comme un père.

Gilet, à son retour, était parfaitement au courant des pratiques commerciales et avait appris à vivre. Il était résolu à conserver les deux empans de basques qu'il avait ajoutés à son veston, il comptait sur les enseignements reçus pour se lancer dans le commerce et y exercer une profession avec prudence et honnêteté.

Mossèn Pere alla à Barcelone, y consulta des personnes compétentes et persuada son neveu d'entreprendre le métier de courtier, lui offrant de nourrir la famille pendant son apprentissage. Pendant ses séjours à Vilaniu, Gilet se fit d'excellentes relations, il sut capter la confiance et l'estime de toutes ses connaissances et bientôt il put s'installer à son compte et devenir un des nouveaux venus les plus accrédités.

Le brave Mossèn Pere mourut, laissant à sa nièce un héritage de six mille douros et quelques legs à ses autres neveux. Gil Foix fit un magnifique enterrement à son protecteur, il emmena sa famille à Barcelone et il s'établit rue de Giriti, dans un deuxième étage assez petit et sombre.

Là, dans ce modeste bureau où il se trouvait à présent, les coudes sur la table, la moitié du visage enfoui entre ses mains pâlies par la lumière crue du gaz enfermée dans un cercle par un abat-jour de lustrine, il avait fait ses premiers enregistrements comptables sur le grand livre, c'était là que ses premiers clients étaient venus, et avec des larmes dans les yeux il calcula la croissance de son trésor, qui grandissait toujours. Il avait déjà vu, dans des moments semblables, des rêves ambitieux rouler dans l'ombre de ce plafond, quand seule l'auréole argentée répandue par le verre de la lampe s'y balançait tourbillonnante. Gil Foix, de surcroît, avait maintenant un petit garçon de quatre ans, un successeur pour perpétuer son nom et sa fortune. Et quand Gil Foix examinait les progrès accomplis dans sa dernière profession, son cœur battait joyeusement en voyant qu'il marchait du bon pied pour obtenir cette fortune et cette renommée. Le jour où il se vit en possession de six mille douros il aspira à en avoir dix mille. Quand il les eut, il en désira dix mille de plus. Aujourd'hui, où il les avait déjà, il rêvait d'en avoir cinquante mille. « La chance lui souriait, c'était évident ; mais il tremblait de la forcer, en changeant de direction. Qui sait si l'homme d'affaires serait aussi heureux que le courtier ? Mais ce jour-là ce n'était pas lui qui changeait de cap, et ce n'était pas non plus la première fois qu'un étrange messager venait le lui conseiller. S'ils étaient envoyés par le sort capricieux, pourquoi les dédaigner ? Pourquoi refuser les dons qu'une chance inespérée vous offre dans de mystérieux moments de la vie ? Son passé ! Pourquoi y songer à nouveau ? Cette suite d'événements pénibles et cruels était la garantie d'un avenir doré, c'était le feu qui avait purifié son âme, l'heure malheureuse que le sort réserve à tout un chacun et c'était une grande leçon. » Gil Foix se sentait tout autre, et il redressa orgueilleusement la tête. Mais un bruit de pas, amorti par le tapis, vint briser ses réflexions. Il regarda fixement et il vit s'avancer dans la pénombre une silhouette amie : un homme de cinquante ans, grand et efflanqué, aux yeux songeurs, le visage rasé et osseux, aux lèvres minces et très serrées sur des dents jaunies et étroitement plantées dans une mâchoire avancée de bouledogue. Il portait un haut-de-forme, un pardessus sombre et délavé, des pantalons noirs. L'ensemble dénotait la pénible situation d'un capitaine à la retraite. C'était son cousin Jordi, un Balenyà, un cousin du côté de sa mère.

– Bonjour, quel bon vent t'amène ? s'exclama Foix en remarquant, tandis que l'autre s'asseyait sur le tabouret de l'autre côté de la table, sa sombre tristesse.

– Eh bien, je suis venu te demander une faveur, une très grande faveur, répondit-il, en posant sur la table son chapeau tout déformé, lissant ses cheveux gris souris, coupés ras, et roulant une cigarette.

– À ton service. Dis-moi.

Jordi se tut encore un moment, les yeux remplis de tristesse, toute sa figure contractée par la douleur d'un homme humilié dans son amour-propre. Mais à la fin il parvint à vaincre quelque peu sa répugnance et d'une voix bredouillante, il commença par faire l'éloge du cœur et du talent de Gilet « à qui revenaient, par ses qualités, la direction et la protection de toute la famille ».

– Mais non...

– Mais si. Écoute-moi. Laisse-moi te le dire. Je le reconnais. Tu es le seul qui ait su trouver le gouvernail de la vie, pas sans contrariétés, c'est vrai ; mais ces mêmes contrariétés, quand on a su les vaincre, prouvent la valeur de quelqu'un.

– Bon, mais...

– Laisse donc, ici nous n'allons pas faire de manières.

Foix se rengorgeait, ces éloges dilataient son cœur de joie, il était ainsi fait.

– Qui, comme toi, s'est occupé de toute la famille ? Qui d'autre que toi est le lien qui nous unit tous ? Qui nous réunit tous les ans à table, du plus pauvre au plus riche ? Qui a pris la peine d'améliorer le sort de chacun, de nous tirer d'embarras quand il le fallait ? Eh bien, nous traversons un de ces moments, un moment fatal. Eladi cet après-midi, à la Bourse, a fait un faux pas. Pour arrêter la baisse, à laquelle tu poussais, il a acheté plus d'actions des Catalanes que ce qu'il aurait dû suivant les ordres de sa Banque, et on l'a mis à la porte avec un découvert de deux mille douros que la Banque réclame à mon fils.

– Alors tu veux dire que la banque Catalane est dans une bien mauvaise passe !

– Elle est à terre. Eladi voyait venir cela ; c'est la seule raison de ses essais pour les sauver, par deux ou trois coups audacieux.

Gil tout d'abord fronça le nez. Ensuite ses yeux brillèrent de satisfaction.

– Cependant, quand je me suis retiré, ils avaient encore des forces.

– C'était une manigance ; les vendeurs et les acheteurs étaient tous des hommes de paille de la maison. La Banque Catalane a touché terre, sois-en sûr. Tu lui as assené le coup mortel. Enfin, n'en parlons plus et revenons à nos affaires. Toi, deux mille douros tu n'en as pas besoin, en revanche avec eux tu sauves l'honneur de mon fils. Je sais bien qu'il a mal agi en ne t'écoutant pas quand tu lui déconseillais d'entrer à la Banque Catalane, car tu voyais déjà que ses dirigeants étaient de sales gens. Tes prévisions montrent que tu connais bien le marché boursier de Barcelone. La désobéissance de mon fils, nous la pleurons bien assez à la maison. Eladi croyait que c'était toi qui te trompais, il pensait que tu agissais par une de ces rivalités, comme il y en a tant à la Bourse.

– Moi, par rivalité ? Vous ne savez donc pas que je ne joue pas ? Ce que j'ai fait aujourd'hui (maintenant je peux te le dire) c'était pour le compte d'autres personnes. Il fallait arracher le masque à ces gens-là.

– Bon, continua Jordi, il se trouve que mon fils, avec le noble désir d'aider ses parents, s'était mis à travailler pour qui ne le méritait pas. Il est vrai qu'il a le titre, qu'il appartient à la corporation et toi non ; mais la Banque Catalane lui a détourné ses clients, il est très jeune, n'a pas de représentation et il connaît toutes les peines des débutants. Ton nom, en revanche, est très connu ; ton personnel n'est pas suffisant ; je sais que tu te tues au travail ; Eladi est un brave garçon, il t'aime, tu ferais de lui un homme, et tu rendrais la tranquillité à mon foyer en l'arrachant des mains des aventuriers. Je sais bien que je demande trop, je te demande non pas une mais deux faveurs. Mais... nous sommes du même sang, il me semble que quelquefois je t'ai donné des preuves de mon affection, tu es sur la bonne route... tu as... un grand cœur... et...

Jordi ne put continuer : il avait les yeux pleins de larmes. Mais il y avait déjà un moment que Gil faisait seulement semblant de l'écouter. Il avait bien vu où cet homme voulait en venir ; et à présent il pensait à la gloire qu'il allait obtenir à la Bourse après son triomphe contre la Banque Catalane, dont il avait été l'adversaire acharné depuis le jour de sa fondation. Il pensait aussi à la signification, dans l'ordre mystérieux des faits providentiels, de la dernière démarche de Jordi, précisément aujourd'hui : « N'était-ce pas là encore un appel du sort, décidé à le réveiller ? Parce que, vraiment, pour entreprendre une de ces grosses affaires qu'on lui apportait sur un plateau il lui fallait non seulement plus de personnel, mais aussi un homme de toute confiance, qui aurait intérêt à veiller sur la maison, un homme actif, intelligent, capable de le soulager dans sa tâche. Et Eladi était de cette trempe. Étant son neveu il apportait à la firme le lien du sang, lien qu'il allait désormais renforcer en y mêlant celui de l'intérêt. Il ne pouvait douter ni de son intelligence, ni de son activité. Il l'avait vu travailler et il savait ce qu'il valait. Eladi avait le tempérament d'un homme d'affaires ; actif, sagace, avec du bon sens, sachant traiter les gens, ordonné, ponctuel et audacieux. S'il lui manquait une dose de prudence, il la lui administrerait peu à peu. »

– Bon, mon vieux, ne t'émeus pas : tout cela est arrangé, tu l'as dit très justement : une de mes plus grandes joies c'est de servir la famille. Tout comme toi, j'ai erré solitaire dans ce fichu monde et je sais combien cela est triste. Aujourd'hui ma propre maisonnée ne me suffit pas : je veux vous voir à mes côtés, unis, vous aimant tous, convaincus que je souhaite être votre père à tous. Dans mon jeune âge, par moments j'ai oublié mes parents, et je l'ai toujours regretté. Mais au milieu du désert que je foulais un ange gardien suivait mes pas. Quand mes pieds s'enfonçaient dans la fange des marais il me tirait de là, quand la faiblesse me faisait plier les genoux, il m'empoignait pour me relever, me réconfortait et me déposait sur la couche moelleuse de l'espérance et de la foi. Cet ange gardien (tu le sais bien) ce fut monsieur mon oncle, Mossèn Pere, à qui je dois tout : l'épouse, la fortune, l'honneur. Son image est gravée dans mon cœur : j'ai décidé d'être son successeur pour la paix, l'amour et la tendresse au sein de la famille. Laissez-moi l'être : car si j'ai beaucoup de défauts j'ai des qualités dont je suis fier : j'aime la famille, je suis honnête. Je porte dans mon cœur, comme dans un tabernacle, l'image de mon ange gardien et je garde en mémoire son exemple pour l'imiter. Sans lui je ne serais rien : il n'y a pas d'homme sans un homme pour le former. Je ne serai pas un ange gardien, parce qu'il y a des vertus qui me manquent et qu'Eladi a son père. Mais je serai celui dont ton fils a besoin pour devenir un homme. Qu'il vienne demain. Je lui ouvrirai les portes, non celles de chez moi, qui lui sont toujours ouvertes, mais celles du bureau. Et en ce qui concerne l'argent...

L'orateur se leva, de toute sa hauteur, les yeux gonflés par l'ardeur de son discours improvisé, la chevelure en désordre à cause des mouvements de tête accompagnant sa péroraison, et d'une main tremblante il ouvrit le coffre de fer, il en tira deux mille douros en billets et il ajouta :

– ... Tiens, le voici.

Jordi, non moins tremblant, le ramassa ; mais se reprenant sur-le-champ, d'une voix douce et sincère il demanda du papier pour établir un billet à ordre.

– Laisse donc ça ! dit Gil Foix en lui donnant une petite tape sur l'épaule. Ce sont là des comptes entre Eladi et moi : demain il aura un compte courant ouvert sur ces registres. Je ne veux humilier personne ; je lui donnerai les moyens de se rattraper. Il n'a qu'à en profiter et même davantage : qu'il fasse la fortune de ses parents.

Jordi esquissa le geste de lui embrasser la main.

– N'en parlons plus, coupa l'autre. Du courage, mon vieux ! Tous ensemble nous mènerons le navire à bon port. Allons à la salle à manger. Ce doit être l'heure du dîner.

Jordi s'essuya les yeux, mit les billets dans la poche intérieure de son pardessus, enfonça à nouveau sur sa tête son vieux haut-de-forme et il se dirigea vers la porte tandis que Gilet baissait la lumière et marmonnait entre ses dents, plein d'émotion : *Alea jacta est* : aujourd'hui vingt novembre.

La famille attendait déjà dans la salle à manger : Catarina dans un coin, l'Eudaldet sur les genoux à qui elle faisait chanter :

« À cheval sur mon bidet
nous irons à San Benet »

Delfineta redressait la nappe et les couverts que la bonne avait placés de travers en mettant la table.

L'ameublement de la salle à manger était tout aussi modeste et artisanal que celui du bureau que les deux hommes venaient de quitter. Une simple lampe à gaz éclairait les murs peints en brun clair avec des moulures à hauteur des chaises. Celles-ci, au nombre de huit, étaient d'acajou et de jonc, noircies déjà par l'usage. Il y en avait quatre autour de la table ronde et placée au milieu, juste en face d'un vaisselier bien garni mais avec des pièces bon marché et d'un goût douteux. Le service de table, cependant, étincelait de propreté sous la lampe à gaz qui répandait sa lumière sur les couverts d'argent, les coupes mi-cristal, les assiettes de faïence blanche avec des filets bleus et le *porró*, cruche à long bec en cristal, baptisée hypocritement tasse, où l'ancien menuisier buvait encore à la régalade, au grand déplaisir de sa fille Delfineta. Car celle-ci, une brunette aux dix-huit ans pleins d'attraits, avec des yeux noirs, un petit nez fin, un peu effronté, aux joues fraîches et au petit museau expressif des gens vifs et résolus, était revenue du collège de Notre-Dame de Loreto avec des prétentions de demoiselle distinguée et avec une bonne dose de pédanterie apprise auprès de ses maîtresses et conservée par le manque de jugeote propre à son âge. Néanmoins Foix pardonnait les tendances de la jeune fille comme autant de désirs d'une perfection à laquelle tous devaient aspirer. Eladi et la tante Pauleta faisaient de même ; Eladi, d'un naturel présomptueux, courtisait par moments la jeune fille, et tante Pauleta, la femme de Jordi, était une ancienne couturière pour qui la distinction était synonyme de l'artifice le plus total dans la forme et le fond. Il n'en allait pas ainsi pour Catarina, la mère de la jeune fille, qui ne savait pas se défaire des habitudes simples d'une nièce de curé, visibles encore dans ses vêtements sans ornements, sa coiffure en bandeaux et la mantille épaisse sous laquelle elle cachait dans la rue ses formes exubérantes et son buste proéminent ; elle n'aurait pas supporté, pour rien au monde, que sa fille fût une vaniteuse, une je-sais-tout, comme cette Pauleta qu'elle détestait.

– Alors, est-ce qu'on va dîner ? Car ce petit tombe de sommeil.

Pendant ce temps Delfineta courait offrir une chaise à l'oncle Jordi, mais celui-ci dont le visage était aussi soucieux que celui de son cousin était réjoui, refusa et l'invitation et la chaise, s'excusa en disant qu'il était pressé, et seul Gil comprit les raisons de cette hâte. On l'accompagna à la porte, on s'assit ensuite à table pour dîner rapidement « parce que Gil devait retourner à la Coulisse et au retour il devrait veiller un bon moment ».

– Tu vas te tuer, chéri, tu vas te tuer, répéta une fois de plus Catarina.

– Eh oui, *papá*[1], vous en faites trop !

(Cet accent aigu sur le mot « papa » était dans cette maison une innovation de Delfina.)

– N'ayez pas peur : ça va finir. Peut-être demain, fifille, ton *papa*...

1. Delfina par snobisme prononce le mot en castillan, avec accent sur la dernière.

– *Papá*...

– Oui, tu as raison : ton *papá* te donnera une grande joie.

– Une joie...

– Oui, une grande, très grande joie.

Même les yeux de l'Eudaldet fixèrent, bien ouverts et interrogateurs, ceux de son père. Celui-ci poursuivit :

– Qu'en pensez-vous si je vous disais qu'il se pourrait que nous changions d'appartement ?

La joie éclata sur le visage de la jeune fille.

– Je me demandais quelle chose extraordinaire tu allais nous annoncer ! rétorqua sa femme. Ce n'est pas cela que je souhaite. Ce que je voudrais c'est que tu ne travailles pas autant.

– Travailler, travailler !... Nous sommes venus au monde pour ça. Mais, allons, je vais tout vous dire : j'aurai aussi moins de fatigue, je prendrai davantage d'employés.

– Sainte Vierge !

– Puisque Dieu nous protège, je veux agrandir l'affaire. Nous en parlions tout à l'heure avec Jordi. Il m'a offert la coopération de son fils et je l'ai acceptée.

Delfina rougit, sa mère se mordit la langue. Le procès de toujours : Foix et la fille considérant d'un bon œil les Balenyà et elle ne pouvant les voir en peinture « comme s'il ne suffisait pas de voir à chaque moment l'ennuyeuse Pauleta chez soi, maintenant il y aurait aussi le garçon ! Que Dieu nous garde de Foix ! Quand est-ce qu'il guérirait ? » Catarina ne put étouffer une exclamation d'ennui, à laquelle Foix répondit en alléguant des raisons de convenance, de reconnaissance, de charité.

– Des agents de change tu en aurais autant que tu voudrais. Tu ressors toujours la même histoire : que Jordi t'a si bien soigné quand tu avais le choléra à La Havane ! Mon vieux, il n'a fait que ce qu'un cousin doit faire !... Charité ?

Ah, Gil, comme tu es brave ! pauvre de toi s'ils pouvaient t'entendre !... Prétentieux comme ils sont !

Et elle ne dit rien d'autre, pour ne pas ouvrir les yeux de sa fille, mais dans les agissements des Balenyà elle voyait clair : « Oh, que d'intentions elle y voyait ! Entre autres, celle de conquérir Delfineta pour ce prétentieux. Il y avait belle lurette qu'elle se rendait compte des manœuvres de Pauleta pour les rapprocher, et qu'elle était sur le qui-vive quant au comportement de sa fille pour arrêter le coup au moment voulu. À présent il ne manquait plus que de les rapprocher davantage. Delfina, sans aucune expérience de la vie, la pauvrette ! flattée par la mère et le fils, tomberait comme un petit oiseau. Ah, mais non, non, elle était là, on avait beau, depuis un moment, tourner autour de sa fille, la pauvre innocente avait beau écouter parfois les chuchotements du jeune homme, se faire des illusions sur ses discours, les choses n'iraient pas plus loin, parce qu'elle ne le voulait pas, parce qu'elle n'aimait ni la mère, cette commère, ni le fils, ce fat. Si elle se taisait c'était parce que les choses n'avaient pas encore pris tournure, pour ne pas déplaire à Foix. Mais... gare ! gare ! car lorsqu'il le faudrait elle parlerait, elle agirait sans ménager personne. »

Et tandis que son mari, ce bavard, expliquait ses nouveaux projets à sa fille, faisant naître chez elle une flambée d'illusions, les pensées de Catarina continuaient à élaborer le plan de défense nécessaire pour sauver sa petite des griffes de ces gens-là, qu'elle trouvait antipathiques et de mauvaise foi.

Mais à ce moment-là on frappa à la porte et un jeune homme, d'environ trente ans, fit son apparition. Il était sec et long comme une perche ; son visage brun, expressif et intelligent était entouré d'une barbe courte et aussi noire que sa chevelure ébouriffée, qui cachait à moitié ses oreilles. Il était pauvrement vêtu, mais il portait ses vêtements avec une élégance naturelle : le large chapeau melon qui, mis n'importe comment, lui allait bien, le veston, attaché avec un seul bouton, sur lequel pendait une cravate bleue à points blancs, nouée négligemment mais avec grâce. Son entrée fut celle d'une fusée : il prit lui-même une chaise, la traînant d'une main, de l'autre serrant et secouant la main des autres – Bonsoir ! avec un petit rire. En arrivant près du petit, il s'assit à côté de lui.

– Bonsoir, marmot ! Comment vas-tu ? Aujourd'hui je pensais bien te trouver au lit, dit-il à Eudaldet, tout en lui donnant un baiser dont le gamin le remercia d'un sourire plein de sympathie.

– Mais... ah ! J'avais oublié. Tu es déjà grand, tu es un homme.

– Oui, *ze* le *zuis*, oui, zozota l'enfant, les yeux brillants. Et écoute, *onc*, *ze* le *zerai* encore plus maintenant que nous *changeons* d'*appattement.* Une maison *gânde*, *gânde.* Tu y *viendlas*, non ?

– Ah, vous allez changer d'appartement ? dit Francesc riant et pinçant les joues douces de son jeune neveu.

– Mon garçon, s'exclama Gil Foix, tu as des goûts de nonce !

– Va donc ! Laisse-le dire ! ajouta Catarina en s'adressant à son jeune frère, laisse-le dire, Francesc ! Rien n'est fait encore ; c'est façon de parler.

– Oui, oui, nous *ions* dans une maison *gânde*, *gânde*... plus *gânde* qu'une *casêne.*

– Et toi et moi nous y jouerons aux soldats, hein ?... C'est formidable ! Tu sais ce que ça veut dire, Eudaldet ?

– Allons, tais-toi, tais-toi espèce de fou ! intervint Catarina.

– Écoute, ça veut dire que ton papa gagne des picaillons, beaucoup de picaillons. Tu ne sais pas ce que c'est ? Du fric... Tu ne sais pas non plus ? Des sous, mon petit, de l'argent. Tu vas voir : vas-y, mets ta main dans les poches de son gilet.

– Non, mon oncle, voyons, ne lui apprenez pas cela ! l'implora Delfineta.

– Tais-toi, espèce de fou, tais-toi ! reprit Catarina.

Mais l'enfant, se voyant poussé par son oncle, et encouragé par les hochements de tête de son père, très content de la plaisanterie, sauta de la chaise, échappa des mains de sa mère et ne s'arrêta qu'après s'être amusé à étaler sur la table les pièces d'or et d'argent qu'il avait pu tirer du gilet de Foix.

Tout le monde riait sauf Delfineta, qui était en rage, mais c'était précisément ce que se proposait Francesc, toujours prêt à exagérer ses façons mal élevées devant ceux qui transformaient la bonne éducation en artifice plein de raideur.

Mais Foix était pressé et on ne pouvait pas continuer à plaisanter.

– Vois-tu, Francesc, continua-t-il devenant sérieux, si tu étais un autre homme, je te prendrais aussi avec moi, comme je prends Eladi, et à mes côtés tu gagnerais peut-être beaucoup plus qu'en faisant des croûtes.

– Qui ? Moi ? Qu'est-ce que je ferais à tes côtés ? Compter de l'argent ? Rien ne m'embête autant. Écoute, ajouta-t-il, prenant exprès une voix et une pose de voyou, je suis ainsi fait, comprends-tu, que quand je reçois de l'argent, je ne le compte pas et que quand je paie, j'en donne davantage pour que les autres prennent la peine de compter.

Et après cela il éclata comme d'habitude d'un rire moqueur, avec lequel il se montrait tellement supérieur à ce que l'on venait de dire, que ses auditeurs étaient obligés de rire aussi, pour ne pas affronter le ridicule de la situation.

– Tu es un gros malin ! s'exclama Catarina.

– Un artiste ! Un grand benêt ! ajouta Foix, se caressant la barbe et prenant congé.

Mais Delfineta, qui n'avait pas ouvert la bouche, tremblait encore en disant au revoir à son père. Les rires de son oncle la rendaient nerveuse, l'offensaient comme s'ils étaient pleins de blâmes contre elle – « Alors que nous tous l'aimons tellement !... Moi la première, qui n'arrive pas à le détester. Mais je le détesterai, oh oui, je vais le détester !... Qu'il aille se moquer des autres ! »

Le lendemain matin, à neuf heures, Eladi arriva, le visage réjoui, tout net et tout raide comme toujours, très aimable, très doux, mais le pas très assuré, comme un homme qui sait quel sol il foule. Il l'avait dit déjà à son père quand il le vit revenir avec les deux mille douros : « Si l'oncle me veut c'est qu'il a besoin de moi, le service qu'il nous rend il se le paiera grassement par le seul fait de m'avoir à ses côtés. Tout seul il ne ferait pas plus que ce qu'il a déjà fait. Cet esprit qu'il semble avoir, l'oncle l'a seulement quand on le pousse, quand il flaire quelque chose, comme le faux achat des Catalanes, ou quand il a quelqu'un pour garder ses arrières. Je le pousserai, je lui donnerai de l'élan : ensemble tous les deux nous pourrons faire beaucoup. »

Et le jeune homme se présenta avec ces pensées et ces projets ; il commença par se montrer très reconnaissant envers son oncle qui venait de sauver son honneur et sa dignité (« ce qu'il aimait le plus ») ajoutant qu'il était résolu à l'aider de toutes ses forces, en lui faisant une totale confiance.

Tous deux eurent un long entretien, s'étendant sur l'état de la firme, l'état de la Bourse, le tour qu'ils pouvaient donner à l'entreprise, le plan de Rodon. Ils établirent l'inventaire, la liste des clients ; ils examinèrent le chemin suivi par les nouveaux riches, l'état de leurs relations avec Foix ; après avoir additionné et soustrait ils convinrent qu'il ne fallait pas abandonner le projet du chemin de fer, mais le laisser pour plus tard.

– Je crois que les bonnes affaires, dit Eladi, sont comme les bonnes caramboles au billard : elles se font toujours par séries. Ce qu'il faut pour commencer c'est agrandir l'affaire, profiter de la période de chance que vous avez en ce moment, pour accumuler de l'argent et du prestige. Ensuite on verra. Puig disait cela aux gens de la Banque Catalane : « Vous allez si vite que vous allez tomber. » Mais il ne faut pas non plus, si vous voulez me croire, mon oncle, faire du surplace, comme vous le faites.

– Très bien, très bien.

– Le moment est propice ; l'argent est sorti des cachettes et il roule follement de main en main. L'homme d'affaires doit ouvrir l'œil, il ne peut s'endormir ; son jour est arrivé, il y a une fièvre de l'or, tout le monde veut être riche, et celui qui saura profiter de l'occasion, le deviendra.

– Oui, mon garçon, mais honnêtement, avec loyauté, avec honneur.

– Je ne dis pas non, mais sans laisser s'échapper l'occasion.

– Ah ! En aucune façon !

– Vous verrez, mon oncle ; si nous sommes timorés, nous ne ferons rien ; si nous nous contentons des commissions, nous irons de l'avant, mais avec une telle lenteur que si un jour la fièvre se calme...

– Et elle se calmera...

– ... nous aurons travaillé beaucoup, mais il vous restera seulement de quoi vivre : vous n'aurez amassé en trente ans ce que vous auriez ramassé en dix ans.

– Non, oui : c'est vrai.

L'oncle était étonné : « ce garçon valait un trésor ; il ne l'avait jamais vu aussi malin ».

– Eh bien, travaillons honnêtement, mais sans peur, sans scrupules de bonne sœur, incompatibles avec les affaires.

– Avec loyauté, avec honneur ! répéta l'oncle.

– Oui, monsieur ; je ne m'y oppose pas, mais, croyez-moi, avec plus de courage. Remontons la maison, entreprenons plus d'opérations, installons des bureaux élégants.

Fuyez cette ruelle. Aujourd'hui les gens veulent autre chose, ils sont très sensibles aux apparences.

– D'accord. La première chose à faire c'est changer de maison et augmenter le personnel. J'y avais déjà pensé, à tel point que je vais même te dire quelle est mon idée à ce sujet. Dans notre famille il y a quelques pauvres qu'il faut aider ; je voudrais que la prospérité de ma maison leur soit profitable à tous. Qu'en penses-tu ?

– Très bien.

– Par exemple, nous pourrions offrir l'emploi de caissier à ton oncle Bernat. Que peut-il faire, le malheureux, avec sa petite usine d'allumettes ? Mon frère a toujours été un illuminé, mais il est honnête et il nous irait très bien pour tenir la caisse. J'aurais aimé aussi protéger Francesc ; mais, tu le sais bien, c'est un artiste, on ne peut pas compter sur ces gens-là... Toi, tu seras le secrétaire, tu auras des procurations et la signature, tu interviendras dans les achats et les commissions. Est-ce que ton père accepterait quelque chose ? J'ai peur de le vexer et...

– Je ne sais pas, nous verrons. Je pense que *papa* peut nous être très utile à la Bourse, achetant et vendant, nous servant d'homme de paille tant qu'on ne saura pas qu'il opère pour vous.

Enfin, les trois principaux emplois (directeur, secrétaire et caissier) restaient dans la famille. « Celui de comptable il ne pouvait pas l'enlever à Pepet, qui travaillait chez lui depuis longtemps. Gil allait essayer aussi d'arracher son deuxième frère, Peret, à la forge où il travaillait, pour en faire l'encaisseur à domicile. Ainsi tout resterait à l'intérieur de la maison. » La protection dont Gil rêvait s'étendrait à tous ceux qui voudraient l'accepter.

– Et nous serons tous dévoués, nous serons tous unis, ajouta naïvement Eladi.

Alors on dressa la liste des affaires et des entreprises auxquelles, pour le moment, la maison devait se consacrer : achat et vente de valeurs espagnoles et étrangères, toute sorte de coupons de titres, arrivés ou non à échéance, des comptes courants, des comptes pour opérations, des prêts à intérêt fixe, encaissés tous les mois, des prêts, des escomptes et des dépôts ; des souscriptions pour emprunts et émissions, changes et commissions de titres, amortissements, ordre de la Bourse, renseignements sur toute sorte de valeurs, banque et arbitrages... ils établirent enfin le programme, très compliqué. Un de ces jours Eladi irait à Paris et à Madrid pour se mettre en rapport avec les banquiers qu'il faudrait. Leur correspondant à Paris ce serait Pi, un jeune homme très avisé.

Mais à ce moment-là entra Catarina ; porté par un enthousiasme expansif, Gil Foix lui fit part de ses projets et alors le programme menaça de sombrer. Catarina, effrayée devant cette liste, pour elle incompréhensible mais pleine de dangers, déclara que ce n'était pas là ce qu'elle voulait quand elle insistait auprès de son mari pour qu'il engageât plus d'employés ; elle était soucieuse de l'avenir de ses enfants, qu'elle ne voulait pas compromettre dans des entreprises risquées ; que dans tous les cas elle retirait de l'affaire l'argent hérité de son oncle, ou alors elle exigeait qu'on le garantît avec une hypothèque. Et ferme dans sa méfiance de femme, elle défendit avec chaleur son pécule jusqu'à obtenir de son mari la promesse formelle de placer les six mille douros dans une propriété avant d'opérer des changements dans la maison. Les vingt mille douros de capital que Foix possédait, diminués de ces six mille et des deux mille accordés au neveu, se trouvaient réduits à douze mille, somme trop modeste, même pour commencer.

Mais une fois Catarina partie, Eladi eut une idée lumineuse : avec les six mille douros Foix n'avait qu'à acheter pour

Catarina une maison à Vilaniu, principal lieu de résidence de ses clients, et ensuite, en catimini, il pourrait hypothéquer la propriété et même donner en gage certaines valeurs, s'il le fallait, pour récupérer la même somme. Ainsi, loin d'y perdre, il y gagnait encore en prestige, surtout s'il destinait chaque année quelque surplus à améliorer son acquisition.

« Magnifique ! J'accepte ! Il l'avait déjà dit : ce garçon était génial. » Et Foix resta à se promener de long en large dans son bureau, tout joyeux, jusqu'à l'arrivée de Rodon, lequel voyant son projet ajourné, désireux d'accélérer le moment promis, assoiffé d'or par ce qu'il avait vu à la Bourse et séduit par les espérances mirifiques que lui décrivait Gilet, avec lequel il voulait s'allier à toute force, accepta comme une faveur insigne, l'engagement de déposer chez Foix dix mille douros, comme dépôt utilisable, à six pour cent d'intérêt, plus deux pour cent des gains ou utilités donnés par les bilans.

III

Il était midi sonné quand Gil Foix, suivi d'un négrillon portant une grande corbeille, sonnait à la porte de son nouvel appartement, un premier étage rue Ample. Déjà en bas, dans la spacieuse entrée, il avait contemplé, une fois de plus, le riche effet produit par les grandes plaques de marbre enchâssées de chaque côté, avec d'élégants cadres de chêne contenant des inscriptions dorées, les cours du jour et les taux de change ; il avait senti un fort battement de cœur en foulant le moelleux tapis qui enrichissait le marbre de l'escalier de son rouge éclatant bordé de noir et que des barres dorées maintenaient sur les marches. Un portier galonné retint la porte vitrée jusqu'à ce que le patron eût tourné au deuxième palier.

« Ah, ça c'était agréable ! Ça c'était, pour sûr, être riche ! Rien que ça vous dilatait le cœur, inspirait confiance ; cela attirerait les clients comme des mouches devant le miel. Et puis, comme c'était commode ! Un appartement avec deux portes : celle qu'il venait de franchir, avec la grande plaque en acier *Gil Foix* et juste en face celle de la famille, la porte où il venait de sonner, austère, sans inscriptions, en chêne, nette et polie comme sa garniture de nickel. Qui aurait pu le dire, du jeune enfant de chœur de Sant Just ? Tout cela fruit de sa sueur, gagné par lui sou à sou, disputé, conquis honnêtement, avec loyauté et honneur. »

Songeant à cela, sur ce palier, l'admiration envers lui-même troubla sa vue avec une larme. Gil Foix éclatait de satisfaction. Il ne sentait pas le froid qui faisait trembler le groom. Son cœur était plein de flamme ! « Quel Noël ! À nul autre pareil ! La parentèle sortirait de cette maison l'enviant, le bénissant, lui reconnaissant pour toujours le droit d'être le chef et le protecteur de tous, à cause de son bon cœur et de son talent pratique. » Et en y pensant, toute sa corpulente silhouette se gonfla de joie ; la peau bilieuse de son visage, large et plein, se dilata, devint rouge feu ; ses yeux pétillèrent à nouveau, ses lèvres charnues tremblèrent convulsivement.

La porte fut ouverte par Roseta, une avenante femme de chambre aux cheveux roux, grassouillette et pleine de taches de rousseur, qui arriva en nouant son tablier frais repassé, tout neuf comme la robe noire sur laquelle ressortait davantage toute cette blancheur.

Collé aux jupes de la servante Eudaldet arriva aussi.

– *Mama, mama !*

– *Mamá, mamá*, corrigea-t-on de l'intérieur.

– *Mamá, mamá*, rectifia le petit en sautant. C'est le papa[1].

– *Papá.*

– C'est *papá* qui *appôte* des bonbons.

Et ils n'étaient pas encore arrivés à la salle à manger, en traversant la jolie galerie aux vitres colorées que déjà le gamin, sautant et dansant, avait raconté tout ce que son *papa* ou *papá* apportait :

– Oui, oui, il *appôte*, il *appôte* un... un sac de bonbons, un *goos*, *goos* sac de bonbons (faisant tourner ses mains) et puis... de bonnes *bouteyes*... ! Oui, oui, Fina, des *bouteyes*, plein de *bouteyes* !

Cela dit, il s'échappa et il eut encore le temps de s'emparer du sac de bonbons que le négrillon lui disputait, et entrer

1. Delfina corrige son petit frère qui dit maman et papa en catalan, donc sans accent.

avec, devançant le *papá* tout fier. La *mamá* et Fina étaient là, dans cette salle à manger tapissée de papier mauve, ornée d'une glace magnifique au-dessus de la cheminée allumée, avec un grand buffet et des chaises en noyer à haut dossier aux sièges en cuir ; à chaque ouverture de larges tentures en soie et laine, une magnifique lampe en bronze pendant du plafond et par terre un épais tapis bleu au liséré rouge. La *mamá* était toujours coiffée avec ses bandeaux, portait toujours sa simple robe de laine mérinos, était toujours attifée comme la nièce d'un curé. Dommage qu'elle fût si entêtée à ne pas écouter les sermons de Pauleta et de sa fille. « Cette simplicité ici ne convenait pas, elle détonnait – comme disait l'ex-couturière. – Pourquoi ne pas imiter la jeune fille ? Delfineta, pour ça oui, elle ne détonnait pas avec sa petite frange sur le front, ce ruban de velours ponceau autour du cou qui rosissait la peau si fine, avec cette jaquette de velours noir, le même velours qui réapparaissait à vingt centimètres de la bottine bien cambrée sous les plis gracieux d'une jupe plus courte, de fine laine gris cendré repliée sur un côté. Delfineta, oui, c'était une vraie demoiselle, avec ce petit nez fin, un peu retroussé, ce corps si harmonieux, cette peau d'une tendresse virginale, d'autant plus fraîche et désirable que les muscles se remplissaient et arrondissaient les formes anguleuses de l'adolescence. Dommage que son maintien en avant et ses pieds un peu grands l'alourdissent quelque peu. »

– Mon enfant, tiens-toi droite, bien raide, ma fille ! lui conseillait continuellement sa tante.

Delfina et sa mère mettaient la table, une longue table avec un service flambant neuf comme tout le reste. Foix s'y voyait déjà, bien à son aise, le dos appuyé sur le dossier matelassé qui portait ses initiales. Il ne regrettait que « la tasse » ; il s'était imposé le sacrifice de la supprimer depuis quelques jours pour faire plaisir à sa fille, une offrande à sa prospérité, une exigence sociale à laquelle, il le voyait bien, il devait satisfaire. Mais ce jet liquide qui avait rafraîchi sa bouche sa vie entière, aussi bien au quartier de Sant Cugat qu'en Amérique ou rue Giriti !... Un plaisir, se disait-il, dont il ne s'était jamais privé chez lui. Enfin, il y avait pire, il s'y habituerait.

– Combien as-tu acheté d'oublies ? demanda sa femme.

– Cent cinquante, comme tu m'as dit.

– C'est bon.

– Et le vin ? intervint sa fille.

– Eh bien, trois bouteilles de Xérès, deux de Málaga et trois de champagne. Je crois que c'est ce que tu m'avais demandé.

Delfineta essaya de se rappeler, se mordillant un doigt.

– Ça ira, enfin, je ne sais pas, je ne sais pas s'il y en aura assez. Maintenant nous devrions déjà avoir ce que les Français appellent une *cave* et les Castillans une *bodega*.

– Oui, ma fille, et nous un *celler*, s'exclama son père, un peu fâché de la leçon.

– Oui, mais *celler*, ça ne fait pas distingué.

– Que je sache ce n'est pas un mot vulgaire, il signifie exactement la même chose. Tu commences à me courir, avec toutes tes leçons. Il faut de la mesure en toute chose. Si tu crois que ton papa (tiens *papa*) n'a jamais rien vu, tu te trompes du tout au tout. J'ai vu plus que toi, je suis allé en Amérique.

La mère approuva d'un signe de tête, la fille resta toute penaude.

– *Egade*, Fina, *egade*, il y en a d'*agent*, commença Eudaldet, suçant son doigt en voyant défaire les bouteilles de champagne.

Et le père, déjà calmé, souleva l'enfant et tous l'embrassèrent. Était-il mignon ! Et amusant !

– On dirait une image, dit la mère.

Mais le temps passait, les invités pouvaient arriver, on n'avait pas encore apporté les huîtres. Roseta irait les chercher en courant, ce *négrillon* ne servait qu'à ouvrir la porte. C'était une statuette décorative ; avec sa veste vert olive très serrée, la poitrine ornée de trois rangées de boutons dorés, raide comme un cierge, tournant sur un seul pivot, il semblait sortir d'un petit orgue de Barbarie.

– Allons, Panxito, à la porte, commanda le maître de maison. Et tout de suite après : Et la bonne de Jordi, elle n'est pas venue ?

– Si, elle aide la cuisinière.

– Bon, je vais me changer. Si quelqu'un arrive, tu les recevras, hein, petite ?

Foix alla vers le salon qu'il eut du mal à traverser, guidé seulement par le mince rayon de lumière qui filtrait d'un volet. À tâtons, presque sans voir ses propres pas étouffés sur le tapis, il parvint au balcon, s'écriant :

– Que diable ! Quelle manie de vivre dans l'obscurité !

Et enfonçant la main entre la soie et la dentelle des rideaux et doubles rideaux, il prit le volet avec grand soin et l'écarta de dix centimètres, mais malgré ses précautions, il entendit un crac ! en haut qui le fit frémir ; il avait déchiré le rideau en dentelle. Il tourna la tête, craintif, et se voyant seul, il reprit courage, maugréant contre les femmes et la mode :

– Si c'est déchiré, qu'elles le raccommodent. Un de ces jours on va se rompre le cou ici ! Elles veulent de beaux meubles pour les tenir dans l'ombre. Drôles de goûts ! Au moins comme ça on voit quelque chose !

Et ses yeux brillèrent à nouveau de satisfaction en contemplant les dorures des chaises et de la console Louis XV, l'éclat de la soie bleu ciel, les dessins compliqués du tapis, le brillant irisé du magnifique lustre à pendeloques. Il ne put résister, il s'assit sur le sofa, foulant avec précaution l'épaisse peau d'ours blanc, essayant les ressorts ; d'un doigt il effleura la dorure, et puis il se prélassa dans un fauteuil.

– Magnifique, magnifique !... Hum ! mais je sais combien ça me coûte ! Enfin, n'y pensons plus. Chaque position sociale a ses exigences. Eladi a raison, celui qui ne se donne pas de l'importance est fichu. De toute façon je l'aurais fait l'année prochaine, et j'espère bien avoir rattrapé ces dépenses avant la fin de celle-ci. Autrement, ce serait à désespérer !

Malgré tout Gil Foix était de mauvaise humeur en entrant dans sa chambre et il ressentit du plaisir à se voir entouré de ses anciens meubles d'acajou, comme de vieux amis un peu ridicules mais simples et francs qui lui offraient gentiment leur appui, lui parlaient d'amours, de joies, de larmes consolatrices et ne produisaient nul remords à son cœur, nulle facture chargée de zéros à ses yeux. Foix commençait à s'attendrir quand un coup de sonnette retentit au loin qui le fit déboutonner le premier bouton de son épais pardessus.

Là-bas la porte de l'appartement s'ouvrit, se referma silencieusement et en tournant sur son pivot la statuette d'orgue sentit une main caresser ses cheveux laineux et une voix mi-tendre, mi-moqueuse qui lui disait :

– Bonjour, loupiot !

C'était la voix d'un jeune homme grand et bronzé, qui recula d'un pas pour bien le regarder, tandis qu'il enlevait son pardessus bon marché, que le petit noir voulut prendre.

– Pas de ça, gamin ! Je n'ai pas besoin de domestiques, moi ! s'écria le jeune homme, son pardessus et son chapeau melon à la main, regardant émerveillé les murs, les verrières, les magnifiques cache-pots de faïence contenant de grandes plantes ornementales. À la fin il trouva le portemanteau et il se vit en entier dans la glace.

– Magnifique ! Laisse-moi arranger ma cravate ! Sacrebleu ! Je n'ai pas mis mon frac !

Et le miroir réfléchit le rire méphistophélique qui anima des yeux pétillants d'intelligence et se termina par une grimace qui réussit à faire rire le petit noir.

– Dis-moi, comment t'appelles-tu ?

– Panchito.

– Voyons, regarde-moi bien, montre-moi tes dents... C'est bien. Voici un réal. Tu vas encore m'aider... Où est la salle à manger ? À gauche ?

Et avant d'écouter la réponse, le jeune homme disparut. Plus rapide que l'éclair il arriva à la salle à manger où il prit, un instant, une pose affectée pour saluer avec révérence. Ensuite il piqua une olive sur la table, jeta un regard circulaire et à la fin il s'écria :

– On me l'avait dit, mais franchement je ne le croyais pas. C'est un palais ! Et ces olives sévillanes sont délicieuses ! Ça c'est des olives et pas comme celles que ma mère me donne ! Si j'avais su, j'aurais mis ma tenue de soirée !

– Allons, ne commence pas, Francesc, dit Catarina, presque aussi rouge et mortifiée que sa fille qui avait déjà tourné le dos, face au balcon.

– Mais non, ma vieille, non. C'est vrai ce que je dis. Ici on ne doit pas manger en veston. Ce n'est pas un endroit pour des blancs-becs comme moi.

– Pour votre bon cœur, peut-être, mais pas pour votre sagesse, éclata la jeune fille sans se retourner.

– Aïe, aïe, aïe ! cria Francesc mettant un doigt dans la bouche et repliant une jambe comme si on la lui tirait avec un câble.

Et voyant que Catarina ne disait rien à sa fille, il ajouta :

– Bah, ce n'est rien, je me suis mordu le doigt. Mais il rougit et devenant soudain sérieux, il prit Eudaldet avec qui il commença à jouer distraitement.

Un nouveau coup de sonnette vint interrompre ce silence embarrassant.

– Va, Delfina, dit sa mère. Tu sais où *papá* a dit de les recevoir.

Francesc se leva d'un bond avec l'enfant dans les bras, disposé à s'en prendre à sa nièce.

– Francesc, viens. Écoute-moi. Veux-tu me rendre un service ? Cesse de te moquer de la maison. Tu comprends ? Je te le demande pour moi. Je suis bien assez mortifiée par tout ce changement, et je me tais. Gilet et la petite aiment ça et je ne puis les contredire si je veux avoir la paix. De plus on me dit qu'il faut être de son temps et que nous devons le faire pour le renom de la maison. Que veux-tu donc que je fasse ? Si je m'y oppose et si par hasard la chance de Gilet se tarit, on dira que c'est de ma faute, que je n'aime pas mon mari et mes enfants. Par ailleurs Gilet n'a rien fait qu'il ne puisse faire. Toi-même tu te rendras ridicule, parce que tu auras l'air d'envier notre réussite. S'il te plaît, tais-toi, et tu m'épargneras des ennuis.

– N'aie pas peur, ma vieille ; je vais me taire. Et vous voilà contents, répondit Francesc sans perdre son sérieux, mais fixant sur sa sœur un de ces regards pleins de pensées secrètes qui le rendaient si redoutable : Bon, et maintenant, d'après le programme, que dois-je faire ?

– Francesc, tu recommences ? Pour l'amour du Ciel !...

Le jeune homme se mordit la lèvre, maudissant intérieurement son indomptable penchant et s'efforça à rester sérieux. En fin de compte ils avaient raison : il était mal élevé.

– Non, dis-moi, veux-tu que j'aille avec les autres ou que je reste avec toi ?

– Excuse-moi, dit sa sœur, mélancoliquement, en essuyant une coupe : va-t'en au salon, qu'on ne jase pas. Tout le monde pareil.

– Allons, Eudaldet, allons au salon. Tu vas m'y conduire.

– Et maman ? demanda Catarina.

– Tu peux l'imaginer. À neuf heures elle m'a planté là pour aller à l'église. Mais, écoute, elle vient d'arriver ; il me semble entendre sa voix.

Tout le monde alla dans le vestibule, où la personne en question venait de s'asseoir un moment pour se remettre. C'était une vieille femme de soixante ans qui avait l'air d'en avoir soixante-dix, grande et parcheminée ; un tempérament nerveux, rien que des os, mais solide comme un chêne, sans autre infirmité qu'une difficulté à respirer, sans rides sauf sur son large front et ses mains ; des yeux vifs et scrutateurs, un nez droit, une mâchoire un peu saillante. Cette maigreur, ce teint jaune, presque cireux, lui donnaient quand elle se levait, si grande et si raide, une ressemblance avec la Mort qui en imposait. Elle était entièrement vêtue de noir, comme sa fille, mais son visage était entouré par un mouchoir blanc, tel un béguin, duquel la mantille épaisse ne laissait voir qu'une mince bande blanche, un petit cadre ovale.

– Comment allez-vous, mes enfants ? demanda-t-elle, présentant sa main gantée pour qu'ils vinssent l'embrasser. Et toi, Eudaldet ? Regarde ce que t'apporte ta marraine. Elle chercha un moment dans ses poches et de tout ce fatras de laine mérinos elle tira une petite image pieuse : ah, ça va un peu mieux ! Mes enfants, je deviens vieille. Cet étouffement me tue. Et pourtant il n'y a pas beaucoup de marches à monter chez vous. Dieu soit loué !... Et maintenant laissez-moi regarder... Comme c'est beau tout ça ! Très, très beau ! Et ces plantes ! Et ces verrières ! Et cette glace ! Dieu soit loué ! Vous êtes installés comme des marquis ! Que Dieu vous le conserve pendant longtemps, ma fille.

– Grand-mère, voulez-vous enlever votre mantille ?

– Non, mon enfant, non.

Et tout en avançant, elle prit Catarina par le bras et lui dit à l'oreille :

– J'ai peur que vous n'en fassiez trop : il me semble que Dieu ne veut pas cela... Et pourquoi avez-vous ce négrillon ? Est-il baptisé au moins ? Tu en es sûre ?

Sa fille, bien assez troublée, essaya de la tranquilliser, et prétextant son travail disparut dans la salle à manger, tandis que les autres se dirigeaient vers le salon. La vieille scrutait le tout ; elle ne pouvait pas comprendre comment le petit menuisier de Sant Cugat, après avoir perdu tant d'années à tort et à travers, avait pu, en si peu de temps, depuis que la chance lui souriait, payer un loyer aussi élevé, avoir un appartement si bien monté. À grand-peine Mme Monica dissimulait un air scandalisé qui rougissait ses joues. Ses pommettes se tachaient de pourpre, ce qui alarmait Delfina, regardant du coin de l'œil les uns et les autres. Ah ! oui, les soupçons de sa mère étaient fondés ; ce luxe allait les scandaliser tous, sauf la famille de Jordi. Ce déjeuner était une imprudence : loin de les rapprocher, il allait les éloigner. La jeune fille était même d'avis de ne pas inviter les plus pauvres qui, outre qu'ils critiqueraient tout, seraient comme une verrue au milieu de cette brillante assemblée. Mais, heureusement, Francesc se taisait et la grand-mère se limitait à lancer de temps en temps quelque exclamation, refrénée par la prudence de l'âge. Delfina était sur des charbons ardents, elle ne savait que faire ni que dire. Si elle offrait le sofa à la grand-mère elle provoquait un incident : la brave dame s'offusquait de fouler la fourrure si blanche de l'ours.

– Alors asseyez-vous sur le fauteuil.

La peau de l'ours arrivait aussi jusque-là, et puis écraser ces coussins de satin ! La pauvre fille fut bien obligée de la laisser faire et de l'imiter. Quand elle vit Mme Monica prendre, et encore à regret, une petite chaise dorée, elle fit de même, tout comme Francesc, laissant trôner le sofa vide.

– Comme c'est ridicule ! se dit-elle. Si au moins *papá* n'avait ouvert tellement le balcon, ils n'auraient pas vu ce qu'il y avait là.

– Mon garçon, ne garde pas l'enfant sur tes genoux, cette chaise est si peu solide que tu vas la casser. Eh bien, eh bien, il fait vraiment froid aujourd'hui.

– Ce salon est très froid, grand-mère.

Et la conversation s'éteignit, noyée par le cours des pensées qui continuaient à s'agiter chez chacun. Eudaldet, en écoutant la recommandation de la vieille femme glissa des genoux de son oncle et alla se rouler sur la fourrure immaculée de l'ours, jambes en l'air, montrant des choses que... « Ah Sainte Vierge !, quelles vilaines choses il montrait !... Et quelle pitié de froisser ainsi une pièce d'un tel prix ! »

– Petit, petit ! cria la grand-mère scandalisée au dernier point. Regarde, Delfina, il va vous abîmer ça ! Enlève-toi de là, toi qui es si mignon !

Mais rien à faire. Eudaldet continuait à se vautrer, jambes en l'air, ravi de s'enfoncer dans cette douceur moelleuse et son oncle contemplait, non moins ravi, la très suave note de couleur apportée par la chair rosée de l'enfant sur ce fond blanc, brillant et touffu. « Quel tableautin de boudoir ! » Mais la grand-mère continuait à crier et Delfineta fut donc bien obligée d'emmener le gamin, hurlant, à la salle à manger. Alors, au milieu du silence observé par la vieille, Francesc commença à dessiner sur une feuille les grands vases japonais ornant la console.

Delfineta tarda un moment à revenir parce qu'elle trouva ses parents en pleine discussion : fallait-il servir les huîtres avant ou après le potage ? Père et fille décrétèrent que c'était avant, la mère pensait que ça devait couper l'appétit, mais elle s'inclina. La dispute apaisée, le père et la fille s'en allèrent au salon, emmenant au passage les autres commensaux qui venaient d'arriver. Francesc plia son dessin et regarda mi-dégoûté, mi-souriant, l'entrée cérémonieuse de ces parvenus prétentieux : d'abord Delfina avec la tante Pauleta, petite, blonde, grasse à éclater, habillée de taffetas noir et couverte de bijoux, derrière, Jordi et Gilet, tous deux avec une redingote boutonnée, enfin, habillé soigneusement, à la dernière mode, le corps penché en arrière, le cou très raide, Eladi, tenant par le bras Bernat Foix, le caissier, un quinquagénaire un peu bedonnant, assez grand, presque chauve, aux yeux rêveurs, à la barbe blanche et taillée court. Modeste et absorbé comme toujours, c'était le seul à être venu en complet veston.

– Alors, tu as vu l'appartement ? demanda Eladi à Francesc en enlevant ses gants. Il te plaît, n'est-ce pas ? Tu vois, ces vases je les ai achetés à Paris.

– Toi, tout seul ?

Eladi fit mine de ne pas l'entendre et s'écria :

– Savez-vous, mon oncle, ce qu'il manque ici à mon avis ?... De bons tableaux à l'huile. Vous pourriez les commander à Francesc. Maintenant vous devriez protéger un artiste.

Mais Francesc lui retourna la politesse en éclatant de rire, ajoutant :

– Qui ? Gilet ?... Pas du tout, mon vieux ! Gilet a déjà assez de mal à te protéger, toi. C'est toi qui dois me protéger, à présent que tu sais déjà acheter des vases tout seul.

Et les regards des deux jeunes gens se croisèrent comme deux épées, tandis que Gilet s'empressait de les apaiser. « Diables de garçons ! Toujours à se chamailler ! »

– Oh, Francesc, Francesc... ! Toi aussi tu gagnes de l'argent maintenant, hein ! mon joli ? dit Gil en lui caressant la nuque.

– Les peintres aussi, vous vendez beaucoup aujourd'hui, n'est-ce pas ?

– Nous vendons quoi ?

– Allons, ne dis pas le contraire, intervint la vieille femme, désireuse de calmer ce garçon qui était la prunelle de ses yeux.

– Ne dis pas... que tu as du travail par-dessus la tête !... Si ce n'est en peignant, en dessinant... Ce ne sont pas des illustrations pour les actions d'une banque ce que tu dessines en ce moment ?

– En ce moment je ne fais rien, vous le voyez, je reste assis.

– Allons, ne fais pas l'imbécile ! s'écria Mme Monica, à moitié fâchée. Hors de chez nous tu fais toujours le niais.

– Elle a bien raison, songea Delfineta, que ces plaisanteries offensaient, y voyant un secret mépris. Et l'oncle riait dans son for intérieur, rouge comme la crête d'un coq. Si elle avait osé, elle lui aurait dit ses quatre vérités. Comme c'était bizarre ! Cet homme n'était pas vaniteux, mais il en avait l'air.

– Alors, ma mère, qu'en dites-vous ? Vous l'avez bien regardé ce salon ? Il me coûte les yeux de la tête ! Vous voyez les tentures ? Plus de cent douros chaque. Les sièges, cinq cent cinquante. Cette console, regardez, trois cents. Le lustre, cent cinquante-cinq. Ces vases...

– *Papá*, arrêtez.

– Quelle folie, s'écria la vieille.

– Ah, mais c'est beau ! dit Pauleta.

– Aussi beau que vous voudrez, mais je préférerais avoir l'argent.

– Mais cela va nous en faire gagner ! répondit Eladi.

– Écoutez, dit Foix pour lui prouver avec un exemple : vous savez qu'on n'a pas encore ouvert l'établissement, hein ? Donc en apprenant seulement que j'agrandis l'affaire et que j'ai acheté à Vilaniu une maison pour Catarina, vous ne pouvez pas vous imaginer la quantité de nouveaux clients qui sont venus. Vous connaissez Mossèn Jaume ? Demandez-le-lui. Hier, il m'a confié vingt mille douros d'une veuve pour que je les fasse fructifier comme bon me semblera.

– Que voulez-vous que je vous dise ? Je ne le comprends pas. Je ne suis pas faite ainsi. Je crois qu'il vaut mieux « vivre en paix et caché », comme disaient nos aïeux. De mon temps on aimait bien aussi gagner de l'argent... mais pour le mettre de côté. Les commerçants vivaient beaucoup plus simplement. Ce que vous faites maintenant, c'est pour les marquis. Si un négociant s'était installé comme toi il aurait fait fuir le monde.

– Et combien gagnaient-ils alors ? intervint Jordi.

– Une misère. Mais notre mère ne considère pas les changements depuis lors. Ce que vous devriez faire c'est chasser les mites de votre bas de laine et me laisser toutes vos pépettes. En deux mois je vous les aurais fait tripler. L'argent c'est comme une boule de neige, il grandit en roulant.

– Tu peux toujours courir. La neige fond dans les doigts.

– Oui, la neige ! Mais l'or n'est pas de la neige.

– C'est toi qui fais cette comparaison.

– Et ce n'est pas une mauvaise comparaison, intervint Francesc. Car voyez-vous, j'ai remarqué que tant qu'il reste à l'ombre, dans ma poche, il est bien ferme, bien fort, mais dès que je le sors au soleil... crac ! il a fondu.

Tous éclatèrent de rire, même Bernat, qui marchant de long en large dans le salon n'avait pas encore ouvert la bouche, songeant à l'invention d'allumettes qui seraient en même temps allumettes et cigarettes, s'allumant en aspirant. Mais à ce moment entra Roseta annonçant que le déjeuner était prêt. La grand-mère enleva sa mantille mais non le grand mouchoir qui couvrait sa tête. Eladi, sur le chemin de la salle à manger, fit deux ou trois compliments à la jeune fille.

– N'est-ce pas qu'elle est comme un bouquet de fleurs ? ajouta tante Pauleta, la prenant par la taille.

– Et Peret ? demanda Bernat, comme sortant d'un rêve.

– Peret, répondit Foix, est un imbécile. Il ne viendra pas. C'est toute une histoire.

Et tout en marchant il expliqua au nouveau caissier que son frère avait refusé l'emploi d'encaisseur qu'il lui avait offert, le cédant en revanche à un de ses camarades de la forge.

– Non content de cela, tu vois, c'est la première fois qu'il ne vient pas au déjeuner de la famille, comme s'il voulait assombrir ma joie de vous avoir tous autour de moi.

– Pauvre garçon ! Il doit avoir honte.

– Honte ? De quoi ? De travailler chez un frère qui l'aime, qui essaie d'améliorer son sort ? Honte de célébrer Noël avec ses frères ? Est-ce que tu as eu honte, toi ?

– Moi, non, mais lui, pauvre garçon, il est encore habillé comme un ouvrier, et...

– Et quoi ? Entre frères il n'y a ni riches ni pauvres. Moi aussi j'ai porté la blouse de l'ouvrier et par conséquent je connais son prix, quand on la porte comme nous, avec honnêteté, avec honneur. Moi, donc, je la respecterai toujours la blouse de l'ouvrier, et Peret ne doit pas croire le contraire. Ah, le mobile secret de Peret, n'en doute pas, est l'orgueil, l'orgueil du pauvre, toujours prêt à mortifier le riche. Crois-moi, Bernat, il m'a enfoncé un poignard dans le cœur, et j'en souffre encore. Il y en a beaucoup encore, malheureusement, qui ne savent pas apprécier mes sentiments généreux, loyaux, honnêtes.

Mais ils étaient arrivés à la salle à manger, où les autres les attendaient déjà, et il fallait s'asseoir.

– Ah, ici on se sent renaître, s'écria Jordi en se frottant les mains devant la cheminée.

– Voyons, ma mère, vous à la place d'honneur, cria Gil s'adressant à sa belle-mère qui examinait encore les moindres détails de la luxueuse salle à manger. Mais les prières, les tendres poussées et même une citation latine de l'ex-séminariste : *qui prius est tempore prius est jure*, faisant allusion aux coutumes de jadis, furent inutiles : la volonté de Mme Monica était plus forte et moins souple que ses tendons desséchés.

– Bon, alors, dit Foix pour finir et bien content de ce cadeau auquel il s'attendait, vous allez vous asseoir à ma droite et Pauleta à ma gauche, à côté d'elle Bernat, ensuite Catarina, Eudaldet, là-bas au bout, Delfina entre Francesc et Eladi et toi, Jordi, à côté de notre mère. Ça va comme ça ? Alors, allons-y.

Tout le monde s'assit, mais Gil se releva aussitôt et, les poings appuyés sur la table, il commença :

– À présent si l'oncle vivait encore, le pauvre Mossèn Pere, c'est lui qui bénirait la table. Et laissez-moi vous dire, poursuivit-il, prenant ce ton oratoire auquel il tendait naturellement, je regrette aujourd'hui deux absences, l'une, décidée par Dieu, je m'y résigne, l'autre fait s'élever dans mon cœur un sentiment de protestation que je n'hésite pas à manifester ici devant vous tous, bien que sans rancœur. Vous le savez bien : ma passion c'est la famille : ceux qui portent mon propre sang ne me suffisent pas, j'aime aussi ceux qui sont liés à moi par des liens d'affinité. Je vous chéris tous, je travaille pour vous tous. Si Dieu ne m'enlève pas sa protection, Lui qui a fait de moi, simple menuisier, le patron de la banque qui ouvrira ses portes à la fin de l'année, et j'ai l'impression de l'inaugurer aujourd'hui, au milieu de vos bénédictions et de votre joie, vous tous vous en tirerez des profits. Car, je le répète, notre famille a eu un protecteur, qui est maintenant au Ciel : Mossèn Pere. Il nous a protégés tous, et principalement ma maisonnée. C'est pour cela que je le considère comme son fondateur, et je ne veux être que son successeur. Dans mon bureau, au-dessus de ma tête, j'aurai son portrait, un bon agrandissement photographique que j'ai commandé. En le regardant j'aurai un phare, un guide qui... me montrera toujours le chemin du devoir, du travail, de l'honneur, de l'honnêteté. Je travaillerai loyalement, avec ces principes gravés dans mon esprit, et, soyez-en sûrs, nous ferons, oui, tous ensemble, nous ferons de la nôtre une maison importante, solide, et je le dis avec gravité, car les maisons ainsi sont rares, absolument intègre. Et comme dit le proverbe : « Aide-toi, le ciel t'aidera. »

– Très bien, très bien ! crièrent Jordi et Eladi, et l'enfant se mit à applaudir avec eux, tandis que Francesc mordait presque jusqu'au sang sa lèvre inférieure pour ne pas éclater de rire.

L'orateur essuya une larme et s'assit, mais il se releva aussitôt, plein d'émotion pour dire seulement, tout agité :

– Oui, mon cœur est à vous. Et maintenant, mangeons.

La tête de Francesc disparut sous la table, comme s'il cherchait sa serviette, et son visage réapparut rouge comme la braise, le regard perdu, tous ses traits figés par l'effort pour garder son sérieux.

Pendant un bon moment tout le monde resta silencieux, chacun commentant intérieurement le discours ; on n'entendait que le clic-clac des huîtres qui passaient des grands plats tenus par les bonnes aux assiettes des convives.

– Non, dit Mme Monica, moi je ne mange pas de ça.

– Oh, vous avez raison, dit Catarina. Roseta, apportez le consommé aux amandes. J'ai pensé à vous, ma mère. Alors commença une discussion au sujet des bienfaits des huîtres et de l'utilité d'en consommer. La vieille femme et Catarina manifestaient leur dégoût, elles ne pouvaient comprendre comment on pouvait avaler quelque chose d'aussi gluant, d'aussi salé, et de surcroît, cru. « Si ce n'était pas à la mode, tout le monde les repousserait du pied. »

– On s'en éloignerait pour ne pas les écraser, ajouta Francesc, tout en en avalant une, joyeusement, et regardant du coin de l'œil l'effet causé par son allusion.

– Pouah ! Tu es sale !

– Tais-toi, cochon !

– Ne sois pas dégoûtant !

– Pourtant, elles sont très pectorales, objecta Bernat.

– Oui, une espèce d'escargots, dit l'ex-couturière en baissant la tête, ce qui fit ressortir son double menton.

– Des escargots gris, hein ? À peu près un mélange d'escargot et de seiche crue, n'est-ce pas ? riposta Francesc.

– Laissez-le dire ! Il n'y a qu'à voir avec quel plaisir il les mange ! s'écria Delfineta, sa voisine, d'un air dégoûté. Et regardant Eladi :

– Elles sont excellentes, n'est-ce pas ?

– C'est un mets très délicat. Mais, ajouta Eladi en baissant la voix, vous devriez avoir des fourchettes spéciales. Avec celles-ci on ne peut pas prendre ce qu'il y a de meilleur, tu vois ? Cette chose blanche si savoureuse.

– Et ma poulette, que dit-elle ? Tu aimes, n'est-ce pas ? Ah, tu es comme moi, ma fille ! Je trouve que c'est une nourriture exquise ; qui ne peut manquer sur les bonnes tables, recommença l'ex-couturière, avec un clin d'œil.

– Je suppose, dit Eladi toujours à voix basse, qu'après les huîtres vous aurez du Sauternes.

– Ah ! Je ne le savais pas, s'écria naïvement la jeune fille.

– Regardez le gamin, il les laisse aussi.

– Pouah ! dit le gosse, s'essuyant avec un bout de serviette. Quelle *cochoneye.*

– Tu es le plus franc, mon enfant ! s'écria sa mère.

Et presque tout le monde éclata de rire, jusqu'à ce que Gil Foix résumât le débat :

– Les huîtres sont comme toute chose : bonnes pour ceux qui les aiment, mauvaises pour ceux qui ne les aiment pas, mais elles doivent bien avoir quelque chose, c'est certain, pour les commercialiser ainsi et pour qu'on les paie aussi cher... Panxito, apporte-moi du vin. Et en voyant arriver la bouteille, il ne put étouffer un soupir : « Pauvre *tasse*, mise au rebut ! elle n'était même pas dans le vaisselier ! »

– Mais... quel vin bois-tu ? s'écria Pauleta, éloignant son verre. Il faudrait du vin blanc, du, du... comment s'appelle-t-il mon garçon ?... *Satrone* ou *Lauterne.*

– Ou un *Valdepenas clarete*, intervint Jordi.

– Eh bien ! mes enfants, nous n'y avons pas pensé, déclara simplement le maître de céans, la bouteille encore à la main.

– Bon, ben, mon vieux, s'il n'y en a pas d'autre... Et Pauleta présenta à nouveau son verre.

Les bonnes emportèrent les assiettes pleines de coquilles, les grands plats où il ne restait que de l'eau et des algues. Et on servit un potage de tapioca épais comme de la colle. Seul Eudaldet s'en régala. Gil Foix n'hésita pas à appeler la cuisinière pour la réprimander.

– Madame ne s'y connaît pas encore assez, mais c'était à vous de vous en occuper ; la prochaine fois, faites plus attention.

– Oui, et la prochaine fois c'est toi qui resteras à la cuisine, s'écria Catarina en colère, pas loin de pleurer. Allez, retournez à la cuisine, Rita.

Il se fit une pause pendant laquelle le banquier plus rouge qu'une tomate regretta ses paroles et pendant le reste du déjeuner personne ne risqua le moindre commentaire sur les plats successifs. Gil parlait à sa belle-mère et à Jordi des fortunes amassées dernièrement en quelques jours ; Eladi, à voix basse, travaillait Delfineta ; Francesc s'occupait du petit garçon et de sa sœur qu'il essayait de distraire ; cette bavarde de Pauleta, fatiguée de piquer en vain ce Bernat somnolent, interrompait de temps en temps la conversation des deux jeunes gens.

– Sais-tu ce que l'on m'a dit, ma poulette ? Que tu étais très jolie le jour de la Saint-Thomas. Eh ! Écoutez tous pour que vous sachiez ce qu'il me faut entendre à cause de ma nièce. Un monsieur très comme il faut, qui m'avait vue l'autre jour au Parc, m'a demandé : « Qui était cette belle jeune fille que vous accompagniez l'autre jour en landau ? » « C'est bon, lui ai-je répondu, en voilà une question ! vous savez qui accompagnait qui ? » Tu vois, ma chérie, comme les gens remarquent tout, et de quoi ai-je l'air à cause de toi ?

– Hein ? Mais c'est toi qui avais demandé à l'accompagner ! objecta Catarina malgré le coup de pied de Francesc.

– Bien sûr, bien sûr ! Et je ne le regrette pas ! C'est façon de parler, ma chère. Delfineta sait très bien que sa tante l'aime beaucoup. Pour votre fille, comme pour vous tous, je suis toujours disponible. Mais ce monsieur m'avait choquée. Je le lui ai dit : « Eh bien, vous en avez du flair ! » Il a très vite flairé que la pauvre Pauleta ne peut pas s'offrir le luxe de rouler dans un landau pareil !

– Allons, ne dis pas le contraire, vous étiez bien contentes toutes les deux, n'est-ce pas fifille ? dit Gil. Et à ce propos, mère, c'est scandaleux ! Savez-vous combien m'a coûté le landau cet après-midi-là ? Quinze douros ! Soixante-quinze pesetas ! Trois cents réaux ! Ah ! le jour de la Saint-Thomas, ils font payer très cher !

– Surtout cette année : il y avait au moins deux cents voitures de plus que l'année dernière !

– Ça vous reviendra moins cher quand vous en aurez acheté une, dit Jordi.

– Ah ! ça c'est vrai ! affirma Foix très naturellement.

– Alors, tu espères avoir une voiture à toi ?

– Mais oui, Madame, répondit-il, se mettant alors à lui expliquer combien il avait gagné déjà, combien il payait pour l'appartement, les projets pour la nouvelle maison, fabuleuses prophéties d'argent.

– Croyez-moi, mère. Vous verrez votre fille devenir vraiment riche, si Dieu le veut. Et la vieille femme, une larme au coin de l'œil, répondit :

– Que Dieu le veuille ! Mais moi, vous me faites peur. Une bonne santé et de quoi vivre, ça suffit.

– Oui, mais l'argent n'a jamais fait de mal, objecta Jordi.

– Et puis, si c'est la chance qui me les apporte, comment les refuser ? Croyez-moi, mère, chacun doit avoir son jour de chance.

Ils avaient déjà mangé les petits pois et les croquettes, des croquettes de poulet comme ils en avaient cuisinées des années et des années pour Mossèn Pere. La grand-mère en mangea deux avec une telle ardeur qu'elle eut une espèce de hoquet bizarre.

– Iras-tu à l'Opéra aujourd'hui, Delfina ? demanda Pauleta, tandis que Foix et Eladi attaquaient deux perdreaux aux choux, et que le brave Bernat se plaignait de voir les capitaux préférer les aventures de la Bourse aux profits de l'industrie.

– Aujourd'hui est un mauvais jour, *mamá*, répondit Eladi, qui tacha la serviette attachée à son gilet. L'Opéra n'aura pas un public chic, pour Noël c'est plein de provinciaux.

– Ainsi ceux des loges du troisième balcon ne viendront pas ? Tu crois ? Dans ce cas-là j'irai aujourd'hui, dit Francesc.

– Et alors, nous te gênons, nous au troisième ?

– Ça dépend... Quand vous vous taisez, vous ne me gênez pas.

– Mon vieux, toi tu es toujours contre tout. Tu dois être aussi de ceux qui trouvent bien *L'Affricana.*

– Bien sûr, mon vieux ! Songe que sans moi ils ne seraient même pas une douzaine.

– *L'Affricana* ? intervint Pauleta. Tu n'aimes pas ça, mon fils ? Eh bien, moi, je pense comme Francesc. La scène avec les évêques, celle avec le navire, tout cela me plaît beaucoup.

– Oh ! et l'arbre ? Qu'en dites-vous de l'arbre ? répliqua le peintre.

– Laisse-le, *mamá*, dit Eladi. Francesc veut toujours faire de l'esprit.

– Et j'y réussis bien mal. C'est comme pour gagner de l'argent, tu seras millionnaire que je n'aurai pas encore un sou.

Mais Delfina vint distraire son cousin en lui demandant qui était le jeune homme mince et blond, aux traits insignifiants, habillé à la dernière mode, qui conduisait une voiture à deux chevaux, le lendemain de la fête de Saint-Thomas.

– Ah, c'est Paulito, le fils d'un cordonnier ; il a eu la chance de gagner quatre millions en moins de deux mois.

– Ça, alors ! Quel malin ! s'écria la jeune fille.

– Plus bête qu'un âne, répondit Eladi.

La jeune fille ouvrit de grands yeux :

– Mais alors, il ne faut pas de l'intelligence pour gagner de l'argent ?

– Presque jamais, affirma oncle Bernat. Bien souvent elle en fait perdre. C'est une question de chance.

On discuta sur ce point pendant un moment, mi-plaisantant, mi-sérieusement, tandis qu'on remportait un colin magnifique auquel presque personne n'avait goûté.

– Quel dommage ! dit Gil Foix. C'était une belle pièce ! C'est Catarina elle-même qui est allée le choisir au marché, n'est-ce pas, chérie ?

– Il dit de ces choses ton père ! dit Eladi à voix basse à Delfineta qui était déjà rouge comme un coquelicot.

– Ah ! poursuivit Foix en élevant la voix, c'est maintenant, maintenant qu'arrive le plus beau morceau. Regardez-le bien : il m'a coûté quatre douros !

C'était une énorme dinde. Pour la placer au milieu de la table, Bernat et Catarina durent reculer leur chaise. Eudaldet applaudit et se mit à genoux sur sa chaise.

– Cot, cot, cot !... glou, glou, glou... ! chanta Francesc.

Tout le monde éclata de rire en regardant l'enfant qui voulait imiter son oncle et n'y parvenant pas lançait des *cocoyco*, *cocoyco* ! Ce fut du délire. Adieu les belles manières, les faux airs distingués ! Le naturel, aidé par la bonne chère et les vapeurs du vin, revenait. Pauleta, Jordi, Foix lui-même répondirent en imitant le coq, la poule, le mouton... Cocorico !... Cot, cot, codé !... Glou... glou... Bée, bée ! Les domestiques étaient pliées en deux ; le petit noir voulait montrer son talent pour imiter le chat. Catarina, la grand-mère, Bernat se réveillaient devant cette joie expansive qui leur rappelait les effusions de leur jeunesse, de cette vie de labeur simple et naturelle. Seuls Delfina et Eladi, lequel avec le couteau à découper mettait à mal les chairs grasses et dorées de la victime, souffraient et désapprouvaient intérieurement ces éclats. « Quelle honte si quelqu'un les avait vus ! Quels sauvages ! » Et le scandale dura aussi longtemps qu'Eladi scia, tira, découpa, cuisses, ailes, blanc, transpirant comme un bûcheron. À la fin il capitula, il livra la dépouille – un tas d'ordures de boucher – et demanda du champagne. « S'il n'en avait pas parlé, ils auraient été capables de ne le servir qu'au dessert ! » Les bouchons pétèrent et le brouhaha augmenta. « Moi, moi d'abord ! » « Moi, moi ! » « Et moi, on m'oublie ? » Et le jet des bouteilles tombait sur la table, sur les assiettes, écumait sur les lèvres avant de descendre dans les gorges. Francesc courant ici et là une bouteille à la main, revenant toujours à Pauleta qu'il essayait de soûler. La grand-mère y trempa seulement la moustache et fit la grimace. Catarina avait bien assez de mal à tenir Eudaldet ; l'enfant, repu, enfonçait ses doigts sales dans son verre dont l'eau devenait boueuse. Et Francesc et Foix continuaient à alimenter le tapage. Même Delfineta perdait la tête, se réconciliant avec son jeune oncle pour biberonner comme Pauleta. Avec l'arrivée des oublies, le délire fut total. L'un en enfilait une à chaque doigt, faisait tourner la monstrueuse main et la mutilait à coups de dents, l'autre la trempait dans le champagne et aspirait bruyamment le liquide ; Francesc paria que personne n'en mangerait une en entier comme il faisait, placée sur l'index qu'il faisait tourner sans s'arrêter. Ils essayaient, se mettaient à rire, se mordaient le doigt, et l'oublie s'écrasait dans leur bouche, l'emplissait d'arêtes, les faisait tousser, les étouffait. Quant à Pauleta, le champagne remonta, ressortit par ses narines, arrosant Bernat et Foix ; elle dut quitter la table et s'asseoir dans un coin, haletante. Enfin tout le monde enfonça là-dessus un bon bouchon de touron, et on prit le café à la même table éclaboussée de sucs divers, tachée de vin, trempée de champagne. La tablée ensuite se leva en masse, sur l'injonction de Foix qui voulait montrer à tout le monde les autres pièces de l'appartement, et les bureaux, qui n'étaient pas encore complètement installés.

Il était quatre heures, on n'y voyait presque pas, le froid piquait vraiment, mais les convives, repus et rouges, ne le sentaient pas, même dans le vestibule glacial, où les hommes finissaient leur cigare qui, Foix le leur avait déjà dit, lui revenait à huit réaux chaque.

– Bien, bien ! Nous avons bien fait les choses, ne crois-tu pas ? demanda Gil quand ils furent seuls.

– Tu sais ce que je crois ? répondit Catarina. Que cela suffit, que nous ne recommencerons pas. Je me suis donné beaucoup de mal et je n'ai fait que souffrir. Et vous, mademoiselle, sachez que je n'aime pas toutes ces messes basses.

– Oh ! Moi ? s'écria Delfineta d'une voix aiguë.

– Celle-là et Eladi s'imaginent être mieux que tout le monde. Ils n'ont pas arrêté de critiquer les autres !

IV

Derrière la porte de chêne, où il y avait une plaque d'acier sur laquelle était gravé le nom : *Gil Foix*, le visiteur trouvait un portier habillé en laine bleue, avec des boutons d'argent et les initiales G.F., du même métal cousues sur le col. C'était un homme robuste et râblé, au parler affable, à la grosse voix, avec des yeux gris au regard moqueur. Il y avait chez lui, dans son épaisse chevelure courte et blanche, plantée sur un front toujours empourpré, dans la forme arrondie de son crâne et de son visage carré, ainsi que dans ses poignets épais et ses pieds solides, quelque chose du chien de garde qui inspirait confiance aux braves gens et qui inquiétait ceux qui auraient pu avoir de mauvaises intentions.

Assis sur un petit banc, adossé au coin d'une table sur laquelle il pianotait pendant des heures, il ne se levait que de rares fois. Il fixait un regard interrogateur sur celui qui entrait et ayant obtenu une réponse, il le renseignait sans ouvrir la bouche ni cesser de pianoter, montrant d'un signe, à droite ou à gauche, le bureau demandé. Cependant, pour certains visiteurs, il daignait se lever et presser le pas, le corps penché en avant, ses mains osseuses croisées derrière lui, un petit sourire sur les lèvres, les yeux pleins de sollicitude et de bonté. C'était quand il entendait s'arrêter en bas les fers bruyants d'une belle voiture, quand franchissait la porte une dame bien habillée ou une redingote bien coupée, ou lorsque Eladi ou M. Foix lui-même traversaient l'entrée. Pour le reste du personnel de la maison il ne bougeait pas. Il avait cinquante-huit ans. Il savait que son prénom était Quim. Mais son nom de famille il ne savait pas au juste si c'était Fabra, Fabre, Fabré, Fabrés ou Febrés. Et cette ignorance, qui l'avait fait signer différemment à divers moments de sa vie aventureuse, lui avait évité plus d'une fois des tracasseries avec la justice. Il prisait un tabac fort. Son plaisir était d'en offrir à l'un des encaisseurs qui attendaient et entre deux prises leur raconter des épisodes de son existence accidentée, l'enjolivant de temps en temps avec quelques mensonges qu'il finissait, à force de les répéter, par prendre, de bonne foi, pour des vérités incontestables. Il avait fait comme « Miquelet[1] » la guerre de Sept Ans à côté de Prim et de Gurrea, sous les ordres d'Alau. Il était parmi ceux qui passèrent à cheval *le pont du Diable*, l'aqueduc romain de Tarragone, une folie grâce à laquelle ils avaient surpris par-derrière Mossèn Benet Tristany, et ils lui avaient administré une telle correction que, d'après Quim, ça le brûlait encore. Une fois la guerre finie il changea de métier comme de chemise : il fut tavernier, facteur, garçon de courses à la mairie, garçon de café, machiniste dans un théâtre, garde champêtre, allumeur de réverbères, garde municipal ; en l'an 1854 il fut fourrier de la Milice, plus tard, volontaire dans les troupes d'Afrique du Nord, ensuite garde-chasse, garde-corps du dénommé Tarragone, volontaire pour la République, receveur de tramway, gardien de prison, surveillant de la Riba. Et de toutes ces guerres, ces tempêtes, ces nuits passées à la belle étoile, il s'était tiré sans aucune blessure, aucun rhumatisme. Ennemi du mariage il était resté célibataire, tout en étant ama-

1. Membre des corps francs luttant contre les carlistes de Catalogne au XIXe siècle.

teur du beau sexe, au point que ses yeux s'allumaient et ses oreilles rougissaient quand passait près de lui « un beau brin de fille », comme il disait.

À gauche de l'endroit où était assis le célèbre portier il y avait la caisse et les bureaux de la comptabilité, situés derrière un long comptoir de sapin orné de filets noirs et surmonté de guichets aux vitres coulissantes, opaques, séparant du public les employés de la maison. Là, au pied d'un grand coffre-fort en fer, le brave Bernat enfournait et sortait de l'argent, indifférent à la tâche, désirant toujours un moment de repos pour se livrer entièrement à ses calculs mathématiques de mécanique et de chimie, pensant à son allumette-cigarette ou cigarette-allumette. Quatre jeunes gens ouvraient et fermaient continuellement les guichets, prenaient des carnets, des lettres de change et des coupons, enregistraient des chiffres, consultaient les livres de comptabilité, et chaque chèque, chaque document reçu, était rapidement enregistré ; tandis que Pepet, qui se tenait au milieu de la salle, debout toute la journée, montrait son habileté de calligraphe sur les grandes feuilles du grand livre, et du brouillard, installés, tels des livres d'église, sur un lutrin giratoire.

Au bout de la banquette où les clients s'asseyaient en attendant leur tour, devant le long comptoir, il y avait la double porte du bureau d'Eladi. À l'intérieur, un cigare aux lèvres, un beau solitaire à l'index droit, la tête dressée, le sourire froid et constant, le flambant secrétaire recevait, toujours disposé à monnayer sa protection, les gens qui venaient le voir, impressionnés par les fauteuils capitonnés et les luxueuses tentures qui l'entouraient.

Le département de Foix, encore plus richement meublé, se composait de trois pièces et se trouvait à la droite du vestibule ; il communiquait par des fils électriques avec le bureau du secrétaire.

Trois mois après l'ouverture de la maison, le tapis de l'escalier ne semblait plus le même. Gil Foix ne s'était pas trompé : la fièvre de l'or, qui s'était emparée de toute l'Europe, allait croissant à Barcelone. Tout l'argent mis de côté sortait des cachettes où la prudence l'avait gardé prisonnier, et, comme disait Eladi, il roulait de main en main follement.

Une fois de plus venait de sonner le clairon qui éveille la cupidité des humbles et met en branle périodiquement ces grandes croisades pour la conquête du veau d'or, au cours desquelles nombreux sont ceux qui y laissent la peau. Personne ne se souvenait plus du désastre de la fermeture des caisses. L'année 1866 s'était effacée de la mémoire, celle des gens qui en subissaient encore les conséquences. Le crédit se présentait à nouveau, aux yeux de l'humanité cupide, comme le brouillard précurseur de la manne céleste. Aux trente sociétés de crédit et de travaux publics qui existaient à Barcelone, s'étaient ajoutées en quelques mois soixante-dix nouvelles firmes, dont l'ensemble représentait plus de trois millions d'actions et un capital effectif qui dépassait sept cent soixante-seize millions de pesetas. Cette somme fabuleuse mise en circulation avec celle plus fabuleuse encore des valeurs nationales et étrangères traitées en Bourse, faisait qu'il n'était guère difficile de trouver un filon et de se remplir les poches. Il suffisait de surmonter la crainte et de se jeter à l'eau. Les gueux qui s'étaient enrichis en quelques semaines étaient innombrables. Tout le monde citait des noms obscurs qui s'étant hissés du jour au lendemain au rang de nababs, vivaient déjà bien plus luxueusement que la noblesse, la grande banque et le commerce anciens. Les théâtres, toujours pleins, resplendissaient. Les magasins de quincaillerie et de menuiserie fermaient pour céder la place aux bijouteries et aux ébénistes. Les confiseries, les ganteries, les épiceries fines, les grands restaurants se multipliaient comme par enchantement.

Le nombre de voitures particulières augmentait, des attelages de chevaux fougueux comme on n'en avait jamais vus à Barcelone commençaient à agiter rues et places, et tandis que la construction diminuait dans les quartiers industriels, à droite et à gauche on voyait pousser des maisons éclatantes, de petits hôtels particuliers, et de vrais palais. Un courant invisible d'or arrivait même jusqu'à la poche du travailleur. La joie resplendissait sur tous les visages, les gens couraient, étourdis, dans les rues et l'atmosphère de bien-être qu'on respirait partout poussait les plus circonspects à changer l'or amassé grâce à la sueur et aux privations contre ces bouts de papier imprimés en demi-teintes que le crédit répandait à foison.

Eladi avait eu raison : « il suffisait de changer de maison et de s'installer avec une certaine ostentation pour prospérer rapidement ». Ouvrir les nouveaux bureaux et voir se multiplier démesurément la clientèle alla à l'unisson. Quand arrivait le soir et que Foix repassait les notes du jour, il voyait les monceaux d'or et les piles de valeurs que des inconnus avaient déposés dans ses caisses ; alors une bouffée de satisfaction troublait sa vue, il s'admirait lui-même.

Malgré cela Gil Foix n'était pas tout à fait content. Cette fièvre qui lançait tout le monde dans l'océan de la spéculation et de l'aventure contenait une force secrète de réglementation invincible. Les cabales de la banque exploitaient la superstition du joueur avec une étonnante facilité. Sans en chercher les raisons, les foules s'enrôlaient dans plusieurs bandes, tous fanatiques de leur drapeau, qui se confondait souvent avec le capitaine, tous rivaux, adversaires acharnés bien souvent. La division de la masse était inouïe, et le manque de réflexion que cela supposait aiguisait d'autant plus l'appétit des nouveaux affamés. Il y avait un grand nombre d'inscrits sous la bannière des *France* ; pour eux toutes les autres actions n'étaient que du papier sans valeur.

Les partisans des *Nord* détestaient les *France* et les autres compagnies ; pour eux nulle action n'était aussi solide que celle du *Nord*. Une guerre semblable existait entre les banques et les autres établissements de crédit. Il en poussait comme des champignons. Il y en avait un dans chaque cité importante de la Catalogne, fût-il ou non nécessaire, ou même viable. De surcroît chaque aventurier hardi ouvrait le sien. On en créait sous prétexte de réaliser des réformes ou de grands travaux publics, existant seulement dans la cervelle des promoteurs. Bien souvent la seule difficulté pour les créateurs consistait à trouver un nom pour le bébé. Et la spéculation, aiguisée de la sorte, excitait les imaginations à trouver des idées nouvelles, la plupart impossibles à réaliser. D'autres fois on exploitait des désirs latents chez les gens, des observations recueillies au cours d'une conversation. Les Barcelonais commençaient à se plaindre de l'étroitesse de la partie ancienne de la ville, de l'imparfaite urbanisation des quartiers modernes, de l'aspect villageois et négligé de ses rues, du manquc de confort moderne, de l'absence de grands monuments, de squares, de statues ; la fièvre de l'or engendrait aussitôt de grands projets pour tout transformer. Les corps constitués, les autorités, recevaient chaque jour quantité de nouveaux plans accompagnés de mémoires, déguisant hypocritement sous l'aspect d'un patriotisme ardent, d'une sollicitude prévoyante et paternelle, les mobiles intéressés des spéculateurs.

Gil Foix, voulant commencer par là, avait proposé plusieurs projets de cette sorte et parmi eux celui de déménager hors du centre l'hôpital de la Santa Creu, pour mettre à sa place le marché de Sant Josep et à l'endroit de celui-ci des jardins avec de grands réverbères et une statue équestre au milieu. « Cette réforme anoblirait la Rambla de les Flors et donnerait à Barcelone une nouvelle place monumentale, et par ailleurs lui octroierait un hôpital et un marché plus hygiéniques, plus spacieux et plus adaptés aux besoins de l'époque. » Barcelone n'avait pas assez d'eau potable, il ferait venir la moitié des eaux du Segre. Le service des transports était déficient aussi : Gil Foix promettait de le mettre à la hauteur.

Mais ses projets dormaient dans les tiroirs de la Mairie, et d'après les mauvaises langues, les édiles à l'esprit étroit les avaient accueillis avec des sourires méprisants.

La grande banque ne reçut pas mieux sa proposition de créer une société anonyme, sous sa gérance, afin d'établir un arsenal suffisamment important pour pouvoir s'emparer de la construction de tous les navires de la Méditerranée. Le dédaigneux refus de son projet grandiose le rendait fou de rage, car il ne pouvait pas le comprendre. « Bernat, qui était réaliste, en était enthousiaste : il avait fait les plans si parfaitement ! Il suffisait de s'y mettre, le profit était sûr. Une entreprise qui honorerait et enrichirait toute l'Espagne ! Pourquoi s'en moquaient-ils donc ? » Mais Jordi ne changeait pas d'idée. L'important était d'acheter une propriété, d'exagérer l'ostentation, d'avoir une voiture, de faire du bruit, donner une impression de puissance, pour offrir aux gens les garanties qu'ils réclamaient : le reste n'était que des histoires, des discours inutiles. Foix, cependant, hésitait, il avait besoin de réfléchir :

– Vois le chemin parcouru par Aleu, Llobera, et tant d'autres, et comment ils ont fait !

Sans doute, mais Foix craignait encore un revers, n'avait pas assez de confiance dans la constance de la fortune qui l'avait tant maltraité jadis, et il ne voulait pas se lancer tout seul, si vite. « Il n'oserait pas tenter un coup audacieux, ni risquer dans l'achat de propriétés un capital, à moins qu'il ne fût dans sa caisse et bien à lui. Il est vrai que si la source ne tarissait pas, dans un an il pourrait peut-être avancer plus aisément. Mais pour le moment cela ne lui semblait ni prudent ni honnête. Il voulait avancer sur un terrain sûr. Une chose était le négoce, fruit de son travail, les entreprises profitables au pays, "à l'humanité" comme disait le caissier, et autre chose le jeu, le risque téméraire, la tromperie. Il l'avait déjà dit : travailler avec honneur, loyauté, honnêteté. »

Mais malgré toutes ses bonnes intentions, la soif d'or et de notoriété grandissait chez lui tous les jours ; une vanité contagieuse s'emparait de son esprit, rongeait, sans qu'il s'en rendît compte, ses convictions ; et un désir latent de rivaliser avec les autres nouveaux riches de Barcelone le poussait, peu à peu, à une ostentation chaque fois plus grande et à mener sur ce chemin sa famille. Son amour pour elle, l'idolâtrie qu'il ressentait pour Delfineta en étaient, en grande partie, responsables. Ainsi la jeune fille changeait de robe quatre ou cinq fois par jour, on la voyait partout et elle ne savait plus passer une soirée à la maison. Catarina ne se coiffait plus avec des bandeaux, elle ne portait plus les toilettes austères d'antan. Les sermons de sa fille et de son mari l'obligeaient à se corseter bien serré, à se coiffer à la mode, à assister tous les soirs aux spectacles de bon ton, couverte de soie et de joyaux, à adopter des poses de grande dame. Mais malgré cela, et les sentiments de vanité que même elle ressentait, la fille de Mme Monica devait faire un violent effort pour prendre les nouvelles habitudes. On avait exilé à Vilaniu l'ancien mobilier, même quand il représentait des souvenirs de famille, et un décorateur, improvisé aussi, qui installait tout dans le style « boudoir de cocotte », avait terminé de décorer la maison, vrai supplice pour les yeux. La famille étouffait par manque d'air avec tant de tentures, de tapis, de rideaux, de tapisseries et surtout avec un excès de peluche sur les murs, au-dessus des lits, des tables et des chaises. Catarina se sentait gênée par tous ces poufs, petites tables, chaises, par un si grand nombre de piédestaux sur le passage ; elle maudissait la profusion de fleurs de porcelaine, de petits tableaux, de bibelots fragiles ; répandus partout ils réprimaient les mouvements les plus naturels et ils étaient quotidiennement une source d'ennuis et un motif de réprimandes et de larmes pour la domesticité. Celle-ci avait été augmentée d'une autre chambrière, d'un valet et d'une jeune fille du Roussillon qui tenait le rôle de demoiselle de compagnie et d'institutrice auprès de la jeune fille. Tout cela exigeait une direction et une surveillance très ennuyeuse, entraînait des dépenses qui effrayaient la pauvre dame, malheureuse de surcroît de ne pouvoir s'occuper de tout et de se voir tous les jours plus éloignée des gens simples de sa famille qui venaient rarement chez elle et s'enfermaient dans un silence plein de blâme, d'envie et de moquerie. Gil, songeant jour et nuit à ses affaires, à ses projets, s'agitait sans cesse, toujours frétillant, ne remarquait rien de tout cela, et trouvait parfaitement normal qu'on les laissât seuls pendant les brefs moments de quiétude dont disposait la famille. Ni lui ni sa fille ne faisaient attention au fait que la grand-mère et Francesc ne venaient plus leur rendre visite ; ayant pitié de l'enfant ils venaient le chercher presque tous les jours pour l'emmener en promenade, mais ils ne dépassaient pas la salle à manger. Catarina, elle, l'avait remarqué ; elle voyait tout, faisait attention à tout, souvent elle se consumait à chercher en vain la manière d'ordonner ce désordre, de trouver, sans préjudice pour personne, un peu de repos pour elle-même, de liberté pour les autres, la paix, l'harmonie et la chaleur familiale pour tous ceux qu'elle aimait. Heureusement Eladi avait l'air moins empressé auprès de sa fille qu'elle ne l'avait craint. Quand il restait déjeuner chez eux il jouait les amoureux, faisant la cour à la jeune fille, et même, de façon plus ou moins dissimulée, s'entretenait avec elle dans un coin de la maison, lui disait quelque galanterie, trois ou quatre bêtises, mais bientôt paraissait l'ombre sévère de la mère et les choses n'allaient pas plus loin. Il faisait aussi plus ou moins la cour à Blanche, l'institutrice ; mais cela en restait là : des rafales momentanées d'un vent folâtre. S'il n'allait pas déjeuner chez eux, on le voyait par moments à la loge de l'Opéra. Ce jeune homme, livré corps et âme aux affaires, ne ressentait l'amour, ne flairait la femme, que brutalement, dans ses instants de loisir lorsque, l'esprit libre de préoccupations, la bête se déchaînait. Delfina, avec les illusions du jeune âge, avait flirté un peu avec lui, mais sans y engager son cœur, portée seulement par la puérile vanité de plaire, pour pouvoir dire à ses amies qu'elle aussi, elle avait des prétendants. Mais la vérité c'est que ni l'un ni l'autre ne s'étaient, jusqu'alors, épris ; toutes ces comédies n'étaient rien d'autre qu'un jeu d'enfants.

Non ; les desseins du couple Balenyà, en admettant qu'ils existassent, n'avançaient pas, et la méfiante Catarina ne s'en souciait plus. À son avis ce prétentieux jeune homme devait avoir quelque aventure que ses parents ignoraient, et cela la tranquillisait au point de trouver plus supportable l'antipathique Pauleta. Ce qui tracassait le plus Catarina était la difficulté de concilier cette vie trépidante et les soins à donner à Eudaldet, son petit, qu'elle adorait. Étant donné que Delfina ne tenait pas en place et que sa mère ne pouvait pas se résigner à « la laisser aller toujours comme une fille des rues », disait-elle, quand celle-ci lui demandait de sortir avec sa demoiselle de compagnie, et comme en revanche elle ne voulait pas accepter l'offre continuelle de l'ex-couturière d'aller avec la jeune fille jour et nuit, elle l'accompagnait souvent et il lui était alors impossible de s'occuper de l'enfant. Le laisser avec les domestiques lui déplaisait et ainsi elle devait avoir recours à la gentillesse de la grand-mère et de Francesc qui gagnaient peu à peu le cœur de l'enfant dont ils avaient pitié, ce qui rendait sa mère jalouse et l'offensait comme s'ils lui rappelaient ses devoirs sacrés, qu'elle était la première à ne pas oublier.

Il faut dire cependant que si toutes ces tristesses et contrariétés rendaient l'ascension pénible, il est vrai aussi qu'à chaque marche Catarina trouvait des compensations. L'accroissement de la fortune et de la notoriété de son mari, la plus grande facilité pour couvrir les nécessités les plus secondaires, la considération qu'elle-même obtenait parmi les gens riches, la joie montrée par son époux et sa fille, la remplissaient d'amour-propre et dilataient son cœur. Et dans ce courant de satisfaction la douleur de la contrainte diminuait jusqu'à disparaître, la répétition de certains actes prenait le caractère d'une habitude, les nouvelles coutumes se superposaient aux anciennes, en effaçaient les traces, et tout doucement les vieux critères étaient engloutis dans l'ombre de l'oubli, devant la brillante clarté des nouveaux.

Il en allait de même pour les autres membres de la famille. Des caisses bien pleines du banquier sortait sans doute une poussière d'or qui s'infiltrait dans l'appartement, dans les esprits, et qui dorait tout : les pensées, les souvenirs, les désirs. Ainsi les convictions devenaient élastiques, le jugement tolérant ; les mouvements du cœur avaient une expansion généreuse semblable à la vertu.

Au bout de huit ou dix mois Foix suivait déjà les conseils de Jordi ; seule Catarina restait économe et ronchonnait, tout affolée devant les dépenses, sans cesse grandissantes, de la maison.

Le père et la fille prenaient des abonnements inutiles, achetaient à foison, parfois par charité. Foix achetait tout à coup, par pur caprice, sans réfléchir, comme si l'argent lui brûlait les doigts. Et de la sorte la maison s'emplissait de machines superflues, de pendules bizarres montées sur peluche, de boîtes à musique, de tableaux avec des petits navires qui bougeaient, de vases lourds, de meubles inconfortables et très laids, en fer forgé ou en corne de bœuf, véritables trouvailles d'inventeurs extravagants, rebuts d'atelier et de magasin achetés uniquement par les ignorants fortunés.

Encouragé par ses gains Foix prenait de l'audace, oublieux des craintes de jadis, lâchant la bride à son envie de paraître, de devenir un potentat en quelques heures. Les conseils, les exemples qu'il avait sous les yeux, le persuadèrent de jouer pour son compte, de courir l'aventure de la hausse et de la baisse, sans les appréhensions des vieux coulissiers. Un soir, dans les couloirs de l'Opéra, il tomba sur le propriétaire de son immeuble. C'était un jeune homme qui appartenait à l'ancienne noblesse. Impulsif, ambitieux, contaminé déjà par la fièvre de l'or, le baron Esmalrich avait trouvé, à la mort de ses parents, un patrimoine considérablement diminué, se composant seulement de l'immeuble de la rue Ample et d'une propriété en bas de Breda. Les revenus de cette dernière partaient en fumée et le jeune homme, bien que n'ayant ni frères ni sœurs, n'avait pas de quoi soutenir le luxe auquel on l'avait habitué dès son enfance. L'exemple de ses camarades s'adonnant depuis peu aux jeux de la Bourse pour rétablir la fortune non moins ruinée de leur maison, avait éveillé chez le baron le désir de puiser à la même source. Mais pour ce faire et pour régler des dettes il lui fallait de l'argent liquide ; aussi demanda-t-il un prêt au banquier. Foix eut une idée lumineuse. Pourquoi contracter des dettes ? Il n'avait qu'à lui vendre l'immeuble, il était disposé à le lui acheter. Le baron fut surpris, et au début il refusa. Mais cette proposition, venant d'un homme que personne ne connaissait un an auparavant, n'était-ce pas la preuve palpable de ce que l'on pouvait obtenir à la Bourse ? Le baron commença à hésiter et dit qu'il allait y réfléchir. Mais quand Catarina connut ces projets et apprit qu'ils ne possédaient pas encore l'argent pour cet achat, elle s'y opposa de toutes ses forces. Et Foix avait beau lui expliquer tous les arrangements et combinaisons possibles, elle n'en démordait pas. Son mari était embarqué dans de si nombreuses affaires, accablé par tant de responsabilités, qu'elle s'effrayait de le voir se mettre à découvert pour acheter. Elle ne demandait pas mieux que d'avoir des propriétés. Mais pas acquises de la sorte, au préjudice de l'affaire, et seulement quand ils pourraient le faire sans courir aucun danger. Pour elle la propriété ne devait jamais être exposée aux aléas du négoce. Sans qu'elle sût l'expliquer, la propriété était pour cette femme la concrétisation du travail et de l'effort de l'homme prévoyant, qui grâce à elle assurait et consolidait l'avenir de ses héritiers ; c'était le produit de sa réussite, non un moyen pour l'atteindre.

– Quand tu voudras devenir propriétaire, disait-elle, prends ta retraite.

Elle voulait la propriété bien nette, bien détachée de tous les aléas qui les menaçaient. Et elle ne pouvait pas comprendre que Foix rêvât d'amortir ce qu'il avait et ce qu'il n'avait pas encore, avant de lever l'hypothèque qui pesait sur la maison de Vilaniu. Ça ne l'amusait pas du tout de voir ainsi compromis ce bout de pain pour ses enfants. Pourquoi ne se libérait-il pas de cette charge en priorité ? Elle en parlait très souvent avec sa mère. Ils prenaient tous des habitudes de marquis, alors que rien ne reposait sur des bases solides. Il fallait les assurer d'abord.

Mais Eladi arrangea la chose en tirant profit, un après-midi, d'une hausse prodigieuse des actions coloniales. Les ordres d'achat reçus par Foix étaient considérables. Eladi acheta dès l'ouverture et endossa aux clients ce qu'il avait acheté dix points de moins une demi-heure auparavant, réalisant pour la maison un bénéfice de quarante mille douros.

Foix les accepta avec un sourire tolérant après une discussion un peu vive avec ce secrétaire si malin. Celui-ci jurait qu'il avait acheté à la première heure pour le compte de Foix, alors pourquoi devrait-il payer la hausse, et celle-ci étant intervenue, pourquoi ne pas en profiter ? Pourquoi laisser le gain à d'autres ? Toutes les maisons faisaient des opérations comme celle-là, elles étaient monnaie courante, et parfaitement légales pour les ordres au comptant.

Et avec cette rentrée de fonds, Foix, quelques jours après, se décida à acheter l'immeuble.

V

Jordi avait raison ; l'acquisition de l'immeuble, claironnée çà et là par les amis de Foix, renforça non seulement son crédit, mais aussi sa confiance en lui-même. Cet intrus modeste, toujours si craintif et hésitant pour entreprendre de grandes affaires, se sentit dès lors capable de tout. L'exemple continu des agissements des autres avait rendu inutiles les incitations plus ou moins fortes d'Eladi et de Jordi. Parmi ses relations il pouvait déjà compter sur les doigts le nombre des parvenus qui faisaient à l'époque grand bruit à Barcelone. Gil connaissait pas à pas les chemins suivis par les nouveaux puissants, savait ce qu'ils valaient et il ne s'estimait inférieur à aucun.

À l'époque on parlait beaucoup de l'immense fortune amassée en trois mois par un dénommé Giró, un homme d'âge moyen fort laid, à la face aplatie de bouledogue, parfaitement inconnu auparavant, sauf dans les tripots, dont il était un des plus fidèles piliers. On disait qu'il était entré à la Bourse sans un sou, qu'il avait commencé à jouer avec des bons de l'État et qu'au bout de quelques jours il avait surpris tout le monde par ses gains continus. Il avait, disait-on, une intuition si sûre ou une chance si grande, qu'on ne le perdait pas de vue. Surnommé *la Fouine*, il devint vite l'oracle que tout le monde venait consulter. S'il jouait à la hausse les haussiers étaient sûrs de gagner, de même quand il jouait à la baisse, les baissiers. Une inspiration si prophétique, si sûre, constituait un vrai mystère. Quelques-uns, emportés par la superstition des joueurs, l'attribuaient à sa bonne étoile ; d'autres, impressionnés par sa façon entrecoupée de parler, et par sa figure de bouledogue, le comparaient à un chien de chasse doué d'un flair exceptionnel et ils croyaient presque à la vérité de l'image. Ce Giró, trois mois après avoir opéré de la sorte, possédait à ce que l'on disait un million de douros, vivait sur un grand pied et, tandis qu'il restait fidèle au poste, ses fils tenaient le haut du pavé avec toutes sortes de voitures et des attelages admirables. Quelqu'un découvrit enfin le secret de cette chance extraordinaire : c'était ce que l'on appela « le petit papier ». Cette révélation provoqua un scandale de cris et de protestations. À partir de ce jour on guetta Giró quand il passait sous les balcons des Télégraphes et on interdit aux employés de s'y montrer pendant les transactions. Le petit papier, où étaient notés les derniers changes de Paris et de Madrid que ses destinataires ne recevaient que beaucoup plus tard, cessa de tomber. Mais Giró, à qui le million ne suffisait pas, trouva encore une meilleure combine : des gens à sa solde faisaient le va-et-vient entre les Télégraphes et la Fouine, transmettant au bouledogue les plus imperceptibles pulsations des autres Bourses dans des cigarettes qu'il déroulait devant tout le monde, lisait discrètement et roulait dans un nouveau feuillet. Ce qu'il gagnait alors est impossible à dire. Et quand la nouvelle tricherie fut découverte, tout le monde en parla ; Foix éclata de rire.

– Certes, jouer ainsi est malhonnête, mais c'est très ingénieux.

Il pensa un instant à la fortune de cet homme et il en fut jaloux. Mais en se comparant à lui il se sentit bientôt réconforté : ses profits n'étaient pas dus à des combines astucieuses, mais à ses capacités, sa réputation était beaucoup plus solide et s'il était vrai que dans son ascension il était loin de grimper aussi vite, il était non moins vrai que la chance ne l'abandonnait pas un seul instant. Lui aussi il avait eu de la chance au jeu ; s'il n'était pas monté aussi haut, c'était parce qu'il ne voulait pas utiliser de tels moyens, il ne voulait pas s'enivrer de cette manière, il n'avait pas trouvé le moment, l'occasion propices, et en fin de compte il ne les cherchait pas dans cette voie. L'argent ne lui suffisait pas, ce qu'il voulait c'était se faire un nom, jouir de la considération sociale, et ce nom, cette considération, il les trouverait dans le monde financier avec le chemin de fer de Vilaniu.

L'heure était enfin venue de mettre un terme à l'anxieuse attente de Rodon, de parler sérieusement avec lui. C'était un après-midi de septembre après le déjeuner. Le bureau était sombre et recueilli comme un oratoire. De la rue montait seulement le trot lourd de deux chevaux et le bruit sourd des roues massives du tramway. Foix se hâta d'ouvrir les volets et les rideaux et, en remarquant que tout le monde fumait, il entrouvrit la fenêtre du balcon. Un doux air printanier fit bouger les rideaux. Le bruit du tramway avait disparu et la rue Ample gardait sa solitude dominicale : magasins fermés, quelques rares passants sur ses trottoirs, un voisin de-ci de-là sur son balcon. Eladi feuilletait la poignée de télégrammes qui pendaient d'un crochet à droite du siège de Foix, Bernat contemplait distraitement le baromètre, Jordi la carte de l'Espagne et Rodon la fumée de son cigare, tout en essayant de contenir les battements de son cœur qui sauta de joie lorsque le banquier, traversant la pièce, alla occuper sa place directoriale.

– Asseyez-vous, asseyez-vous, cher ami, dit-il à Rodon qu'il ne tutoyait pas. Maintenant la température est déjà plus supportable. Et comme j'ai ouvert un peu, l'atmosphère ne sera pas chargée de fumée.

Tout le monde s'assit.

– Eh bien, vous savez tous pourquoi je vous ai demandé de venir, alors, parlons-en. Votre plan, monsieur Rodon, est quelque chose de sérieux et cela vaut la peine d'en parler tranquillement. Vous avez vu que nous avons pris notre temps, mais maintenant je crois que mon nom, avec plus de raison aujourd'hui qu'hier, offrira les garanties de sérieux et de ressources pour attirer les capitaux nécessaires à une œuvre aussi importante et, pourquoi ne pas le dire ? aussi indispensable pour Vilaniu.

– Très bien, très bien ! s'écria Rodon, en hochant gravement la tête pour exprimer son accord avec ces idées.

– Mais cela dit, il est nécessaire... il faut bien réfléchir aux premières démarches. Le monde financier de Barcelone est partagé en deux camps, ennemis déclarés : l'ancien commerce, l'ancienne banque, la banque historique, dirions-nous, et la banque moderne, celle d'aujourd'hui, la nôtre, puis-je dire, puisque j'ai l'honneur d'en faire partie. Compter sur l'ancienne est inutile puisque vous vous obstinez à ce que ce soit moi le chef d'orchestre. Ces grands messieurs...

– Ces coquins ! dit Jordi, interrompant le discours.

– Bon, d'accord, si vous voulez, continua Foix. Voyez-vous, M. Rodon, ces messieurs agissent envers nous comme les vieux aristocrates avec les nouveaux : ils nous reçoivent bien, ils nous flattent... Mais ils nous méprisent, et s'ils le peuvent, nous exploitent. Je sais que quelques-uns de mes camarades, je veux dire les nouveaux banquiers, leur reprochent de sales histoires, et qu'ils feraient mieux de se taire.

– Mais non, ils ont bien raison de le faire.

– Non, Jordi, non ; c'est là une voie périlleuse, une arme à double tranchant, qu'il est très dangereux d'employer. Tout le monde n'a pas les mains propres, n'est-ce pas vrai, ami Rodon ? Et... si tout le monde se taisait, les divisions ne seraient pas aussi profondes, la calomnie ne se répandrait pas aussi vigoureusement aujourd'hui sur les uns, demain sur les autres et, enfin, l'union, toujours si nécessaire serait plus facile, car comme l'a dit Napoléon, je crois, l'union fait la force. Actuellement il est impossible de mélanger les intérêts des uns et des autres. Ils nous jalousent, se méfient de nous ; nous les jalousons et nous méfions d'eux. Oui, messieurs, voilà la vérité. Cette guerre sourde, qui va la perdre ? Je crains que ce soit nous. Parce que ce sont de vieux matous, qu'ils jouissent d'un grand prestige, et nombre d'entre nous tombent dans leurs griffes sans les avoir vus venir. Nous en parlions l'autre jour avec Eladi. Observez ce qu'ils font : ils fondent de grandes compagnies dont ils assument la gérance, inondent le marché d'actions, et envoient des hommes de paille pour les faire monter. La banque nouvelle se prend dans la glu, achète le papier et ces messieurs empochent le fric. Patrons depuis longtemps des banques et des caisses, sous prétexte d'en augmenter le capital, ils émettent de nouvelles actions, et ils font également une bonne affaire. Ce ne sont pas eux qui les achètent, c'est nous. Et aujourd'hui un ancien armateur se débarrasse de ses vieux navires en les faisant payer comme des neufs à la compagnie qu'il fonde lui-même pour lui endosser les rossignols ; et demain un maître de forges fait de même avec sa fonderie, et après-demain un concessionnaire d'un chemin de fer avec sa ligne, etc. Enfin, comme je le disais, ce sont de vieux matous qui songent davantage à nous griffer qu'à nous tendre la main. Donc, on ne peut pas compter sur l'ancienne banque, mon cher Rodon.

Eladi et son père manifestèrent leur accord, l'accompagnant d'invectives et de mots méprisants contre ces vaniteux, ces hypocrites. Bernat se prélassait sur le sofa, et écoutait, le regard perdu au plafond, se curant les dents. En revanche l'homme de Vilaniu était tout yeux, tout oreilles. Il y eut une petite pause, pendant laquelle un autre tramway secoua les vitres du balcon entrouvert, et à nouveau Foix poursuivit :

– Si nous parlons de la nouvelle banque c'est déjà autre chose. Une partie prendra des souscriptions, les autres nous achèteront des actions sur le marché. Mais cela n'est pas suffisant, monsieur Rodon. Il est nécessaire... il faut surtout intéresser toute la région de Vilaniu : échauffer ses habitants, écrire un mémoire exposant les avantages que le chemin de fer leur apportera, faire de la publicité, organiser une grande réunion à Vilaniu même, en un mot faire tout ce qui est humainement possible pour que tout le monde vide ses poches, pour que les pauvres et les riches, les petits et les grands accourent à la souscription, la couvrent si possible. Vous et moi nous devons donner l'exemple, non seulement en y déversant un bon paquet, mais aussi en travaillant au corps les amis pour qu'ils nous imitent. Promettez-leur une place dans le Conseil, cela les décidera.

Rodon pleurait presque de joie. Enfin son rêve doré allait se réaliser ! Combien l'avait-il désiré ! Ils bavardèrent encore longuement au sujet de la concession déjà obtenue mais qui ne permettait pas de longs délais car ils couraient le risque qu'elle leur soit retirée ; ils se mirent d'accord sur le nom de l'avocat qui rédigerait le mémoire, et sur les renseignements qu'il faudrait lui fournir pour cela, ils firent une liste des personnes à toucher pour intéresser l'opinion des gens de la région ; ils discutèrent sur l'opportunité de créer un périodique à Vilaniu pour propager l'idée, de subventionner la presse nationale et étrangère pour faire de même, et on fixa, en principe, au quinze mai la grande assemblée à Vilaniu. Auparavant Eladi irait à Paris pour explorer les possibilités de ce marché et étudier avec Pi la meilleure façon d'y placer des actions.

La joie remplissait les cœurs à mesure que le plan de Foix prenait tournure. Et à la fin elle éclairait tous les visages, même celui de Bernat qui n'avait pas ouvert la bouche.

Foix, dans son exaltation, trouva une de ces images d'orateur passionné :

– Regardez, regardez, Rodon, comme nous sommes rouges ! C'est la clarté de l'aube du jour nouveau qui naît pour nous.

Rodon, les yeux exorbités, approuva l'orateur en lui donnant une tape affectueuse sur le dos. Jordi et Eladi eurent un rire stupide, Bernat était à nouveau perdu dans ses songes.

La réunion prit fin, ils mirent leur pardessus et leur chapeau, allumèrent de nouveaux cigares et tous les cinq sortirent se promener, la joie secouant toujours leurs corps.

Jordi et son fils devancèrent un peu les autres, commentant les favorables résultats que la dernière décision de Foix leur promettait à tous, et principalement au jeune secrétaire qui se voyait déjà faisant partie de la nouvelle compagnie. Bernat, inconsciemment, marcha aux côtés de son frère et de Rodon.

Ils se dirigèrent vers les Ramblas ; Rodon, relâchant enfin la grande tension nerveuse soutenue jusque-là, et comme si son esprit défaillait tout à coup, étonna Foix en lui disant, alors qu'ils arrivaient place du Duc de Medinaceli :

– Savez-vous à quoi je pense, mon cher Foix ? Qu'elle est vraiment bizarre l'humanité.

Ses auditeurs ouvrirent de grands yeux.

– Parce que, continua-t-il de la même voix languissante, remarquez bien une chose : à quoi ça rime, ces accès de fièvre qu'elle subit de temps en temps, parfois pour la liberté, parfois pour l'argent ? Soi-même, pourquoi les ressent-on, pourquoi y risque-t-on sa réputation, ses intérêts, si après tout redevient comme avant ?

– Mais mon vieux ! parce que Dieu nous a faits ainsi, répondit Foix, un peu surpris de cette sortie.

– On ne revient pas en arrière, l'humanité avance. Elle est comme les enfants qui ne peuvent grandir et se développer sans ces accès de fièvre. Écoutez, mon frère le sait bien, j'étais ennemi de l'actuel mouvement de la Bourse, de cette fièvre d'or qui détourne l'argent des petites industries pour courir les aventures d'un véritable jeu, risqué comme tous les jeux et, pour beaucoup, ruineux. J'ai bien réfléchi à ce qui se passe, j'y ai fixé mon attention et j'ai fini par comprendre que c'est là un phénomène fatal, bénéfique pour la marche de la société et la justice éternelle.

Foix et Rodon s'arrêtèrent sans se consulter et regardèrent, un peu alarmés, le caissier. Qu'allait-il chercher là ? Serait-il devenu fou ? Bernat poursuivit :

– Croyez-moi, ces accès de fièvre sont bien nécessaires, tout à fait hygiéniques. Sans eux le corps social périrait d'inanition. Ils sont, comme j'ai dit, des réparations providentielles, indispensables au progrès et à la croissance des peuples. Les révolutions réparent, dans les siècles, les inégalités politiques, les excès de la spéculation, les cruautés du sort. La société, surtout dans un siècle comme le nôtre, de grandes et coûteuses inventions, a besoin de sommes fabuleuses pour établir les réformes nécessaires que ces inventions exigent. Les masses sont routinières, incrédules, toujours réfractaires à toute innovation. Avec leur peur, leur méfiance, possédant l'argent en petites fractions, elles rendraient impossibles ces réformes.

Les auditeurs s'arrêtèrent à nouveau pour mieux l'écouter. Tous deux étaient étonnés. Cet homme raisonnait très bien.

Foix considéra son frère avec fierté :

– Il parle peu, pensait-il, mais quand il le fait il faut l'écouter.

– Les Sociétés anonymes, poursuivit Bernat, sont le plus puissant levier du monde industriel. Regardez cette rue, songez un peu à ce que vous voyez et qui prouve ce que je vous dis. Là-bas la Banque d'Espagne, les Établissements Girona, plus près la Compagnie des Transports Économiques et le Crédit Mercantile, à côté la Banque des Prêts et Escomptes, la Catalane Générale de Crédit, la Compagnie Catalane du Gaz, plusieurs sociétés d'assurances, le tout dans la même rue.

Voyez combien de choses sont nées de ces établissements, combien de commodités en résultent pour tous, combien d'entreprises existent qui sans eux seraient impossibles. Et quand, comment, de quelle façon on a pu créer ces maisons ? En profitant des révolutions du crédit, ces fièvres de l'or. N'en doutez pas ; il y a une loi providentielle qui de temps en temps éveille la soif de richesses, et alors arrivent ces accès de fièvre qui troublent le bon sens et les yeux de la foule méfiante, et lancent même les avares dans l'océan de la spéculation. Cela est donc nécessaire car c'est seulement ainsi qu'on restitue au commun des mortels ce que l'égoïsme lui vole. C'est seulement ainsi que retournent au courant circulatoire les richesses que la crainte avait entravées, que la cupidité de l'avare cachait. C'est seulement ainsi que se concentrent dans des mains intelligentes et utiles ces grands capitaux que l'industrie, le commerce et le progrès général réclament.

– Eh, eh, mon vieux ! s'écria Rodon, par ce chemin vous nous menez au socialisme et on finirait par déclarer que la propriété individuelle, les fortunes modestes doivent être interdites, qu'on a le droit de les faire disparaître !

– Je ne vais pas si loin, je reste à mi-chemin et je dis qu'il faudrait qu'elles ne soient pas transmissibles... Mais si vous voulez j'irais plus loin. Qu'elles disparaissent !... Et alors ?

– Comment, et alors ? dit Foix très alarmé. Mon vieux, avec quel sang-froid tu dis ça !

– Avec le même sang-froid qu'un général regarde ses soldats morts sur le champ de bataille.

– En voilà une comparaison !

– Elle est juste. Pourquoi le général n'est pas ému ? Parce qu'il tient ce sacrifice pour nécessaire à l'humanité, à son pays, ou à l'ordre. On l'a mis au milieu du combat et il a rempli son devoir. Ici la cause est la même, messieurs, la même. La société a des droits supérieurs à ceux de l'individu. Si celui-ci, par ignorance ou égoïsme, les viole ou les perturbe, il est juste qu'on y remédie. Je ne prêche pas, comme M. Rodon le suppose, l'abolition de la propriété, mais je prétends qu'il est juste d'arracher l'argent aux mains avares de ceux qui l'accaparent, jamais à celles des gens qui le font travailler.

– Là, vous me choquez ! s'écria Rodon. Et à quel titre ?

– Au titre du devoir que nous avons tous de porter remède aux abus de l'égoïsme, ennemi du progrès.

– Mon garçon, dit le banquier, je ne vois pas où tu veux en venir.

– La société est pour moi, intervint Rodon, un composé d'individus ayant les mêmes droits. La société un composé, l'individu un composant. Si nous tuons les composants, nous tuons le composé.

– Au nom du ciel, messieurs ! Vous allez me rendre fou ! Ou vous ne comprenez pas ce que je vous dis, ou je m'explique mal. Il ne s'agit pas ici de tuer qui que ce soit, dans la guerre non plus il n'est question de tuer personne, même si des millions d'hommes y succombent ; il s'agit d'en finir avec des antagonismes préjudiciables, de rétablir des courants altérés, de détruire des sangsues inutiles. Et tant pis pour ceux qui tombent.

– Mais, grands dieux ! répliqua Rodon, rempli de la crainte du petit propriétaire, grands dieux ! Si nous appauvrissons le plus grand nombre pour enrichir démesurément seulement quelques-uns, il est évident que nous tuons la société.

– La pauvreté, les troubles que vous craignez, seront passagers, comme ceux des guerres et des révolutions. En revanche avec l'or de ces victimes on aura fait de grandes réalisations qui, une fois terminées, seront bénéfiques pour tout le monde.

– Ne sois pas extrémiste, mon vieux, n'exagère pas ! conseilla Foix voyant l'inquiétude de Rodon. Et aussitôt se tournant vers celui-ci, il ajouta benoîtement : N'ayez crainte, monsieur Rodon, mon frère plaisante. Ah, ah, ah ! Tel que vous le voyez, avec son air sérieux, c'est un farceur. Ah, ah, ah !

– Quel farceur, et quel diable ! s'écria Bernat, plus ferme que jamais dans ses opinions et sans comprendre que son frère avait voulu faire diversion. Je parle sérieusement et je vais finir sur un exemple pratique qui rendra claire à M. Rodon ma philosophie.

– Laisse ta philosophie et tes exemples, dit Foix de plus en plus nerveux. Et pour mieux distraire le rêveur il se hâta d'appeler Jordi et son fils qui commençaient à enfiler les Ramblas.

– Venez, venez, si cela ne vous déplaît pas, nous pouvons descendre jusqu'au port. La vue de la mer est toujours belle.

Mais Bernat qui lorsqu'il tenait un fil ne laissait pas la pelote, s'entêta :

– Vous voyez, dit-il quand ils furent tous réunis. Prenons notre cas. Nous nous proposons de faire un chemin de fer. Nous avons besoin de capital, et nous essayons, bien sûr, de le trouver. Ça y est, nous l'avons. Supposons alors que les travaux engloutissent tout le capital apporté par les premiers actionnaires... que nous ayons fait des erreurs de calcul... que pour le moment la Compagnie ne rapporte pas ce que nous attendions... Eh bien, moi, je serais tout à fait tranquille.

– Eh bien, vous en avez de bonnes ! s'exclama Rodon, plus effrayé que jamais. Comme vous n'y exposerez pas vos sous... !

– Non ; bien sûr les actionnaires trouveraient ça très dur, la potion très amère, je les comprends, mais le pays, le pays, monsieur Rodon, bénéficierait grandement de cette entreprise et avec le temps même les actionnaires en recueilleraient les fruits, car ils ne tarderaient pas à voir doubler ou même tripler la valeur de leurs propriétés.

– Bien sûr ! s'écrièrent en même temps Jordi et Eladi.

– Oui, mais en attendant, ceux qui ont bu le bouillon... Celui qui a été ruiné...

– Bah, bah ! conclut Bernat. Ça c'est le destin, chacun a le sien. Vous regardez toujours le sort des individus ; moi j'ai une vision plus large.

– Allons, assez de philosophies, répéta Foix désireux de voir se terminer cette conversation qui plongeait son client dans un état de prostration. Regardez, Rodon, ce beau paquebot ! Allons le voir de plus près. Eh patron ! Approchez le canot.

La mer était lisse comme une planche d'acier. Le soleil, presque au bout de sa course, léchait l'eau aux nuances d'étain, dorait le quai de la *Capitania*, se brisait sur la lanterne et les balcons de la Barceloneta, qui brillaient entre une forêt de mâts. D'innombrables petites barques, emplies de gens, se croisaient dans toutes les directions, les mouettes fonçaient comme des flèches sur leur proie, leurs ailes courbes battant sur l'immense miroir, et reprenaient aussitôt leur vol, dessinant de nouvelles paraboles dans l'air lumineux. Foix et ses compagnons prirent place, en titubant, dans le canot. Lorsqu'ils furent installés, celui-ci commença à s'ouvrir un passage parmi la foule des petites embarcations qui l'entouraient et s'éloigna en laissant un double sillage argenté qui par moments ondulait et d'autres fois s'étendait lisse et calme sur la masse frémissante de l'eau.

VI

Mlle Blanche (ou *mamzela Blanxa*, comme on appelait chez Foix, y compris Delfina, l'institutrice) s'était offerte dès le premier jour à coiffer son élève. D'abord on lui refusa ce plaisir, par la déférence qu'on croyait due à ses diplômes, mais comme *mamzela* insista, on y consentit de bon gré en pensant aux dix pesetas mensuelles ainsi économisées. Comme par ailleurs la Française était fort habile, la jeune fille en fut satisfaite et l'on n'en parla plus.

Chaque matin, vers les dix heures, la Française frappait à la porte du cabinet de toilette de Mlle Foix. Invariablement elles échangeaient les mêmes mots :

– Bonjour, mademoiselle.

– Bonjour, *mamzela*.

La Française embrassait la jeune fille sur la joue, couverte à ce moment-là d'un doigt d'épaisseur de poudre de riz. La jeune fille rendait son baiser à l'institutrice, grande, fraîche et blonde, qui arrivait, sa toilette déjà faite, sa blonde chevelure bien brossée et mousseuse, que c'en était un plaisir. Et invariablement la jeune fille allait dans le coin le plus sombre de la pièce pour serrer ses jarretières tandis que son amie décrochait le tablier en toile cirée, le nouait à la taille et retroussait les poignets de sa robe. La jeune fille, habillée seulement d'un corset et d'un jupon, arrangeait le large peignoir de percale, qu'elle avait enfilé en vitesse pour ouvrir à la Française, et les bras nus jusqu'au coude elle dénouait l'espèce de chignon informe qu'elle se faisait pour la nuit. Mlle Blanche étendait une petite serviette sur la coiffeuse Pompadour et sur celle-là les peignes, les brosses et les pots ; elle soulevait un peu le rideau et quand Delfina avait défait son chignon, Mlle Blanche l'attendait déjà derrière une chaise. La jeune fille s'asseyait enfin, en croisant les pieds et en étirant les jambes que la Française voyait bouger, là au fond, jusqu'à mi-mollet. Delfina ouvrait alors une boîte d'ivoire, qu'elle avait sur les genoux, pleine d'épingles et de peignes et confiait, soumise, sa tête à l'opératrice.

Alors commençait la conversation, toujours en catalan, langue qu'elles employaient instinctivement pour leurs confidences.

– Alors, mademoiselle, vous êtes-vous bien amusée hier au spectacle ?

– Peuh...

– Que jouait-on ?

– Je crois que c'était *Ernani*.

– Ce n'était pas *Lucia* ?

– Peut-être bien ; je n'y ai pas fait attention.

– Ah ! ah ! ah ! Vous pouvez le dire ! Vous ne devez guère aimer ni l'un ni l'autre. On voit que vous vous y êtes ennuyée.

– Non pas à cause de l'Opéra. Quand l'assistance est brillante, ça m'est égal qu'ils chantent l'un ou l'autre. Moi à l'Opéra, j'ai toujours préféré les entractes aux actes.

– Vous voulez dire que la salle n'était pas bien ?

– Un public assez minable. Peu de gens connus.

– Mais M. Eladi y était certainement.

– Il est venu un moment à la loge.

– Ah ! voilà le secret ! s'écria Mlle Blanche en se mordant la lèvre.

– Le secret ? Quel secret ? dit la jeune fille en souriant et sans lever la tête. Depuis quelques jours je pense que vous croyez que j'ai un amour caché pour mon cousin.

– Vous n'êtes pas franche avec moi.

– Je vous le dis franchement, il n'y a rien entre nous. Je ne pense pas plus à lui qu'il ne pense à moi.

– Oh, oh ! Ça, ce n'est pas si sûr, mademoiselle. Il est dangereux d'être sûre de ce que pensent les autres.

– Eh bien, moi je peux vous l'assurer. Que voulez-vous qu'il y ait entre nous deux ? Nous sommes cousins... nous nous connaissons depuis toujours... Il ne me trouble pas, de même que je ne peux pas le troubler.

– Pardon, pardon, mademoiselle ; il se montre très empressé envers vous, il vous parle, il vous regarde comme ne le ferait pas un cousin indifférent. Vous m'avez avoué qu'hier vous avez passé une soirée tellement ennuyeuse que vous n'avez même pas remarqué quel opéra on donnait et maintenant vous venez de me dire que votre cousin n'est resté qu'un instant dans votre loge.

– Et vous croyez que c'est ça la cause de mon ennui ?

– Je pense que oui.

– Alors, excusez-moi, mais vous vous trompez totalement. Écoutez, vous voulez en connaître la cause ?

– Oh, mademoiselle, je ne me permettrai pas... Je...

– Eh bien, moi je vais vous le dire. Elle est très simple, vous savez qu'hier après-midi mes amies, les sœurs Llopis, sont venues me voir. Alors elles m'ont dit que cet été elles iraient en Suisse, et elles m'ont fait une description tellement charmante de ce pays... mais tellement... qu'elles m'ont donné non pas l'envie, mais le besoin absolu d'y aller. Dans la loge j'ai pris mon père à part et je lui ai demandé de nous y emmener, mais il a refusé en me disant que cette année nous devions absolument aller à Vilaniu. Vous voyez quelle perspective il m'offre au lieu de celle que j'attendais !

– Peut-être cela convient-il à votre père.

– Bien sûr, je le sais bien que cela lui convient, il m'a déjà expliqué qu'à cause de la propagande qu'ils font pour le chemin de fer il a besoin que nous allions là-bas, que nous nous fassions remarquer par notre élégance... et je ne sais quoi encore.

– Alors, vous voyez ?

– Mais... qu'est-ce que j'en ai à faire de son chemin de fer ? et comment veut-il qu'on brille dans un endroit aussi minable ? Vous n'y êtes jamais allée à Vilaniu, n'est-ce pas ?

– Ce sont des sacrifices que vous devez faire, non seulement par ce que l'on doit à ses parents, mais aussi par égoïsme : la fortune de votre père est aussi la vôtre.

– Aïe ! ne tirez pas si fort !

– Vous voulez le chignon moins serré, mademoiselle ?

– Oui, un peu moins.

– Savez-vous que j'adore votre chevelure, mademoiselle ?

– Oh ! Alors que moi j'adore la vôtre ! C'est comme ça ! Si on pouvait faire l'échange, je le ferais tout de suite.

– Et moi aussi, mademoiselle. J'ai toujours préféré les cheveux noirs à mes cheveux blonds tirant sur le roux.

– C'est une question de goût. J'envie la couleur des vôtres. Je trouve les cheveux noirs très vulgaires.

– Oh, mademoiselle ! Le fait est qu'ils plaisent davantage... Ça va comme ça, mademoiselle ? Voulez-vous que je peigne votre frange ou préférez-vous l'arranger vous-même ?

– Je le ferai moi-même. Passez-moi le démêloir.

Mlle Blanche recula et tout en ôtant le tablier elle demanda à la demoiselle le programme de la matinée.

– Nous allons sortir, nous devons aller chez ma grand-mère, aujourd'hui c'est sa fête et ma mère ne peut y aller que cet après-midi, à cause d'un enterrement. Moi, cet après-midi je suis invitée chez les Llopis.

– Alors, je vais m'habiller, mademoiselle.

– Oui, allez vous préparer.

L'institutrice lambina un moment, penchant trois fois son corps vers Delfina qui était encore en train de nettoyer les peignes et de les ranger dans la boîte ; à la fin elle se décida, lui demandant de se laisser embrasser.

– Oh ! pourquoi me demandez-vous ça ? dit la jeune fille, se levant et souriant.

La Française, toute rouge, lui sauta au cou, lui donna deux baisers et marchant à reculons jusqu'à la porte lui dit :

– Ah ! comme vous êtes adorable, mademoiselle ! Je vous aime. Et elle s'enfuit en claquant la porte, le visage resplendissant de joie.

Delfina resta un moment tout étonnée, puis elle sourit et s'exclama :

– Quelles folies !

Une demi-heure après la jeune fille sortait de sa chambre, enfin prête, un petit tricorne sur la tête avec une fine voilette bleue descendant jusqu'aux lèvres, une aumônière en laine fine de la même couleur, une jupe longue noire, en drap de Lyon surmontée d'une jupe courte très bouffante avec un liseré de velours. Déjà dans la salle à manger, alors qu'elle prenait congé de sa mère, l'institutrice l'aida à boutonner ses gants. Et quand elles furent seules dans l'escalier Delfineta mit son index sur le front de Blanche et lui dit en toute innocence avec un rire contagieux :

– Hélas ! vous avez là une araignée.

L'appartement de Mme Monica et de Francesc n'était pas bien loin, mais il était très haut : un quatrième étage sur la petite place Rogomir ; ensoleillé, assez petit sauf une grande pièce derrière, jadis une terrasse, que le peintre avait fait aménager en atelier.

Delfineta, encore rouge après la rapide et longue ascension, prit le heurtoir et frappa doucement. La porte ne s'ouvrait pas, les deux jeunes filles attendaient hors d'haleine. Mais comme le silence se prolongeait, la petite Foix frappa encore.

– Peut-être ne sont-ils pas là.

Delfina regarda par le trou de la serrure.

– Mais la clé est à l'intérieur.

Mlle Blanche prit le heurtoir.

– Taisez-vous, ne frappez pas, dit Delfina, l'oreille collée à la serrure. On entend parler ! Voyez... venez... écoutez... Vous n'entendez pas des chuchotements ?

La Française, qui s'était accroupie de profil, répondit en la regardant et en mettant un doigt sur ses lèvres. Delfina colla l'oreille au judas.

– C'est ça.

– Oui, oui. Et ils parlent très bas.

– J'ai entendu une voix de femme qui n'est pas celle de votre grand-mère.

– Non, non, ce n'est pas sa voix. Ça, c'est un des mystères de mon oncle Francesc.

– Peut-être, dit à voix basse et en riant l'accompagnatrice.

Delfina fronça les sourcils et dit en même temps, très nerveusement :

– Nous allons les faire enrager.

– Mais... mais, dit la Française s'éloignant de la serrure, morte de rire et vivement intéressée par l'aventure.

Toutes les deux retenaient leur respiration, très raides, à une distance convenable de la porte, s'interrogeant d'un regard rieur et ne perdant pas de vue le judas qui ne bougeait pas.

– Nous leur avons fait peur, dirent-elles sans hausser le ton, en détachant bien les syllabes.

Delfineta se baissa à nouveau près de la serrure, tout en tenant le heurtoir tandis que l'autre, curieuse, collait l'oreille à la petite grille du judas.

Et elles gardaient encore cette position quand, clac ! la porte s'ouvrit et elles manquèrent tomber sur Francesc. Celui-ci, aussi surpris qu'elles, devint tout rouge, mais un sourire très éloquent éclaira sa figure.

– Ne rougissez pas pour ça, non.

– Grand-mère n'est pas là ? questionna Delfina l'interrompant. Non ? Alors nous repartons.

La Française avait déjà un pied hors du palier. Mais Francesc, ravi par cette espièglerie, prit sa nièce par la taille et Mlle Blanche par la main. Il ne fallait pas qu'elles eussent monté en vain cet escalier. Il leur fallait se reposer un peu. Et puis, que lui voulaient-elles à la grand-mère ? Il lui dirait tout ce qu'elles voudraient à son retour de la messe.

La Française se tordait de rire intérieurement. Mais Delfineta ne savait pas ce qui lui arrivait. Tomber ainsi devant cet oncle si moqueur ! Elle changeait de couleur, elle fixait le sol, elle n'osait pas lever les yeux pour le regarder. Et elle continuait à avoir l'air d'avoir commis un gros péché.

Soudain une clarté très vive leur fit lever les yeux. Elles se trouvaient dans l'atelier de Francesc, face à face avec un modèle habillé en Minerve, immobile sur un socle grec posé sur une table haute ; à un bras le bouclier, la lance à la main, le grand casque sur la tête, la chevelure répandue sur la tunique et la chlamyde en laine froissée, peut-être blanche bien des années auparavant.

Les visiteuses, instinctivement, firent un pas en arrière. Le modèle leur sourit sans bouger un instant la tête et elles restèrent plantées devant elle, comme devant une statue. Un attrait mystérieux les retenait plantées là, sans mouvement. Et le modèle, poussé par la vanité de son métier, posait sans le vouloir pour cette figure mythologique avec plus de sérieux et d'orgueil que jamais. Dans l'attitude de sa tête, l'énergie de son regard, la force musclée de ses bras nus, dans sa façon d'appuyer les cothurnes sur la table, dans la gravité immobile et imposante de toute sa svelte silhouette on sentait le désir de bien incarner le personnage, tandis que d'un autre côté, les épaules un peu serrées, le ravissement sur le visage de Delfina et de sa compagne semblaient dénoter l'invincible humilité qu'éveille l'admiration.

Francesc, qui perçut aussitôt le côté comique de la situation, dut mordre son mouchoir pour retenir son rire.

– Alors, n'est-ce pas qu'il est beau mon modèle ?

Les jeunes filles frémirent, tellement elles étaient ravies. Le modèle, comme se reprenant, devint toute rouge et perdit la fierté de la pose. Tous ses nerfs détendus elle redevint une pauvre figurante d'opéra bouffe, tandis que le peintre, sans savoir pourquoi, au milieu de l'envie de rire qui le possédait, fit une observation sérieuse à haute voix :

– Il n'y a pas à dire, sans vie, sans expression caractéristique dans la ligne, il n'y a pas d'art... Mais... qu'est-ce que je vous raconte ? N'y faites pas attention, *mamzel*, je suis un peu cinglé.

– Ah, pour ça oui, c'est sûr, intervint le modèle, avec un accent de sympathie mais en sifflant les S comme une locomotive.

– Bon, riposta le peintre, peux-tu me dire pourquoi tu gardes la pose maintenant ?

– Mais, mais, vous ne m'avez pas dit de l'abandonner !

– Allons, ce que tu voulais c'était parader un peu devant ces demoiselles, hein ? Nous en avons assez pour aujourd'hui, tu peux te déshabiller. Mais... n'est-ce pas qu'elle est jolie, Delfineta ?

Les deux jeunes filles firent alors un éloge très sincère des grâces du modèle, de son visage mutin, de sa silhouette svelte, tandis que celle-ci enlevait le lourd attirail théâtral et protestait, en minaudant, des paroles de M. Tió.

– Ça ne se fait pas, savez-vous ? de vous moquer de moi devant d'autres personnes... Je sais bien que je ne suis pas belle... mais, enfin, je suis passable, comme les autres.

Et, sans le vouloir, elle déshabillait dans son imagination ces demoiselles et se disait qu'aucune des deux ne devait avoir ses jambes ni son buste... qu'aussi bien ce peintre-là que tous les autres de Barcelone avec qui elle travaillait pouvaient en témoigner. Ils étaient tous épris de son nu !

– Allons, allons, Doloretes, ne te fâche pas.

Et comme le modèle n'osait pas sauter de la table pour ne pas faire de bruit, elle s'assit et avec un naturel qui scandalisa les deux visiteuses elle retroussa sa tunique et se laissa glisser à terre, en montrant presque jusqu'au genou ses jambes nues. Et, déjà debout, elle s'achemina vers le paravent, trébuchant à chaque pas à cause de ses vêtements informes, beaucoup plus longs qu'elle ; la pauvre fille fut ainsi réduite à la triste condition d'un travesti misérable.

Les deux jeunes filles découvraient un monde nouveau et restaient sur leur impression de confusion et surprise du premier moment.

– Et alors, elle s'habille et se déshabille ici devant vous ? demanda ingénument et à mi-voix Delfineta.

– Devant moi non ; tu ne vois pas le paravent ? répondit Francesc, se tordant de rire.

Mais une certaine rougeur monta aux joues de la jeune fille, dénonçant son incrédulité.

– Et pourquoi avez-vous besoin d'un modèle ?

– Pour le copier.

– Où ?

– Ici, regarde.

Et Francesc lui montra sur un haut pupitre la couverture d'un livre sur laquelle il commençait à dessiner la Minerve en question devant l'atrium du Parthénon, tandis que quantité de petits personnages grimpaient le grand escalier, portant des couronnes à la déesse, personnages qui, selon Francesc, représentaient les premiers savants, les premiers artistes de l'humanité.

– Et, tu vois ? sur cet arc-en-ciel, qui sera doré, il y aura une inscription : *Histoire du progrès humain.* Et ici, en bas : *Par don Perlimpinpin.*

– Oh, taisez-vous ! s'exclama la jeune fille, en lui donnant un coup de coude. Vous plaisantez toujours !

– Pourtant, qui veux-tu qui sache ce que c'est le progrès humain si ce n'est don Perlimpinpin, celui qui :

« ... sans aucune raison
s'achète une belle maison » ?

Mais un « Bonsoir Messieurs-Dames », avec des S sifflant horriblement, leur fit tourner la tête. Le modèle, déjà habillé, prenait congé et s'arrêtait devant la porte. Francesc le suivit, fouillant dans sa poche et disparut avec la femme. Doloretes était pauvrement habillée, mais le fichu sur la tête et le châle sur les épaules conféraient à sa silhouette très svelte un air plein de grâce.

– Et de visage non plus elle n'est pas mal, dit Delfina.

– Oh ! la pauvre enfant ! Mais oui, sans aucun doute.

– Dommage qu'elle ait cette façon de parler. Quand elle prononce les S, j'en ai la chair de poule comme si j'entendais griffer un verre avec un doigt mouillé.

Ensuite les jeunes filles commencèrent à fouiner dans l'atelier ; loin d'être luxueux et ordonné, par endroits il ressemblait à une boutique de brocanteur, par d'autres à une salle d'ex-voto et d'images d'un ermite, si nombreuses étaient les notes de couleur fixées sur les murs en petites rangées, tellement il y avait de robes, de tapisseries, d'armes rouillées, de mouettes et autres oiseaux empaillés, de branches et de bouquets de fleurs séchées, de noix de coco et d'œufs d'autruche, pendus aussi aux murs ou au plafond, ou gisant dans un mélange confus avec des illustrations, des vieilles gravures, des photographies, sur le divan aux couleurs passées ou sur les coffres de mariage poussiéreux. Et pour augmenter ce désordre, qui régnait aussi sur le sol où étaient étendus des tapis de Perse ou de Turquie, tout délavés et mités, se dressaient encore, au milieu, le tuyau rouillé du vieux poêle et le piédestal improvisé de cette Minerve qui pendant un moment avait ravi si fortement tous les sens des visiteuses.

Delfineta alla jusqu'au bout de la pièce, derrière le paravent, vestiaire du modèle. Sur un tabouret pendaient comme des chiffons sales, la tunique et la chlamyde ; le casque et les cothurnes étaient tombés par terre. La jeune fille s'en éloigna, les regardant avec une certaine répugnance, se souvenant de l'illusion première. Dans son esprit s'agitait une sorte de ressentiment contre les mensonges de l'art, amer comme une désillusion outrageante. Elle était déjà venue dans l'atelier de son oncle, mais elle ne l'avait jamais vu « fonctionner ». Pour elle c'était comme un grenier plein de rebuts, une boutique de chineur que son oncle avait eu l'extravagance de choisir pour travailler ; un quelconque atelier qu'elle avait toujours regardé avec indifférence.

Pourquoi ce jour-là s'y intéressait-elle ainsi ? Sur cet escabeau grec quelque chose manquait, quelque chose qui avait tout vivifié, tout embelli. Et ce n'était certainement pas le tas de vêtements et de souliers qu'elle voyait maintenant par terre, informe et répugnant ; si à présent elle les mettait sur le mannequin qu'elle venait de découvrir dans un coin, elle ne ressentirait plus la même illusion, elle en était sûre.

Elle tourna le dos et ses yeux tombèrent sur une petite bibliothèque, en désordre aussi, remplie de poètes dont elle ne connaissait même pas le nom : Heine, Musset, Leopardi, Coppée, Sully Prudhomme, Gauthier, Verdaguer, Guimerà ; d'autres dont seul le nom lui était familier : Victor Hugo, Byron, Schiller, enfin quelques-uns qu'elle avait pas mal lus : Bécquer, Zorrilla, Campoamor ; et Nunez de Arce qu'elle avait feuilleté. À côté de la bibliothèque un chevalet, derrière un tas de toiles tournées contre le mur. Ce devaient être les tableaux. Elle en retourna une : c'était une étude de femme nue. La pudeur lui fit lâcher la toile, mais la curiosité la lui fit reprendre. Elle la retourna et la regarda attentivement. Le visage n'était pas fait, il semblait effacé, cruellement gratté avec un couteau. Mais du cou jusqu'aux genoux le corps avait un relief et une finesse indicibles. Les jambes et les pieds n'étaient encore qu'un amas de muscles déchiquetés. C'était une femme horriblement mutilée et pourtant belle. Delfineta ne pouvait en détacher les yeux. Mais son oncle pouvait la surprendre comme à la porte. Et elle laissa la toile.

En se retournant sa jupe frôla celle de Blanche que la curiosité avait poussée silencieusement jusque-là. Delfineta rougit comme une braise et aussitôt, en riant, s'appuya sur une table couverte de dessins sur lesquels était posé un petit théâtre en carton. La Française, pendant ce temps, se hâta de retourner la toile et Delfineta, bien que gênée, la regarda à nouveau.

– Ah ! je la reconnais bien ! C'est le modèle. Souvenez-vous des bras.

Mais en entendant claquer la porte de l'appartement elles s'approchèrent en courant de la table, toutes rouges, et en se forçant elles se mirent à rire bruyamment, sans toucher à rien.

Le peintre en les voyant si près des toiles et si visiblement désireuses de dissimuler quelque chose se dit :

– Elles ont regardé quelque esquisse.

Et de feindre à son tour :

– Qu'est-ce qui vous fait rire ? De quoi riez-vous ? demanda-t-il, c'est ce petit théâtre ? Il est pour Eudaldet quand il vient jouer ici. Allons, pourquoi riez-vous ? Dites-le-moi : vous deux, en voyant que je n'ouvrais pas, vous avez soupçonné quelque chose.

Les jeunes filles nièrent, protestèrent. « En voilà une idée ! » Mlle Blanche, en sa qualité de demoiselle de compagnie se montra même fâchée un court instant.

Et lui il expliqua que comme il ne savait pas que la bonne était sortie il pensait qu'elle allait ouvrir, et que quand il travaillait il ne voulait pas être dérangé par des importuns ; aussi avait-il ouvert précautionneusement, bien disposé à ne pas laisser entrer n'importe qui.

– Pourquoi n'avez-vous pas regardé par le judas ?

– Parce qu'il est cassé... Bon, et maintenant Delfineta dis-moi pourquoi vous êtes venues.

– Je venais souhaiter sa fête à grand-mère et lui offrir ce petit cadeau, parce que cet après-midi je ne pourrai pas venir. Et elle donna à son oncle un chapelet en or avec des perles.

– S'il vous plaît, vous lui donnerez de ma part. Et maintenant nous allons partir, nous vous avons assez gêné.

– Je regrette que vous m'ayez trouvé avec le modèle. Peut-être cela vous a-t-il fâchées, dit-il, en pensant le contraire.

– Non, non, s'exclama ingénument Delfina.

– Ah ! mais si : ça n'est pas bien agréable, intervint encore la Française.

Mais comme devant ce jeune homme il était inutile de feindre, celui-ci répondit très tranquillement :

– Non ? non, c'est ce que je pensais. Mais, écoute Delfineta : ne raconte pas à ma mère ce que tu as vu, car la pauvre femme ne sait pas comment nous les regardons, les modèles, et donc elle ne voudrait pas qu'elles viennent chez nous. Aussi je les fais venir quand elle va à la messe.

Les jeunes filles secouèrent la tête, souriantes, comme si elles disaient :

– Mais bien sûr, on te croit.

Il eut encore un de ces rires qui intimidaient tellement sa nièce.

Une fois dehors, alors que Mlle Blanche se déclarait très contente des étranges impressions ressenties pendant cette visite, Delfina s'écria nerveusement :

– Eh bien, moi pas ; j'aurais préféré ne pas voir tout ça.

– Ah ! mais, pardon ! Voilà qui est drôle ! Chez votre oncle vous dites une chose et ici vous dites tout le contraire.

– C'est parce que ce n'est pas la faute de mon oncle.

– Alors ?

– Alors, je n'en sais rien, voilà.

VII

Cet après-midi-là la petite Française ne quitta pas sa chambre. C'est en vain qu'elle essaya de lire, de broder : dans son esprit l'allégresse du matin avait fait place à des pensées obsédantes qui l'empêchaient de rester un quart d'heure sur sa chaise. Si c'était vrai ! Et pourquoi pas ? Delfina était une jeune fille ingénue qui ne savait pas mentir. Sa confession était loyale, franche. Tout le monde sait qu'une intimité jamais interrompue depuis l'enfance est habituellement un grand obstacle aux illusions. Elle et Eladi habitués depuis toujours à se fréquenter, connaissant l'un et l'autre les secrets les plus cachés de leur cœur, ils pouvaient s'aimer comme frère et sœur, pas comme des amoureux. Pourquoi ne pas les croire tous les deux ? Ne lui avait-il pas juré hier que malgré les apparences il n'était pas, il ne pouvait pas être amoureux de sa cousine ? Ne lui avait-elle pas avoué ce matin la même chose ? Par ailleurs, Delfineta, déjà si riche, aspirait peut-être à un meilleur parti. Ses parents, avec l'ambition alimentée par l'âge, consentiraient-ils à la marier avec son cousin ? Sa mère ne dissimulait même pas son opposition.

Et en arrivant là de ses réflexions son cœur battit fortement, l'obligeant à se lever et à errer sans courage à travers la chambre.

Pendant les quelques mois qu'elle avait vécu dans cette maison la petite Française avait eu le temps de voir ce qui s'y passait : Delfina faisait l'ascension penchée à la nacelle de la montgolfière, chantant, riant, avec des yeux tellement éblouis qu'elle ne voyait que les contours des choses. L'amour n'avait pas encore frappé son cœur. Eladi, absorbé par les affaires, accoutumé à la regarder avec l'indifférence née de l'habitude, n'entreprendrait certainement pas la longue tâche d'éteindre ces éblouissements et d'assagir cette tête de linotte. Eladi était un homme, il connaissait la vie, il était de ceux qui n'apprécient pas le côté insipide des jeunes filles en fleur. Celle qui semblait vouloir les rapprocher était dame Pauleta, mais ses desseins n'allaient-ils pas se heurter d'un côté à l'indifférence de son fils et de l'autre à l'antipathie ressentie par Mme Foix pour tout ce qui, de près ou de loin, ressemblait aux Balenyà ? Non, non ; elle n'avait pas de raison de se faire du mauvais sang. Lc problème de sa vie était résolu, Eladi ne la trompait pas. Toute sa conduite envers sa cousine était seulement la conduite d'un jeune homme aimable, la reconnaissance envers l'homme à qui il devait sa situation. Quand on lui avait dit que chez des gens riches elle arriverait peut-être, grâce à sa beauté, à faire un beau mariage on ne s'était pas trompé : c'était sa destinée. Eladi l'épouserait, oh oui !, Eladi l'épouserait.

Arrivée à ce point de ses réflexions elle s'asseyait à nouveau, coude sur la table, joue dans la paume de la main, et regardant en l'air sa pensée revoyait Eladi, elle se souvenait des premières fois où il lui avait fait du pied sous la table.

– Quel vaurien ! Je rougissais, j'éloignais le pied sans oser lever les yeux de mon assiette ; mais du coin de l'œil je le voyais sourire. Ah ! ce sourire plein de traîtrise et de dissimulation ! M. Foix, le pauvre homme ! parlait sans arrêt, Delfineta, Mme Catarina et même Eudaldet l'écoutaient sans ciller. Et lui semblait faire de même, allant jusqu'à répondre à temps et convenablement, alors qu'il ne pensait qu'à moi ! Jamais je n'ai vu un garçon si fripon et si sympathique à la fois ! Son pied n'arrêtait pas. J'écartais le mien, l'éloignais, l'abritais sous la jupe. Le sien, comme s'il avait des yeux, venait tout droit le trouver. À la fin ils étaient comme deux tourterelles qui roucoulaient amoureusement, se blottissant l'un sur l'autre pour se tenir chaud. Ah ! quel délice ! Chaque fois que nous étions à table, tandis qu'autour on parlait de tout sauf de ce qui intéressait mon cœur, ces deux tourterelles faisaient des leurs en dessous. Et quel langage simple et éloquent ! Jamais nous ne nous sommes communiqué le code et pourtant nous nous comprenions si bien ! Un petit coup rapide, avec le bout du pied : « Écoute-moi bien. » Et ce qu'Eladi disait alors avait pour moi une signification beaucoup plus intéressante et directe que pour les autres. Appuyer sur l'orteil était un oui passionné, que mon cœur recueillait comme un baume. Deux petits coups vifs étaient un *non* de protestation. Deux coups tremblants indécis avaient un accent méprisant et je comprenais qu'ils voulaient dire : « Mais non, n'y fais pas attention ! » Quand la plante de son pied s'emparait du mien : « Ah ! comme je t'aime ! » Moi, tête basse, je commençais à battre des paupières, je devais faire appel à toutes mes forces pour me dominer et ne pas défaillir. S'il me donnait un coup avec le pouce sous le bout de mon pied, cela voulait dire : « Tais-toi, laisse-moi tranquille, je ne t'aime pas. » En dissimulant autant que je le pouvais, je lui jetais un coup d'œil manifestant ma surprise, je baissais aussitôt le regard implorant pitié et un bref instant après nos pieds se couchaient l'un sur l'autre, réconciliés, plus amis que jamais. C'était délicieux !

Elle se releva pour prendre son ouvrage, elle le prenait, s'asseyait à nouveau, enlevait de la pelote l'aiguille déjà enfilée, mouillait son doigt sur ses lèvres, glissait le dé à coudre, l'enfonçant avec le pouce et recommençait à songer :

– Et tout cela sans un mot. Et la méfiance et les craintes me tuaient. Avec quels battements de cœur suis-je entrée pour la première fois dans son bureau hier soir ! « Monsieur Eladi, je voudrais vous demander un service. Vous allez vous moquer de moi. » Il était plus rouge que moi, les yeux enflammés. Il prit ma main dans les siennes et me fit asseoir à côté de lui. « Profitons de ce moment, me dit-il (et mon cœur bondit) ; nous parlerons de ce que vous désirez quand quelqu'un s'approchera. Laissez ma bouche dire maintenant ce que par manque d'occasion elle ne vous a jamais dit et que vous savez déjà. – Je vous aime, je vous aime ; je suis fou de vous. Je ne suis pas lâche, je suis prudent et peut-être égoïste. Je ne voudrais pas compromettre votre situation dans cette maison, c'est pour cela que je n'ai pas voulu risquer le moindre mot quand nous nous rencontrions dans un couloir. Demain soir je viendrai ici, à dix heures, quand tout le monde sera au théâtre. Venez, venez sans crainte et nous parlerons. » Je recevais toute tremblante, les yeux baissés, cette consolation à laquelle ma pudeur s'était refusée jusqu'alors. À voix basse, et je ne sais comment, je lui dis qu'il était destiné à sa cousine et non pas à moi. « Oh ! non ! Vous ne croyez pas cela. Autrement vous ne m'auriez pas écouté, vous ne m'auriez pas donné des espérances. » Il faisait allusion aux regards et au jeu de nos pieds. Je me suis sentie prisonnière, je m'étais livrée, je me sentais désarmée. « Je vous jure... je vous jure qu'il n'y a rien entre ma cousine et moi qui puisse vous inquiéter. Vous pouvez vous enquérir vous-même si elle est amoureuse de moi, elle vous est très proche, vous pouvez le savoir. » Et il me fit un clin d'œil pour m'aviser que quelqu'un venait que je n'avais pas entendu, et ajouta : « Alors vous voudriez... ? » « Que vous me placiez cette misère. » Et je mis dans sa main cent douros que j'avais épargnés, tout ce que je possède.

Mlle Blanche donna alors six ou sept points à sa broderie. Et une nouvelle extase la saisit. L'ouvrage tomba sur ses genoux et son front sur sa main. Sa pensée s'arrêta, un très doux énervement s'empara de tout son être. Toutes les souffrances de l'existence fuyaient sous le souffle généreux de la félicité ; son esprit, comme détaché de son corps, s'assoupissait, heureux, au va-et-vient d'une nébuleuse aussi impalpable que lui. Elle bougea nerveusement sur sa chaise et chercha en vain une position plus confortable, elle laissa à nouveau son ouvrage et se leva. Elle fit deux pas, n'en put faire davantage et se laissa tomber, languissante, sur une autre chaise, à côté de la coiffeuse. La clarté la blessait, ses yeux se fermaient ; on aurait dit qu'un léger sommeil réparateur s'emparait d'elle. Et elle resta quelques minutes à moitié assoupie, la tête posée sur son bras.

Alors on frappa doucement à la porte. Elle n'avait pas eu le temps de recouvrer ses esprits quand un des battants s'ouvrit de quelques centimètres laissant entrevoir un homme en manches de chemise, regardant à droite et à gauche. Mlle Blanche se dressa d'un bond, remplie d'une étrange expectative. Ce n'était pas Eladi, c'était quelqu'un de la maison qu'elle n'arrivait pas à reconnaître. Le battant s'ouvrit davantage et laissa passer le personnage.

– *Blanxeta*, voudriez-vous me rendre un service ?

– Bien sûr, monsieur Foix, parvint-elle à répondre, encore effrayée et surprise.

– Voudriez-vous me coudre le bouton derrière le col, qui vient de tomber ?

Gil Foix arrivait en pantoufles enfilées à moitié, du bout seulement, pantalon noir, bretelles pendantes, sans gilet, cravate ni faux col.

– Avec plaisir, monsieur Foix, répondit-elle, déjà rassérénée. Et tout en allant vers le panier à couture chercher du fil et une aiguille, instinctivement elle ouvrit davantage la porte.

– Est-ce que je vous fais peur ? Seigneur ! Les jolies filles sont toujours méfiantes.

Une légère bouffée d'allégresse traversa le cerveau du banquier. La scène lui plaisait, le rajeunissait : se trouver seul avec une jeune célibataire fraîche et jolie, dans cette chambre tranquille, les femmes de la maison dehors, la domesticité éloignée, la clarté du jour moribonde, l'appartement plein de mystère...

– Ah ! bien sûr que non ! On n'est déjà plus un jeune homme, pauvre de moi !

Mademoiselle commença à recoudre le bouton, répondant par courtoisie seulement et en souriant :

– Oh ! pardon !

– Oh ! que si... pardon... pardon... Je ne dis que la vérité, *Blanxeta.* C'est malheureux de devenir vieux.

– Mais vous n'êtes pas vieux, monsieur !

– Vous croyez que je puisse encore plaire ?

La jeune fille se mordit la lèvre pour contenir le fou rire et elle bafouilla :

– Mais... sans aucun doute.

Foix eut envie de l'embrasser.

– Elle est mignonne, je ne l'avais pas remarquée. Ah ! Oui, elle est bien mignonne, la pauvre enfant !

– Avez-vous encore besoin d'autre chose ? demanda Blanche après avoir coupé le fil avec les dents.

– Merci, *mamzela*, et excusez-moi, je vous ai dérangée peut-être... Ah ! écoutez, ajouta-t-il en agrafant le bouton de devant et mettant une des bretelles. J'ai vu que vous aviez déposé cent douros chez nous ? Pourquoi ne pas en placer davantage, mon petit, nous ferons fructifier votre argent.

– Mon Dieu ! pour une raison bien simple : parce que c'est tout ce que j'ai.

– Oh ! vous êtes donc si pauvre ? Mais ici, chez nous, vous avancerez. Je veux que tous ceux qui m'entourent participent à la prospérité de la maison. Merci encore, *mamzela.* À bientôt.

Et en s'en allant il se disait à lui-même :

– Elle est sympathique, elle est futée : je n'avais pas assez fait attention à elle.

Une fois devant le miroir de son armoire il se rengorgea, s'examina des pieds à la tête, fit bouffer ses cheveux et sa barbe. Non, il n'était pas encore fané. La petite Française avait raison : il pouvait plaire encore. Et une vanité bizarre, jamais ressentie dans sa jeunesse, dilata son cœur. Dans sa cervelle fulguraient de souriants desseins de conquête.

Mlle Blanche reprit le fil de ses idées : elle se demanda un moment s'il convenait de se rendre au rendez-vous d'Eladi.

Partagée entre le désir et la crainte, elle ne savait quoi faire. D'un côté son amour enflammé par la quasi-certitude d'être aimée, la poussait à s'y rendre ; d'un autre côté des scrupules nés de sa pudeur et de l'instinct féminin de faire languir l'amoureux et de l'obliger à venir aux pieds de sa bien-aimée, la retenaient. À la fin, des souvenirs de conversations et de lectures la décidèrent à ne pas bouger ; c'était la façon la plus pratique pour éperonner l'amour de son soupirant et pour conserver cette dignité sans laquelle aucun homme ne conduit une femme à l'autel.

Mais Gil Foix ne savait pas ce qu'il avait. Une joie folle s'était emparée de lui. Cet après-midi-là en quittant la Bourse avec d'autres banquiers il commença à plaisanter sur les aventures amoureuses de Tomàs Llassada avec Mimi, ex-figurante du corps de ballet de l'opéra. Malgré sa froideur

Llassada avait fait des folies pour cette femme. Il l'avait entretenue comme une reine, l'avait promenée à travers l'Europe et l'Amérique chargée de diamants, entourée de domestiques ; il la laissait jouer et perdre des sommes importantes ; jusqu'au jour où un petit pianiste de rien du tout, un pianiste de café la lui avait volée et les gens disaient qu'avec le produit de la vente des diamants les fugitifs menaient la grande vie à Paris. Llassada lui-même racontait l'histoire en se tordant de rire.

– Allons, allons, lui dit Vergès avec un sourire moqueur, un petit tremblement sur son bedon saillant, les désillusions ne sont jamais très agréables.

– Oh ! riposta Llassada, la désillusion suppose l'illusion et je ne me suis jamais fait d'illusions.

– Vous dépensiez beaucoup.

– Comme je dépenserais demain avec une autre qui me plairait. Ces liaisons coûtent plus cher que le mariage à cause du grand avantage de pouvoir les rompre sans que cela tire à conséquence.

– Ha ! ha ! ha ! s'écrièrent-ils tous en éclatant de rire.

– Voyez-vous, poursuivit Llassada, avec cette sorte de femmes on n'expose pas ce que l'on appelle *l'honneur*, ni l'amour-propre ; aujourd'hui je te prends, demain je te laisse, et le Bon Dieu est avec tous.

– Ou demain on vous laisse, interrompit Llobera.

– Ou on vous laisse, c'est pareil. Et je t'assure qu'il n'est rien de plus amusant que de voir les comédies qu'elles vous jouent pour satisfaire leurs caprices ou vous cacher leurs infidélités. Elles jouent la comédie, on la joue aussi et tout le monde s'amuse, mais, pourquoi je vous parle de tout ça, puisque chacun de vous en a fait l'expérience ?

– Ah ! M. Vergès, oui ; je connais son repaire, dit Llobera en riant.

– Hé, hé, monsieur Llobera, riposta l'autre. Attention, ou je raconte l'histoire des buralistes. Mais vous êtes plus malin, c'est sûr ; vous ne vous y ruinerez pas. Est-ce que cela vous ennuie si je la raconte ?

– Ah ! nous savons déjà que vous leur offrez des bottines achetées en gros.

– Voyons, voyons, dit Foix ingénument. M. Llobera n'est pas si rapiat.

– Mais laissez-les dire ! s'écria Llobera. Les gens ont besoin de parler de n'importe quoi. Je ne me suis jamais soucié du qu'en-dira-t-on, dans cette matière, comme dans toutes les autres, la question est d'obtenir ce qu'on désire sans faire de sacrifices soi-même.

– Et les autres ? demanda Llassada avec un regard plein de traîtrise qui annonçait déjà la riposte.

– Les autres... ils n'ont qu'à se défendre.

Et la réunion se termina dans des éclats de rire qui laissèrent sûrement des traces dans le cœur de Gil Foix.

Celui-ci en ce moment boutonnait son gilet devant la glace et chantonnait *La donna e mobile...* Il se souvenait, avec un sourire, de la conversation et il sentait s'éveiller en lui des désirs fous d'égaler en libertinage ses compagnons, il lui semblait même que sa position l'exigeait. Il se complaisait joyeusement dans le souvenir de ses diableries furtives à La Havane et il pensait à nouveau, avec un plaisant goût de péché, à la demoiselle de compagnie de sa fille, si mignonne, si blonde, si bien faite.

– *Qual piuma al vento...* L'argent fait tout... Mais ici, chez moi, ce n'est pas possible... Je lui confie ma fille... Non, non : à la maison c'est impossible... *Muta d'accento...* Le cas échéant il faudra la faire partir d'ici... *è di pensiero...* L'argent fait tout... L'argent... Ah ! quelle bonne idée ! Je sais ce qu'il faut que je fasse, je le sais ! J'ai trouvé ! Elle sera mienne !

Il boutonna rapidement sa redingote ; il lissa son haut-de-forme avec un mouchoir de soie, et continua à ruminer son plan. Il commencerait par la plaindre et lui donnerait de l'argent pour s'installer comme modiste. Dès demain il lui en parlerait. Des demoiselles de compagnie pour sa fille on en trouverait autant qu'on voudrait.

Il enfonça son chapeau et s'en alla tout pimpant chez sa belle-mère pour y retrouver Catarina et son petit garçon qui l'y attendaient.

VIII

Cette nuit devait être mémorable dans les annales de l'Opéra du Liceu de Barcelone. Pendant des semaines la grosse caisse de la publicité avait assourdi tout le monde et enfin ce soir faisait ses débuts sur cette grande scène Masini, le ténor qualifié d'« angélique » par un de ses fanatiques adorateurs. On payait les places à des prix jamais vus à Barcelone. Au milieu du fronton du théâtre, sur la balustrade du balcon central, le nom de Masini brillait de lumières phosphorescentes à l'intérieur d'une étoile de gaz aux grands rayons ; en bas, sous le porche, le nom était reproduit en lettres d'or, occupant la moitié de l'affiche ; d'autres lettres, beaucoup plus petites, en rouge, annonçaient l'opéra : *Faust*, et en noir, d'autres, plus petites encore, donnaient le nom du compositeur et des autres chanteurs. Le ténor régnait sans partage : ses camarades étaient réduits au rôle de comparses : l'œuvre n'attirait plus personne, le nom du compositeur figurait là comme une obligation, noyé dans les ombres du contraste, écrasé par le poids des gigantesques lettres d'or.

La Rambla était très animée. Les promeneurs s'arrêtaient, venant grossir sans le vouloir le sombre essaim de curieux qui s'était formé devant l'Opéra, et ce monde-là occupait déjà presque toute la largeur de l'avenue. Sur les pavés, des deux côtés, coulaient bruyamment et en sens opposé deux fleuves de voitures sur lesquelles s'agitaient les minces fouets comme une interminable plaine d'osiers, agités par un courant impétueux. Quatre gardes à cheval avaient du mal à mettre de l'ordre dans le défilé, dans la dangereuse pagaille formée au coin de la rue Sant Pau par les voitures qui ralentissaient. Elles s'égrenaient une à une, s'arrêtant devant le porche inondé de lumière. De ces grandes boîtes laquées, une fois ouverte la portière, s'épandaient de belles femmes, ornées de fleurs, de soieries aux tons pastel, de velours et de pierres précieuses étincelantes. Des hommes élégants les accueillaient, leur tendant la main, leur offrant le bras, et ils disparaissaient avec elles, engloutis par les étroits canaux des portes d'entrée, avec des rires sonores et des regards joyeux. Les gens à pied, qui à grand-peine pouvaient traverser entre les chevaux et les roues, se poussaient sur le trottoir étroit, au péril de leur vie. Les voitures une fois vides se mettaient en double rangée le long des Ramblas et des rues adjacentes, telle une étrange procession de monstrueux coléoptères lançant par les yeux une lumière blanche et éblouissante.

Le grand rossignol allait chanter : la salle entière bouillait d'impatience. Les quatrième et cinquième étages étaient depuis deux heures déjà pleins à craquer de gens fatigués d'attendre qui transpiraient et se morfondaient.

Les musiciens jeunes et les amateurs éclairés, exaspérés par tant de réclame, influencés par les théories wagnériennes attendaient le ténor avec des dents de loup. Aucun d'eux ne pouvait accepter la nouvelle mode qui plaçait le chanteur au-dessus de tous les autres éléments du drame musical ; et aucun d'eux ne voulait, à plus forte raison, applaudir Masini, si grande fût-elle sa réputation à l'étranger, avant de l'avoir jugé personnellement. Ils avaient été si souvent déçus par des noms célèbres ! Et ces mauvaises dispositions des esprits, exacerbées par la chaleur suffocante et la fatigue, éclataient de temps en temps comme des coups de tonnerre précurseurs de la tempête.

Des employés de commerce et de bureau, qui avaient pris possession des loges du troisième étage avaient encore les dents plus aiguisées et plus dangereuses, comme le sont celles de l'ignorant et du fat. Et avant même le commencement du spectacle, tandis qu'ils débouchaient des bouteilles de bière et de limonade dans les petits salons des loges, ils discutaient avec emportement sur des opinions formées au cours des répétitions et ils avaient convenu de faire du scandale si on les avait trompés sur la marchandise.

Pendant ce temps le parterre avec ses loges, ainsi que celles du premier et du deuxième étage, devenaient de grands paniers de fleurs ; l'ensemble de la salle présentait cet aspect très brillant et distingué qu'on trouve seulement dans les meilleurs théâtres du monde. La clarté splendide des candélabres se fragmentait en rayons lumineux, irisés quand ils frappaient les facettes des diamants et des émeraudes, embrasés comme de minuscules étincelles, en tombant sur les rubis, comme de petits soleils en heurtant les topazes ; la luminosité rendait les soies et les taffetas opalescents, se dissolvait en douceur ombrée sur les velours et les tissus des fracs, donnait des éclats de porcelaine à la blancheur des chemises, mettait des éclairs dans le regard inquiet des brunes et un azur plus rêveur à celui des blondes. Les conversations bruissaient partout, des essences rares et des fleurs parfumaient l'espace ; tout ce monde élégant donnait à l'ensemble un ton de distinction et de richesse éblouissant.

La famille Foix avait dans sa loge les parents d'Eladi, l'ami Rodon et sa femme, native de Vilaniu, qui portait sur son visage le soleil de la montagne, dans sa robe de moire la mode des ans passés, dans ses chairs fermes et abondantes un excès de santé qui détonnait parmi ce public chétif et anémié.

Heureusement ses deux voisines, la gigantesque Mme Foix et la rondelette Pauleta, à présent plus gonflée encore par le plaisir d'assister au spectacle et d'exhiber toute la pierrerie de ses tiroirs, atténuaient les formes exubérantes de Mme Rodon. Eladi, voyant la loge si pleine, s'excusa et monta à celle du troisième étage, dont il était un des abonnés. Arrivé là il se laissa tomber sur un des divans du salon de loge, tout pensif, sa main gauche posée sur l'ouverture du gilet, la droite glissant sur la cravate, sur les cheveux bien lisses, sur le col du frac. Mais il faisait ça distraitement, son regard glissait indifférent sur les nudités des gravures, sur les miroirs oblongs, les statuettes provocantes de Grévin et les excitants bustes en terre cuite de Gamot qui ornaient ces murs tapissés de rouge vif. Il songeait à son rendez-vous, ruminait son plan d'attaque, calculait les conséquences d'un faux pas dans la maison de son protecteur.

Mais la porte s'ouvrit et Eladi, fort étonné, vit entrer une femme. Elle était grande, brune, bien faite et se tenait très droite. Ses traits quelque peu masculins et durs étaient adoucis par une couche épaisse de poudre de riz, et un trait noir agrandissait encore ses yeux immenses. Sa tête était couverte par un grand chapeau Régence, son corps par une jupe noire de dentelle et un corsage bleu ciel avec un décolleté carré qui découvrait un cou parfait, à la peau très douce, jusqu'à la naissance des seins charnus où reposait, tenu par une jolie broche, un petit bouquet de roses et d'œillets minuscules.

Puigventós, un des abonnés de la loge, lui tenait la porte et entrait derrière elle ; c'était un gommeux de quarante-cinq ans, mais grâce à ses traits de jeune homme, à ses cheveux très noirs soigneusement peignés, et à sa silhouette élancée et nerveuse, il avait l'air de n'avoir qu'une trentaine d'années. Dès qu'il entra, il adressa un signe suppliant à Eladi, lequel comprit immédiatement la prière. Il lui serra affectueusement la main et passa dans la loge, en fermant la porte derrière lui.

La salle bouillait ; en haut l'atmosphère devenait orageuse, le tonnerre était plus fréquent et de temps en temps s'échangeait un tir de cris barbares entre le public du troisième étage et celui du cinquième. Deux camarades d'Eladi, pointant de-ci de-là leurs jumelles, passaient en revue le théâtre, penchés sur le rebord de la loge ; Massaguer, un fabricant de papier rayé, commençait à perdre patience, à moitié étendu sur une des banquettes et Pons, un blond abruti, avec une grosse voix âpre (c'était un chemisier et, aussi bien s'habillât-il, il ne parvenait pas à cacher sa basse extraction, ni à déguiser sa grossièreté innée) ; il s'amusait à prendre part aux échanges vandaliques, lançant de toute la force de ses poumons des aménités telles que :

– Tais-toi, fœtus !... Pourceau !... Vas-y, poivrot, recommence !... Monsieur le directeur ! attention, les savants vont se fâcher !... Allez, commencez, nous avons faim !

Massaguer applaudissait ces sorties avec un demi-sourire glacé par la honte de se trouver là.

– Bonsoir, dit Eladi en s'asseyant sur une autre banquette, sans donner la main à quiconque. Fichtre ! Vous êtes bien calmes tous les deux. On voit bien que vous ne savez pas que nous sommes en train de tenir la chandelle. Vous ne sentez pas comme il fait chaud ?

Massaguer se redressa ; le sauvage cessa d'insulter son prochain ; Romeu et Roca tournèrent la tête et laissèrent les jumelles pour mieux écouter.

– Nous tenons la chandelle ?

– Oui, des deux qui sont ici dans le petit salon.

– Qui sont-ils ?

– Puigventós et Mimi.

– Alors, Mimi est revenue de Paris ?

– Je viens de la voir.

– Ainsi, elle a quitté le musicien ?

– Ça, je ne sais pas.

Pons claqua des doigts comme avec des castagnettes, donna un coup de sa paume droite contre le vide de la main gauche à moitié fermée et se tournant soudain face au public, les deux mains en porte-voix, il se mit à crier :

– Mimi ! Mimiii !

– Tais-toi, abruti ! s'écria Eladi en le tirant par les pans de son habit.

– Et qu'ils ne viennent pas se cajoler ici ces deux... !

Mais au même moment Puigventós passa sa tête par la porte et regardant Pons d'un air apitoyé, il lui dit avec un grand flegme :

– Veux-tu me rendre le f... service de te taire ?

– Va te faire f...

Eladi et Massaguer se lancèrent sur le sauvage pour lui couvrir la bouche et le retenir. Puigventós rit froidement et recula. Pons essaya en vain de le suivre ; les autres l'empêchant de passer il dut, à contrecœur, ronger son frein en silence. Ses camarades le sermonnaient, lui disaient qu'il serait sage d'oublier cet incident, mais il se rebiffait, disait que celui qui paie fait ce qu'il veut, que dans cette loge il était chez lui autant que les autres, qu'il avait le droit de crier, de faire tout ce dont il avait envie. Et il exprimait toutes ces « raisons » dans un langage tellement fleuri, plein de jurons et de grossièretés, qu'on eût dit qu'il était en manches de chemise, le fouet à la main, à l'image de son père.

Pendant ce temps dans le petit salon de loge, éclatait aussi une dispute très vive, violente même, mais qui se déroulait à voix basse.

Heureusement, le chef d'orchestre, Franco Faccio, leva sa baguette, ce qui imposa silence à tout le monde. Le prélude fut écouté religieusement. Les notes fluides que les archets des violons étiraient semblaient se cristalliser dans l'eau transparente et calme d'un bassin. Cependant ce n'était pas la sensualité énervante de cette musique mais l'attente, freinée par l'imminence de l'événement tant espéré, qui faisait retenir le souffle, qui retardait les pulsations des cœurs. Malgré tout, le prélude fut couronné par de longs applaudissements.

Enfin le rideau se leva et commença le prologue : loin, au fond d'une chambre gothique et sombre, au milieu de lézards, serpents, grimoires en parchemin, cornues et têtes de mort, les regards découvrirent le ténor si attendu, transformé en vieux nécromant moyenâgeux, assis sur un haut siège en cuir, devant une table en bois sombre, sa figure cireuse, à l'air pensif, appuyée sur la main droite, son bras gauche reposant avec lassitude sur un des accoudoirs du fauteuil. Tous les regards, toutes les jumelles, dans un silence total, étaient braqués sur le ténor ; il régnait sur tous les spectateurs, mais lui, il tremblait de peur !

Le chœur des travailleurs exécuta fort bien ce chant si frais et défila invisible devant la grande fenêtre aux vitraux de couleur que l'aurore commençait à éclairer. Le vieux Faust se leva, ouvrit la fenêtre, regarda avec envie cette jeunesse qui passait dans la rue ; il commença à maudire l'impuissance de la richesse et de la science devant le destin mortel des créatures ; tout cela presque à mi-voix, celle-ci un peu voilée par l'émotion. Soudain il détonna un tout petit peu ; le public, en masse, remua en faisant un bruit inquiétant. Le vieux Faust continua à se plaindre de son sort, reniant tout, faisant appel, dans son désespoir, au diable. Alors au milieu des flammes, rouge des pieds à la tête, élancé, anguleux, Méphistophélès surgit du sol. Avec beaucoup d'allure et d'une voix caverneuse il entonna :

Al fianco ho l'acier, – la piuma al cappel,
la scarsella piena – e un rico mantel
sul dosso ; un vero, – un bel cavalieri

et il fut longuement applaudi. Il fit sa proposition au vieillard assoiffé de jeunesse ; à la lumière d'une coupe de feu Faust contempla, émerveillé, l'apparition de Marguerite, l'idéal de ses rêves ; il accepta l'offre, signa la donation de son âme au diable, et subitement il devint jeune. L'orchestre exprima énergiquement le sentiment de surprise pour ce changement diabolique ; mais le ténor, l'homme, resta indifférent, trop soucieux par ce qui lui arrivait réellement.

Déjà Pons s'écriait :

– Il va tout bousiller ! Encore un faquin !

Et arriva l'air de Faust :

Io voglio il piacer,
la belle donzelle,
ne vo'le carezze,
ne voglio il pensier

et la tempête se déchaîna : l'électricité accumulée sur les hauteurs éclata en éclairs et tonnerre épouvantables. La claque voulut s'imposer et finit par tout gâter. Les sifflets partaient de tous côtés, aigus, agressifs, épais comme une pluie de flèches. Des pieds, des cannes frappaient le sol, faisant un brouhaha assourdissant, étouffant l'orchestre, le ténor, la claque.

– Casserole ! casserole ! Qu'il se taise, cette casserole !

Le rideau tomba, le ténor se retira plus mort que vif, soutenu par la basse, qui lui couvrait les épaules de sa cape rouge comme s'il lui disait : « Couvre-toi, car l'averse dure encore. » La partie du public qui considérait prématurée et grossière la sérénade de sifflets s'était mise à applaudir en signe de protestation. La claque, ayant repris courage, fit de même. Mais en même temps les coups sur le plancher des cannes et des pieds avaient recommencé de plus belle. Tous ces individus brutaux qui se trouvaient au troisième et au cinquième étage, ayant perdu la raison, commençaient à insulter ceux qui applaudissaient.

Pons fit chorus aux cris sauvages de :

– Casserole !... Tous des ânes !... Savants de mes deux !... Imbéciles !... Combien vous donne-t-on ? Vous aussi vous êtes passés à la caisse ?

Le théâtre semblait sur le point de sombrer. Le public d'en bas levait la tête, scandalisé, craignant de voir tomber des choses d'en haut. Quelques dames craintives voulaient partir. Ce n'était plus une scène lyrique mais une arène, révélant de la façon la plus honteuse l'inculture d'un public qui n'a pas la notion des devoirs sociaux que lui imposent ses vêtements, l'endroit où il se trouve, le contact avec des gens bien élevés ; qui n'a pas de savoir-vivre, pas assez de discrétion pour mesurer les limites de son droit à la censure, et pas assez de charité pour s'en prendre de la sorte à un artiste ému et sans défense ; qui ne sait pas, enfin, respecter ni la dignité de la collectivité, ni la sienne propre.

Le scandale dura jusqu'à ce que les gens comme il faut, persuadés de l'inutilité de vouloir dissuader ces enragés, abandonnassent la partie. Les hommes sortirent rapidement dans les couloirs. Que de commentaires alors, de discussions passionnées sur le nouveau ténor !

Les critiques de métier évitaient leurs amis, gardaient une réserve prudente : « Le ténor était si ému, si effrayé, qu'il était impossible de le juger encore. » Les fanatiques du bel canto étaient très fâchés : « Il fallait ne pas avoir d'oreille pour ne pas découvrir malgré la voix voilée née de l'émotion et la crainte, un maître dans l'art de filer le chant, un timbre de voix délicieux ! »

Mais là où éclataient les grandes disputes, les véritables querelles, c'était en haut, parmi les jeunes. Il y en avait qui s'acharnaient tellement sur le ténor qu'ils le mettaient en pièces, d'autres, pour répondre aux attaques au lieu de défendre le chanteur s'en prenaient à leurs adversaires, les traitant de rétrogrades, insinuant que leurs critiques virulentes n'étaient que le dépit déguisé d'habitués du Théâtre Principal où chantaient Stagno, Uétam et la Cepeda.

– Pas du tout ! s'écriait Francesc. Tout cela n'est rien d'autre que misère de l'esprit ! Vous criez parce que vous êtes fâchés qu'on ait augmenté les prix. Si Masini chantait pour une peseta tout le monde l'applaudirait.

Enfin les vrais musiciens, tout en suspendant leur jugement définitif, n'arrivaient pas à cacher leur satisfaction de voir bernés ceux qui, se vantant d'être de vrais connaisseurs, avaient déserté depuis quelque temps les concerts de Hiller et plus récemment ceux donnés par Massenet et Frigola salle Beethoven, et qui aujourd'hui s'ébahissaient de la sorte pour un ténor.

Pendant ce temps Eladi et ses amis étaient entrés dans le petit salon de leur loge et furent surpris de ne pas y trouver trace de Puigventós. Pons, pensant qu'il lui avait fait peur, était gonflé d'orgueil. Tous sortirent ; les couloirs et les escaliers n'arrivaient pas à avaler la foule d'hommes qui montaient et descendaient d'un étage à l'autre pour se communiquer joyeusement le plaisir de la victoire ou pour discuter passionnément, en mâchant des cigares. La fumée couvrait tout, les cris étaient assourdissants, la bousculade violente. Mais cela n'arrêtait pas les allées et venues, n'empêchait pas de s'écraser. À ce moment arrivèrent des nouvelles d'une formidable hausse des valeurs, apportées par des coulissiers. Dans le grand salon, dans le vestibule on ne parlait de rien d'autre, et tous les joueurs accouraient à la hâte.

Eladi rencontra là sa famille et Rodon. Foix allait d'un cercle à l'autre, il parla en secret avec Eladi. Rodon brûlait d'impatience, un désir angoissant s'empara de lui : il était contaminé, consumé par cette fièvre. Pourquoi ne pas profiter, comme tout le monde, des flots de cette marée ? Et un peu honteux il demanda à Eladi la permission de l'accompagner à la Coulisse.

– Bien sûr, mon vieux ! Venez, venez.

Et tous deux sortirent de l'Opéra.

Mais la sonnerie retentit, chacun s'installa à nouveau de son mieux et le premier acte commença alors que toute la salle bruissait de conversations ; personne n'écouta les chants joyeux de la kermesse, ni le toast, ni le chœur de la procession, personne ne rit des diableries de Méphistophélès pour éloigner Siebel, le pauvre petit étudiant. Le fauve attendait, plus affamé que jamais, le ténor pour le mettre en pièces, l'avaler tout cru, lui faire payer toute la bile sécrétée pendant les disputes dans les couloirs. Masini et l'imprésario se trompaient totalement s'ils croyaient qu'une renommée universelle en imposait à la suprême intelligence de ce public qui agit telle une philharmonie avec une sévérité digne de plus grandes connaissances et d'un meilleur jugement.

Masini, le Faust rajeuni, apparut au milieu du peuple qui chantait et dansait ; il cherchait avec anxiété Marguerite, son idéal, laquelle traversait la place, chaste et pure comme un ange, blonde comme les blés, le missel à la main, l'humilité sur son front, sa virginité sensible dans son regard, sur ses lèvres, sur tout son corps et son maintien. Le diable, intentionnellement, retenait par le bras l'amoureux Faust, le faisait languir. Soudain il le lâche, le pousse : « Vas-y, elle est à toi. » Dans la salle s'installe à nouveau un silence total. Le jeune Faust retient ses pas à mesure qu'il s'approche de l'angélique Marguerite. La sainte timidité de l'amour pur entrave ses mouvements, rend émouvant l'accent de sa voix quand il entonne :

Permetereste a me,
mia bella damigella...

Et les notes jaillissent du cœur, imprégnées de sentiment ; elles ondulent en l'air, pures et justes comme on n'en a jamais entendues ; le feu de l'amour, le respect pour la chasteté y brûlent. Ce n'est plus un homme, c'est un ange qui chante. Il y a dans sa voix des façons si douces, dans son accent un sentiment de pureté si vif, qu'ils font rêver à l'éclat azuré des cieux. Marguerite, la sympathique Ferni, va lui répondre. C'est inutile ; des applaudissements unanimes éclatent pendant deux minutes. On dirait que le théâtre va s'enfoncer. Toute la colère du début s'est transformée en admiration ; la vérité a triomphé du préjugé, toutes les poitrines se dilatent, des milliers de mains saluent le vainqueur en agitant des mouchoirs dans l'air : « Enfin, nous l'avons ! Vive le ténor ! »

Dans la loge des Foix seule Montserrat Rodon s'est un peu inquiétée de l'absence de son mari. Mais c'est fini ; la porte s'est ouverte pendant le fracas de l'ovation et Eladi et Rodon sont revenus, celui-ci rayonnant. Poussé par Eladi il a eu un coup de tête : il a effectué une opération et a gagné quatorze mille douros. « Eladi était le garçon le plus intelligent du monde, le public de l'Opéra le plus juste, le plus connaisseur du monde, Masini le plus grand ténor du monde. »

– Je viens d'entendre un monsieur assez âgé, qui disait, les yeux pleins de larmes, que l'heureuse époque des Moriani, Rubini et Mario revenait.

– Oh ! oui, oui ! affirma l'ex-couturière d'un ton sentencieux, cet homme chante comme un ange. Avez-vous remarqué cette voix ? Sa manière de chanter si distinguée, si... Enfin, en l'écoutant on est au paradis. « *Per... ma... testa... a me...* » Qu'en dis-tu, fillette ?

Mais les messieurs étaient sortis pour allumer une cigarette, parler de la nouvelle hausse au marché parallèle. Foix avait gagné une somme folle. Eladi pétillait de joie. La Française et le rendez-vous lui étaient sortis de la tête.

Pendant ce temps chez Foix, Mlle Blanche, bien mise et fort émue, savoure en vain l'espoir de cette entrevue, assise dans la petite salle de l'entrée, faisant semblant de lire. Une partie de la domesticité est allée se coucher, l'autre somnole dans l'antichambre ou la salle à manger. Un silence glacé règne dans l'appartement. De temps en temps on entend seulement le bruit de quelqu'un qui bouge, l'amoureuse sursaute, ses yeux guettent en glissant sur des mots qui ne lui disent rien, son cœur bat avec force. En vain. L'amoureux n'arrive pas. Ce qui peut arriver c'est la désillusion portée par le temps. Mais elle n'est pas encore là : entre l'espérance qui fond et la désillusion qui s'annonce il y a un crépuscule de doute consolant. « On lui avait demandé un rendez-vous. Le rendez-vous était dans son bureau à lui. Et si elle renonçait à ses scrupules et s'y rendait ? Ah ! quel boulet, les conventions sociales !... Pourquoi ne venait-il pas ?... Peut-être qu'il n'osait pas... Mais s'il n'osait pas, était-ce à elle d'oser ? »

Et le temps passe, le doute pâlit, la désillusion guette, les yeux de la jeune fille écartent leur regard de ce spectre terrible. Minuit sonne. Elle se lève, endolorie, larmoyante, angoissée, elle ne sait si c'est de rage ou de tristesse, elle s'enferme dans sa chambre, se couche... Au même moment, à l'Opéra, Marguerite tombe, vaincue par l'amour, dans les bras de son séducteur. Eladi applaudit furieusement la diabolique conjonction de deux esprits candides soumis à la méchanceté du démon, Delfineta se prend à rêver aux regards insistants fixés sur elle, depuis l'amphithéâtre, et pendant toute la soirée du baron d'Esmalrich, Rodon et Foix savourent intérieurement les gains récents, Catarina bâille car elle a sommeil et Pauleta et Montserrat, agitant leur mouchoir, s'écrient :

– C'est magnifique !

– Sublime !

– Paradisiaque !

– N'est-ce pas ? Divin ! incroyable !

IX

Enfin Pauleta réussit à avoir une conversation avec son mari, pour parler de la froideur qu'elle remarquait entre Eladi et Delfineta, et des moyens à trouver pour y mettre fin. L'ex-couturière rêvait en effet depuis longtemps de marier son fils avec la fille des Foix, pour assurer ainsi, par l'alliance des deux familles, leur position. Ex-commerçante, bien qu'elle eût manqué de chance pour ressentir encore de l'enthousiasme envers le commerce, elle ressentait pour les autres professions, et surtout pour le métier des armes, ce mépris avec lequel les regardent ceux qui dans la vie n'ont d'autre but que celui de gagner de l'argent. Après les illusions des premières années de son union avec Jordi, qu'elle avait épousé par la séduction qu'exercent sur certaines jeunes filles le sabre et les galons, elle commença à considérer son mari tout autrement. Il était, en définitive, un homme paresseux, sans initiative ni courage pour entreprendre quelque chose de profitable. Il n'avait pas su tirer profit de la guerre de Cuba. S'il s'était battu, cela ne se voyait pas, car revenir de la guerre avec un galon supplémentaire c'était la moindre des choses. Et devenir officier de réserve avec le grade de commandant, alors qu'il aurait pu encore rester et avoir de l'avancement, et obtenir par des protections ou des *pronunciamientos* de meilleures affectations, prouvait clairement jusqu'où arrivaient l'amour-propre et l'ambition de ce militaire. Sa décision, à l'époque, provoqua un grave conflit dans le ménage. Mais l'opposition de la femme se heurta en vain à la volonté de fer de ce mari, fatigué déjà des campagnes, des casernes et des changements de garnisons, et qui en même temps se sentait plein d'aigreur et de rancune pour avoir fait, dans le même laps de temps, la moitié de la carrière d'autres, « parce qu'il n'avait pas su être un flatteur ou un fureteur », disait-il. Il était un de ces nombreux hommes déçus, éblouis dans leur jeunesse par une profession qui ne leur convient pas, dans laquelle ils ne réussiront pas. À la fin l'âge, avec l'expérience indispensable, lui avait fait voir clair et Jordi ne souhaitait plus que du repos et de l'argent ; avantages qu'il ne pouvait pas trouver dans son métier, surtout le dernier, pas de façon honnête en tout cas. Que faire, alors ? Il ne savait pas trop ; être à l'affût, saisir la première occasion qui se présenterait, mais en attendant se reposer dans la ville où il était né, dans son petit logement définitif à côté de sa femme et de son fils, ce dernier étant pour lui non seulement l'objet d'une tendresse bien naturelle, mais aussi un grand ressort, un grand espoir. L'affection cardiaque dont il souffrait, résultat de fièvres intermittentes attrapées pendant sa dernière campagne, favorisait par ailleurs sa paresse et l'aigreur de son caractère, toujours hautain, mais à présent plus amer à cause de tristesses et de spleens invincibles causés par sa maladie.

Devant cette situation Pauleta, déçue par son mari et plus désireuse que jamais d'améliorer leur sort en voyant l'ascension de la famille Foix, s'accrochait plus encore à son fils en qui elle voyait le rédempteur de la famille. C'est de lui que devait venir la position que ce mari incapable n'avait pas su atteindre. Et cette haute position, si désirée, rien ne pouvait la lui donner aussi aisément que le mariage d'Eladi avec Delfineta. Pour le faciliter elle usait, depuis un moment déjà, de tous les moyens : services rendus, obséquiosité, bonnes paroles, démonstrations constantes d'affection, allusions, conseils aux deux jeunes gens, petits cadeaux à la jeune fille. Les deux intéressés, pendant longtemps, semblaient se laisser faire, ne pas résister aux desseins mal cachés de la mère d'Eladi, et alors qu'elle croyait la fournée assurée, voilà que le four refroidissait. Que faire, alors ? Eladi ne déjeunait plus aussi souvent chez Gil, ne s'occupait plus autant de la jeune fille ; au lieu de passer les soirées dans la loge avec elle il recommençait à sortir avec ses camarades. C'était revenir en arrière, tourner le dos à la chance. Delfineta se montrait déjà plus indifférente, plus distraite, plus attirée par d'autres choses. « Il fallait sermonner le garçon, lui dire ses quatre vérités, lui montrer la bêtise qu'il était en train de faire. » Pauleta prêcha une demi-heure ; plus que ses paroles ce qui empourprait ses joues était la passivité avec laquelle l'écoutait son mari qui, à moitié étendu sur son fauteuil, fumait en regardant en l'air.

– Mais qu'est-ce que tu en dis, mon vieux ? finit-elle par dire. Ah ! je te félicite pour la façon dont tu prends la chose ! Si on continue comme ça, on n'arrivera à rien. Ce n'est pas toi qui vas te faire de la bile ! Tu attends tout de je ne sais où. Veux-tu que j'entreprenne le garçon ?

– Non, répondit Jordi sèchement.

– Alors, c'est toi qui lui en parleras ?

– Non, pas plus moi que toi.

– Eh bien, nous voilà frais ! Veux-tu, s'il te plaît, m'expliquer pourquoi ?

– Parce que c'est inutile ; s'il agit ainsi c'est parce que cela lui convient : il en sait plus, même endormi, que toi et moi éveillés.

« Bah ! des mots, des mots qui n'arriveraient pas à la convaincre, car ils ne prouvaient rien. Elle voulait des explications, savoir le pourquoi et le comment. »

– Vois s'il t'en donne ; moi je ne les connais pas. Je les soupçonne, c'est tout. Tu connais le caractère d'Eladi : il ne te dira pas la moitié de ce qu'il pense s'il croit qu'il peut le dire, et pas un mot s'il estime qu'il lui convient de se taire.

– Oui, c'est tout son père. Je ne sais pas comment vous êtes.

– Nous sommes comme on nous a faits, ma vieille.

– Mais qu'est-ce que tu soupçonnes, toi ? Je ne peux même pas savoir cela, pour ma tranquillité ?

– Non, parce que tu en parlerais. Toi, tu n'as qu'à te taire, à fermer les yeux et à laisser faire. Ton fils n'a pas besoin qu'on lui tienne la main pour marcher ; ça fait des années qu'il sait porter la culotte !

Après avoir dit cela d'un ton un peu impérieux, Jordi se mit à lire son journal, se prélassant encore plus dans son fauteuil, donnant à entendre par cette dernière allusion que la séance était terminée.

Pauleta sortit, rageuse, avcc lc ferme propos de découvrir le jour même la vérité. « Demander à Eladi était, comme disait son père, inutile. Demander à Delfineta, imprudent. Rien de mieux, oh ! oui, rien de mieux que d'essayer de faire parler Mlle Blanche, la petite Française savait sûrement quelque chose, elle lui dirait tout. »

Pendant ce temps Mlle Blanche était furieuse à cause de sa déception de la veille. Il s'était moqué d'elle. Après y avoir longuement réfléchi, elle avait pris la décision de quitter cette maison, de fuir Barcelone, de ne plus revoir ce jeune homme qui tout en lui faisant des serments d'amour ne s'était même pas donné la peine de traverser deux salles et un couloir pour savoir ce qui lui était arrivé, pourquoi elle ne venait pas au rendez-vous ; cet égoïste qui par paresse ou par manque de courage préférait la faire passer pour une femme de rien plutôt que de se comporter, oui, en amoureux. « Non, il y avait là un mystère : ce jeune homme se jouait d'elle, tandis qu'elle s'éprenait pour de bon. Oh ! oui, il l'avait trompée, il lui ferait perdre son temps et la tête, et ensuite il rirait d'elle. La meilleure solution, donc, était de s'éloigner. Dès que ses patrons seraient disposés à l'écouter elle donnerait sa démission... et... terminé. Une seule concession... un petit délai. Oui, un petit délai pour qu'ils puissent chercher une remplaçante... Quelques jours : quatre, six, huit tout au plus. »

Et cette concession elle la faisait, dans son esprit, avec le secret espoir d'une entrevue, d'explications, d'une réconciliation. Mais en s'abusant elle-même, elle se disait « qu'elle leur devait bien quelques jours, les pauvres ! », qu'il « serait injuste de les planter là, alors qu'ils n'étaient en rien coupables ». Elle était nerveuse, peinée, elle ne savait si elle devait détester ou pardonner, juger sans appel ou demander des preuves, dire ou ne pas dire, mettre à effet sa décision sans consulter quiconque ou s'il fallait voir d'abord son oncle et protecteur. Elle nageait dans une mer d'incertitudes et elle dut faire de grands efforts pour cacher ce jour-là à Delfina la douleur qui la rongeait.

C'était à cause de cela que la petite Française n'était pas sortie de sa chambre cet après-midi, préférant rester seule pour réfléchir sur les mesures à prendre plutôt que d'accompagner ces dames à la promenade. Elle était donc seule dans sa chambre vers la fin de l'après-midi lorsque Pauleta sonna.

– Ces dames ne sont pas là ? Et *mamzela Blanca* ?

– Elle oui, madame.

Pauleta respira. Elle était toute seule ! Quelle chance ! La Française, en revanche, fut bien contrariée. Mais comment refuser de recevoir la mère d'Eladi ?

Et prenant sur elle, elle sortit, se montra aimable, conduisit la visiteuse au petit salon et l'invita à s'asseoir sur le moelleux divan en peluche, à peine visible dans la clarté du jour agonisant.

Pauleta commença l'escarmouche diplomatique par des phrases aussi pleines d'intention que :

– Il commence à faire chaud, n'est-ce pas ?

Et sans soulever la voilette de son chapeau elle s'essuya le visage et le cou en faisant très attention à ne pas enlever la poudre.

– Certes. Il va peut-être pleuvoir.

– Le temps est très orageux. Je ressens des démangeaisons, je suis énervée... Ça ne m'étonnerait pas, non, qu'il se mette à pleuvoir... Et vous êtes restée ici toute seule ? Je vois que Catarina et sa fille sont sorties. Comment se fait-il que vous ne les ayez pas accompagnées ? Peut-être étiez-vous en train d'étudier. Je vous gêne peut-être. Je ne le voudrais pas.

– Oh ! non, madame.

– Bon, bon. Elles sont peut-être allées faire des achats.

– Je ne sais pas, madame.

– Peut-être sont-elles allées se promener, pour distraire un peu la jouvencelle. Les jeunes filles, à l'âge de Delfineta, sont parfois un peu soucieuses, n'est-ce pas ? Voyez-vous... c'est l'âge des illusions, de l'amour... Quand on s'y attend le moins elles ont le coup de foudre pour un galant. Enfin, vous êtes jeune, et vous le savez bien, n'est-il pas vrai ?

Mlle Blanche sourit, les joues en feu. « Savait-elle quelque chose par Eladi ? » Dans sa confusion, avec plutôt l'envie de pleurer que de rire, elle haussa les épaules, détourna discrètement le regard.

– Parce qu'à présent que nous sommes seules, continua l'ex-couturière, en serrant affectueusement un des poignets de la jeune fille, je peux vous le dire, il me semble que le cœur de Delfineta n'est pas tout à fait libre.

Mlle Blanche rit alors avec moins de gêne.

– C'est tellement difficile de savoir cela !

– Allons, *mamzela*, vous me jouez la comédie. Vous êtes toute la journée ensemble, vous n'allez pas me faire croire que vous ne le savez pas. Allons, bien que je sois la mère, vous pouvez me le dire.

La Française leva les yeux au ciel et fit mine de se lever, mais elle se contint.

– Vous pouvez bien comprendre que, aussi bien Jordi que moi, nous sommes loin d'être fâchés de ces amours. Delfineta est un ange et où mon fils pourrait-il trouver un meilleur parti ?

Le crépuscule s'épaississait dans ce petit salon encombré, de sorte que les interlocutrices ne se voyaient l'une l'autre que comme deux ombres au profil indécis. Mlle Blanche se sentit défaillir et pencha la tête sur le dossier du fauteuil.

– C'est précisément à cause de cela que je suis contente de parler avec vous. Je vous demande de ne pas en dire un mot à personne, d'accord ? C'est bien naturel que la jeune fille veuille garder le secret et que vous le protégiez en vous taisant. Mais à une mère rien n'échappe de ces choses-là : on aime tellement ses enfants ! Et l'amour, c'est bien connu, on ne peut pas le cacher. Comme on dit : « Tout le monde le savait, sauf l'intéressé. » Alors vous pensez bien que j'ai bien vu les regards, les petits mots que parfois l'un et l'autre sans le vouloir ont laissé échapper. Mais... franchement, depuis quelque temps, quelque chose me ronge le cœur. Ne vous semble-t-il pas qu'il n'y a plus entre eux cette affection, cet amour, cette... comment dire ? cette chaleur, ce désir d'être ensemble, cette passion, voilà le mot, cette passion qu'il y avait auparavant ? Dites-moi, soyez franche, *Blanxeta*, savez-vous s'ils se sont disputés ? S'il n'y a pas de la mésentente, de la jalousie ? Ou alors, est-ce que Catarina a averti sa fille de ne pas se compromettre avant l'heure, ou quelque chose de ce genre ? Vous devez le savoir, ne faites pas celle qui ne sait rien, allons ! Même si on vous a bien recommandé de garder le secret, à moi vous pouvez le dire, vous devez même me le dire : je suis la mère du garçon et vous devez bien comprendre mon intérêt. Dites-moi, dites-moi, pourquoi se détournent-ils l'un de l'autre ?

Mlle Blanche ne répondait pas.

– Voyons, ma fille ! Ne me faites pas languir. Je vous jure que je garderai le secret comme une tombe. Allons, n'ayez pas ces scrupules. Songez que vous faites œuvre de miséricorde en rassurant une pauvre mère. Si vous continuez à vous taire ainsi, j'imaginerai le pire et je souffrirai encore davantage.

Et elle prit à nouveau affectueusement le poignet de Blanche mais pour le laisser aussitôt et se lever en sursautant ; le bras de la jeune Française pendait inerte et son poignet était inondé d'une sueur froide d'agonisante. Pauleta se pencha sur elle, lui toucha le front et, le trouvant également couvert de sueur, elle fut effrayée et sortit en courant.

La chambrière entra avec une lumière. Mlle Blanche était évanouie, pâle comme un lis, la bouche ouverte, les yeux fermés.

– Apportez du vinaigre, de l'eau de Cologne, de l'esprit-de-vin... Enfin, quelque chose !... Dépêchez-vous... mais qu'est-ce qu'elle a, cette enfant ? Qu'est-ce qui lui a pris ?... Oh ! et silencieusement, sans aucun tremblement ! *Blanxeta*, ma fille, regardez-moi... Ah ! mon Dieu ! Mais qu'est-ce qu'elle a ? Cette petite doit avoir quelque chose au cœur.

Pendant un moment la femme de chambre lui frotta le pouls avec son doigt trempé dans du vinaigre, tandis que Pauleta, sans ôter ses gants, lui massait les jambes de toutes ses forces, avec des mouvements excessifs, causés par sa propre agitation. À la fin la malade commença à bouger, à ouvrir les yeux, à reprendre ses sens. Elle sortait d'un rêve, elle n'avait pas entendu la deuxième partie du discours ; mais la présence de Mme Pauleta lui remit en mémoire la première partie et sans dire un seul mot elle se mit à pleurer avec de gros sanglots. L'ex-couturière et la femme de chambre la contemplaient éperdues avec ces regards empressés avec lesquels on interroge les malades. Soudain Mlle Blanche sentit monter à ses joues le feu de la honte, elle se leva tout à coup et avec un :

– Excusez-moi, ce n'était rien. Laissez-moi seule maintenant.

Elle s'enfuit et s'enferma dans sa chambre, laissant les deux femmes confuses, en plein mystère.

Pauleta haussa les épaules et s'en retourna chez elle toute songeuse, sans soupçonner la véritable cause de l'évanouissement.

Une demi-heure plus tard, Mlle Blanche, les yeux noyés de larmes, un baluchon à la main, abandonnait la demeure de la famille Foix, glissant furtivement le long des murs comme une criminelle, mais personne ne remarqua sa disparition avant que la famille ne se mît à table.

Foix en fut accablé. Juste au moment où il manigançait cette polissonnerie ! Delfineta n'arrivait pas à comprendre un départ si soudain. Elle éprouvait déjà de l'affection pour sa demoiselle de compagnie et elle s'évertuait à se souvenir comment elle avait pu offenser Blanche.

– Ne vous cassez plus la tête ! s'écria Catarina. Tout ça c'est des manigances de cette sournoise de Pauleta. Ni plus ni moins. N'est-elle pas venue ici ? N'a-t-elle pas parlé un long moment avec *Blanxeta* ? Allez donc savoir ce qu'elle a pu inventer. On vous a bien dit que la petite s'était évanouie, alors que voulez-vous de plus ?

Et fixant sur sa fille un regard plein de souvenirs et d'allusions à des reproches antérieurs, elle ajouta :

– Est-ce que je ne vous le dis pas toujours, moi, que c'est une commère médisante, qu'elle ne nous aime pas, et qu'un jour elle va tous nous compromettre ?

Mais la présence des domestiques lui fit tenir sa langue ; elle recommença à nouveau dans le petit salon où la famille s'était réunie après ce dîner silencieux.

« Son mari ne voulait pas la croire, toujours très lié avec la famille de Jordi, une famille d'hypocrites intéressés qui se pendaient à ses basques pour arriver à sa poche. »

Foix insistait ; ce n'était que des marottes, des manies de femme. Il rappelait les liens de parenté, sa longue et étroite amitié avec Jordi ; il revenait sur le grand talent financier d'Eladi, son amour du travail, aux preuves d'affection qu'il en avait reçues pour tout ce qui touchait à sa maison ; prenant un ton oratoire, il improvisait un discours chaleureux contre ces préjugés issus d'une passion aveugle.

– Crois-moi, Catarineta, cela est très risqué, très dangereux. Si la justice humaine, tout en se pourvoyant auparavant de toutes les preuves possibles, se trompe cent fois tous les jours, comment veux-tu tomber juste en te fondant sur des indices aussi simples... Je veux dire... aussi problématiques qu'un évanouissement ? Sais-tu, par hasard, de quoi ont-elles parlé toutes les deux ? Est-ce que tu sais si l'évanouissement a une... congruence, c'est le mot, avec l'affaire dont elles parlaient ? Tu ressens de l'antipathie, de la haine pour Pauleta, tu la détestes et c'est pour cela que tu lui attribues tout. Qui te dit que la *mamzela* ne souffrait pas d'attaques, qu'elle nous l'avait caché, et que maintenant, se voyant découverte, elle nous ait quittés parce qu'elle avait honte ? Qui te dit que cette jeune fille n'a pas reçu une lettre lui annonçant un malheur dans sa famille ?

– Allons ! Seigneur ! Cela fait trois mois qu'elle est chez nous, que nous connaissons sa situation. Un malheur ! Cela ne l'obligeait pas à partir en cachette : elle aurait laissé une lettre ou au moins elle aurait laissé une commission verbale à une des bonnes.

– Et qui peut t'assurer qu'elle n'avait pas un fiancé et que dans tout ça il n'y ait pas un homme ?

– Je me serais rendu compte de quelque chose ! intervint Delfina.

– Taratata ! Vous avez vite fait de tout expliquer, de tout savoir ! Et dans ce monde nous sommes tous entourés de mystères, nous marchons à tâtons, voilà tout. Reconnaissez que j'ai plus d'expérience que vous et par conséquent j'ai plus le droit d'être écouté que le devoir de vous écouter, vous.

– Tu es trop bon, Gilet, tu ne penses pas à mal et c'est pour ça que tu ne connais pas les gens. Cette Pauleta ne vaut rien, son mari et son fils encore moins. Ils sont à tes côtés flairant la fortune. Un de leurs projets, je te l'assure, est de marier Eladi avec ta fille.

Foix ouvrit de grands yeux, tout surpris, ensuite il se mit à rire :

– En voilà une idée !... Mais... et alors ?

– Alors ? Je ne le voudrais pour rien au monde ; je l'ai déjà dit à Delfina des milliers de fois. J'ai déjà vu où ils dirigent leur tir et toi tu n'as même pas vu leur fusil. Tu le sais bien, ma fille, combien de fois je te l'ai dit.

Mais la jeune fille jura à plusieurs reprises qu'Eladi ne lui plaisait pas, qu'il se montrait beaucoup plus froid avec elle parce qu'avant qu'il ne se déclare elle lui avait fait comprendre, habilement, qu'il n'était pas son genre.

– Et d'ailleurs, vous pouvez vous rendre compte vous-mêmes qu'il ne me poursuit pas autant !

Foix était resté pétrifié. « Mais quelles intrigues forgeaient-elles, ces femmes ! Quel méli-mélo, quelle guerre sourde y avait-il là ! Lui, absorbé par ses affaires n'avait rien vu, pas une ombre. Diable, diable ! Alors ici il y avait deux chefs, deux maisons, deux critères ! Chacun suivait son chemin ! C'était l'anarchie ! Oh ! là là ! »

– Je dois vous dire, mes chères, que ce que je viens d'entendre est très sérieux ! Je n'aime pas que tu me caches ce qu'un père ne doit jamais ignorer...

– Mais je ne peux t'attraper un seul instant ! même au lit, tu ne veux pas m'écouter !

– ... et notre fille ne doit pas non plus mépriser ainsi, de but en blanc, les gens de sa condition.

– Mais... qui parle de condition ici ?

– Bon, bon, nous reparlerons de tout ça ; pour aujourd'hui ça suffit. Mais qu'il soit bien entendu..., ajouta-t-il en se levant avec des airs d'empereur, qu'il soit bien entendu que je ne veux pas chez moi cette désunion, cette dualité : ou je ne suis rien ici, ou je suis le maître, et Delfineta doit se marier à mon goût.

– Oh ! non, papa, non ! s'écria-t-elle naïvement, s'agenouillant à ses pieds en pleurant.

Foix considéra un instant la situation et, radouci par la tendresse qu'il ressentait pour sa fille, il la releva en s'écriant :

– Mais, mon enfant, quand je dis à mon goût je veux dire aussi au tien, au goût de nous tous ; je n'essaierai jamais de t'unir à un homme que tu n'aimerais pas.

Et, une larme brillant dans ses yeux, il s'en alla.

– Ton père est un brave homme, dit Catarina, embrassant sa fille sur le front, mais il est incorrigible : il ne pense jamais de mal de personne.

sion et les mots adéquats. En les cherchant il se posa à lui-même, pour la première fois, la question :

– Mais comment, pourquoi, ne suis-je pas allé au rendez-vous ?

Il rumina un instant et il répondit en souriant :

– C'est bien simple : qu'aurions-nous fait d'autre dans mon bureau que bavarder ? Et pour cela devais-je quitter une représentation aussi intéressante, laisser passer ce moment de hausse ?

Il mit son chapeau et sortit de chez lui ; mais ce fut une journée très agitée, aussi bien au bureau qu'à la Coulisse, il ne trouva donc pas l'occasion, ni même le temps de la chercher.

Ce fut sa mère, Pauleta, laquelle au moment du dîner raconta l'évanouissement de l'après-midi comme quelque chose de mystérieux, qui le fit songer à nouveau à la petite Française. Jordi se demanda un instant si sa femme n'avait pas commis quelque imprudence chez Foix. Mais comme il n'avait pas la moindre idée des relations de son fils avec Mlle Blanche, et qu'il ne pouvait pas imaginer que Pauleta se fût permis de faire des confidences à une étrangère sur des sujets strictement familiaux, il se tranquillisa et n'ouvrit pas la bouche. Le mari et le fils laissèrent donc cette perruche raconter au gré de sa folle fantaisie, toujours exaltée, les causes de l'évanouissement :

– À mon avis cette jeune fille souffre d'attaques, elle a le cœur malade. Quand elles prennent des métiers comme ça, c'est qu'elles n'ont pas de santé ; une fille saine, robuste, n'est pas obligée de supporter les impertinences et les mauvaises humeurs de toute une famille, vous ne croyez pas ?

Mais comme il arrivait très souvent dans cette maison, tandis que la femme bavardait, la pensée des deux hommes était ailleurs, là où ne parvenait même pas l'écho de cette

X

Le même jour Eladi, en se levant, s'était senti quelque peu honteux en se demandant ce que *Blanxeta* pouvait penser de lui. La jeune fille avait dû se rendre, insouciante, à son bureau et elle avait été certainement très surprise de ne pas y trouver son galant. Son absence était une grossièreté et les femmes ne pardonnent pas ces choses-là. Il était obligé de trouver un prétexte, d'inventer un contretemps, des ordres reçus. Parce qu'à vrai dire, s'il n'était pas épris de cette fille comme un béjaune, il ne voulait pas non plus perdre les avantages acquis depuis deux mois dans cette campagne. *Blanxeta* était tendre, appétissante, et il le voyait bien, elle finirait par tomber ; elle était sous le charme. D'un autre côté, rien de mieux pour susciter la jalousie de la méprisante Delfineta : jalouse, elle baisserait les bras, elle établirait un pont entre elle et son ancien soupirant. La fille de Foix était comme son père : la vanité lui montait à la tête, et elle rêvait de choses impossibles. Si elle l'avait dédaigné quand elle le voyait à ses pieds, se traînant derrière elle, elle aurait envie de lui en le voyant lui préférer sa demoiselle de compagnie. Ce n'était donc pas le moment de laisser échapper cette conquête doublement utile. Et comme la Française était amoureuse de lui, il ne lui serait pas très difficile de rattraper ce qu'il venait de perdre : le problème était simplement de trouver l'occa-

voix, et la question n'obtint pas de réponse, et son babillage ultérieur n'eut pas l'honneur de susciter plus d'attention que celle qu'on accorde l'hiver à la pluie.

L'Eladi, le cigare à la bouche, plia sa serviette et quitta la maison. Absorbé dans ses calculs et dans ses pronostics de hausse et de baisse il se dirigea machinalement vers la rue d'Avinyó.

Un essaim de gens qu'il connaissait, bourdonnait dans la partie la plus étroite et la plus sombre de cette rue traversière, devant le portail du très vieil édifice où se tenait le marché parallèle. La cour de la maison, une cour sombre et solitaire d'où partait l'escalier à gauche, et où se trouvait, au fond, l'entrée du gymnase des membres installé dans une ancienne remise, semblait encore plus noire à cause de la multitude des joueurs qui s'y entassaient, littéralement serrés les uns contre les autres. Une rangée d'employés, postés toutes les trois ou quatre marches, empêchait de monter les escaliers ceux qui n'appartenaient pas à l'association ; ils criaient les noms des agents ou des membres demandés par le public. Le nom sautait comme un ballon, d'un serviteur à l'autre, montait les escaliers et il sautait encore dans les salles, où il atteignait un diapason strident à mesure que les cris des boursiers l'exigeaient, jusqu'à atteindre l'oreille de l'intéressé. Celui-ci sortait, descendait le moins possible de marches et au milieu des poussées et du charivari il recevait les ordres du client et s'en retournait en haut à toute vitesse.

L'Eladi, en vieil habitué, grimpa l'inquiétant escalier en s'ouvrant un passage à coups de coude, rapide comme l'éclair. Il traversa, indifférent, les premières salles, aussi illuminées que délabrées et pauvres, et il ne s'arrêta que dans celle des transactions, encore plus pauvre et sale que les autres. La corbeille du milieu disparaissait dans l'épaisseur de la foule entassée là comme les guêpes autour du guê-

pier. Il y avait tant de monde qu'il était impossible d'avancer d'un pas, si grands le brouhaha, l'explosion de monosyllabes de voix cassées, qu'on ne comprenait pas un seul mot, si forte l'odeur de tabac qu'elle tournait le cœur, et l'atmosphère était si dense que tout était voilé. Loin de connaître une rémission, la fièvre montait, les valeurs anciennes atteignaient des sommets invraisemblables et en entraînaient chaque jour des nouvelles, à peine nées, avec tout juste un nom. Parmi ces dernières il y avait ce soir-là les actions de la banque de Mataró. Elles n'étaient pas encore imprimées, la banque n'était pas encore installée et elles étaient déjà cotées à quatre, ensuite à six, plus tard à huit. La nouvelle banque, obligée par la solidarité à l'aide mutuelle, était là pour les soutenir et les faire monter par une continuelle demande. Foix en acheta six mille.

L'Eladi, quand il le vit, s'empressa de le rejoindre et tous deux s'en allèrent dans la longue salle des liquidations pour établir les états. Ayant fini ils sortirent pour se promener, se distraire. Foix ressentait encore un peu de remords pour avoir fait pleurer Delfineta et avoir ennuyé sa femme dans une période aussi heureuse où la maison gagnait de l'argent à la pelle. Devant la vitrine d'un bijoutier de la rue Fernando il eut une sorte d'inspiration :

– Nous entrons, Eladi ?

Il voulait les indemniser de cet ennui, réparer sa faute. Il commença par regarder des bagues à dix douros, de petits boutons à cinquante, et il finit par acheter un diadème de brillants de deux mille, et pour sa fille un petit collier de perles et de turquoises de cinq cents douros.

Son cœur se dilata, ses yeux étaient humides et son imagination enhardie délia sa langue, en se dirigeant vers la Rambla.

– Ainsi elles ne seront plus fâchées, les pauvres chéries !

– Qui est fâché ? demanda Eladi fort intrigué.

– Catarina et Delfineta... Pour trois fois rien... Un coup de colère... comme on en a parfois... nous parlions de la disparition de la *mamzela*...

Ici il se rendit compte de tout ce que l'on avait dit sur Eladi dans cette conversation, et il se tut soudain.

– Quelle disparition ?

– Mais, voyons... Ah ! oui, c'est vrai, tu n'es peut-être pas encore au courant... La *mamzela*, *Blanxeta*, tout à coup a pris la fuite. C'est ainsi, ce soir, sans qu'on sache ni pourquoi ni comment, elle a pris ses cliques et ses claques et a disparu de chez nous.

– *Blanxeta* ?

– Oui, *Blanxeta.* Je ne sais pas quelle mouche l'a piquée.

Et sa récente satisfaction lui inspirant des idées plaisantes il poursuivit :

– Et je t'assure que je le regrette, je le regrette pour nous tous et pour elle. Pour tout le monde parce qu'elle était si avenante, si plaisante à regarder, que c'était bien agréable de l'avoir à la maison. Tellement que, vois-tu, l'autre jour j'ai fait attention à elle et... est-ce que je sais... elle m'a tellement plu que..., et ici il se mordit la langue pour ne pas dire toute la vérité, que... je songeai même à la protéger. J'aurais proposé qu'on se sacrifie un peu nous autres en cherchant une autre demoiselle de compagnie, et qu'on lui procure un peu d'argent pour qu'elle s'installe comme modiste ou quelque chose dans ce genre et qu'elle puisse s'en sortir. Parce que tu le sais bien, avec son métier la pauvre fille ne pourra jamais aller bien loin.

Eladi écoutait et réfléchissait en même temps. « *Blanxeta* s'évanouissait alors qu'elle parlait avec sa mère... peut-être par une douloureuse association d'idées ; ensuite s'enfuyait de la maison, certainement parce qu'elle ne trouvait pas de raisons pour expliquer sa décision. Tout cela le lendemain du jour où il avait manqué au rendez-vous... Oh oui, c'était à cause de lui !... Elle était bien sotte ! »

La jeune fille ayant quitté la maison, cette conquête avait perdu sa principale utilité. « Ce n'était plus la peine d'y penser. »

Pendant ce temps Mlle Blanche se rongeait les sangs dans une chambre de l'hôtel de l'Univers, où elle avait échoué machinalement, en plein désarroi. Le lendemain, en ouvrant le balcon, elle vit qu'elle se trouvait juste en face du palais de Llotja et elle comprit pourquoi, instinctivement, ses pas l'avaient menée là. Ce palais était celui de la Bourse. Tous les jours Eladi y restait pendant des heures, cet Eladi qu'elle avait fui pour ne plus le revoir et dont pourtant ses pensées n'arrivaient pas à se détacher. Il y avait sans doute, dans l'esprit de cette jeune fille, quelque chose de plus fort que sa volonté, une mystérieuse dualité d'énergies opposées, tirant chacune de son côté, comme des chevaux mal assortis, et trop forts pour obéir à la bride. Un troisième élément intervenait encore, qui jugeait l'ensemble, se lamentait, défaillant, de cette désunion des forces ou bien se montrait sceptique devant toute résolution formelle de rupture. Ce n'était pas un cœur humain, c'était un club d'anarchistes où tout le monde criait et commandait. Sauf le président. Mlle Blanche avait peur d'elle-même, elle ne savait que faire ni que vouloir. Se remémorant ce qui était arrivé, elle ne comprenait ni la cause de son évanouissement ni sa décision excessive. « S'évanouir, quitter cette maison à cause des paroles de la mère d'Eladi ? Est-ce que par hasard elle lui avait dit quelque chose de nouveau ? N'avait-elle pas vu depuis longtemps que Mme Pauleta souhaitait marier son fils avec Mlle Foix ? Et c'était la mère elle-même qui était soucieuse du refroidissement qu'elle remarquait dans ces amours ! »

Mais sa pauvreté et sa solitude rendaient craintive Mlle Blanche, lui enlevaient toute confiance en ses propres forces. « Qui était-elle, sans fortune, sans parents, sans rien au monde, pour lutter face à face contre l'argent, contre les convenances de famille qui liaient les Foix et les Balenyà ? Quel amour, quel aveuglement avait pour elle ce jeune homme qui lui donnait rendez-vous et était incapable de comprendre la pudeur naturelle d'une jeune fille, qui lorsqu'il avait vu qu'elle n'osait pas venir, n'avait pas eu assez de courage pour quitter son bureau, traverser deux salles et un couloir et venir la retrouver ? Ah ! oui, les révélations de cette mère lui avaient ôté le bandeau des yeux. Eladi n'était pas pour elle, il ne l'aimait pas, il aurait tout juste joué avec son cœur, pour l'abandonner ensuite, se débarrasser d'elle d'un coup de pied, comme d'un vieux meuble. Un jeune homme intelligent, promis à un brillant avenir, un futur millionnaire, allait-il s'amouracher d'une pauvre fille comme elle ? Allait-il la préférer à la fille d'un banquier ou de tout autre homme riche qu'on lui proposerait ? C'était rêver, divaguer bêtement... Non, non, elle avait bien fait de prendre cette résolution, c'était raisonnable. Elle était obligée de s'éloigner de lui, de chercher dans le travail et dans l'atmosphère d'endroits convenant mieux à sa triste situation, de quoi cautériser sa blessure. Quelle vie malheureuse que la sienne sur cette terre ! »

Un torrent de larmes coula de ses yeux quand elle considéra sa solitude, sa misère. Un désert si grand, une forêt si touffue, pour un être si petit, si impuissant, pour une fille toute seule sans frères, sans parents ! Dans son balluchon il n'y avait que du linge de rechange, dans son porte-monnaie, cinq douros. C'était très peu pour résister. Et elle pleura, pleura un long moment, jusqu'à ce que, le cœur vidé, l'instinct de conservation lui rendît des forces pour penser qu'il lui fal-

lait prendre très vite une décision : quitter cet hôtel, chercher du travail, récupérer son peu d'argent déposé chez Foix, et s'abandonner ensuite à sa destinée. Elle n'avait pas assez de courage, et avait trop de honte pour se présenter personnellement chez ces messieurs, tout comme pour aller demander de l'aide à son parrain ; alors elle décida d'avoir recours à Léocadie, une compatriote qui était son amie, une modiste. Léocadie l'aimait bien et ferait de son mieux pour l'aider.

Léocadie suivit au pied de la lettre les instructions de son amie, elle se présenta l'après-midi même au bureau de Foix en déclarant qu'elle devait voir ce monsieur en particulier. Foix la reçut, ferma la double porte et invita la jeune fille à s'asseoir à côté de lui sur le divan.

– Je viens au nom de Mlle Blanche, pour l'excuser.

Elle commença par déclarer que la jeune fille était d'autant plus honteuse de s'être enfuie de cette façon qu'elle avait beaucoup d'affection et de respect pour eux, qu'elle n'avait à se plaindre de personne et que nul ne l'avait offensée, que pour l'amour du Ciel, ils veuillent bien l'excuser et lui pardonner, et qu'ils aient la bonté de remettre à la messagère les bagages que Blanche avait laissés chez eux, déjà prêts ; ainsi que les cent douros, si cela ne gênait pas M. Foix, qu'elle avait déposés chez eux et dont Léocadie apportait le reçu dûment signé.

Foix répondit en disant que la jeune fille avait parfaitement le droit de demander ce qui lui appartenait, mais que lui aussi avait le droit d'exiger qu'on lui éclaircisse ce mystère, que les explications données par Léocadie n'étaient pas suffisamment claires.

– Vous comprenez bien, madame, qu'un départ comme celui de *mamzela* nous a tous alarmés. Moi, en tant que chef de famille, je dois savoir ce qui s'est passé chez moi. Ici c'est une maison où du premier au dernier, tout le monde agit avec honneur, avec loyauté ; et si personne ne lui a manqué

d'égards, on ne comprend pas qu'elle soit partie de chez nous si brusquement, sans nous avoir même écrit un petit mot pour nous éviter le trouble de la surprise. C'est un comble, madame, c'est un comble ! Vous devez bien vous rendre compte que j'ai besoin d'explications plus franches, plus convaincantes, pas seulement pour ma tranquillité de chef de famille mais aussi pour celle de mon épouse et de ma fille.

Léocadie eut l'impression de se trouver acculée dans une impasse, mais puisant de nouvelles forces dans la ferveur de l'amitié elle fit appel aux sentiments chevaleresques de M. Foix pour qu'il abandonnât ses exigences et ses alarmes devant la confession si loyale de la jeune fille repentante, qui était la première à reconnaître la totale innocence de la famille Foix dans cette affaire.

– Monsieur Foix, dit encore Léocadie, il doit vous suffire de savoir que le départ de mon amie n'a rien à voir avec qui que ce soit de chez vous. Je vous l'avoue bien sincèrement. Vous, qui êtes un monsieur très bien, vous vous ferez un point d'honneur à respecter des secrets qui ne vous regardent pas... je suppose.

– C'est vrai ; mais dans ce cas, pourquoi *Blanxeta* n'est-elle pas venue se disculper personnellement ?

– Monsieur... c'est parce qu'elle a honte. Non pas des motifs, mais de son acte. Vous devez lui pardonner.

Foix céda pour la remise des bagages.

– Mais au sujet des cinq cents pesetas, je regrette... le reçu que vous m'apportez ne me suffit pas.

– Comment ! s'écria la jeune fille, très offensée.

– C'est une question de formalités ; le reçu d'un dépôt doit être signé sur le livre même, au bas de la note de la remise. *Blanxeta* devra avoir le désagrément de venir. Ce ne sera pas si terrible ! Je ne suis plus fâché, je lui pardonne de tout mon cœur.

Et en voyant que la messagère se mordait les lèvres et agitait la tête d'un air méfiant, il ajouta avec une certaine énergie :

– Voyons, nous n'allons pas la manger ! et ensuite, d'une voix déjà adoucie :

– Allez, dites-lui de venir, qu'elle n'a rien à craindre... que je ne lui dirai pas un seul mot sur ce qui s'est passé... que j'aurai du plaisir à la revoir. Je l'attends demain à dix heures.

Léocadie dut épuiser toutes les ressources de son éloquence pour convaincre son amie. Elle ne voulait pas y aller, ne voulait plus jamais fouler le tapis de cet escalier. Elle perdrait plutôt les cent douros ! Mais en parlant à maintes reprises de ses projets, de l'avenir qui l'attendait étant donné qu'il lui était impossible d'aller vivre avec la deuxième femme de son parrain, le seul parent et protecteur qui lui restait après la mort de ses parents, pleurant et se révoltant contre le triste sort d'une orpheline célibataire, dans un pays étranger, sans argent, sans aide, elle accepta l'offre que cette amie lui faisait de devenir son associée et de loger chez elle si elle apportait, en plus de son travail, ce petit capital. Elle finit par céder, et alla chercher son argent.

Elle monta l'escalier tremblant de toutes les fibres de son corps, et entra dans le bureau de Foix sans avoir rencontré d'autres connaissances que Quim.

Foix rayonnait de joie ; il ferma à clé la porte de communication et obligea la jeune fille, en dépit de sa volonté, à s'asseoir sur le divan. Mlle Blanche restait sans parole et sans mouvement. Outre la honte de ce qui s'était passé, elle ressentait un étrange affolement qu'elle ne savait pas s'expliquer mais qui la maintenait en alerte, comme si elle était entourée de mille dangers. Cet homme n'était plus le brave monsieur de jadis : ses yeux riaient, lançaient des lueurs électriques.

– Vous voyez, voici le livre, dit Foix pour la tranquilliser. Et voici l'argent, le capital et les intérêts. Vous signez ici, et c'est fini.

– Alors donnez-moi la plume et je signe, dit la jeune fille en abandonnant son siège, allant vers la table où le banquier s'appuyait.

Celui-ci lui tendit la plume et l'argent. Elle signa, remercia et se dirigea vers la porte. Le banquier la prit doucement par le bras.

– Oh ! attendez, voyons, attendez ! On dirait que vous avez peur de moi, que vous êtes fâchée par je ne sais quoi. Asseyez-vous, *Blanxeta*, asseyez-vous, calmez-vous, au nom du Ciel !... Je ne comprends pas ce qui vous arrive, pourquoi tremblez-vous ainsi ? Asseyez-vous, asseyez-vous.

La jeune fille obéit et il s'assit à côté d'elle sur le divan.

– Je veux vous dire que pour moi vous êtes toujours la même ; que je continue à avoir de l'estime pour vous, comme si vous n'aviez pas quitté la maison. Votre comportement a été un peu étrange, un peu mystérieux, c'est vrai ; mais il me suffit de savoir ce que m'a dit votre amie. Nous n'avons rien à y voir, n'est-ce pas ?

– Non, monsieur ; je n'éprouve aucun ressentiment envers vous.

– Alors, en voilà assez, n'en parlons plus. Laissez-moi tenir ma parole. Mais... permettez-moi de vous poser une question : maintenant, qu'allez-vous faire toute seule, perdue dans le vaste monde ? Qu'allez-vous gagner de plus dans une autre maison ? Je m'intéresse à vous, j'ai pour vous plus d'affection que vous ne le croyez... Voulez-vous que je vous protège ?

– Merci, monsieur Foix, osa dire la jeune fille avec des pleurs dans la voix, tout en s'éloignant un peu.

– Voulez-vous plus d'argent ? Voulez-vous mille, deux mille, trois mille... ?

– Monsieur Foix ! s'écria Mlle Blanche, d'un ton offensé, en se levant vivement. « Elle avait bien vu que ce n'était pas le même homme. » Ses yeux brûlaient, ses lèvres, ses mains tremblaient.

– Allons, ne vous fâchez pas, pour l'amour du Ciel ! Vous êtes une jeune fille, vous ne réfléchissez pas assez. Dans ce monde, sans argent on ne peut rien faire. On n'est rien du tout si personne ne vous tend la main. Je vous installerai dans un appartement, un atelier, une boutique...

– Monsieur Foix ! répéta la jeune fille, gagnant d'un saut la porte et s'emparant de la clé. Qu'avez-vous pensé ? Pour qui me prenez-vous ? Vous n'avez pas assez de trésors pour m'acheter ! Ah ! en voilà une idée !

Et rapide comme une gazelle, elle ouvrit, claqua la porte et s'enfuit, laissant Gil Foix abasourdi, comme s'il avait reçu un coup de fouet, vraiment surpris et charmé : cette sortie l'avait enchanté.

– Fichtre ! Diable de fille ! C'est comme ça que j'aime les femmes, avec du caractère !

Et, bien niché dans son cœur, il garda le désir de lui courir après, une autre fois, quel qu'en fût le prix.

Mais les affaires ne lui laissaient pas le loisir de rêvasser ; l'antichambre était pleine de gens qu'il fallait recevoir rapidement pour ensuite parler longuement avec Eladi qui devait aller à Paris explorer la situation du marché financier et étudier comment ils pourraient y placer des actions du chemin de fer de Vilaniu.

XI

L'ascension devenait douce même pour Catarina, qui peu à peu trouvait le chemin plus facile. Que Foix lui remît un jour dix mille douros « pour des babioles », qu'un autre jour il lui offrît un diadème, la gonflait de satisfaction. « Quand on se voit gâtée de la sorte on peut bien supporter les ennuis causés par la direction de son ménage et l'agitation de l'existence qu'ils menaient. Par ailleurs c'était peut-être sa fille qui avait raison : elle lui disait qu'elle cesserait de se tracasser le jour où elle saurait abandonner un peu plus son ancienne habitude de s'affairer dans la maison toute la matinée, de faire un grand nettoyage trois jours par semaine, d'être toujours en train de surveiller les domestiques, d'être préoccupée s'ils cassaient un plat ou un verre ; le jour où elle apprendrait à vivre comme une dame, comme le faisaient effectivement beaucoup de celles qu'elles connaissaient, et qui vivaient très tranquilles ; pourquoi n'arriverait-elle pas à faire comme elles ? Sa fille le faisait bien ; du jour au lendemain ne s'était-elle pas déclarée exemptée d'approcher, de ramasser un papier par terre ? Avec l'aide de Dieu elle finirait par y parvenir. Le fait est qu'elle devait être reconnaissante à son mari du désir qu'il montrait de lui faire plaisir, de sa générosité à la combler de plus en plus de cadeaux. Et reconnaissante elle l'était, au point de vouloir le lui démontrer en lui faisant à son tour une surprise pour son anniversaire. En cachette, sans en parler même à sa fille ; elle lui offrirait deux tableaux. Oh, oui ! Si Francesc voulait bien, c'est lui qui les ferait, on le paierait tout ce qu'il voudrait. Deux beaux tableaux pour le salon, ah ! oui. »

Et joyeuse comme une enfant, profitant d'un après-midi où sa fille refusait de sortir, elle alla chez Francesc pour lui en parler. Cela faisait déjà quelques jours qu'elle n'y était pas allée. « Ainsi elle ferait d'une pierre deux coups : elle verrait en même temps sa mère, la pauvre femme ! Elle n'était pas capable de se rendre compte des exigences de certains devoirs sociaux ; à en juger par ce qu'elle avait remarqué la dernière fois qu'elle était allée la voir, sa mère lui en voulait un peu. »

Elle avait deviné juste : cela se voyait sur la figure de Mme Monica. « Dommage que Francesc ne fût pas là. Celui-ci avec ses plaisanteries l'aurait un peu déridée. Et si sa mère était de mauvaise humeur, comment lui demander de faire la commission ? Mais, bah ! bah ! elle s'armerait de patience et tout s'arrangerait. Elle n'avait pas beaucoup de temps, et ne savait pas quand elle pourrait revenir. Patience, elle arriverait bien à le lui dire. »

– Approche, ma fille, approche. Toi ici ? demanda la vieille femme avec une intention non dissimulée.

– Je le sais bien, ma mère, que j'espace les visites, je ne le sais que trop, mais je ne sais pas où donner de la tête.

Mme Monica qui était en train de pelotonner un écheveau devant le balcon de la petite salle à manger arrêta son travail un instant pour regarder sa fille avec pitié par-dessus ses lunettes.

– Oui ma fille, je vois que la richesse au lieu de vous donner du temps pour la famille vous le vole. Que Dieu et la Sainte Vierge m'en protègent !

– Vous avez bien raison, ma mère ! Mais que faire ? Chaque situation a ses inconvénients et ses avantages.

– Ah ! en effet, murmura la mère, tenant sa langue.

– Vous voyez bien... ce n'est pas de ma faute. Je voudrais bien venir plus souvent, mais le temps file si vite !

La vieille femme ne put se contenir davantage, ça lui restait en travers de la gorge depuis trop longtemps :

– Parlons clair... : veux-tu que je te dise la vérité ? Je ne te reconnais plus, tu ne sembles plus ma fille... Je ne sais pas, je n'arrive pas à comprendre comment tu peux t'habituer à la vie que vous menez !... Un remue-ménage continuel, à la maison, au dehors, promenades, visites, théâtres, des gens à déjeuner, des robes par-ci, des meubles par-là, un tas de fantaisies qui vous obligent toujours à courir comme des dératés, qui vous causent beaucoup d'ennuis et qui vous occasionnent des dépenses folles ! Et puis tout ce monde à la maison, tout ce monde ! Vous n'êtes que quatre et vous avez un régiment de domestiques... Et tout ça, pourquoi ? Pour que tu sois plus fatiguée que jamais, pour qu'on vous dévore tout crus !... Bon, je suis très franche, ma fille ; je ne comprends pas comment tu peux supporter, chez toi, ce mélange, cette engeance... et je ne crois pas que cela puisse vous convenir. Vous n'en aviez pas assez avec ce petit nègre (qui au bout du compte est un Arabe, ou un descendant de cette race) qu'il a fallu vous embarrasser d'une Française ? Et pour quel résultat ? Pour qu'elle vous joue un tour à sa façon, que vous avez bien mérité... Ma fille, tu n'as donc pas peur des gens des terres étrangères ? Celui qui ne peut vivre chez lui ne doit pas valoir grand-chose !...

– Je pensais comme ça, mère... mais...

– Mais quoi ?... Tu le sais ? Tu es déjà gâtée... Ah ! non, non !... Je suis comme les gens de mon village : « nous avec nous ». Ne venez pas me parler de ce chambardement que je vois à Barcelone, où dès à présent chaque maison sera une Babel, comme disait mon brave frère, que Dieu ait son âme... Quels changements, ma fille, quels changements !

– Cependant, mère, vous devez comprendre que les temps changent, que chaque situation a ses exigences. Voyez-vous, personne n'en souffre plus que moi, et pourtant je me tais.

– Alors, il vaut mieux ne pas être riche ! Vous êtes plus esclaves que les pauvres ! J'aimerais mieux manger un bout de pain sec en paix, en toute liberté, plutôt que de m'empiffrer de perdreaux avec tous ces soucis et devant tous ces témoins plantés là comme des momies. On a déjà du mal à supporter une bonne, alors ne parlons pas de ce que tu dois endurer à te bagarrer avec toute cette bande de paresseux, qui n'ont ni la même couleur ni la même langue.

– Mais non ! Voyez-vous, Panxito est un bien brave petit gars. Il amuse beaucoup l'enfant, et Eudaldet l'aime énormément. Ne vous l'a-t-il pas dit ?

– Si, il me l'a dit... mais en quoi peut-il t'aider ? Quel travail peut-il bien faire ? Manger, manger et casser... et te faire dépenser de l'argent, voilà. Et puis, si vous devez avoir un petit valet, pourquoi faut-il que ce soit un nègre ? Pour faire joli ? Pour avoir l'air riche ? Pour faire comme les Américains ?... En voilà des idées idiotes !

Catarina se mordit les lèvres pour ne pas rire, mais la vieille continuait :

– Et je ne parle pas de ce que vous appelez une *institrice* ou ce que vous voudrez ; ces filles qui ne sont ni des bonnes, ni des ouvrières, ni des dames, on ne sait pas comment il faut les traiter, jusqu'à quel point on peut les commander ou les réprimander, ni à quoi elles servent. Elles ne sont ni chair ni poisson. Et avec des manières, des façons de marcher, les bras pendants, ou de frapper le sol avec leur ombrelle ! Ce n'est pas comme ça que les femmes se tiennent, au moins les jeunes filles chrétiennes et qui craignent Dieu. Toute la sainte journée avec une broderie ou un bouquin à la main, faisant les savantes, et jamais avec un torchon ou un balai, ou raccommodant une paire de bas, comme il convient à une bonne ménagère, aimant son mari et sa famille. À quoi cela leur servira-t-il, la lecture et la broderie le jour où elles se marieront, les pauvres ! Alors qu'elles ne savent pas faire cuire une poule au pot, balayer la maison, ni rapiécer un pantalon... Et vous les flanquez en exemple pour vos filles !

– Non, mère, c'était pour que Delfina pratique le français.

– Et à quoi cela doit-il lui servir le français ? Est-ce que par hasard, tu penses la marier en France ? Le français c'est bon pour les Français.

– Allons, ne vous tracassez pas ! Vous voyez ? La Française n'est plus chez nous.

– Une sangsue en moins, si vous n'en cherchez pas une autre. Ma fille, quand je pense à ce que vous dépensez, j'en ai la chair de poule, j'en suis effrayée.

– Mais oui, nous dépensons beaucoup, je voudrais réduire les dépenses, j'en souffre aussi. Mais que voulez-vous que je fasse, mère ? Gilet dit que notre position nous y oblige ; il m'assure qu'il gagne beaucoup et il me le prouve avec de petits cadeaux, je ne vous dis que ça ! Ah ! ma mère, quels cadeaux ! Si on vous en faisait de pareils, vous ne gémiriez pas autant.

– Qu'est-ce qu'il te donne, dis-moi, que t'a-t-il donné ? demanda la vieille, cessant enfin de pelotonner sa laine et souriant un peu.

– Des picaillons... et des bijoux... et encore des sous.

– Et combien de temps va-t-il durer cet argent ? demanda Mme Monica, en omettant les bijoux.

– Eh, eh, vous pensez que je vais les gaspiller ?

– Est-ce que je sais, moi ? Avec le chemin que vous avez pris...

– Non, ma mère, non ! Écoutez, je remplis mon bas de laine.

– Il t'a donné beaucoup ?... Voyons, ma fille, tu peux bien me le dire, nous sommes seules.

– En moins d'un an il m'a donné peut-être deux mille douros et maintenant il vient de m'offrir un diadème. Vous voyez, mère, qu'il n'y a pas que les angoisses, le remue-ménage et les soucis.

– Ah ! ça, c'est quelque chose ! s'écria la vieille, tout à fait réconciliée. Ce n'est pas mal du tout, tu peux lui en être reconnaissante !... Deux mille douros ! Ça, c'est une somme !

– C'est pour ça, voyez-vous, que moi aussi je voudrais maintenant lui offrir un petit quelque chose pour son anniversaire.

– Mais non, ne sois pas bête, garde tout. Pense qu'il est toujours bon d'avoir une poire pour la soif ; aujourd'hui c'est la folie des grandeurs mais demain, avec le métier de ton mari, c'est peut-être la misère.

– Oh ! mère, ne me faites pas peur !... Mais, vous savez, les services on les paie avec d'autres services. Et avec l'aide de Dieu ce que vous craignez n'arrivera pas.

– Bon, bon et que voudrais-tu lui offrir ?

– J'ose à peine vous l'avouer : j'ai peur que vous me disiez que nous ne pensons qu'à des choses inutiles... Je voudrais que Francesc me fasse deux tableaux... Oh ! je les paierai ce qu'il faudra ! Ils seraient bien faits et pas trop chers.

– Qu'il te les fasse payer ou pas, c'est vous deux que ça regarde.

– Bon, mais qu'est-ce que vous pensez de mon idée de lui offrir des tableaux ?

– Tu sais, ma fille, tu sais bien que nous vivons des tableaux, alors je ne peux rien en dire. Toute ma vie j'ai vu des tableaux dans les églises et chez les gens riches. Quand ce sont des images de saints, comme dans les églises, je ne peux pas les trouver inutiles. Une Cène bien faite, une Mater Dolorosa, un Ecce Homo, une descente de croix bien triste, pleine de componction, j'en suis émue, cela élève mon esprit, me fait ressentir les douleurs de la Sainte Vierge, ça me fait pleurer. Comment veux-tu que je les trouve inutiles ?... Mais, ce que je vois parfois dans les boutiques et qui plaît aussi à mon fils... Par exemple une plage avec trois ou quatre canots, des pêcheurs qui jettent leur filet et une petite barque qui s'éloigne sur la mer... ou bien un petit jardin avec une jeune fille chassant des papillons et une dame se promenant avec une ombrelle garnie de dentelles... franchement, je ne vois pas à quoi ça rime, ni quelle en est l'utilité.

– On dit que c'est copié de la nature... que la nature est belle aussi...

– La nature oui, je ne le nie pas. Mais là elle est contrefaite ; si je peux aller regarder la mer ou la montagne, telles que Dieu les a faites, quelle nécessité aurais-je de les voir imitées et rapetissées. Mais bon, n'en parlons plus. Je sais bien que tout a son mérite, et je te le répète, je ne peux pas parler de tout ça. Je dirai à Francesc de te faire un Ecce Homo et une Mater Dolorosa, hein ? Avec de beaux cadres, un de chaque côté du miroir du salon, ce sera du plus bel effet.

Catarina ne trouva pas l'idée mauvaise, mais un doute lui traversa l'esprit ; avait-elle déjà vu dans les somptueuses maisons qu'elle fréquentait à présent des Ecce Homo et des Mater Dolorosa dans les salons ? Elle se dit que, comme pour les huîtres, il valait mieux demander conseil pour ne pas risquer un impair. Delfineta déciderait.

Catarina se leva pour aller courir les magasins. Mais une fois dans la rue elle devint toute triste en songeant à la répugnance que sa fille manifestait depuis quelques jours à sortir l'après-midi.

Mme Foix était bien loin d'imaginer le vrai motif de cette retraite. Elle ne savait pas que Delfina, tout à fait détachée des galanteries de cet Eladi qu'elle détestait, flirtait à présent avec le voisin du deuxième étage. Le baron d'Esmalrich, hier propriétaire et aujourd'hui locataire de la maison, avait remarqué la fille du banquier, la considérant comme un bon parti. Avec l'argent de la vente il s'était embarqué, lui aussi, dans la spéculation boursière et ressentait tous les jours plus fortement la fièvre de l'or. Si Catarina et Foix n'avaient pas oublié, comme tous les parents, les polissonneries de la jeunesse, ils se seraient méfiés déjà des visites du baron et de la façon dont leur fille guettait tout le temps aux balcons de la cour intérieure. Plus d'une fois ils l'auraient surprise le regard fixé sur les balcons du deuxième étage, le sourire aux lèvres, lisant les signes cabalistiques qu'une main aristocratique dessinait en l'air, quelques centimètres à l'intérieur d'un certain balcon. Et cette mère si méfiante n'aurait pas laissé sa fille seule cet après-midi-là si elle avait aperçu le matin le message, entrevu par le concierge et quelques clients du banquier, des balcons de l'autre côté. Quelqu'un offrait quelque chose à la jeune fille ; elle refusa à plusieurs reprises, mi-souriante, mi-sérieuse, et à la fin elle ferma le balcon d'un coup sec.

Delfineta, qui désirait avoir cette chose, pensa qu'elle ne manquerait pas de l'obtenir par le chemin le plus facile et le plus sûr. Pourquoi sortirait-elle ? Pour courir les magasins ? Pour aller chez sa grand-mère, où cet oncle si moqueur la mortifierait peut-être, lui ferait passer un mauvais moment ? Mais oui, elle allait s'y précipiter !... Il le méritait tellement, cet ingrat, qui ne venait jamais les voir ! Il pouvait toujours courir ! Non, non, le baron, bien qu'il ait aussi fermé son balcon d'un seul coup allait insister. Cette chose si belle allait lui arriver, son cœur le lui disait.

Avec ses dix-huit ans Delfineta était à l'âge où l'on caresse et où l'on garde jalousement ses illusions. Remplie d'une douce espérance elle errait dans l'appartement, soulevant et abaissant les rideaux, consultant les pendules et les miroirs, s'asseyant et se relevant, allant et venant autour du vestibule, revenant toujours au tabouret du piano, un piano qui détonnait, qui bégayait comme un fou. C'est dans cet état que les sœurs Llopis la surprirent.

– Ah ! quelle chance ! eut le courage de dire Mlle Foix, se sentant tout d'abord assez contrariée. Vous voyez, je suis toute seule. Maman est sortie et j'étais en train de me battre avec ce diable de *Chant d'amour*. Je n'y arrive pas, je n'y arrive pas du tout.

– Ah !... C'est ce morceau que nous avons entendu chez M. Diligeon, dit l'aînée, Emilia.

– Comme il le joue bien Vidiella, n'est-ce pas ?

– Ce n'est pas d'Henselt ? demanda Rachel, la plus jeune.

– Ah !... mais si tu l'avais entendu comme nous à Paris, avec Planté ! Rachel, tu t'en souviens, cette soirée à la salle Erard ? Quel délice, ma chère, quel délice ! C'était paradisiaque ! Ah ! Paris, Paris, mon cher Paris, s'écria Emilia, d'une voix de gorge, traînante, comme Sarah Bernhardt.

Alors eut lieu une petite discussion. Delfineta aussi avait entendu Planté et elle aimait mieux Vidiella. « Celui-ci mettait plus de poésie, plus de chaleur, plus de sentiment ! » Mais Emilia soutint que le Planté de la Salle Erard à Paris n'était pas le Planté entendu à Barcelone.

Delfineta, tout en brûlant d'impatience, se crut obligée de prier ses amies d'enlever leur chapeau et de passer l'après-midi avec elle. Par ailleurs la solitude lui faisait peur. Au cas où ses espoirs ne se réaliseraient pas, la compagnie la distrairait.

– Et comme vous êtes élégantes ! ajouta-t-elle. Vos chapeaux sont délicieux ! Ils viennent de chez Joana Valls ? Je le dis toujours : vous êtes les jeunes filles les mieux habillées de Barcelone.

Emilia la remercia du compliment par un baiser. Delfineta, oubliant ses soucis, regarda leurs robes de haut en bas, en suivant tous les contours comme elle l'aurait fait chez une couturière devant un mannequin.

« Pas de doute, elles savaient s'habiller, et les deux sœurs étaient bien mignonnes. Sans être belles, tout à fait belles, elles n'étaient pas mal du tout. Et elles étaient si différentes l'une de l'autre ! »

Emilia, bien plus grande que Rachel, et plus près déjà de trente que de vingt ans, était osseuse et nerveuse. Elle avait une tête un peu grosse, les cheveux noirs et satinés, le nez droit, fort, énergique ; une bouche charnue mais gracieuse, des yeux coquins, une ombre de moustache au coin des lèvres, la peau un peu épaisse, le caractère vif. En revanche, Rachel avait la peau fine, blanche ; elle était rondelette, lymphatique et placide. Sa bouche et son nez paraissaient petits sous de grands yeux pers et dans le contour arrondi de ses joues crémeuses, fraîches, qu'on avait envie d'embrasser.

Tenant compte de cette différence de complexion, de couleur et de silhouette, Emilia qui détestait la vulgarité et qui de ce fait n'allait pas tomber, disait-elle, dans la stupide monotonie de la bourgeoisie, qui habille de la même façon les sœurs, comme des petites filles en uniforme, tâchait de trouver des robes dont la forme et la couleur convenaient à chacune.

Pour elle, mince, osseuse, des corsages amples, à la manière de Sarah Bernhardt, des petits cols montants, des vêtements desserrés, des formes bouffantes. Pour elle des harmonies de gris, du noir, des fourrures, du velours, des pompons et des rubans aux couleurs vives pour animer son teint et adoucir la dureté de sa trop visible ossature.

Pour Rachel, grassouillette, au cou bref, toute ronde... des décolletés, des formes droites et serrées dessinant le gracieux contour des épaules, de la poitrine, des bras, des hanches.

Et autant avec les couleurs. Pour la soie, des tons pastel, du bleu, du rose, du vert amande ; pour la laine la couleur crème, des tons sombres de bleu ou de framboise ; pour les velours du carmin presque noir, du bleu turquoise, du vert olive ; pour les chapeaux des plumes blanches, des dentelles, des fleurs aux nuances pâles. Mais, si la mode le permettait, donnant la préférence aux couleurs, tissus et formes Pompadour.

– *C'est ce qui sied le mieux à Rachel, mon joujou*, disait toujours Emilia dans son langage, où le français le disputait au castillan ; tout en lui lissant la robe, gonflant avec deux ou trois petites tapes les vaporeux ornements du chapeau de sa sœur et lui plaquant un baiser sur la joue avec la coquetterie d'une mère élégante.

Rachel, habituée depuis qu'elle était toute petite à se voir régenter par sa sœur, lui obéissait les yeux fermés et dans les conversations elle n'était que l'enfant de chœur qui dit toujours amen. Elles étaient filles d'un monsieur de Vic qui avait fait la guerre carliste aux côtés de Cabrera. Déçu par la politique, las de toutes ces histoires, après avoir vécu misérablement en Angleterre pendant de longues années, il trouva en France le moyen de gagner de l'argent en ouvrant une auberge et en se faisant une clientèle. Emilia reçut toute son éducation à Paris ; les deux jeunes filles ne connurent la patrie de leurs parents que le jour où l'ancien carliste, retiré du négoce avec deux cent mille douros, s'en vint terminer sa vie à Barcelone, bien loin du cimetière de Montmartre où reposait sa femme, morte en mettant au monde un garçon, Carles, le petit Charles comme l'appelaient ses sœurs. L'exécuteur testamentaire de l'héritage fut Lluis Oliveras, un cousin du côté maternel ; c'était un avocat encore jeune, assez étourdi. Seul tuteur de ces mineurs, seul parent pour protéger les jeunes filles, il s'amouracha d'Emilia – il tombait facilement amoureux – et lui proposa le mariage. Mais l'existence d'un fils naturel, fruit de sa tumultueuse vie d'étudiant, qui vivait avec lui et que Lluis aimait passionnément, fut pour Emilia un obstacle majeur ; elle voulait régner totalement sur son mari, et le prétendant eut beau tout faire pour la convaincre, elle refusa cette union. Lluis alors s'éloigna des jeunes filles, il s'occupa seulement des intérêts du petit Charles, qui était en pension dans un collège de Toulouse. Les deux filles, très jeunes encore, restèrent seules et libres ; elles ne gardèrent avec elles que la dame de compagnie engagée jadis par leur père.

Emilia ne fut nullement effrayée : cette liberté, au contraire, sembla lui convenir tout à fait, chassant bien vite de son cerveau les brumes qui s'y étaient formées dans les premiers moments de leur solitude. Sa seule contrariété était de se voir obligée de vivre à Barcelone à cause du placement de leur fortune. Leur père avait acheté des immeubles et elles ne pouvaient s'en défaire sans y perdre beaucoup. Emilia accepta donc les choses comme elles étaient et son seul désir fut d'en tirer le meilleur parti possible pour son bien-être et celui de sa sœur. Maîtresse de sa volonté, elle installa tout à la dernière mode, conférant à sa demeure le ton parfaitement conventionnel du demi-monde décrit par certains romanciers et dramaturges français. Les deux jeunes filles vivaient ainsi avec une liberté et un luxe qui ne convenaient pas à leur condition. La maison, un petit hôtel particulier entouré de jardins, rue Valencia, était meublée d'une façon originale pour des Barcelonais. Chaque pièce avait un style particulier, bien qu'enlaidi aux yeux du connaisseur par quelque détail qui jurait avec l'ensemble. La chambre de Rachel était tapissée de satin rose, celle d'Emilia en satin noir, capitonnée de boutons rouges. Quand elle la montrait, la réaction des visiteurs était la pierre de touche de leur bon goût. Très souvent elle y recevait, vêtue de somptueux déshabillés, à moitié étendue sur un divan, les bras nus jusqu'au coude, ses petits pieds croisés et folâtres, montrant des pantoufles brodées d'or et des bas de soie bleu ciel ; il y avait toujours sur le bureau-écran japonais à côté d'elle *La Revue des Deux Mondes* ou *Le Figaro* et un livre ouvert tourné à l'envers, le tout mêlé à l'élégant buvard et le sachet à odeur, d'où elle tirait son mouchoir. Mais dans cette pose elle ne recevait que quelques innocentes jeunes amies de Rachel et sa petite cour d'artistes limitée à deux peintres de thèmes folkloriques, à un sculpteur narquois, à un *sportman* tricheur, parasite de toutes les salles de rédaction et à un mauvais imitateur de Zorrilla. D'ordinaire ils la trouvaient avec une migraine ou « un spleen farouche » mais la conversation s'animait et Emilia bavardait à tort et à travers sur l'art, la philosophie, la musique, la morale ; elle énonçait des idées audacieuses, en répétant des théories et des jugements qu'elle venait de lire et qui émerveillaient ses auditeurs ignorants. Le *sportman*, sans s'en rendre compte, après avoir parlé du cheval faisait l'âne.

L'homme des « gerfauts », « du chant du rossignol », « des cascades au clair de lune », rêvait « des houris de l'Éden ». Le sculpteur se moquait de tous, feignant une grande attention et un grand sérieux tout en ayant des pensées libidineuses qui naissaient vaguement aussi dans le cerveau de l'un des deux peintres. Mais cette heure de comédie – cours magistral était le moment le plus heureux dans la vie d'Emilia. Les dames et les messieurs « vulgaires », elle ne les recevait pas ainsi, loin de là. Elle les recevait dans le grand ou le petit salon, selon le degré d'intimité, vêtue des mêmes déshabillés, mais elle se tenait alors bien droite, condescendait à parler de ce qui plaisait à ses visiteurs et finissait toujours par se dépeindre comme la meilleure maîtresse de maison, la femme aux cent ressources, le chef de famille respecté par tous pour son caractère bien trempé, sa lucidité, le jugement serein et tolérant qu'avait l'oratrice pour résoudre tous les problèmes de l'existence. Les auditeurs restaient plus ou moins admiratifs et toujours surpris par cet auto-panégyrique répandu à flots ininterrompus sans la moindre hésitation. Et en sortant ils s'apercevaient qu'ils n'avaient fait que l'écouter, chose que les bavards ne lui pardonnaient pas, que les gens bien élevés critiquaient et qui, en fin de compte, fournissait, à la plupart, un sujet de conversation et de raillerie.

La dame de compagnie fut bientôt réduite au rôle de gouvernante. Les jeunes filles sortaient seules, à pied et en voiture ; Emilia conduisait souvent la charrette anglaise ; toutes deux, avec un domestique, allaient à Paris ou à Toulouse voir le petit Charles et au retour elles passaient en contrebande même des aiguilles à coudre. Emilia n'appartenait pas au petit nombre de la haute société de Barcelone qui prend Madrid comme modèle ; elle visait plus haut : c'était Paris l'idole de ses goûts, le but de ses aspirations et de ses désirs, car elle était, du moins l'affirmait-elle, « une boulevardière déracinée ».

C'est en parlant ainsi que, volontairement, elle mentait le moins car, vraiment, elle ne se plaisait pas à Barcelone : « La ville aux toits aplatis, aux clochers décapités ne pouvait pas convenir à quelqu'un dépassant les normes vulgaires. Ici on tourmente et on moule le développement des cerveaux comme dans les jardins potagers on le fait avec les pommiers et les poiriers en espalier. » Elle ajoutait : « C'est moi qui ai trouvé cette comparaison. » En vérité c'était là la synthèse de toutes ses observations douloureuses. Emilia aurait voulu briller dans « la bonne société », et celle-ci lui demeurait fermée. La divergence de ses habitudes, son langage parfois cru, les commérages de voisinage alimentés par ces jeunes gens qu'elle recevait et qui en toute bonne foi la décrivaient dans sa chambre à coucher, étendue comme une demimondaine, faisant de l'esprit, récitant des poèmes, parlant de Rousseau, de Darwin, de Renan et de Littré, lui avaient fermé les portes déjà ouvertes et lui en avaient clos définitivement d'autres qu'elle aurait volontiers voulu ouvrir. Ne pouvant pas fréquenter la noblesse elle frappa à la porte des vrais artistes, des vrais écrivains. Solitaires comme partout et trop intelligents pour ne pas voir de loin quel bois cachait ce vernis, elle ne réussit pas non plus à les attirer. Un petit nombre d'entre eux pénétra un jour dans cette « berline meublée », ils l'entendirent réciter la leçon apprise et en sortirent en riant pour ne plus y revenir, tuant dans l'œuf les matinées de notre Mme Adam. Le vide peu à peu se faisait autour de ces deux jeunes filles, bien considérées seulement par la High-life de fraîche date ou par de vieilles relations de leur père qu'Emilia trouvait insignifiantes et vulgaires.

Une de celles-ci était la famille Foix. Delfineta, excondisciple de Rachel à Loreto, avait pour elle une véritable affection. L'élégance des deux sœurs pour s'habiller, leur façon de vivre et les discours d'Emilia suscitaient en outre l'admiration de Gil et de sa fille, mais pas celle de Catarina « qui ne pouvait digérer toute cette comédie et ces prétentions ».

Delfineta pria à nouveau les Llopis d'enlever ces chapeaux si mignons, ces jaquettes si chics, et de rester pour lui tenir compagnie, mais elles s'excusaient : « Elles devaient aller à la bijouterie Massó et cela leur prendrait du temps car Emilia devait expliquer le dessin d'une agrafe qu'elle voulait commander pour un cadeau de mariage. » Alors Delfineta eut l'idée, pour les garder un peu plus, de leur montrer les bijoux achetés dernièrement par M. Foix.

– *Oui, nous regarderons cela et nous partirons aussitôt après, car nous sommes montées uniquement te saluer et t'embrasser, vois-tu.*

Delfineta était déjà sortie. Les Llopis se laissèrent choir sur deux petits fauteuils, l'une en face de l'autre. Emilia fit bouffer un peu les cheveux sur le front de sa sœur. Ensuite, promenant son regard sur les meubles et les murs elle dit :

– *Regarde, toujours de mauvais goût : un salon de modiste.*

Rachel prit un album et commença à le feuilleter. Mais à ce moment la porte donnant sur le couloir s'ouvrit et un jeune homme grand, brun, de belle prestance fit son apparition, le chapeau à la main, habillé d'une redingote ; il les salua d'un respectueux signe de tête et resta debout, attendant sans dire un mot, caressant sa moustache. Delfineta revenait, toute sémillante, par la porte opposée, deux étuis dans les mains ; quand elle vit le jeune homme elle ne put dissimuler sa surprise. Sur le moment ses joues s'empourprèrent, mais elle se domina, serra la main du visiteur et le présenta à ses amies, en castillan, selon les préceptes d'Emilia :

– *Notre ami, le baron d'Esmalrich.*

Nouveau signe de tête.

– *Mes bonnes amies, les demoiselles Llopis.*

Il s'inclina à nouveau. Delfineta posa les étuis, offrit un siège au jeune homme en le priant de laisser son chapeau et ils restèrent tous les quatre assis, se regardant sans mot dire, jusqu'à ce que le baron, à mi-voix, s'enquît de l'état de la famille. Mais à partir de ce moment Emilia s'empara de la conversation, parlant en castillan (ou en quelque chose qui s'en rapprochait), comme il est de bon ton entre inconnus de cette sorte :

– *Je connaissais déjà votre illustre nom.*

– *Merci, mademoiselle. Moi aussi je vous connaissais et pas seulement de réputation, mais pour vous avoir aperçues. Vous êtes si belles et si élégantes.*

– *Oh ! Merci. Vous exagérez. Mais qui ne se connaît de vue à Barcelone ?*

– *Barcelone est une si petite ville...*, ajouta Rachel.

– *Mais pour ce qui est des relations, elle ne le semble pas, non ?*

– *Je ne comprends pas bien, mademoiselle.*

– *Je veux parler de la difficulté de se faire des relations ici.*

C'était là où le bât blessait Emilia ; elle commença à dépeindre les Barcelonais comme des ours et leurs maisons comme des forteresses inexpugnables.

– *C'est excessif voyons...*, dit Delfineta.

– *Vous êtes bien sévère*, ajouta le baron. *Chercher ici les mêmes fréquentations qu'à Madrid, c'est faire des rêves impossibles. Ce n'est pas dans notre caractère, qui est effectivement un peu austère, et de plus nos occupations ne nous le permettent pas.*

Rachel, voyant venir un discours d'une demi-heure, se mit à feuilleter un album.

– *Ah, non, monsieur, non ! Ici entre nous, nous pouvons bien le dire mais surtout je ne voudrais pas vous offenser : et n'allez pas croire, moi, je m'en moque comme de ma première calotte* (elle voulait dire culotte) *si on me taxe de mauvaise patriote et de toutes ces bêtises inventées par le chauvinisme de bas étage qui règne ici, cela ne m'empêchera pas de le dire et de le répéter : ce n'est pas qu'ils soient un peu austères, en fait ils sont discourtois, intolérants, en retard, très en retard sur tout, hypocrites, ils sont la vivante incarnation de toute cette ridicule pruderie dont se sont débarrassés tous les peuples civilisés sauf celui-ci. Écoutez, ici vous pouvez avoir des liaisons, des amants... vous pouvez tuer de faim ou de consomption vos parents, vos domestiques, porter le trouble et le crime dans les familles avec des lettres anonymes, vous pouvez empoisonner, tuer, voler tout le monde, manger frite la cervelle de vos victimes, mais en cachette, en gardant les apparences, sans manquer jamais une messe, répétant comme vôtres les idées du* Diario de Barcelona[1], *vous scandalisant au théâtre devant un tableau, lisant un livre chaque fois que le même* Diario *vous le recommande ; et n'ayez pas peur, vous serez bien vue. Même si vous êtes une femme perdue et une imbécile, à faire dormir debout, vous serez considérée, fêtée, bien reçue partout... Mais si vous protestez contre ce genre de vie, ce critère absurde, immoral, scélérat, si vous vous montrez telle que vous êtes : tolérante, indulgente, libre de préjugés, parlant de ce dont on doit parler, messieurs, (car je ne trouve rien de plus insipide, pardonnez-moi, que la conversation de nos dames) si vous parlez de ce qui élève l'esprit et nous différencie des autres classes sociales, parlez de philosophie, d'art, des grands événements politiques, des découvertes scientifiques les plus récentes, des problèmes si importants de l'origine et de la fin de l'homme, des abîmes du cœur humain, de l'amour, de la force des passions, de l'abêtissement par le vice, des neuropathes béatifiés, des méfaits du fanatisme, de l'éducation qui conviendrait le mieux aux petites filles, de ce qui intéresse, en un mot, l'intelligence, le bonheur des familles et des peuples, et alors, ah... alors ces gens vont vous prendre pour une excentrique prétentieuse, on vous traitera d'athée, de virago ; on vous regardera comme une cocotte, comme un péril contagieux contre lequel il faut se barricader, auquel il faut barrer la route définitivement. Ici on ne voit que le*

1. Journal conservateur de l'époque.

dessus, voilà ! Et vous n'allez pas nier que cela est absurde, honteux, ridicule et préjudiciable au progrès de ce pays.

Le baron d'Esmalrich qui de sa vie n'avait pensé à des choses semblables, ni même soupçonné l'existence de certaines, restait ébahi, sans voix. « Il avait entendu parler de cette fille, comme tout Barcelone, mais franchement, ceux qui essayaient de la rabaisser avaient tort : une femme comme ça, instruite, franche, vibrante et éloquente, lui plaisait bien. » N'en revenant pas de sa surprise il commença à l'écouter avec le plus vif intérêt.

– Je ne crois pas non plus, mon ami, à ce prétendu manque de temps ; supposer que les Barcelonais sont plus occupés et disposent de moins de temps pour la vie sociale que les habitants de Paris et même de Madrid c'est une excuse de mauvais payeur. Il n'y a pas ici des gens menant la vie active de l'homme politique, de l'artiste ou du savant comme dans les grandes capitales et les distances ici ne vous dévorent pas votre temps comme à Paris. Et cependant les gens là-bas se fréquentent. Le temps est au service de notre volonté, on le bride, on le soumet. Et ceux qui s'en servent pour cacher leurs propres défauts ont choisi un bouclier en carton. Moi, messieurs, je n'admets d'autres obstacles que les surnaturels, tout le reste dépend de notre volonté et la volonté agit au gré de nos passions, de nos goûts ou de notre sens du devoir.

– Mademoiselle vous m'entraînez très loin, vous avez trop de talent pour que je puisse vous répondre. Néanmoins je crois que vous nous jugez avec trop de sévérité.

– Non, baron, non. Il n'est pas question de talent ; c'est... comment dire ? c'est qu'il faut voir clairement ce qui nous crève les yeux. Transformez ces âmes vulgaires, tellement indignes d'être contenues dans de si beaux flacons, car il est vrai qu'il y a ici des femmes très belles, et des femmes

très mignonnes, transformez-les par l'éducation en esprits cultivés, tolérants, sans faux préjugés, aimant le savoir et la vertu... Alors... alors vous les verrez briser les préjugés qui les maintiennent dans cet état d'ignorance insupportable qui ne leur permet de parler d'autre chose que de la mode et des domestiques ; alors elles finiront par reconnaître, avec Mme de Sévigné, qu'il n'est pas de plaisir comparable à celui d'une conversation amène ; alors, et alors seulement, cet endroit sera habitable pour tout le monde. Maintenant ça ne l'est pas, oh ! non, je vous l'assure ça ne l'est pas.

Mais Rachel donna un nouveau cours à la conversation en rappelant à sa sœur que la voiture les attendait en bas. « C'était vrai, elle n'y pensait plus. » Mais elle se trouvait si bien là, qu'elle la fit renvoyer. Toutes deux enlevèrent leur chapeau et leur jaquette.

– Voyons, voyons ces cadeaux, Delfineta.

L'assemblée se leva et se mit autour de la table. Delfina souleva encore un peu plus le rideau. Ne voyant pas encore assez clair les Llopis, à qui Delfina avait passé les étuis, s'approchèrent du balcon ; les deux autres suivirent, mais le baron toucha le coude de Delfina et la fixant d'un regard tendre et suppliant lui glissa un billet dans la main. La jeune fille rougit, hésita un instant, prit la lettre et s'enfuit pour la lire.

Elle le fit en moins d'une minute. « Ah ! comme elle avait bien fait de ne pas bouger de la maison ! » C'était précisément cela qu'elle attendait : une déclaration en bonne et due forme, la première qu'elle recevait dans sa vie... « Mademoiselle : depuis la première fois où je vous ai vue... » Le baron lui faisait des serments d'amour, et lui disait que s'il osait lui écrire c'était parce que « son pauvre cœur » souffrait beaucoup en attendant le moment tant désiré de lui dire de vive voix ce qui toujours était cruellement ajourné par la présence des gens de sa famille ou d'étrangers.

La jeune fille sauta de joie ; elle éprouvait le plaisir de l'enfant sage qui un jour, enfin, fait une espièglerie. Son cœur battait comme les ailes d'une colombe frileuse. « La première... la première lettre ! » Elle battit des mains, laissa la lettre sur une table, fit trois pas en arrière, revint, embrassa la lettre (comme dans les opérettes), la rangea dans un tiroir et sortit.

Elle avait les yeux baissés, elle les leva, et en rencontrant ceux du baron elle rougit comme un coquelicot. D'Esmalrich sourit, elle aussi. Ils s'étaient compris.

« Pourquoi proférer un seul mot ? Quelle honte ! Elle n'osait même pas le regarder. »

Emilia, du coin de l'œil, avait vu toutes ces manœuvres, elle avait lu dans les yeux de Delfina le « oui » d'une jeune fille inexpérimentée ; et en contemplant le baron l'ambition enflamma son regard.

XII

Pendant ce temps Rodon, poussé par Eladi, s'enthousiasmait tous les jours davantage au jeu de la Bourse. Il gagnait des sommes énormes, remplissant de plus en plus son escarcelle. L'ancien progressiste, jadis si passionné pour les impalpables idéals de la politique, aujourd'hui ne s'en souvenait même plus. Son seul souhait était de s'enrichir, son rêve, d'avoir une puissance financière, de jouir de toutes les commodités, de tous les avantages que l'argent procure. Les rêves de pouvoir politique, les batailles soutenues pour devenir le grand homme de Vilaniu lui semblaient à présent un enfantillage dont il ne pouvait se souvenir sans un sourire amer ; il s'était installé à Barcelone et s'il conservait encore sa maison de Vilaniu c'était pour ne pas abandonner une scène où sa vanité pouvait briller davantage que dans la capitale de la Catalogne. Une voix secrète lui disait que l'éloignement l'avait grandi aux yeux de ses anciens voisins. L'écho de ses gains leur parvenait grossi et multiplié par la distance, comme grandit dans la montagne celui du tonnerre. On l'imaginait couvert d'or et ils couraient derrière lui pour voir s'il laissait tomber quelques paillettes. Quand il arrivait au bourg il lisait dans les figures et les serrements de mains des amis une admiration et une servilité chaque fois plus grandes. Sa parentèle grossissait, ses amis de communion politique aussi ; les uns et les autres se pendaient à ses basques, comptaient ses pas, prévenaient ses désirs, lui tendaient son chapeau, prenaient sa canne ; ils applaudissaient avec de grands rires ses plus insignifiantes plaisanteries et le surprenaient à chaque instant en louant des phrases prononcées par lui dans un temps dont il ne se souvenait même pas, car elles n'avaient plus, sacrebleu, la moindre importance. Mais malgré l'oubli de ses anciens sentiments, l'anéantissement des vieilles illusions, malgré son mépris latent pour Vilaniu et ses habitants, tout cela le flattait, le gonflait de contentement. C'était uniquement à cause de cela qu'il y faisait de fréquents voyages : son arrivée était toujours celle de « l'Américain » du village. Il le savait, il en était tout infatué, et en entreprenant le voyage il se disait déjà en lui-même « qu'il allait traverser l'océan ».

Sa femme, Montserrat, avait gagné, encore plus que lui, le gros lot. Installée dans la grande ville, disposant d'une bourse bien garnie pour satisfaire ses caprices, possédant des bijoux dont elle rêvait depuis des années, se faisant conduire en voiture bien souvent, fréquentant les théâtres et les promenades, rencontrant tous les jours de nouvelles connaissances qui la flattaient et la fêtaient, comme la famille Foix, spécialement Eladi et Pauleta, personne n'aurait pu désormais l'arracher de Barcelone. Elle respirait la satisfaction par tous les pores. Elle perdait, certes, les couleurs de la campagne mais la pâleur affinait sa peau, tout comme les bons corsets et les bonnes couturières affinaient ses formes, par quoi elle gagnait en élégance et distinction. Peu à peu se réalisaient ses rêves de jadis. Elle se souvenait de l'impression très agréable que lui avait causée, bien des années auparavant, l'air noble et élégant d'Isabel de Galceran quand celle-ci était arrivée à Vilaniu, et Montserrat aspirait à produire le même effet quand elle se présenterait là-bas. « Le drame si douloureux de cette chère amie, sacrifiée aux rancœurs politiques et à l'exécrable calomnie de deux rivales, ne se répéterait pas, non. Montserrat ne tomberait pas dans le piège. Elle irait à Vilaniu pour venger la mort de cette martyre et faire enrager ses bourreaux. » Mais se souvenant qu'elle occupait maintenant la place de Mercè, la plus acharnée d'entre eux, qu'elle-même, Montserrat, avait fait partie un moment des persécuteurs de la pauvre Isabel, que son cœur avait battu secrètement pour l'infortuné, l'imprudent Albert et qu'ils étaient déjà tous morts, une rougeur montait à son visage, sa conscience devenait douloureuse, et tout son être se remplissait de tristesse. « Comme le monde change ! de la maison Montellà, de sa propre famille, qui restait-il ? Seulement elle et sa sœur, mariée à Reus ; elle qui avait rêvé de jours heureux avec Albert Merly, était à présent mariée au veuf de cette Mercè qu'elle n'avait jamais pu souffrir[1].

La demeure de Mercè à Vilaniu, ce logis si peu solide, que dans le temps elle regardait d'un mauvais œil parce que, lui semblait-il, il avait la prétention d'incarner l'esprit moderne face à la majestueuse et ancestrale maison des Galceran – tous les Montellà, comme d'ailleurs toutes les vieilles familles de Vilaniu ne ressentaient que dégoût et antipathie pour l'édifice des Rodon – lui appartenait donc désormais. La villa non seulement restait debout mais elle était dans toute sa splendeur, alors que la maison des Montellà, fermée à double tour, s'écroulait peu à peu, complètement abandonnée et que le château des Galceran, chevaliers de robe et d'épée pendant trois siècles, était à présent un café et une salle des fêtes où le journalier dansait avec les bonnes et injuriait continuellement le bourgeois. Et toute cette évolution s'était faite en quinze ans, sous ses yeux ; elle en avait ressenti la secousse dans son cœur, mais ne s'en était aperçue

1. Tous ces événements et personnages figurent dans le roman *Vilaniu* du même auteur.

qu'après. » Quand elle se remémorait tout cela une profonde, une sombre mélancolie attristait son bonheur présent, une larme s'échappait de ses yeux au souvenir du jeune Albert, à la pensée qu'elle n'avait pas cherché une seule fois la maison où il s'était suicidé, qu'elle n'était jamais allée au cimetière pour rendre visite à la tombe où reposait sa dépouille. « Le cimetière était si loin ! »

Cet après-midi-là, à l'heure convenue, Pauleta arriva pour lui rappeler avec l'exemple de sa propre évolution sociale, avec l'enthousiasme de son bavardage si animé, que la vie est une roue de noria remplissant et vidant ses godets sans s'arrêter. Et Montserrat mit son chapeau d'hiver pour aller en choisir un d'été.

La journée était magnifique, incitant à la promenade. L'appartement des Rodon se trouvant rue de Llùria, près de la rue de Consell de Cent, elles pourraient bavarder un bon moment avant d'arriver à la vieille ville.

Dès la porte Pauleta commença à parler :

– Si vous êtes d'accord nous allons prendre l'avenue de Gràcia, nous y circulerons mieux. Vous voulez voir des chapeaux d'été, n'est-ce pas ? Vous verrez, nous allons en trouver de superbes. Je connais les meilleures modistes. Elles sont des amies à moi, et elles ne vont pas vous tromper. Mais si vous voulez m'en croire, n'achetez rien, attendez, ne vous enthousiasmez pas. Chaque maison a des modèles différents et il y a beaucoup à voir. Avez-vous déjà vu les gravures de la mode de cette saison ? Elle est merveilleuse ! Il y a beaucoup de paille d'Italie. Une grande variété de formes et d'ornements : pour le matin, pour porter à Vilaniu, à la campagne, à la plage. Il y a surtout des calottes ornées seulement d'un foulard de soie aux dessins cachemire, aux tons très vifs, qui sont délicieuses. Et puis des paillassons et de grandes capelines avec des bouquets d'épis et de coquelicots et quelque prunelle : vous en serez folle ! Surtout ceux en paille noire ou châtain, qu'on dirait faits exprès pour une brune comme vous : ils sont merveilleux ! Et des capotes, pour aller faire des visites, nous en trouverons aussi ! Elles sont très jolies, ma chère. Il y en a qui ont les brides nouées derrière et qui pendent, vous voyez ? Les bouts de ruban volent sur le chignon et donnent à la silhouette un air tellement gracieux !... Comme ornements, en plus des fleurs, cette année il y a beaucoup de scarabées, aux couleurs métalliques, très beaux, très choux, quelques sauterelles, ou des mantes religieuses, ou de ces libellules bleues si jolies, savez-vous ? Mais pas du tout, alors là pas du tout d'oiseaux ou de papillons. C'est une mode beaucoup plus brillante celle de cette année, beaucoup plus riche. On voit bien que tout le monde gagne de l'argent.

À ce moment passa un landau parfaitement harnaché, le cocher et le laquais vêtus de bleu, raides comme des cierges, et à l'intérieur duquel une jeune femme s'appuyait sur des coussins japonais, blonde, d'un blond d'étoupe, des diamants gros comme des pois chiches aux oreilles, somptueusement habillée de soieries un peu voyantes.

Les deux femmes la regardèrent avec curiosité, Pauleta fronça les sourcils pour se rappeler, donna un coup de coude à Montserrat et lui dit à l'oreille :

– C'est une maîtresse de Llassada. Vous ne savez pas qui est Llassada ?

Elle lui raconta l'histoire de ce sagouin qui changeait de femme comme de chemise. Et comme la Rodon se montrait quelque peu choquée, Pauleta lui raconta tout un tas d'histoires scandaleuses sur les gens de la Bourse.

– Voyez-vous, ce sont des choses qui vont bien avec l'argent. C'est un luxe, une vanité, comme n'importe quelle autre. C'est ce que je dis : tant que la femme légitime n'en souffre pas, passe encore. Nous savons toutes comment sont les hommes. Celui qui ne le fait pas, c'est parce qu'il ne peut pas le faire. Oh ! j'en connais de ces histoires, à n'en plus finir ! Tenez, en ce moment même, que croyez-vous, que mon cousin est un saint ?

– Qui ? M. Foix ?

– Oui, Gilet, Gilet lui-même !

– Allons donc ! Il est si affairé, si occupé !... Il a assez de soucis comme ça !

– Ah ! que vous êtes naïve ! Occupés, ils le sont tous... mais tous arrivent à trouver une heure... Voyez-vous, chez Gilet, il s'est passé quelque chose de très bizarre avec la fuite soudaine de *Blanxeta.* Moi, d'abord, j'avais cru une chose, mais en voyant la tête que fait Catarina, maintenant j'en crois une autre. Depuis ce jour-là ma cousine me fait la tête. Elle ne parle à personne, et même à moi, qui n'y suis pour rien, elle me répond par des grognements. Qu'est-ce que cela veut dire, tout ça ? Qu'elle soupçonne quelque chose, qu'elle croit que Gil courait derrière cette fille... Et les forteresses les plus solides s'écroulent. *Blanxeta* est assez attirante, est bien faite, elle a de très beaux cheveux et... voulez-vous que je vous dise ? Ça ne me plaisait pas de la voir dans cette maison. Les hommes sont comme ça, avoir tous les jours le même plat les fatigue et Foix, Foix... il a vécu en Amérique et il a été assez coureur. Aujourd'hui il a tout ce qu'il désire et il ne voudra pas être moins que les autres. Attendons, et nous verrons. Ah ! des hommes, qui peut en répondre ? Je ne mettrais ma main au feu pour aucun. Vous la mettriez, vous, pour votre mari ? Ni moi pour le mien. Le plus pacifique, le plus tranquille, en un clin d'œil il vous a cocufiée. Même les pauvres le font, alors les riches... ! Ils disent tous : « Pour le peu de temps que nous sommes sur terre, profitons-en. » Et voilà ! Le mal c'est que ce sont eux qui ont fait la loi des deux poids, deux mesures : tout pour eux et pour nous les femmes rien du tout. Est-ce que nous n'en profiterions pas aussi ? Écoutez, ce serait bien amusant chacun de son côté !...

– Taisez-vous ma chère, ne dites pas de folies !

– Ah ! Voyez-vous, pourquoi sont-ils si despotiques ? N'est-ce pas bien triste de penser qu'au début on est tout et qu'ensuite... ensuite on est un plat réchauffé, on vous met dans un coin ! Tout d'abord on ne vous laisse même pas choisir, car c'est vous, vous qui êtes choisie. Cependant vous vous y résignez, mais qu'ensuite on vous mette à l'écart !... Ah ! non ! Je ne supporte pas cette tyrannie ! Si je savais qu'on me cocufie, je n'arrêterais pas avant de cocufier à mon tour. Et vive la liberté ! Voilà tout.

Montserrat éclata de rire de bon cœur. Mais sur ces entrefaites elles étaient arrivées devant la porte de la première modiste, Mme Léocadie, Rambla de les Flors.

– Tiens, par exemple, dit Pauleta à voix basse en montant les escaliers, nous allons voir une femme qui sait y faire : son mari court l'aventure là-bas à Buenos Aires et ici elle a un amant. Il y en a beaucoup qui la critiquent, moi pas. Voyez-vous : comme tu fais, je fais. Elle lui rend la pareille : ils sont quittes. C'est la loi naturelle. Et elle ajouta :

– Elle a des chapeaux très, très jolis. Mais c'est une gitane, vous voyez ce que je veux dire. Ne vous laissez pas entraîner. Laissez-moi faire.

Elles poussèrent la porte vitrée et entrèrent dans le petit salon d'attente, un salon orné de satin vert avec des franges de couleurs en arc-en-ciel ; des rideaux de macramé en fil écru avec des volants de dentelle, une armoire à glace entre deux balcons, des gravures de mode de l'époque, sur les murs des majoliques et des fleurs et au milieu une forêt de hampes façonnées, couronnées de chapeaux que les clientes décrochaient pour les regarder près du balcon, les passant de main en main, soufflant dessus, les caressant comme si c'étaient des chiens de manchon ou des oiseaux, tout en discutant leurs qualités ou leurs défauts avec l'animation et l'intérêt qu'éveille chez la femme tout ce qui sert à l'habiller. La porte du fond donnait sur trois autres salles où étaient répandues, en large perspective, de nouvelles forêts de rubans et de fleurs de toutes les couleurs, cueillies à chaque instant par les vendeuses qu'on entendait bavarder au loin avec les clientes. La clarté était discrète et une odeur de parfumerie s'exhalait chaque fois que quelqu'un sortait un mouchoir ou qu'une dame passait.

Montserrat et Pauleta firent comme les autres, elles fouillèrent tout, prirent tous les chapeaux. Chaque fois qu'elles en saisissaient un elles le levaient en l'air, le tenant avec deux doigts, le penchaient de droite à gauche, de gauche à droite ; elles tendaient le bras pour l'examiner de loin, soufflaient sur les plumes, secouaient avec des tapes les dentelles, repassaient amoureusement avec les doigts les rubans, tout leur être absorbé par cette inspection, poussant des exclamations, trouvant des choses à redire, échangeant leurs impressions avec les autres clientes, et sentant bouillir dans leur esprit en même temps un plaisir ineffable et un regret amer de ne pouvoir tout emporter. C'était un salon d'attente où personne ne se rongeait d'impatience. Toute pendule y eût été de trop. La joie brillait dans les yeux de ces femmes qui allaient et venaient en sautillant d'une branche à l'autre, babillant sans cesse, comme des moineaux qui prennent possession de nos avenues. Elles attendaient toutes « *la madam* » et elles l'avaient toutes oubliée. Il y avait tant de pompons, tant de modèles, tant de plumets et de jolis scarabées à admirer ! Leur tour viendrait après ! Prendre son tour était indispensable pour parler avec « *la madam* », lui demander conseil pour le choix, marchander le prix, bien mieux qu'on ne pouvait le faire avec les vendeuses. Et de la première à la dernière, possédées du même désir, les clientes obéissaient à cette règle. Quand paraissait une vendeuse raccompagnant quelques dames, d'autres entraient ; elles auraient quitté la place avec regret n'eût été la perspective de voir encore d'autres chapeaux.

Soudain Pauleta entendit une voix connue. Elle se retourna et vit Mlle Blanche, tête nue, un chapeau à la main, faisant l'article à une dame qui sortait et ne se laissait pas convaincre. La dame ajouta qu'elle allait voir, qu'elle allait peut-être revenir.

– S'il vous plaît, dit *Blanxeta*.

Montserrat et Pauleta s'avancèrent, la jeune Française pâlit, le chapeau lui glissa des doigts. Mais bien vite, se reprenant, elle bredouilla une salutation et sans répondre à l'exclamation de la mère d'Eladi : « Ah ! par exemple ! vous ici ? » elle s'en alla vers l'intérieur, très vite, les priant, de loin, d'attendre un instant.

– Vous voyez bien, madame Montserrat ! Je ne sais pas ce qui se passe. Diable de fille ! En voilà des manières !

Et voyant arriver une autre vendeuse pour s'occuper d'elles, elle se fâcha pour de bon.

– Nous n'avons rien à fiche avec vous, nous voulons voir « *la madam* ».

– Madame, il me semble que je ne vous ai pas mal reçues.

– Je ne vous dis pas ça, mais nous voulons voir « *la madam* ».

– Madame est très occupée, elle tardera un bon moment ; pendant ce temps je pourrai vous montrer ce que vous voudrez, mesdames.

– Nous ne voulons rien voir, nous voulons voir « *la madam* ». Vous allez voir, dites-lui que Mme Pauleta la demande. Elle me connaît bien.

La pauvre fille, toute mortifiée par le ton sur lequel on lui parlait, alla faire la commission. Monserrat était si mal à l'aise qu'elle n'osait pas ouvrir la bouche. Elle avait à peine connu Blanche et ce qui avait pu se passer chez les Foix ne l'intéressait aucunement, personne de cette famille ne lui avait parlé de cette affaire. Et comme elle n'avait pas trouvé que la jeune fille les eût aussi mal reçues que le prétendait Pauleta, elle n'arrivait pas à comprendre la colère de cette dernière. Et plus la colère de celle-ci augmentait, s'échappant entre ses dents en exclamations et injures, plus la surprise et le malaise de la femme de Vilaniu étaient grands. La vendeuse revint, excusant madame qui était très occupée et qu'elles ne pourraient pas voir cet après-midi.

– Ça va bien, répondit Pauleta, hors d'elle. Alors nous ne voulons rien voir, et je ne mettrai plus les pieds ici. Allons, madame Montserrat ! Nous finirons bien par savoir à quoi riment tous ces mystères ! C'est une maison de poules, ici !

– Mais qu'est-ce que vous dites là ? rétorqua la vendeuse, enflammée de colère, et aussi surprise que Mme Rodon. Mais qu'avons-nous fait à cette dame pour qu'elle ose parler ainsi ? ajouta-t-elle indignée et criant assez fort pour que toutes les dames du salon d'attente tournent la tête pour voir la fin de la dispute.

– Allons, ma fille, laissez-nous tranquilles et allez au diable, cela ne vous regarde pas, riposta Pauleta, d'un ton grossier, en traversant le salon.

La vendeuse se contint, les laissant à mi-chemin ; Montserrat, suffoquée et honteuse, se dépêcha de sortir et en bas elle dit à l'ex-couturière qu'elle ne comprenait rien à ce scandale ni pourquoi elle avait osé la mêler à cette histoire ;

– Oui, c'est vrai. Excusez-moi... J'ai très mal agi... Excusez-moi... Je vous raconterai.

En descendant la Rambla elle lui raconta avec tous les détails la scène de l'évanouissement, la façon mystérieuse dont Blanche s'était enfuie, et combien elle était inquiète de l'accueil qu'on lui faisait depuis ce moment chez Foix. Jamais plus on ne lui avait permis de sortir avec Delfineta. La mère et la fille s'étaient acheté leurs toilettes d'été sans la consulter. Par Eladi elle avait su que Gil leur avait fait cadeau de bijoux magnifiques et elles n'avaient pas eu la politesse de les lui montrer, alors qu'auparavant il n'y en avait que pour Pauleta. À quoi rimait tout cela ? Que signifiaient tous ces dédains ? Si Catarina avait pu croire, comme elle le soupçonnait, que cette fuite cachait une histoire entre son mari et Blanche, est-ce que par hasard elle avait quelque chose à voir là-dedans ? Parce qu'avant la fuite elle avait eu une conversation en tête-à-tête avec Blanche, que celle-ci s'était évanouie ou avait feint de s'évanouir ? Était-ce de sa faute ? Catarina s'imaginait-elle qu'elle pouvait couvrir de semblables intrigues ? Ah ! celle-ci avait une belle opinion d'elle ! Elle était incapable de jouer ces rôles ! Quand elle avait vu tout à l'heure que Blanche était surprise et honteuse de voir son terrier découvert elle avait pensé aussitôt : « c'était bien vrai, il y avait anguille sous roche ! » ce qui l'avait indignée davantage.

Pauleta continua un bon moment, sortant toute la bile accumulée depuis longtemps. Et parmi tout ce flot de paroles les indiscrétions fusaient, que c'en était un régal. « Pauvre Foix, sans Eladi ! Et l'Eladi avait seulement un salaire, n'était pas intéressé aux bénéfices. Loin de lui faire une situation et de le marier à sa fille, pour le bien de tous et même pour la bonne marche de la maison, on enlevait de la tête de la jeune fille l'idée de ce mariage, on l'éloignait de son cousin, on l'habituait à prendre de grands airs pour attraper un gendre riche dans l'espoir de consolider leur situation...

Hum... ! S’ils croyaient qu’elle ne les connaissait pas, ils se trompaient du tout au tout, Catarina surtout était une vraie peste, qui ne perdait pas de vue son chemin ; elle était beaucoup plus intéressée que Foix, c’était elle l’âme de toutes ces machinations :

– Elle sait que nous avons besoin d’eux et c’est pour ça qu’elle abuse de nous. Mais je vous jure, madame Montserrat, que dès que mon fils sera revenu de Paris, je ne m’arrêterai pas avant de les avoir rendus doux comme des moutons. Je me vengerai.

Et elle se tut pour monter chez Mathilde, une autre modiste de la rue Unió.

XIII

Ce jour-là les Foix étaient de sortie. Giró, *le bouledogue*, inaugurait sa villa de Pedralbes et il les avait invités. On avait tant parlé de cette fête à la Bourse et Giró avait tellement insisté qu'il n'était pas question d'y manquer. Ainsi, bien malgré elle, Catarina dut demander une fois de plus à sa mère de promener Eudaldet, qu'elle ne voulait pas confier aux domestiques. Et à quatre heures de l'après-midi elle monta dans un landau avec son mari et sa fille. Delfineta, qui était allée avec sa mère chez Francesc, était de mauvaise humeur comme chaque fois qu'elle venait de voir cet oncle si moqueur. Elle était un peu plus habillée que d'habitude pour assister à la fête, il l'avait remarqué ; en riant il l'avait fait lever et tourner à droite et à gauche, la détaillant des pieds à la tête avec son regard indéchiffrable, lui disant qu'elle était « bellissima », tentatrice, irrésistible. La jeune fille, plus rouge qu'une escarboucle, ne savait où poser le regard ni comment cacher sa rage. Sa rage, oui, parce que ce jeune homme tantôt sérieux, tantôt railleur, la faisait tomber dans la nasse à chaque instant. Pour elle c'était désespérant : parfois elle le voyait d'une façon et tout à coup d'une autre, toujours, toujours énigmatique, jamais assez transparent ; et avec tout ça un puissant aimant la poussait vers lui, des voix mystérieuses lui disaient que ce garçon était très sérieux, très bon, très intelligent... un homme accompli comme l'assuraient sa mère et sa grand-mère. Mais alors, pourquoi jouait-il ainsi avec elle ? Pourquoi la mortifiait-il de la sorte ? Delfineta avait monté l'escalier légère comme une gazelle, toute contente, avec ce battement joyeux de qui s'apprête à atteindre le but désiré. Et pourquoi ? Pour qu'il lui fasse faire le singe. Elle était soucieuse, se demandant si c'était ou non un péché de cacher à ses parents ses relations avec le baron d'Esmalrich. Déjà deux ou trois fois quand Eladi lui courait après et que la situation était indécise, il lui était arrivé la même chose : elle voyait Francesc, elle pensait : « Il va me distraire » et... patatras ! Ce qu'il faisait c'était la mettre de mauvaise humeur avec ses grimaces, ses éclats de rire, ses regards qui la traversaient toute et ses plaisanteries qui l'ulcéraient. C'était vraiment rageant ! Et cette fois ce qui l'ennuyait le plus c'était qu'il l'avait fait rire, après s'être amusé d'elle, quand il s'excusa de ne pas peindre les tableaux que sa mère lui demandait :

– Que voulez-vous y faire dans ce salon ? Y célébrer la communion... ou y danser ?

Elle avait dit la même chose, mais lui il l'exprimait d'une façon autrement drôle. Et ensuite son exclamation :

– Moi, peindre des saints ? Pour qui me prenez-vous ?

Et de rire de bon cœur pour cacher non la dérision sacrilège, comme l'avaient cru sa mère et sa sœur, mais toute une esthétique et une philosophie que Delfina devinait et que les deux autres femmes ne soupçonnaient même pas.

– Comme il m'a fait rire, alors, en parlant si peu ! Il riait, leur faisait une grimace, me regardait et, je l'avoue, j'ai la prétention d'avoir lu sur son front toute une histoire. Mais bien sûr ! Il se consacre au dessin décoratif, au dessin industriel, il n'est pas fait pour dessiner des saints. Seigneur ! Comme elles sont simplettes ! Mais après ça, paf !... Nouvelle raillerie ! Quand maman lui a demandé de nous accompagner à la galerie Parès pour choisir... « Ma vieille,

Delfineta n'a qu'à y aller avec toi : c'est suffisant. » Ah ! Je ne sais pas ce que je lui aurais fait ! Je l'aurais griffé, je lui aurais arraché les yeux ! Ah ! Puisqu'il en est ainsi, bien sûr que j'irai avec ma mère : je vais lui donner une leçon. Il va voir si je m'y entends, il va voir si je sais choisir !

Mais en pensant à cela son imagination lui représenta le billet doux du baron, caché dans les plis d'une pile de mouchoirs enfermés dans un sachet à odeur ponceau au fond d'un tiroir de cèdre de son armoire à glace. Les lettres dansaient joyeuses, Delfineta sentait le parfum du papier. Et comment qu'elle le sentait ! Le mouchoir qu'elle avait à la main en était imprégné. « Le baron, eh oui ! le baron était un beau garçon, un grand gaillard, et noble, bien élevé par-dessus le marché... »

Et à nouveau la colère la saisit, en pensant à l'invitation. Car elle avait invité son oncle Francesc à les accompagner à la fête chez Giró.

– Voyez-vous, tout le monde a intérêt à connaître et à fréquenter les gens riches, mais les artistes tout particulièrement.

Et lui avait refusé, toujours avec son mauvais sourire :

– Que pourrais-je faire avec tous ces gens ?

– Comment ? Non seulement vous pourriez faire des connaissances qui peut-être vous seraient utiles, mais vous pourriez aussi voir, observer ; c'est ce qui manque aux artistes d'ici quand ils veulent peindre ou décrire la société élégante.

– Non, non, pas de ça. L'ours vit tout seul. Travailler, travailler toute la sainte journée, peindre des guirlandes de fleurs, des oiseaux, des serpents, de petits personnages, dans ce nid si haut baptisé atelier, voilà ce que j'aime. Que puis-je souhaiter de mieux ? Et en faisant ces gribouillages je me tords de rire en pensant à l'ignorance des gens qui récompensent avec de l'argent ce qui pour moi n'est pas une peine, mais une joie.

Elle avait été révoltée par cette idée, parce que c'était une idée fausse, un mensonge. Ce n'était pas possible qu'un homme comme lui puisse croire qu'il ne fallait pas payer le fruit du talent. Quelle absurdité, quel non-sens ! Nous payons les ruses de la malice, les caprices du hasard, les produits de la patience, les inventions mécaniques, l'huile de coude... et on ne paierait pas les créations de l'intelligence humaine ? À qui voulait-il faire croire cela ?... Il n'y avait rien à faire : ce garçon était un être bizarre, incorrigible, plus désespérant qu'une porte close. Enfin, s'il avait été possible de lire dans le cerveau et le cœur, Delfineta serait bien allée une nuit sur la pointe des pieds les ouvrir et voir ce qu'il y avait dedans et... le détester peut-être une fois pour toutes.

La jeune fille discourait de la sorte, très droite et très sérieuse, sur le siège à côté de la vitre face à ses parents qui bavardaient avec animation sur la prospérité de leur affaire. On était au mois de mai, l'après-midi était magnifique et une foule immense, réveillée par les premiers signes de l'été, emplissait l'allée des Ramblas, propre et luisante grâce au dernier arrosage de la journée. La fille des Foix, du haut de son landau, restait indifférente aux voitures et aux piétons circulant à ses côtés ; elle fixait son regard sur les ombres de l'arrière-plan, là où les gens se fondaient en une masse de chapeaux et d'ombrelles de toutes les couleurs surmontée par les grandes affiches des annonces publicitaires portées par des hommes-sandwich et qui ondulaient dans cet océan humain comme les pancartes d'une manifestation.

Ses parents continuaient, absorbés dans leur conversation, doucement bercés par le mouvement de la voiture. Foix débordait de contentement :

« Le chemin de fer serait bientôt une réalité. Il avait envoyé Eladi à Paris pour étudier, d'accord avec Ramon Pi, le correspondant de la maison, la façon la plus efficace de placer des actions ; et Eladi assurait, de là-bas, que si on le voulait on pourrait les placer toutes sur le marché parisien. Les journaux espagnols et français se montraient aussi bien disposés et peu exigeants pour faire de la publicité. Vilaniu et toute la région de la vallée des Fors répondaient avec enthousiasme à la souscription d'actions et à l'adjudication de la voie. Quand Eladi reviendrait de Paris on organiserait la grande assemblée à Vilaniu, on constituerait la société dont Foix serait le gérant, avec six mille douros d'émoluments et une voiture de fonction. Par ailleurs – et c'était la chose la plus importante, celle qui le faisait parler plus bas et avec des trémolos dans la voix – si les *Nord* continuaient à monter, bientôt il serait riche, réellement riche. »

– Cette fois je me suis lancé ; je joue à la hausse une grosse quantité de *Nord*, mais si j'y parviens à temps je serai un homme arrivé. Ramon Pi, qui est un malin de première, espionne les préparatifs de la réunion qui doit fixer le prochain dividende. La hausse rapide de ces actions me fit craindre un arrêt brutal de celle-ci. Si on me télégraphie à temps pour que je liquide et me mette à la baisse nous aurons une fortune, Catarineta, tu vas voir.

Mais Catarina, bien que partageant tous les jours davantage les ambitions de son mari, n'aimait pas lui voir risquer gros en un seul coup :

– Que Dieu nous garde d'un chambardement ! Tu t'es déjà engagé dans l'achat de l'immeuble. Alors il faut finir de le payer, et surtout chose que tu aurais déjà dû faire – lever l'hypothèque de la maison de Vilaniu.

Foix s'appuya au rebord du landau et d'un air triomphant, jetant dans la rue la cendre de son cigare, il éclata d'un rire apitoyé et s'écria :

– Mais ce n'est rien ça, ma chérie, ce n'est rien ! La maison, l'hypothèque !... Si je veux, demain tout est soldé. Que représentent ces misères à côté de ce que je viens de gagner sans doute en ce moment ? Si je n'ai pas payé cette hypothèque qui occupe tes pensées c'est parce que c'est vraiment peu de chose ! Elle ne me fait pas peur, elle ne m'empêche pas de dormir, je n'ai même pas eu le temps d'y penser. Qu'est-ce que cela, comparé à des centaines et des centaines de milliers de douros ?

Catarina ouvrit des yeux ronds.

– N'aie pas peur, mon petit, laisse-moi faire. Je me suis habitué à voir les choses en grand, à embrasser d'un regard les larges horizons des affaires, comme dit Bernat, et à mépriser, comme insignifiants, les détails. C'est le secret des grands hommes. Tu vis sous l'influence de ta mère. Et que peut-elle savoir ta mère de la marche du monde actuel ? Elle est d'une autre époque, elle ne peut comprendre la nôtre. Elle a toujours vécu dans une atmosphère aussi différente que celle où respirent les poissons.

Catarina écarquillait de plus en plus les yeux : « Que voulait-il dire avec "les grands horizons" et "l'atmosphère" ? Son mari était en train de devenir un autre homme ; tous les jours il lui parlait de choses nouvelles, lançant ses regards au-delà, très au-delà de ce qu'il avait vu jusqu'alors. On eût dit que l'argent lui conférait une science infuse très différente de celle qu'il connaissait jadis. L'ex-petit menuisier de Sant Cugat grimpait comme le lierre. Dans ses longs discours à table, dans les conversations en famille, il mêlait l'histoire, les statistiques et de bizarres idées philosophiques que Catarina n'avait jamais entendues et qui horripilaient tout son être, tandis que sa fille avec sa pédanterie caractéristique approuvait de la tête. »

La voiture arrivait place de la Universitat quand Gil se mit à combattre avec ardeur les opinions de Mme Monica, les qualifiant d'arriérées et d'absurdes. « Ce critère maladif provenait de la misère de son époque. »

– Nos parents naquirent ruinés par la guerre contre les Français et les ravages causés par la mainmorte. La misérable austérité de leur croissance avait affaibli leur cerveau, amoindri leur esprit, les avait préparés, avec un fatalisme arabe, à mener une vie incompréhensible, à croire, encore, que Dieu avait divisé les hommes en castes et que, par conséquent, il était tout à fait juste que la richesse fût aux mains de la noblesse et des communautés religieuses, même si les autres se rongeaient les poings. Ainsi la plupart des Espagnols, même les plus affamés, maudissaient le nom de Mendizabal, leur sauveur. Je me souviens encore de tout le mal que mon père en disait. Ta mère ne veut toujours pas en entendre parler.

– Mon Dieu, Gilet, comme tu as changé !

– Non, mais pour te convaincre je ne vais te poser qu'une seule question : d'où venons-nous tous ? D'Adam et d'Ève, n'est-ce pas ? Alors veux-tu m'expliquer comment de mêmes parents peuvent naître des castes différentes ? Personne ne pourra me le démontrer. Et, tu vois, je place le problème sur le terrain religieux. Je ne me fonde pas sur ce que disent Pierre, Paul ou Tartampion : je m'appuie sur la Bible.

– Mais, chéri, à quoi tout cela rime-t-il ?

– Je veux donc dire que s'il n'y a qu'une seule caste il n'y a qu'un seul droit : celui de gagner son pain à la sueur de son front. C'est le droit énoncé par la Bible.

– Je ne sais pas où tu veux en venir.

– Je veux dire que si vous ne partez pas de là, toi, ta mère et tous ceux qui pensent comme elle, vous ne comprendrez jamais que le chambardement actuel de la richesse est plus juste et naturel que la stagnation de jadis. Si on accepte un seul droit et une seule famille, comme c'est la pure vérité, tout est à tous, la propriété est réduite à n'être qu'une possession précaire, passagère, soumise comme toute la création au mouvement incessant de l'univers.

– Regarde, les sœurs Llopis. Ôte ton chapeau. Elles aussi doivent y aller, coupa Catarina, tandis que Delfineta saluait ses amies en agitant son mouchoir.

Les Llopis répondirent d'un air affectueux. Et leur charrette anglaise les dépassa aisément, sautant et cahotant sur la route mal entretenue. Delfina revit son ancien collège de Loreto, poétiquement niché au milieu des arbres d'espèces différentes qui l'entouraient. Mille souvenirs tristes ou joyeux de sa vie de collégienne traversèrent un instant sa mémoire, pleins de mélancolie. La plaine du Llobregat s'étendait à sa droite, tapissée de verdure, saupoudrée de jolies fermes à demi cachées par des arbres fruitiers, remplie de fragrances, resplendissante de lumière jusqu'au bleu de la mer, légèrement voilée par une brume blonde et douce qui aspirait et berçait l'esprit, l'assoupissant avec une ineffable langueur. Une poésie sans paroles, mais profondément ressentie, dansait devant ses yeux, bourdonnait dans son cerveau, étreignait son cœur.

Loin de tout cela, Gil Foix continuait à exposer ses théories :

– Je vois que tu n'as pas bien compris, je vais te l'expliquer plus clairement.

Tandis que Catarina le laissait dire, distraite par les nouveaux couvents et hospices qu'elle découvrait à droite et à gauche, entre les arbres touffus dont les cimes dépassaient le mur des villas, son mari soutenait que si Dieu avait créé des castes d'hommes riches et d'hommes pauvres, il aurait commis la plus grande des injustices : la famille Foix aurait continué à être pauvre à tout jamais, ses descendants auraient eu beau s'échiner à travailler sans cesse, ils ne seraient jamais devenus riches.

– Veux-tu quelque chose de plus inique ? Eh bien, voici l'absurdité des biens de mainmorte. Au contraire, en vendant au public les domaines du clergé on brise, pour ainsi dire, la chaîne de la propriété, en abolissant les titres et les privilèges pour l'acquérir, on la met à la portée de tout le monde... Les plus intelligents, les plus malins, les plus travailleurs arracheront les meilleurs morceaux des mains des sots et des paresseux.

– Mais tout le monde n'en obtiendra pas non plus, objecta Catarina, attentive à nouveau et qui désirait arrêter ce flot de paroles.

– Tout le monde, tout le monde non, bien sûr ! Car les sept millions de lieues carrées de surface habitable de la terre, en séparant la partie productive de l'improductive, se réduiraient à bien peu de chose si l'on faisait une répartition équitable entre tous les milliers de millions d'êtres qui l'habitent et ne pourraient pas les nourrir convenablement. Et surtout tant que la majeure partie du globe terrestre continuera à être aussi arriérée et inhabitable que maintenant. Bernat le dit toujours. Mais si ce ne sont pas tous les hommes, ils seront tout de même beaucoup plus nombreux ceux qui pourront manger, vivre plus commodément et surtout, Bernat le dit aussi, l'inégalité ne sera pas le résultat d'une loi humaine, totalement opposée à la loi naturelle. Celui qui n'aura rien ce sera parce qu'il n'a pas su l'obtenir ou le conserver, par manque d'intelligence ou par paresse ou aussi par vice. Et contre les lois de la nature l'homme est impuissant.

Heureusement pour Catarina que ce discours ennuyait, la voiture arrivait déjà à Sarrià et le changement de décor fit parler la jeune fille qui demanda où se trouvait la villa. Les juments des sœurs Llopis étaient un peu fatiguées et montaient lentement la côte de la grand-rue, à deux cents pas du landau de Gil. Il suffisait donc de suivre leur voiture. Delfineta en voyait d'autres montant la côte derrière eux, mais la distance et la poussière ne lui permettaient pas d'apercevoir leurs occupants. À la fin ils prirent une rue large, devant une fontaine et ils commencèrent à descendre jusqu'à un ruisseau asséché bordé de hauts jardins qui parfumaient le chemin avec leurs puissantes odeurs d'acacias, de roses et d'héliotrope. Sur le mur qui les soutenait s'étendaient des grillages de roseaux, de jolis miradors et des alignements de saules pleureurs, poussiéreux, qui penchaient sur le chemin leurs branches échevelées, le couvrant d'ombre et lui donnant une tonalité mélancolique avec leur feuillage couleur grisaille. Les voitures prirent deux ou trois tournants et après une petite côte arrivèrent devant une grille en fer formant la proue des longs murs évasés de la propriété ; chaulés, hérissés de verre brisé, ils côtoyaient des vignes et des bois d'aspect misérable. On aurait dit l'entrée d'un cimetière.

Le portier improvisé, un homme courtaud, habillé de noir, avec une casquette à visière vernie, planté devant le portail indiquait le chemin aux voitures qui arrivaient et celles-ci prenaient une allée qui montait, bordée de platanes pour ne s'arrêter que devant le grand escalier de la villa d'où s'échappait déjà un fort bourdonnement de foule.

Les Llopis embrassèrent Delfineta et l'accaparèrent aussitôt.

– *Voyons ce que ça va être ce « Château »*, dit Emilia avec un rire moqueur.

Et avançant sur la petite place pour s'éloigner des voitures, elle mit un face-à-main en écaille devant ses yeux et examina le fronton de la maison :

– *Le cube habituel, les tourelles plates de toujours de part et d'autre ; l'inévitable tour carrée, le balcon avec ses fenêtres latérales datant de la saint-glinglin... Quand aurons-nous des architectes ?... En France, oui, ils ont du goût... Ces pavillons, ces pignons, ces petites tourelles, ces vérandas vitrées !... N'est-il pas vrai, mes enfants, que tout cela est très banal, que cela manque de goût ? Ah ! ce chic des Français ! Rien à faire, mes petites, ici c'est le triomphe du boutiquier, l'aune pèsera sur nos têtes éternellement. C'est la rue de la Boqueria qui donne le ton à Barcelone.*

Les parents de Delfineta, tout près des jeunes filles, parlaient avec M. Giró de l'histoire de cette propriété, édifiée trente ans auparavant pour un marquis, vendue ensuite par le tribunal à un riche marchand de morue et acquise plus tard, aux enchères publiques aussi, par l'actuel propriétaire.

– Tu vois ? C'est ce que je te disais. N'est-ce pas plus juste, monsieur Giró, ce va-et-vient actuel de la propriété que la stagnation d'antan ? Voici qu'en moins d'un demi-siècle, trois familles différentes auront joui de cette villa.

Giró tendit le bras et tournant sur ses talons signala les limites de la propriété, parlant des améliorations qu'il venait d'y apporter : il l'avait achetée pour quatre sous, avait repeint les murs, refait les jardins et dernièrement il y avait placé des statues, des constructions et des jeux d'eau qui lui avaient coûté beaucoup d'argent, comme ils allaient voir. Puis M. Giró s'en alla, car il lui fallait s'occuper de tout.

Alors M. Foix, tournant le dos à la longue file de voitures qui arrivait devant le perron, y déposait leurs occupants et tournait à gauche vers la partie arrière de la maison, se mit à contempler et à louer avec de grandes exclamations le beau panorama qu'on découvrait là. À gauche un pan de Barcelone, déjà confondue avec ses faubourgs, s'étendant au pied de Montjuic, blanche, neuve, immense comme une vraie métropole. Ses quartiers à l'est, saupoudrés de hautes cheminées, s'effaçaient dans un brouillard de vapeur que l'éclat du soleil mêlait aux teintes de la côte, blondes, nacrées, à moitié voilées par une brume d'or. Un grand ruban bleu, interrompu seulement par la masse rouge et verte de Montjuic, enlaçait l'horizon de bout en bout, traînant son volant de dentelle sur la plage sinueuse où les petits villages marins descendaient joyeusement s'étendre et se rouler au soleil. Des voiles latines, rougies par le soleil couchant, brillaient çà et là sur le bleu gris de l'horizon où mer et ciel se confondaient. Devant, aux pieds mêmes du spectateur, Sarrià et les Corts, dont les tours et les pigeonniers glissaient vers le bas de la côte, lançaient des éclats de lumière aveuglants parmi les bosquets touffus jusqu'à l'agglomération nouvelle de Barcelone qui s'étendait sous l'orgueilleux château. Et à gauche les quartiers ocres de l'ouest, qui enfumaient la végétation de Montjuic, entamaient le vert tapis de la très belle plaine du Llobregat, d'une seule pièce, avec ses fermes et ses villages clairsemés dans cet infini verger, s'étendant d'un côté jusqu'à la mer et de l'autre jusqu'aux sombres forêts des montagnes. Un ciel d'un bleu ténu, avec des touches gris perle harmonisait cet ensemble aux nuances très fines. Cette vue embuait les yeux de Foix et le rendait muet.

Les jeunes filles vinrent le rejoindre.

– *Ça c'est latin, tout à fait latin : un tableau de Roig et Soler. Je préfère la grisaille du Nord. Toujours ce soleil, la prose du paysage !* s'écria Emilia, s'appropriant une phrase prise au peintre Urgell.

Mais sa sœur et Delfina qui contemplaient avec le plus grand intérêt la troupe de cavaliers qui arrivait au petit trot devant la maison ne l'entendirent même pas.

– Tiens, regarde, regarde qui arrive, dit Rachel, qui se cherchait un chevalier servant.

Et toutes deux passèrent rapidement en revue les nouveaux arrivants, une bande de gommeux sans aucun métier, amis des fils Giró. Tous de basse extraction comme ceux-ci, mais pour la plupart robustes et bien faits, ils avaient dans leur corps, dans leurs mouvements lourds, quelque chose de fruste qui les dénonçait au premier coup d'œil.

– Tiens, *Paulito* Mas !

– Il me semble que ce jeune homme te plaît. Ce n'est pas la première fois que tu m'en parles.

– Tu ne le trouves pas beau garçon ?

– Trop maigre, trop blond.

– Mais, ma fille, il est riche, très riche.

Delfineta haussa dédaigneusement les épaules.

– Que veux-tu de plus, ma vieille ?

– Si Emilia t'entendait... !

– Emilia ? Ah, ce que tu es bête ! Tu la connais mal ! Ces théories philosophiques que tu l'entends développer, ne sont que des vantardises, des boniments qu'elle se raconte à elle-même pour parler et briller. Emilia qui adore dépenser, crois-tu qu'elle mépriserait un bon parti comme celui-là ?... Tu peux toujours courir ! Elle ne se mariera pas avec quelqu'un de pauvre, aussi savant et artiste soit-il. Tout cela est bien joli à dire, mais moi qui la connais je t'assure que... Je veux dire que si Mas la demandait en mariage, ignorant et bête comme il est, elle serait ravie de le prendre : « Sot et riche ? dirait-elle, alors d'accord, allons-y. » Elle ne demanderait pas mieux. Elle aimerait dorer la pilule avec un grand nom, un titre, bien sûr ; mais sans argent... ou trop malin ?... Jamais, ma fille ! Riche et benêt. « Ne souhaite pas un meilleur sort, me dit-elle. Ainsi tu es maîtresse chez toi et tu dépenses ce que tu veux. L'homme talentueux te domine, tu en es l'esclave. » Ah ! je pense comme ma sœur.

– L'esclave ! Pas s'il t'aime, me semble-t-il.

– Sais-tu ce que j'ai lu l'autre jour dans un bouquin français ? Que « l'amour est une espèce d'inflammation »... et quoi encore ? Ah ! oui : « une espèce d'inflammation psycho-physiologique qui finit après la crise. Elle dure autant que la lune de miel ».

– Alors, il vaudrait mieux ne pas nous marier, objecta la petite Foix avec un sourire moqueur.

Rachel haussa l'épaule où reposait l'ombrelle, baissa les yeux et rétorqua :

– Mais que pouvons-nous y faire puisque c'est notre destin ? C'est pour cela que moi qui suis sûre qu'aux jours radieux succéderont les jours sombres, je dis comme les Castillans : « *les deuils avec du pain sont moins durs* ».

Delfineta resta fort marrie, comme vexée au fond du cœur. Elle avait rêvé d'une tout autre existence, moins liée à l'argent, au côté matériel des choses. Elle aussi aimait le luxe, les jolies robes, les splendeurs, les charmes de la richesse qu'elle goûtait depuis quelques mois ; mais sa vie passée, le logis de Francesc comme celui de certaines de ses condisciples qui menaient joyeusement une existence modeste, disaient à son âme que l'argent, tout en étant si nécessaire et prodiguant tant de satisfactions, n'est pas le fondement indispensable du bonheur, que bonheur et richesse ne sont pas les deux branches d'un même arbre, mais un arbre et un étançon : quand le premier est plein de vigueur, le deuxième l'aide à soutenir les fruits. « Et l'amour, pourquoi mêler l'amour à l'argent ? » Bien souvent elle avait essayé d'analyser le sentiment de répugnance que cette idée lui inspirait. Sa pensée se perdait mais la répugnance lui restait et elle finissait toujours par s'écrier :

– Bon, je ne comprends pas, je ne comprendrai jamais, mais je ne vais pas tomber amoureuse du coffre-fort de mon père. Je veux l'or pour le donner, le mari je le veux pour moi.

Juste à ce moment Emilia brisa le fil de ses réflexions :

– *Mais à quoi pensez-vous ? Allons...*

– Emilia a raison, entrons dans la maison.

Le vestibule était rempli de fumée et de jeunes gens, tous en redingote. Parmi ceux qui se trouvaient à droite, l'un s'avança : c'était le baron d'Esmalrich. Les Llopis échangèrent un regard. Delfineta rougit, le cœur bondissant de surprise : « Il était là aussi ? Oh ! Il était venu pour elle, pour elle ! »

Lui et trois autres prirent dans des paniers que portaient deux valets galonnés, de grands bouquets de gardénias qu'ils offrirent aux jeunes filles et à Mme Foix. Celle-ci entra, toute gênée, au bras d'un des fils Giró ; l'autre offrit son bras à Emilia. *Paulito* Mas se contenta de saluer d'un signe de tête en cachant son cigare et Rachel dut donner son bras à un inconnu.

Delfineta entra toute tremblante au bras du baron. À la porte du salon, gênant l'entrée, gesticulant, entouré de pères lourdauds et peu attentionnés, il y avait le maître de maison.

– Asseyez-vous là-dedans. Ces jeunes gens vont vous placer. Je ne suis pas du genre à faire des manières. Faites comme si vous étiez chez vous.

Le salon n'était pas remarquable ni par sa taille ni par son mobilier presque tout de Vienne ; il était déjà plein de dames et de demoiselles chapeautées, en tenue de ville. Elles étaient alignées, bavardant les unes avec les autres à voix très haute, comme si elles étaient au milieu d'un marché, s'éventant curieusement pour chasser la chaleur et la touffeur de tabac qui entrait à flots des pièces voisines, se mêlant à la senteur de tous ces gardénias. Aucune des dames ne se leva. Les jeunes gens laissèrent leur cavalière devant les rares chaises libres : les sœurs Llopis d'un côté, la mère et la fille Foix de l'autre ; ils firent un salut de la tête et sortirent tous, sauf le baron, le seul homme à rester au salon, le chapeau appuyé sur son ventre, prisonnier de ses mains gantées, qui se mit à bavarder avec Catarina et Delfina.

– *Ça marche*, dit Emilia tout bas, un peu vexée de se voir si seule. *Tu vois, c'est bien ce que je te disais, tout, tout est banal. Et ces jeunes gens ! C'est assommant ! Un cercle de bourgeois.*

Mais Rachel ne faisait pas attention à ses paroles.

« *Paulito* Mas, que pouvait-il bien faire dehors ? Comme ils étaient bourrus, tous ces jeunes ! Comme ils manquaient de savoir-vivre ! » Ensuite elle se plaignit à sa sœur de la clarté aveuglante qui entrait par les fenêtres grandes ouvertes. « On voyait bien que Giró n'avait pas de femme ! »

– *Mais, voyons, que faisons-nous ici ? Ah ! C'est agaçant ! moi je ne reste pas plus longtemps à jouer les potiches... Rachel, accompagne-moi : allons regarder les tableaux.*

– *Ma vieille, que dira-t-on ?* l'avertit Rachel, encore plongée dans ses pensées.

– *Et que m'importe ? Ce ne sont que des gens ridicules.*

Rachel se leva pour suivre sa sœur qui avec la plus grande impertinence du monde sortit son face-à-main et commença à examiner les toiles pendues au mur du salon, sans regarder les dames et les demoiselles, se plantant devant elles presque à les frôler. Un silence, né de la surprise, accueillit son acte. Sa sœur devint toute rouge, le baron tourna la tête... Emilia, elle, continua comme si de rien n'était. Les chuchotements succédèrent au silence :

– On dirait des étrangères...

– Non, ce sont les sœurs Llopis.

– Ah !... On en parle beaucoup.

– Voilà, c'est cela même.

– C'est un peu trop sans façons, ce qu'elles font !

– Ma chère, c'est peut-être la mode.

– Ah ! On ne peut pas nier qu'elles savent s'habiller ! Regardez, regardez cette petite veste... L'aînée, on dit qu'elle est très savante.

– Eh bien, je me le demande. Je ne crois pas que les livres puissent conseiller de s'exhiber ainsi, de façon aussi ridicule. Vous trouvez ça bien vous, de regarder aussi indiscrètement, comme s'il n'y avait personne ?

– Taisez-vous, elles s'approchent.

– Et ce jeune homme qui bavarde avec une mère et sa fille ?

– Ah, ce sont les Foix, voyez-vous ? Le jeune homme, je ne le connais pas.

– Ah, oui, la femme et la fille de ce coulissier qui gagne tellement d'argent en ce moment, dit-on. Elle est très grosse, mais la jeune fille n'est pas mal. Ce jeune homme m'empêche de bien la voir.

– Taisez-vous, voilà les Llopis.

– *Tu vois, Rachel ? Un autre Camarassa. Quelle sucrerie ! Ah, la bêtise humaine !* dit Emilia.

– « Schocoing ! » répondit l'autre pour dire quelque chose d'inintelligible pour la plupart.

Et toutes deux continuèrent leur inspection, l'une toute rouge, l'autre immuable, jusqu'à ce qu'elles tombent sur le baron.

– *Oh, mon cher baron. Vous étiez là ?*

Et Emilia l'attira un peu à l'écart, pour dire, après avoir échangé quelques politesses :

– *Vous ne trouvez pas cela souverainement ridicule et prétentieux ?*

– Mesdames, dit alors M. Giró qui venait d'entrer et de se placer au milieu de la pièce, prenez un rafraîchissement, mangez quelque chose, ensuite nous irons voir le peu de choses qu'il y a à l'extérieur.

– *Oh, très aimable !* s'écria Emilia d'un ton moqueur, faisant à M. Giró une révérence théâtrale, ce qui fit mordre les lèvres à la plupart des gens de l'assistance.

– Bon, allons nous asseoir, au moins nous prendrons quelque chose, lâcha Rachel, toujours distraite, en voyant la file d'employés de la maison Llibre qui entraient chargés de plats et de grands plateaux remplis de mets froids.

– *Baron, nous avons trois chaises. Vous voyez celle où nous gardons les bouquets ?*

– *Vous êtes très aimable*, dit d'Esmalrich en la suivant machinalement.

– Tu vois, ma fille, ton amie ? Elle est déjà jalouse de voir que ce jeune homme s'occupait de nous. Je ne sais pas comment elle peut plaire une fille comme ça. C'est une effrontée ! dit Catarina.

Mais quand arriva le moment de se servir, le baron qui trouvait son attitude un peu mal élevée se leva, passant et repassant d'un côté à l'autre du salon pour servir ses quatre connaissances, mettant en évidence sa grande politesse.

– *Un sandwich ? de la galantine ?*

– *Oui, monsieur, oui monsieur*, répondait Rachel, laissant remplir son assiette de tout.

– *Baron, excusez-moi, mais je vois là-bas un vol-au-vent de perdrix que personne n'a osé toucher, sans doute parce qu'ils ne savent pas ce que c'est. Vous n'avez pas remarqué, baron, qu'ici personne ne se connaît ?*

– *Oui, c'est vrai, je m'en suis rendu compte.*

– *C'est l'alluvion de la dernière crue.*

– *Vous avez beaucoup d'esprit. Mais permettez-moi d'aller servir maintenant Delfinita et sa maman.*

– *Mais bien sûr ! Quel coquin vous faites !*

La maman, par politesse, goûta juste un œuf en gelée. « Comment pouvait-on manger sans enlever ses gants ? »

– Ma fille, je ne sais pas comment vous faites. Moi je laisserais tout tomber. Sans compter que si nous mangeons beaucoup maintenant, ce soir nous n'aurons pas faim pour dîner.

– Delfineta, même pas un peu de jambon ? C'est moi qui vous l'offre.

La jeune fille accepta, lançant au baron un regard de reproche plein de coquetterie ; il l'accueillit avec un sourire, lui promettant, à voix basse, des explications.

Des salons voisins parvenait à présent un bruit assourdissant : voix altérées, éclats de rire, chocs des assiettes et des couverts, claquements secs et continus des bouteilles de champagne qu'on débouchait.

– *Avez-vous déjà vu des hommes aussi galants ?*

– *Oui... mais pourquoi m'avez-vous appelé polisson ?*

Emilia éclata de rire, forçant le ton autant qu'elle put pour attirer l'attention.

– *Tiens, vous vous en souvenez donc ?*

– *C'est clair.*

– *Et bien clair ! Vous imaginez-vous que quelque chose puisse m'échapper ?*

– *Je sais bien que vous avez beaucoup de talent.*

– *Ça c'est sûr ! Une vraie Mme de Staël !*

– *Garçon, ces verres, ça vient ?... Allons, prenez ce verre et cessez de me faire souffrir.*

Rachel, se voyant délaissée, se leva et alla rejoindre les Foix, emportant son assiette, son verre encore vide et un gros gâteau.

– On dirait qu'ils s'amusent bien, dit Delfina, se mordant les lèvres et assez furieuse.

– Oh ! Emilia... Emilia, elle est comme ça : laisse-la avec des hommes, et s'ils ont un titre c'est encore mieux. Celui-ci est noble et riche... alors tu peux t'imaginer !

Mme Foix étouffa un rire qui fit trembler son verre. « Celle-ci, au moins, était spontanée, disait ce qu'elle pensait et ne jouait pas la comédie en parlant castillan ou français sous le moindre prétexte comme sa sœur, ce bas-bleu. »

– Faites-vous apporter votre chaise, Rachel. Cette dame à côté de vous sera assez aimable pour nous faire de la place, n'est-ce pas, madame ?

– *Allons, ma petite Emilia...*

– *Oh, que vous êtes bête !... mais alors, bête !... Car dites-moi, pensez-vous que je n'ai pas d'yeux ? Tous les amoureux sont aveugles. Ignorez-vous à quel point nous sommes amies, Delfinita et moi ?... Alors, je crois que j'en ai assez dit... Non, non, ne faites pas celui qui ne comprend pas : je sais tout... Je n'ai pas lu le billet doux, mais... Ah, ah, ah !... Que vous êtes bête ! Et vous rougissez !... Ne craignez rien, mon cher ami... Après tout, je suis très contente : j'aime beaucoup Delfinita, je me réjouis de la voir en chemin de devenir l'épouse d'un parfait galant homme et par ailleurs votre choix me plaît beaucoup. Delfinita est un ange de bonté ; elle n'a pas beaucoup de savoir-vivre, c'est vrai, à côté de parents jusqu'à hier modestes elle ne pouvait guère en avoir... Mais le savoir-vivre s'apprend facilement... Et puis, si son père ne fait pas de faux pas, ou s'il ne tombe pas dans la manie de vouloir faire de son petit garçon un* hereu *elle sera riche, ce sera un magnifique parti.*

– *Mais... ma chère, ma chère !* s'écria d'Esmalrich très troublé et éperdu. Rouge comme la braise, le cerveau plein d'idées contradictoires, il regarda servir du champagne à Emilia et tout tremblant présenta sa coupe au goulot même de la bouteille.

– *Mon cher ami : je vais porter un toast. Voulez-vous que je boive à votre prochain mariage ?*

– *Emilia, pour l'amour de Dieu, laissez-moi en paix. Buvons en silence.*

Et baissant la voix il s'approcha d'elle discrètement et lui dit à l'oreille :

– *Vous êtes le diable.*

À ce moment justement la voix de tonnerre du maître de céans résonna dans le salon :

– Mesdames et mesdemoiselles, comment ça va ? Tout s'est bien passé ? Avez-vous été bien servies ? Alors, si vous êtes prêtes nous pouvons sortir faire un tour... Messieurs, jeunes gens, venez ici... Allons, pressons, donnez le bras aux dames.

Un flot d'hommes de tout âge, vêtus de redingotes, cigare aux lèvres et gardénia à la boutonnière s'élança dans le salon pour accomplir les ordres de ce chef de bande. Les femmes se levèrent, tourbillonnèrent, faisant bouffer leur robe, tapotant leur chapeau et les yeux pleins de joie prirent le bras qu'on leur tendait, regardant encore le tombant de la jupe, la meilleure façon de tenir leur bouquet.

Cette fois Mas se comporta comme un homme : il prit Rachel. Delfineta finit par se pendre au bras d'un garçon quelconque. Le baron fut bien obligé de rester avec Emilia qui le retint, mine de rien, pour être les derniers à sortir, tout en faisant des chichis sur la grossièreté de Giró et de tout cet amas de parvenus.

– Mais, et votre petite sœur ?

– Rachel ? Rachel sera très contente en compagnie des Foix. Laissez, laissez passer toute cette foule. Où voudra-t-il nous emmener maintenant ce sauvage ?... Visiter son jardin potager ? Quel homme stupide !

– Mais qu'est-ce que cela peut nous faire ? Ne sommes-nous pas bien, tous deux ensemble ? dit d'Esmalrich se souvenant enfin qu'il était noble et ressentant déjà la vanité d'accompagner « la seule jeune fille intelligente et mondaine de cette réunion ».

– Cela est vrai aussi.

En avançant dans le couloir elle vit un grand panier encore à moitié plein de gardénias et juste à côté un petit salon désert. Emilia songea alors à quelque chose :

– *Oh, quelle bonne idée !... Garçon !* dit-elle à un domestique. Et elle lui demanda du fil de fer bien mince et entra dans le petit salon avec le baron pour se faire une coiffure de gardénias pour le soir.

– *Vous ne pensez pas que c'est mieux que de contempler des pommiers et des choux ? Vous allez voir avec quelle facilité je me fais un chapeau... Ce soir on donne* Les Huguenots, *n'est-ce pas ?*

Dans le petit salon, il s'installa dans un fauteuil et elle sur le sofa, le panier de fleurs aux pieds, deux rouleaux de fil de fer à côté. Elle enleva ses gants et son chapeau, écarta les genoux, lissa sa jupe de soie et demanda :

– *Auriez-vous la bonté de me passer votre mouchoir pour que je l'étende ici. Le mien, vous le voyez, est si minuscule...*

– *Comme il sent bon !* dit-il, s'approchant et le flairant. *Quel parfum mettez-vous ?*

– *Ça, c'est de l'opoponax.*

Le baron n'était pas à son aise. Son comportement envers Delfineta le rendait honteux. « La jeune fille allait le traiter de petit garçon, de cadet. » D'un autre côté cela l'ennuyait de penser qu'elle fût si bavarde. « Pourquoi avoir raconté à ses amies l'histoire de la lettre, de ces amours qui n'avaient encore rien de sérieux ? S'il agissait comme un enfant, elle l'était encore davantage en prenant pour argent comptant ce qui n'était que le prélude d'une embuscade. » Ici il rougit. « D'une embuscade, oui, Delfineta, parce que sans une bonne dot... Adieu mignonne ! Car le baron d'Esmalrich n'allait pas se sacrifier pour la fille d'un ex-menuisier. » À la fin de ces réflexions d'autres idées taraudaient sa cervelle. « Pourquoi diable la Llopis voulait-elle ainsi le retenir à ses côtés ? Serait-elle amoureuse de lui ?... Et lui, l'épouserait-il ? Non, de celle-là il ne voudrait pas, même chargée d'or : elle était trop maligne. Profiter de l'occasion, s'en amuser...

pourquoi pas ? Cela était déjà différent. » Et il allait dresser un plan de conquête quand la jeune fille, désentortillant un bout de fil de fer lui dit :

– *Mais, baron, que suis-je en train de faire ? Comme je suis distraite !... Allez, au nom du ciel, allez rejoindre Delfinita... Allez, mon cher, allez-vous-en.*

D'Esmalrich jeta un regard aux portes et aux fenêtres. Ces paroles étaient une provocation. Et sans réfléchir davantage, il quitta le fauteuil, alla s'asseoir à côté de la jeune fille, lui prit une main, son bras gauche entoura la taille de celle-ci et il lui déclara d'un ton passionné :

– *Et que m'importe Delfinita ? C'est vous que j'aime.*

– *Baron, baron, comme vous êtes véhément, Seigneur ! Laissez-moi tranquille !* s'écria-t-elle ; avec un sérieux feint elle retira sa main et fit mine de se lever.

– *Mais... écoutez-moi, écoutez-moi.*

– *Autant que vous voudrez, mais retournez au fauteuil.*

Et comme le jeune homme restait assis, elle se leva en prenant l'attitude digne et convenable d'une femme offensée.

Le baron revint au fauteuil, tout étonné et honteux, comme un chien battu. C'était vraiment un nigaud : il n'osait même pas lever les yeux. Emilia se mordit les lèvres.

– *Mon Dieu, que les hommes sont bêtes !* s'écria-t-elle, reprenant son travail, tête basse, affectant un grand sérieux.

– *Emilia, il y a des moments dans la vie d'un homme...*

– *Ne continuez pas, baron. Vous avez entendu cela dans un drame ridicule.*

Un grand tumulte au dehors interrompit la conversation. C'étaient des cris de femmes, aigus, accompagnés d'un bruit profond et long comme le tonnerre. Tous deux furent inquiets. Emilia sauta de son siège, mit son chapeau, écouta un instant et se hâta de sortir.

– *Rachel ! Rachel ! Qu'est-elle devenue, la pauvre petite !*

Le baron la suivit machinalement, oubliant son chapeau. De grands paniers contenant des bouteilles vides, des assiettes et des couverts, et une double rangée de domestiques plantés sur le seuil de la porte leur barraient l'entrée du vestibule, la sortie de la maison. Mais Emilia s'ouvrit brusquement un passage pour tomber sur une autre muraille, plus infranchissable encore : une vingtaine de cochers hissés sur les marches du grand escalier, se tenant tous sur la pointe des pieds, regardant vers le bosquet du côté du torrent et accueillant avec des éclats de rire les cris perçants et le bruit du tonnerre. Un peu tranquillisée, mais sans comprendre encore de quoi il s'agissait, Emilia continua à se frayer un passage jusqu'à la petite place. Les domestiques, en voyant ce couple égaré, lui sans chapeau, sourirent malicieusement. Trois d'entre eux entrèrent dans le petit salon et avec de grands rires inspectèrent le sofa.

– Ah ! Le joli couple ! dirent-ils.

L'un d'eux découvrit le chapeau du baron et ils s'amusèrent à se l'enfoncer sur la tête devant le miroir en faisant des grimaces grotesques. Pendant ce temps un grand nombre de jeunes filles et de dames couraient et poussaient des cris effarouchés tout en riant, poursuivies par des jeunes gens qui criaient :

– Oui, oui !

– Non, non ! répondaient-elles.

Mais deux des garçons se baissèrent, ouvrirent les robinets des jeux d'eau, un cri perçant et unanime se fit entendre, et la confusion, la fuite éperdue furent telles que le baron et Emilia se virent obligés de reculer et de prendre une direction opposée.

– *C'est le comble !* s'écria Emilia fâchée pour de bon. *A-t-on jamais vu pareille grossièreté ? Arroser ainsi les dames !*

– *Mais, Emilia, rassurez-vous ; ce bruit me semble être celui de montagnes russes.*

– *Vous croyez ? Des montagnes russes ici ?*

– *Et alors... M. Giró est capable de cela et de beaucoup plus encore. Et ce doit être ça, autrement les domestiques n'auraient pas ri.*

– *Vous y croyez, vous, aux sentiments de la valetaille ? Je crois qu'ils se tordraient de rire s'ils nous voyaient pendre.*

Un nouveau roulement de wagonnets, qu'on percevait mieux de l'endroit où ils se trouvaient, acheva de les convaincre. Alors ils continuèrent à marcher dans cette allée ombreuse et déserte, devisant tranquillement.

– *Emilia, je veux me réhabiliter à vos yeux. Vous vous êtes sentie offensée, sans considérer que vos charmes...*

– *Nous parlerons de cela chez moi, le jour où vous daignerez honorer ma maison de votre présence.*

Là, des chuchotements mystérieux et un frôlement d'étoffes se glissant parmi le feuillage les surprirent. Instinctivement ils pressèrent le pas en silence et débouchèrent sur une petite place ronde, entourée de thuyas hauts et touffus dont quelques-uns tremblaient encore avant de recouvrer la quiétude première. « Ils ont dû s'enfuir par là », pensèrent-ils. Emilia dut faire un grand effort pour garder sa sérénité tout en s'emparant de l'ombrelle de Rachel abandonnée sur un des bancs de marbre. Elle commença par se moquer de la lourde Diane qui trônait sur la placette.

– *Voilà un chef-d'œuvre de marbrier.*

Mais le baron voulait regarder à toutes forces l'ombrelle trouvée que la jeune fille cachait sans en avoir l'air.

– *Qui peuvent-ils bien être ?* osa-t-il dire avec une malice tolérante qui invitait à les imiter.

– *« Assurément ils devaient être tout près, pelotonnés comme des souriceaux. »*

– *Laissons-les, pauvres petits ! On doit respecter l'amour... vous parlez français ?*

– Juste un petit peu.

– Quelle belle langue, n'est-ce pas ? Allons, partons d'ici. Je ne peux pas supporter la vue de cette Diane. Une méchante statue comme celle-ci me crispe les nerfs... Êtes-vous déjà allé à Paris ? Avez-vous vu la Diane du Louvre ? Quelles belles statues il y a là !

– Oh ! Je suis sorti sans chapeau !

– Ah, ah, ah, c'est ma foi vrai ! Allez, allez le chercher, mon cher.

Et dès que le jeune homme eut tourné le dos, Emilia chercha son chemin, brisa l'ombrelle, en jeta les morceaux hors de la propriété et se dépêcha d'aller vers le bosquet où se trouvait le gros des invités qui s'amusaient encore avec les montagnes russes, riant et criant. Alors elle vit Rachel qui arrivait par un autre petit chemin ; elle revint en arrière et alla à sa rencontre. Rachel rougit.

– Calme-toi. Ne cherche pas ton ombrelle, je l'ai jetée. Viens avec moi.

Elles s'enfoncèrent hypocritement dans le bosquet, s'efforçant de se montrer petit à petit absorbées dans la tâche de cueillir des fleurs. Elles descendirent avec une grande brassée de lentisques, de bleuets, de coquelicots et de genêts, sautillant comme des fillettes innocentes pour rejoindre le groupe qui les espionnait de loin depuis un moment. En vain Emilia chercha les Foix ; elles étaient déjà parties.

– Ah ! Mais quelle merveille, monsieur Giró ! Voilà de vraies montagnes russes. Les dimanches, vous pourriez même y gagner de l'argent, dit Emilia à l'intéressé en catalan, langue qu'Emilia parlait avec les gens du commun... ou avec sa sœur quand elles étaient seules.

– Allons, mademoiselle, ne vous moquez pas. Vous ne trouvez pas ça bien ? Voyez-vous, c'est une agréable distraction. Je m'y tords de rire... Vous les entendez piailler ? Cela m'amuse énormément.

Et en compagnie de Félice, un des fils Giró, et de Mas qui ne tarda pas à paraître, les Llopis parcoururent toute la propriété, louant les bassins, les cascades et les grottes artificielles avec des stalactites de mortier et de pierre, les volières chinoises en bois chantourné, les Mercure, Minerve et Vénus courtauds en marbre veiné, les parterres de bégonias, ainsi qu'une grande variété de camélias, gardénias et cactus dans la serre ; les écuries et la remise des voitures, vraiment luxueux, le manège pour les garçons, bien disposé et spacieux.

– Dites-moi, Emilia, vous qui êtes si cultivée, quel nom donneriez-vous à cette villa ? Nous en avons parlé avec mon père. Nous voulions lui donner le nom de notre mère, mais notre mère est morte et chaque fois que nous y viendrions nous nous souviendrions d'elle. Moi je voulais l'appeler *Belle vue* ou *Joyeuse vue.* Mon père dit que cela fait restaurant, et que peut-être *Villa d'Or* serait mieux... Moi, je trouve, voulez-vous que je vous dise ?... Je trouve cela trop... comment dire ? Trop... trop emphatique. Et puis la maison, telle qu'elle est aujourd'hui, ne correspond pas assez à ce nom. Il est vrai qu'on est en train de nous faire le mobilier, des meubles, n'est-ce pas, tout dorés, surtout pour les salons : les chaises, les divans, les consoles pour les vases et les statues, les grands miroirs... enfin tout, tout bien doré, mais malgré cela le nom trouvé par mon père ne me plaît pas trop. Qu'en pensez-vous ?

– Moi... répondit Emilia après avoir remâché un moment sa pensée, sans donner du répit à ses lèvres charnues, je cacherais l'intention de votre père tout en la gardant totalement, de cette manière : *Villa Nabab.*

– Villa comment ?

– *Nabab.*

– Ah ! oui, oui ! *Nabab, Nabab.* C'est très bien, très bien, répéta le jeune homme, essayant de graver dans sa mémoire ce mot qu'il ne comprenait pas.

– *Et d'Esmalrich ?* songea Emilia, *où est-il passé ?*

Il était inutile de le chercher dans les jardins : en allant reprendre son chapeau il avait entendu du remue-ménage au premier étage ; il y monta, trouva un cercle de joueurs et s'y joignit.

XIV

Eladi était revenu de Paris gonflé de suffisance. « Même si les riverains de la ligne de chemin de fer n'achetaient pas une seule action, même si on n'en plaçait pas une seule sur le marché de Barcelone, le succès de l'émission était assuré. La Bourse de Paris qui ne savait où verser tout l'argent qui lui arrivait, payerait rubis sur l'ongle les trois premiers millions de douros qu'on lui demandait. Lui et Pi avaient pris son pouls et ils en étaient absolument sûrs. L'Union Générale, une compagnie très puissante qui allait défendre les intérêts des milieux catholiques contre ceux de la banque juive pour lui arracher une fois pour toutes la domination omnipotente que celle-ci avait sur l'argent, était capable d'avaler toutes les Vilaniu dès qu'elles apparaîtraient. Il s'agissait seulement de faire mordre l'hameçon à un banquier juif. Et Pi qui était un pêcheur émérite, avait déjà la canne à la main et l'appât tout prêt, surveillant le gros poisson israélite. »

Le jeune homme racontait tout cela dans le bureau de Foix, devant Rodon, Jordi et Bernat. La valise, le manteau et la couverture de voyage dans un coin, la figure encore noircie par la fumée de la locomotive, les mains couvertes par des gants sales, un cigare allumé à la main, Eladi vidait son sac, allongé sur le fauteuil comme un pacha. Tout le concile l'écoutait religieusement : Foix débordant de sa chaise, Rodon balançant sa jambe et la chaîne de sa montre, Jordi bavant de contentement, Bernat approuvant de la tête toutes ces nouvelles qu'il avait déjà prédites un jour. Eladi, sur le point d'éclater de satisfaction, le jabot gonflé, continuait à chanter comme un rossignol, décrivant l'agitation de la première Bourse d'Europe, les curieux épisodes auxquels il avait assisté, les folies qu'il avait entendues, les luttes terrifiantes qu'on y soutenait. « Il en sortait avec la tête comme un tambour mais persuadé qu'ici tout est petit et mesquin comme un grain de mil. Il le voyait bien et Pi le lui confirmait : nous ne concevons rien de grand, le courage nous manque, nous n'avons ni l'élan ni le coup d'œil. On était à l'époque des grandes entreprises. Le monde assistait à la plus grande et à la plus profitable des luttes, la lutte pour le bien-être général. L'Europe avait une congestion d'or. L'agiotage était un besoin, comme la saignée pour un corps menacé d'une attaque d'apoplexie. »

Les trente billions de titres qui circulaient rien qu'à la Bourse de Paris ne suffisaient pas à donner à l'argent sorti de ses cachettes le courant vertigineux dont il avait besoin. Ceci expliquait tout.

– C'est vrai, dit sentencieusement le caissier.

– C'est pour cela, poursuivit Eladi, qu'il faut inventer, trouver des idées nouvelles, aussi folles semblent-elles. Vous allez là-bas avec, par exemple, le projet de creuser un tunnel ou un puits, qui, en passant par le centre de la terre nous mènerait en ascenseur à Buenos Aires : en vingt-quatre heures, croyez-moi, vous avez placé toute l'émission. Parmi les gens simples il y a la conviction que la science et l'industrie humaines sont parvenues à un tel niveau que plus rien n'est impossible avec suffisamment d'argent. Et comme de l'argent il y en a à ne savoir qu'en faire, et de la confiance aussi, on poursuit toutes sortes d'entreprises, réalisables ou pas.

– Mais c'est de la folie ! dit Foix.

– Tout ce que vous voudrez, mais c'est la vérité.

– Oui, mon garçon, oui, reprit Bernat, rouge de satisfaction. La masse a toujours marché ainsi, tombant et se relevant comme les bébés, mais de toute façon elle marche.

– Pi me faisait mourir de rire. Là-bas vous en entendriez des idées nouvelles. Toujours il insistait pour que je vous incite à abandonner les petites affaires de trois ou quatre millions de douros. « Que veulent-ils faire, avec ça ? » disait-il. Aujourd'hui il n'est question que de *milliards*, comme on dit en France. Entreprendre avec crainte c'est renoncer à la richesse qu'on a à portée de la main, c'est méconnaître l'homme et l'époque où nous vivons. L'artillerie moderne, dit Pi, a balayé de l'armée tous les aventuriers, tous les malins qui allaient à la guerre non pour la patrie ni pour grossir les effectifs, mais par ambition personnelle ; aujourd'hui ils sont tous à la Bourse.

Ils éclatèrent de rire, à commencer par Eladi.

– Il dit... il dit que nous sommes les successeurs des armées de Charles V.

– Il nous traite donc de guerriers ? Il est bien drôle ! dit Gil en riant. Pour ça ton père, ton père oui, il a porté le sabre.

Jordi sourit, se caressa le menton et toujours indolent, répondit d'un ton calme :

– Une guerre comme ça d'accord, où ne pleuvent les balles ni ne coule le sang.

Se frottant les yeux il continua, cette fois sérieusement :

– Bien, ne perdons pas de temps car il faut aller déjeuner. En résumé tu confirmes ce que tu nous disais par lettre : que les Vilaniu ne nous causeront aucun souci ; c'est ce qu'il faut. Je pense qu'à présent nous devons nous astreindre à nous occuper en priorité du chemin de fer, à signer promptement les écritures.

Lui et son fils se levèrent. Mais à ce moment entra Quim avec un télégramme.

– Attendez, dit Gil, leur faisant signe de la main tout en lisant.

Et comme s'il ne pouvait pas croire ce qu'il lisait, comme si ce n'était pas suffisant, il ouvrit un tiroir, en tira un papier où n'étaient écrites que deux colonnes de mots et après les avoir comparés à la dépêche, qu'il donna à lire à Eladi, il dit :

– Jordi : à la première heure des ordres de vente. On se défait des *Nord*.

Eladi lut : *Vive Pampelune*. Et pour exprimer sa surprise il claqua des doigts.

– Je ne m'y attendais pas si tôt.

– Bon, à bientôt. À la première heure là-bas. Mais avec beaucoup de prudence, hein Jordi ? Nous avons toujours le temps pour nous mettre à la baisse. Je ne pense pas que quiconque ait des informations d'une aussi bonne source.

Foix resta seul, s'enferma, très pensif, alignant des chiffres. « Il allait trembler tant qu'il n'aurait pas réalisé cette montagne de *Nord* qu'il avait sur le dos. Seigneur, Seigneur, que personne ne se doute d'où venait l'ordre ! » Et il continuait à faire des calculs, à remuer sur son immense siège à accoudoirs, à se gratter la tête, à se lisser la barbe en regardant le plafond, à se passer le mouchoir sur le front, à regarder à l'endroit et à l'envers ce *Vive Pampelune* et à le confronter avec le code. La réunion générale n'aurait pas lieu avant quinze jours. « La cote non seulement est soutenue, mais elle monte. Et si Pi s'était trompé ?... mais *vive* veut dire *vendre* et *Pampelune*, c'est écrit ici, veut dire les *Nord*. Mais si la cote continue à monter ? Si je perds ces cinq points ? Et si elle baisse tandis que j'attends ?... La Banque Coloniale, Arnús, Llassada, aujourd'hui vont soutenir ces actions, j'en suis sûr... Et quelles sont mes forces comparées à celles de ces potentats ? Mon Dieu, mon Dieu !... Serait-il possible que ces vieux matous n'aient pas de meilleures informations que les miennes, pauvre de moi ? »

Il en eut des sueurs froides, ses yeux inquiets se fixèrent, interrogateurs, sur la photo de Mossèn Pere. « Ce portrait s'animait, oui : Mossèn Pere, ce saint homme à qui il devait tout, l'écoutait, son regard plein de bonté ne le quittait pas ; il avait bougé la tête et sur ses lèvres se dessinait plus que jamais son éternel sourire, ce sceau de béatitude qu'arborent déjà sur terre ceux qui sont destinés au ciel. » Toute la ferveur de l'étudiant séminariste bouillonna dans le cœur du banquier effrayé. Et tout tremblant, hystérique, regardant la porte avec une honte craintive, il contourna la table et ce grand gaillard tomba à genoux devant l'effigie auréolée de sainteté ; les yeux humides il pria :

– Demandez, demandez à Dieu notre Seigneur de m'éclairer dans cette heure suprême, mon cher oncle, saint Pierre de mon cœur. Demandez-lui, vous, Il vous écoutera. Ne m'abandonnez pas ! Vous êtes le fondateur de cette maison, aujourd'hui, aujourd'hui ou bien nous achevons ses fondements ou bien elle s'écroule pour toujours !... Je serai bon, j'en ferai un bon usage, je vous le promets ! Je vous le demande pour votre nièce, pour mes enfants, mes chers petits !...

Après cette douloureuse prière un credo fervent s'échappa de ses lèvres, comme jamais il ne l'avait prononcé. Une soudaine défaillance détendit ses nerfs, sa pensée s'assoupit, il se signa, se leva, retrouva presque machinalement son siège, s'assit et laissa tomber sa tête sur ses bras croisés sur la table. Il ne pensait pas, il était troublé. La voix mystérieuse des idées bourdonnait dans son esprit, brisée, incongrue, vague, tel le faible écho du tonnerre dans une tempête qui s'éloigne.

Ce jour-là le déjeuner de la famille Foix fut presque muet : attente solennelle, remplie de craintes plutôt que d'espoirs pour le mari et la femme, de rancunes secrètes pour Delfina encore blessée jusqu'au fond de l'âme par le mauvais tour joué par le baron et par cette Emilia perverse et envieuse qu'elle ne voulait plus voir. « Que son père gagne ou perde, Delfineta s'en moquait. Elle était désabusée de la bonne société. Sa grand-mère avait raison : la religion et le travail sont les deux consolations de la femme, la seule source du bonheur. Dans cette maison, chez la grand-mère, ils étaient toujours gentils et contents, tandis que chez les Foix c'était toujours la hâte, les soucis, la mauvaise humeur ; le père pensant jour et nuit à ses affaires, la mère craignant sans cesse de perdre ce qu'on avait gagné, l'âme pendant à un fil, avec une soif d'or plus grande encore que celle du père, se rendant la vie impossible à cause des dépenses et des sorties dont on ne pouvait s'abstenir en raison du qu'en-dira-t-on. Où étaient donc les avantages de la richesse ?... Non, non, elle n'avait plus d'illusions sur cette société, perverse, fallacieuse, hypocrite, dans laquelle il n'y avait ni amour, ni amitié, ni rien d'autre que l'intérêt, répugnant et vil. »

Même Eudaldet, ce gamin, en souffrait. La liberté de sauter, de faire des cabrioles, de courir à quatre pattes, de faire un cheval avec un balai et un bâton et une diligence avec cinq chaises étendues par terre, des bouts de ficelles comme brides, criant le fouet à la main : Pomponnette, Roussette... hue ! hue !... ho !... ho !... n'existait plus, sauf chez sa grand-mère. Les tapis, les meubles capitonnés, les visiteurs, le qu'en-dira-t-on, le rendaient à la maison immobile, timide ; il se fanait comme un camélia hors du jardin, avec ses petites robes blanches surchargées de broderies et de dentelles, ses cheveux frisés lui mangeant le visage, la vivacité de ses yeux, de ses lèvres fondant d'une nostalgie de soleil, de mouvement.

– Mange, allons, mange, mon enfant. Je ne sais pas ce que tu as !... Cet enfant me rend folle !... Quand je le vois avec ce manque d'appétit !...

– Oui, mon mignon, mange, mange... Tiens, veux-tu cette petite aile ?

Mais le gamin, qui montrait dans l'intimité un caractère de chien, qui en grandissant s'était mis à détester Delfineta par jalousie et par une comique rivalité de sexe, répondit par un grognement et un coup de poing à sa sœur :

– Tais-toi, de quoi te mêles-tu ? C'est pas toi qui commandes.

– Allons, mon petit ! Tu me remercies bien mal !... Voyons, sois mignon, sois gentil, mange.

– Je t'ai déjà dit *émyie* fois de te taire. Sale bête !

Il fronça férocement les sourcils, lança la fourchette par terre, mit les coudes sur la table, son petit visage entre ses mains, les yeux fixés au plafond, s'entêtant à ne pas manger malgré les prières et les menaces de sa mère jusqu'à ce qu'on lui promette de l'emmener plus tard chez sa marraine, seul ressort des aspirations de cet enfant.

Foix ne remarqua même pas cette scène, la seule qui eut lieu pendant ce déjeuner : dévoré par ses soucis, il n'entendait, ne voyait rien, toute son attention concentrée dans les pensées bouillonnant dans sa tête. Il prenait ce qu'on lui donnait sans s'en rendre compte, avalait sans mâcher et buvait, buvait comme un homme assoiffé par la fièvre. Catarina ne le quittait pas des yeux, désireuse de lire dans son cerveau ; elle fut sur le point de renvoyer les domestiques, à commencer par le négrillon, qui ne bougeaient pas de là, plantés comme des pieux... pour qu'on les laissât parler, communiquer. Après le repas elle suivit Foix au lavabo pour s'informer au sujet de cette opération de bourse qu'elle ne comprenait pas très bien, pour lui demander une fois encore de lever l'hypothèque et pour lui conseiller, l'opération faite, d'assurer ses gains en achetant des propriétés. Foix se mit en colère. « Assez avec l'hypothèque ! Sacrée hypothèque ! Le lendemain, sans faute, il allait la payer, pour ne plus en entendre parler. Pour le reste, elle pouvait toujours courir. Cette femme s'imaginait peut-être que l'heure était venue de s'arrêter et de se retirer ! »

– Il ne manquerait plus que ça ! C'est maintenant que je vais commencer, maintenant que ces messieurs, ces potentats de la banque verront si Foix est un imbécile dont ils peuvent se moquer comme ils le faisaient, ou si c'est quelqu'un qui leur fera mordre la poussière. Le moment est arrivé de leur rendre la monnaie de leur pièce, et je la leur rendrai : le chemin de fer d'un côté, le chantier naval de l'autre. Je te l'ai déjà dit il y a quelques jours : mes idées ont beaucoup changé, mon horizon est beaucoup plus vaste, et je crois déjà, comme Pi, que le mal dont nous souffrons est précisément de ne pas voir grand. Ta soif est plus grande que la mienne et tu voudrais que j'aille à la fontaine avec une cruche. Non, ma fille, non ! Il faut y aller avec un tonneau et faire plusieurs fois le chemin.

Catarina protesta, elle n'avait pas la soif démesurée qu'il lui attribuait : Gil, tout en finissant de s'habiller, lui assena un autre discours kilométrique pour lui prouver que quelqu'un aimant l'argent comme elle l'aimait, était mille et mille fois plus cupide que celui qui en veut pour négocier et comme arme de combat.

– Je n'y mets pas d'amour-propre, c'est uniquement par amour maternel, s'écria Catarina assez vexée.

– Voici ton excuse, l'éternelle chanson de toutes les mères ! On dirait que je ne pense qu'à moi ! Que je n'aime pas mes enfants !... Mais, voyons, que connais-tu aux affaires ? Connais-tu par hasard la moindre chose, la moindre petite chose aux évolutions économiques que subissent les sociétés au cours de l'histoire ? Est-ce que par hasard, en ce moment historique d'expansion vertigineuse... ?

Mais qu'est-ce que je te raconte maintenant, alors que tu ne le comprendrais pas non plus ?... Tu vois bien... Alors laisse-moi faire. Qu'il te suffise de savoir que l'enfant de chœur, le séminariste, le petit menuisier à qui un jour tu as dit « oui » quand il n'était rien du tout, est riche aujourd'hui, que demain, si son plan n'échoue pas, il le sera encore plus, et davantage après-demain et les jours suivants. Et n'oublie pas qu'il le fait pour vous, pour toute la famille et même pour l'humanité, à laquelle nous nous devons. Tu me reproches d'avoir de l'amour-propre ?... Oui, j'en ai, oui ; mais laisse-moi te dire que sans ce levier rien ne bouge. Et en voilà assez, Catarina. Je me suis exalté un peu parce que je suis anxieux, soucieux à cause des périls du moment. Pense qu'aujourd'hui est un jour solennel, très solennel pour nous tous. Demande à Dieu de m'éclairer et laisse-moi quitter la maison avec l'espoir de pouvoir te dire en revenant : « Nous voilà enfin riches. »

Contre l'habitude de ce couple, Gil embrassa sa femme, l'embrassa avec émotion et il sortit, le chapeau enfoncé jusqu'aux oreilles, nerveux et soucieux comme le général qui va livrer bataille.

– Delfina, Fineta ! appela Mme Foix énervée et tracassée.

Elle était encore dans la salle à manger à essayer de distraire ce têtard d'Eudaldet, et plus il la maltraitait plus elle l'aimait. Ces colères, où commençait à se dessiner le caractère dominateur d'un petit mâle, l'amusaient beaucoup. Et tout en tâchant d'adoucir le lionceau par des caresses elle ressentait d'étranges frissons, des tendresses d'une saveur poétique qu'elle ne savait pas s'expliquer. Frissons et tendresses qu'elle n'avait jamais ressentis comme depuis qu'elle « était désabusée de ce monde ».

– Fina, Delfina, dépêche-toi, nous allons sortir.

– Euh... nous en aller, maintenant ?

– Mais à quoi rime cette paresse, depuis quelque temps, à sortir de la maison ? Cela fait quatre jours que nous ne sommes même pas allés à l'Opéra, alors qu'avant Dieu nous garde de t'en avoir privée un seul soir ! Tu es bien la fille de ton père. Tu changes comme une girouette. Allons, allons, mets-toi une mantille, n'importe quoi, et allons-nous-en, dit sa mère en fronçant ses sourcils très noirs et très épais, craignant une riposte de sa fille.

– Tu veux que je mette une mantille ? demanda la jeune fille, la regardant au contraire avec une gaieté surprenante, en sautant de son siège.

– Oui parce que nous irons à l'église et ensuite chez ma mère pour lui laisser le petit.

Une fois arrivée dans la chambre de sa fille, elle ajouta :

– Mais qu'est-ce que tu as ? Tu perds la tête ? Qu'est-ce qui t'arrive ? Pourquoi ces manifestations d'allégresse pour des choses qui avant te fâchaient ? Toi, te mettre une mantille l'après-midi... aller à l'église et chez ta grand-mère à l'heure de la promenade sans ronchonner ? Quels changements ! Quelles bizarreries !... Si tu continues comme ça peut-être te verrons-nous Mère supérieure d'un couvent.

– Maman, je suis prête, l'interrompit sa fille toute contente, sortant du coin où elle s'était fourrée pour mettre sa mantille.

– Allons, mon enfant, trêve de plaisanteries, s'écria sa mère contrariée en voyant Delfina mal fagotée, ficelée comme un as de pique. Dieu sait si j'ai le cœur à plaisanter !... Allons, habille-toi, arrange-toi et cesse de jouer.

Delfina protesta deux ou trois fois qu'elle ne plaisantait pas, elle lui assura sérieusement qu'elle serait très contente de sortir avec cette vieille mantille à pompons, toute fripée et d'un noir pisseux, mise de travers, comme celles des grenouilles de bénitier. Alors sa mère se mit en colère pour de bon :

– Je te dis que cela suffit ! Je ne suis pas d'humeur à rire et à jouer. Habille-toi une bonne fois pour venir avec moi où je voudrai... même si cela ne te plaît pas.

Delfina s'assit, baissa la tête, croisa les bras, entêtée.

Catarina était exaspérée, elle avait envie de la gifler.

– Écoute, ma fille...

– Mais, maman, que dois-je faire pour vous convaincre ? Je vous dis que vous m'avez fait plaisir en m'invitant à vous accompagner à l'église et chez grand-mère... Je vous jure que je ne l'ai pas dit pour me moquer, et que je me sens très bien, très contente avec cette mantille.

– Mon petit, je t'ai dit « une mantille » en voulant dire simplement la première chose qui te tomberait sous la main, pas précisément une mantille et encore moins celle-ci qui ne te convient pas, objecta sa mère, adoucie déjà par le ton de sincérité de Delfina.

Et comme la jeune fille continuait à l'assurer de la vérité de ses sentiments, elle se résigna et quitta la chambre toute troublée. « À quoi bon insister davantage ?... mais qu'on la tue si elle y comprenait quelque chose ! Quels caractères bizarres ! »

Ensuite trouvant Delfina toujours assise et dans la même attitude, elle ne put s'empêcher de s'asseoir en face et de lui demander très sérieusement d'où provenait ce changement, ce qu'il signifiait et quels étaient ses projets. La jeune fille croisa davantage ses bras, haussa les épaules et n'ouvrit pas la bouche. Mais comme son entêtement durait trop et qu'au milieu de ce silence deux larmes roulèrent sur ses joues, Catarina se leva, avalant sa salive et toutes deux sortirent de la maison, donnant la main à l'enfant et sans dire un mot.

– Veux-tu me rendre un service ? demanda Mme Foix à voix basse mais d'un ton encore aigre en pénétrant dans l'église de la Mercé. Puisqu'on dirait que tu veux devenir bonne sœur demande à la Sainte Vierge de t'éclairer, elle aura du mal, et prie, prie pour qu'elle éclaire ton père qui aujourd'hui est sorti voir s'il nous rendait tous riches.

– Ça m'est bien égal, pensa la jeune fille, croyant sincèrement qu'elle détestait le monde.

Elles entrèrent, s'agenouillèrent, la mère pria avec tristesse et angoisse ; elles sortirent et arrivèrent chez Mme Monica sans avoir échangé un mot de plus.

– On dirait que vous venez d'un enterrement, dit la grand-mère, les lunettes sur le front, un bas à raccommoder enfilé sur sa main gauche, sans bouger de sa chaise placée devant le balcon ouvert de la petite salle à manger, tandis que ses petits-enfants lui embrassaient la main en silence. Et toi, Fineta, comment vas-tu ? ajouta-t-elle, mettant ses lunettes et la regardant des pieds à la tête. Tu es habillée très simplement aujourd'hui, ma petite ! Je ne t'aurais presque pas reconnue.

– Vous avez bien raison, ma mère, oh ! oui. Vous le voyez, elle est sur la voie de devenir bonne sœur !

Delfina, n'en pouvant plus, leur tourna le dos et ne s'arrêta que dans l'atelier de son oncle ; elle tomba assise sur un des coffres de mariée, parsemé de gravures et de photos, et se mit à pleurer silencieusement. Ce fut la première fois que son oncle ne se moqua pas d'elle. Bien au contraire, laissant son travail, le regard attristé et effaré il se précipita aux côtés de la jeune fille, rempli de surprise et d'émotion, sans oser demander la cause de ces pleurs. « Auraient-ils eu un gros revers à la Bourse ? Seraient-ils en faillite ? C'était ce à quoi il s'attendait, ce qu'il craignait toujours. »

Pendant une minute la jeune fille pleurnicha, l'oncle garda un silence respectueux ; il voulait l'interroger, la consoler, il n'eut même pas le courage d'entourer ses épaules, d'écarter les mains qui tenaient le mouchoir et lui cachaient les yeux. Silencieux, comme intimidé, il resta assis sur le même coffre, à quelques centimètres de Delfina, la regardant avec compassion. Mais les mains glissèrent en bas du visage, le petit mouchoir aussi, les yeux apparurent, humides de rosée, la jeune fille tourna la tête et en découvrant Francesc si près d'elle fit mine de cacher à nouveau ses yeux ; toute honteuse elle se mit à rire.

– Allons... allons... c'était pour rire ? s'écria-t-il, vexé et tranquillisé à la fois. C'était donc ça ?

Chez Delfineta les pleurs et les rires se succédaient, tandis qu'elle s'éloignait un peu de son oncle ; celui-ci, rouge et troublé, ne savait comment prendre la chose et il était charmé par ces larmes, ces petits rires, ces mouvements de tête si coquets. Un vif désir d'embrasser sa nièce, d'essuyer ses yeux, de couvrir son front de baisers, le prenait ; mais une force étrange freinait en même temps ses impulsions, et une voix encore plus étrange lui imposait le respect, lui disait, la menteuse, que cette Delfineta-là n'était pas sa nièce. Il se leva, mit les mains dans ses poches et tout pensif s'en alla à nouveau à sa table de travail pour reprendre, bien inutilement, sa tâche. Jamais dans sa vie il ne s'était senti aussi déconcerté.

– Bon, mon petit ; veux-tu m'expliquer ce que tout cela veut dire ? osa-t-il demander après avoir mis cette distance entre eux, le regard sur un papier qu'il ne voyait pas, la plume d'acier tremblant dans ses doigts.

– Oh, ce n’est rien, mon oncle... des choses qui me passent par la tête, bredouilla la jeune fille, ses mains, tenant le mouchoir, pliées sur sa jupe, le regard fixé dans le coin opposé.

– Eh bien... tu as des pensées bien bizarres !...

– Oui, très. N’y faites pas attention. Pardonnez-moi. Peut-être maman a-t-elle raison quand elle dit que j’ai l’air un peu folle.

– Dans tous les cas tu m’as bien effrayé... Oh oui ! Ne ris pas, ne ris pas. Quand je t’ai vue entrer en pleurs, habillée comme ça... je peux le dire ?... comme la fille d’un sergent...

La jeune fille rit de bon cœur.

– Ah ! Ah ! Ne me faites pas rire ! Vous avez raison, je ressemble à la fille d’un Sanchez !

– Ou d’un Gutiérrez ou d’un Bermudez[1], comme tu voudras, ajouta Francesc riant lui aussi tandis qu’elle, se levant d’un bond, se tournait et se retournait contemplant les pans de cette mantille toute tiraillée et délavée.

– Eh bien ! Voyez-vous, aujourd’hui, habillée comme ça, je me sens très à l’aise, s’écria la jeune fille toute contente, et déjà libérée de ses larmes hystériques. Je ne sais pas ce que j’ai, mon oncle. Je crains de devenir romantique.

Francesc laissa la plume, restée inactive, et s’approcha à nouveau de la jeune fille, s’asseyant à côté d’elle sur le divan.

– Écarte-toi un peu que j’enlève ces chiffons et ces machins qui te gênent.

– Non, non, laissez, cela me plaît encore davantage de m’asseoir au milieu de toutes ces choses ! déclara la jeune fille, s’emparant d’un vieux casque de soldat que son oncle allait jeter.

---

1. Des patronymes typiquement castillans, fort communs.

Leste et espiègle comme elle ne l'était jamais devant le peintre elle l'enfonça, inclinant sur le côté ce ridicule couvre-chef.

– Alors, il me va bien ?

– Mais qu'est-ce qu'elle a ? pensait-il. Comme elle est jolie ! et son regard ne la quittait pas, surpris et charmé à la fois.

– Bon, explique-moi, explique-moi, Fineta, pourquoi tu dis que tu deviens romantique.

– Vous ne le voyez donc pas ? – elle enleva le casque – parce que je fais des choses bizarres, je pleure, je ris, je rêve.

– C'est vrai, je ne t'avais jamais vue ainsi, confirma-t-il avec un sérieux involontaire et sans pouvoir se débarrasser d'un sentiment intimidant qui le gênait. Il t'est arrivé quelque chose, ajouta-t-il malgré lui.

La jeune fille frémit et sans le vouloir non plus s'écria :

– Quelque chose ?... Plusieurs choses.

– Raconte-les-moi, Fineta, pria le peintre d'un ton enfantin.

– Oh ! Ça c'est encore autre chose !

– Hue ! Hue !... cria le petit en entrant, un fouet à la main, traînant une diligence de carton.

Oncle et nièce manifestèrent par un sourire forcé leur contrariété. « Que venait faire là ce gamin, interrompant leur discours ! »

– Ma petite, pardonne mon indiscrétion. Je sais bien qu'il ne faut pas poser certaines questions. Cela m'a échappé sans le vouloir... Je...

– Non, mon petit oncle, non. Vous pouvez me demander tout ce que vous voulez.

– Hue !... Hue !... Pomponnette !

– Va-t'en, Daldet, va avec maman.

– Non, non, je dois respecter tes secrets ; le cœur humain est un tabernacle et le tien est, je crois, le plus sacré de tous.

Une étrange secousse suivie d'un courant très doux, très frais, qui émut tout son être, fit baisser les yeux de Delfina et interrompit la conversation durant trente secondes.

– Écoutez-moi, mon oncle, dit enfin la jeune fille, rougissante mais déterminée, si je vous disais que mes pleurs, mes bizarreries viennent précisément de ce que je n'ai personne à qui confier mes secrets ?

– Ma petite, tu as tes parents !

– Ils ne me comprendraient pas.

– Tu as tes amies.

– Je n'en ai plus : je ne crois pas en l'amitié. Je ne veux plus en avoir : je suis sans illusions.

– Ah ! Ah ! Ah ! s'écria Francesc en riant. Sans illusions ! Et sur le ton de la plaisanterie il ajouta : Et moi ? moi ? ne serais-je pas un bon confident ?...

Une nouvelle pause rétablit le sérieux de la situation, inspirant à Francesc une angoisse insurmontable. « Comme c'était étrange ! Il semblait un petit garçon... Qu'avait-il aujourd'hui ?... On aurait dit que tout cela était très grave, que les naïvetés de sa nièce renfermaient un problème essentiel pour sa propre existence. Diable ! Comme il se sentait sérieux et attaché ! Même ses mouvements étaient lourds, les muscles de son visage tremblaient, sa pensée s'engourdissait... Et elle ? Pourquoi croisait-elle les doigts, contemplait ses ongles, le regardait du coin de l'œil entre ses jolis cils, serrait les lèvres comme pour étouffer les mots, les avaler ? Finalement sa bouche s'ouvrit. Qu'allait-elle dire ? »

– Vous ?... Vous me faites trop peur.

– Moi ? Peur... ? s'écria-t-il très surpris.

– Oui ; parce que... vous n'allez pas vous fâcher ?... Parce que vous êtes moqueur.

Francesc perdit le sens des réalités. Il prit les mains de la jeune fille et la fixa au fond des yeux, d'un regard si profond qu'il lui toucha le cœur ; mais il se ressaisit soudain, fit un grand effort pour contenir un baiser et s'enfuit à nouveau vers sa table, tremblant et honteux, la laissant clouée de surprise.

– Oui, mon enfant, tu as raison : je suis un cynique.

– C'est faux ! cria Delfineta, très exaltée et avec le sursaut de l'avare disputant au voleur le cher trésor. Non, non, mon oncle, je n'ai pas voulu dire une chose semblable.

Mais à ce moment-là le gosse revint appeler sa sœur pour le goûter. On le savait bien : quand on se rendait dans cette maison l'après-midi, on ne pouvait pas s'en aller sans avoir mangé quelque chose, ne serait-ce que deux noisettes, un petit bout de fromage... Si on avait refusé, la grand-mère se serait fâchée. Eudaldet arrivait déjà avec un morceau de saucisson et une tartine de pain qui vous faisaient saliver. Mais Delfina n'en voulait pas, « elle était incapable de rien avaler, elle n'en avait pas la force ». Cependant toute sa résistance fut inutile. Son oncle, se forçant à être le plaisantin de toujours, se leva, lui offrit le bras en prenant une pose comique, et qu'elle le veuille ou pas, la mena à la salle à manger où il continua à plaisanter et à dire des bêtises comme d'habitude. Delfineta, néanmoins, l'écoutait avec plus de tristesse que d'ennui. Elle savourait cette tristesse, lui trouvant la douceur d'un baume. « L'énigme commençait à s'éclaircir : tout cela était feint, c'était une inexplicable tendance à se faire détester, allez savoir pourquoi, par qui saurait l'aimer mieux que tous, par qui pouvait le mieux apprécier ses mérites et ses vertus. Ce jeune homme n'était pas ce qu'il semblait être. Désormais ses yeux intelligents et menaçants ne lui faisaient plus peur, au contraire ils la consolaient, remplis comme elle les voyait maintenant, de lumière, de bonté, de jugement serein. Que croyait-il ? Qu'elle avait laissé échapper un seul geste, un seul mot de la scène antérieure ? Aucun, aucun. S'il avait été un clown, une tête de linotte, comme il feignait de l'être, les hauts et bas de sa bizarre pleurnicherie, qu'elle-même n'arrivait pas encore à s'expliquer, l'auraient fait rire parce que c'était vraiment ridicule, comique comme un caprice de bébé... mais lui il avait été ému, oui, oui, réellement ému. Il avait compris grâce à cela qu'elle non plus n'était pas une sotte jouant la comédie et pleurant à tort et à travers, que c'était les désillusions, la nostalgie – elle ne savait pas au juste de quoi, mais douloureuse tout de même –, un appel au secours, une demande d'aide qui l'avaient ainsi fait pleurer. Et nul autre que lui, oh ! oui, elle en était sûre, nul autre que lui, dans sa famille, n'était à même de la comprendre. À quoi bon alors jouer à nouveau ce rôle d'imbécile ? C'était inutile, tout cela n'était qu'une feinte. Elle commençait déjà à le connaître. Et lui maintenant la connaissait aussi. Il savait bien qu'elle ne le considérait pas comme un cynique ni même comme une tête brûlée. Tout ce qu'il dirait désormais pour la faire sortir de ses gonds serait inutile. Une force secrète l'avait poussée jusqu'à ce moqueur au moment le plus approprié pour le faire rire, et elle l'avait presque fait pleurer. Elle suivrait donc la voie découverte par son instinct et ce "diable" serait son ange gardien : elle lui ouvrirait son cœur, se déchargerait sur lui de ses peines ; oui, elle lui raconterait ses rêves, lui ferait part de toutes les bêtises qui lui traversaient la tête : il deviendrait son confesseur, son conseiller. »

Elle retourna chez elle avec ces projets au moment où son père éclatait de satisfaction. « L'opération avait réussi. Deux ou trois acheteurs lui avaient pris les *Nord* à un change encore plus élevé. Un autre télégramme de Pi, confirmant le premier, lui avait fait renoncer à ces quelques points problématiques pour arrondir le million, se contentant des six ou sept cent mille douros de bénéfice. Cela valait bien la peine. »

– L'intercession de Notre-Dame de la Mercé a porté ses fruits, s'écria Catarina, folle de joie également.

– Petite, petite, cria Foix. Je veux le dire à Delfineta aussi.

– Je ne sais pas comment elle prendra la chose. Aujourd'hui elle est toute bizarre.

– Qu'est-ce qu'elle a ?

– Oh, est-ce que je sais, moi... Elle pleure, elle rit, s'habille mal, ne veut rien de ce qu'avant elle voulait le plus... Je n'y comprends rien. On dirait vraiment qu'elle perd la tête.

– Des histoires de jeune fille ! dit son père distraitement, désireux de communiquer sa joie même aux meubles de la maison.

– Fineta, viens ici... Veux-tu que je t'apprenne une bonne nouvelle ?... Une grande nouvelle ? Écoute bien, je vais te le dire à l'oreille : j'ai gagné six cent mille douros d'un seul coup... Qu'est-ce que tu en dis, hein ?... Ah ! je vais vous faire un de ces cadeaux !... Tu es contente ?

La jeune fille se laissa tomber sur la chaise la plus proche et éclata en sanglots.

– Tu vois, elle pleure de joie, dit Foix, ses yeux embués aussi.

– Est-ce que je sais, moi, pourquoi pleure-t-elle ? intervint sa mère avec amertume. Écoute-moi, ma fille, dis-moi, qu'est-ce que tu as ? Où as-tu mal ? Pourquoi pleures-tu ?

– J'ai comme des regrets, répondit la jeune fille entre deux sanglots.

– Et qu'est-ce que tu regrettes ? demandèrent ses parents très surpris.

– Je ne sais pas, une... une... autre vie.

– Une autre vie ! s'écria Foix riant comme un benêt. Rien de plus facile ! N'aie pas peur, tu l'auras maintenant. Alors que tu pouvais dépenser un douro tu pourras maintenant en dépenser quatre. Dès demain je vous achète une voiture. Si avant on t'enviait, Fineta, imagine combien on t'enviera demain. Allons, ne pleure pas, ne pleure plus, Finona chérie. Aujourd'hui est un jour d'allégresse... Donnez-moi le bras, allons dîner. Et du champagne, aujourd'hui nous devons boire du champagne.

Le souvenir de la « tasse » traversa son esprit, mais il eut honte rien qu'à la pensée qu'un domestique pût le voir boire à la régalade, alors il se promit qu'après dîner il délivrerait sa chère « tasse » de l'armoire qui la gardait prisonnière et que dans son alcôve il s'offrirait discrètement ce plaisir pour se dédommager des tribulations passées et pour célébrer son dernier triomphe.

XV

Les continuels sermons de Pauleta dont le ressentiment envers Catarina augmentait chaque jour, ainsi que sa jalousie en voyant la chance de celle-ci, et qui se faisait de plus en plus de souci concernant l'avenir d'Eladi, puisque d'après elle c'était celui de toute la famille, finirent par porter leurs fruits.

– Vois-tu, lui dit Jordi un matin en allumant sa cigarette après le chocolat, grattant ses joues creuses et rejetant de la fumée par le nez et la bouche, tout vient à son heure. Aujourd'hui le moment est venu d'être exigeants avec Gilet, et non, comme tu le voulais, quand nous ne pouvions pas lui jeter à la figure des services extraordinaires, qu'il n'était pas encore l'homme puissant qu'il est aujourd'hui, quand il était inquiet au sujet des résultats problématiques de l'opération et qu'il n'était pas disposé à nous faire des faveurs, mais aujourd'hui où il ne se tient pas de joie, plein de reconnaissance il nous donnerait son sang ; maintenant où tout n'est qu'enthousiasme généreux, c'est le bon moment. Je lui en parlerai aujourd'hui.

– Et Eladi ? demanda la femme, très attentive, en se frottant les mains de satisfaction.

– Tu connais son caractère, son amour-propre est blessé par la froideur de Delfineta et il me laisse faire plutôt par esprit de vengeance que pour autre chose. Il dit qu'il veut qu'on vienne le chercher, qu'il ne veut pas s'abaisser. Par ailleurs il a raison de penser que dans cette affaire ce n'est pas à lui d'agir, que nous devons traiter ces choses-là en tête à tête, Gilet et moi. Ensuite, si c'est nécessaire, Gilet devra sermonner sa fille pour lui faire comprendre ce qui lui convient et en dernier lieu l'obliger à tenir la parole donnée par son père. Je ne crois pas que mon cousin refuse, alors qu'il sait très bien ce que vaut notre garçon, qu'il l'estime et a pour lui de la reconnaissance.

– Oui, mais si tu ne lui arraches pas son consentement du premier coup... Si tu lui laisses consulter Catarina...

– Laisse-moi faire, ma vieille.

– Et pour ce qui est de la récompense ?

– Nous en parlerons aussi. Il ne serait pas prudent non plus que notre garçon demande en personne une récompense en argent alors qu'il reçoit ponctuellement le salaire convenu, et que par ailleurs il doit encore de l'argent à la maison.

– Imbéciles ! Ne lui a-t-il pas fait gagner des mille et des cents ? Alors, il s'est largement remboursé, son oncle !

Jordi commençait à s'impatienter. « Cette femme ne voulait pas comprendre qu'on ne prend pas les mouches avec du vinaigre. Avec ses inquiétudes, son désir de faire du mal à Catarina, elle aurait tout écrasé, même le pauvre Foix qui n'avait rien à y voir. »

– Non, ma vieille, non, riposta-t-il d'un ton dur. Il faut dire pour être vrai, que Foix n'a rien d'un rapiat. Il s'est comporté avec nous de son mieux, étant donné ses moyens. C'est pour cela que nous ne t'écoutions pas, car nous ne devons pas mêler aux affaires les brouilles et les disputes des femmes. Ni Gil, ni le garçon, ni moi nous n'avions remarqué peu ou prou que toi et Catarina vous étiez en froid, que vous vous étiez prises en grippe. Nous avons des soucis plus importants. Ces choses-là, vous devez les arranger entre vous, et ce ne sera pas un mince travail, faites comme vous l'êtes.

– Nous sommes comme les autres !... Voilà ! répliqua Pauleta.

– Oui, oui, je fais bien allusion à toutes les femmes ! Je veux dire simplement que nous vous connaissons bien et que vouloir faire régner la paix entre parents qui ne s'entendent pas c'est rêver à la quadrature du cercle. Ainsi nous ne faisons pas attention à vos histoires. Si tu avais eu cela présent à l'esprit tu aurais pu t'épargner tous tes sermons passés.

– Tu en profites bien aujourd'hui ! objecta-t-elle furieuse.

– Tu te trompes du tout au tout, répliqua Jordi du ton froid et sec qu'il employait chaque fois qu'il discutait avec sa femme. Je profite de l'occasion pour demander quelque chose aujourd'hui juste mais injuste avant-hier.

L'homme se leva, se curant les dents noircies par le tabac, suçotant, crachant, et il laissa Pauleta ronchonner une fois de plus sur sa malchance d'avoir choisi, ou si l'on veut, de s'être laissée choisir par cet homme maussade. Cependant le dard n'atteignit pas son cœur. L'habitude avait, soit endurci la fibre, soit émoussé la pointe depuis longtemps, on ne savait pas au juste. Mais quoi qu'il en fût les parents d'Eladi vivaient, cohabitaient et ils engraissaient même parfaitement, tout en se traitant toujours avec un dédain et une aigreur insupportables. « Les trois ou quatre choses désagréables qu'il venait de lui lancer n'avaient pas d'importance, ce qui valait la peine c'était de penser à sa vengeance, rêver à la colère de Catarina si, comme il fallait s'y attendre, Jordi parvenait à ses fins. » Pauleta accompagna son mari jusqu'à la porte en l'enveloppant des pieds à la tête d'un regard de joie malicieuse.

Mais Foix était occupé, le bureau était plein de gens. En dehors de la clientèle, tous les jours plus nombreuse, flatteurs et nécessiteux envahissaient sa maison. Jordi passa seulement le nez par la fente de la porte et en voyant tant de monde il s'en alla dans les bureaux de son fils pour prendre l'état des liquidations du jour et les porter à la Coulisse. Il essaierait d'attraper Gilet à la sortie de la Bourse. À la Coulisse, en regardant le change du jour il trouva les *Nord* à quatre-vingt-quinze ; ils avaient baissé de plus de deux points. Une bouffée d'orgueil, comme aurait pu l'avoir Foix lui-même, fit briller ses yeux de plaisir. Deux ou trois hommes de paille des haussiers l'entourèrent dans la salle de liquidations, pour lui lancer quelques piques, des plaisanteries acides qui distillaient le fiel des bernés. Jordi laissait dire, savourait intérieurement les délices du triomphe comme si celui-ci lui appartenait et il renvoyait la balle avec toute la douceur du vainqueur noble et chevaleresque.

– Aujourd'hui c'est nous, demain ce sera vous : ce sont les aléas du jeu. Un nouveau venu, surnommé le Chien Paco, fit dériver la conversation sur la pétition présentée par la Coulisse Catalane pour établir entre les deux coulisses un télégraphe optique grâce auquel on pourrait faire, à l'intérieur même de la ville, une sorte d'arbitrage qui permettrait de jouer même sur les différences de centimes que les oscillations du change accusent pendant la même session. Jordi se montra décidément contre « ces hérétiques qui après avoir fondé une nouvelle église venaient proposer des affaires aussi minables ». La plupart parlait de ces dissidents avec le même mépris et la même rancœur mais alors le Chiffonnier, surnommé ainsi en raison de la spécialité qu'il avait de jouer avec des restes de valeurs étrangères, se mit à défendre la pétition disant que cet arbitrage existait déjà au vu et au su de tout le monde grâce à ces garçons que tous connaissaient sous le nom d'*Uhlans* qui allaient d'une Coulisse à l'autre ; la conversation devenant par trop aigre, Jordi s'en alla. « À partir du moment où la firme Foix commençait à être puissante ces bagatelles ne pouvaient nullement l'intéresser. Son problème était de consolider leur situation, en trouvant la formule et le moment opportun pour tirer de son cousin un bon morceau sans qu'il s'en rende compte. »

C'est avec cette idée enfoncée dans sa cervelle qu'il travailla ce matin-là, déjeuna à midi et plus tard fit l'homme de paille à la Bourse jusqu'à ce qu'il parvienne à attraper Foix à la sortie de la cour.

– Dis-moi, l'interrogea celui-ci, où est Eladi ?

– Tu as besoin de lui ?

– Il nous accompagnera chez Reynés pour choisir des voitures.

– Il est déjà parti au bureau, mentit-il exprès. Il m'a dit qu'il avait du travail par-dessus la tête.

– C'est bien vrai, ce matin nous avons eu une agitation diabolique... Mais j'aurais juré qu'il était encore dans la cour. Non ? Bien, allons, veux-tu m'y accompagner, toi ?

Ils prirent une voiture et une fois dedans Jordi vit l'occasion rêvée. Les yeux humides, assenant à Foix une tape dans le dos, il lui dit :

– Ah ! Gilet, c'est la gloire ! Que de mains serrées, que de coups de chapeau, que de sourires avons-nous eus aujourd'hui, hein ? Ton idée était merveilleuse : plus nous sommes unis, plus nous marchons du même pas, mieux c'est pour toi.

– Comment ça, pour moi ! riposta Foix avec un regard de reproche. Pour nous tous, Jordi, pour nous tous. Tu sais bien ce que je t'ai dit en prenant ton fils, ce que j'ai répété en fondant la maison : je veux la prospérité de vous tous, c'est pour vous tous que je travaille. Je continue à penser pareil.

– Au nom du ciel, mon vieux, naturellement ! Je ne voulais pas dire le contraire, et je ne pense pas que, bon et généreux comme tu l'es, tu changes d'idée, en voyant l'ardeur avec laquelle nous travaillons tous, l'amour que nous portons à la maison, la joie que nous éprouvons devant les progrès accomplis. Nous sommes cousins et ici nous pouvons parler clairement. Je manque peut-être de modestie en croyant qu'une partie de l'œuvre est due à nos efforts, n'est-ce pas ? Alors je ne doute pas non plus que tu nous en sois reconnaissant...

– Certainement. Et beaucoup !

– ... et que tu sois convaincu, comme je le suis moi-même, que plus nous resserrerons cette sainte alliance, plus nous serons forts, plus loin nous irons.

– C'est exactement cela. N'allez jamais supposer chez moi, Jordi... jamais ! une autre façon de penser. Honneur, loyauté et union : voici la devise que nous devons, tous ensemble, tenir comme un drapeau. Tu vois bien ce que nous avons fait en un peu plus d'un an ; nous pouvons bien avoir de grandes espérances pour le futur. Courage, foi et union et tu verras jusqu'où nous arriverons !

– Tu as très bon cœur, Gilet.

– Ne dis pas cela, mon vieux ! Je fais ce que je dois faire. J'ai commencé avec tout juste vingt mille douros, aujourd'hui je peux me considérer millionnaire, grâce comme tu dis, aux efforts de tous. Eh bien, cela doit nous encourager. Avec l'aide de Dieu et par l'intercession de Mossèn Pere, nous serons tous heureux.

– Cela est déjà plus problématique, objecta Jordi désireux depuis un moment de sortir le poisson de la nasse.

– Comment ça, problématique ? Et pourquoi ? demanda Foix en toute candeur.

– Écoute, Gilet, si tous ceux qui nous entourent avaient du bon sens et étaient mariés comme toi et moi... mais parmi eux il y a des jeunes... les jeunes s'amourachent... l'amour est aveugle... et c'est bien connu, le mépris désespère et l'homme désespéré ne sait pas ce qu'il fait et ne veut pas entendre de conseils.

Le banquier était devenu très attentif, repoussant son chapeau il se passa le mouchoir sur le front et soudain, souriant, il s'écria :

– Mais alors, tu parles d'Eladi ?... Est-ce que par hasard il serait amoureux de Delfineta ?

Jordi répondit en faisant deux signes d'assentiment et en baissant les yeux.

– Qui peut donc rêver de mépris ? Ne sais-tu pas à quel point j'ai de l'estime pour Eladi ?... Mais mon vieux, ce mariage est un plan que j'ai formé depuis longtemps !

– Mais tu n'es pas elle... et Catarina ne t'aidera pas.

– Qu'est-ce que tu en sais ?

– Mon vieux, je sais ce que je dis. Ta fille aujourd'hui est riche, elle a davantage de prétentions. Sa mère aussi. Eladi, tu es bien placé pour le savoir, te doit encore de l'argent...

– Mais, moi, moi je ne suis rien chez moi ? répliqua Foix, stupéfait des doutes de Jordi et vraiment exalté. Jordi, chasse de ton esprit ces idées. Delfineta et sa mère feront ce que je voudrai. Je ne crois pas que l'idée de dédaigner ton fils leur ait traversé la tête, et encore moins, bien moins, en pensant à l'argent.

Deux signes de tête dubitatifs de Jordi finirent par faire perdre patience à Foix.

– Mon vieux, ce serait une sottise ! Est-ce que je n'ai pas la possibilité de l'enrichir ? Est-ce que ma fille ne sera pas riche ?

– Plus on en a, plus on en veut, dit Jordi à voix très basse, en s'obstinant.

– Arrête avec tes plus ! Ôte-toi ces idées. Si Catarina est intéressée, je te l'accorde, ma fille ne l'est pas, je te l'assure. Par ailleurs elles sont incapables l'une comme l'autre, de mépriser ton fils. Pourquoi le mépriseraient-elles ?... Ne serait-ce pas ta femme qui t'a mis cette idée dans la tête ?... Toi aussi tu te laisses embobiner par les femmes ?

– Non, mon vieux, non ; c'est Eladi, Eladi lui-même qui me l'a dit.

– Gros nigaud ! Que voulais-tu qu'il dise ?... Écoute-moi, ça suffit. Eladi aime vraiment ma fille ? Tu veux qu'on les marie ? Oui ? Eh bien, considère que c'est chose faite. Eladi, à partir d'aujourd'hui, aura dix pour cent des bénéfices de la maison. Que veux-tu que Catarina trouve à redire à ça ?... Ça te paraît bien ?

Jordi se mit à pleurnicher comme une femme ; le mouchoir sur les yeux, la voix voilée par l'émotion, il dit :

– Merci... merci, Gilet ! Tu es comme un père pour nous. Tu as un cœur d'or !

– Tiens, maintenant que je me le rappelle, quelle folie songeait-il à faire, ton fils ?

– Est-ce que je sais, moi ? Il ne me l'a même jamais laissé entendre, mais je craignais qu'il ne nous quitte.

– Quelle énorme sottise ! Mais, veux-tu que je te dise ? J'en doute : Eladi est trop intelligent pour faire une telle boulette et encore moins aujourd'hui que les choses vont si bien.

Le soir même en arrivant à son bureau, il appela Eladi pour lui dire seul à seul, plein d'émotion et en lui ouvrant les bras :

– Viens ici. Tu as déjà parlé avec ton père, n'est-ce pas ? Eh bien ! Oui, désormais tu seras mon fils. Conduis-toi comme tel, agis toujours en accord avec moi et à nous deux nous ferons une très belle situation à cette chère enfant que nous adorons.

Eladi le remercia, se laissa presser contre la poitrine de son oncle mais sans pouvoir baisser la tête raidie par l'orgueil.

Ils laissèrent de côté ce thème pour parler à nouveau affaires ; en peu de mots ils se mirent d'accord sur la nécessité de risquer une autre attaque contre les *France* dont le conseil voulait la hausse jusqu'à cent cinquante – Foix savait cela de bonne source. Allons-y donc, il y avait de l'argent en perspective, dirent-ils tous deux en se frottant les mains avec jouissance, comme s'ils encaissaient déjà les bénéfices.

Le banquier rentra plus tard chez lui le cœur près d'éclater par tant de belles réalités, d'espérances dorées, de flatteuses promesses qui l'emplissaient. « Enfin il pouvait dire à Catarina que le notaire rédigeait l'acte pour lever l'hypothèque de la maison de Vilaniu, lui donner encore une plus grande surprise : il allait lui faire cadeau d'un immeuble, et quel immeuble ! Celui où habitaient sa mère et son jeune frère : un cadeau, un cadeau de vingt mille douros ! Cent mille pesetas ! Quatre cent mille réaux ! Avec ce cadeau sa vieille belle-mère s'épargnerait le loyer et les escaliers. Et puis sa fille allait sauter de joie en apprenant qu'ils avaient enfin leur propre voiture !... Quoi, une voiture, un coupé, un landau, une victoria et un phaéton !... Et surtout, pour elle, le plus grand de tous les secrets... la baguette magique qui chasserait ces tristesses et ces nostalgies de jeune fille qui sans s'en rendre compte aime et pleure en même temps la solitude de la tourterelle... un mari, un garçon plein de qualités qui se mourait d'amour pour elle sans qu'elle, la pauvrette, le remarque ! Ah ! dimanche, dimanche prochain, jour de son anniversaire, il allait réunir toute la famille autour de la table pour rassasier tout le monde de bordeaux et de champagne : c'était promis. Il tenait sa parole, il pensait à tous ; il lui restait à favoriser Bernat, mais Bernat aussi le serait. Seul Peret, ce frère rétif, cet ouvrier orgueilleux qu'il voyait dans son esprit comme un fantôme oublié dans l'obscurité de la forge, lui aigrissait les douceurs de son contentement. Lui aussi il aurait pu en profiter s'il n'avait pas été aussi ours, aussi obtus. Mais que pouvait-on y faire ? Mieux valait ne plus y penser. Ce n'était absolument pas de sa faute. » Foix arriva donc chez lui désireux de vider son sac. Les couloirs étaient sombres, le gaz ouvert à moitié. Il ouvrit lui-même les robinets. Il ne voulait pas se montrer bougon, il ne voulait gronder personne, mais il voulait de la clarté, de la lumière, de la vie.

– Catarina ! Catarina ! cria-t-il. Et alors, pourquoi restes-tu seule et dans le noir ? s'écria-t-il en la trouvant dans le petit salon, silencieuse. Il alluma lui-même tous les becs de l'appareil. Et s'asseyant à côté de sa femme, toute pensive et triste, l'homme commença à lâcher ce flot de généreuses nouvelles.

Mais, oh joie jamais complète ! L'affaire de l'hypothèque et celle du cadeau de l'immeuble n'arrachèrent à sa femme que deux larmes de gratitude sorties du cœur tandis qu'elle serrait tendrement la main de son mari. « Au sujet du déjeuner de famille... jamais, en aucune façon. Catarina se souvenait encore du repas de Noël et ce jour-là elle avait fait une croix là-dessus, elle ne recommencerait plus. Si Foix le souhaitait il n'avait qu'à inviter la famille au restaurant, mais pas chez elle... ah ! non ! Et quand elle disait une chose, Foix le savait bien, elle ne revenait pas en arrière. S'éreinter et s'empoisonner pour faire plaisir à ces sournois de Balenyà... non et non... ! » Foix se sentait étourdi, glacé, comme si on lui avait jeté un seau d'eau froide.

– Mais chérie... j'arrivais si content ! Pourquoi cette froideur, ce malaise, alors que tu devrais être folle de joie, comme je le suis moi-même ? dit le pauvre homme fort peiné et amèrement surpris.

Alors Catarina épancha son cœur. « C'étaient les angoisses, les soucis que lui causait sa fille. »

– Voyons, chérie, ne te fais pas de mauvais sang pour cela : je vais te la guérir.

– Ah ! comme tu te trompes, mon garçon, si tu crois connaître son mal ! Delfineta couve secrètement une peine que tu ne soupçonnes même pas.

– Les jeunes filles n'ont pas de peines. Quelle peine pourrait-elle avoir ?

– Ah, ce que tu es bête ! Quelle peine ? Je ne sais pas, mais je parierais n'importe quoi que j'ai deviné : notre fille est amoureuse.

Foix respira et leva les yeux au ciel pour remercier Dieu.

– D'Eladi, n'est-ce pas ?

– Mais non, mon vieux, non : du voisin d'en haut, de monsieur le baron. Elle ne m'a rien dit parce que, malheureusement, pour elle je ne compte pas. Au collège on nous abîme nos filles ; on les éloigne de leur mère pour toujours. Mais une mère observe, examine... voit tout.

« Elle avait remarqué les petits signes au théâtre, les visites de monsieur le baron à leur loge et à la maison, sa présence inattendue à la Villa de Giró, la surprise et la rougeur de sa fille en le trouvant là, la sollicitude qu'il montrait à lui offrir ses services, la colère de Fineta en voyant Emilia séquestrer son galant, sa précipitation à quitter ce lieu et l'étrange changement de sa vie et de ses goûts après. »

– Des idées que tu te fais !

– Oh que non ! N'en doute pas, Gilet. Moi au début je ne comprenais pas, mais maintenant je saisis. La petite, ces derniers temps, n'arrêtait pas de rôder autour des balcons de la cour ; elle chantait, jouait du piano et se souciait plus que jamais de ses toilettes. Tu sais bien qu'elle ne voulait pas manquer une seule soirée à l'Opéra, que monsieur le baron montait nous saluer chaque fois, que tous deux plaisantaient, que la joie de Delfina était si grande qu'elle t'accueillait en sautant, en dansant, se pendait à ton cou au point de t'agacer. Eh bien ! Tout cela c'est fini. Et depuis quand ? Depuis que nous sommes allés chez Giró. Sais-tu ce qui s'est passé depuis ? Monsieur le baron est descendu un après-midi... Je n'étais pas là... C'est Roseta qui lui a ouvert la porte et est allée avertir la petite, qui a refusé de le recevoir sous prétexte que nous n'étions pas à la maison.

– Elle a fait ce qu'il fallait, comme une jeune fille sage, objecta Foix, saisissant le moindre prétexte pour espérer encore.

– La passion t'empêche d'y voir clair. Crois-moi, Gilet, quand notre fille a refusé de recevoir monsieur le baron c'était pour lui faire sentir l'offense. Et si ce jeune homme lui avait été indifférent elle ne se serait pas considérée comme offensée.

– Bon, et alors, quoi, récrimina Foix perdant déjà patience parce que sa femme le contredisait.

– Jusqu'à présent ils s'aimaient et voulaient se marier.

– Quelle sottise ! Ce noble ne voudrait pas d'elle ni moi...

– Oh ! ce n'est pas la peine de vouloir ou de ne pas vouloir : c'est elle qui ne voudra pas de lui.

– Fort bien, alors pourquoi t'en soucier ? Toi-même tu donnes la solution, dit-il en allumant un cigare et respirant à nouveau plus à l'aise.

– Ne crois pas ça, Gilet, si je voyais les choses comme toi je ne me ferais pas de bile et je ne te ferais pas passer ce mauvais moment. Si tu me vois ainsi c'est parce que notre fille, réservée et entêtée comme elle l'est, prendra sur elle, ne voudra plus jamais regarder cet homme et comme elle en est amoureuse elle souffrira et me fera souffrir ; Dieu veuille qu'elle ne tombe pas malade !

– Bah, bah ! Quelle imagination ! Tu imagines toujours le pire !

« Que pouvait-on y faire ? Elle ne pouvait pas être comme lui, qui facilement voyait tout en rose. Est-ce qu'elle n'aurait pas dû être surprise, et pas qu'un peu, par le dernier changement de sa fille ? Cet après-midi même, elle avait voulu à tout prix sortir à nouveau, malgré les observations de sa mère, avec cette misérable mantille, plus mal attifée encore que la fois précédente et elle s'était entêtée à retourner chez sa grand-mère, alors qu'auparavant elle n'y allait que contrainte et forcée et juste pour monter et descendre aussitôt, maintenant elle y restait, elle y était encore. »

– Et que fera-t-elle là-bas ?

– Elle y dînera, elle s'est invitée elle-même. Dis-moi alors si chez ta fille tout cela n'est pas étrange.

– Un petit caprice de jeune fille.

– Eh bien, ce sont des caprices très différents de ceux qu'elle avait. Tu ne soupçonnes jamais rien, Gilet. Dieu t'a donné un caractère enviable et je regrette de devoir t'enlever les illusions qui te rendent heureux, mais crois-moi : tout cela est fait intentionnellement. Désillusionnée comme elle l'est aujourd'hui, elle t'évite, elle ne veut pas que tu lui parles de voitures, d'argent ou d'amusements. Tout cela la dégoûte, elle est minée par la tristesse, ma pauvre enfant !

Elle dit ces paroles avec un tel sentiment, d'une voix si pitoyable que Foix se trouva à nouveau dans les ténèbres de la mélancolie, oubliées depuis un moment. Il remua sur son siège, croisa les jambes, lança au plafond une bouffée de fumée et regarda tristement monter le petit nuage, se détachant et s'évanouissant tout comme ses propres illusions. « Mais non, non, il ne voulait pas se livrer inutilement à la douleur. Tout cela était des idées que se faisait sa femme, rien que des appréhensions, tout cela passerait. Que sa fille arrive, il saurait faire le sacrifice de se taire, il ne lui dirait pas un mot de tout ce qui par contraste pourrait l'affliger.

Et encore moins de la promesse faite à Eladi. De cela, pas un mot ni à elle ni à sa mère. Il fallait d'abord les radoucir, effacer avec adresse les préjugés et ressentiments féminins, montrer avec des faits la convenance morale et matérielle de ce mariage. » Alors, comme si les meubles qui l'entouraient lui suggéraient de nouvelles pensées, il se souvint en frissonnant de la scène qui avait eu lieu au même endroit peu après la fuite de *Blanxeta* : Catarina s'acharnant sur Eladi, sa fille déclarant qu'elle n'en voulait pas, s'effrayant rien qu'à l'idée qu'on prétendît la marier avec lui. Une profonde tristesse s'empara de lui, le laissa tout pensif devant la menace des pleurs et des discussions qui allaient suivre. « Il avait donné sa parole : que dirait-on s'il ne la tenait pas ? Mais comment diable n'y avait-il pas songé avant ? Qui l'avait obligé à se compromettre étourdiment alors qu'il s'agissait d'un acte qui ne dépendait pas de sa seule volonté ? » Il se fâcha contre lui-même, se voyant condamné toute sa vie à agir avec l'imprudente légèreté d'un petit garçon. Lèvres fermées, yeux embués, il resta un bon moment sans dire un mot et sans rien entendre de ce que sa femme continuait à lui dire, mais l'optimisme, son sympathique conseiller de toujours domina à nouveau son cerveau et un flot d'espérances flatteuses inonda son esprit troublé. « Il n'aurait plus manqué que telle une femme craintive il se laissât intimider par de simples appréhensions ! Avec du temps, de l'habileté, il trouverait le moyen. Silence, donc, et courage. Visage farouche face à la tempête en attendant l'éclaircie. Il s'était déjà tiré de mauvais pas plus graves. » Prenant sa femme par le coude pour la faire lever il la conduisit à la salle à manger en la priant de ne pas se faire du souci pour ce qui n'était que pluie d'été qui sécherait au premier rayon de soleil ; il joua et rit avec Eudaldet pendant le dîner et il s'en fut pour aller à la Coulisse.

– Tu vois ? Comme cela j'épargnerai à la petite de me voir avant demain.

Delfineta revint, un crépuscule de joie s'attardant dans ses yeux. « Son oncle s'était obstiné à se montrer l'homme d'avant, l'hurluberlu, le garçon moqueur de toujours, mais il ne l'était pas, non : par ses yeux indiscrets, par ces petites fenêtres qu'il voulait voiler, s'échappaient des rayons de soleil consolateurs. Si aujourd'hui elle n'avait pas réussi à l'arrêter pour bavarder sérieusement des désillusions, des tristesses qu'elle ressentait pour en obtenir de bons conseils, elle y arriverait bientôt, dès que son opinion sur elle se serait améliorée. Oui, parce qu'il la considérait comme une fille frivole et vaniteuse, incapable de comprendre, de penser à autre chose qu'aux robes, aux chapeaux, aux amusements. Bien sûr ! Avec la vie qu'elle avait menée jusqu'alors c'était tout à fait normal. Mais si elle réussissait par son adresse à lui démontrer le contraire, ce serait très différent. Et elle réussirait, peut-être même dès le lendemain en choisissant les tableaux que sa mère voulait acheter. »

Elle s'endormit avec ces pensées et le matin suivant elle se réveilla si réconfortée et joyeuse que Catarina remercia le ciel et regretta d'avoir ennuyé pendant un moment le pauvre Foix. La jeune fille mit au rebut la vieille mantille, les vieilles robes, fit toilette comme avant, toute contente : « Non, pour un homme intelligent toutes ces histoires de vêtements ne voulaient rien dire. Le désir d'une bonne apparence extérieure n'était-il pas aussi sérieux et délicat que le plus délicat et sérieux des désirs ? Révélait-il toujours vanité, prétention, pure frivolité ? Chez un jeune militaire tiré à quatre épingles, soigné de sa personne, ne trouve-t-on pas souvent un cœur courageux, un homme accompli ? Est-ce que tous les esprits distingués, tous les gens de grande valeur se trouvent sous des redingotes bizarres, des robes rafistolées, de vilains chapeaux ou des mantilles d'aubergiste ? » Pensant de la sorte il lui venait à la mémoire quantité d'images de personnes ridicules, ce qui renforçait son raisonnement et la faisait rire. « Non, jamais de la vie : un jeune homme de goût ne pouvait tomber dans cette confusion, il ne pouvait pas ne pas vouloir en cette matière l'accord entre le fond et la forme qu'il souhaitait trouver en toute chose. Se présenter à lui mal fagotée comme elle l'avait fait ces derniers jours était une sottise, c'était renoncer sans aucun profit à une des armes qu'il lui fallait pour conquérir le château. »

Elle descendit allégrement les escaliers, arrangeant affectueusement les nœuds, les rubans et les broches de sa mère et se sentit remplie de satisfaction quand devant la porte elle monta dans son coupé, en foulant le tapis.

– Alors, comment le trouves-tu ? dirent son père et Eladi qui étaient descendus contempler la nouvelle acquisition.

– Magnifique, papa. Merci beaucoup. Vous avez eu beaucoup de goût, répondit la jeune fille en agitant son petit mouchoir de linon quand la voiture se mit en marche.

Vingt minutes plus tard Panxito sauta pour ouvrir la portière, la casquette à la main, comme un petit singe bien dressé. La mère et la fille traversèrent le magasin de miroirs de la salle Parés pour arriver à la galerie de peinture. La jeune fille commença à regarder, à examiner les tableaux un à un tandis que sa mère la suivait, le dos à demi tourné, indifférente à tout cela, ruminant encore sur les étranges changements de cette fille incompréhensible. Les yeux de Mme Foix, fatigués par l'insomnie, erraient de-ci de-là pour se fixer un moment éblouis et bigles sur la blancheur lumineuse du vélarium couvrant le châssis de verre. Des bâillements de lassitude s'échappaient de sa bouche et son esprit n'éprouvait rien d'autre devant les rangées de toiles couvrant les murs que la curiosité passagère et la fatigue écrasante causées par tout musée aux ignorants. Sa fille, en revanche, stationnait pendant longtemps devant la plus insignifiante des toiles, cherchant en vain un critère sûr pour juger et choisir, hésitant toujours, craignant de faire une bêtise. Et elle se consumait, assaillie de doutes, changeant d'opinion à chaque instant. Elle aurait aimé deux tableaux délicats, inspirés, expressifs, d'une tonalité sympathique, de lignes élégantes ; des milliers de fois Francesc avait dit que c'était là ce qu'il aimait dans un tableau, mais son cœur lui disait qu'elle ne savait pas apprécier ces qualités et la pauvre fille transpirait d'angoisse.

– Tiens, en voici un de délicat, disait sa mère pour en finir. Il est bien clair, tout en demi-teintes.

– Non, il est trop blanc, enfariné.

– Il se salirait très vite, n'est-ce pas ?

Sa mère s'éloignait un peu, lorgnait d'un côté et de l'autre et l'appelait d'un signe :

– Regarde celui-ci. Celui-ci, à part le drap blanc, ne me semble pas aussi salissant, loin de là... Ne dis-tu pas que tu aimerais qu'il fût expressif ? Eh bien ! Regarde, celui-ci l'est beaucoup. Regarde la morte... elle le semble tout à fait. Et l'autre qui prie ? Ah, ma fille, il est vraiment bien. Même la mouche qui s'est posée sur le drap nous gêne.

– Il est trop triste pour le salon, trop triste.

– Et cette école, tu n'aimes pas cette école ? Vois comme il est amusant, il est très, très bien. Le maître avec sa calotte et le gland qui pend, les lunettes au bout du nez, la règle à la main ; les enfants en train de lire... Regarde, regarde celui qui pince son voisin, quel regard sournois ! Et celui dont la chemise est sortie du pantalon !... Ah qu'ils sont mignons !

Mais Delfineta était déjà revenue en arrière, regardant, regardant encore, cherchant la clé de son jugement dans les signatures, transpirant vraiment. « Peut-être les deux qui lui plaisaient, deux Miralles représentant deux coins du Bois de Boulogne, ou deux Masriera, *L'hiver et L'été*, ne plairaient pas à son oncle. Si au moins le directeur ou quelque employé de la maison venait pour l'aider ! Eux ils s'y entendaient, ils pourraient lui donner un avis. » Elle regarda, cherchant de l'aide ; le seul vendeur qui se trouvait là allait, un mètre à la main, mesurant des tableaux, suivi par un monsieur.

– Tiens ! Mais c'est M. Llassada, un ami de papa... ! Venez maman.

Elles s'approchèrent.

– Ici vous avez un bon Urgell, dit le vendeur, indiquant un cimetière rural, triste et grandiose comme un poème de Heine, avec une lumière automnale qui là-bas au fond de la plaine infinie rosissait un ciel désert et mélancolique.

– Il n'a pas la bonne taille. Voyez-vous, madame Foix, dit Llassada, je dois remplir tout un pan de mur et puis, n'est-ce pas ? il faut bien que nous donnions de quoi nourrir les artistes.

– Vous ne le trouvez pas trop triste celui-là ? demanda Mme Foix.

– Bah, cela importe peu.

– Il lui manque vingt centimètres de hauteur, dit l'employé.

– Ah non, non, il faut que je m'en tienne aux mesures que m'a données l'ébéniste... Vous allez voir, décrochez celui-ci dans le coin à droite, dit-il en montrant une marine représentant une tempête déchaînée, un navire en perdition au milieu de grandes vagues d'encre et de fiel de bœuf, une lune trouble et déchiquetée flottant à demi dans une fente de ce ciel sombre, dur, jaspé, et un vol de corbeaux attendant l'heure du carnage.

Il ne lui manquait qu'un centimètre de chaque côté. « Ça pouvait encore aller. »

– Celui-ci, celui-ci... Combien coûte-t-il ?... Quarante douros ?... Et ce cimetière ?... Trois cent soixante ?... Voyez-vous, madame Foix, voyez-vous, j'y gagne encore trois cent vingt douros.

– C'est de qui ? demanda la jeune fille.

Le vendeur chercha la signature à moitié noyée dans cet épais cirage et répondit :

– D'un nommé Saladrigas.

– Cela m'est égal, quelle importance ? répliqua l'acheteur, lisant sur tous les visages qu'ils ignoraient, tout comme lui, ce nom. Ah mais laissez-moi bien le regarder, qu'il n'ait pas de défauts. Vous voyez ? Ici il y a une égratignure... Ah ! Non, c'est un éclair !... Toutes ces histoires de tableaux ce sont des bêtises, n'est-ce pas, madame Foix ?

– Mais, bien sûr, la mode règne, les murs doivent être ornés de quelque chose... Celui-ci fera aussi bien l'affaire qu'un Vélasquez... Bon, nous sommes d'accord, hein ? Vous me l'envoyez bientôt... Au revoir, mesdames.

Il sortit gaillardement, un vrai monsieur, la figure hautaine, la redingote bien serrée, faisant sonner la canne et les talons, avec des airs de grand personnage, pour rentrer dans l'étui de son coupé recouvert de satin qui l'attendait sur la petite place à côté, dont les fougueuses juments étaient impatientes déjà de promener ce joyau.

– Oh, Delfineta ! Ce monsieur a raison. Et les mesures, y as-tu songé ?

Mais la jeune fille avait déjà entrepris le vendeur.

– S'il vous plaît... n'avez-vous pas des Vayreda ?

– Un, tout juste un... Vous voyez ? Celui de là-bas... Ce champ de sarrasin, avec des arbres fruitiers fleuris... Il est frais, gai, superbe.

La jeune fille pensait de même mais « ces blancs des fleurettes... ».

– Dites-moi, vous ne le trouvez pas un peu enfariné ?

– Oh non, madame, non ! Vayreda est une grande signature. N'avez-vous pas lu dans les journaux ce qu'ils disent de cette toile ? Ah, ce ne sont pas les admirateurs qui lui manquent !

– Vous devez connaître Francesc Tió, n'est-ce pas ?

– Le dessinateur ?... Bien sûr ! Nous sommes très copains, mademoiselle.

– Qu'est-ce qu'il en dit, lui, de ce tableau ?

– Que voulez-vous qu'il en dise ? Il en est épris.

– Maman, maman, venez ! Regardez celui-là, il est magnifique ! euh... délicat, expressif, inspiré, au ton sympathique, aux lignes élégantes... Oh, il est magnifique, magnifique !

– Oui, il est assez joli, oui, mais qu'il n'y ait aucun personnage... Écoutez, ne croyez-vous pas que le peintre lui-même pourrait nous y ajouter quelque chose, un chien, un paysan... ?

– Mais non, maman, ne dites pas cela, s'écria la jeune fille en rougissant. Dites-moi, combien coûte-t-il ?

– Il a dit trois cents douros, ma fille ? Eh, c'est beaucoup d'argent. Pense que nous devons encore en acheter un autre ! dit sa mère à voix basse heureusement !

– Ne vous effrayez pas, maman ! S'il vous manque de l'argent j'en ajouterai, moi : papa me donnera tout ce que je lui demanderai.

Catarina insista : « Ça lui faisait mal au cœur, c'était très cher, trop cher », alors sa fille l'éloigna de là pour l'emmener devant un Ribera qui représentait la sortie d'une messe à Paris.

– Mademoiselle, vous avez très bon goût ; mais celui-ci, je regrette, est déjà vendu. Pour mille douros, il n'y a pas encore une heure.

– Fichtre ! s'écria Mme Foix, avec un étonnement scandalisé. C'est trop, beaucoup trop !... Mille douros !... Vous ne devez pas en vendre beaucoup à ce prix !

– On vend tous ceux qu'on nous achète. Aujourd'hui... oui, aujourd'hui on vend pas mal. Les peintres n'ont jamais autant vendu.

Delfina regarda à nouveau les Masriera qui l'enchantaient. « Ces visages si fins, ces lèvres carminées... cette loutre du manteau de l'Hiver !... Ce manchon de chinchilla qui lui couvrait le menton, si vaporeux qu'on avait envie de souffler dessus !... Et l'autre, l'Été ?... Ces cheveux de soie, blonds !... Ce buste !... tout : le visage, le cou, la poitrine, au pur émail, délicats, tendres comme un pétale de rose !... Et le voile, bleu ciel, transparent où reposaient des papillons et des fleurs ?... Mais, allons, c'était inutile : ces deux tableaux étaient vraiment trop petits. »

– Écoutez, montrez-moi quelque chose qui puisse faire pendant au Vayreda, et qui soit plaisant aussi... Vous voyez ce que je veux dire ?

– Regardez, là-bas vous avez un Baixeras[1] ; cet effet de soleil levant sur la mer, avec ces marins qui se détachent sur le clair-obscur... Cela a beaucoup plu à Tió aussi... Il doit être votre professeur, non, mademoiselle ?

– Oui, oui, mon professeur, dit la jeune fille en rougissant devant cette question, essayant de comprendre les mérites de la toile. Écoutez, dites-nous le dernier prix de celui-ci.

1. Tous les artistes cités dans ce chapitre sont des peintres catalans, contemporains et souvent amis de Narcís Oller.

– Oh ! celui-ci est bon marché : deux cent cinquante douros.

– Vous appelez cela bon marché vous ?

– Taisez-vous, maman, pour l'amour du ciel ! lui dit-elle à l'oreille. Vous ne vous souvenez pas que vous avez un frère artiste ? Et alors, vous vous imaginez que les beaux tableaux se font comme on peint des éventails ? Allons, ne dites rien et achetons-les. Quand on a notre position il ne faut pas être regardant pour certaines choses. Et puis, maman, cela représente toujours de l'argent. Avec de bonnes signatures cela peut être un bon placement. Vous ne l'avez pas entendu dire à mon oncle ? Voyez ce que coûtent aujourd'hui un Murillo, un Raphaël, un Vélasquez !

À la fin, bon gré mal gré la mère, désireuse de faire plaisir à sa fille, se laissa tondre ; Delfineta, contente comme tout, monta dans le coupé après avoir demandé de faire livrer les tableaux ce matin-là sans faute à l'atelier de M. Francesc Tió.

L'après-midi, après un joyeux déjeuner pendant lequel on parla du coupé, des autres voitures, des chevaux qu'il fallait acheter, des couleurs des livrées qu'il faudrait commander pour le cocher et le négrillon, ainsi que de l'acquisition de la maison de la grand-mère, la jeune fille, toute guillerette, habillée élégamment et remplie de curiosité et d'espérances, arriva devant la porte de Mme Monica, légère comme une gazelle, colorée comme une vraie rose. Mais quelle désillusion ! Francesc n'avait pas vu les tableaux : le matin même il était parti pour Tarragone où paraît-il on voulait lui faire une commande.

– Il va y rester quelque temps ? demanda la jeune fille pâle comme la cire.

– Il ne me l'a pas dit. Il semble que c'est quelque chose pour Monseigneur l'archevêque, répondit la vieille femme avec l'indifférence toute naturelle de qui parle d'affaires courantes.

Catarina joyeuse commença à expliquer à sa mère le généreux projet de Foix d'acheter l'immeuble avec le double propos de lui faire un cadeau à elle et d'épargner à Mme Monica le loyer et la moitié des escaliers. Celle-ci abandonna son travail pour mieux écouter.

– Et où sont les tableaux ? demanda Delfina sans prêter attention à la conversation.

– Là-dedans... Mais, Oh ! Sainte Vierge ! Qu'est-ce que tu me dis, Catarineta, que me dis-tu ?

– Est-ce que je peux aller les voir ?

– Bien sûr, mon enfant, vas-y, répondit la vieille avec un sourire aimable. Elle enleva ses lunettes, pianotant avec elles ensuite sur la table, écoutant attendrie, émue, ce que lui disait sa fille ; bientôt elle reprit sa sérénité, réfléchit un peu et finit par conseiller à sa fille d'acheter la maison à son nom à elle et non au nom de Catarina.

– Crois-moi, ma fille, tâche de convaincre ton mari. Ce ne serait pas bien que ce soit moi qui le lui dise. Vois-tu, tant que je vivrai tu en auras la rente ; je ferai un testament et je te la léguerai. Vous ne courez aucun risque, me semble-t-il, je suis une femme honnête, incapable de vous faire du tort.

– Naturellement, ma mère. Mais... mais... franchement je ne comprends pas.

– Tu ne vois pas pourquoi, hein ?... Eh bien, je vais te l'expliquer. Je propose cela pour que tu sois assurée que cela te revienne ; parce que le jeu est très risqué... les temps changent, et... Dieu te garde d'un désastre. Une donation comme ça, faite par le mari... Souviens-toi de Manela !

– Croyez-vous, ma mère ? répondit Catarina, tremblant des pieds à la tête rien qu'à l'idée d'un brusque revers.

– Et comment que je le crois !

Pendant ce temps la jeune fille s'était enfermée dans l'atelier. Tombant comme une masse sur une chaise, elle resta comme hypnotisée un bon moment, le regard fixé sur une mouette pendue au plafond. Ensuite elle éclata en sanglots, pleurant à grosses larmes ; condensant en une parole toute la douleur et la rage qui la possédaient, elle s'écria, entre deux sanglots :

– Méchant ! Méchant !... Il l'a fait exprès ! Ah le méchant !

XVI

L’après-midi était radieuse, splendide. Le matin une forte averse avait balayé le ciel, à présent bleu et lisse comme du satin, seulement moucheté de loin en loin par quelque cumulus, d’une blancheur éclatante, voguant dans l’espace. Une fraîche brise de mer réveillait tout, adoucissait les ardeurs du soleil, enroulait et déroulait les grands drapeaux de la tribune, faisait claquer les volants des éventaires, les pavillons des entrées, les banderoles et les flammes qui saupoudraient de rouge et de jaune les horizons de la piste. Du côté de la mer, par le chemin de Can Tunis, arrivaient des voitures et encore des voitures, rivalisant de luxe, formant une longue et interminable file avant de se répandre par le grand *lawn* ou pelouse, que l’eau du matin avait ramollie et reverdie. Néanmoins les attelages s’y avançaient, orgueilleux, faisant sonner le métal des somptueux harnachements au rythme du petit trot que l’herbe molle laissait sans écho. Les valets, sur leur trente et un, raides sur la banquette, cherchaient avec des regards avides l’espace libre le plus proche de la barrière, bien décidés à le disputer à leurs rivaux, d’une poussée brusque et rapide, au risque de provoquer un embouteillage dans cette confusion. Une fois la place trouvée le cocher rangeait son fouet, serrait le frein de sa main gantée, abandonnée sur ses cuisses, relâchait la bride et respirait à fond dans sa livrée serrée, au collet si raide qu’il ne pouvait même pas tourner la tête ; pendant ce temps le laquais se laissait glisser jusqu’au sol pour ouvrir la portière.

Des dames et des demoiselles, luxueusement vêtues dans des tons clairs, descendaient d'un bond, ouvraient leur ombrelle éclatante et, au bras de messieurs déguisés en « sportsmen » avec des redingotes grises et des hauts-de-forme de la même couleur, la courroie des jumelles croisée sur la poitrine, le ticket d'entrée pendant à la boutonnière, elles traversaient en courant la piste damée pour arriver à l'enceinte du pesage et rejoindre l'élégante société qui y fourmillait déjà. Du coin opposé, du côté de la terre, toutes les cinq minutes, après le mugissement d'une locomotive, une foule de gens de la classe moyenne se poussait bruyamment dans l'ombre parfumée des vergers pour gagner les autres portes et escalader en vitesse la tribune réservée au public. Là-bas au loin, après le tournant de la piste, une troisième sorte de public, plus nombreux et plus modeste encore, s'entassait contre la barrière, face au soleil, tandis qu'au midi un nombre incalculable de voitures de location, de carrioles, de vieux omnibus, toute une foule grimpée sur l'impériale des véhicules, cachait la vue de la mer dans laquelle le Montjuic enfonçait sa proue rocailleuse.

C'était l'inauguration de l'Hippodrome. Barcelone, la Barcelone riche, se modernisait : que la fête fût ou non exotique elle ne voulait pas se priver de cette diversion aristocratique qui est de bon ton aujourd'hui dans les grandes villes. Au Cercle Équestre, dans les journaux, au pesage, on parlait sérieusement de l'encouragement à la race chevaline, alors que personne ne savait où se trouvait cette race qu'il fallait encourager et que les gens croyaient encore moins à l'utilité d'élever ces chevaux-sauterelles qui jettent leur jockey par-dessus les oreilles, à moins que ce ne fût pour jouir de l'argent et pour distraire avec quelque chose de nouveau les esprits mortifiés par les tristesses de la vie. Les femmes, avec plus de bon sens, tout en exhibant leurs toilettes au pesage ou à la tribune publique, parlaient du temps, de la mode, de la beauté du panorama du sud-ouest.

Un monsieur de belle prestance, barcelonais jusqu'au bout des ongles, qui était fort satisfait de l'éclat que cette fête promettait, confiait à sa femme combien il trouvait gênant qu'on ait installé là la nouvelle nécropole, disant l'air affligé, qu'il ne comprenait pas pourquoi la direction de l'hippodrome n'avait pas improvisé un bosquet qui l'aurait cachée aux regards des spectateurs.

– Franchement c'est désagréable à voir, c'est trop proche de nous ; cela nous rappelle notre destin commun, les êtres chers que nous y avons enterrés...

Et l'homme avait beau essayer de se distraire, ses yeux à chaque instant butaient à nouveau sur ce charnier ennuyeux avec ses murs rhomboïdes et rocheux comme une ceinture de carton-pâte, ses croix et statues funèbres, les longues rangées de colombariums et ses panthéons surmontés de minces colonnes tronquées. Le cimetière escaladait le versant rude et pelé du Montjuic, avec ses carrières, juste en face de la tribune. C'était une obsession pour lui, elle crispait ses nerfs et noyait son esprit dans un océan de tristesse et d'angoisse. Même la colline, ce Montjuic si vert et si plaisant du côté du levant, n'était ici qu'un vilain obstacle cachant la vue de la cité de sa masse rocheuse et désertique avec son profil de nef monstrueuse échouée au pied de la mer, la poupe enfoncée dans les arbres, son fort avec ses murailles échelonnées, ses créneaux, son drapeau et son sémaphore se profilant sur le rideau violet du ciel hissé sur la proue. L'enfoncement de cette poupe augmentait encore l'angoisse du brave homme, si nerveux déjà. Il aurait voulu soulever la montagne d'un seul coup et la rassembler loin dans la mer où elle n'aurait pas gêné la vue et lui aurait surtout caché ce cimetière impertinent. Et il recommençait à se plaindre de l'élection de ce lieu.

– Franchement je ne comprends pas comment la direction n'a pas songé...

Mais sa femme, à qui il s'adressait, ne l'écoutait pas. Debout comme bien d'autres, le cou plus allongé qu'un canard, enlaçant à demi une colonne, elle s'informait des voitures arrivant sur la pelouse, ne perdait pas le moindre mouvement des dames qui en descendaient et les suivait du regard dans la partie du pesage visible de sa place, remarquant les détails les plus minimes des toilettes et les façons de les porter. Elle connaissait tout le monde, nommait tout le monde. Expansive et simple elle s'était déjà gagné la sympathie de sa voisine de l'autre côté de la colonne, une jeune étrangère établie depuis longtemps à Barcelone à en juger par le nombre important de gens qu'elle connaissait aussi. L'apparition du premier mail-coach jamais vu à Barcelone qui entra sur la pelouse à son de trompe, surmonté de jeunes gens appartenant à la meilleure société, les jeunes filles avec des capelines, des ombrelles de toutes les couleurs, des jaquettes et des jupes aux teintes gaies et contrastées, tous perchés sur l'habitacle du lourd véhicule que quatre robustes alezans traînaient à grand-peine, charma les deux femmes, les fit sourire et échanger leurs premiers mots. De son côté la petite Française était sympathique aussi avec ses manières agréables, son sourire et son regard mélancolique, ses cheveux d'or sous un simple paillasson orné de coquelicots et d'épis de blé. C'est ainsi qu'à partir de ce moment elles ne cessèrent de se communiquer leurs impressions et surprises : l'une avec de longues jumelles, l'autre avec des jumelles de théâtre fixées sur les luxueuses voitures arrivant sans arrêt. C'était une procession formée par des breaks, des tilburys, des victorias, de petits landaus et des landaus à la Daumont, beaucoup d'entre eux flambant neufs, tous étincelants, menant la société la plus distinguée, négligemment affaissée sur les coussins, enveloppée de soies, de dentelles, avec de grands bouquets de fleurs. Le monsieur à la belle prestance, oubliant un moment le cimetière, ne se tenait plus de joie en voyant ses concitoyens se comporter de la sorte dans cet heureux essai. « C'était un petit coin de Longchamp. »

– Ce spectacle, aussi exotique soit-il, disait pendant ce temps sa femme, on ne peut pas nier qu'il est distingué, aristocratique, tandis que le spectacle des arènes est très, très vulgaire... ne trouvez-vous pas, mademoiselle ?

– Certainement.

– Rien que la façon de s'y rendre. Ici tout le monde est bien habillé, bien pomponné... et quelles voitures, ma chère... ! Ces attelages, ces équipages de quatre chevaux !... En revanche aux courses de taureaux, il n'y a presque pas de dames : des drôlesses habillées en pierreuses, les jeunes gens de la bonne société singeant les mauvais garçons, avec des chapeaux melons minables ou des casquettes, s'encanaillant de leur mieux, heurtant le sol avec leur canne, criant, jurant comme des charretiers... Mais regardez, regardez les deux demoiselles qui arrivent sur un tilbury – c'était un joli tandem – conduit par l'une d'elles... Comme elles sont gracieuses !... Quels chapeaux luxueux !... Tiens, ne serait-ce pas les demoiselles Llopis ?... Vous avez raison... Tout d'abord je croyais qu'elles étaient étrangères... maintenant l'aînée donne les rênes au cocher, des rênes blanches, ma chère ! Vous voyez, il s'est levé de la banquette à l'arrière. Comme elle est joliment habillée ! Regardez, regardez ce jabot en dentelle qui sort de sa veste. Vous voyez la veste, avec les épaules brodées de grains d'or... Ah, ma chère et cette jupe longue clair de lune et la petite jupe du dessus, d'un luxe !... Vous ne voyez pas ces magnifiques dentelles anglaises ? Ah, voilà la plus jeune qui descend, un jeune homme lui tend la main... et à côté il y en a un autre qui doit attendre l'aînée. Voulez-vous s'il vous plaît me passer les jumelles, pour mieux voir qui sont les garçons ?... Merci, excusez-moi... Il y en a un grand et blond... je ne le connais pas... Maintenant l'autre approche pour saluer l'aînée... Un galant jeune homme... C'est un beau garçon aussi... Qui peut-il bien être ? Il me semble le connaître de vue... et je n'arrive pas à me rappeler.

– Voyons, moi peut-être... Oui, oui, c'est monsieur le baron d'Esmalrich.

– Tiens, maintenant qu'ils approchent... Quel beau chapeau que celui de l'aînée !

– C'est un « Nitouche », dit machinalement la Française avec l'aplomb du connaisseur.

– Et celui de l'autre, avec une visière et une grande plume ?

– Un « Victoire », répondit-elle d'un ton aussi assuré.

– Mais regardez, voici un landau avec quatre chevaux... Tu le vois, Ramon ? Celui qui tourne maintenant ; les cochers ont des cordons et des collants gris cendre.

– Ah ! oui, oui, dit le monsieur de belle prestance.

– C'est bizarre !... Je ne les connais pas.

– Mais si, maintenant je les vois bien. C'est un de mes clients, Gil Foix... un de ceux qui ont grimpé en peu de temps. Tu ne m'as jamais entendu parler de cet homme ?... Mais si, ma chère, mais si. Aujourd'hui c'est tout un personnage, c'est lui qui fera le chemin de fer de Vilaniu.

– Comme il s'y prélasse ! La grosse dame doit être sa femme et les jeunes qui viennent de descendre ses enfants, n'est-ce pas ?

– La jeune fille je crois que oui, mais le jeune homme non, c'est son secrétaire.

– Tiens, elle a l'air futée, la jeune fille !... Tu as remarqué ce qu'elle a fait ? Elle a pris le bras de son père. Ainsi l'employé doit s'occuper de la mère et la jeune fille évite les qu'en-dira-t-on... Eh bien, je trouve qu'elle a bien raison... n'est-ce pas, mademoiselle ?... Ah, vous ne regardez plus, vous êtes fatiguée de rester debout, hein ?... C'est vrai que c'est un peu fatigant... Voulez-vous s'il vous plaît me passer vos jumelles si cela ne vous ennuie pas ?... Merci, vous êtes bien aimable.

– Oh, oh, oh !... Regarde, Ramon ! regarde cette masse de gens qui arrive ! Bientôt nous n'allons plus pouvoir tenir ici.

– Et que croyais-tu donc ? répliqua-t-il, avec une certaine satisfaction d'amour patriotique.

Se penchant, elle lui dit à l'oreille d'écouter la jeune fille derrière eux qui, d'une voix affectée, disait à sa mère que si elle ne pouvait y venir en grand équipage et se promener au pesage elle ne retournerait plus à l'hippodrome.

– Vois quelle sotte ! Nous ne sommes pas si mal, ici !... Tiens, nous aussi, nous y viendrions en grand équipage si nous le pouvions, n'est-il pas vrai ?... Crois-moi, Ramon, crois-moi : il faut que tu ailles à la Bourse : c'est là seulement qu'on gagne de l'argent. Tu ne le vois donc pas ? La quantité de gens qui hier encore étaient des inconnus et qui arrivent aujourd'hui dans ces voitures !

Mais lui se limita à sourire et se contenta de lui donner deux petites tapes sur le dos en lui disant :

– Ce n'est pas cela qui me tracasse !

Ses yeux fixèrent à nouveau le spectacle, baignés de mélancolie et de bonté. Un important orchestre militaire commença à jouer une valse de Strauss que le public n'écoutait pas, toute son attention absorbée par la nouveauté de la fête, la croissante animation des voitures, cavaliers et gens à pied qui continuaient à arriver.

Le bruit, les conversations, la musique commençaient à bourdonner dans ce vaste espace en plein air. C'était déjà la rumeur des grandes foules, le souffle vital de tout un peuple qui bouillonne, chante, rit, pris d'allégresse, les sens excités par le mouvement des couleurs voyantes, par la vibration nerveuse d'une musique sensuelle. Les nouveaux arrivants entraient en hâte, échangeaient des politesses, rejoignaient les uns ou les autres ou s'empressaient de grimper aux tribunes pour s'emparer d'une bonne place. Selon les classes sociales, les caractères, les sexes, on parlait de tout : de la Bourse, de politique, d'affaires, du théâtre « Liric », du « Liceu », du « Skating-ring » qui venait d'ouvrir, de Miss Lurline, la femme-poisson qui respirait dans l'eau, de l'Exposition Bassols, des projets du ministre des Finances, que les classes productrices craignaient toujours, d'histoires scandaleuses, de mariages, de la création de nouvelles compagnies, de la hausse, de la hausse continue des valeurs. La bonne société, assurée d'avoir de bonnes places, se promenait toujours au pesage, bavardant tranquillement, regardant les chevaux qui attendaient dans les écuries, allant au buffet, visitant toutes les dépendances, indifférente aux regards qui les épiaient de la tribune, tombant de temps en temps sur la cocotte hypocrite qui la suit partout, fière de s'asseoir à côté de la femme trompée, la bafouant avec le luxe qu'elle lui vole.

Dans cette élégante promenade la famille Foix tomba sur une bande de connaissances qui les arrêta à trois pas d'un autre cercle où se trouvaient les Llopis et le baron. Delfineta en pâlit de rage : « Elle ne voulait pas y aller ! C'était bien ce qu'elle craignait ! Son père, avec ses prières ennuyeuses l'avait fait sortir de chez elle pour la contrarier. Tout d'abord, par surprise, il lui avait imposé Eladi dans la voiture, comme pour la tourmenter davantage. Et maintenant, voilà, ce qu'elle prévoyait ! Si on continuait à la mortifier ainsi, on finirait par lui faire tout détester : elle se ferait bonne sœur, voilà tout ! Même sa mère, sa mère jadis si casanière, voilà que maintenant elle avait la manie de la faire sortir. Ils ne voyaient donc pas qu'elle était déçue par le monde ? Pourquoi ne voulaient-ils pas la croire ? Pourquoi ne la laissait-on pas tranquille ? Patience, soumission, lui avait enjoint son confesseur il y avait huit jours. Patience, soumission ?... Comme si on n'était pas faite de chair et de sang ! Elle avait bien essayé de suivre ce conseil. Et pour quel résultat ? Plus elle était obéissante et soumise, plus on lui donnait mal au cœur avec de petites plaisanteries comme celle de son père “qui connaissait un galant magnifique, qui se mourait pour elle et la guérirait de tous ses maux”. Non, non, ils ne la comprenaient pas !... Et ce satrape de Francesc, en train de regarder voler les mouches à Tarragone tandis qu'elle était ici à l'attendre, se consumant de peine et de nostalgie ! »

Emilia et Rachel continuaient à babiller et à rire avec les jeunes gens ; comme elles leur tournaient le dos, elles n'avaient pas encore vu Delfineta qui n'arrêtait pas de faire signe à sa mère pour qu'elle interrompît la conversation et s'éloignât de là. Elle regarda le baron et elle ne ressentit pas dans son cœur le moindre regret. « Non, le baron lui était indifférent. S'il l'avait aimée, Emilia n'aurait pas pu le retenir tout un après-midi ; il n'aurait eu de cesse de lui fournir des explications claires et précises, de vive voix ou par écrit. Non, le baron avait fait la cour à sa dot, à sa dot de fille de banquier. » Delfineta sentait fort bien que toute sa douleur était une blessure d'amour-propre reçue dans un combat entre femmes. Toute sa rage était contre Emilia.

Mais outre M. Ventura, avec qui parlaient le mari et la femme, passaient et repassaient des connaissances qui s'arrêtaient pour les saluer, pour féliciter M. Foix du bon goût de sa voiture. M. Foix et même Catarina, gonflés d'orgueil, ne cessaient pas de bavarder, ne bougeaient pas. Mme Ventura, Mme Paulina pour les intimes, disait, remplie de contentement, que « même ses domestiques jouaient à la Bourse » et son mari, un serrurier à la retraite qui avait gagné aussi pas mal en boursicotant, avec tout l'enthousiasme de celui qui a gardé « l'esprit de corps », félicitait chaleureusement Foix de l'estocade qu'il avait portée aux anciens banquiers avec l'opération des *Nord*.

– Ah, mon ami ! Quel flair vous avez eu ! Vous leur avez donné une bonne leçon ! Vous leur avez enfoncé l'épée jusqu'à la garde ! Quelle déculottée !

À ce moment-là Giró approcha, transformé en « bookmaker », les invitant à parier ; Eladi, occupé pendant un temps à bavarder avec le Chien Paco, sortit ses jumelles et s'en alla avec lui regarder avec curiosité quels gens connus se trouvaient dans la tribune.

Sur ce arriva aussi le ménage Balenyà, qui avait réussi à se faire inviter grâce aux ruses de madame. La voiture de Foix fit l'objet de nouveaux éloges, puis le lieu, le chemin, l'assistance. Catarina commençait à souffrir vraiment pour sa fille que, discrètement, elle ne perdait pas de vue.

– Et toi, Delfineta, tu ne veux rien me dire, dit la tante en se plantant à son côté et lui tendant la main. Fichtre ! Comme tu es bien habillée !... Qui t'a fait cette robe ? Teresina ! Grande coquine ! Tu ne m'en as rien dit ! La pauvre petite tantine, mise à l'écart, à l'écart !... Bon, ne te fâche pas, mon petit ! C'est façon de parler. Je comprends que tu n'aies pas besoin de mes conseils, tu as beaucoup de goût... Diantre ! Les Llopis aussi, quelle élégance !

– *Oh !* s'écria Emilia qui venait de se retourner. *Nous n'avions pas remarqué que Delfineta était ici !*

Celle-ci changea de couleur. Mais alors les Llopis et le baron s'avancèrent pour saluer, avec de grandes manifestations d'affection les parents et la jeune fille et d'un signe de tête les autres.

– *Que de jours sans te voir, ma chérie, que de jours !* s'écria Emilia en embrassant Delfineta.

– *Eh oui, eh oui*, confirma Rachel, l'embrassant aussi.

– *C'est que les bonnes choses se font rares*, ajouta le baron mal à propos.

– *Merci, mon cher baron*, dit Emilia de manière théâtrale en riant comme une folle, tandis que le baron se mordait la langue, quelque peu marri.

Elle prit Delfineta par le bras et l'emmena se promener avec elle, demandant aux autres de ne pas les suivre car elles avaient des confidences à se faire.

« Nous y voilà, Emilia la mettait dans l'embarras. Ah ! elle enrageait ! Qu'allait-elle encore lui sortir, cette effrontée ? Et là, devant tout le monde où elle serait obligée d'avaler sa langue et de calmer ses nerfs qui commençaient déjà à la démanger entre chair et peau ! Ah ! pourquoi ne lui avait-elle pas écrit, comme elle en avait eu l'intention ! maudit soit l'oncle Francesc, qui aurait su la conseiller ! Maintenant elle ne se trouverait pas dans cette situation. »

– *Delfineta, tu es fâchée contre moi !*

– *Moi ?*

– *Oui, ne le nie pas. Et tu as raison, jusqu'à un certain point : je te dois des explications. Mais je suis déjà venue chez toi avant-hier pour te les donner et tu n'y étais pas.*

– *Je ne sais pas de quoi tu parles.*

– *Allons, ne sois pas ridicule. Pourquoi dissimuler ? Tu t'es fait une mauvaise opinion de moi. Écoute, regarde-moi en face : me crois-tu capable d'une trahison ?... – Bonjour, Pepita – Non, Delfina, non ; tu connais mon esprit élevé, mes sentiments généreux, mon cœur, mon cœur immense, bien plus grand que cet hippodrome.*

– *Mais, ma vieille, est-ce que je t'ai dit quelque chose, moi ?* objecta Delfina, traduisant mentalement de sa propre langue et fort agacée.

– *Non, ma petite, mais je lis sur ton visage, dans ta conduite, dans tes pensées. Bref je connaissais ton secret avant de visiter la villa. Tu vois, rien que cela devait me suffire à ne pas essayer d'éloigner ton prétendant... N'aie pas peur, ne sois pas inquiète par ce que je viens de te dire. Je suis ton amie et je vais t'expliquer... Au revoir, général... Allons, ne sois pas sotte, je ne lâcherai pas ton bras, n'essaie pas de m'échapper... Écoute-moi bien. Sais-tu ce que j'ai fait ? Rien d'autre que veiller à ton bonheur.*

La fille Foix ne put dominer un sursaut de répugnance, elle secoua le bras pour fuir ce serpent. L'indécente menteuse ! Elle, veiller à son bonheur ? Comédienne !... Elle croyait peut-être qu'elle suçait encore son pouce ? Si elles n'avaient pas été là, elle lui aurait dit ses quatre vérités ! »

– *Bien, merci. Laisse-moi partir maintenant*, dit-elle à voix basse mais déjà en colère.

– *Non, ma petite, non... Pour l'amour du ciel, calme-toi... Écoute-moi... N'oublie pas que nous sommes en public... Écoute, je te parle le cœur sur la main. Je te révélerai un très, très grand secret, mais tu dois me donner ta parole d'honneur de le garder pour toi... Allons, ne fais pas l'enfant, je t'en prie... Crois-tu que je sois une menteuse, une hypocrite ?... Ne vois-tu pas que tu m'offenses ?... Me donnes-tu ta parole de garder ce secret ?*

– *Mais... qui te dit que le baron ait la moindre importance pour moi ? Si tu le veux, il est à toi ; quant à moi, laisse-moi tranquille*, riposta Delfina, hors d'elle à la fin.

– *C'est moi-même qui ai tout vu, de mes propres yeux. Le jour où nous l'avons rencontré chez toi, j'ai vu comment il te glissait un billet doux... Mais pour l'amour de Dieu, ma fille, appuie-toi bien sur mon bras... – Bonjour, marquis ! – Mais ce n'est rien ; je te le dis pour que tu voies à quel point je suis ton amie ; sachant ce que je savais, pouvais-je essayer de te supplanter, sans être une fille perfide, une méchante femme ?... Détends-toi, mon petit, détends-toi : ton amie te soutient ; j'ai agi envers toi comme une sœur. Tu vas me remercier, tu verras ! Ta propre mère n'aurait pas fait davantage pour toi, tu peux me croire !*

Delfina n'en pouvait plus. Prise de honte, de colère et de confusion, un nœud se formait dans sa gorge, l'envie de pleurer l'étouffait : « Elle la compromettait, la mettait en évidence devant toutes ses connaissances, aux yeux de tout Barcelone. »

– Écoute, si tu ne veux pas me tuer, dit-elle d'une voix mourante, parlant déjà en catalan parce que sa langue maternelle sortait de son cœur, allons-nous-en d'ici, cherchons un coin où personne ne puisse nous voir.

Et plus morte que vive elle se laissa traîner vers l'arrière de la tribune, sans même imaginer le chahut qu'elles y trouvèrent. La tribune s'y dressait, plate et lisse comme le fronton d'une gare, avec ses portes vitrées alignées dans une perspective interminable. Une foule à vous faire tourner de l'œil formée de dames, de « sportsmen » affairés, de garçons de café, de jockeys et de toute sorte d'employés s'agitait, se poussait sous le vélum qui couvrait cette espèce de quai, elle s'écoulait vers l'entrée du pesage, aux guichets du change et des paris. Les uns entraient et sortaient de l'administration, d'autres mangeaient et buvaient debout devant la buvette, criant et remuant de telle sorte qu'il était impossible de soutenir une conversation ni de trouver là un abri tranquille. Les deux jeunes filles, se tenant toujours par le bras, cherchaient en vain une clairière au milieu de cette forêt humaine. Emilia, néanmoins, essayait de s'ouvrir un passage. Mais elle dut y renoncer très vite. Précisément là, au « ring » des Français, la forêt était impénétrable. Un lourd essaim de joueurs entourait les bookmakers étrangers, discutant sur la renommée des chevaux, faisant des paris, criant comme à la Bourse, le cigare aux lèvres, le chapeau sur la nuque.

– Non, non, fuyons d'ici.

– *Voyons le pigeonnier*, dit Emilia, entraînant Delfineta vers un kiosque rustique. Mais là non plus, pas moyen, car c'était le buffet, et tout alentour, jusqu'au-delà des écuries, c'était bourré de connaissances, rempli par les gens les plus en vue de Barcelone. La fille de Foix mourait d'angoisse, elle voulait fuir, se libérer de cette chipie qui la maintenait prisonnière.

– T'écouter, à quoi bon ? Cela m'est bien égal tout ce que tu peux me dire.

Bien loin d'obtempérer Emilia lui serrait le bras de plus en plus fort et ne cessait de lui recommander la discrétion, la bonne tenue. Elles reculèrent donc, pour tomber à nouveau dans l'effrayant essaim des joueurs. Delfina ne voyait même plus ce qu'elle faisait : affolée et honteuse, ne trouvant nulle part un abri, c'était elle qui à présent entraînait l'autre et soudain en voyant l'écriteau : « Toilette Dames », la poussant et la traînant, elle obligea Emilia à la suivre et à entrer dans ce réduit désert.

– Allons, je ne veux pas, non, non ! En voilà un endroit choisi !

– Je me fiche de l'endroit ! Ici personne ne nous verra, cria la fille de Foix, reprenant courage et rouge comme une braise. À l'intérieur, appuyée au mur, les dents serrées, le regard menaçant, enflammée de colère, elle ajouta :

– Finissons-en. Voyons le secret.

– *Mais tu me donnes ta parole de le taire ?* demanda Emilia quelque peu troublée par la fermeté imprévue de la jeune fille.

– Assez de comédie, assez. Finissons-en. Dis-moi ton secret.

– Si tu continues à être aussi désagréable avec moi, aussi insolente, ma vieille, je ne te dirai rien. J'en ai assez fait en te suivant jusqu'ici, en voulant te donner des explications que

tu ne demandais pas, dit Emilia, se reprenant et faisant mine de partir. Mais Delfina à ce moment éclata en pleurs et Emilia alors se crut obligée de rester ; elle prit sur elle, retrouva ses airs de femme supérieure, la caressa, essaya même d'essuyer ses larmes et à la première pause de ces sanglots, elle lui annonça d'une voix douce qu'elle allait lui confier ce grand secret, tout en la priant au nom du ciel de ne pas la compromettre.

– Eh bien, sache-le, je t'ai sauvée.

La jeune fille la fixa avec des yeux interrogateurs : Emilia sans sourciller poursuivit :

– Oui, Delfinita, je t'ai sauvée... Je t'ai sauvée d'une...

– D'une quoi ? Continue.

– Il m'est très pénible de prononcer ce mot.

– Pour l'amour de Dieu, finis ! Dis-le bien clairement.

– D'une... spéculation.

Sur les lèvres de Delfineta se dessina un sourire amer et la confirmation de ses pressentiments lui fit hocher tristement la tête.

– Oui, ma chère, oui, cet homme cherche de l'argent.

– Et comment le sais-tu ?

– Ah ! Ah ! Ah ! Quelle enfant tu fais ! Même les plus expérimentés finissent par avouer, alors tu peux imaginer combien il est facile de tirer les vers du nez à un benêt comme celui-là. Il m'a suffi de l'exciter un peu, de lui faire voir que j'étais jalouse de toi...

– Ah... tu es une sainte ! Une véritable sainte ! Tu as dû te dire : « Pour la sauver, elle, je vais me perdre, moi. » N'est-ce pas vrai ?

– Delfina ! cria l'autre, rageant de voir son jeu découvert.

Mais rien n'arrêtait plus Delfina qui ajouta :

– Et improvisatrice, avec ça... Car ce plan de sauvetage, je pense que tu l'as déjà conçu chez moi, peut-être dès que tu as vu le baron.

– Imbécile ! Stupide ! Et qui te dit que j'aime ce nigaud ?

– Personne, mais j'ai de bons yeux.

– Des yeux qui ne voient rien, qui ne comprennent rien, comme ceux de toutes les sottes.

– Eh bien, sais-tu, avec mes yeux de sotte j'avais déjà deviné toute ta perversité et celle du baron. Ce que ma pauvre tête de sotte n'avait pas pu deviner c'est tout ce tissu de mensonges que tu me sors à présent pour te donner l'air généreux, pour jouer à la sainte. Allez-vous-en, à la bonne heure, toi et le baron, car qui se ressemble s'assemble, et ne venez plus me voir ni l'un ni l'autre : ce n'est pas de sitôt que je penserai encore à vous, dit Delfineta, lançant tout le fiel de son âme par les yeux et la bouche.

– Je ne suis pas comme toi, espèce de poissonnière, et encore moins dans un lieu pareil, tu m'entends ? jeta Emilia, parlant enfin catalan, très en colère d'être ainsi tancée, mais à mi-voix.

Et elle s'en alla aussitôt, s'éloignant comme une reine de théâtre, avec ses dentelles et ses plumes, cachant de son mieux avec son ombrelle rose son visage enflammé.

– Seigneur ! Quelle foule ! Voilà que j'ai perdu Rachel !

Delfina resta là un bon moment, s'épanchant dans les larmes, confuse et honteuse, se demandant comment elle allait sortir de là. Mais à la fin, sentant son cœur plein d'un nouveau courant de sérénité qui la réconfortait elle se redressa avec la satisfaction d'avoir résolu le conflit qui la minait, s'essuya les yeux et avec de nouvelles forces elle sortit, remerciant le Seigneur d'avoir ôter ce poids de son cœur.

Mais quand elle ouvrit la porte l'agitation de la foule lui coupa les jambes. La honte d'aller toute seule la prit : « Comment ferait-elle pour traverser cette multitude emmêlée ? »

– Delfina, Delfina !

La jeune fille frissonna des pieds à la tête : c'était sa mère. Ils étaient tous là à trois pas, mêlés aux bookmakers, aux amateurs, aux curieux : ses parents, les Rodon, M. et Mme Ventura.

Catarina retint sa fille et s'éloigna un peu avec elle :

– Alors, vous avez réglé vos comptes ? lui demanda-t-elle à voix basse, lui faisant comprendre d'un seul coup que tout en se taisant elle avait suivi tous ces jours le cours secret de ses soucis.

La jeune fille rougit et un sourire aigre-doux apparut sur ses lèvres.

– J'espère que tu vas guérir enfin !

– Ça y est, je suis guérie !

– Dieu le veuille !

Heureusement, tandis qu'elle reprenait son calme et que sa rougeur disparaissait, les autres continuaient à être enthousiasmés par la nouveauté des paris ; M. Foix et Rodon se laissaient entraîner à sortir des douros pour eux et pour les femmes jusqu'à ce que la cloche annonçât qu'on allait fermer la piste.

– Fineta, je t'ai mis cinq douros sur « Rat Penat », lui dit son père.

– On va voir, on va voir si on gagne, dit Pauleta. J'ai même misé un douro à moi.

Ils suivirent tous ensemble la foule, masse compacte se poussant vers la tribune. Elle était déjà pleine comme un œuf de tout ce que Barcelone comptait de plus distingué ; mais à la fin ils réussirent à s'installer sur les derniers bancs du haut où ils se laissèrent tomber avec satisfaction, surtout les femmes, assez fatiguées, et ils promenèrent leur regard sur cette abondance de plumes, fleurs, ors et soieries qui brillait irisée entre le noir éclatant des chapeaux haut de forme. La présence du juge de la course dans sa guérite, les allées et venues du « starter » le drapeau à la main, la continuelle apparition de nouveaux numéros sur le marqueur, les jockeys dont les trots d'essai avaient pour but d'échauffer la bouche des chevaux élancés... Tout cela tenait en suspens la curiosité du public. La femme de Jordi, très intéressée par les aristocrates présents à cette manifestation, cherchait avec des yeux curieux les comtesses et les marquises et demandait sans arrêt qu'on lui montre le duc de Fernan Nunez, lequel, d'après ce que l'on disait, se trouvait là. Pendant ce temps la mère et la fille Foix, chacune réfléchissant pour son compte, restaient silencieuses, distraites à peine par la conversation de Montserrat et de Mme Ventura, qui demandaient aux hommes des explications sur certains détails de la fête, la signification des mots anglais sur le programme qu'elles ne savaient même pas lire, ce qui embrouillait ces messieurs.

– Tu vois l'homme au petit drapeau ? Je crois que c'est le « handicap ».

Les jockeys, suivant les ordres du remuant « starter » commençaient à se ranger. Le brouhaha du public cessa, tout le monde étant occupé à comparer le nombre des chevaux inscrits, à celui beaucoup plus réduit de ceux se trouvant sur la piste... La cloche sonna, le « starter » abaissa son drapeau... et cinq chevaux s'élancèrent en même temps, tandis que le public, unanime aussi, se levait pour les encourager de ses cris, le corps penché en avant, allongeant le cou, les suivant d'un regard anxieux, lançant des exclamations à chaque alternative de gain ou de perte. Les chevaux s'éloignaient, rapetissaient ; ils volaient, le corps tendu comme celui d'un lièvre, leur jockey à quelques centimètres de la selle, tête baissée, frôlant presque la crinière, la main gauche secouant la bride, la droite fouettant la cuisse douloureuse de l'animal fou.

– Vas-y, vas-y, hurlait le public çà et là tout au long de la piste.

– C'est « Principe », « Principe ».

– Non, non ! « Rat Penat », « Rat Penat » ! Regardez, il vient de le dépasser au tournant !

– Ah, vous voyez ?... « Principe », « Principe » !

– « Rat Penat » ! » Rat Penat » ! Il a gagné à Madrid !

Une jument, « Pimpette », fit alors un effort et devança les chevaux d'une encolure. Un grand vacarme manifesta la surprise du public ; en même temps « Broadside » et « Picador » restés très en arrière, ralentissaient le galop, abandonnant la lutte.

– « Pimpette » « Pimpette » ! Voilà mon grand favori, disait Emilia.

– Non, non « Rat Penat », « Rat Penat » !

Les trois chevaux volaient, inclinés à gauche, emballés, furieux, se frôlant, mêlant l'ardente haleine de leurs naseaux, se disputant le prochain tournant, la bouche de l'un dépassant tantôt celle de l'autre, les flancs rentrés jusqu'aux reins, tout le corps fumant ; et les spectateurs excités, leur cœur battant trop vite, leur amour-propre engagé dans leur pronostic, leur cupidité de joueurs en danger, s'agitaient intérieurement, se mettaient sur la pointe des pieds, toute l'âme dans le regard, criaient, se taisaient, livrés aux vicissitudes du hasard, désireux de transmettre toute leur force et leur fluide nerveux à la bête préférée.

Mais au dernier tournant « Principe » reprit l'avantage et la douloureuse poussée de « Rat Penat » et de « Pimpette » fut inutile. Une immense clameur, mêlée aux claquements des applaudissements souligna le triomphe du cheval vainqueur quand il passa, vif comme un trait, devant la tribune, escorté par ses rivaux poussés encore par leur élan. Tous les cœurs se détendirent, les gens les plus nerveux s'écroulèrent sur leur siège, las et lourds comme des sacs. Mais bientôt ils se relevèrent pour applaudir frénétiquement le retour du vainqueur, au pas maintenant, transpirant et haletant comme son cheval qu'il venait de bouchonner. Une foule d'hommes quittèrent le pesage et les tribunes pour se précipiter au bureau des paris. Alors on commença à faire des commentaires, à échanger des impressions, à discuter sur la durée de la course : les chevaux avaient-ils mis deux minutes vingt-cinq ou deux minutes vingt-six pour parcourir les deux mille mètres ? Enfin on parla des attraits de la fête, on se demanda si oui ou non elle allait s'implanter durablement à Barcelone.

La femme de Jordi sentit son enthousiasme se refroidir en voyant qu'elle avait perdu. Foix et Rodon se regardèrent et éclatèrent de rire.

– Nous nous sommes bien foutus dedans !

Ils dirent qu'ils allaient parier à nouveau, contre l'avis de Catarina et de Mme Ventura qui n'aimaient pas perdre.

Au milieu du bruit des conversations et de l'agitation de la foule, Delfineta, ayant recouvré son calme, prit les jumelles et commença à regarder tout ce qu'elle n'avait pas vu jusqu'alors, laissant Pauleta et Montserrat continuer à s'occuper de la noblesse et des femmes de la bonne société, et Catarina et Mme Ventura poursuivre leur bavardage sur les bonnes, les repasseuses et les blanchisseuses, tandis que Rodon et Foix vantaient à l'ex-serrurier l'importance qu'aurait le chemin de fer de Vilaniu.

De là-haut Delfina voyait tout : la grande piste, le large « turf » avec sa mêlée de véhicules, la masse du public dans les places à une peseta, tout le panorama frais et serein du côté du midi, avec la ceinture si bleue de la mer, une forêt de mâts dorés rayant doucement la blancheur de la Barceloneta, enfoncée dans les confins du levant ; au contraire un panorama tropical, aux tons chauds, s'étendait à gauche, où les massifs du Llobregat et de Corcerola s'enchâssaient dans une éclatante brume d'or qui faisait flamber les petits clochers d'Esplugues et Sant Just Desvern au milieu de la verdure touffue de la plaine et nacrait les hameaux de Pedralbes, Sarrià, Les Corts, Sant Gervasi, éparpillés ci et là sur les versants de Sant Pere Màrtir et du Tibidabo. Des nuages sans consistance, pleins d'une lumière splendide, émaillaient par endroits l'azur du ciel, lançant de grandes taches d'ombre sur les ubacs les plus proches, faisant ressortir par contraste les lueurs étincelantes, éblouissantes, de la lumière qui frappait les carrières de Montjuic, ses poudrières tout en haut, sa tour dominant ses longues murailles, donnant plus de puissance aux touches apportées par les cheminées et les édifices répandus dans la grande masse aux tons verts de la plaine. C'était beau, grandiose, brillant, digne d'une cité puissante. Le souvenir de cet oncle artiste qui aurait sûrement joui de ce spectacle traversa la pensée de la fille de Foix, lui donnant des regrets.

Alors elle regarda vers les tribunes. Elle voyait presque tout le monde de dos, dans une perspective à vol d'oiseau : toute une forêt de chapeaux d'été, luxueux, légers, gais, avec l'éclat métallique de quantité de scarabées irisés qui pullulaient parmi les gazes, les plumes, les fleurs. Même ainsi, ses yeux reconnurent les habitués de tous les endroits selects, dont elle connaissait un grand nombre, rien qu'à leur silhouette, à leur couleur de cheveux. Ainsi les sœurs Llopis, en bas, avec Mas et le baron ; ce dernier écoutait debout, les mains croisées, la barbe appuyée sur le pommeau de sa canne, le bord des poignets immaculés de sa chemise sur ses gants en peau de Suède ; il lui faisait face, sans se douter nullement qu'elle le regardait. Avec le froid mépris de qui s'éloigne d'un ennemi elle fixa ses jumelles sur la tribune d'à côté. Il y avait encore là quantité de gens qu'elle connaissait. Quelques-uns de ceux qui étaient debout en face d'elle la saluèrent. Et au milieu de ces gens innombrables plantés là, elle découvrit tout à coup la nuque raide de son cousin. C'était bien Eladi, à moitié caché par un chapeau noir orné de coquelicots et d'épis. Celle qui le portait, parlait avec le secrétaire de Foix. Ils étaient très près l'un de l'autre et Delfina connaissait le contour de l'épaule, la blondeur des cheveux de la jeune fille. Elle ajusta les jumelles, guetta un moment tous les mouvements et avec une agréable surprise elle constata que c'était bien Mlle Blanche. « La pauvre ! Il y avait si longtemps qu'elle ne l'avait pas vue ! » Son premier mouvement fut de l'appeler, d'aller la trouver. Dans sa joie elle communiqua à sa mère sa découverte, à voix si haute que Pauleta l'entendit ; celle-ci se leva, regarda à son tour, et se rendant à l'évidence, marmonna entre ses dents :

– Quoi ? Mon fils avec cette effrontée ?... Cet imbécile ferait mieux de s'occuper de cette mijaurée à côté de moi !

XVII

Foix avait enfin accepté de faire cadeau à sa femme du petit immeuble de la place du Regomir de la façon conseillée par Mme Monica, bien que les raisons invoquées par les deux femmes pour justifier une si étrange combinaison lui semblassent immotivées et puériles. Ainsi il invita à déjeuner un jour la vieille femme pour aller ensuite signer l'acte chez le notaire dès le début de l'après-midi.

Mais cette vieille entêtée, quand ils descendirent de chez Foix et arrivèrent devant le portail, fit un caprice d'enfant, refusant de monter dans le landau ouvert qui les attendait et ce en présence du concierge, des cochers, des clients de Foix entrant ou sortant de la maison :

– Où voulez-vous me faire monter ? Dans cette voiture ? Ah, non, non, moi je n'y monte pas, ce n'est pas pour moi !

– Allons, ma mère, ne soyez pas comme ça, montez !

– Dieu m'en préserve ! Sainte Vierge !

– Mais... ma mère...

– Ah non, non et non ! N'insistez pas, je n'y monterai pas. Vous n'avez qu'à y monter, vous autres ; moi j'irai à pied. Nous nous retrouverons, oui, répéta la vieille, ajustant d'une main sa mantille, tandis que de l'autre bras elle se débarrassait à coups de coude de sa fille qui voulait la retenir.

– Mère, pensez que nous sommes dans la rue et que tout le monde nous regarde !... Allons, montez, ma mère, montez ! Ne faites pas cette chose ridicule devant les domestiques.

Mais la vieille femme se secoua pour se libérer et s'enfuit sur le trottoir ; Foix et Catarina furent obligés de renoncer et ils montèrent dans le landau assez fâchés.

– Je m'en doutais ! s'écria Catarina quand le véhicule démarra. Pourquoi avoir pris la voiture découverte ?

– Parce qu'après nous irons nous promener. Comment imaginer qu'elle aurait honte de venir avec nous ?

– La pauvre femme n'est jamais montée en voiture découverte !

– En voilà une excuse ! Des histoires ridicules de vieille femme ! Aucune envie de nous faire plaisir ! On ne sait pas quoi faire pour les contenter et voilà la récompense !, on dirait qu'ils vous jettent à la figure votre richesse comme une insulte !

Vraiment de mauvaise humeur Foix s'affala de tout son poids et continua :

– Et Delfineta c'est pareil !... Pourquoi n'a-t-elle pas voulu venir aujourd'hui ?... Cette petite commence réellement à m'agacer avec ses idées noires et ses entêtements. Peut-on savoir ce qu'elle a ? Peut-on savoir ce qu'elle veut ?

L'homme se tut, songeant à tous les ennuis familiaux qui semblaient le poursuivre. « Ah ! il n'avait pas de chance ! Toutes ses joies étaient assombries ! Jadis, quand il n'était rien, quand il courait toute la journée pour gagner quatre sous, il arrivait à son petit appartement fatigué, fourbu, les yeux pleins de sommeil, la cervelle embuée, sans avoir ni le temps ni le courage de jouir du bonheur qui l'entourait : chez lui la santé, la paix, la félicité régnaient. Et maintenant que ses affaires avaient le vent en poupe, alors qu'en moins de deux ans il s'était fait un nom et gagné une fortune, cette fille, dont il était si fier, voilà qu'elle lui rendait amères toutes les joies, toute sa gloire ! Le jour des "Nord"... ces pleurnicheries sur ses regrets, sa nostalgie ; le jour des courses, alors qu'elle aurait dû se sentir orgueilleuse et reconnaissante du luxe dont son père les entourait... à nouveau des pleurs ; elle s'enfermait à la maison, disant qu'elle ne voulait pas retourner à l'Hippodrome pour tout l'or du monde ; avant-hier, alors qu'il arrivait chez lui le cœur éclatant de satisfaction, racontant sa nouvelle victoire obtenue l'après-midi même à la corbeille des "France" portant sur son carnet une nouvelle fortune, cinq cent mille douros... ça recommençait : sa fille comme une statue, impassible, raide comme une momie. Il y avait de quoi envoyer tout promener !... Et aujourd'hui ? Aujourd'hui que j'arrive tout frétillant parce que deux jours après la correction que je leur ai infligée ils proposent ma candidature pour entrer au conseil d'administration des "France"... aujourd'hui que j'apporte la nouvelle d'avoir déjà bien engagé l'affaire du chemin de fer de Vilaniu... que j'explique qu'on vient de me proposer, à d'excellentes conditions, l'acquisition de la grande forge "La Metalurgia", ce qui faciliterait grandement mon projet de chantier naval... aujourd'hui que M. Arnús nous invite au grand bal du "Liric" par une missive si aimable, pauvre monsieur !, si flatteuse pour ma fille, la nommant personnellement, lui faisant même des compliments... aujourd'hui où je lui donne trois cents douros pour qu'elle s'achète une jolie toilette pour le bal... rien, rien, comme si elle était en bois ! Comme si elle s'en fichait de mes succès et de mes gains ! Comme si elle ne me devait aucune reconnaissance pour ce que je fais pour tous et spécialement pour elle, comme si je l'offensais par-dessus le marché ! Il y a de quoi en avoir assez, de quoi leur dire : "Voici ce dont vous avez besoin pour vivre, et laissez-moi vivre à ma guise tout seul, bien seul." Quand je vois ces affronts qu'on me fait, comme ma belle-mère à l'instant, j'enrage, je sortirais de mes gonds ! Quelqu'un qui se met en quatre pour leur faire plaisir, pour les contenter tous, c'est comme ça qu'on le remercie ? Qu'est-ce qu'ils s'imaginent ? Pensent-ils par hasard que ce que je fais, ce que je gagne, je ne le fais pas, je ne le gagne pas loyalement, honnêtement, honorablement ? »

Mais la voiture s'arrêta devant chez le notaire et « Panxito » le chapeau à la main, était déjà figé devant le marchepied. Mari et femme descendirent et commencèrent à monter l'escalier, lui devant, tirant sur sa redingote, énervé, grimpant avec la légèreté d'un jeune homme, elle derrière, lourde et gênée par le crochet en haut de sa veste trop étroite qui comprimait sa poitrine et lui coupait la respiration.

– Tu vas voir, ta mère maintenant va nous faire attendre un bout de temps.

L'antichambre du notaire, où il y avait quatre tables et huit employés, était pleine de clients qui attendaient. L'un d'eux était M. Monfar, le vendeur de l'immeuble, un monsieur grand, maigre, chauve, un vénérable vieillard, historien très distingué, écrivain consciencieux ; avec ses recherches historiques, ses publications mal vendues, loin d'économiser un sou était obligé de vendre pour payer des dettes. Il pensait pouvoir manger encore avec ce qui lui resterait, jusqu'à ce que la mort lui épargne d'entrer à l'asile des Petites Sœurs des Pauvres, si par hasard la camarde, pour une fois, avait le bon goût d'arriver opportunément.

Le pauvre homme était si recroquevillé dans un coin, les yeux mi-clos sous les lunettes, son crâne jaune et dégarni brillant sous un rayon de soleil, que le banquier ne le remarqua même pas. L'entrée de Foix fut bien différente de la sienne. Le brave vieux, le chapeau à la main, marchant sur la pointe des pieds comme le symbole de la modestie s'était approché timidement d'une des tables.

– S'il vous plaît, est-ce que M. Foix est déjà arrivé ? avait-il demandé tout bas à un des employés.

– Non, monsieur, avait répondu l'autre sèchement, sans même lever la tête.

Et l'homme, aussi lentement, s'était éloigné pour se rasseoir, et il restait là, sans bouger.

Ah ! S'il s'était conduit comme M. Foix ! S'il avait eu la renommée, la réputation, le prestige que ce monsieur avait ! Il aurait su alors entrer comme le font les personnages, les gens de poids, comme entra M. Foix : décidé, sans enlever son chapeau, la tête rejetée en arrière, le bedon en avant, la canne sous l'aisselle, le pas sonore, regardant si sa femme le suivait, allant tout droit à la porte du bureau, sans se soucier de ceux qui attendaient !... Alors il fallait voir comment tous les employés levaient la tête et le contemplaient avec admiration, comment l'un d'eux accrochait la poche de sa veste à la clé du tiroir tellement il s'était levé vite pour épargner au banquier la peine d'ouvrir la portière.

– Entrez, entrez, s'il vous plaît, madame, monsieur.

Dehors, ensuite on chuchota.

– Qui est ce personnage ?

– C'est Foix, le richard.

– Ah, c'est Foix, le millionnaire.

– C'est Foix ?

– Oui, un richard.

– Ah, c'est Foix ! s'écriaient-ils tous, parfaitement résignés à attendre, convaincus qu'ils *devaient* attendre.

Tout le monde connaissait le nom de Foix, personne celui de l'auteur du meilleur ouvrage historique sur le royaume d'Aragon, l'œuvre de toute une vie consacrée à la recherche et au travail.

À l'intérieur du bureau le notaire laissa de côté le client avec qui il parlait, abandonna son siège et la figure resplendissante de joie il fit trois ou quatre pas pour leur tendre la main et leur offrir deux fauteuils. Il congédia aussitôt le client précédent avec une petite tape sur l'épaule.

– Très bien, très bien, monsieur Reig. S'il vous plaît, vous m'attendez un instant dehors, ou vous revenez me voir demain et nous finirons de parler de cela. Excusez-moi... mais j'avais fixé rendez-vous à M. Foix à une heure précise, le temps d'un banquier, n'est-ce pas M. Foix, est précieux. Alors, à demain, hein ? À demain.

Le client à moitié sorti déjà par la portière ouverte, sans oser élever la voix, eut encore le courage d'ajouter :

– C'est que, voyez-vous, maintenant, en deux mots, nous pourrions tomber d'accord et vous pourriez commencer à rédiger l'acte. Je voulais prendre le train de quatre heures, j'ai laissé un enfant malade.

– Eh bien, mon cher, vous partirez demain, ou alors venez vers les cinq heures. Allons, à demain, c'est entendu.

La porte se referma et se tournant vers le couple Foix avec une sollicitude et une joie excessives :

– Vous allez bien ? Je suppose que madame...

– Oui, c'est mon épouse. Excusez-moi, mais je ne peux pas vous l'offrir.

Éclats de rire.

– Comme vous êtes amusant, monsieur Foix.

Celui-ci sortit son étui.

– Ce que je peux vous offrir c'est un cigare, un « impérial ». Il ne faut fumer que ce qui est excellent, ne fumez rien d'autre, mon vieux.

– Oh, tout ce que M. Foix possède est excellent.

– Ah oui, ils ne sont pas mauvais, pas mauvais du tout vous verrez. Ils me reviennent, achetés comme ça par milliers, à deux pesetas. À ce prix on peut les fumer... En voulez-vous un autre ?... Allons, mon vieux, prenez-le, ne faites pas de manières... fumez ce qui est bon, mon cher, fumez du bon tabac... C'est un vice que j'ai pris à La Havane : je ne peux pas supporter le mauvais tabac, je ne peux pas, répéta-t-il les yeux fixés sur les cigares qui se trouvaient sur la table du notaire.

– Vraiment, vraiment, acquiesça celui-ci un peu rouge mais tolérant de bon gré cette impertinence. Madame, est-ce que la fumée ne va pas vous gêner ?

– Oh, non, monsieur, non ; j'y suis habituée. Gil fume plus qu'une cheminée !

– Non, seulement entre dix et douze cigares par jour. De vingt à vingt-quatre pesetas.

– C'est madame qui achète la maison ?

– Non, monsieur ; c'est ma mère. Elle va bientôt arriver.

– Ah ! oui, vous avez raison.

– Vous ne vous souvenez pas que je vous ai dit que c'était ma belle-mère qui l'achetait ? Catarineta, on te prend pour une vieille femme !

– Oh, non, monsieur ne dites pas cela ! Excusez-moi, j'ai eu un moment de distraction. Quand on a tant d'affaires... tant de noms dans la tête !... Mais je m'en souviens bien maintenant : donya Monica...

– Tió.

– C'est cela, donya Monica Tió.

– Tenez, je crois l'entendre.

La vieille femme entra, à bout de souffle, écartant la mantille de son visage, les mains dans ses gants fourrés, comme toujours. Une fois assise sur le bord de la chaise :

– Ah, ah, ah ! Excusez-moi, laissez-moi respirer... Ah ! j'étouffe dès que je marche... j'étouffe !

– Reposez-vous madame, reposez-vous, dit le notaire, tout en appuyant sur le bouton électrique.

– M. Monfar n'est pas encore arrivé ? demanda-t-il à l'employé.

– Je ne sais pas, monsieur.

– Allez voir.

– Bonjour, dit bientôt M. Monfar en entrant et saluant, sans que personne ne se levât.

– Vous étiez déjà là, monsieur Monfar ? demanda le notaire avec l'affabilité propre à son métier, tout en signant des papiers.

– Oui, monsieur, j'attendais.

– Il y a longtemps ? demanda Foix.

– Environ une demi-heure.

– Et vous ne nous avez pas vus entrer ?

– Si, monsieur, mais comme personne ne m'y avait invité avant...

– Approchez-vous, monsieur, prenez une chaise, s'il vous plaît, monsieur l'historien, dit le notaire d'un ton emphatique pour montrer une culture d'emprunt puisqu'il ne connaissait même pas la couverture de cet ouvrage historique.

Le bon vieillard eut toutes les peines du monde à obéir parce que les chaises du notaire étaient capitonnées, et très lourdes. Mais enfin, la soulevant à moitié de sa main tremblante, et à moitié la traînant, il parvint à porter la chaise à sa place.

– M. Monfar est historien ?... Ainsi vous écrivez des histoires ? demanda le banquier en regardant le vieillard d'un air surpris.

Celui-ci devint tout rouge, comme si on l'accusait d'un vice.

– Ah, fichtre, fichtre. Je n'en savais rien, ajouta Foix sans dévier son regard, que le vieux monsieur trouvait impertinent.

– Et moi non plus, intervint Mme Monica, le regardant fixement elle aussi, avec compassion et surprise. Et pourtant il y a bien des années qu'on se connaît, n'est-ce pas, monsieur Monfar ? C'est depuis que je suis votre locataire.

– Au moins huit ou dix ans, répondit le vieillard, désireux de ne pas entendre ces ignorants parler de sa profession.

– Je n'ai jamais lu aucune histoire comparable à celle de « El sitio de la Rochela ». Ça c'est vraiment bon, c'est magnifique ! lâcha Foix avec l'audace et l'irrévérence de ces gens incapables de mesurer leur propre ignorance et de se la faire pardonner par un silence discret.

– Imbécile ! marmonna entre ses dents l'historien, alors qu'il était bien affligé en pensant à la signature qu'il lui fallait donner.

– Allons-y, messieurs ?

Le notaire, un crayon dans sa main droite, à sa gauche l'acte de vente, commença à réciter par cœur :

« Dans la ville de Barcelone » etc.

– Oh, monsieur Monfar, votre titre de propriété ?

– Vous avez raison... le vieillard chercha dans sa poche, tira son portefeuille, le fouilla plusieurs fois et finit par dire, très ennuyé :

– Je crois que je l'ai oublié. Je vais vous l'envoyer.

– Mais vous l'avez bien fait établir, hein ? Vous êtes allé le chercher ?

– Naturellement ! Oui, monsieur.

– Oh, c'est qu'il faut faire très attention à cela, monsieur Monfar, car comme vous le savez si le titre de propriété était d'une date antérieure...

– Bien sûr, ne vous faites pas de souci pour cela. En sortant d'ici je retournerai le chercher chez moi. Si vous voulez j'y vais maintenant. Je l'ai oublié, messieurs, je ne sais quoi vous dire. Pour vivre dans cet heureux pays, il faut penser à tant de choses, qui ne sont que des cautères sur une jambe de bois...

– Ah, vous avez bien raison, oui, s'écria la vieille femme. Vous savez ce que c'est, tout ça ? Des escroqueries de tous ces gouvernements qui ne savent quoi inventer pour nous vider les poches.

– Bon, on continue ? dit le notaire.

À la fin, il lut l'acte de vente d'un seul trait, Foix sortit vingt mille douros et ils commencèrent à signer.

– Ah, dit le notaire, monsieur Monfar, voulez-vous avoir l'obligeance d'aller voir si votre créancier se trouve à côté ? Parce que maintenant il faut lui remettre les douze mille douros et il doit signer la lettre de paiement pour que l'hypothèque soit levée.

Mme Monica mit ses lunettes, enleva un gant et commença à signer avec des lettres presque hébraïques, tandis que M. Monfar sortait silencieusement du bureau.

– Pauvre monsieur ! s'écria Foix le regardant avec pitié ; il n'y aura guère de curés à son enterrement. Tous ces gens qui écrivent sont à moitié dingues, n'est-ce pas vrai ? Vous avez vu ? Il a oublié d'apporter son titre de propriété.

– Ah, il vaut mieux brasser des lettres de change et des chèques plutôt que des registres et du papier timbré, monsieur Foix ! dit le notaire intérieurement attristé, extérieurement avec un visage admiratif.

– Allons, mon bon, ne vous plaignez pas ! Aujourd'hui vous aussi vous devez gagner beaucoup ! Il y a tant de nouvelles sociétés qui ouvrent leurs portes !... Et en ce moment on vous prépare une bonne affaire : la constitution de la compagnie du chemin de fer de Vilaniu.

– Vous croyez que ce sera pour bientôt ?

– Bientôt, bientôt ! Vous pouvez déjà commencer à gratter du papier ! Mais j'espère que pour cette affaire-là vous n'allez pas nous faire perdre du temps, hein ?

– Vous pouvez compter sur moi.

– Alors, belle-mère, vous avez fini ?... Donc à bientôt, à bientôt... Avez-vous aimé ce cigare ? Je vous en enverrai une boîte... Mais si, mon cher, mais si ; fumez du bon tabac, mon vieux.

À la porte il tomba sur M. Monfar :

– Monsieur Monfar, portez-vous bien. J'ai été très content d'apprendre que vous écriviez de jolies histoires. Vous devriez m'en offrir une, je la lirai si j'ai le temps, dit Foix, croyant lui faire un grand plaisir.

– Imbécile ! marmonna à nouveau entre ses dents M. Monfar, dont le cœur était plus sombre qu'un sépulcre en songeant que ce qu'il envisageait avec terreur, vendre sa maison et rester à la rue, était désormais un fait accompli, ne méritant même pas un regard ni un mot de consolation de quiconque, comme s'il s'agissait de la chose la plus naturelle du monde.

– Imbécile, grossier personnage, malotru ! Un homme qui jette son argent et s'imagine me faire une grande faveur en me demandant de lui offrir un de mes livres ! Niais, benêt !... Un homme qui prend un mauvais roman pour de l'histoire sérieuse veut bien me faire l'honneur de lire une de mes œuvres !... La fortune protège de drôles de gens ! Quelle ignorance règne à Barcelone aujourd'hui !

– Bien, ma fille, dit Mme Monica en s'arrêtant sur le palier avec Catarina. N'aie pas peur, sois tranquille : dès demain je fais mon testament.

– Voyons, ma mère, je ne crains rien et je vous souhaite de pouvoir jouir pendant de longues années de cette maison.

– Merci beaucoup, mes enfants. Tu entends, Gilet ? Et à sa fille : Je ne veux pas que ce notaire soit au courant, autrement, en voyant que je me dépêche de te léguer la maison il dirait que tout cela a été une combine montée par ton mari. Dieu seul sait que ce n'est pas vrai ; n'est-ce pas mes enfants ? Mais, comme je vous l'ai toujours dit, souvenez-vous de Manela. Les choses étant réglées ainsi, ma fille, personne ne pourra te prendre la maison.

Foix et Catarina ne voulant pas s'exposer à la répétition de la scène de la rue Ample prirent congé de Mme Monica sans l'inviter à monter dans leur voiture.

– Manel, dit Foix au cocher en grimpant sur le marchepied. Deux tours avenue de Gràcia et ensuite nous allons chez M. Rodon.

Les superbes juments s'élancèrent, faisant tinter en mesure les chaînettes et les boucles nickelées du harnais et au trot long emmenèrent promener la dame et le monsieur. C'était un jeudi après-midi, il faisait beau, l'air était tiède. Il y avait plus de monde que d'habitude sur l'avenue ; arrosée de frais, avec les premières feuilles aux arbres, elle avait un aspect joyeux, propre, aristocratique. Le flambant landau des Foix entra dans la file des voitures ; des coups de chapeau innombrables, des regards aimables flattaient la vanité du banquier tandis que Catarina restait encore un peu intimidée. Mais soudain Foix fut surpris, interdit : ils venaient de croiser les sœurs Llopis et elles avaient détourné la figure de toute évidence pour ne pas répondre à leur salutation.

– Qu'est-ce que cela ? N'as-tu pas remarqué, Catarina, que les Llopis nous ont fait un affront ?

– Oh, j'imagine bien assez pourquoi !

Catarina commença alors à lui raconter ses dernières recherches pour découvrir la cause de la tristesse de sa fille : « Celle-ci était restée dans la plus absolue réserve ; elle avait maintenant la marotte d'acheter des livres, d'étudier, de dessiner, de jouer du piano, se refusant à mettre le nez dehors et même à la fenêtre. Catarina ne pouvant abandonner l'idée que dans tout cela le voisin était pour quelque chose, s'en était prise dernièrement au groom, et celui-ci avait fini par avouer qu'en effet ce monsieur lui avait fait passer trois lettres et que mademoiselle les avait déchirées sans les lire, chargeant ce petit singe de dire cela au baron. À la fin le jeune homme était venu hier après-midi. »

– Et pourquoi tu ne m'en avais rien dit ?

– Attends, mon vieux. Pour ne pas te fâcher davantage. Tu étais de si mauvaise humeur ! Tu vas voir ce qui est arrivé... J'entends la sonnette, Panxito ouvre, et comme si le cœur me l'avait dit, j'arrive au vestibule... et plaf ! Il était là ! Il est devenu un peu rouge mais il m'a saluée très aimablement. Moi je pensais que la petite, qui jouait du piano, ne nous avait pas entendus, ce qui était vrai ; alors, toute contente parce que je croyais qu'ainsi peut-être on allait en finir une bonne fois, je le conduis au petit salon et je les mets face à face. « Très, très bien, magnifique ! Continuez » lui a-t-il dit, toujours aimable et gentil, mais la petite, plus morte que vive, s'est arrêtée net de jouer. Ils se sont salués, nous nous sommes assis et monsieur le baron attentionné et affable, commença à se plaindre de ce qu'on ne nous voyait nulle part, à dire ces choses agréables, tu vois, que ces gens-là savent dire.

– Quoi ? Quelles choses ? Raconte, dit Foix déjà radouci, allumant un autre « impérial ».

– Que veux-tu que je te dise, mon bon ?... De jolies choses que l'on dit, histoire de parler : que Barcelone se languissait de ne plus nous voir, que tout le monde avait vanté notre landau, que les gens étaient étonnés de ne pas nous avoir vues aux courses ni au défilé, que tous se demandaient si la petite ou moi nous n'étions pas malades...

– Tu vois, tu vois ? Continue, continue, dit-il.

– Rien, quatre bêtises encore... Ah ! Que tout le monde connaissait, que tout le monde parlait de tes triomphes à la Bourse, que... Ah, ça alors, je n'ose pas te le dire... Avec cela, oui, franchement il m'a fait éclater de rire !

– Quoi donc, quoi donc ? Allons, dis-moi.

– Rien, une folie, des histoires que les gens font courir... Il dit qu'on raconte qu'on veut te faire marquis.

– Ça le faisait rire ? On ne sait jamais, coupa Foix tout rouge et se rengorgeant. Il y en a eu d'autres, il y en a encore, qui ne le méritent pas plus que moi. Tu sais bien que cela ne me préoccupe pas du tout, que je n'ai jamais fait grand cas des parchemins, mais cela ne veut pas dire que si un jour on m'en offrait un j'irais le dédaigner, et il ne sera pas question de s'en moquer.

– Allons, mon vieux ! Dieu nous protège ! Cela n'est pas fait ni pour toi ni pour moi. De l'argent, de l'argent pour se remplir la panse. Avec un parchemin tu pourrais seulement relier un livre !

Foix ne voulut pas discuter ; intérieurement il se plaignait qu'elle eût une ambition si mesquine. « C'est bien connu, le renard, quand il ne peut pas les avoir, dit que les raisins sont verts. C'est la consolation des petites gens. Lui aussi jadis il se moquait des parchemins, il les voyait si loin de lui que rêver d'en obtenir un c'était de la sottise. Pourquoi alors s'en soucier, courir frénétiquement derrière un titre ? Mieux valait s'en moquer. Mais quand on arrive à une certaine position, quand on atteint certains sommets qui nous éloignent de la masse poussiéreuse et nous rapprochent des brillantes, des distinguées sommités qui gouvernent le monde, l'esprit s'ouvre davantage, les horizons s'élargissent, et on ne sort pas des lieux communs comme celui que venait de dire cette femme. "L'argent remplit la panse." Qui peut en douter ? Mais quand on a la matérielle assurée pour toute la vie, les aspirations doivent-elles s'arrêter là ? Cet effort, cette lutte pour conquérir une bonne situation, lutte que beaucoup mènent inutilement, ne doit-elle pas donner au vainqueur une importance, un titre lui garantissant l'admiration générale ? Que représente dans ce cas un titre de marquis si ce n'est la sanction officielle de l'admiration publique ? Pourquoi alors serait-il ridicule en exhibant une couronne sur ses cartes de visite et sur la portière de sa voiture ? Un millionnaire tel que lui n'était-il donc pas une force, une des colonnes de l'édifice social ? Beaucoup plus que ce mirliflore de baron, s'il était assez bête pour se moquer, beaucoup plus que la noblesse historique, chargée de dettes et de vices... qui n'a plus de pouvoir, qui ne signifie plus rien ! La preuve, toutes les prévenances, toutes les propositions dont il était l'objet depuis quelques jours, qui lui arrivaient de partout. Que signifiait tout cela sinon qu'il était admiré par les uns, craint par les autres, sollicité de toute part ? Et quand est-ce qu'on arrive à cela ? Quand on représente une puissance, une force. »

Et l'homme grimpait au mât de cocagne oubliant le thème principal de la conversation, tandis que Catarina continuait à lui expliquer la scène de la visite.

– Mais est-ce que tu m'écoutes ? Entends-tu ce que je te dis ?

– Oui, continue.

– J'ai l'impression que tu ne m'écoutes pas. Voyons, qu'est-ce que j'étais en train de te dire ?

– Oui, oui, que certains disaient qu'on voulait me faire marquis. Et moi je te dis que je vais découvrir qui a fait courir ce bruit. Personne ne m'a rien dit, mais il n'y a pas de fumée sans feu...

– Tu vois que tu n'écoutais pas ? Je t'expliquais maintenant ce qui est arrivé ensuite.

– Ah bon, j'étais un peu distrait. N'en sois pas étonnée : je dois penser à tellement de choses !... Dis-moi, dis-moi.

– Je te disais donc que moi, pour qu'ils puissent s'expliquer et se réconcilier j'avais cherché une excuse et j'étais sortie, les laissant seuls.

– Tu n'aurais pas dû.

– Et alors comment voulais-tu qu'ils aient une explication ? Tu t'imagines que les choses pouvaient s'arranger devant moi ?... Crois-tu donc que notre fille n'a pas assez de tête pour se faire respecter ?... Tu te figures bien que je ne me suis guère éloignée avec la curiosité qui me démangeait ?

– Bon, alors tu as bien fait. Continue. Et est-ce qu'il t'a dit d'où il tenait la nouvelle ?

– Quelle nouvelle ? Je viens de te dire que je les avais laissés seuls... De quelle nouvelle me parles-tu maintenant ?... Gilet, tu ne m'écoutes pas. Où as-tu la tête ?

– Mais ici, ma chère, ici. Explique-moi, continue. Tu les as donc laissés seuls... Qui as-tu laissés seuls ? C'est cela, explique-le-moi.

– Bah, bah, bah ! N'en parlons plus. Tu vois bien, tu ne m'écoutes pas. Cela m'étonnait aussi qu'après t'être si longtemps désintéressé des déboires de la petite, aujourd'hui tu y prêtes une telle attention ! Tu vis si éloigné de nous, tu fais si peu cas de nos affaires, les dédaignant toujours comme des idées que je me fais ou comme des enfantillages de Fineta, considérant que tout cela ne mérite pas la peine que tu t'en soucies !

– Allons, allons ! s'écria Foix, faisant à nouveau attention à la conversation, cesse de récriminer injustement car je finirais par me fâcher. Bien sûr que je ne me préoccupe pas pour des bêtises ! Ah, il réussirait bien, un homme d'affaires comme moi, s'il devait se soucier de bagatelles, de petits détails, d'appréhensions... de tout ce que tu me dis le plus souvent ! C'est comme quand je m'enferme dans certains silences que tu ne t'expliques pas ! Eh bien, ma vieille, il faut que vous les compreniez ! Sais-tu le poids de tout ce que j'ai dans la tête ? Tu continues à me voir comme l'homme de la rue Giriti, et ma fille, ton mari n'est plus du tout le même. L'homme n'est pas fait d'une essence pure, à jamais une, pure et invariable : l'homme est comme une éponge qui se trempe, se teint, se gonfle selon les substances avec quoi on la mouille. Le milieu ambiant... Mais qu'est-ce que je te raconte, alors que tu ne le comprendrais pas ?

Catarina le regarda peinée. « Et comment qu'il était devenu un autre homme ! Il avait toujours été un peu impulsif, elle l'avait bien vu quand il était jeune : il suffisait de se souvenir de sa sortie du Séminaire et de l'histoire, plus grave encore, de sa fuite en Amérique. Mais à l'époque il n'était qu'un jeune homme, il manquait encore de jugeote. À son retour, Gilet était devenu un homme sensé, sérieux, simple, se consacrant à son travail, sans ces théories philosophiques bizarres, avec qui il était agréable de bavarder parce qu'il écoutait et répondait à tout, sans jouer aux héros des romans de chevalerie, sans prendre ces airs offensants de maître d'école. Comment était-il devenu ainsi ? C'était clair : la richesse le rendait bêtement orgueilleux, lui montait à la tête et il devenait fou. »

Mais Catarina au milieu de tout cela gardait assez de sérénité d'esprit pour être reconnaissante à son mari de ses bonnes intentions et assez d'indulgence pour lui pardonner ses nouvelles lubies ; elle continua donc son récit après lui avoir jeté un regard apitoyé :

– Une fois seuls, éclata entre eux une dispute à mi-voix dont je ne pus saisir que quelques mots, cachée comme je l'étais dans un coin de la chambre de la petite. Il disait : « Je vous dois des explications. » Elle : « C'est inutile » et je ne sais quoi encore. Il recommençait : « Mais écoutez-moi, écoutez-moi : je vous jure que je vous aime plus que jamais. » Et la petite restait de marbre, lui disait fermement qu'elle ne voulait pas l'écouter. « Je m'en vais, je m'en vais », répétait Delfina. Ils ont bredouillé ensuite je ne sais pas quoi, quelque chose, puis j'ai entendu qu'il lui reprochait je ne sais quel enfantillage et qu'il lui disait : « Et pourquoi avez-vous montré ma lettre à Emilia ? – Il parlait de l'aînée des Llopis.

– Sacrebleu ! Cela veut dire qu'ils s'écrivaient ces deux-là ! s'écria Foix avec toute la naïveté d'un père borné. Voilà qui est bien ! Et moi qui allais...

Il était sur le point de dire : ... la fiancer avec Eladi !... Mais il se mordit la langue, tout rouge, attristé et abasourdi.

– On peut bien lui pardonner, ce sont des choses naturelles chez les jeunes filles. Souviens-toi des petits papiers que tu me glissais sous la basane du chapeau de mon oncle.

Tous deux étouffèrent un éclat de rire qui fit trembler leur ventre, et les yeux attendris par le souvenir ils parcoururent pendant un moment toute la maison de l'oncle, décor de ces veilles d'amour timide, furtif, saint, toutes resplendissantes d'une lumière poétique comme nulle autre chose au monde : ni les millions, ni les voitures, ni les triomphes éclatants à la Bourse. Ils se regardèrent subrepticement et ils ne se reconnurent pas, songeant avec une tristesse profonde : « Comme elle s'est flétrie ! » « Comme il a vieilli ! »

– Bon, continue, continue, dit nerveusement Gil.

– Et voilà que la petite dit « Assez ». Elle a dit cela très fort, tu vois, un « assez » ferme et méprisant. Et alors elle se lève pour partir, lui veut la calmer, la priant, la suppliant, y mêlant le nom d'Emilia, son amour pour Delfina et « Pardonnez-moi » et la charité et est-ce que je sais, moi ? Elle disait toujours non, et non et non. Le ton de leurs voix montait, fâchés qu'ils étaient. Alors j'entends qu'elle dit : « Vous n'avez plus à penser à moi, car je suis tout à fait déprise de vous... Elle ne vous a pas dit que je ne voulais plus vous voir, ni vous ni elle ? » « Comment, a-t-il dit, vous avez rompu avec Emilia ? Depuis quand ? »

– Sainte Vierge !... Quel combat !

– Alors je crois que la petite s'est enflammée pour de bon, elle a dit à nouveau « assez ! » et elle a menacé de t'appeler toi ou le domestique pour le jeter dehors. Et je pense que le pauvre monsieur est resté tout à fait confus quand il a vu que Delfina, sans ajouter un mot de plus, s'enfuyait, entrait dans sa chambre, où je me trouvais, et fermait la porte.

– Crénom ! Et comment s'est terminé tout cela ? demanda Foix, ne sachant pas s'il fallait admirer ou blâmer cette fille si résolue et si opiniâtre. Vois un peu cette sainte nitouche ! ajouta-t-il mi-effrayé, mi-orgueilleux.

Catarina finit son récit en disant que le baron, au bout d'une minute, était parti en claquant la porte de l'appartement et que la jeune fille, la découvrant dans sa chambre, l'avait empêchée de parler en lui disant que puisqu'elle avait tout entendu, elle pouvait lui épargner les explications. « Je ne vous dirai que ce que je vous ai déjà dit à l'Hippodrome : Je suis guérie. »

Le mari et la femme se regardèrent en silence.

– Et tu crois qu'elle l'est ?

– Je ne le pense pas.

– Alors, qu'est-ce qu'elle veut ?... Que ferons-nous ?

– Toi et moi, Gilet, nous ne ferons rien.

– Et qui va le faire alors ?

– À mon avis, le temps ; le temps doit tout arranger.

Foix resta fort marri pendant un moment. « Cette fille le compromettait ! Elle disposait d'elle-même comme si elle n'avait pas de parents ! Elle faisait et défaisait sans égards pour personne, pour rien. » Mais en pensant que ces relations étaient finies, peut-être pour toujours, il se consola. « Qui sait si cette rupture n'entraînerait pas, par dépit, le mariage de sa fille avec Eladi, ce qui le sauverait, lui, de l'horrible situation où il se trouverait si Delfina n'acceptait pas d'épouser son cousin quand celui-ci exigerait qu'il tienne la parole donnée. Oui, oui, Catarina avait raison : le temps arrangerait tout. Pourquoi se faire du souci ? Eladi aussi semblait distrait. Il fallait laisser faire le temps. »

L'homme recommença à penser à son titre de marquis.

– Mais, tu n'as pas essayé de savoir d'où venait cette nouvelle ?

– Quelle nouvelle ?

– Vouloir me donner un titre de marquis.

– Tu penses encore à cela ? Pour l'amour du ciel, Gilet !

– Oh, c'est que cela m'étonne... À moins que ce ne soit Caylà, le député, reconnaissant de ce que je lui ai donné six mille douros quand il nous a obtenu la concession... Ou peut-être le ministre lui-même...

– Allons, mon bon, ne sois pas comme ça ! Je crains plutôt qu'on ne se moque de toi.

Heureusement Foix n'avait pas envie de se fâcher. « Qu'est-ce qu'elle en savait ? De quel droit, pourquoi se moquerait-on de lui ? »

Juste à ce moment la voiture s'arrêta devant chez Rodon. Celui-ci était déjà passé du troisième au premier étage, le meublant, l'installant richement : il y avait aussi une profusion de peluche, des chaises dépareillées, un petit meuble inutile par-ci, un piédestal par-là, des miroirs aux mille formes, de mauvais tableaux dans des cadres somptueux, des vases d'étain imitant le bronze, des statuettes de biscuit, des fleurs artificielles ; toute une exposition d'objets de mauvais goût cachant le papier des murs, la lumière des balcons, empêchant les gens de marcher, l'air et la vie de circuler.

Catarina en voyant ce bazar, cet amoncellement encore pire que celui qui la mortifiait tant chez elle, se sentit réconfortée : chez les Rodon c'était encore plus encombré.

– Très bien, très bien ! s'écria Foix sincèrement. Vous voyez, Rodon, comme vous réussissez en vous associant avec moi ?

Et il lui serra fortement la main d'un air si protecteur que l'amour-propre des maîtres de maison protesta secrètement. Loin de s'en douter Foix continua à répandre ses générosités, offrant un « impérial » à Rodon et le poussant amicalement vers le bureau de celui-ci.

– Allons, allons au bureau. Ces dames parleront de leurs petites affaires tandis que vous et moi nous finirons les derniers préparatifs pour la réunion du chemin de fer.

Et s'adressant à Montserrat, plein d'affection et de joie, il ajouta :

– Et vous, madame, vous vous préparez une belle toilette pour le bal de Vilaniu ? Pensez qu'ils donnent un bal en notre honneur, et il s'agit d'y briller.

– Je n'y manquerai pas, monsieur Foix, vous pensez bien, je ferai de mon mieux !

– Tu vois, Catarina ? Tu l'entends ? Laisse tes scrupules : demain tu iras chez la couturière, toi et Delfineta ; et dépense sans compter, nous n'allons pas devenir pauvres à cause de cela. J'ai déjà donné trois cents douros à Delfineta, sa mère le sait bien, pour qu'elle se fasse belle pour le bal du Liric. Le bal de Vilaniu aura lieu trois jours après. Si elle veut étrenner une autre robe là-bas je ne suis pas contre, je la lui paierai aussi de bon gré. Ce que je veux c'est que vous fassiez bonne figure et que tout le monde soit content. Elle et la petite ne sont pas encore bien décidées à aller à ces deux bals. Vous voyez, madame Rodon, qu'il vous faut essayer de la convaincre.

– Mais certainement ! Elles ne peuvent pas y manquer ! dit Montserrat en donnant une petite tape sur le genou de Catarina.

– Pour sûr ! ajouta Rodon.

– Tu vois, tu vois. C'est ce que je lui dis : ce serait ridicule de ne pas y aller. Notre position nous y oblige.

Catarina prit sa fille comme excuse :

– Je ferai ce qu'elle décidera de faire. Il me semble que ce serait encore plus ridicule si j'y allais sans elle.

– Bon, bon, laissez-moi faire, monsieur Foix, je saurai la convaincre.

– « In manus tuas », dit Foix en levant les bras au ciel.

Et tout en riant, il emmena son ami dans le bureau de ce dernier, lui demandant en chemin s'il avait reçu une lettre du député Caylà.

– Non, mon cher.

– Ni du ministre ?

– Pourquoi voulez-vous qu'ils m'écrivent ? C'est-à-dire... peut-être en ai-je reçu une du ministre. Avez-vous flairé quelque chose ?

Foix avala sa réponse ; il avait honte de dire pourquoi il posait ces questions.

– Savez-vous qui m'a écrit ? Martinez. Et savez-vous pourquoi ? Pour m'offrir le poste de député de Vilaniu. C'est pour ça que celui qui est derrière cette lettre, c'est peut-être le ministre. Il semblerait qu'ils soient fatigués de Pinyol. Et je les comprends. Voyez-vous Pinyol n'a pas le sou, et il ne convient pas au parti conservateur de confier la représentation du district à des hommes qui sont toujours en équilibre instable. Mais, honnêtement, si on exige de moi que je change ma position dès à présent je ne puis accepter. Qu'ils me laissent me présenter comme partisan de l'union et qu'une fois à Madrid ils me facilitent un changement d'étiquette... Autrement, je refuse. Vous n'êtes pas de mon avis ?

– Cher ami, cela nous serait bien utile pour le chemin de fer. Pour ce qui est des opinions politiques vous voyez bien comment les choses se passent aujourd'hui : chacun essaie d'apporter de l'eau à son moulin. Je ne crois pas que cela permette d'avoir des scrupules de loyauté et d'honneur.

Rodon sentit renaître ses ambitions de pouvoir politique et il resta tout songeur, regardant le plafond tandis que Foix faisait de même en pensant :

– Mais qui diable veut faire de moi un marquis ?

XVIII

Cet après-midi-là Eladi se trouvait dans une situation embarrassante. En sortant de la Bourse, ou du Marché, comme il disait suivant l'habitude des anciens coulissiers, une main toute tremblante sortie d'une petite entrée de la rue de la Fusteria le tira par le pan de sa jaquette, alors que le jeune homme était fort occupé à bavarder avec son père et un ami. Eladi tourna la tête et voyant que c'était *Blanxeta* qui l'appelait ainsi, écourta la conversation et, cachant sa surprise, il se sépara de ses interlocuteurs.

Le cœur serré par la honte Mlle Blanche l'attendait au fond de la petite entrée sombre.

– Que se passe-t-il ? Qu'est-ce qui t'arrive ? demanda-t-il, découvrant chez la jeune fille une agitation extrême.

– Il faut que je te parle. C'est un malheur, un très grand malheur. Mais, ici, ce n'est pas un endroit convenable.

– Comme tu voudras, moi cela m'est indifférent.

– Peux-tu me consacrer une demi-heure ?

– Bien sûr, mon petit, et même une heure si tu veux.

– Alors, si tu veux bien, nous pouvons nous rencontrer au Parc. Attends-moi à la porte de l'allée des Douanes.

– Pourquoi ne pas y aller ensemble ?

– Je ne veux pas, nous pourrions rencontrer des gens de ta connaissance et cela me gênerait.

Eladi sourit et il proposa comme la meilleure solution de prendre une voiture et de parler en se promenant.

Blanche ne voulait pas non plus, mais à la fin elle céda ; ils sortirent l'un derrière l'autre, séparément, comme s'ils ne se connaissaient pas et tous deux se dirigèrent vers les Encants, bondés alors d'acheteurs et de curieux, qui se poussaient devant les éventaires de livres, de tissus, de meubles et de petits objets sans valeur. Ils contournèrent la Bourse, passèrent devant son grand escalier et entrèrent dans une vieille voiture. Celle-ci prit l'allée haute de la Riba, au milieu des charrettes et des chars pleins jusqu'au bord de lourdes marchandises et qui assourdissaient avec leurs cahots, et obligeaient le cocher à s'arrêter souvent. Mais le lieu convenait parfaitement pour garder l'incognito : pas une tête connue, un nouveau monde pour le Barcelonais qui passe sa vie sur les Ramblas et l'avenue de Gràcia ; tout un peuple piailleur et agité d'agents douaniers qui foncent comme l'éclair, de poissonniers qui traversent en courant, pieds nus, pantalon et chemise retroussés, leur immense panier sur la tête dégouttant d'eau comme la coquille d'un jet d'eau, des marins à la peau tannée, au regard réfléchi, qui marchent en tanguant, des livreurs de charbon, noirs comme de la suie de la tête aux pieds, se reposant avant de retourner à leur travail, des marchands de cacahuètes bruyants, déversant le contenu de leur balance dans la poche des petits garnements de la plage ou dans le tablier d'une fille du quartier, qui se glisse par là, faisant claquer ses mules : grande, maquillée, marquée de petite vérole, un œillet rouge dans son chignon ; des foules de vendeurs ambulants poussant des charrettes à bras pleines d'oranges fripées, de noix de coco, de dattes et autres fruits ; toute une Babel de langues avec un lien commun qui permet à toutes les races d'unir leurs pensées, tout un mélange de couleurs que la brume ténue du soleil fond et harmonise avec des teintes très douces, dans une atmosphère de vie et de lumière exubérantes.

Mais ce beau soleil de juin qui éclatait en flèches éblouissantes quand il heurtait l'épaisse forêt de mâts des bâtiments cachant la vue de la mer et de Barcelone, obligea les occupants de la voiture à baisser le rideau à droite, alors que Mlle Blanche, cherchant à exprimer sa pensée, n'avait fait rien d'autre que de pousser des soupirs, de verser des larmes et de prononcer quelques mots incohérents. Enfin la jeune fille, rouge de honte, les yeux baissés, demanda le mariage, insistant sur la nécessité de s'y résoudre vite... Si Eladi ne voulait pas l'obliger à traverser la frontière pour ne plus jamais revenir.

Il resta pétrifié. « Qu'est-ce que cela signifiait ? » Ils s'étaient réconciliés à l'Hippodrome et leurs relations avaient continué chez Léocadie où Eladi avait pris l'habitude d'aller tous les soirs en sortant de la Coulisse. Par un hasard extraordinaire l'amant de la modiste, un homme marié avec des enfants qui passait pour célibataire aux yeux de Blanche, tout comme Léocadie se faisait passer pour veuve, était un certain Terrats qui jouait à la Bourse et qu'Eladi connaissait depuis des années. Tous deux après leur travail du soir allaient dans cette maison où ces deux femmes toutes pimpantes et joyeuses les attendaient autour d'une petite table avec quatre tasses d'un café délicieux et quelques petits verres de cognac. Habituellement ils commençaient par bavarder gaiement tous les quatre ; une fois les verres vidés, les cigares allumés, et parfois une cigarette que la maîtresse de maison fumait pour plaisanter, les deux couples se séparaient, chacun allant se faire des confidences sur un des deux divans de satin cerise placés aux deux bouts de la pièce. Les deux petits groupes passaient alors un agréable moment.

La vue des amours de Léocadie, que celle-ci idéalisait quand elle en parlait à son amie, finissait d'enflammer le cœur, bien épris déjà, de la naïve Blanchette. Et Eladi laissait aller les choses, pas encore assez sûr de la soumission de cette vierge, espérant que peut-être la surprise, un jour, n'aurait d'autres conséquences qu'un éclat de rire et après cela la reddition de la jeune fille. L'exemple qu'elle avait sous les yeux serait, pensait-il, son auxiliaire le plus efficace. La jeune fille devenait moins farouche, plus tendre : elle avait déjà bu dans le même verre que lui, ils se tutoyaient, elle se laissait prendre par la taille, caresser les cheveux, ces cheveux de soie si doux, vaporeux, comme ceux des Vénus du Titien et qui étaient, aux yeux d'Eladi, son charme le plus grand. Il s'agissait seulement d'être patient, bien que cela l'agaçât, devant sa continuelle jalousie envers Delfineta, toujours renaissante, devant sa candeur et ses rêves poétiques, les châteaux en Espagne qu'elle bâtissait, parlant d'un futur mariage auquel il ne songeait même pas en rêve. Mais comme de toute façon Blanche semblait envisager tout cela comme une petite lumière pointant à peine dans les brumes lointaines de l'infini, Eladi ne se doutait nullement qu'elle allait lui poser soudainement cette étrange question. Il y avait tout juste seize heures qu'ils s'étaient vus sans qu'on eût dit un mot sur cette matière, rien de nouveau n'était arrivé, ils s'étaient séparés paisiblement, promettant de se voir le soir suivant. « Comment, pour quel motif Blanchette n'avait-elle pas eu la patience d'attendre cinq ou six heures de plus ? Qu'était-il arrivé ? Pourquoi cet ultimatum, cette menace ? D'où provenait son agitation ? Pourquoi cette hâte ? »

L'homme devint sérieux, très sérieux, et au lieu de lui répondre se mit à formuler à voix haute ses objections :

– Ce n'est pas que je refuse d'emblée, ni que je voie d'un mauvais œil cette douce perspective, ajouta-t-il pour rendre moins pénible la situation, mais ne comprends-tu pas qu'une décision aussi soudaine que la tienne doit forcément m'inquiéter, me surprendre ? Allons, nous ne sommes plus des enfants !

« Oui, elle le comprenait, mais des scrupules honnêtes et par conséquent respectables lui interdisaient toute autre explication ; tout ce qu'elle pouvait lui dire c'est qu'elle était contrainte par une nécessité morale et d'une urgence extrême à lui faire cette demande. »

Ces paroles eurent comme conséquence de tout gâcher. Pris d'un soupçon grossier Eladi se tourna vers elle et l'inspecta de bas en haut avec un regard soupçonneux d'anatomiste, si insolent que la jeune fille, pleine de honte, éclata en sanglots. Son premier mouvement fut de faire arrêter la voiture, descendre, fuir ; mais la peur du scandale et une faiblesse soudaine la retinrent et elle se borna à s'éloigner le plus possible de celui qui l'insultait ainsi.

– Elle est folle, elle est folle, pensait Eladi, tout en lui demandant avec une feinte douceur pourquoi elle pleurait, quelle était la cause de son désarroi.

– Vous ne m'aimez pas, répondit la Française au milieu de ses sanglots. Laissez-moi descendre. N'en parlons plus. Tout est fini.

– Mais... *Blanxeta* ! répliqua-t-il, faisant le geste de la prendre amoureusement par l'épaule qu'elle enfonça le plus possible dans le capitonnage de la voiture. *Blanxeta* pour l'amour de Dieu, ne pleure pas ainsi. De quoi m'accuses-tu ? Que je sache, je ne t'ai pas dit des paroles insultantes pour que tu me dises à nouveau vous, pour que tu t'éloignes de moi comme d'un pestiféré. Explique-toi et nous nous comprendrons. Ne sois pas ridicule, ne me fais pas une scène ici, où tous ces gens qui passent, peuvent nous voir. Est-ce que tu penses à nouveau à ma cousine ? Est-ce que je ne t'ai pas juré des milliers de fois qu'il n'y a rien entre nous ? Ne t'ai-je pas raconté que j'ai su par Quim qu'elle et le baron filaient une romance ? Peux-tu croire que moi j'accepterais d'être le second ?

– Non, non, non ; il ne s'agit pas du tout de cela, répondit Blanchette d'une voix moins enrouée.

– Alors explique-toi.

Il y eut une pause pendant laquelle elle recouvra des forces pour une dernière épreuve.

– Répondez très nettement à la question que je vous pose, dit-elle à la fin. Voulez-vous m'épouser, oui ou non, mettons dans quinze jours ? Pour le moment je ne vous demande que cette réponse, affirmative ou négative, toutes les autres seraient inutiles.

Eladi, mis devant cette alternative exprimée avec tant d'agitation et de fermeté par cette femme, changea de couleur, réfléchit un instant et lui dit à nouveau qu'il voulait connaître la cause d'une demande aussi pressante.

– C'est inutile, répondit la jeune fille, prenant le bouton de la portière.

– Mais, enfin, tu dois comprendre que cette hâte... moi...

– Inutile, inutile ! Cocher, arrêtez ! cria-t-elle par la petite fenêtre et sans abandonner le bouton.

– Non, non, cria-t-il du côté opposé. Mon petit, ne te donne pas en spectacle, ne fais pas ça.

– Oui, répéta Mlle Blanche. Cocher, arrêtez !

Eladi, excédé, prit un air menaçant, grinçant des dents.

– C'est inutile, inutile. Adieu ! redit la jeune fille penchée à la petite fenêtre tandis que le véhicule s'arrêtait et que le cocher se précipitait, d'un bond, pour lui ouvrir la portière.

Le jeune homme essaya de l'arrêter, la tirant par la jupe, mais tout fut inutile.

– Adieu, monsieur.

Elle sauta à terre, s'éloigna d'un pas décidé, sans même se retourner tandis qu'Eladi, très surpris, n'en revenant pas, fit répéter trois fois au cocher la même question : s'il continuait, où allait-il ?

« Est-ce qu'il le savait où il allait ? Mais que diable signifiait tout cela ?... était-elle folle cette fille ? Oh, sûrement, sûrement elle avait perdu la raison ! » À la fin, feignant une tranquillité qu'il ne ressentait pas encore, il répondit :

– Là, où je vous ai déjà dit, au quai de la Capitania.

Avec l'humilité servile de celui qui ment il ajouta qu'il devait voir le commandant du port.

– Excusez, je ne vous en demandais pas tant, répondit le cocher d'un ton sarcastique, en fermant la portière.

– Allez tout droit, marmonna Eladi, encore fort embarrassé.

Le cocher n'en pensait pas moins :

– Il prend l'air de rien, le galant. Il y en a eu de la bagarre, ici ! Quelle comédie ! S'il s'imagine que je n'entendais pas ! Eh, mon petit monsieur, elle t'a bien frotté les oreilles... Ah, mince, quelle fille ! Hue, « Bayard », mais doucement, nous transportons un mort ! se dit-il, en riant et fouettant la bête. Pouf !... on nous fait faire de ces choses ! Allons « Bayard », avance... On peut dire qu'on en apprend tous les jours... Ah, le joli cœur ! Il s'en va la queue basse ! Mais... oh, arrête, laisse passer le macchabée.

Il faisait allusion à un convoi de portefaix qui s'avançaient chargés d'une caisse immense mise d'aplomb sur d'épaisses traverses qui semblaient atteler deux par deux comme un joug, ces atlantes dépoitraillés, couronnés de grands bourrelets de cuir, la tête penchée, le pas lent comme des bovins.

– J'en connais qui, étant affalés sur de bons coussins, souffrent plus que vous, leur lança l'aurige, riant encore.

Profitant de l'arrêt Eladi guetta encore, fouillant vainement du regard parmi les gens qui circulaient dans l'allée prise par la jeune fille. C'était inutile. Qui savait où elle se trouvait déjà ? Mais quelque chose le rongeait, l'énervait : la peur que la jeune fille ne se tuât, ne fît quelque folie irréparable. Sa conscience lui disait qu'il n'aurait pas dû rester dans la voiture. « Quoi qu'il en fût, dans l'état d'excitation où elle se trouvait, il n'aurait pas dû permettre qu'elle parte seule » et cette accusation le poursuivait comme un bourdon impertinent, sans qu'il lui suffise de se dire que c'était s'exposer au ridicule, à un scandale peut-être. « D'un autre côté, n'était-ce pas puéril d'essayer de convaincre une femme, excitée comme elle l'était, qui avait des prétentions aussi absurdes, qui était incapable de comprendre l'effet qu'elles pouvaient lui causer, les raisons qu'il avait de demander des explications ? »

La voiture s'arrêta. Eladi ne voulant pas discuter avec le cocher, lui mit un douro dans la main et pour le dérouter il marcha sans s'arrêter jusqu'au vieux phare, là il s'accouda sur la large balustrade, laissant glisser son regard sur le miroitement étincelant de la mer, la pensée assoupie jusqu'à ce que le mugissement long et profond de la sirène d'un bateau et l'air vif et salé de la mer, qui décoiffait ses cheveux, le réveillent tout à coup. Bientôt il redevint lui-même : tous ses remords, tous ses scrupules de jeune homme, s'enfuirent avec le vent marin pour ne laisser qu'un sourire méprisant sur ses lèvres. Il sortit du rempart, traversa la Riba, fuyant le trafic des marchands et des charrettes et il monta sur l'impériale d'un tramway. Une fois installé, l'ennui de la scène précédente le reprit : malgré lui bouillonnaient à nouveau dans sa cervelle des questions, des objections, des réponses : « À quoi pouvait bien obéir une demande si déraisonnable et si pressante, si ce n'était pour lui faire endosser ce qu'un autre avait fait ? » Tout le feu de son orgueil blessé enflamma son visage. « Comment Blanchette pouvait-elle le croire si simple d'esprit pour vouloir le surprendre ainsi, pour jouer avec lui comme avec un petit étudiant novice ? » Non, cette idée le révoltait, elle était indigne de lui. « Cette fille avait un grain : amoureuse de lui, folle de lui, elle avait eu une crise d'hystérie et elle n'avait pas pu se dominer. » Malgré cette explication son amour-propre se rebiffait, comme s'il avait reçu une insulte :

– Ah, ma fille, tu te trompais du tout au tout si tu t'imaginais me trouver prêt à écouter des sornettes, à perdre du temps avec des bêtises, à te suivre dans tes folies.

Ses pensées prenant ce tour, il fut honteux d'avoir perdu tant de temps, sans aucun profit, devant Léocadie et Terrats. « Forcément ils auraient ri à ses dépens, et pas qu'un peu. » S'acheminant vers son bureau, fiévreux et comme vexé de son impuissance à éclaircir ce mystère il chassa cette idée, se promettant d'interroger son ami Terrats pour savoir si Léocadie lui avait expliqué l'énigme.

À peu près au même moment Blanche sonnait à la grande grille d'une usine de tissus imprimés où travaillait comme contremaître, dans la section d'estampage, l'oncle et parrain de la jeune fille.

– M. Lambert ?

– Suivez-moi, s'il vous plaît, dit le portier en l'accompagnant par une allée ouverte entre de grands étendoirs d'indiennes, jusqu'à la porte de l'usine, qui se trouvait tout au fond. Votre nom ? Attendez un instant, je vais lui faire la commission.

Blanche lui dit de lui demander s'il pouvait sortir pour lui parler en particulier.

– Très bien, mademoiselle, je le lui dirai.

La jeune fille recula, tourna son visage en sueur vers le mur, l'essuya, tout en s'efforçant de se rasséréner et de reprendre haleine.

M. Lambert, un grand bonhomme de plus de cinquante ans, lourd comme un éléphant, très myope, le nez camus, le visage rond, la barbe courte et grise, parut sur le seuil, clignant de ses yeux de phoque, cherchant en vain Blanche tandis qu'il frottait ses lunettes avec un pan de sa longue blouse de fil écru qui lui arrivait aux genoux. Enfin, il remit ses lunettes, descendit vers l'allée et tomba sur sa nièce.

– C'est toi ? Comme tu es rouge ! dit-il en se baissant pour recevoir un baiser.

– Oh, c'est si loin, si difficile à trouver ! Je me suis même perdue.

L'homme sourit gentiment et leva les bras tel un patriarche biblique en se tournant à droite et à gauche pour lui montrer la forêt de grandes cheminées qui les entourait.

– C'est tout un quartier d'usines. Les gens du centre ne le connaissent pas... Et alors, qu'est-ce qui t'amène ?

Tous deux prirent le chemin qui bordait les bâtiments : six longs hangars, à deux versants, bas et se touchant, formant un grand rectangle, et au bout l'annexe avec le moteur et la très haute cheminée ; le tout était en briques et lançait des flocons de fumée par cent trous et fenêtres.

Mlle Blanche avait réfléchi longuement en venant sur ce qu'elle allait faire et sans avoir le moindre espoir de succès, elle n'avait cependant pas su reculer. Elle était venue poussée par le désespoir.

– Pardonnez-moi, mon oncle, mais...

– Eh bien, dis-moi.

– Je me trouve dans un très grand embarras.

L'oncle contempla la jeune fille en fronçant les sourcils. Sur ses lèvres se dessina le sourire de qui voit ses soupçons confirmés.

– Nous sommes bien seuls ?

– Parle, nul ne nous entend.

De ces murs s'échappait seulement un bruit comme de pluie lointaine. Personne dans les longues allées laissées entre eux par les interminables étendoirs. La jeune fille fixa un regard songeur sur la haute cheminée qui envoyait dans les airs un écheveau ininterrompu de fumée épaisse et noire. Sans qu'elle sache pourquoi ce spectacle augmenta sa tristesse. Mais à la fin elle parla ; elle parla longuement pour demander à son oncle « un petit coin chez lui, un abri contre les périls qui la menaçaient, ne serait-ce que pour quelques jours, le temps nécessaire de récupérer son petit capital et de s'en retourner en France ». Ses pleurs émurent son oncle, mais l'incompatibilité des caractères et des opinions entre Blanchette et sa seconde femme refrénaient ses impulsions. « Seul un motif très grave, très sérieux, pourrait le faire passer outre. Il voulait savoir la cause de son bouleversement et quels étaient les périls encourus par la fille de son frère. »

– Je vous en prie, respectez mon silence : j'ai trop de honte pour en parler.

M. Lambert eut un sourire amer, il la regarda comme l'avait fait Eladi ; alors un tremblement incoercible s'empara de la jeune fille.

« Oh, non, non, elle n'était pas coupable ! Pour l'amour de Dieu ! Qu'il ne la juge pas mal ! Qu'il ait pitié d'elle, sans demander des explications ! »

Et comme M. Lambert, tout en étant ému, détournait le visage avec un regard méfiant et méprisant, Blanche le retint par le coude et la figure noyée de larmes elle promit de parler. L'oncle prit une autre allée menant au coin le plus désert de l'enclos. Mais il ne doutait pas de ce qu'il allait entendre. « Il le devinait ; les pronostics de sa femme s'étaient bel et bien réalisés !... Elle n'était pas bête, Naïs ! Il y avait longtemps qu'elle le prévoyait : "Ta nièce ne vaut pas cher ; c'est une hypocrite, elle aime bien les hommes, elle n'a pas de jugeote, et un jour elle sera déshonorée. Quand cela lui arrivera, elle viendra ici, en pleurant, pour te tromper avec des histoires inventées." Eh bien, elle avait vu juste. »

Après avoir beaucoup pleuré et fait des efforts surhumains pour surmonter sa honte, Mlle Blanche s'expliqua, encore tout effrayée : « La veille au soir, quand elle commençait à s'endormir, des pas sournois la réveillèrent. Elle se dressa dans son lit. Les pas se rapprochaient. Tremblante de peur elle étendit le bras, cherchant la boîte d'allumettes, mais celle-ci tomba par terre. La porte s'ouvrit et dans l'obscurité un homme s'avança. Son sang se glaça, mais elle put crier, appeler au secours.

À ses cris accourut la femme de chambre ; c'était une nouvelle bonne, engagée le jour même. Elle aussi avait entendu du bruit et elle arriva avec de la lumière. L'infâme n'eut même pas l'idée de l'éteindre quand il bouscula la bonne pour s'ouvrir un passage. Et toutes deux purent le reconnaître : c'était l'amant de Léocadie. »

– Et c'est tout ? demanda encore l'oncle avec une méfiance que la malheureuse jeune fille ne soupçonna même pas.

– Oh, non, non ! Et c'est encore plus terrible. Pour Léocadie, qui arriva aussitôt, ce n'était pas moi qui avais crié, mais la bonne. Ni le témoignage ni les serments de celle-ci ne furent suffisants : jalouse comme une tigresse, dans son emportement elle m'accusa de traîtrise, me dit que j'étais une fille perdue, une... tout ce qu'une femme peut entendre de plus abominable. Ensuite elle nous jeta à la rue, à cette heure-là, la bonne et moi.

Les larmes et l'accent de sincérité de la malheureuse fléchissaient peu à peu la volonté de son oncle en faisant battre son cœur.

– Ensuite ? demanda-t-il d'une voix émue, à moitié distrait par la lutte entre ses sentiments naturels et ses fausses préventions.

– Comment ? demanda-t-elle fort surprise et sans comprendre.

– Et l'amant, et l'amant ?

Mlle Blanche pâlit, remarquant dans le ton de la question l'accent de l'incrédulité. « Pourquoi s'occuper de ce scélérat ? Son malheur à elle ne suffisait donc pas ? » Et elle recommença à sangloter, à pousser des exclamations, à demander qu'on eût pitié d'elle, qu'on lui accordât un refuge, « un petit coin chez lui » pour fuir ce méchant homme, une protection contre la vengeance d'une femme jalouse, d'un criminel démasqué. Elle avait passé toute la nuit avec la bonne à errer dans les rues solitaires, tremblant toujours, morte de peur, et toute la matinée sous la protection de braves gens inconnus, cherchant en vain une solution l'empêchant d'aller ennuyer son oncle et sa tante. Mais elle n'avait presque pas d'argent en poche et dans son cœur il n'y avait pas assez de courage pour aller réclamer ce qui lui appartenait. Par une amie de la bonne elle avait appris le matin ce qu'elle ne savait pas, qu'elle n'aurait pas voulu savoir sur ce couple adultère qu'elle croyait libre de tout lien. « Un petit coin, pour l'amour de Dieu, un peu de dignité pour défendre la pureté de son propre sang ! Un peu de charité pour une orpheline sans protection condamnée à la misère en terre étrangère ! En ce moment même, alors qu'elle était pure, elle était déjà déshonorée ! On avait dû expliquer son absence à toutes ses amies de l'atelier avec des réticences infamantes ! Si son oncle n'écoutait pas la voix du devoir, s'il n'allait pas réclamer ce qui était à elle ou ne lui donnait pas de l'argent pour retourner en France elle n'aurait d'autre ressource que de se prostituer, ou de mourir de faim. Un petit coin, un refuge pour l'amour de Dieu ! »

L'oncle n'en pouvait plus, il avait la gorge nouée et deux grosses larmes glissèrent le long de ses joues ; plein d'émotion, prenant les mains de sa nièce, il les serra fortement et mit un baiser sur son front.

– Allons, voyons, tu es ma filleule ! Je te prends à la maison.

Ayant dit ces mots, la frêle silhouette de Naïs, un vrai petit poison, apparut dans l'imagination de ce grand gaillard et le fit trembler, mais il eut assez de cœur et assez de fermeté pour ne pas se dédire.

XIX

Catarina avait fini par s'adapter à l'indifférence manifestée par sa fille pour tout ce qui était distractions et vie publique. En fin de compte la petite semblait se trouver bien avec ses livres, ses crayons et son piano et cette réclusion dans l'intimité du foyer était pour Mme Foix un agréable retour aux habitudes simples de jadis, oubliées malheureusement dans un moment d'irréflexion. « Dommage que Gilet, loin de voir les choses de cette façon, se sentît malheureux et eût piqué une colère parce que sa fille avait refusé tout net d'aller au bal chez Arnús et ne voulait pas non plus aller éblouir maintenant les gens de Vilaniu par l'éclat de sa beauté et celui des diamants que son père était disposé à lui acheter si elle voulait. Il ne restait que quarante-huit heures avant la grande réunion, les fêtes allaient durer deux jours et finiraient avec le grand bal ; malgré tout, en payant bien, en faisant travailler les couturières nuit et jour, il était encore temps de l'habiller comme une reine. » Le pauvre homme s'évertuait à la sermonner, à essayer de la persuader : tout ce flot de paroles, tous les sermons et les promesses étaient inutiles devant la volonté de fer de cette fille entêtée. Les conseils de Montserrat et de Pauleta envoyées par son père, apportant tout le satin et les joyaux qu'elles allaient exhiber au bal et qu'elles mirent sous les yeux de Delfina pour lui donner l'envie d'y aller n'eurent pas plus de succès. Fineta avait tout regardé, avait tout loué d'un air très affectueux, mais assise dans un fauteuil, les mains croisées sur les genoux, hochant sa petite tête avec un sourire un tantinet moqueur, elle avait dit non. Une fois épuisées toutes ses munitions Foix avait fini par hausser les épaules, jurant qu'on n'en parlerait plus.

Ainsi ce matin-là Catarina, qui avait beaucoup moins d'occupations, avait pu accompagner Mme Monica à une messe pour le repos de l'âme de cette Manela dont la vieille parlait si souvent comme exemple des changements du sort et de la félicité humaine ; c'était une ancienne amie des Foix, une commerçante qui, dans sa jeunesse, avait mené une vie luxueuse grâce aux millions de son mari et qui venait de mourir, abandonnée de tous, dans un appartement minuscule, rue du Cuc.

– La pauvre femme, la pauvre créature ! Que Dieu lui pardonne ! s'écria encore Mme Monica en sortant de l'église, au bras de sa fille ; cette fois elle monta dans le coupé, qui étant d'une voiture fermée, déplaisait moins à la vieille.

– C'était une brave femme, mère, dit Catarina une fois installées.

– Je le crois aussi, elle est morte chrétiennement. Mais la misère qu'elle a endurée ces dernières années, elle aurait pu l'éviter si elle avait été un peu plus prévoyante. Dieu lui-même nous dit : « Aide-toi et le ciel t'aidera. » Et tout comme notre sainte religion nous apprend qu'il nous faut être prévoyants dans cette vie en pratiquant la vertu pour mériter après la gloire éternelle, l'expérience du monde nous apprend aussi que celui qui veut avoir du bien-être dans sa vieillesse doit se l'assurer dans sa jeunesse. Le mari de Manela était fou d'elle. Il lui en avait fait des cadeaux et des donations ! Tu le sais bien, Catarina... mais il paraît que les donations entre époux ne sont pas valables ; un revers de fortune le fit tomber, elle tomba derrière lui et on la dépouilla de tout ; c'est ainsi qu'elle est morte, dans la misère. C'est pour cela que je tremblais quand je voyais que ton mari ne voulait pas m'écouter. S'il avait acheté la maison pour t'en faire cadeau et qu'un jour la chance vous tournait le dos (Dieu vous en préserve !) cela n'aurait servi à rien ; tandis que maintenant c'est moi qui te la laisse et tu l'as aussi sûrement que la maison de Vilaniu.

– Je ne sais pas, mère, si Gilet connaissait bien cette histoire de donations, après il a dit que oui. De toute façon s'il s'y opposait ce n'était pas par manque de confiance envers vous, mais avant tout, parce que vu sa fortune actuelle il n'y a pas de danger de la voir sombrer un jour.

– Oh, des châteaux plus solides s'écroulent ! Tu le vois bien, toutes les richesses amassées par le mari de la pauvre Manela...

– Oui, ma mère ; cependant, comme dit Gilet, il faisait du commerce maritime et en mer il n'y a jamais rien de sûr.

– Et sur terre non plus.

– Ensuite, poursuivit Catarina, qui partageait enfin l'optimisme de Foix et ne voulait pas suivre sa mère sur la voie du pessimisme, Gilet qui est très honnête avait des scrupules : si demain un malheur survenait il ne voulait pas que les créanciers puissent dire qu'il leur avait volé ces milliers de douros.

– Eh, ne sont-ils pas bien à lui aujourd'hui ? Alors il peut les dépenser comme bon lui semble, s'écria la vieille femme en toute bonne foi.

– C'est exactement ce que je lui dis. Et il me répond qu'il les aurait dépensés pareillement en m'en faisant donation directement ; néanmoins s'il y avait une faillite la justice s'en emparerait.

Mme Monica fronça les sourcils pour mieux réfléchir mais très vite son front redevint serein et elle répondit fermement :

– Ah, bien sûr, bien sûr, parce que la loi ne le permet pas ; en faisant une donation à sa femme il ne respecte pas la loi. Mais la loi ne l'empêche pas de me faire des donations à moi ; alors il n'a commis aucune faute et personne ne pourra rien lui reprocher. C'est tout à fait clair, tu ne crois pas ? Si je ne le voyais pas ainsi, Dieu me garde de vous l'avoir conseillé !

– Oui, moi aussi je le crois et même lui à présent. Mais, voyez-vous, au début il n'arrivait pas à comprendre, et sa conscience s'alarmait, le pauvre garçon ! Enfin, vous le savez bien, nous en avons assez discuté avant de signer l'acte.

– Oh, à propos, l'interrompit la vieille, considérant qu'on avait assez parlé de cela, nous allons chez moi et puisqu'aujourd'hui tu es avec moi tu m'accompagneras chez M. Constantin, le notaire. L'autre jour j'ai oublié de te le dire : sais-tu que je n'ai pas encore fait le testament ?

– Mais ma mère, vous avez tout le temps.

– Non, je vais te dire ; je ne crois pas que j'ai manqué de parole. Le lendemain même de la signature de l'acte, ce qui est promis est promis, je suis allée chez le notaire, mais justement M. Constantin était alité : le brave homme est très âgé et il était malade. J'y suis retournée au bout de trois jours et il n'était pas encore guéri. Son clerc ne m'inspire pas la même confiance. C'est un jeunot dans le genre du secrétaire de ton mari, il ne me connaît pas, alors je lui ai dit : « J'attendrai, je ne suis pas à un jour près. » Parce que je crois qu'un testament doit être très bien fait, par une personne qui ait de l'expérience et qui soit discrète ; n'est-ce pas vrai ? Et tu vois, je n'y ai pas pensé sinon avant de sortir de la maison j'aurais pris la petite note que le clerc m'avait conseillé de faire... Rien, quatre mots : « À un tel... telle chose, à tel autre... telle autre chose. » Le peu que je possède je vous le laisse bien partagé.

– Et M. Monfar va-t-il bientôt quitter l'appartement ?

– Le mois prochain, sans faute. Et à ce propos, le pauvre monsieur me fait beaucoup de peine. La concierge me disait hier – tu sais bien que ces femmes sont comme les bonnes sœurs, elles sont au courant de tout ! – me disait donc que quand il aurait payé tout ce qu'il devait, il ne lui resterait presque rien. Alors, imagine, si vieux et à moitié niais comme il semble...

– Et Francesc, quand est-ce qu'il revient ?

– Ah, Dieu ait pitié de moi ! Où avais-je la tête ? Je ne t'en ai pas parlé non plus ! Francesc est arrivé hier au soir.

– Et comment va-t-il ?

– Un peu maigre, mais il dit qu'il se sent bien. Et moi je dis toujours la même chose : tant qu'on a la santé et la faveur divine, ça va. Ah, et maintenant que je me le rappelle ; écoute-moi un peu, sais-tu ce que l'on m'a dit l'autre jour ? Qu'on veut faire un marquis de ton mari !

– Oh, non, c'est faux !

– Eh bien, ma fille, les gens le disent. Je l'ai su par la concierge.

– Non, ma mère, il n'y a rien de tout cela. C'est une plaisanterie grossière lancée par un journal, un vrai torchon, *La Confianza* ou *La Finanza*, enfin je ne sais pas bien son nom ; on dit que sous prétexte de donner des nouvelles de la Bourse il se moque des uns, et s'attaque à la réputation des autres pour que les victimes lui ferment la bouche avec une bonne poignée d'or.

– Mon Dieu ! Ils font cela ?

– Mais oui, ils font cela. Et la nouvelle, chez nous, ne nous a bouleversés que trop.

– Ah, je suis bien contente ! Ça me semblait, je ne dirais pas impossible, parce que je trouve qu'il a beaucoup changé, mais enfin, ça me semblait bizarre que Gilet pût oublier qu'il avait été menuisier, et, veux-tu que je te dise ? qu'il ne se rendît pas compte que cela ferait un mauvais effet s'il demandait une chose semblable. C'est une plaisanterie bien méchante... Gilet marquis ?, toi marquise ?... Pouf !

Mme Monica éclata de rire, alors que sa fille devenait rouge comme une tomate. Elle en aurait entendu si elle lui avait raconté la terrible désillusion et l'accès de colère de Gilet en découvrant que c'était un mensonge, que ce n'était qu'une méchante moquerie !

– Ah, ajouta la vieille, j'en suis bien contente, bien contente ! Que Dieu nous conserve tous sains d'esprit. Ces titres de noblesse ne sont pas faits pour vous.

La voiture s'arrêta devant la maison de Mme Monica.

– Voulez-vous que j'aille vous chercher cette petite note ? Cela vous évitera de monter les escaliers.

– Non, ma fille, non. Tu ne la trouverais pas parce que je l'ai très bien rangée. Toi, tu restes ici à m'attendre, répondit la vieille femme en descendant de voiture.

– Vous savez bien que vous vous étouffez en montant...

– Je te dis de ne pas bouger, alors ne bouge pas.

Catarina pensa qu'il valait mieux respecter cette méfiance de vieille femme et elle obéit, souriant intérieurement. Elle suivit sa mère du regard jusqu'à ce qu'elle s'engouffre dans l'escalier.

Seule dans la voiture elle arrangea le nœud de son chapeau, fit tourner un bracelet qui lui serrait le poignet, tira sa montre pour regarder l'heure, quand soudain elle entendit un cri perçant, vit la concierge sortir en courant de sa loge et commencer à monter les escaliers tandis qu'un grand gars portant un panier rempli de pains, l'air perplexe et craintif, sortait de la maison et, rasant les murs, remontait la rue.

– Qu'est-ce que c'est ?

Son cœur se mit à battre violemment. Le cocher regardait aussi. Sans plus réfléchir elle descendit et entra dans l'immeuble, rapide et tremblante.

– Ah, mon Dieu ! J'entends des gémissements dans l'escalier, plusieurs voix, celle de Francesc... Ma mère a dû se trouver mal !

Elle monta les escaliers, haletante ; au deuxième palier il y avait des gens entourant quelqu'un qui était tombé. C'était effectivement sa mère, Mme Monica ; elle montait, affairée, et voulant éviter le mitron qui descendait en courant, pour ne pas recevoir un coup de panier sur la tête elle s'était retournée sans bien voir où elle mettait le pied et... patatras !, elle avait roulé le long des marches, jusqu'au palier, et elle s'était cognée contre un angle, recevant le coup au-dessus de l'oreille. Mme Monica avait perdu connaissance, elle était recroquevillée sur un côté, pâle comme la mort, une jambe repliée, l'autre découverte montrant ses bas blancs ; mais on ne voyait aucune blessure, pas de sang. Francesc, blanc comme un cierge, la remuait, lui examinait la tête ; lui tâtait le pouls, lui faisait bouger bras et jambes ; très ému, il l'appelait tout bas au creux de l'oreille. La concierge, les voisines, avec du vinaigre arrivé là comme par miracle, lui frottaient les poignets et les tempes, rivalisant de sollicitude pour la faire revenir à elle.

– Francesc, Francesc ! Notre mère... mais qu'est-ce qu'elle a ? cria Catarina s'ouvrant un passage, se baissant pour la tâter, à côté de la concierge.

– Ce n'est rien, ce n'est rien, dit son frère mort d'anxiété. Mais la concierge, avec une suffisance aussi comique que brutale, glissa à voix basse à Catarina :

– J'ai peur qu'elle ne se soit cassé la colonne vertébrale.

Il s'en fallut de peu que Catarina ne s'évanouisse. Heureusement elle éclata en pleurs, jetant sur la concierge un regard haineux.

– Il faut la monter, la coucher, ordonna Francesc. Prenez-la par les pieds, Ursula, je la tiendrai par les aisselles. Que quelqu'un aille chercher un médecin.

– J'ai la voiture en bas.

– Tant mieux... On pourra l'amener avec la voiture.

– Mais quel médecin faisons-nous venir ? demanda encore Catarina, si tremblante et effrayée qu'elle ne savait pas ce qu'elle faisait. Veux-tu, veux-tu le nôtre ?

– Mais oui, le vôtre, un médecin...

Mme Foix descendit l'escalier, toute remuée ; une voisine et un jeune blanc-bec qui habitait dans l'immeuble aussi, l'accompagnèrent comme ça, sans savoir où ils allaient ni à quoi ils pourraient bien servir. Effectivement quand ils furent en bas ils s'arrêtèrent, tout frileux, écoutèrent la conversation avec le cocher qui démarra aussitôt, faisant claquer son fouet, faisant jaillir des étincelles sur les pavés et ensuite, ils s'en retournèrent comme ils étaient venus, emboîtant le pas à Catarina qui remontait l'escalier.

La vieille femme, étendue sur le lit, sans son châle et son foulard, mais tout habillée, resta encore un bon quart d'heure sans connaissance. Francesc et Catarina n'arrêtaient pas de lui tâter le pouls, celle-ci pleurnichant sans cesse, son frère essayant de la tranquilliser par des gestes. La bonne, les voisines, le blanc-bec continuaient à offrir des flacons de sels, des bouteilles d'esprit-de-vin que Francesc refusait, imposant silence, un doigt sur les lèvres. Le cœur battait normalement, le pouls était régulier. Francesc ne voulait pas qu'on gêne la malade ; tout ce qu'il souhaitait c'était de les voir partir, puisqu'aussi bien ils n'étaient plus d'aucune utilité tous ces curieux entassés au pied du lit, tendant le cou et l'oreille, les yeux fixés sur la femme évanouie, des yeux qui l'auraient effarée si elle avait repris conscience. Le peintre sortit un instant et les appela un à un à voix basse : il les remercia vivement de leur bonté, de leur aide ; il réussit, avec une formule banale qu'il eut du mal à trouver, à se débarrasser de tous sauf de la concierge qui s'enfuit dans la cuisine pour être à nouveau dans l'alcôve deux minutes après. La vieille ouvrit les yeux, ses enfants, Ursula et la concierge les ouvrirent encore plus.

– Que faites-vous ici ? demanda-t-elle d'une voix ferme, et tout à fait réveillée.

D'un mouvement de la tête Francesc renvoya la bonne et la concierge.

– Rien, mère ; vous avez eu un évanouissement et nous vous avons mise sur le lit pour vous ranimer.

– Tu ne m'attendais pas en bas, Catarina ? Comment astu su que je m'étais trouvée mal ? Est-ce qu'il a duré longtemps cet évanouissement ?

Tous deux se rendirent compte qu'elle avait oublié sa chute.

– Oh, non, même pas cinq secondes, répondit Francesc d'une voix faussement joyeuse.

– Alors, comment se fait-il que tu sois là ? demanda encore la vieille à sa fille.

– Mais, voyons, je suis montée avec vous.

– Oh, je ne m'en suis pas rendu compte ! Je t'avais pourtant dit de m'attendre dans la voiture. Cela a dû être à cause de ce garçon qui descendait comme un fou. Et toi, têtue comme une mule, tu as désobéi à ta mère. Tiens, tu as passé un mauvais moment que tu aurais pu t'épargner.

– Voyons, mère, ne vous en faites pas pour moi. Je préfère être restée près de vous.

– Mais c'est bizarre. Je me souviens que ce garçon est passé à côté de moi comme l'éclair, et je n'arrive pas à me rappeler d'être entrée dans l'appartement.

On sonna à la porte. Francesc sortit et voyant que c'était le médecin il l'emmena dans son atelier pour lui expliquer en détail la chute et l'évanouissement.

– Maintenant elle a les idées claires, elle ne se plaint de rien. Mais je vois bien qu'elle ne se souvient pas d'être tombée.

Le médecin entra dans la chambre et l'examina soigneusement pour voir si elle n'avait rien de cassé.

– Avez-vous mal à la tête, madame ?

– Non, monsieur, non, répondit-elle en faisant la moue, suivant, effarée, les mouvements de cette main, ne comprenant pas pourquoi elle devait la palper de la sorte.

– Voyons, madame, laissez-moi regarder vos yeux.

– Mais je n'ai rien. Peut-être un petit coup de froid car je me sens épuisée, ça oui. Mais ce n'est rien, n'est-ce pas docteur ? Ne faites pas attention à mes enfants : ils ont vite fait de s'effrayer.

– Non, ce n'est rien... Laissez-moi voir vos oreilles... Voyons, tournez un peu la tête... Je vous fais mal là ? Non ? Maintenant tournez-la de l'autre côté... Ce n'est rien, non.

Le docteur n'arrêtait pas de lui palper le crâne.

– Vous pensez que je deviens folle ? s'écria la malade en plaisantant. C'est la nouvelle mode, ça ! Aïe ! Ici, sur cette oreille, oui, docteur. N'y touchez pas, n'y touchez pas, vous me faites mal. Comment se fait-il, Seigneur, que ce soit si douloureux ? Ça alors ! De ma vie je n'avais entendu dire que lorsqu'on s'est enrhumé cela faisait mal. N'y touchez pas, non ; c'est tout endolori. Vous voulez encore me regarder l'oreille ? Ah, Sainte Vierge ! Tout change, même les maladies.

– Bon, bon, dit le médecin, d'un ton affable. Ce ne sera rien, rien du tout. Comme vous dites, madame, c'est un coup de froid, voilà tout. Déshabillez-vous. Mettez-vous au lit. Toutes les heures vous prendrez une cuillerée du médicament que je vais vous prescrire et dans deux jours vous irez à la messe. Allez, au revoir, madame, une fois couchée restez tranquille, hein ? Du calme et le médicament.

Tout en rédigeant son ordonnance d'un antispasmodique sur le bureau de Francesc, il dit à celui-ci et à sa sœur qu'il ne pouvait pas encore se prononcer et faire un diagnostic clair.

– Pour l'instant il y a des phénomènes de commotion cérébrale, mais il se pourrait, je ne dis pas que cela soit, il se pourrait qu'elle ait quelque chose de plus sérieux. Le temps le dira. Donnez-lui cela, hein ? Voyons : Valériane, castoréum... Oui, envoyez chercher cela, une cuillerée toutes les heures. Si elle avait des vomissements, ne vous effrayez pas. Je reviendrai ce soir. Pendant ce temps, la chambre dans l'obscurité, beaucoup de calme. Ne la faites pas parler, il ne faut pas l'exciter.

– Qu'est-ce qu'il a dit ? Qu'est-ce qu'elle a ? demanda Mme Foix une fois le docteur parti.

– Rien, c'est le coup à la tête. Tu vois bien qu'il n'y a pas de sang ni même de bleus, répondit le jeune homme, vraiment confiant.

Mais la vieille femme, une fois couchée, voulut reprendre la conversation, s'écriant :

– Ah, mon Dieu ! Comme vous êtes naïfs ! Peut-être croyez-vous m'avoir convaincue que je suis enrhumée !

Je n'ai jamais vu, au grand jamais, un rhume vous frapper comme un coup de pistolet. Allez, mes enfants, il est plus difficile de tromper une vieille que d'attraper une anguille.

– D'accord, mère, d'accord, ne vous faites pas de souci, vous voyez bien que ce ne sera rien, dit Catarina fermant les volets, mettant la chambre bien en ordre.

– Oh, je n'ai pas peur et je ne me fais pas de souci, c'est vous qui vous en faites, vous qui croyez aux médecins. Écoutez, moi je me sens déjà bien, je recommencerais à courir. Vous croyez qu'il le sait, lui, ce que j'ai eu ? Pas plus que moi.

– Bon, ne parlez plus maintenant.

Catarina prit congé, toute réconfortée. En arrivant à la maison elle alla au bureau de Foix. Que nenni ! Personne ne savait où Foix déjeunerait ni à quelle heure il serait de retour. Avec les préparatifs de la réunion et des fêtes de Vilaniu il ne savait pas où donner de la tête. Lui et Rodon d'un côté, Eladi de l'autre, ils parcouraient tout Barcelone. C'étaient Bernat et Jordi qui dirigeaient la maison ; même les bureaux de la comptabilité étaient à moitié vides d'employés, tout le monde courant chez l'avocat, chez le notaire, chez l'ingénieur, au restaurant qui se chargeait du repas, au télégraphe, à la Coulisse, à l'imprimerie, à la gare pour expédier des boîtes de cigares ; on allait chercher des signatures qui manquaient encore ou louer des voitures qui devaient se rendre à Vilaniu pour l'arrivée triomphale du concessionnaire.

Les deux femmes furent bien obligées de déjeuner seules avec Eudaldet.

– Ah ma fille, quelle frayeur j'ai eue ce matin avec ta grand-mère ! dit Catarina en enlevant son chapeau. Figure-toi qu'elle a dégringolé dans l'escalier.

– Grand-mère ? demanda Delfineta en pâlissant.

– Oui, mon enfant, oui. Elle s'est cogné la tête et est restée une demi-heure sans connaissance. Nous avons même dû aller chercher le docteur.

– Pauvre grand-mère ! Elle était seule avec la bonne ?

– Heureusement elle ne s'est rien cassé, elle n'a pas saigné, et le médecin dit que probablement ce ne sera rien. Nous l'avons mise au lit et ton oncle est resté à son chevet.

– Oncle Francesc ? demanda la jeune fille changeant encore de couleur. Et alors, quand est-il arrivé ?

– Hier au soir.

– Quelle chance !

– Tu peux le dire.

– Mais nous ne pouvons pas le laisser tout seul ! Voulez-vous que j'y aille tout de suite pour lui tenir compagnie ?

– Ce n'est pas nécessaire ; maintenant nous devons déjeuner.

– C'est que les hommes ne sont bons à rien quand il faut soigner les malades.

– Ursula est là.

– Ursula doit s'occuper de la cuisine.

– Et il y a aussi la concierge. Tu iras après déjeuner. Eudaldet et moi nous t'accompagnerons jusqu'à la porte. Je partirai promener le petit pendant un moment et ensuite je monterai te chercher. Je ne veux pas que l'enfant reste chez ma mère, il lui donnerait mal à la tête.

Delfineta dut se contenir pour ne pas sauter de joie. Elle déjeuna vite, vite, sans même savoir ce qu'elle mangeait et elle marcha une demi-heure de long en large dans l'appartement, son petit chapeau sur la tête, donnant de petits coups de pied çà et là tandis que sa mère se changeait et qu'on habillait le petit.

– Mon Dieu, comme elle lambine ! Ah, elle ne s'en fait pas alors que grand-mère est dans cet état !

Les minutes lui semblaient des heures. Quand elle frappa chez sa grand-mère, quel trouble, quel étrange tremblement dans les jambes, dans les lèvres, quand elle demanda s'ils étaient là !

Bien sûr qu'ils y étaient ! Dans la pénombre de la chambre la grand-mère, enfoncée dans le lit, dont on n'entrevoyait que la tache jaune du visage, et dans un coin une silhouette masculine qui se levait et avançait silencieusement, lui tendait une main que Delfineta serrait en tremblant de joie.

– Vous pouvez parler, vous savez, dit la vieille femme d'une voix éteinte.

– Alors, grand-mère, comment vous sentez-vous ?

– Tu vois bien, mon enfant, je fais la paresseuse. J'ai eu un évanouissement, c'est peut-être la vieillesse, et j'ai dû me donner un petit coup sur la tête ici contre le mur ou je ne sais où, je n'ai même pas saigné, et voilà : celui-ci et ta mère, qui sont deux poules mouillées, ont envoyé chercher un médecin et maintenant je suis forcée de rester au lit pour leur faire plaisir.

Francesc ouvrit un des volets pour lui donner le médicament. La malade reprenait sa couleur normale, ses yeux redevenaient brillants.

– Ah, mais vous avez bonne mine ! N'ayez pas peur, grand-mère, s'écria la jeune fille bien contente ; elle laissa son chapeau sur une chaise pour courir prendre la cuillère que Francesc avait déjà à la main.

– Laissez-moi la lui donner, demanda-t-elle au jeune homme, fixant sur lui un regard interrogateur qu'il évita sciemment, quelque peu déconcerté.

La jeune fille fut contrariée. D'une main tremblante elle mit la cuillerée de médicament dans une petite tasse et l'offrit à Mme Monica, que son fils aida à se redresser. La malade l'avala en faisant deux ou trois grimaces et essuya sa bouche avec la serviette qu'on lui tendait.

– Maintenant, allez donc savoir pourquoi vous me faites prendre cette mixture !... Bon, allez-vous-en, allez à l'atelier. As-tu apporté de la couture, mon enfant ? Je vais peut-être dormir un peu.

– Grand-mère a raison ! s'écria naïvement sa petite-fille.

– Oui, ajouta son oncle, refermant le volet. Vas-y ; je vais peut-être aussi faire un somme.

La jeune fille obéit, cachant sa déconvenue, mais le divan de l'atelier lui semblait hérissé d'épingles, ces murs, une fois seule, lui rappelaient ses pleurs d'un jour. En entendant un bruit d'assiettes et de couverts dans la salle à manger elle y alla pour se distraire avec Ursula : elle avait besoin de bavarder avec quelqu'un.

Qu'avait-elle fait ? Son oncle y était, en train de déjeuner.

– Tiens, veux-tu déjeuner avec moi, demanda-t-il avec son sourire d'autrefois, mais visiblement troublé.

– Merci, j'ai déjà mangé. Je ne veux pas vous gêner, j'irai tenir compagnie à grand-mère.

– Non, reste, lui demanda-t-il, regrettant déjà sa froideur passée. Tu ne me gênes pas, voyons. Viens, assieds-toi.

La jeune fille hésita, mais elle finit par s'asseoir à côté de l'artiste, les yeux brillants de bonheur.

– Allons, explique-moi, raconte, qu'avez-vous fait ici ? Je sais déjà que tu as acheté des tableaux, que vous avez de belles voitures, que vous êtes allés aux courses de chevaux et même que vous y avez fait sensation. Ainsi Barcelone se donne des airs de grande capitale et vous des airs de grands personnages, n'est-ce pas ?

– Ça va, ça va, vous n'allez pas recommencer ! Cessez de plaisanter, autrement je vous laisse. Vous prenez toujours plaisir à me fâcher. Qu'est-ce que je vous ai fait, moi, pour que vous me traitiez ainsi ? Que voulez-vous dire avec tout ça ? Que je ne sais rien de rien ? Que je ne vaux rien ? Que je ne suis pas digne de figurer parmi les gens distingués ? Je sais tout cela. Ne me le reprochez pas, car j'ai beaucoup changé ma façon de penser, vous m'entendez ? Demandez à ma mère : elle vous dira que je vis enfermée à la maison et que tout ce que je fais c'est étudier jour et nuit. Tout le reste m'est indifférent. Demandez s'ils ont réussi à me faire aller au bal de M. Arnús, s'ils ont pu me convaincre d'aller à Vilaniu ! Sachez que mon père est très fâché contre moi : il m'a priée, m'a suppliée, m'a mise dans les mains des centaines de douros, et il n'a rien pu obtenir. Et vous, ici, vous me plaisantez encore, vous faites des allusions et des sous-entendus.

Francesc regardait son assiette, sans même savoir ce qu'il mangeait, des courants chauds et froids serpentaient dans ses veines. « Oh oui, oui, c'était une jeune fille délicieuse, elle était amoureuse de lui aussi, et cela n'était pas possible, cela n'était pas faisable. À quoi lui avait servi son absence ? Elle lui avait fait plus de mal que de bien. Là-bas, à Tarragone, désœuvré, livré aux suggestions mélancoliques d'une mer infinie, contemplant tous les jours des couchers de soleil qui dans cette paix, cette quiétude, touchaient son cœur, il n'avait fait que s'attendrir en pensant à elle, que s'imprégner de mystère, d'immensité, d'une poésie panthéiste qui loin de l'éteindre enflammait son amour. Et elle ? Elle ici, s'enfermant chez elle, fuyant les excitantes frivolités mondaines, couvant la même maladie dans la solitude et le mystère du secret. La malheureuse ! Qui pourrait arranger cela ? Il ne pouvait pas être le mari de sa nièce : son amour-propre l'en empêchait, un serment fait à soi-même s'y opposait. Il n'accepterait jamais la main d'une fille riche comme celle-ci, la fille d'un homme qui ne savait apprécier d'autre talent que celui de faire de l'argent, et qui sûrement destinait sa fille, ah, la pauvrette ! à Eladi. Quel chambardement dans la famille ! Non, non, en aucune façon. Plutôt mourir de consomption. C'était peut-être une dignité excessive, une sotte fierté, tout ce que l'on voudrait, mais cette dignité, cet orgueil, ces souffrances émanaient de son esprit, de son caractère, étaient le germe et le fondement des décisions de sa volonté, des jugements de sa conscience que, juste ou injuste, il croyait supérieure à toutes les autres, non seulement parce que c'était la sienne mais parce qu'il était bien sûr de sa pureté. »

– Si tu savais, Fina, avec quel appétit je mangeais à Tarragone ! dit-il faussement sarcastique.

La jeune fille ne dit rien, un coude sur la table, la tête appuyée sur une main, elle lui tourna presque le dos pour lui cacher la colère qui l'avait fait pâlir.

– Vois-tu, je n'ai fait que travailler, manger et dormir, veux-tu une meilleure vie que celle-là ? Si les gens comprenaient cela, ils vivraient bien plus longtemps. Et encore, travailler quand on y est forcé, ceux qui peuvent l'éviter ont bien raison de s'en passer. Manger et dormir, dormir sans rêver, comme une souche, tout son soûl, comme je le faisais, sans penser à personne, sans me soucier de rien. Tiens, si ma mère était en bonne santé, aujourd'hui même j'y retournerais.

– Ce n'est pas vrai, je ne vous crois pas, s'écria nerveusement la jeune fille sans se retourner. Et voyant qu'Ursula, qui rôdait par là, éclatait de rire, elle se reprit, se leva et ne s'arrêta que dans l'alcôve de sa grand-mère, où elle s'assit.

– Je ne dors pas, je ne peux pas dormir. Pourquoi reviens-tu ? Est-ce qu'il t'a fâchée, ce grand fou ? Tu te fâches et tu ne dois pas le faire, mon enfant ; autrement tu n'en sortiras pas. Vois-tu, ton oncle, cet écervelé, est le meilleur garçon du monde, tu peux me croire, je le sais. Tout ce qu'il fait, c'est pour te voir réagir... Mais qu'est-ce que tu as ? Tu pleures ?

Ah, Sainte Vierge, ne sois pas sotte, mon petit ! Oh ! Oh !, elle pleure vraiment ! Que Dieu t'aide, tu le connais bien mal ! Qu'est-ce qu'il t'a dit maintenant, que t'a-t-il dit ? Allez, raconte-moi, qu'a-t-il dit ? Une de ses bêtises, pour critiquer la vie que vous menez ? Écoute, quand il te parle de cela ne sois pas blessée, pense qu'il le dit avec de bonnes intentions et que jamais, jamais il ne le dit pour toi.

La vieille femme allongea son bras desséché, ses doigts maigres et prit à tâtons une des mains de Delfina, la serrant affectueusement.

– Précisément il m'a répété cent fois, mais ne le dis pas à tes parents, hein, ils pourraient s'offenser, il me répète donc toujours que tu es ce qu'il y a de mieux chez vous, tu vois bien. Et toi, petite sotte, tu crois toujours qu'il ne t'aime pas. Allons, Fineta, tais-toi, mon enfant, ne pleure plus, car s'il te voyait pleurer, il se moquerait encore davantage. Je le gronderai, moi, tu verras.

Elle remit son bras sous le drap. Mais de tout l'après-midi le jeune homme ne se montra pas, sauf toutes les heures pour avertir Delfineta de ce qu'elle savait déjà, que c'était le moment de donner le médicament.

Mme Monica passa une nuit sans souffrances, mais sans pouvoir fermer l'œil. Francesc la veilla et le lendemain matin Catarina s'installa à côté du lit ; elle fit monter Foix juste un instant, car il partait à Vilaniu dans l'après-midi.

– Voilà, je suis monté juste un moment parce que je suis très pressé. Voyons un peu votre mine. Ce ne sera rien, rien du tout. Tu vois ? On commence à voir l'ecchymose.

– Où ?

– Ici, sur les yeux, tu vois ? Allons, excusez-moi, dit-il en passant la main sur son front comme un homme absorbé par d'autres soucis, je ne peux pas rester plus longtemps parce que nous allons à Vilaniu cet après-midi pour constituer la compagnie et j'ai encore beaucoup de travail. Tu vois bien, Catarina, que vous auriez pu venir ? Ce n'est rien ce qu'elle a ta mère ! Au retour je vous raconterai comment tout ça s'est passé. Figurez-vous qu'il y aura un grand feu d'artifice, un bouquet, un bal et que sais-je encore... On met les petits plats dans les grands. Et ces deux sottes n'ont pas voulu m'accompagner, et je vous assure que si elles m'avaient laissé faire... Écoutez, je disais à Catarina : « Tu dois mettre des brillants jusque sur tes chaussures. »

– Allons, allons, c'est là que tu mets les brillants, toi ? Et est-ce que cela doit te rapporter beaucoup ? demanda la vieille femme.

– Pour le moment six mille douros d'appointements et une voiture.

– Tu n'en as pas encore assez de voitures ?

– Dame, sinon une voiture du moins ce que coûte son entretien.

– Et elle te revient à combien la fête ?

– Oh, peut-être quatorze ou quinze mille douros.

– Ça alors ! s'écria Mme Monica, scandalisée. Tu fais de drôles d'affaires, mon garçon !

– Oh, je ne vous ai parlé que de mon salaire. Ensuite viendront les affaires sérieuses, la vente des actions. Là il sera question de centaines de milliers de douros.

– Fichtre ! Mais jusqu'où veux-tu aller avec ces milliers et ces millions ?

– C'est ce que je vous disais... Si vous m'aviez confié votre bas de laine...

– Tu veux tout, toi : le beurre et l'argent du beurre. Que Dieu te protège d'une chute ! Plus on tombe de haut, plus le coup est rude. Tu vois bien, moi : si au lieu de tomber sur le sol ici, j'avais dégringolé les escaliers...

Catarina frissonna.

– Allons, ma mère, ne parlons plus de cela.

– Notre mère plaisante toujours avec moi. Au revoir, jusqu'à mon retour. En attendant, lisez les journaux ; vous verrez tout le bruit que nous faisons ! Ah, écoutez, vous pouvez déjà dire à Francesc qu'il commence à penser au dessin pour les planches du chemin de fer, parce que je tiens absolument à ce que ce soit lui qui les fasse.

L'après-midi, Delfineta revint, les yeux cernés. Francesc était tout autre, réservé, d'une indifférence étudiée, mais aimable ; plus que l'innocent avertissement que lui avait donné sa mère la nuit précédente ce fut sa propre expérience qui le fit changer de tactique. « Les naïves exaltations de la jeune fille lui plaisaient énormément, le rendaient de plus en plus amoureux et un beau jour flanqueraient par terre ses résolutions, avant de s'en rendre compte il se serait déjà déclaré, et alors quelles souffrances ! S'il s'enfuyait, s'il s'éloignait pendant quelques années, les espoirs s'évanouiraient. Oui, oui, dès que sa mère serait guérie, il prendrait la ferme décision de partir très loin, en Italie, à Paris ou à Londres. »

La grand-mère les chassa à nouveau de la chambre : elle avait un peu mal à la tête. Cet après-midi Delfineta s'assit, très sérieuse, sur un tabouret de l'atelier, avec une broderie entre les mains, tandis que Francesc mettait de l'ordre dans ses toiles et ses papiers sans dire un mot. À la fin la jeune fille brisa le silence.

– Est-ce que vous m'en voulez encore pour hier, mon oncle ? Pardonnez-moi, je suis bête. Croyez qu'en me considérant comme telle vous ne vous trompez pas.

– Qui t'a dit une chose pareille ?

– Je le sais bien, allez.

– *Aïda, celeste Aïda, moriré per te d'amore*, chantonna-t-il sans lever les yeux des papiers qu'il remuait.

– Écoutez, voulez-vous que je vous explique pourquoi un jour... ? Vous ne vous en souvenez pas ? Ces chagrins qui m'avaient fait éclater en pleurs ici.

– Non, ma petite, non ; tu m'as dit ce jour-là que je ne pouvais pas être ton confident parce que je te faisais peur.

– Comprenez-moi bien, j'ai dit ce jour-là que j'avais peur de vous, ne croyez pas que vous me faites peur aujourd'hui. Les temps ont changé, répondit gaiement la jeune fille tandis que son oncle levait la tête et avec des yeux rieurs s'écriait :

– Ah, bien sûr ! Cela fait tant d'années !

– Une minute m'avait suffi. Allons, laissez-moi parler sérieusement, mon oncle, aujourd'hui que nous sommes tranquilles tous les deux. Écoutez, je vous avertis que vos railleries désormais me laissent froide. Savez-vous pourquoi ? Parce que maintenant je vous connais mieux. Devant moi vous jouez à être très différent de ce que vous êtes.

– Ma petite, tu as beaucoup appris en si peu de temps.

– Vous voyez ? Rien que ces paroles, jadis, m'auraient déjà blessée et aujourd'hui pas du tout.

Francesc se sentait trembler de peur, il s'effrayait de lui-même.

– Pendant votre absence j'ai beaucoup pensé à ceux qui m'entourent et j'ai fini par comprendre que vous m'aimiez autant que mes parents mais en présentant l'avantage, pour moi, de me comprendre beaucoup mieux qu'eux, surtout que mon père qui à présent est à moitié fou avec ses histoires d'argent et de négoce. Pauvre papa ! Il nous aime tellement et il croit si fermement qu'en remplissant ses coffres il nous rendra tous heureux ! Je le comprends et je lui pardonne, mais vous en revanche vous manquez un peu d'indulgence, il vous manque un tout petit peu d'intelligence pour comprendre que cela, comme tout ce qui se fait avec de bonnes intentions, mérite votre pardon. Quelqu'un sait-il par hasard qui a raison sur cette terre ? Voyez-vous, vous me croyez vaniteuse parce qu'en sortant du collège j'avais la tête pleine de prétentions. Et qu'est-ce que je savais, pauvre de moi ?

Francesc regarda la jeune fille avec étonnement et malgré lui il essaya de la surprendre avec une autre raillerie :

– Ma vieille, tu parles comme un livre.

Delfina se mit à rire.

– Je vous ai déjà dit que je ne me fâcherais pas. Cet après-midi-là j'y ai vu clair. Si vous vouliez me rendre un service vous seriez mon précepteur et mon confident. Nul mieux que vous ne me comprendrait.

Cette fois ce fut le jeune homme qui éclata de rire, un rire nerveux.

– Je vous raconterais tout ce que je pense sur les devoirs que notre position nous impose, des ambitions légitimes que je crois que l'on doit avoir, je mettrais fin, j'en suis sûre, au malentendu qui vous éloigne de mon père et de moi.

– Tiens, dit Francesc, laisse-moi aller jeter un coup d'œil à ma mère.

Il sortit, le cœur serré. « Cette conversation lui faisait du mal ; si elle durait un instant de plus il tombait aux pieds de cette petite imprudente qui le ravissait et il serait perdu. » Se trompant lui-même, il quitta la maison en catimini pour aller chercher le médecin, alors qu'en réalité il ne cherchait qu'un peu d'air, de solitude, de tranquillité pour ses secrètes jouissances, et aussi un abri pour fortifier sa volonté, par moments défaillante.

Le médecin arriva précisément quand Francesc était sorti. Il trouva Catarina qui montait l'escalier et ils entrèrent ensemble dans l'appartement.

– Voyons comment va cette dame, dit le docteur tandis que Delfina ouvrait les volets et s'étonnait en ne voyant pas son oncle près du lit. Voyons, madame, voyons ; il m'a été impossible de venir ce matin.

Voyant la meurtrissure apparaître sur les paupières et une rougeur dans le blanc des yeux il fronça le nez involontairement. Il prit le pouls de la malade, examina à nouveau soigneusement la tête, la conjonctive, la région mastoïdienne et ne voulant pas effrayer ces dames puisque le jeune homme n'était pas là, il garda pour lui le pronostic alarmant qu'il avait déjà sur le bout de la langue. Il partit après avoir prescrit une purge.

L'effet drastique du purgatif aida à maintenir la situation jusqu'à l'après-midi du lendemain où les phénomènes dépressifs apparurent clairement ; le docteur parla alors des saints sacrements, laissant la famille abasourdie. La malade n'avait pas fermé l'œil depuis sa chute, ses maux de tête augmentaient et de jaune qu'il était son visage parcheminé virait au rouge de jour en jour. La nervosité et la peur s'emparèrent soudain des esprits. Ses deux enfants et sa petite-fille rivalisaient de soins envers la vieille femme, lui changeant continuellement les applications de glace qu'on venait de lui prescrire.

– On dirait que vous êtes affolés, disait la malade qui ne se rendait pas compte de ce qu'elle avait. Allons, envoyez chercher mon médecin car le vôtre est un froussard. Parce que j'ai un petit peu mal à la tête il me mortifie ainsi et vous alarme comme ça ? Les médecins, de mon temps, ne faisaient pas tant d'histoires. Ma fille, ce que vous devez faire c'est me laisser tranquille et ne pas me mettre tout ce froid sur la tête. Tout est question de mode. Que voulez-vous que ça puisse me faire la glace ? Plus de mal que de bien. Ces médecins d'aujourd'hui inventent des remèdes qui au lieu de vous guérir vous tuent. Croyez-moi, laissez-moi tranquille. Envoyez cherchez M. Cinto : il me fera suer avec une de ses tisanes. Et maintenant récitons le rosaire.

Mme Monica montrait un grand désir de parler. Sa fille, voyant cela et ne pouvant l'en empêcher, pensa qu'il était plus sain pour le corps et l'âme de dire le chapelet et commença à se signer. Un baume réconfortant d'espérance s'empara des cœurs de Mme Foix et de sa fille avec le retour de cette habitude oubliée déjà chez le banquier. Catarina fit défiler dans sa tête tous les agréables souvenirs de sa jeunesse, baignés dans une auréole de lumière rose et Delfineta ceux de son enfance. Mais après les premières dizaines Mme Foix revint sur terre, elle pensa à la réalité du moment, à la nécessité de résoudre cette affaire de la communion, dont elle avait discuté avec sa fille et avec Francesc. « Lui administrer les Sacrements ! Mais comment et qui allait le dire à une femme qui en toute bonne foi croyait n'avoir rien de sérieux ? Si on le lui disait, la frayeur pouvait la tuer. Et la laisser mourir sans les derniers sacrements ! Elle s'en serait bien gardée. » Le rosaire lui avait apporté la solution du problème. Après le dernier « amen » elle dit d'une voix tremblante :

– Mère, savez-vous ce à quoi je pense, maintenant ? Que vous avez raison : devant la volonté divine les remèdes ne servent à rien. Pourquoi ne ferions-nous pas une neuvaine, pour être en règle avec le Seigneur ?

La vieille femme, qui avait encore tous ses esprits, éclata de rire.

– Ma fille, je crois que tu ne peux pas douter de mes sentiments religieux. Si je me voyais en danger de mort, vous n'auriez pas besoin de déguiser votre pensée... Mon doux Jésus, vous savez bien avec quelle joie vous reçoit cette chrétienne indigne, s'écria-t-elle en baissant la voix, d'un ton extatique.

Un œil resta paralysé et ouvert tandis qu'elle fermait l'autre en ajoutant :

– Mais laisse-moi rire parce que c'est vraiment comique que le malade doive réconforter les infirmiers. Ce médecin est un ignorant qui veut se faire passer pour un savant et qui vous a mis des idées dans la tête.

La famille à nouveau tranquillisée par la disparition de la paralysie oculaire et par l'inaltérable sérénité de la patiente envoya chercher M. Cinto dans le double but de faire plaisir à la vieille femme et d'entendre un diagnostic rassurant.

– Monsieur, mesdames, dit le médecin de Mme Monica après avoir examiné la malade et d'un ton fâché, je regrette le rôle que vous me faites jouer.

Ses auditeurs furent très surpris, ils ne comprenaient pas.

– Est-ce que ce n'est pas un autre docteur qui soigne la malade ? Oui, n'est-ce pas ? Alors moi je ne dois, je ne puis être appelé qu'en consultation.

– Excusez-nous, monsieur, mais il s'agissait d'une urgence, nous étions tous fort troublés et notre médecin habite plus près d'ici...

– Tout ce que vous voudrez, mais c'est lui qui s'en est occupé pendant deux jours, c'est à lui de continuer.

Francesc esquissa un sourire amer et regarda fixement M. Cinto.

– Qu'as-tu à dire, toi, lui lança ce dernier, essayant de le reprendre comme un enfant, puisqu'il l'avait connu petit garçon.

– Que je ne comprends pas comment vous autres, médecins, qui parlez toujours d'expérience, en ayez si peu malgré les années. Écoutez, si je vois que ma mère se noie, à quoi voulez-vous que je pense ? Dois-je me jeter à l'eau ou saluer d'abord quelqu'un que je connais qui passe par là ? Monsieur Cinto, vous étiez en bonne santé, ma mère était étendue sur le lit sans connaissance.

– Je ne critique pas le fait d'avoir envoyé chercher quelqu'un d'autre, ce que je désapprouve c'est qu'au dernier moment vous fassiez appel à moi.

– Il faut sauver les apparences, lâcha amèrement le jeune homme.

La phrase, coupante et froide comme la vérité, blessa au vif M. Cinto qui avala la riposte pour ne pas donner une leçon d'urbanité que la situation rendait intempestive.

– Mais écoutez, demanda Catarina très angoissée, pourquoi dites-vous que nous vous avons appelé au dernier moment ? Alors, vous la croyez très mal, vous aussi ?

Les deux hommes abandonnèrent leur attitude combative, M. Cinto écouta à nouveau la voix du devoir et du comportement juste, aussi répondit-il tristement, d'un ton adouci, que oui, il la trouvait si mal qu'il conseillait pour le soir même d'avoir une consultation avec le médecin des Foix et un chirurgien. Et il prit congé, doux comme un agneau. Une fois seul dans l'escalier il se redressa et maugréa extérieurement contre Francesc, intérieurement contre lui-même et les faiblesses innées de l'esprit humain.

La situation définie en ces termes, ils furent tous très alarmés. Catarina, pour la première fois, songea au testament qui n'était pas encore fait. Si celui que Mme Monica avait fait depuis des années était le seul valide, la maison reviendrait à Francesc, héritier de sa mère. Une profonde inquiétude commença à ronger Mme Foix. « Mais comment le lui dire ? Comment en parler à une malade si confiante ? Alors qu'ils n'insistaient pas pour lui administrer les sacrements afin de ne pas lui enlever cruellement cette douce placidité, oserait-elle lui parler de testament ? » Elle regarda la malade ; en voyant qu'elle avait des couleurs et un sourire moqueur devant le triste visage de sa fille, un rayon d'espoir réjouit son cœur un court instant, qui retomba bien vite dans les ténèbres du doute et de la peur. Ses yeux inquiets cherchèrent une lueur de confiance dans ceux de son frère, mais celui-ci, nerveux et impressionnable comme une sensitive, était accablé, effrayé, comme si le sol se dérobait sous lui. Fineta, entre ces deux êtres affligés, se sentait découragée. Sa grand-mère, une grand-mère qu'elle aimait et respectait, se trouvait en danger de mort ; sa mère, qu'elle adorait, son oncle qu'elle aimait tant, qu'elle trouvait si intéressant, étaient plongés dans l'affliction, anéantis par la plus cruelle des impuissances. Il aurait fallu des forces bien supérieures à celles d'un esprit inexpérimenté et troublé comme le sien pour pouvoir les communiquer aux autres. Et néanmoins cette enfant trouva dans le ressort de l'amour un calme apparent, la sérénité nécessaire pour suppléer au concours des autres dans les conflits que l'affolement et la peur faisaient naître. La concierge eut l'imprudence d'alarmer le voisinage et les amis, amenant ainsi à la maison l'irruption de visites inutiles qu'il fallait recevoir. La jeune fille s'en chargeait, entrait, sortait, écrivait, surveillait les médicaments, faisait venir des domestiques de chez elle, se chargeait des dépenses avec son propre argent pour ne pas ennuyer les autres, multipliait ses forces, devinant l'intention de chacun, attentive aux moindres détails de la lutte. Le caractère de la maladie, sournoise et traîtresse, achevait de compliquer cette situation affligeante avec sa terrible suite de surprises contradictoires. Ainsi ces pauvres cœurs oscillant entre l'espoir et la déception ne savaient pas à quoi s'en tenir. En pleine consultation, peu après que les docteurs eurent parlé avec la malade, Francesc sortit la tête un instant pour dire, l'air radieux, que Dieu merci sa mère s'était enfin endormie. Les trois docteurs l'auscultèrent à nouveau. « Ce n'était pas le sommeil, c'était l'assoupissement précédant l'entrée dans le coma précurseur du dénouement fatal. » Ils ne le dirent pas mais leur silence en sortant de l'alcôve plongea à nouveau les esprits du ciel de l'espérance aux abîmes les plus sombres. Ils appelèrent Francesc pour lui dire :

– Ne vous fiez pas à ce sommeil. Votre mère ne dort pas, elle commence à s'assoupir. Faites-lui administrer les derniers sacrements très vite, avant la perte totale et irrémédiable de la conscience. Ce qu'elle a c'est une fracture à la base du crâne, dans la cavité cérébrale antérieure. Il est très possible que l'artère méningée soit brisée et dans ce cas il n'y a qu'un faible espoir de guérison avec une trépanation hémostatique pour faire la ligature. Mais il s'agit d'une opération très sérieuse et étant donné l'âge de la patiente et son état...

Le jeune homme, qui écoutait tout tremblant, se laissa tomber sur une chaise. « La trépanation ! Lui faire un trou dans la tête ! »

– Non, non, pauvre mère ! s'écria-t-il frissonnant, comme s'il sentait lui-même le bruit horripilant d'un vilebrequin sur ses tempes.

La malade continuait à s'assoupir progressivement. Étendue à plat, immobile, le visage enflammé, les yeux clos, la paupière mauve, presque noire, la bonne vieille glissait peu à peu dans l'inconscience, elle répondait encore laconiquement, mais de façon sensée aux questions qu'on lui posait en criant pour qu'elle puisse les entendre. Il n'était plus question de la consulter. Le père Ignasi arriva et s'enferma avec elle dans la chambre à coucher ; tandis que Catarina et la jeune fille, en larmes, préparaient l'appartement pour l'arrivée du saint viatique, Francesc sanglotait en marchant de long en large dans son atelier.

Une demi-heure plus tard, lui, Bernat, M. Monfar et le jeune voisin accompagnèrent le Seigneur jusqu'à l'humble alcôve de la malade. Auparavant le drelin-drelin de la clochette, le chant du prêtre et de l'enfant de chœur, avaient résonné dans le vide des rues solitaires et la clarté des cierges avait léché le vernis des portes closes. L'escalier de la maison et le couloir de l'appartement étaient remplis de femmes agenouillées, la mantille sur la tête et la chandelle à la main.

Mme Monica dormait toujours comme une souche, la respiration régulière, mais rauque. Comme si son âme était en train de s'enfoncer dans un gouffre insondable, il fallait crier de plus en plus fort pour se faire entendre et attendre un petit moment pour qu'il sortît, d'on ne savait où, une voix caverneuse pour *donner* la réponse. C'est ainsi que des prières elle ne put dire que de petits fragments épars. Quelques mouvements nerveux involontaires, un œil qui s'ouvrit rouge et sans éclat, comme une braise qui s'éteint révélaient faiblement la lutte interne du désir de la dévote contre l'inertie de son corps. Mais faisant un suprême effort la vieille femme réussit encore à ouvrir la bouche et à communier, retombant ensuite dans la plus profonde torpeur.

– Et maintenant le notaire ! se dit Catarina pleine d'angoisse après le départ du Seigneur.

Un domestique partit en courant. Il revint une heure plus tard pour dire discrètement à Mme Foix que les trois notaires chez qui il avait frappé avaient refusé de lui ouvrir. Il était si tard !

Catarina devint livide. Les terribles prédictions de sa mère lui revinrent en tête pour la tourmenter davantage. « Mon Dieu, mon Dieu, pourvu que le peu de conscience qu'avait encore la malade dure au moins jusqu'au lendemain midi ! »

Mais Mme Monica s'enfonçait de plus en plus dans la torpeur. Sans donner le moindre signe d'un éveil si désiré. Bien au contraire quand ils l'appelaient ou la secouaient doucement pour voir si elle vivait encore, elle ne répondait que par des tremblements ou des vagissements inarticulés, comme quelqu'un qui se plaint qu'on veuille interrompre un bon sommeil. Elle voulait dormir, elle entrait de bon gré dans l'éternel sommeil.

Cet état se prolongea encore vingt-quatre heures, sans un seul rayon d'espoir, sans le moindre signe de rémission.

La torpeur augmenta jusqu'au coma véritable. Le pouls s'accéléra, la respiration devint plus rauque et moins régulière et la mort arriva sans aucune secousse ; la vieille femme resta silencieuse et la famille tomba à genoux autour du lit, écrasée, éclatant en pleurs.

Une minute après, Bernat, les voisins et les domestiques luttèrent pour arracher de cet endroit ces êtres affligés. Et quand Catarina, éperdue, chercha les bras de sa fille pour s'y réfugier elle les trouva enlacés à ceux de Francesc qui d'une voix qui touchait le cœur criait :

– Pauvre, pauvre de moi, tout seul sur terre !

– Non, non, ce n'est pas vrai ! dirent la mère et la fille en le couvrant de baisers.

XX

À neuf heures le lendemain matin, ayant à peine fermé l'œil de la nuit, Catarina et sa fille étaient à nouveau à côté de Francesc ; il avait refusé obstinément jusqu'alors de s'éloigner du corps. Enveloppées dans de grandes mantilles et des foulards noirs malgré la chaleur qui commençait à se faire sentir en cette radieuse journée de juin, elles arrivèrent tremblant de froid ; la première chose qu'elles firent, fut de s'agenouiller aux pieds de la défunte pour réciter, les yeux pleins de larmes, un pater. La chambre mortuaire était ornée de draperies noires, éclairée par quatre flambeaux qui jetaient sur le corps et le crucifix au-dessus du lit une lumière ambrée. Mme Foix souleva avec révérence le voile blanc recouvrant le visage de la morte ; Delfineta et elle la contemplèrent un long moment, étouffant leurs sanglots, comme si elles craignaient de la réveiller. Elles embrassèrent ses mains qui tenaient le chapelet, et Catarina, le froid de la mort encore sur les lèvres, s'écria :

– Regarde, on dirait qu'elle dort !...

Après avoir remis le voile elles se signèrent et sortirent de là comme d'un temple. Ensuite elles enlevèrent leur mantille et mirent des foulards de soie sur la tête, pour aller retrouver Francesc dans la salle à manger. Il était recroquevillé comme un poussin, sans prendre part à la conversation de Bernat, Jordi et M. Monfar. L'entrée des deux femmes fut silencieuse autant que douloureuse : poignées de main éloquentes, larmes glissant sur les joues.

– Est-ce que Gilet a répondu ? demanda Jordi.

– Oui, je viens de recevoir une dépêche. Il arrivera à midi, répondit Mme Foix en s'asseyant, comme sa fille, sur le bord d'une chaise.

– La mort vient toujours par surprise et au moment le moins opportun ! J'imagine le chagrin du pauvre Gilet recevant la nouvelle en pleine fête, débordant de joie en apprenant ce que je lui avais télégraphié : hier soir, à la Coulisse, les Vilaniu étaient déjà cotées à vingt-quatre !

– Elle est morte comme un petit oiseau, dit Bernat, voyant du coin de l'œil que ce sujet de conversation attristait encore plus le jeune homme.

– Comme nous mourrons tous, je n'ai jamais vu personne mourir en prenant des attitudes ni en faisant des discours si ce n'est au théâtre ou dans les mauvais romans, dit M. Monfar.

Le désir de se recueillir, de ne plus entendre de conversations oiseuses ou impertinentes fit se lever en même temps les enfants et la petite-fille ; tous trois, enlacés, allèrent se réfugier dans la chambre du jeune homme.

– Mon petit, dit alors Catarina, voici les clefs. Excuse-nous, mais hier soir, Delfineta, dans son trouble, les avait emportées.

Le jeune homme ne voulut pas les prendre : « S'il fallait enlever des choses, Delfineta lui rendrait le service de s'en charger. »

– Tu ne sais peut-être pas encore ce qui se passe.

En quelques mots Catarina expliqua l'affaire de la maison, et celle du testament. Francesc haussa les épaules avec un geste d'indifférence.

– Je suppose, mon petit, que si tu trouves le brouillon fait par notre mère, pour toi ce sera comme un testament en bonne et due forme.

– Tu n'as pas à supposer, c'est une chose sûre, répondit-il, quelque peu mortifié, tandis que Catarina enlevait ce poids de son cœur.

Quim annonça l'employé des pompes funèbres et Catarina sortit pour le recevoir. L'homme attendait déjà à trois pas de la chambre mortuaire en compagnie de Jordi ; il demanda quel genre de voitures et combien ils en désiraient pour l'enterrement et de quelle classe ils le souhaitaient. Jordi fut d'avis d'attendre l'arrivée de Foix pour prendre une décision.

– Tu verras, ton mari voudra lui faire un bel enterrement. Dommage que ce soit dimanche aujourd'hui, car tout est plus difficile à préparer !

– Ma pauvre mère ! Elle était si humble, elle vivait si retirée... Si c'était elle, elle aurait voulu un enterrement... Et si on demandait à Francesc ?

– Non, ma chère, laisse faire ton mari si tu ne veux pas le fâcher. Ton frère acceptera ce qu'on lui proposera... Voyons, ajouta-t-il en s'adressant à l'employé, vers deux heures vous irez chez M. Foix recevoir ses ordres.

Catarina était trop abattue pour se disputer avec ce Balenyà qui se mêlait de ce qui ne le regardait pas ; elle n'insista donc pas et s'en alla dans la salle à manger pour recevoir la visite d'une passementière amie de la famille Tió. Jordi, fumant cigarette sur cigarette, resta dans le couloir voisin de la chambre de Francesc, épiant les deux jeunes gens jusqu'à ce que, voyant sortir Delfineta, il l'interpellât pour l'avertir qu'une jeune fille comme elle, fiancée, ne devait pas rester seule avec un oncle aussi jeune.

Delfineta devint plus blanche que le mur.

– Qu'est-ce que vous dites ? Moi, je suis fiancée ? Et avec qui ?

– Tiens, mais avec mon fils, pardi !

La jeune fille se mit à pleurer nerveusement et, tournant le dos à cet homme qui l'avait surprise si brusquement, elle trouva les bras de son oncle qui avait tout entendu.

– Rassurez-vous, monsieur Balenyà, rassurez-vous, car sur cette poitrine où elle cherche refuge, elle ne perdra pas cette pureté que vous vous donnez tant de mal à surveiller.

– Non, mon oncle, non, s'écria la jeune fille le serrant fortement dans ses bras, effrayée par la dispute qui pouvait éclater entre les deux hommes.

– Quand vous la voudrez, vous irez la réclamer à mon beau-frère. Et ne vous avisez plus de faire ce genre de mises en garde offensantes ici, ni aujourd'hui, ni jamais, compris ? Celui qui ne sait pas me respecter, ni respecter notre douleur, n'est pas digne d'entrer dans cette maison. Allez-vous-en, monsieur Jordi, dit Francesc vert de colère, en lui montrant la porte.

L'accent et le regard du jeune homme rendirent Jordi prudent ; il sortit l'oreille basse, le cœur plein de venin.

– Ah, l'impudent ! dit Catarina quand elle l'apprit. Ne pleure pas, mon enfant, ne te désespère pas. Ce ne sont que des vengeances hypocrites des Balenyà qui ne peuvent pas nous sentir ni toi ni moi. Le mufle ! Venir provoquer une scène en ce moment ! Comme si nous n'avions pas assez de chagrin ! Tu as très bien fait, Francesc, de le chasser de la maison. Mon mari devrait faire de même, s'il n'était pas aussi aveugle. Ah, il est totalement sous leur influence !

– Moi, je n'épouserai pas Eladi, je ne veux pas me marier avec lui, je ne peux pas le souffrir, je le déteste de plus en plus, dit Delfineta, des larmes dans la voix.

Mais Francesc avait déjà pris une décision irrévocable : « Dès que sa mère serait enterrée, il passerait la frontière. Même un grossier personnage comme Jordi ne serait pas allé aussi loin s'il n'y avait pas eu un engagement préalable du père, chose que les deux femmes ignoraient probablement. Il arrivait ce qu'il prévoyait depuis longtemps ; sa présence ici, loin d'arranger la situation, ne ferait que tout gâcher. Oui, oui, il allait partir. Aussi bien sa sœur que Delfineta elle-même suffiraient pour repousser ce mariage de convenance. Ayant obtenu cela la jeune fille oublierait cet amour dont elle n'avait même pas conscience... (Ici il pleurait) et elle serait heureuse avec un autre homme. Il ne devait pas l'empêcher, il se sacrifierait, il couverait sa douleur dans la solitude de l'exil. (Là ses pleurs redoublaient). Si son mari la rendait heureuse tant mieux pour tous, tant mieux pour lui, pour lui-même, oui, qui ne pouvait rêver rien d'autre. »

L'attention de ces cœurs affligés fut distraite encore par de nombreuses visites ; à midi et quart, enfin, arrivèrent Foix et Eladi. Tous deux, avant de voir qui que ce fût, pénétrèrent dans la chambre mortuaire ; ils contemplèrent la défunte ; Gil, les yeux humides, marmonna un pater.

– Pauvre belle-mère ! On la dirait endormie ! murmura-t-il lui aussi.

Mais sa générosité ne fut pas assez grande pour étouffer le cri de révolte qui le faisait pleurer en même temps. « Il se retournait contre ce maudit destin qui n'arrêtait pas d'assombrir toutes ses joies. Il venait de soutenir et de gagner, pouce par pouce, la bataille engagée soudain par les partisans de Pinyol pendant la réunion à Vilaniu. Quelle joie profonde que de pouvoir savourer les fruits de la victoire ! En plein banquet, la coupe à la main au milieu des applaudissements et des vivats, il l'avait proclamé bien haut : Messieurs, aujourd'hui c'est le plus beau jour de ma vie, le jour le plus heureux de mon existence... Et tandis qu'il prononçait ces mots la mort implacable s'agrippait là, dans cette alcôve, s'acharnait sur les cœurs de sa famille ; déjà l'attendait chez Rodon sur la petite table le papier bleu du télégramme pour lui dire : “Ce n’est pas vrai : même pas après cette victoire, même pas aujourd’hui, parvenu au sommet de ta grandiose entreprise, quand les trompettes de la renommée glorifient ton nom, non, pas même aujourd’hui tu ne pourras t’étendre sur ton lit en disant je suis heureux. Au lieu de cela boucle ta valise, laisse ces fêtes, consacrées à glorifier tes efforts, et sans laisser reposer ton corps viens contempler ici la raide réalité de la mort et charge-toi des préparatifs de l’enterrement.” C’était clair, sa destinée se débattait entre deux courants contraires : la richesse, la gloire se couchaient à ses pieds, tandis que chez lui le malheur le guettait pour remplir son cœur d’amertume. »

Foix, alors, ne vit chez sa belle-mère que l’image de cette mauvaise fortune qui le persécutait et il lança sur le cadavre un regard amer. Mais se reprenant très vite il fut à nouveau pénétré de respect pour la dépouille de la vieille femme qu’il avait, lui aussi, vraiment aimée : il se signa et sortit avec son secrétaire, remplis l’un et l’autre de ce recueillement que la présence de la mort impose.

Leur entrée dans le salon causa un nouvel éclat d’affliction. Eladi donna la main aux deux femmes qui le reçurent froidement ; quand il la tendit à Francesc il vit que celui-ci, feignant d’être distrait, retirait sa main.

– Malappris ! maugréa entre ses dents le fils de Jordi. Mais qu’est-ce qui lui prend maintenant ?

Et se dressant sur ses ergots il lança au jeune homme, qui ne le vit même pas, un regard plein de haine et de mépris.

– Bon, dit Foix après avoir échangé quelques phrases pleines de tristesse avec les présents, qu’est-ce que vous faites, Catarina ? Vous venez déjeuner à la maison ou vous restez tenir compagnie au pauvre Francesc ? Il faut me pardonner mais j’arrive tout couvert de poussière et de charbon et j’ai besoin de me laver.

Voyant qu'elles restaient, il approuva de bon cœur leur décision ; il prit alors dans ses bras son beau-frère et lui dit tout ému :

– Tu peux bien imaginer, mon garçon, ma profonde tristesse. Nous la pleurons tous, mais n'aie pas peur. Tu as ici en moi un frère qui t'aime, qui fera tout ce que tu voudras. Tu peux disposer entièrement de moi. Si tu veux venir vivre avec nous notre porte t'est grande ouverte. Reprends-toi, songe que malheureusement nous ne pouvons rien y faire ; tu es un homme, ne perds pas courage. Je suis là pour te soutenir, ajouta-t-il, le serrant avec force sur sa poitrine.

Le jeune homme le remercia en lui pressant la main avec gratitude et tristesse à la fois ; se laissant tomber sur une chaise il mit sa tête entre ses bras pour cacher les larmes qui coulaient de ses yeux.

– Surtout vois si le petit est bien soigné, recommanda Catarina quand Foix et Eladi commençaient à descendre l'escalier.

Ceux-ci montèrent dans la voiture où Jordi les attendait déjà ; il s'était excusé de ne pas monter, se vantant d'avoir déjà passé de longues heures chez la défunte. Les fougueuses juments les menèrent tous trois chez Foix ; pendant la route ils avaient parlé des magnifiques résultats de la souscription, des échos suscités dans la presse, de la hausse obtenue à la Bourse par ces actions alors que les actionnaires n'avaient pas encore sorti les premiers douros.

– Elle a bien mal choisi son moment pour mourir, cette brave femme ! C'était la façon la plus sûre de gâcher toute ma joie, lâcha Foix, revenant à sa peine. Et, dis-moi, Jordi, est-ce qu'elle a reçu les derniers sacrements ?

– Oui, répondit Eladi, ils avaient même envoyé un télégramme pour vous le dire, mais je l'avais caché pour ne pas vous inquiéter. D'un autre côté, étant donné qu'il s'agissait d'une dame si pieuse, j'avais pensé qu'ils le faisaient peut-être sans que ce soit vraiment nécessaire.

– C'est vrai, c'était une chose possible.

– Quoi qu'il en soit, reprenait Jordi, l'homme du jour c'est toi. Tout Barcelone en parle. L'affaire maintenant est solide, tu figures déjà à côté des premiers à la Bourse, à côté des premiers financiers d'ici. Ce n'est pas tout le monde qui peut trouver aussi facilement que toi, trois millions de douros.

Foix se rengorgeait, ses yeux brillaient de plaisir : après ces heures sombres, en entendant ce cousin qui n'arrêtait pas de l'encenser il retrouvait sa bonne humeur.

Quand ils arrivèrent chez Foix le petit Eudaldet interrompit leur conversation ; M. Foix alla se changer et invita Eladi à se nettoyer dans le cabinet de toilette de sa fille. Alors quand les Balenyà furent seuls, Jordi raconta à son fils la scène avec Francesc et Delfina.

– Ah, voilà ! maintenant je comprends sa grossièreté ; cet imbécile a refusé de me serrer la main.

– Quel idiot ! Mais tu vois ton oncle, ce qu'il nous fait ? Ce que je craignais : il n'en a pas encore soufflé le moindre mot à Catarina ni à sa fille.

– Et alors ? Ne vous en mêlez pas ! Cela se fera en son temps.

– Pas du tout ; nous courons le danger que sa fille se rapproche trop de son oncle. Pense que sa mère favoriserait cela ; la tienne, qui sait faire parler les domestiques, et qui dans ces matières voit loin, a flairé que le changement de vie opéré par Delfina pendant l'absence de son oncle n'a pas d'autres causes. Crois-moi, crois-moi : l'heure est venue de tout faire savoir. Avec Foix il faut savoir profiter d'occasions comme celle-ci : autrement tu sais bien qu'il est faible et que si on ne l'oblige pas à se compromettre soudainement, il vous glisse entre les doigts comme une anguille.

– Fort bien, mais que voulez-vous que j'y fasse ? Je ne veux pas m'humilier comme ça. Si la fille ne veut pas de moi, qu'elle ne me prenne pas ; je ne vais pas lui courir derrière comme un collégien.

– Écoute, mon garçon, écoute, en vous attendant à la gare j'ai réfléchi sur bien des choses. Ne m'avais-tu pas dit, il y a quelque temps, que ce chèque de vingt mille douros avait servi à payer la maison de Mme Monica ? Eh bien, tu peux être sûr qu'à présent la maison appartient déjà à Francesc.

Eladi leva la tête du lavabo : dégoulinant d'eau, les yeux bouffis, il se tourna vers son père et le regarda avec surprise. Celui-ci, avec son flegme habituel, poursuivit :

– Et qui peut t'assurer que cet achat n'était déjà pas une manœuvre ourdie par ces femmes pour enrichir le garçon, faire changer Foix et nous berner, nous ? Vois-tu, ici, le plus simplet, le plus jobard c'est Gilet ; les autres sont des malins qui nous détestent.

Eladi n'en revenait pas. « Tout cela pouvait être vrai, mais même ainsi son amour-propre l'empêchait de demander quoi que ce fût. »

– Non, mon garçon, non ; je ne veux pas que tu demandes quelque chose, mais que tu fasses tout ton possible pour laisser les deux camps bien délimités. Tu vas voir ce que j'ai imaginé. Nous pouvons tirer parti de l'occasion que cet enterrement nous offre. Foix s'est engagé vis-à-vis de toi, aucun doute là-dessus, n'est-ce pas ? Eh bien, toi tu poses la question à ton oncle, tu lui demandes s'il ne voit pas d'inconvénient à ce que, en qualité de presque petit-fils de la défunte, tu te places à côté de lui, à la tête du cortège mortuaire. Cela va le flatter et il dira oui.

– Oh, s'écria Eladi, devinant sa pensée. N'en parlons plus, nous sommes d'accord.

Juste à ce moment arrivait Foix tenant Eudaldet par la main.

– Allez, à table car après il nous faudra organiser l'enterrement et ce ne sera pas une petite affaire, Seigneur !

– Eladi et moi nous avons déjà commencé à tout arranger, dit Jordi avec un clin d'œil à son fils. Nous en parlions en ce moment. Comme aujourd'hui nous sommes dimanche et que demain matin il n'y aura presque pas de journaux, j'ai commandé deux mille faire-part. J'ai bien fait, n'est-ce pas ?

– Oui, mon vieux. Mais deux mille... Qui allons-nous aviser ? Ma belle-mère, la pauvre femme, connaissait fort peu de gens.

– Mais toi, tu en connais beaucoup !

– Bien sûr, mon oncle. Et toutes vos connaissances ?

– Sacré Jordi ! Il pense à tout, s'écria Gil, satisfait.

Mais en s'asseyant à table, songeant à tout cela, il reprit :

– Malgré tout, crois-tu que je puisse inviter autant de monde ?

– Rien qu'à la Bourse, mon vieux. On voit bien que tu débarques et qu'il aura fallu bien peu de temps pour te désorienter. Tu ne vois pas encore que tu as atteint le sommet ? Tu ne t'en rends pas compte ?

Foix eut un rire gras, voluptueux, plein de plaisir et de reconnaissance.

– Non, c'est vrai. Je ne sais pas si c'est le train d'enfer que nous avons mené là-bas, n'est-ce pas Eladi ? ou parce que j'ai été bouleversé ces dernières heures, mais le fait est que je suis tout troublé.

– Eh bien, mon cher, tu es un personnage, l'homme du jour ! Que crois-tu donc ?

– Je crois que mon père n'a pas vu assez grand : deux mille faire-part je les place en une demi-heure.

La vanité de Foix s'exalta au point que l'homme se voyait déjà le droit d'inviter la moitié de Barcelone. « Assurément il était désorienté ! Il lui revint en mémoire des cérémonies semblables chez des banquiers, des armateurs, de riches commerçants ; il n'y avait pas de doute. Dommage que les choses soient arrivées si soudainement et que les obsèques tombent un lundi ! »

– Ah parce que, ça c'est sûr, je veux lui faire un bel, un grand enterrement à ma pauvre belle-mère ! Qu'as-tu commandé, à ce sujet ?

– À ce sujet, encore rien. À deux heures arrive l'employé des pompes funèbres pour recevoir tes ordres. Je ne dépasse jamais la mesure.

Le petit garçon, qui ne soupçonnait pas que sa grand-mère, cette « mémée » qu'il aimait tant, était morte, entendait parler de tous ces préparatifs comme d'une fête ; oublié par ces hommes il ouvrait des yeux ronds, écoutait enthousiasmé sans comprendre le mot belle-mère et il imaginait déjà une grande procession qu'il irait voir avec *Panxito* son compagnon ces jours-là.

– Il y en a des choses dont il faut s'occuper !

– Oh, ne crains rien ; j'ai déjà donné des ordres pour faire venir quatre jeunes gens du bureau et les encaisseurs. Avec tout ce monde le travail sera fait.

– Écoutez, le préfet s'est très bien conduit à mon égard dernièrement. Et si je l'invitais ?

– Parfaitement, d'accord, approuvèrent les Balenyà d'une seule voix – « Lui-même en personne irait l'inviter »
– Je dirai même mieux : je crois que tu es obligé de le faire, ajouta Jordi.

Foix se frotta les mains de plaisir. La conversation prit un autre tour : Jordi voulait avoir des détails sur les fêtes, sur l'enthousiasme de Vilaniu, sur Rodon, les femmes et le bal ; Foix, ses idées tristes s'étant déjà évanouies, parla longuement. « Il avait fait une entrée triomphale, encore plus grandiose que celle que les journaux décrivaient. L'assemblée, dans le somptueux salon de la maison Galceran (devenue Cercle des Artisans) avait réuni une très nombreuse assistance, très chaleureuse, bien plus grande et enthousiaste que ne le disait la presse. Rodon et Tàrrega, face à la guerre sourde menée par Pinyol, l'avaient démasqué, pleins d'exaltation. Rodon, ému aux larmes, dans un coup de cœur avait pris les deux cents actions que Pinyol et sa bande refusaient. "Je ne veux pas, avait-il dit en montrant Foix, je ne veux pas que cet homme, qui n'est même pas d'ici, sacrifie son repos et ses intérêts à notre contrée ; que cet homme qui à lui seul a souscrit mille actions (le sixième, messieurs, du budget de la voie), que cet homme à qui nous devrions élever une statue par gratitude, que ce grand Catalan qui couronnera son œuvre patriotique en créant une industrie de matériel ferroviaire pour nous affranchir de l'étranger... messieurs, je ne veux pas, dis-je, qu'il se sacrifie davantage : je prends les actions que ces messieurs refusent." Le bruit des applaudissements fut assourdissant. Tout n'était qu'embrassades et regards rancuniers à ces mesquins ! S'ils n'étaient pas sortis à temps du Salon ils auraient été peut-être agressés. Si grand était le degré d'excitation. » – Je te dis, Jordi : les journaux, tout en se montrant corrects, sont loin d'en donner une idée.

Il raconta aussi son discours lors du banquet, une ode pindarique aux chemins de fer, au progrès moderne, au sentiment patriotique ; il ajouta qu'à la suite de cela une nombreuse commission de propriétaires terriens de toutes les tendances s'était présentée pour lui offrir le siège de sénateur et à Rodon celui de député de l'arrondissement. Pour ce qui était du bal, auquel ils ne purent assister, il s'annonçait très brillant : Pauleta et Montserrat Rodon devaient être éblouissantes avec des diamants jusque sur leurs souliers.

– Tu les entendras quand elles reviendront avec Rodon !

Ils quittèrent la table dans ces dispositions d'esprit ; et tout en fumant un bon cigare ils allèrent au bureau pour organiser l'enterrement, tâche qui leur prit tout l'après-midi.

Enfin, à neuf heures du matin, strictement vêtu de noir, Eladi à son côté, Foix fit son entrée chez Francesc ; il avait laissé en bas, à la porte de l'immeuble, Jordi et deux domestiques pour organiser le cortège et éviter toute négligence. L'appartement était ouvert, les volets à moitié clos. Le cadavre était déjà dans le cercueil en ébène et nickel, le couvercle non encore placé. Les deux Foix, apitoyées par l'abattement de Francesc, avaient passé la nuit avec lui, dormant à peine sur les sofas et les chaises ; à présent elles faisaient leur toilette et s'habillaient enfermées dans une chambre. Foix plaça alors Quim à la porte de l'appartement, le chargeant de conduire au modeste salon les personnages importants qui allaient se présenter. Il entra à nouveau dans la chambre mortuaire pour un dernier adieu à celle qui fut sa belle-mère. Mais la forte odeur qui annonçait déjà la décomposition l'en chassa très vite. Le cadavre avait le ventre visiblement gonflé ; des taches mauves autour des ongles, du nez et des oreilles rendaient plus lugubre la blancheur de vieux marbre de ce corps qui, par instants, perdait l'aspect de repos tranquille pour présenter les tristes signes d'une corruption intempestive. Il recula donc et à la porte il tomba sur son beau-frère qui voulait y entrer aussi.

– N'entre pas, Francesc, n'entre pas, tu te feras du mal inutilement, c'est un bien triste spectacle, lui dit gentiment Foix.

Le jeune homme, le visage bouleversé, les yeux rouges à force de pleurer, s'obstinait.

– Attends, écoute-moi, dit Gil encore plein de gentillesse, avant que les gens arrivent, mettons-nous d'accord sur l'ordonnance du cortège. J'ai pensé ceci : si le préfet vient, comme il me l'a promis...

– Le préfet ? Pourquoi ? demanda l'autre alarmé.

– Mon petit, c'est une de mes relations.

Francesc secoua la tête avec désespoir et s'essuya les yeux.

– Si le préfet vient, je pense qu'il faut le placer au milieu, moi à sa droite et toi à côté de moi. À sa gauche Eladi et le confesseur.

– Celui-là aussi ? interrompit le jeune homme cherchant d'un regard provocant Eladi qui avait les yeux baissés.

– Pourquoi celui-là, pourquoi ? Quels liens de parenté avait-il avec ma pauvre mère ?

– Il était presque parent. Mon vieux, ne t'excite pas. Tu es très agité en ce moment. Presque parent...

– Du tout, aucun lien, Dieu merci ! s'écria le jeune homme perdant la tête.

– Que veux dire ce « Dieu merci » ? Qu'as-tu à dire contre moi, insolent, pour m'injurier de la sorte ? menaça Eladi, s'avançant vers Francesc le poing levé.

– Au nom du ciel, mes garçons, implora Foix en s'interposant, les yeux égarés par la surprise. Rendez-vous compte du moment... Francesc, là devant il y a le corps de ta mère.

Mais la colère et une rancœur profonde embrasaient le regard des deux jeunes gens, sur le point de se lancer l'un contre l'autre.

– Eh bien moi, j'y ai droit et j'irai, dit d'un ton appuyé Eladi, redressant encore plus la tête et menaçant davantage encore en détachant les mots d'une voix glacée.

– Ni toi ni Gil ! cria Francesc hors de lui.

– Mais... En voilà une sortie ! Qu'est-ce que tu dis ? Pour l'amour de Dieu, Francesc, calme-toi, implorait à nouveau Foix, pas encore revenu de son immense surprise, maintenant le jeune homme serré dans ses bras.

– Non, pas plus toi que lui. Ma mère est à moi, elle n'est pas à vous, vous m'entendez ?

– Francesc, mon petit, que se passe-t-il ? cria Catarina en sortant, à moitié coiffée, de la chambre, tandis que Bernat lui aussi accourait à la hâte de l'autre côté.

Mais Francesc furieux, hors de lui, les yeux flamboyants de colère, se démenait pour échapper au pauvre Gil qui ne savait quoi faire pour le calmer et le rendre raisonnable. Bernat, Catarina, attirés par les cris, sans savoir de quoi il s'agissait, s'élancèrent aussi sur Francesc qui voulait s'échapper, échapper à ces bras.

– Laissez-moi partir, laissez-moi m'en aller, je ne ferai de mal à personne.

– Mais, mon petit, calme-toi ! Dans un moment aussi solennel faire du scandale !

Bien qu'entendant toutes ces voix, il revint à son idée :

– Non, non, ma mère est à moi, elle n'est pas à vous !

Catarina fut épouvantée, croyant qu'il était devenu fou.

– Au nom du Seigneur, Francesc ! Vois, il y a des gens qui arrivent ! Pense que tu es chez toi ! implora Bernat, aussi effrayé que Catarina.

– Allons, calme-toi, calme-toi, ne fais pas l'enfant ! criait Foix en le tenant fermement, très ennuyé.

– Non, non, vous ne l'emporterez pas ! Ce pauvre type n'a pas le droit d'être en tête du cortège, et toi tu n'as pas le droit de profaner ces saintes dépouilles pour satisfaire ta stupide vanité. Vaniteux, oui !

Foix s'excitait, il avait envie de lui marquer ses cinq doigts sur le visage. Trop tard : Francesc venait de perdre connaissance. Son corps oscilla, avant de s'affaisser comme un sac, manquant de faire perdre l'équilibre à ceux qui le tenaient. Bernat, Catarina et Ursula transportèrent le jeune homme évanoui à son atelier. Heureusement Delfineta, à l'autre bout de l'appartement, n'avait rien entendu de cette triste scène.

– Il a perdu la tête, c'est un imbécile, dit Eladi d'un air de commisération pour ceux qui l'emportaient.

– C'est tout à fait cela, ce garçon est devenu fou, dit Foix encore haletant, s'épongeant le front. Diable de garçon ! Quelle force il a ! Il m'a crevé ! Le pauvre enfant ! C'est le chagrin, le trouble qui ont attaqué ses nerfs ; le sang lui est monté à la tête. Dieu nous protège ! Quelle scène ! Tu as vu ? Il m'a même insulté ! Qu'on lui donne un médicament pour son évanouissement, quelque chose qui le fasse revenir à lui, dit-il à Ursula qui se trouvait là.

L'heure approchait, on entendait déjà dans la rue piétiner les chevaux, rouler des voitures qui s'alignaient dans les rues voisines, un babillage d'enfants et aussi le bruit des gens qui montaient les escaliers.

Les deux hommes, ayant repris leur calme, se dirigèrent vers le salon. Celui-ci était déjà rempli de messieurs debout, formant de petits groupes, parlant à voix basse. Foix alla serrer les mains de tout le monde en silence, accompagnant son geste d'un mouvement de tête plein de tristesse voulant dire : « Merci, vous voyez... » À la fin ses yeux découvrirent le préfet qui lui tendit les deux mains.

– *Comme c'est aimable à vous de vous être ainsi dérangé !* dit Foix, une larme de gratitude à l'œil.

– Ah, vous êtes là, mossèn Ignasi ? Excusez-moi, je ne vous avais pas vu. Je ne suis pas dans mon état normal.

Peu à peu arrivaient les notables de la banque, du commerce, de la Bourse, de la politique qui s'entassaient comme ils pouvaient dans le modeste salon, le vestibule, la salle à manger, les couloirs étroits du petit appartement. Une véritable foule s'alignait du haut en bas des escaliers, s'écrasait à la porte de l'immeuble ou attendait, en fumant, sur la petite place où se trouvait le carrosse de luxe et les voitures de tête du cortège ainsi que les longues files des petits garçons de l'Hospice et des fillettes de la Miséricorde.

L'encens de la vanité montait à nouveau à la tête de Foix, effaçant les souvenirs sombres. « La présence des autorités, de tous ces millionnaires, des gens les plus puissants de Barcelone étalés en éventail devant lui, était vraiment l'apothéose de la célébrité si ardemment désirée, obtenue à force de travail et malgré les contrariétés. Jordi avait raison, il avait atteint le pinacle, il était "l'homme du jour". En considérant cela son cœur se dilatait, des larmes de gratitude voilèrent son regard et il ressentit plus que de la honte, des regrets d'avoir obligé tous ces gens à monter tant d'escaliers pour se réunir dans un appartement aussi modeste. Ce n'était pas qu'il eût honte de son passé, ni qu'il ressentît une vanité mesquine (qui n'entrait pas chez lui où elle était si grande) qui le faisait se répandre en excuses : c'était l'enthousiasme généreux, la très profonde gratitude que la démonstration de la considération publique éveillaient dans son esprit.

– Tant d'escaliers, un appartement si minuscule ! Mais, messieurs, mon beau-frère est un artiste et les artistes, comme on le sait, vivent dans les nuages.

Enfin la rumeur sur la place grandit, on entendit en bas les chants des prêtres et les lourds souliers des cochers des pompes funèbres traînant dans la maison. Foix s'avança suivi du gouverneur et de mossèn Ignasi lequel, alarmé, cherchait parmi les gens qui leur frayaient un passage, le visage de Francesc ; en arrivant au vestibule ils durent s'arrêter : les cochers avaient du mal à manœuvrer ce cercueil si lourd et si long au milieu de tout ce monde : le pire se produisit en arrivant à la porte ; ils le soulevèrent pour l'appuyer sur leur tête mais un bout, poum ! cogna contre la porte, la couronne du devant s'accrocha à la lampe à gaz : on craignit de voir tomber le globe ou le fumivore. Au même moment on entendit les gémissements et les pleurs des dames de la maison qui firent à l'autre bout leur apparition entourées d'amies et de voisines qui les empêchaient d'avancer. Foix hocha tristement la tête ; en entendant à deux pas les pleurs d'Ursula et de la concierge il leur dit d'une voix rauque :

– Allons, ne pleurez pas, ne pleurez plus.

Enfin le cercueil parvint à passer la porte, les violettes artificielles de la couronne passablement abîmées tandis que le fumivore branlait encore comme un grelot dans les bras tremblants de la lampe.

– On aurait dit qu'elle ne voulait pas nous quitter, s'écria Ursula en sanglotant.

Foix, les yeux humides, la gorge nouée, commença à descendre avec Eladi et les autres, silencieux, serrés dans l'étroit escalier. Foix franchit le portail au moment où l'on chantait l'absoute ; en voyant la placette remplie d'invités, tous les voisins au balcon, son landau recouvert de crêpes de deuil, le grand carrosse funèbre tiré par huit chevaux et surmonté d'une statue de la Foi, ce fut plus fort que lui, il éclata en sanglots : les derniers mots de Francesc frappèrent son cœur comme un coup de poignard plein de traîtrise. Mille pensées contradictoires l'assaillaient sans qu'il puisse en saisir une seule qui calmât sa conscience.

– Et néanmoins, se dit-il, je peux le jurer, je n'ai pas eu de mauvaises intentions.

Les dernières voitures du cortège arrivaient tout juste à l'église proche lorsque Francesc, ayant enfin repris connaissance, courut à l'alcôve de sa mère, rempli de craintes.

– Ils me l'ont volée, ils me l'ont volée ! s'écria-t-il en proie au plus grand désespoir, se laissant tomber sur une chaise.

Sa sœur, sa nièce et Bernat le supplièrent de s'enlever cette idée de la tête. « C'était très injuste de mettre en doute le bon cœur de Foix. Cette ostentation naissait de sa générosité ; il n'y avait pas chez lui l'ombre d'une mauvaise intention. » Il ne les écoutait pas, ne les entendait pas ; sa jalousie de fils, sa rivalité avec Eladi revenaient. Soudain, il se représenta le cercueil accompagné par tout le monde, sauf par celui qui aurait dû le faire. Sa conscience le blessa, le fit trembler des pieds à la tête ; il se leva, essuya ses larmes. « Il voulait voir sa mère, la recevoir à son arrivée au cimetière ; il ne pouvait pas la laisser enterrer sans son dernier adieu. »

Plein de résolution, malgré l'inquiétude des personnes présentes, il prit son chapeau et courut vers la porte. Essayer de l'arrêter eût été inutile ; aussi Bernat lui emboîta-t-il le pas.

– Tu veux aller au cimetière ? lui dit ce brave ami, devinant son intention. Tu fais ton devoir ; je t'accompagne. Mais calme-toi, reste tranquille. Place Sant Jaume nous prendrons un fiacre.

– Merci, dit Francesc, devenant raisonnable et serrant la main de cet excellent homme.

Dans un vieux fiacre, qui fit d'étranges détours pour ne pas tomber sur l'enterrement, ils arrivèrent au cimetière du Sud-Ouest avant le cortège, sans avoir échangé un seul mot. Le jeune homme se rendit au dépôt mortuaire et il resta là, abattu et silencieux, attendant le cercueil de sa mère tandis que Bernat guettait dehors. À la fin arriva l'interminable cortège de voitures derrière le luxueux carrosse couvert de poussière déjà, comme les tristes livrées de ses nombreux valets.

– S'il te plaît, donne-moi la clé et les papiers et allez-vous-en. Ton beau-frère est ici et c'est nous qui assisterons à l'enterrement. Tu n'as qu'à dire aux gens qu'elle reste encore au dépôt. Rendez-moi ce service, dit Bernat confidentiellement à Foix dans le bureau de l'administration.

Gil en venant dans sa voiture en compagnie de Jordi, de Giró et de Llobera avait déjà oublié, en bavardant, l'émotion ressentie en sortant ; il était revenu à son état normal, il haussa les épaules, comme vexé par une impertinence qu'il ne pouvait corriger là sans faire du scandale, et obéit. Mais avant de partir, suivi par de nombreux amis, il monta tout en haut du cimetière pour leur montrer de là-haut le bout de plage et les potagers qu'il lui faudrait acheter pour y installer l'arsenal projeté.

Son regard brûlant d'ambition s'étendait sur cette plaine immense. Il remuait sans cesse, allait et venait, montrant du bout de sa canne agitée les grandes étendues de terrain dont il se voyait déjà propriétaire, qu'il allait acquérir sans aucun doute. Ses compagnons le suivaient, l'écoutaient sans ciller tel l'état-major d'un général qui trace le plan de la bataille. À la fin une nouvelle pensée l'assaillit : « Un homme riche comme lui se devait d'avoir un panthéon : un grand mausolée, très haut, qu'on verrait de loin. » Et il ne quitta pas le cimetière avant d'avoir choisi l'endroit où il le ferait bâtir.

Une heure plus tard, dans leur modeste fiacre, Bernat et le malheureux orphelin revenaient du cimetière, croisant sur la route de nombreux convois funèbres. À un moment Francesc dit :

– Et maintenant écoutez-moi, vous qui êtes le meilleur des amis, demain à la première heure, je quitte Barcelone, je m'en vais à Paris.

– Tu fais bien, tu as raison.

– En attendant soyez assez bon pour tranquilliser les deux êtres chers que je laisse ici ; dites à ma sœur que pour pouvoir tenir les premiers mois, j'emporte tout l'argent que je trouverai à la maison, mais dès que je gagnerai ma vie je lui rendrai religieusement la part qui lui revient. Tout ce que j'aurai envie de leur dire c'est à vous que je l'écrirai. Excusez-moi, mais je ne veux pas écrire à mon beau-frère. Je crois que c'est un brave homme, je le tiens pour tel, mais je ne saurais lui pardonner ses légèretés, et encore moins celle d'aujourd'hui... cette profanation !

Bernat le laissa pleurer et considérant qu'il serait inutile de répéter ses protestations et ses conseils ne dit pas un seul mot.

– Maintenant, auriez-vous la gentillesse de m'accompagner chez un notaire ?

– Bien sûr, mon vieux, où tu voudras.

– Je veux faire mon testament et laisser une procuration, pour qu'on puisse régler toute cette affaire d'héritage. Qu'on l'arrange comme on voudra, qu'on fasse ce que meilleur leur semble. Pour moi le monde, la vie, tout, tout m'est devenu indifférent. Il n'y a qu'une chose qui me retient, autrement je me tuerais.

La voiture passait alors au pied des carrières escarpées de Montjuic qui donnent sur la mer. Bernat promena ses yeux rêveurs sur les confins de cet horizon infini, voilé par une légère brume, et il songea que le cœur de l'homme était encore plus infini et plus mystérieux. Ensuite, en proie à une profonde mélancolie, sans pouvoir éloigner son regard de cet horizon brumeux qui le fascinait, il s'écria en lui-même :

– Te tuer, dis-tu ? Et pourquoi donc ? Pour trouver le repos ? Qui peut t'assurer que la mort nous l'apporte ? La vie n'a pas de fin : tout évolue, tout se transforme, tout roule, tout roulera éternellement et jamais, non jamais, nous ne saurons ni comment ni pourquoi.

Deuxième partie

LA CHUTE

I

Après huit jours de fièvre et huit autres jours d'une mauvaise humeur insupportable, Mlle Foix sortit un matin de son lit guérie et relativement joyeuse. Pendant ces seize journées elle s'était demandé comment son oncle Francesc avait eu le courage de quitter si brusquement sa sœur et sa nièce alors qu'elles venaient de le soigner comme un fils, qu'elles avaient même essayé de l'emmener vivre avec elles comme un enfant de la maison ; comment l'homme qui l'avait défendue avec une telle énergie contre les attaques de Jordi, l'avait abandonnée sans prendre seulement congé d'elle ; comment, enfin, sans motif ni raison il rendait la mère et la fille solidaires de l'offense qu'il s'imaginait avoir reçue du pauvre Foix. La jeune fille ne trouvait de réponse satisfaisante à aucune de ces questions ; plus elle pensait à ce départ inopiné et désobligeant, plus elle trouvait injuste et cruelle l'action de son oncle. Enfin, ce matin-là, en proie à la même obsession et se posant une fois de plus ces questions, elle ouvrit des yeux humides, fixa le plafond et ressentit dans son cœur une soif de vengeance. « Vengeance ? » Elle réfléchit un peu et se demanda de quoi et de qui elle devait se venger si ce n'était d'elle-même, qui ne savait pas mépriser tout à coup une telle ingratitude. Mais ici sa pensée s'arrêta pour se corriger. « Non ce n'était pas cela ; il fallait plutôt dire qu'elle ne savait pas avoir pitié de l'affliction de cet orphelin, ni prendre en considération les jalousies extrêmes de l'amour filial, les exagérations, somme toute naturelles, de son immense chagrin, de sa folle décision ! » Elle fut prise d'un vif remords, elle ressentit une grande compassion pour le jeune homme et son cerveau fut traversé par de graves accusations contre celui qui lui avait donné la vie, qui avait été la cause et le motif de tout ce trouble. Mais en se rendant compte du cours pris par ses pensées elle eut peur d'elle-même. « Commettait-elle un péché ou divaguait-elle ? N'était-elle pas tout à fait sûre de l'innocence de son père ? Comment pouvait-elle donc lui en vouloir, manquant ainsi au respect qu'elle lui devait ? » Au milieu de son trouble Delfineta se redressa sur son lit machinalement, regardant le mur d'un œil fixe et stupide. Puis ses yeux s'emplirent de larmes et elle retomba sur l'oreiller, éclatant en pleurs. « Non, personne n'était coupable sauf elle, égoïste ! Au lieu d'aider et de consoler sa mère elle s'était abandonnée à sa douleur, elle s'était livrée à de folles imaginations, et cela au moment où elle aurait dû payer de sa personne et montrer une plus grande présence d'esprit. La fille n'avait-elle pas plus de raisons de pleurer que la petite-fille, la sœur plus que la nièce ? » Delfineta pleurait amèrement quand une voix intérieure vint lui assurer qu'elle avait, plus que sa mère, des raisons de pleurer. Cela lui sembla une monstruosité telle que la jeune fille se couvrit les yeux et se pinça le front pour chasser ces idées. « D'où venait-elle, cette voix ? Quels étaient-ils, ces motifs impérieux ? » Elle cessa de pleurer et resta immobile un bon moment, enfouie sous le drap, à réfléchir. Puis un sourire joyeux pointa sur ses lèvres, rasséréna son regard brouillé. « Elle avait tout compris. Sa mère à elle, en fin de compte, n'avait perdu que sa propre mère, son frère lui restait. Elle, elle avait perdu sa grand-mère et l'homme qu'elle aimait : elle était amoureuse de son oncle ! À présent pour elle tout était évident, elle y voyait enfin clair. »

Avec la surprise causée par cette découverte la jeune fille sauta du lit pleine d'espoir : elle était fière d'avoir trouvé la clé de cette énigme angoissante, elle espérait retrouver le jeune homme bientôt, elle était disposée à savourer secrètement les délices de cet amour ignoré de tous.

– Dieu merci, le soleil est revenu, s'écria sa mère, mi-apitoyée, mi-fâchée. On verra combien de temps cela va durer. Est-ce que je peux te laisser toute seule et aller enfin à l'appartement de ta grand-mère, qu'elle repose en paix ?

– Oui, maman, oui. Mais vous n'irez pas seule, je veux vous accompagner.

– Ah, ça non, par exemple ! Il ne faudrait pas que ça recommence ; tu serais trop affectée.

– Vous le serez également. Je n'ai été que trop égoïste. Je dois y aller aussi, je ne puis permettre que vous soyez seule là-bas.

– J'y envoie Ursula devant.

– Cela ne fait rien.

– Allons, je ne veux pas !

Toutes deux discutèrent un bon moment cette question et la mère, comme toujours, finit par céder.

Enveloppées dans de longs châles noirs qui leur tombaient jusqu'aux pieds, elles montèrent dans leur coupé qui les déposa quelques minutes après place du Regomir. C'était au même endroit, dans la même voiture, que Catarina avait entendu le cri de la concierge, avait ressenti le premier sursaut de son cœur lors de la chute de sa mère. Une larme toute ronde glissa le long de la joue de Mme Foix pour se fondre dans les mailles épaisses du voile qui la couvrait tandis qu'elle posait sa chaussure sur le marchepied et tendait la main à sa fille descendue la première. *Panxito* ferma la portière, remit son haut-de-forme garni d'un crêpe de deuil et grimpa d'un bond sur la banquette tandis que la voiture faisait déjà demi-tour pour s'en retourner.

Ursula, habillée de noir aussi, s'avança en compagnie de la concierge pour saluer ces dames. Catarina se souvint que c'était la concierge qui avait poussé des cris et qui en haut de l'escalier l'avait tellement effrayée en supposant que Mme Monica s'était brisé l'épine dorsale.

Encore deux larmes, trois mots pour saluer et en avant. Sans dire une parole, la mère et la fille, précédées de la bonne, commencèrent l'ascension. C'était la première fois, depuis le jour de l'enterrement, qu'elles foulaient ces marches. C'était une journée ensoleillée, l'escalier était plein de lumière comme lors de l'accident. Catarina s'en souvenait point par point : « Elle avait les pieds ici, la tête là. Francesc tout pâle, les cheveux en désordre, était accroupi près d'elle, il l'appelait, la palpait. Ursula se trouvait là, et un peu en arrière, la concierge, les locataires du troisième, un tas de voisins. Et aujourd'hui l'escalier est désert, silencieux, propre, sans le moindre signe de ce grand malheur, comme si rien n'était arrivé ! »

Enfin elles arrivèrent, en sueur, à la petite porte du quatrième étage. Mme Foix, les mains gantées de noir, après avoir farfouillé dans les plis de sa robe comme le faisait jadis sa mère, trouva la clé et ouvrit. Les trois femmes reçurent une bouffée d'air chaud et humide qui gardait encore un peu d'odeur de cierge et d'acide phénique. Cette senteur évocatrice les fit larmoyer toutes trois tristement, en silence. Ursula se dépêcha d'ouvrir les fenêtres et les balcons tandis que les Foix, assises sur les premières chaises du vestibule, continuaient à pleurnicher tout en ôtant machinalement les broches des châles. Une fois ceux-ci enlevés, sans ouvrir encore la bouche, les yeux rougis, la mère et la fille allèrent tout droit aux endroits qui les intéressaient le plus : Delfineta à la chambre à coucher de Francesc, Mme Foix à celle de sa mère.

La jeune fille ressentit dans cette chambre une impression terrible. Dans un coin, pendu à un portemanteau il y avait un chapeau melon et par terre, bien rangées l'une à côté de l'autre, les pantoufles du peintre. Le chapeau conservait la forme de la tête, les pantoufles celle des pieds. Sans grand effort Delfineta reconstitua la silhouette de son oncle et l'enfila dans ces vêtements. Ce fut comme une vision qui la plongea dans l'extase tout en lui faisant verser des flots de larmes. « Ingrat, cruel, pourquoi l'avait-il abandonnée ? » Derrière elle il y avait l'armoire avec la clé sur la serrure : « Elle devait être vide, oncle Bernat avait tout envoyé en France. » Au fond, tout à côté du lit, sans draps ni taies d'oreiller, il y avait la table de nuit. « Et s'il avait laissé dans son petit tiroir, pressentant déjà cette visite, une lettre, ou du moins deux lignes au crayon ? Mais, allons ! Qui lui disait qu'il fût amoureux d'elle ? » Ne pouvant résister à la tentation elle approcha de la table de chevet et tira précautionneusement le tiroir. Pas un seul papier : trois cigares écrasés, des boutons, un petit revolver tout rouillé. La jeune fille recula et sortit de la chambre les larmes aux yeux, énervée, troublée.

Plus terrible encore était le spectacle de la chambre de Mme Monica, débarrassée déjà du lit et des chaises, avec quatre grands grumeaux de cire enchâssés dans le carrelage délimitant le périmètre que le cercueil avait occupé, sans autre meuble que la commode ; sur celle-ci, dans une petite vitrine, Notre-Dame des Douleurs que la défunte avait tellement adorée. Quand Catarina entra dans l'alcôve elle se sentit défaillir. Pas un seul petit tableau, pas un rideau ! Les murs blancs, la cire sur le sol, l'odeur mitigée du phénol, et cette statuette et cette commode imposant la désolation de la mort ! « Heureusement Delfineta n'y était pas entrée ! » Catarina s'essuya les yeux, sortit pour prendre une chaise, revint, poussa la porte et d'un air résolu saisit le trousseau de clés et fouilla un à un tous les tiroirs de la commode, les yeux enfin secs et remplis de curiosité.

Après l'enterrement Foix avait demandé à M. Constantin une copie du testament de sa belle-mère. Il datait de cinq ans déjà et par conséquent ne disait pas un mot de l'immeuble dont son gendre lui avait fait cadeau. Cela ne surprit pas Foix puisque Catarina lui en avait déjà rebattu les oreilles, furieuse contre la fatalité qui lui volait ainsi vingt mille douros ; irritée plus que jamais contre les lois tyranniques qui interdisent de leur vivant les donations entre mari et femme, au préjudice de celle-ci et de ses enfants. Le banquier avait haussé les épaules, un peu mortifié lui aussi par l'inopportunité de cette mort qui se moquait ainsi de la volonté de tous ; mais comme il ne doutait pas que Francesc remettrait les choses en ordre en redonnant l'immeuble à sa sœur, il ne s'excita point et ne se fit pas le moindre souci. « Il s'agirait d'une donation du frère à la sœur et de quelques centaines de douros qu'il payerait au notaire. » Mais dans le testament, la vieille femme laissait tous les biens qu'elle posséderait au moment de sa mort à son fils Francesc, héritier universel, laissant à Catarina des bijoux et des billets à ordre à partager par moitié, ainsi que tout le numéraire, entre ses deux enfants. La brave femme avait parlé d'un brouillon du nouveau testament, écrit et signé par elle, et Catarina allait chercher ce trésor auquel Bernat n'avait même pas eu l'intention de toucher, sa belle-sœur ne le lui ayant pas demandé. Comment Mme Foix pourrait-elle savoir si cette note serait admise en tant que testament ? Quand elle reçut les condoléances de l'avocat de Foix elle lui avait déjà demandé quelques renseignements à ce sujet. L'avocat avait parlé d'un testament *inter liberos* très simple : « Si cette note portait la signature de sa mère... On pourrait y ajouter celles de deux témoins si nécessaire. Pourquoi faire de nouveaux actes notariés et dépenser encore ? N'était-il pas vrai que sa mère voulait lui laisser la maison ? Alors pourquoi avoir le moindre scrupule à enfreindre des lois aussi tyranniques ? »

Catarina s'agenouilla, disposée à fouiller avec ardeur dans ces tiroirs qu'elle aurait déjà ouverts depuis plusieurs jours si la fièvre de sa fille ne l'avait pas retenue chez elle. « Elle s'était fait bien du mauvais sang en pensant à cette fichue note, ne sachant pas encore si elle pourrait être ou non valable comme un de ces "testaments simples" dont parlait l'avocat. Malgré la méfiance d'avare de la morte qui n'aimait pas ouvrir ses meubles, même devant ses enfants, Mme Foix connaissait à peu près les cachettes préférées de la vieille femme. Ainsi commença-t-elle par le tiroir d'en bas entièrement rempli de foulards d'hiver ; elle les étendait à même le sol, les tâtant un à un au cas où ils cacheraient quelque chose entre leurs plis. Ses doigts glissaient sur les tissus qui lui évoquaient des souvenirs de fêtes, des événements familiaux, des époques calamiteuses ou joyeuses : tout ce chapelet que la mémoire égrène devant un objet usuel de parents dans l'intimité desquels on a vécu. Tel foulard lui rappelait son premier voyage à Barcelone avec sa mère, tel autre la naissance de Delfineta ; celui-ci Mme Monica l'avait acheté quand elle avait gagné à la loterie des Empedrats ; avec celui qu'elle tenait dans ses mains elle avait veillé pendant des jours monsieur son oncle. Sous les foulards, des jupes et un jupon de soie ancienne ; la robe de mariée, soigneusement pliée, un peu tachée, sentant le moisi. Encore un autre foulard : il était grand, noir, de ceux qu'on appelait à chaperon : son foulard de deuil, lors de son veuvage. Quand elle le prit elle sentit sous ses doigts le contact de quelque chose de dur, mais une épaisse couche de camisoles jaunies par le temps, qui n'avaient pas été lessivées, deux chemises brodées, tout aussi jaunies, des parements en drap rouge déjà mités cachaient encore le fond du tiroir ; quand elle eut enlevé tout cela elle trouva parmi une quantité de bas enroulés et bien rangés les étuis à bijoux, les chaussures de mariée, six couverts d'argent, un calice, une liasse de documents et deux ou trois de lettres.

Catarina ne pouvant plus endurer une douleur dans les reins prit la pile de documents et s'assit sur la chaise pour les lire. Il y avait là le testament de son grand-père qui léguait à son fils mossèn Pere deux maisons à Vilaniu (celui-ci en avait donné une à sa nièce quand elle s'était mariée et avait légué l'autre à sa sœur) et à sa fille Monica il laissait un jardin potager et une olivaie et en plus cinq cents livres que son frère avait dû lui remettre pour son trousseau lors de son mariage ; venait ensuite le testament du brave curé, nommant héritiers à part égale ses deux neveux Catarina et Francesc et leur mère usufruitière ; enfin trois créances au profit de la vieille femme, une de mille douros, une autre de trois mille et la dernière de deux mille cinq cents, les deux dernières postérieures à la mort de Mossèn Pere et jusqu'à sept billets à ordre, relativement récents et qui se montaient, ensemble, à deux mille douros qui donnaient à Mme Monica six pour cent d'intérêt annuel. Mme Foix replia tous ces papiers et les laissa sur la commode ; elle regarda les lettres pour voir si au milieu se trouvait la note si désirée. C'étaient des lettres de son père, de son frère, d'elle-même et de monsieur son oncle. Catarina les attacha à nouveau sans les lire et les jeta au fond du tiroir. Elle brûlait d'impatience : « Où était la note ? »

Elle tira alors les bijoux de leur étui : boucles d'oreilles et broche de diamants montés sur or, très simples et démodées, un chapelet en filigrane d'argent avec les grains en verroterie et la bague de fiançailles, un solitaire de diamant rose guère plus épais qu'une toute petite lentille. Dans d'autres étuis elle trouva encore, flambant neuf, le chapelet que Delfineta avait offert récemment à sa grand-mère, ainsi que les cadeaux faits par Gil et elle-même à la vieille dame ces dernières années les jours de sa fête. Mme Foix plaça toutes ces boîtes à côté des divers écrits et continua sa tâche, tâtant les paires de bas et les autres objets qui se trouvaient parmi elles ; elle prit les souliers, trouva qu'ils étaient lourds, mit la main dedans et en sortit deux paquets de pièces d'or et un papier qu'elle s'empressa de lire. « Ce n'était pas la note non plus ! » Le papier disait simplement, avec des fautes d'orthographe, qu'il fallait donner leur contenu aux personnes désignées. Catarina les défit et les trouva partagés en six : deux, avec dix pièces chacun, portaient les noms de Catarina et de Francesc, deux avec huit pièces ceux de Delfina et Eudaldet, un avec deux pièces pour Ursula et le dernier qui en contenait six et où il était écrit : « À mossèn Jaume pour dire des messes. » Mme Foix les enveloppa tous dans son mouchoir et les mit dans sa poche. Mais en remettant les souliers dans le tiroir son cœur sursauta en voyant quelque chose de blanc sous une autre paire de bas : encore du papier. C'était un petit poème, le premier poème de Francesc pour la fête de sa mère. Catarina ne sut pas sentir le parfum poétique de cette trouvaille au milieu de tout ce qui constituait l'univers affectif et matériel de la pauvre vieille. Anxieuse et de mauvaise humeur elle remplit le tiroir avec les affaires qu'elle avait étendues par terre et continua à fouiner dans les autres tiroirs à chaque instant plus énervée et plus agacée par l'inutilité de sa perquisition. Obnubilée comme elle l'était, aucun des objets qu'elle touchait, imprégnés encore de l'odeur de sa mère qu'elle venait de perdre, ne disait plus rien à son cœur. « La note, la note ! » Et la note n'apparaissait nulle part. Pourquoi toutes ces robes, ces mantilles, tous ces mouchoirs et ces foulards de tissus divers, ces missels, ces lunettes, ce linge et même de vieux vêtements de monsieur son oncle qui dans d'autres occasions auraient éveillé chez elle avec émotion des milliers de souvenirs les traitait-elle maintenant avec la cruauté qu'inspire tout ce qui nous gêne ? Non, Catarina avait même oublié la tristesse du moment, la sainteté du lieu. C'était l'avare à qui on a volé son trésor. « La maison lui appartenait, elle la voulait pour ses enfants et sans cette note comment s'imposer à son frère ? Oh, il était bon, désintéressé, il savait fort bien dans quel but Foix avait donné à sa belle-mère l'argent pour acheter l'immeuble ! Comment en être sûre, alors que ce garçon n'avait jamais su si sa mère n'était pas plutôt avare que pauvre ? Qui pouvait répondre de la suite des idées chez le jeune homme ? Elle ne faisait confiance à personne, elle était chaque jour plus effrayée par les affaires de son mari, elle voulait assurer l'avenir de ses enfants avec ce qui lui appartenait, faisant en sorte que personne ne puisse lui en contester la propriété. »

Mais la note ne paraissait toujours pas. Elle avait fouillé jusqu'au dernier recoin de la commode sans rien trouver. « C'était à désespérer ! » Néanmoins Catarina ne pouvait pas croire que Mme Monica lui eût menti. « Sa mère avait toujours été une honnête femme, incapable d'un mensonge ; d'un autre côté cette affaire était des plus délicates. »

Une autre idée lui vint qui lui fit dresser les cheveux sur la tête : « Est-ce son frère qui aurait emporté la note ? Ou qui l'aurait déchirée ? Quel salaud, s'il l'avait fait ! Non, non ! » La femme tomba lourdement sur la chaise, ruminant toutes sortes de choses.

À la fin, se calmant et réfléchissant elle songea qu'elle pouvait se trouver dans les pages du *Kempis* qui montrait tout juste ses bords recourbés sous la tunique de la Vierge. Hâtivement elle ouvrit la vitrine, feuilleta le livre... et en effet, elle était là. La défunte, toujours dévote, avait voulu, semble-t-il, la mettre sous la protection de la Sainte Vierge ; Mme Foix regarda avec reconnaissance la statuette, s'empressa de déplier le papier et lut : « La même chose que dans le testament antérieur et maintenant, en plus, laisse en faveur de ma fille la maison que j'habite et que j'ai achetée, Monica Salvat, veuve Tió. » Catarina plia soigneusement la note, le cœur battant et l'ajouta au tas de documents, contempla un moment la désolation de cette chambre que la mort avait vidée et tout émue tomba à genoux devant la Vierge et récita le « Salve Regina ».

– Fineta, mon enfant ! cria-t-elle bientôt dans le couloir.

– Elle est dans l'atelier de monsieur, répondit Ursula, assise sur une chaise de la salle à manger où elle attendait avec impatience, les bras croisés, depuis un moment déjà.

– Ah, c'est vous, Ursula ? Apportez-moi un grand panier.

Elle alla le lui prendre des mains pour que la bonne ne voie pas ce qu'elle allait y mettre et lui donna l'ordre d'aller chercher mademoiselle. Ensuite elle s'enferma à nouveau dans la chambre ; ayant rempli le panier avec les choses qu'elle avait mises de côté sur la commode elle le couvrit avec soin d'un grand carré d'étoffe et sortit de la chambre.

Après avoir refermé la porte de l'appartement, de retour chez elle Catarina rangea le panier et courut immédiatement voir l'avocat de Foix pour lui montrer la note ; celui-ci lui dit qu'à son avis ce papier n'avait aucune valeur légale. Catarina s'en retourna furieuse, comme si on l'avait volée. Sa fille, qui s'était enfermée pour écrire à son oncle Francesc et qui avait déjà déchiré trois lettres, écouta les doléances de sa mère sans les comprendre.

– Ne vous désespérez pas, maman : mon oncle va tout arranger.

Quand Foix rentra, sa femme le prit à part pour lui communiquer son malheur.

– J'espérais encore qu'on pourrait le faire valoir comme un de ces testaments dont parlait M. Gay. Je ne peux pas croire que Francesc ne tienne pas la promesse qu'il nous a faite. Qu'est-ce que tu en penses ?

– Ne te fais pas de souci, ma grande ! D'abord je ne vois pas que tu aies le moindre motif pour douter de ton frère. Mets-toi d'accord avec Bernat, il lui écrira. Deuxièmement, vois-tu, et je pense que cela te consolera facilement, si d'un côté tu as perdu vingt mille douros, sache qu'avec les Vilaniu, à l'heure qu'il est, j'en ai déjà gagné cinq cent mille ! Calcule la différence ! Tu vois, hein ? Allons, ma femme, allons, cesse de t'inquiéter pour des bêtises !

Catarina se tut pour ne pas lui dire une sottise. « Nul n'était plus malheureux qu'elle, placée entre ce mari et cette fille, incapables de la comprendre ! Encore cinq cent mille douros qui partiraient comme ils étaient venus ! Elle ne pouvait pas ressentir le même enthousiasme que son mari pour les affaires aléatoires de la Bourse qui la faisaient vivre dans l'anxiété et encore moins ressentir le dédain de sa fille pour tout ce qui concernait les intérêts matériels. L'avenir lui apparaissait sombre comme une gueule de loup, et d'autant plus gros de dangers qu'elle voyait son mari, poussé par la vanité, jeter l'argent par les fenêtres ; beaucoup trop confiant, quand il s'y attendrait le moins il serait dépouillé et méprisé par ceux qui aujourd'hui le flattaient tellement. » Ses appréhensions tourmentaient son esprit et augmentaient la cupidité et la prévoyance de cette femme à un point qui frisait déjà la passion. Ses craintes grandissaient et le désir de se sauver à n'importe quel prix devenait une idée fixe qui ne l'abandonnait jamais. Elle écrivit à son frère et celui-ci mit longtemps à lui répondre : une lettre un peu triste parlant de ses soucis pour se frayer une voie à Paris, faisant allusion à sa nostalgie de se voir si loin de Barcelone ; à la question principale se bornait à répondre qu'il se souvenait de leur conversation et de sa promesse au sujet de la maison ; qu'elle ne s'impatiente pas, il allait voir, il y réfléchirait calmement et si un jour il revenait à Barcelone, il arrangerait ce qui pourrait l'être. La confusion et la rage que lui causèrent cette lettre augmentèrent à l'extrême quand elle put mettre en rapport ce paragraphe avec d'autres que Bernat lui donna à lire le lendemain dans lesquels Francesc enjoignait à son fondé de pouvoir de laisser sa sœur encaisser les intérêts et de garder toutes les créances qui lui revenaient dans le testament, tandis que le caissier de Foix se chargerait exclusivement de l'administration de l'immeuble de la place Regomir, laisserait le quatrième étage fermé avec son mobilier, lui enverrait le montant des loyers des deuxième et troisième étages et des deux boutiques, exemptant de toute obligation M. Monfar qui pourrait continuer à occuper gratuitement le premier étage.

Catarina s'enflamma de haine contre son frère : « On voyait bien qu'il s'emparait de la maison, que cet hypocrite commençait à sortir ses griffes. » Elle lui envoya alors une lettre furibonde, lui disant mille injures, proclamant son dégoût et ajoutant : « que ne voulant pas se fatiguer pour quelqu'un qui ne méritait pas le nom de frère et qui ne savait pas porter comme il aurait dû celui de Tió, elle avait déjà remis à Bernat tous les documents, les billets à ordre, l'argent et tout ce qui revenait à Francesc de l'héritage de leur mère, pour bien séparer les deux camps, mais qu'elle, à son tour, réclamait la moitié de l'argent “qu'il avait pris” pour aller à Paris, où elle lui souhaitait de recevoir la récompense que Dieu lui accorderait pour ses vertus ». À ces mots son frère répondit par un mandat de deux cents douros accompagné de deux lignes disant seulement : « Tu n'es qu'une sotte. Ha, ha, ha ! Francesc. »

II

Le malaise qui régna chez les Foix à la suite de ces lettres fut terrible. La sympathique figure de Francesc fut bientôt remplacée dans l'esprit de Gil et de Catarina par le souvenir de la personne la plus ingrate et la plus odieuse du monde. Tout à coup Delfineta fut plongée dans le plus effroyable tourment. Elle qui était vraiment amoureuse, ne pouvait pas comprendre ce changement, et toutes les injures et les récriminations lancées bien souvent par Mme Foix étaient autant de coups de poignard dans le cœur de la jeune fille sans qu'il lui fût permis de montrer sa douleur, ni d'invoquer la moindre excuse si elle voulait s'épargner les insultes et les mauvais traitements, et éviter à sa mère des accès de rage qui la rendaient malade. Elle avait lu les lettres trois, quatre, six fois sans y avoir trouvé rien d'autre que des réponses un peu vagues pouvant se prêter à diverses interprétations mais rien, pas un seul mot qui révélât catégoriquement les malhonnêtes intentions que ses parents attribuaient au jeune homme. La dernière phrase : « Tu n'es qu'une sotte », était à ses yeux, plutôt qu'un sarcasme, une exclamation pleine de bonté, le pardon des injures et des propos vexants contenus dans la lettre de sa sœur, un cri de fierté, d'orgueil si on voulait, par lequel Francesc avait l'habitude de clore une discussion quand il se sentait calomnié ou incompris ; elle y voyait même des promesses pour le jour où le calme lui permettrait de parler. L'éclat de rire final exprimait parfaitement son état d'esprit quand il prit la plume. Dans ces lignes elle retrouvait l'homme de toujours, elles prouvaient qu'il n'avait pas du tout changé. La jeune fille jugeait donc qu'il n'y avait là qu'un de ces terribles malentendus qui de façon inattendue séparent les cœurs les plus unis, soit par paresse de s'expliquer soit par des réactions d'amour-propre. Ses efforts étant inutiles pour le dissiper auprès de sa mère, elle chercha une occasion pour voir seule à seul son oncle Bernat.

– Écoutez, lui dit-elle en baissant la voix et lui tendant une chaise, quand ils furent enfermés tous deux dans la chambre de la jeune fille. Vous vous doutez de quoi je veux vous parler ?

Bernat haussa les épaules, fronça le nez et hocha la tête, « c'est bon signe », pensa la jeune fille. Elle s'assit devant lui sur une chaise plus basse, presque à ras des pieds de Bernat, elle lui donna de petites tapes sur les genoux et après avoir ouvert et fermé les yeux plusieurs fois, léché ses lèvres, hoché la tête, regardé le sol et le plafond, dressé le cou, avalé le nœud qu'elle avait dans la gorge et fait mille autres gestes charmants trahissant sa perplexité et qui plongeaient ce pauvre rêveur dans l'étonnement, le rendant plus troublé qu'elle, la jeune fille continua :

– Voulez-vous me garder un secret ?

– Bien sûr, et même deux si tu veux.

– Écoutez, est-ce que Francesc vous écrit souvent ?

Bernat sourit, comprenant l'affaire.

– Holà, dit-il, donnant une petite claque affectueuse sur la joue de la jeune fille. Alors, nous en sommes là ?

– Non, monsieur, il n'y a rien de cela, s'empressa de dire la jeune fille, plus rouge qu'une braise.

– Rien de quoi ? Je n'ai encore rien dit.

– Allons, ne me faites pas enrager ! pria la jeune fille, cachant son visage sur les genoux de l'oncle.

– Mais c'est toi, petite malheureuse, qui viens de te dénoncer toi-même ! J'ai juste poussé une exclamation qui ne veut rien dire, objecta Bernat, sous le charme de cette ingénuité, déguisée vainement en malice.

– Je vous demande de répondre à ma question et de ne pas faire de suppositions hasardeuses, répliqua la jeune fille sans lever la tête.

– Bien, dit-il, retenant son rire, avec sa bienveillance naturelle. Tu veux savoir si Francesc m'écrit souvent ? Souvent non, mais assez souvent. Es-tu contente ? Allons, relève la tête, ajouta-t-il en lui caressant les cheveux avec l'affection d'un père.

– Combien de lettres vous a-t-il écrites ? questionna Delfineta sans changer de position, se couvrant même les yeux avec ses mains.

– Combien ?

– Oui, combien ? Allez, dites-le-moi tout de suite.

– Eh bien, une... deux... trois... quatre... cinq... Voilà, il en a écrit cinq, dit-il en éclatant presque de rire, de plus en plus ravi des mines de la jeune fille.

Elle mit un moment avant de lui poser une nouvelle question ; pendant son silence le brave Bernat ressentit pour la première fois de sa vie et sans savoir pourquoi le pincement au cœur du vieux garçon qui soudain se rend compte de sa solitude, et une petite larme perla dans son œil.

– Et... est-ce que je pourrais les voir, moi ? demanda finalement Delfineta.

– Tu me montreras les tiennes ?

– Allons, ça recommence ! Il ne m'a pas écrit, vous le savez bien ! dit la jeune fille avec une tristesse mal dissimulée.

– Et toi, lui as-tu écrit ?

– Non, moi non plus, répondit-elle rapidement, avec vivacité.

– Cela n'aurait rien de bizarre entre un oncle et sa nièce, me semble-t-il. Mais lève la tête, mon petit, regarde-moi.

– Non, j'ai honte parce que vous supposez des choses qui n'existent pas.

– Mais qu'est-ce que je suppose ? Voyons...

– Je ne veux pas le dire, vous le savez bien, allez. Vous croyez que nous nous aimons et ce n'est pas vrai.

Bernat éclata de rire comme un idiot.

– Ah, celle-là je ne m'y attendais pas ! Tu n'aimes pas tes oncles ? Alors je m'en vais.

Cette fois ce fut elle qui se mit à rire de bon cœur.

– Allons, mon oncle. Vous qui êtes sérieux parlez-moi sérieusement. Dites, vous me les montrerez ces lettres ? reprit la jeune fille levant enfin la tête, les yeux rieurs, les joues empourprées.

– Je n'y vois pas d'inconvénient. Mais que peux-tu en tirer, puisqu'elles ne parlent pas de toi ? répondit Bernat un peu attendri par un regret tout poétique dû peut-être au fait que son cher Francesc n'avait pas su découvrir la perle qu'il avait devant lui.

– Je m'en doutais bien ! dit Delfina la voix assombrie. Il est très fâché contre mon père. Je crois qu'il nous déteste tous.

– Cela n'est absolument pas vrai. Ce serait une de ces injustices que seuls les imbéciles commettent.

– Alors, pourquoi n'écrit-il pas ?

– Il a écrit à ta mère.

– Oui, une insolence, lâcha la jeune fille.

– C'est peut-être vous qui pensez ainsi.

– Oui, n'est-ce pas ? Ce sont eux peut-être qui le pensent.

– Cela veut-il dire que toi tu ne le penses pas ?

La jeune fille hocha la tête et fixa un regard interrogateur sur les yeux de son oncle. Celui-ci reprenant alors son sérieux et très intrigué par cette conversation demanda timidement s'il y avait quelque fâcherie entre le frère et la sœur.

Delfina, sûre des qualités morales de cet homme, brisa toute sa réserve et raconta tout.

– Je m'en doutais ! s'écria-t-il, profondément chagriné. Quand ta mère m'a donné tout ce qu'il lui confiait expressément, ses excuses ne m'ont pas trompé ; j'ai imaginé aussitôt ce qui est arrivé. Elle a tort, ta mère ; Francesc n'a pas du tout changé, il est toujours un brave garçon, incapable de s'emparer de ce qui ne lui appartient pas.

– C'est ce que je dis, mon oncle, mais ils ne m'écoutent pas. Ou pour mieux dire, maman devient furieuse, papa n'y pense même plus. Il vit dans un autre monde.

Mais Bernat, suivant le fil de son discours, continua :

– Laissez-le faire, quand il reviendra il arrangera tout mieux que personne ; il rendra à ta mère jusqu'au dernier sou des loyers perçus. Encore mieux : je suis même sûr qu'il lui payera le loyer dont il fait cadeau au pauvre monsieur du premier étage.

Delfina, la bouche ouverte, buvait comme du miel ces mots consolateurs ; elle se leva tout à coup et se plaça à côté de son oncle pour le remercier et l'encourager à poursuivre ; elle se mit à lui pincer doucement sa fine chevelure grise, lui relevant des mèches qu'elle laissait retomber aussitôt l'une derrière l'autre.

– Je regrette de te le dire mais Catarina a très mal agi en lui réclamant les deux cents douros. Ta mère ne sait pas combien il est difficile de trouver un gagne-pain à Paris, dans une ville aussi grande, ni jusqu'à quel point il est triste et dangereux de se trouver avec peu d'argent dans une capitale comme celle-là. Francesc sait que pour le moment, Dieu merci, cet argent ne vous fait pas défaut et c'est seulement pour tenir les premiers mois que le pauvre garçon a pris la liberté de garder les loyers mais avec la ferme intention de tout rendre religieusement ; tu peux me croire.

– Je le crois moi aussi, mon oncle, dit-elle sur le point de pleurer. Mais j'aime être juste aussi. Pourquoi ne s'est-il pas expliqué ? Qu'est-ce que cela lui coûtait d'écrire deux lignes à maman lui disant : « Écoute, puisque tu n'as besoin de rien, si tu le permets, et tant que je ne pourrai pas faire autrement je garderai mes loyers de la maison et dès que je reviendrai à Barcelone je te les rendrai, ainsi que la maison, pour ne pas avoir l'air d'emprunter quoi que ce soit à personne. » En parlant clairement les gens se comprennent et il n'y aurait pas eu cette mauvaise interprétation qui a apporté tant de trouble chez nous.

– C'est vrai, mais même de cela je ne le rends pas coupable pour deux raisons qui se résument en une seule : on se sent honteux quand on est dans la misère. S'il vous avait raconté ses privations il vous aurait causé du tourment aussi.

– Ah, non, monsieur, aucun tourment ! Car chez nous, Dieu merci, il y a de quoi le secourir, l'interrompit vivement sa nièce.

– Mais il ne veut rien recevoir de ton père, il lui garde rancune.

– Une rancune injuste.

– Ni de ta mère, car il sait, comme tu le sais, à quel point elle a du mal à sortir de l'argent de sa poche.

– Alors, précisément à cause de cela il ne fallait pas qu'il l'empêche d'encaisser ce qui est à elle : j'étais là, moi. Moi aussi j'ai mon magot, savez-vous ? Et maintenant, tout de suite, je vous prouverai qu'à moi, il ne me coûte rien de tout lui donner. Je lui rendrai les deux cents douros du mandat et j'en donnerai davantage s'il le faut pour que vous puissiez lui envoyer immédiatement tout ce dont il aurait besoin, sans qu'il soit nécessaire qu'il apprenne d'où cela lui vient.

Bernat serra fortement les mains de Delfina entre les siennes et la gorge nouée il dit :

– Ce n'est pas nécessaire.

– Pourquoi ? Je ne veux pas que vous vous sacrifiiez : mon oncle et vous, vous n'êtes pas parents.

– Je suis plus qu'un parent, je suis son ami, riposta-t-il, fixant sur la jeune fille un regard sévère qui voulait dire : « Tu m'as touché au vif ; j'ai mes théories à moi, et celle-ci en est une. »

– Alors, je...

La jeune fille baissa la tête sans pouvoir finir. Elle courut à nouveau s'asseoir sur la chaise et laissa retomber la tête sur les genoux de son oncle. Celui-ci la contempla un moment profondément attendri ; il la prit par le menton et lui voyant les yeux pleins de larmes, il lui dit :

– C'est vrai, mon enfant, tu as plus de droits que moi. Mais c'est trop tard : tout est arrangé à présent.

Il réfléchit un peu et changeant à nouveau de ton, il ajouta :

– Je dois te dire quelque chose maintenant : je reviens sur ma promesse, je ne te donnerai pas les lettres. Le plus important, je viens de te le dire ; le reste il vaut mieux que tu ne le lises pas, mon enfant.

– Comment ? Pourquoi ? A-t-il été malade ? L'est-il encore ?

– Non, mon petit, non. Ce n'est pas pour cela, ni pour rien de mauvais. Écris-lui, toi.

– Non, oncle Bernat, vous me mentez : ou il est malade ou il dit du mal de nous.

– Ce n'est rien de tout cela, je te l'assure.

– Parce que s'il dit du mal, je ne me fâcherai pas, je vous l'assure. Je sais que chacun voit les choses selon son point de vue : depuis la mort de grand-mère son point de vue est faux. Allez, donnez-moi les lettres, autrement je souffrirai encore davantage.

– Écris-lui, toi ; crois-moi, écris-lui.

– C'est impossible, déclara la jeune fille, honteuse. J'ai essayé six fois et je n'y arrive pas, j'ai dû y renoncer.

– Tu n'y arrives pas ? Pourquoi ? demanda-t-il charmé, les yeux éclairés d'admiration et de plaisir.

– Je ne sais pas quoi lui dire, répondit-elle presque en soupirant, toute honteuse.

Bernat, à nouveau pris de regrets, s'écria :

– Tu es vraiment amoureuse !

– Bah, dit-elle en voyant que toute résistance était inutile. Pour l'amour de Dieu, mon oncle, ne le lui dites pas ! Ne le dites à personne ! À la maison ils seraient contre. Vous voyez à quel point je suis malheureuse. Ces querelles me tuent !

Elle se mit à pleurer amèrement. Son oncle abandonna sa chaise, la fit se lever, la pressa contre son cœur et la consola en lui disant presque au creux de l'oreille d'être patiente, que tout finirait par s'arranger et qu'il garderait son secret comme dans un tabernacle.

– Allons, ne te désespère pas : tais-toi, tais-toi. Laisse faire le temps et aie confiance en moi. Tout s'arrangera, tu verras.

Il quitta la chambre tout attendri et merveilleusement étonné de constater, qu'après tant d'années passées près d'elle il n'avait pas découvert, sot qu'il était, combien valait la jeune fille. Soudain, parti dans des rêveries, il haussa les épaules et se dit à lui-même :

– C'est normal ! Comment connaître les cœurs que nous n'avons jamais sondés ? Le monde moral nous réserve autant de surprises que le monde physique !

Ce soir-là, quand il écrivit à Francesc mû par les sentiments de son cœur vierge et aussi par la curiosité que cette découverte avait éveillée chez lui, il glissa dans la lettre le paragraphe suivant :

« Je suis content d'apprendre que tu as enfin trouvé un bon emploi dans la maison Ollendorff (qui, d'après ce que j'ai entendu dire, est une grande maison d'édition) et également que tes vignettes et tes bordures plaisent ; mais comme je t'aime et que je sais que tu as assez de forces pour aller beaucoup plus loin, je souhaite que tu puisses te frayer un chemin qui te donnera le nom et la célébrité que tu mérites. C'est alors peut-être que tu pourras réaliser ce qu'en revenant du cimetière tu me disais qui t'empêchait de te tuer. Je ne sais pas à quoi tu faisais allusion mais je devine à moitié et avec plaisir que notre nièce, qui est un ange de bonté et de beauté, a quelque chose à y voir. »

Au bout de six jours, Francesc répondit :

« Je suis sensible à vos bonnes intentions. Vous me flattez trop. Se faire un nom à Paris exige une intelligence que je n'ai pas, et de surcroît d'être né en France. Vous le savez aussi bien que moi : la France est pour les Français. Et ils ont raison. Dommage que chez nous on n'en fasse pas autant, ou pour le dire plus clairement, on fasse exactement le contraire ! Ce dernier mot me conduit à parler de la supposition que vous faites à la fin de votre lettre ; je vous dirai seulement de ne pas vouloir être trop malin, vous qui avez tant de bon sens. Quel triste jour ce fut pour moi ! N'en parlons plus. »

Après avoir lu la lettre, Bernat fut très déçu et obligé d'abandonner l'intention qu'il avait *in mente* de la montrer à la jeune fille ; celle-ci, sous un prétexte quelconque, ne cessait d'aller voir son oncle pour prendre des nouvelles de

Francesc. Bien qu'elle lui eût recommandé une réserve absolue elle espérait que le brave homme, avec les meilleures intentions du monde, commettrait quelque indiscrétion qui serait une révélation pour l'être aimé. Revoyant les scènes passées entre eux chez le peintre, pesant et commentant les paroles et les actes de celui-ci, assoiffée d'amour, la jeune fille était arrivée à s'imaginer qu'il l'aimait aussi, non sans regretter, certainement fort douloureusement, d'avoir découvert cela si tard. Aussi, avec cette illusion au cœur, la jeune fille était sur des charbons ardents dans l'attente de la lettre. Selon Bernat, qui lui mentait, la lettre n'arrivait pas. Inutile de dire que l'impatience de la jeune fille augmentait et que le vieux garçon inexpérimenté et touché au cœur, avait toutes les peines du monde à la consoler et inventer des excuses pour alimenter un espoir insoutenable.

– Mais écris-lui, toi, mon enfant, continuait-il à lui conseiller, vraiment ennuyé.

– C'est qu'avec ce qui se passe avec ma mère je ne sais comment m'y prendre. Pauvre de moi si elle apprenait que je lui ai écrit ! Et en plus, l'aimant comme je l'aime je n'ai envie de lui parler que de lui et de moi, du souci que j'ai de le voir revenir pour qu'il me tire de cet enfer où je vis. Car c'est un enfer, oncle Bernat, un enfer pour moi de voir ma mère avec l'idée fixe que son frère n'a pas de dignité, pas d'amour pour les siens, pas de respect pour la mémoire sacrée de sa mère, qu'il n'a aucun sentiment honnête. Et je l'entends dire cela toute la sainte journée, mon cher oncle, et cela me tue, me consume. C'est vous qui devez lui écrire, lui dire au moins qu'il s'explique avec ma mère, qu'il mette fin à ce malentendu, qu'il essaie de retrouver la réputation perdue pour que la paix revienne chez nous. Alors je n'aurais que le tourment de son absence. J'attendrais, je l'aimerais en secret et je saurais m'en consoler.

Le caissier de Foix, qui plus que toute chose désirait lui obéir, résista encore puis il considéra que cette demande n'émanant pas de Catarina il commettrait une imprudence en se mêlant d'une affaire qu'aucune des deux parties directement intéressées ne lui avait confiée.

– Ni l'un ni l'autre ne m'ont dit un mot à ce sujet, mon petit ; comment veux-tu que je m'en mêle ?

La jeune fille réfléchit un moment puis elle dit d'un ton résolu :

– Vous dites à mon oncle Francesc que c'est moi qui le lui demande, que je vous ai tout raconté et que poussée par un sentiment de justice et d'égoïsme je le prie de le faire, à genoux, les mains tendues, car il y va de ma santé.

Bernat écrivit et Francesc répondit :

« J'ai déjà dit à ma sœur tout ce que j'avais à lui dire. Ni la délicatesse ni l'amour-propre, vivement blessé, ne me permettent d'écrire sans recevoir au préalable satisfaction de ce couple qui s'est laissé aller à mettre en doute mon intégrité ; ni maintenant ni jamais je ne m'abaisserai à donner des explications si auparavant ils ne s'abaissent à me demander pardon. S'ils ont aujourd'hui l'orgueil des riches, je garde avec plus de force chaque jour l'orgueil des pauvres, et j'ai surtout envie de montrer autant que je le pourrai à cette femme cupide qui est ma sœur qu'avec tous ses millions je ne la respecterai que si elle me respecte, que je ne la tiendrai pour telle tant qu'elle ne fera pas passer avant ses intérêts mesquins l'affection et l'aide que nous nous devons mutuellement. C'est pour cela que puisqu'aujourd'hui j'ai la loi pour moi je profite des armes que la loi me donne ; si, comme vous me dites, il faut faire l'inventaire de ce que ma pauvre mère nous a laissé, faites-le en incluant dans ce qui m'appartient l'immeuble de la place Regomir. Le testament et l'acte le disent clairement, je ne crois pas que le bout de papier dont vous me parlez nous autoriserait à faire autrement. Plus tard, peut-être, le moment viendra de légaliser la volonté de ma mère comme je vous l'ai déjà dit, et de donner à ma sœur de cuisants remords qu'elle aura bien mérités. Par ce que je viens de vous dire vous comprendrez, mon cher ami Bernat, que tout en le regrettant beaucoup je ne puis vous satisfaire, vous et Delfineta. Je voudrais obéir à l'un et à l'autre, mais vous, si vous m'aimez, ne pouvez me conseiller des bassesses pas plus que moi, qui vous aime tous les deux, je ne vais vous compromettre comme je le ferais par le seul fait de donner des explications qu'ils ne demandent pas. Comme ils n'auraient pas provoqué ma lettre, ils se douteraient aussitôt que quelqu'un, avec plus de bon sens et de cœur qu'eux, s'est mêlé de me la faire écrire et il ne leur serait guère difficile de soupçonner l'un de vous deux. Si vous croyez qu'ils vous seraient reconnaissants pour ce service, vous vous trompez : brûlants de honte, sans le reconnaître, ils se retourneraient furieux contre vous. Croyez-moi, ne vous en mêlez pas : l'orgueil est un cruel despote qui n'accepte pas de conseils, qui n'a pas de gratitude si on lui fait la charité.

« Maintenant j'ai le plaisir de vous faire savoir que j'ai raccourci de quatre ou cinq kilomètres la distance qui nous sépare : j'ai déménagé de la rue Meissonnier au Quartier latin, au 60 rue Médicis, à côté de l'Odéon, comme on dit ici. Je suis plus près de mon éditeur et surtout de la gare où je suis arrivé en cet exil. Inutile de vous dire que ce rapprochement me console un peu. C'est bien peu de chose, je le sais, mais je pense toujours : “Ainsi pour ton retour tu gagnes trois quarts ou une demi-heure de chemin.” Je sais que c'est une bêtise car ce n'est pas pour cela que le train arrivera une demi-heure plus tôt à Barcelone, mais que voulez-vous que je dise ? Tout en étant une bêtise, ou peut-être pour cela même, c'est un réconfort pour moi. La plus grande consolation des malheureux c'est de rêver à des bêtises aussi grosses sinon plus, à des plans irréalisables, à des affections impossibles, à des hasards absurdes, à des changements surprenants... Alors laissez-moi rêver ! »

Delfineta s'empara de la lettre et relut deux fois la première partie, huit ou dix les dernières lignes. Les lisant et les relisant elle en savourait avec délices le goût doux-amer. « C'était pour elle qu'il les avait écrites, sans aucun doute. Sa ruse de ne citer qu'une seule fois son nom : Delfineta, sans aucun adjectif, ne lui servait à rien. Ce sentiment de regret le trahissait au dernier moment. “Des plans irréalisables”, grand nigaud ! “Des affections impossibles”, menteur ! “Des hasards absurdes”, orgueilleux ! Tout cela ne signifiait qu'une seule chose : “J'aime Delfineta, je me languis de Delfineta, je pense toujours à elle, mais je ne veux pas le dire parce qu'elle est riche, et à moins d'un hasard que je considère absurde ou d'un changement surprenant, je me consumerai, je me laisserai mourir même plutôt que de demander sa main.” C'est cela que la lettre voulait dire, cela même. Autrement, quoi ou qui à Barcelone pouvait lui manquer tellement ? S'il avait laissé une autre femme, Delfineta ne l'aurait-elle pas appris par les uns ou par les autres ? Fâché avec tout le monde, farouche et travailleur comme il était, pourquoi sa solitude là-bas devait-elle le toucher plus que sa solitude ici ? Pouvait-il regretter tellement oncle Bernat et les trois ou quatre amis du café ? Mais non, c'étaient des hommes, comme lui ! C'était à elle, à elle seule qu'il faisait allusion ! »

La jeune fille se remémorait ses conversations avec Francesc, les embarras et les fuites de celui-ci quand elle, inconsciemment, voulait l'attirer ; plus elle allait, plus elle voyait clairement que son amour était payé de retour. Alors un mélange de joie et de tristesse, d'amour et de rage la prit ; sa pensée fuyait cherchant en vain la solution de ce conflit qui la rongeait, qui la torturait. L'orgueil de cet homme l'irritait et l'enchantait à la fois, tel un cheval cabré qu'elle aurait voulu apprivoiser.

Mais en regardant bien les choses, en considérant ses faibles forces, la pauvrette s'emplissait d'amertume et tous les soirs elle s'endormait en pleurant.

III

Pendant ce temps Foix était de plus en plus pris par la fièvre de la Bourse, s'intéressant de moins en moins à sa famille. La place prépondérante qu'il acquérait sur le marché, sa chance inépuisable commençaient à éveiller de la jalousie parmi les anciens potentats qui s'unirent pour l'écraser avec les actions Vilaniu. Mais leur guerre fut un combat sourd, hypocrite qui loin d'intimider Foix l'encourageait davantage. Ils ne se rendaient pas compte, ces imprudents, de l'adoration fanatique dont le nouveau gérant fut l'objet dans la vallée des Flors quand ses habitants purent voir que la cote des Vilaniu, avant même d'être imprimées, montait de trois et quatre points par jour. Vilaniu en masse, Benitaric et tous les villages de la contrée sortirent jusqu'au dernier sou épargné pour acheter ce papier qui doublait et triplait en quelques heures la fortune des premiers actionnaires. Les premières opérations et les discours de Foix offrant de construire en plus le canal de la Solana et un hôpital dont il ferait cadeau à la ville, et bien d'autres améliorations qui devaient transformer toute la région, finirent d'enthousiasmer tout le monde : du petit artisan au plus riche des propriétaires, personne dans la vallée des Flors n'échappa à l'idolâtrie aveugle que cet homme inspira. Sa maison devint pour ces fanatiques un sanctuaire où ils allaient en pèlerinage, chargés d'or et d'argent.

Ils montaient lourdement l'escalier pour déposer timidement l'offrande au pied de l'autel et le descendaient ensuite légers comme de la paille, le cœur joyeux, les poches vides, une image pieuse à la main. Eladi, Rodon, l'idole en personne, recommandaient cette image comme une amulette infaillible, la plus miraculeuse de celles existantes et les pèlerins tendaient la main, pris d'un désir fiévreux, attendant qu'on leur fasse la charité de ce bout de papier qu'ils n'osaient pas embrasser sur-le-champ uniquement par timidité naturelle.

Avec une telle demande, qui de surcroît était garantie par les nouveaux banquiers, que pouvaient-ils espérer les imprudents baissiers ? La passion de Foix et de ses compagnons fut exaspérée par la lutte ; ils conseillèrent à leurs clients de vendre toutes leurs valeurs anciennes pour acheter des Vilaniu et l'opération se retourna contre ceux qui l'avaient montée : Foix et ses satellites empochèrent les primes excessives accordées aux nouvelles actions, causant par contrecoup des oscillations à la baisse des valeurs que l'ancienne banque souhaitait le plus soutenir. Celle-ci encaissa la leçon, donnant des gages, payant de ses deniers le prix élevé de l'opération et abandonna la lutte en se plaignant une fois de plus de la tournure prise par les affaires et de la fièvre malsaine qui gagnait toutes les cervelles. Foix remplit ses caisses d'argent et sa tête de prétentions, tous ceux qui l'entouraient en firent autant, prenant plus de courage et plus d'élan.

Absorbé par ses luttes, accaparé par ses allées et venues entre Barcelone et Vilaniu et très occupé, en outre, par l'installation des bureaux du chemin de fer, Foix n'arrêtait pas et n'avait pas le loisir de se rendre compte de la tristesse qui régnait dans son foyer. Cette vie agitée qu'il menait, contrastait avec les préoccupations et la réclusion de ces femmes ; la chaleureuse intimité qui unit une famille s'éteignait peu à peu, on perdait l'amour et le respect pour le chef de famille et celui-ci, sans s'en rendre compte, devenait dans son propre foyer un étranger ennuyeux. À cause de ses fréquentes absences et du travail excessif de ses employés, sa place à table était plus souvent occupée par Bernat et Eladi que par lui-même. Catarina, fatiguée et fâchée par ce désordre, et sa fille préoccupée par ses amours, avançaient ou reculaient les heures des repas et la salle à manger familiale devenait peu à peu une espèce de restaurant où toutes sortes de gens s'attablaient pour avaler à la hâte, sans effusions, ni rires, sans une conversation suivie. Cependant Foix, qui ne disposait pas d'assez de temps pour abattre tant de travail et qui voulait pourtant se distraire un peu à la fin de la journée, tout en resserrant ses liens avec des personnages importants, fréquentait les théâtres et les cercles ; il ne pouvait y emmener sa femme et sa fille à cause des circonstances mais il négligeait le fait qu'il était lui-même en deuil, ce dont Catarina lui en voulait. Mais détachée de plus en plus de ce mari si occupé et si négligent envers sa famille, elle se tut la première fois qu'elle l'entendit lui répondre que cela était nécessaire à sa santé et aux intérêts de la maison. Plus tard, voyant qu'il rentrait quand elle avait déjà fait le premier somme, qu'il s'endormait à peine couché sans écouter un seul mot, ce fut elle-même qui proposa à son mari de faire chambre à part. Foix ne sut dissimuler sa joie en acceptant et sa femme lui en fit l'observation avec la tristesse dédaigneuse dont on regarde celui qui a fini par perdre notre estime. Mais Foix, satisfait de ses victoires à la Bourse, fier du rôle qu'il jouait à Barcelone, sans mettre la moindre malice dans aucun de ses actes, ne se rendait nullement compte de l'indifférence et du mépris qui gagnaient le cœur des siens à son égard. Il les aimait comme jadis et ne pensait pas les avoir offensés en quoi que ce fût ; comment se serait-il douté qu'il avait perdu leur affection ? Loin de cela, fou de joie, quand il voyait ces femmes si tristes et si laconiques devant lui, il essayait de les distraire en bavardant à bâtons rompus sur tout ce qu'il gagnait, racontant des histoires drôles pour les faire rire, s'imaginant toujours que le motif de cette tristesse était la mort de sa belle-mère. Très souvent il leur apportait des gâteaux, des confitures, de grands bouquets de fleurs et de temps en temps des bijoux étincelants, des jouets très chers pour le petit ; des présents que Catarina recevait de mauvaise grâce, en hochant la tête, la fille une larme à l'œil, avec remords et reconnaissance, et l'enfant, l'enfant seulement, en sautant de joie.

Juillet arriva alors, et avec lui la grosse chaleur et le départ de la moitié des Barcelonais. La moderne habitude de s'enfuir, non seulement des propriétaires de maisons à la campagne, mais aussi de tous ceux qui, à l'arrivée de l'été, disposaient de quelques centaines de douros pour aller à une station thermale ou s'oxygéner les poumons, ou simplement se reposer et se donner des airs, s'accrut cette année-là, avec la prospérité commune, d'une façon prodigieuse. On aurait dit une grève générale : les affaires furent paralysées et même la Bourse resta somnolente pendant quelques semaines. Ne pas bouger de Barcelone revenait à se déclarer pauvre ou honteusement misérable. Eladi et Foix étaient obligés de faire un long voyage en France, en Belgique et en Angleterre pour passer des contrats de matériel ferroviaire et pour explorer l'état d'esprit des grandes compagnies qu'il fallait intéresser au projet de l'arsenal maritime. On parla de cela en famille et Foix invita sa femme et sa fille à les accompagner :

– Vous vous amuserez beaucoup, vous pourrez acheter plein de choses très élégantes, vous verrez Paris, Bruxelles, Londres...

Il fut consterné en voyant avec quelle froideur les deux femmes recevaient une proposition aussi alléchante. Delfineta envisageait avec horreur la compagnie d'Eladi et avec des frissons son arrivée dans la grande ville, devant son bien-aimé, accompagnée de son rival. Catarina, qui n'avait pas non plus la moindre envie de voyager avec Eladi, ni de quitter sa maison, s'excusa en disant qu'elle ne voulait pas laisser Eudaldet et que l'enfant était trop petit pour faire un si long voyage.

– Bon, mais qu'au moins Delfineta vienne avec nous. N'est-ce pas, ma fille, que tu aimeras ? Ce n'est pas rien ! Paris, Bruxelles, Londres ! proposa Foix imprudemment.

Catarina allait réagir, indignée par le manque de jugeote de cet homme, mais la jeune fille, tâchant d'éviter le coup, disait qu'elle ne pouvait pas, qu'elle ne devait pas laisser sa mère seule.

– Comment arranger la chose, mon Dieu, mon Dieu ! s'écria gentiment Foix, enthousiasmé et aveuglé comme jamais à l'idée de faire plaisir à ses chéries.

Il réfléchit un peu et trouva un autre plan :

– Attendez... Je regrette beaucoup que vous ne puissiez nous accompagner partout, mais nous pourrions faire une chose : voulez-vous qu'on vous laisse à Biarritz ? Le petit peut très bien aller jusqu'à Biarritz, ou à Saint-Sébastien, si vous préférez.

– Non, mon vieux, non, répondit Catarina avec mauvaise humeur, l'air de lui dire de ne plus insister. Notre fille doit prendre des bains de mer, le docteur les lui a prescrits l'autre jour.

– Mais c'est encore mieux, ma chère ! Les bains dans la mer Cantabrique ! Ce sont les meilleurs, ils sont plus fortifiants encore que ceux de la Méditerranée. Allons, dites oui, un peu de courage. Cela vous plaira beaucoup, vous y trouverez un tas de connaissances : les Giró, les Puig, les Llovera, les Llopis... Ah, qu'est-ce que je connais comme gens qui y vont !

– Nous sommes en deuil, nous ne pourrions pas nous y amuser, répondit sa fille attendrie et reconnaissante, fâchée de la froideur avec laquelle sa mère recevait les généreuses invitations de son mari.

– Eh bien, on peut faire encore autre chose, suggéra celui-ci, plein de bonnes intentions. Faisons autre chose : nous confions l'enfant à Pauleta qui s'en va passer l'été à Vilaniu avec les Rodon et vous deux, vous venez avec moi. Avec Pauleta, Roseta et un domestique, il me semble que tu peux le laisser sans souci.

– Eh, va-t'en au diable ! lança rageusement Catarina avant de quitter tout à coup le salon où avait lieu cette conversation.

Foix resta comme pétrifié pendant quelques secondes, mais bien vite, pris de colère et plein d'amertume pour cette ingratitude, il bondit à son tour de sa chaise et cria hors de lui-même :

– Allez-y vous-mêmes, ingrates !

– Papa, de grâce, je n'y suis pour rien, répondit la jeune fille d'une voix enrouée.

Mais son père ne tourna même pas la tête, il claqua la porte et continua son chemin vers son bureau, laissant la jeune fille en larmes.

Une demi-heure plus tard, alors que Foix se remémorait encore douloureusement le dédain à son égard de « ces deux femmes qui faisaient la fine bouche et jouaient les dégoûtées, le payant si mal de sa bonne volonté », Quim ouvrit doucement la porte et marchant sur la pointe des pieds, avec une familiarité démocratique qu'il se permettait très souvent, s'avança vers le patron et lui annonça, l'œil plein de malice, « qu'une grande dame, très belle fille, très désinvolte et très voyante, voulait le voir ».

– Fais-la entrer, dit Foix en lissant nerveusement sa barbe, encore très ennuyé et soucieux.

– On peut entrer ? demanda une voix digne d'un soprano alors que le banquier quittait son siège pour recevoir « la grande dame ».

– Ah, c'est vous, Mimi ? Soyez la bienvenue, dit-il, adoucissant la voix de son mieux, tandis qu'il lui indiquait, obséquieusement, une place sur le divan.

Mimi n'avait parlé qu'une fois avec le banquier, un soir au Café Suisse, où ils avaient dîné ensemble avec Puigventós. Elle arrivait toute pomponnée, astucieusement douce, les griffes cachées sous ses gants. Elle était fatiguée de Puigventós qui, perclus de dettes et sans le sou, ne pouvait plus satisfaire ses caprices. Il partait pour Madrid, espérant faire de nouveaux emprunts aux Madrilènes ou trouver une place, que les farceurs comme lui trouvent toujours, dans l'administration espagnole. Mimi avait exigé de son amant, avant le départ de celui-ci, un billet à ordre de trois cents douros pour pouvoir tenir « en attendant d'avoir trouvé un nouveau monsieur ». Puigventós, amusé par la formule, n'avait pas hésité à lancer sur le marché encore une de ses signatures insolvables pour ne pas déplaire à Mimi, bien tranquille sur le mal que cette femme pourrait lui faire avec cette arme qui dans tous les cas pourrait en blesser d'autres que lui-même.

– Qui vises-tu, demanda-t-il, hilare, et par simple curiosité en finissant d'entortiller son paraphe.

– Le monsieur qui nous avait offert ce dîner au Café Suisse.

– Ah, Gil Foix ? s'écria-t-il avec un grand rire. Oh, tu as du flair ! Bien visé, mon petit ! Voici, et bonne chance. Je ne crois pas que tu échoues.

Alors Mimi expliqua à son ex-amant l'idée qu'elle se faisait de Foix : « C'était un gamin de cinquante ans, ni plus ni moins. Rien qu'à la façon dont ses oreilles rougissaient pendant ce dîner, à ses clins d'œil et à ses tentatives pour lui faire du pied, elle en avait eu assez pour le deviner. »

– Mais dites-moi, dites-moi Mimi, ce qui me vaut une visite aussi agréable ? S'il s'agit de quelque chose de confidentiel, je vais fermer la porte, ajouta Foix, déjà distrait de ses ennuis, et de plus désireux d'adoucir son dépit par une aventure amoureuse.

– Comme vous voudrez, dit-elle feignant des scrupules honnêtes qu'elle était toute disposée à sacrifier néanmoins si ce monsieur s'obstinait.

– Alors, c'est oui ?

– Non.

– Non ?

– Comme vous voudrez.

– Alors, laissez-moi la fermer ; nous pourrons parler ainsi plus librement.

Le cœur battant l'homme ferma la porte. Elle se mordit les lèvres et serra de ses mains gantées le ruban de son chapeau de paille qu'elle portait noué sous l'oreille, détourna sa tête enfarinée et maquillée pour reprendre son sérieux.

– Me permettez-vous de m'asseoir à côté de vous ? demanda timidement encore le brave banquier.

– Monsieur Foix, vous êtes chez vous, répondit-elle avec un sourire complaisant, ramassant les pans gonflés de sa robe pour lui laisser plus de place.

Alors l'ex-danseuse commença par le prier de lui pardonner son audace, mais comme elle ne connaissait aucun autre banquier...

– Arrêtez, ma chère Mimi, arrêtez ! dit-il, reprenant courage. Je connais une petite histoire entre vous et Llassada...

Elle éclata d'un rire sonore, se tourna vers lui riant encore, haussa une épaule méprisante et, le regardant droit dans les yeux, elle allongea le bras droit pointant son éventail à demi fermé qui toucha presque les lèvres de son interlocuteur, et s'écria en baissant la voix et sur un ton de parodie :

– « Jetons un voile sur le passé. » Ne parlons plus de Llassada : nous sommes fâchés. *Ei fu.*

Foix allongea encore un peu plus les jambes et se mit à rire, amusé par le cynisme de cette femme, et d'un geste involontaire s'empara de l'éventail pour le respirer goulûment. Ne prêtant pas attention à ce geste, elle continua :

– Après avoir perdu Llassada je n'ai connu que deux petits béjaunes, très gentils garçons il est vrai, mais si dépourvus d'argent qu'ils m'ont ruinée, moi. Il ne me reste que ces trois cents douros pour vivre avant de trouver une nouvelle place, et c'est pour cela que je viens vous voir. Vous voyez, c'est un billet à ordre de Puigventós qui arrive à échéance le trente du mois. Voulez-vous me l'endosser ?

Le banquier garda le document entre ses doigts comme s'il le regardait vraiment et, après avoir ruminé un moment et lutté contre lui-même, d'une voix assourdie et avec l'expression abattue de quelqu'un qui vient de vaincre un obstacle, il déclara qu'il n'y voyait pas d'inconvénient.

– Mais... mais..., ajouta-t-il soudain, poursuivant le cours des mille pensées qui l'assaillaient sans arrêt. Écoutez, ne vaudrait-il pas mieux faire autre chose ?... Cessons cette comédie, Mimi. Je suis très franc, je vous le dis nettement : ce papier n'a aucune valeur. Vous venez de me le dire : vous cherchez un homme... Voulez-vous venir avec moi à Paris, à Londres, à Bruxelles ? Nous partirons bientôt. Excusez-moi si je vous surprends, mais nous, les hommes d'affaires, nous sommes comme ça, nous n'aimons pas perdre notre temps : quand l'occasion se présente...

Mimi fit non de la tête, hypocritement :

– Monsieur Foix, sur ce point j'ai la conscience bien nette, je n'ai jamais brouillé un ménage, je n'ai jamais eu de relations qu'avec des célibataires.

– Et qui vous dit que je sois marié ? demanda-t-il d'un air blagueur, vraiment enthousiasmé par la délicatesse de cette femme qui manifestait de tels scrupules.

– Je l'ai vu moi-même, dit-elle, donnant un air triste à son regard. Qui donc, à Barcelone, ne connaît pas la famille Foix ? Il faudrait être aveugle et sourd de naissance pour ne pas vous connaître, pour ne pas savoir par cœur votre histoire. Un richard comme vous et une des premières figures de la ville, partout où vous allez on vous distingue, vous attirez l'attention, on parle de vous.

Foix perdait la tête. « Elle était vraiment aimable et fine cette fille ! » Sa main gauche glissa jusqu'à la taille de Mimi pour l'attirer contre lui et la serrer amoureusement sur son cœur. Sa droite prit une des mains de la jeune femme et, presque sur le point de tomber à genoux, il lui dit :

– Allons, ne refusez pas : partez avec moi. Ne craignez pas de désaccords dans mon ménage, je vous promets qu'il n'y en aura pas. Vos scrupules honnêtes me plaisent et je les respecte. Je suis hostile au scandale, j'ai une fille, je n'ai rien à reprocher à ma femme, et ne voudrais pas causer de troubles chez moi. Vous êtes faite tout exprès pour moi. Nous prendrons toutes sortes de précautions et personne n'en saura rien ; un péché caché est à moitié pardonné. Il s'agit seulement d'un séjour en amoureux, délicieux, que nous pouvons passer ensemble, sans faire de mal à personne. Acceptez-vous ? Allez, dites-moi oui.

Mimi le regarda comme subjuguée par un charme supérieur à ses forces, feignit de lutter contre elle-même pendant une minute et à la fin, baissant la voix comme si elle était déjà vaincue par l'effort elle dit :

– Seulement à condition que cela reste secret, n'est-ce pas ?

– Oh, vous êtes exquise ! murmura le banquier en lui donnant un baiser sur le front sans trop savoir ce qu'il faisait.

Elle le lui rendit sur les lèvres, se leva soudain et se dirigea vers la porte, poursuivie par Foix.

– Non, non, attendez. Où habitez-vous ? Comment puis-je vous voir ? Il faut bien que je vous indique le jour et l'heure !

– Ah, oui, vous avez raison ! dit-elle en s'arrêtant et cachant son envie de rire. Elle tira d'un étui une carte de visite rose et la lui tendit en disant :

– Vous avez là mon adresse.

– On se dit encore vous ? pria-t-il, lui prenant à nouveau une main et la caressant entre les siennes.

Elle sourit délicieusement, fit deux ou trois petits signes de tête et soudain, fronçant les sourcils comme pour concentrer sa pensée, elle s'écria :

– Ah, j'avais oublié aussi une chose ! Elle hésita un peu et prenant une expression aussi gaie et légère que possible, demanda :

– Tu ne pourrais pas m'avancer cet argent ?

Foix répondit par une cajolerie ; prenant le billet à ordre il le déchira, il ouvrit ensuite le coffre et en sortit une liasse de billets qu'il donna à la fille sans même les compter.

Ils échangèrent encore deux baisers, se serrèrent la main, le banquier ouvrit la porte, plus rouge qu'un coq et « la grande dame » sortit, très raide, sérieuse, d'une démarche légère vue de l'extérieur, en son for intérieur émerveillée, surprise et remplie de joie devant une telle chance, tandis que le concierge, fronçant le nez, avec un clin d'œil plein de malice, la contemplait du palier et se disait à lui-même, en se léchant les lèvres :

– Fichtre, fichtre ! Elle y est restée un bon bout de temps !

IV

Dès que la femme fut sortie, Foix resta songeur un bon moment. « Comment se débarrasser d'Eladi ? Emmener son neveu, son futur gendre, à côté de cette fille, mettre sous ses yeux pendant des jours et des jours un tel exemple de libertinage... pour lui c'était dégradant ; c'était aussi une imprudence qui compromettrait sa triple autorité de patron, d'oncle et du futur beau-père : pour agir ainsi il fallait une impudence qu'il n'avait pas, qu'il ne voulait pas avoir. » L'aventure, par ailleurs, l'enchantait vraiment et pour ce nouveau riche c'était comme un épisode indispensable dans toute biographie d'un millionnaire. Malgré les honnêtes craintes du scandale qui assaillaient la conscience du travailleur et faisaient chanceler sa décision, le banquier pensait avec plaisir à la réputation de type déluré et généreux que lui vaudrait le fait de voyager fastueusement avec une cocotte comme celle-là, qu'il croyait être de première catégorie. « Mimi avait la taille svelte, une belle carnation, elle savait s'habiller, elle pouvait donner à son visage ce faux sérieux que ces femmes savent simuler pour attirer l'attention, semer suffisamment le doute et chasser l'alarme. Après son escapade avec Llassada, elle pourrait lui apprendre à voyager avec l'ostentation et la commodité qu'il souhaitait, elle lui ferait connaître ce qu'il y a de bon et de mauvais dans la grande capitale, les raffinements les plus extrêmes, les coins les plus curieux. Elle ne pouvait pas mieux lui convenir. Quant à son beau-frère Francesc, il n'allait tout de même pas tomber sur lui ! Paris était si grand ! En revanche, il ne manquerait pas de rencontrer sur les grands boulevards quelques Barcelonais qui verraient le nouveau personnage de Barcelone exhibant cette maîtresse. En un mot, il provoquerait des murmures bienveillants, de ceux qui augmentent le prestige d'un homme public, qui le font briller par son insouciance et sa virilité. Mimi était faite sur mesure pour qu'un homme tel que lui puisse jouer ce rôle. Comment renoncer à une occasion si flatteuse ? Et puis, il n'allait pas délaisser son travail pour autant et il ne ferait de mal à personne. Il s'amuserait sans négliger ses affaires, voilà tout. Tout le problème se réduisait simplement à voir comment il allait s'arranger pour éviter le scandale dans sa famille, et ne pas donner le mauvais exemple à Eladi. »

L'homme ruminait ainsi quand Quim posa un télégramme sur sa table. Il était de Pi et il annonçait que Lord Seymour venait d'envoyer un ultimatum aux insurgés d'Alexandrie, menaçant de bombarder les forts de la ville s'ils ne les abandonnaient pas dans les vingt-quatre heures.

Foix mit les coudes sur la table et pressant entre ses mains son front bouillant, il raisonna ainsi : « Les Anglais menacent. Quand les Anglais menacent, ils frappent. Et ils frappent fort. Il n'y a pas de doute qu'ils vont gagner et qu'ils régleront en quatre jours cette ennuyeuse question d'Égypte, que la sacrée conférence de Constantinople après tant et tant de séances n'a pas su ou n'a pas voulu résoudre. Ce diable d'Arabi-Pacha, malgré la décoration de Ledjidie que vient de lui accorder le Sultan, disparaîtra de la scène définitivement. De là à conclure la paix, ce sera fait en un clin d'œil. Les actions étrangères vont monter. Notre marché, qui est loin d'en avoir autant que Paris, exagérera la hausse. Pourquoi ne pas acheter là-bas et vendre ici ? Quelle meilleure justification de mon voyage ? Je m'en vais pour acheter, Eladi reste ici pour vendre. Nous pourrons faire un voyage formidable, tout s'arrange selon mes désirs. »

Fou de joie il exposa son plan et fou de joie il alla le lendemain à la gare de France, accompagné par les Balenyà, les Rodon et par sa famille, après avoir pris la précaution de faire monter Mimi dans un compartiment réservé où elle se glissa dès la première heure pour éloigner tout soupçon. Le train siffla, Foix resta à sa place, feignant de dormir pendant les arrêts les plus dangereux. Une fois ceux-ci dépassés, il entra dans le compartiment réservé qui devint dès lors un bruissant nid de tourterelles amoureuses.

Mimi se montra aussi charmante, gracieuse et convenable qu'on pouvait le souhaiter. Enfin, le banquier en fut charmé, affriolé, vraiment amoureux.

– Écoute, lui dit-il le lendemain après-midi, passé Étampes, maintenant, en arrivant à Paris, tu feras à ta guise, c'est toi qui commandes. Je ne connais pas encore cette ville et je veux que tu t'y sentes bien. Ne fais pas attention à l'argent, moi je le dépense sans regrets et ma position ne me permet pas de descendre dans un hôtel de seconde catégorie. Tu choisis et nous y allons. Je n'exige qu'une chose : garde cet air de femme sérieuse et comme il faut que tu as su prendre jusqu'à présent, aussi bien à Port-Bou qu'à Angoulême, devant les amis qu'on pourrait rencontrer ou les gens qui viendraient me voir.

– *Lascia fare, lascia fare*, répondit-elle en sa langue maternelle, lui adressant un sourire de connivence et lui serrant la main.

– J'ai autre chose à te dire. Tu sais déjà que je ne viens pas ici seulement pour m'amuser. Je dois travailler et voir si je ne gagne pas de surcroît mon voyage, même si nous dépensons beaucoup d'argent. Le matin et une bonne partie de l'après-midi je devrai te quitter, tu pourras faire les magasins, t'acheter des toilettes, etc. Je te demande seulement une chose : rappelle-toi que pendant le temps que je paie et que je te donne de l'amour et du bien-être, tu m'appartiens des pieds à la tête, à toute heure, inconditionnellement. Si tu me trahis je t'abandonne et si cela arrive sois sûre que tu t'en repentiras. Oh, ne ris pas, non ! poursuivit-il en se laissant câliner comme un enfant. Ne ris pas, car même si j'ai l'air de me vanter, je t'assure que des hommes généreux, aimables et amoureux comme moi tu n'en trouveras guère.

Elle acheva de le tranquilliser en appuyant la tête sur son épaule, caressant sa barbe, levant les yeux au ciel comme si elle envisageait avec extase ce sort délicieux. Finalement, ils arrivèrent à Paris et quittèrent le quai serrés l'un contre l'autre ; Foix était un peu étourdi par les dimensions de la gare et la difficulté de s'exprimer et de comprendre les employés, les porteurs, les cochers. Mais Eladi avait avisé Pi de l'arrivée de Foix, celui-ci l'attendait et vint à leur rencontre. Il fut très surpris et très amusé en voyant Foix avec cette traînée de Mimi que le jeune homme connaissait intimement depuis des années.

– Bonjour, Pi, bonjour, mon ami, s'écria Foix très surpris à son tour de voir qu'on l'attendait et honteux de ce que son correspondant pourrait soupçonner. Il bredouilla :

– Je suis embêté, ce gardien-là, à la porte, m'a donné ce papier et je ne sais pas ce qu'il m'a dit. Ils parlent si vite ! Je me demande pourquoi ils ne parlent pas plus clairement.

– Donnez-le-moi. C'est le numéro de la voiture, ne vous en faites pas. Donnez-moi le ticket pour les « malles ».

– Comment, les « malles » ? demanda Foix tout étonné, ne connaissant pas ce mot qui lui sembla appartenir au vocabulaire des jeux interdits.

– Je veux dire les bagages, rectifia Pi. Ne vous en faites pas, je m'occupe de tout.

Foix tira son portefeuille ; il respirait fort comme après une grande fatigue et, plein de confusion, il emmena son correspondant dans un coin ; tout en lui donnant le ticket il lui dit, en bégayant, que cette dame était la femme d'un de ses amis et qu'en attendant que celui-ci la rejoigne il devait s'occuper d'elle.

– Ce brave monsieur me l'a confiée et il n'est pas question que je me dérobe. Vous comprenez ?

Pi, qui ne savait où tourner la tête pour cacher son rire, osa encore lui demander comment elle s'appelait. Et là le brave banquier eut des sueurs froides car il ne trouvait au bout de sa langue que le nom compromettant de Mimi. Alors il inventa un mensonge et lâcha le premier nom italien qui lui vint à l'esprit :

– C'est Mme Romagnoli.

L'ayant ainsi baptisée il les présenta l'un à l'autre, les mettant tous les deux, eux qui se connaissaient fort bien, dans l'effroyable péril d'éclater de rire. Mais ils surent se contenir pour échanger un mot de politesse, baissant les yeux et la tête d'un air cérémonieux. Le jeune homme leur tourna le dos pour courir à la consigne des bagages. Mais Mimi, n'y tenant plus, éclata de rire :

– Ah ! ce que tu es drôle ! Mme Romagnoli, Mme Romagnoli ! Foix, surpris de sa propre astuce et fier de lui, se mit à rire à son tour, très content de s'être montré si malin aux yeux de cette femme.

Une fois dans la voiture, la situation comique du banquier redonna à son correspondant et à Mimi l'envie de rire de cet embrouillamini. Tous deux voyaient fort bien son aspect vaudevillesque et ils n'arrêtaient pas de rire intérieurement, d'éloigner leurs regards, de regarder dehors, et d'empêcher

Foix d'engager la conversation en lui signalant ce que Paris offrait au passage de remarquable : ici le Jardin des Plantes, là le nouvel Hôtel de Ville, maintenant Notre-Dame, le Palais de Justice, la Préfecture ; voici le Pont-Neuf, la statue d'Henri IV, là-bas l'Institut, l'École des Beaux-Arts, plus haut à droite l'énorme masse du Louvre dorée par le soleil couchant. Et tandis qu'ils souriaient, se faisaient de l'œil et échangeaient des signes, Foix n'arrêtait pas de regarder sans rien voir, fatigué par la circulation des voitures, par les miroitements du soleil qui se traînaient et se fondaient comme de l'acier en fusion sur les eaux de la Seine, par le fourmillement des véhicules qui défilaient noirs à contre-jour sur un pont, sur l'autre et l'autre plus loin ; l'homme ne se rendait pas bien compte de ce trafic étourdissant, de l'immensité de cet espace, de la grandeur imposante de ces édifices sévères, noircis, aux styles les plus divers. En outre ce gris sombre, cette patine déposée par les brumes glacées de l'hiver qui régnait partout n'arrivait pas à lui plaire tout à fait, elle attristait un peu ce Méridional.

–Ah !... Oh !... Oui, vous avez raison. Notre-Dame ! Qui ne la connaît pas ? L'Institut... L'Académie, hein ? Oui, c'est vrai, je la connais aussi... J'ai vu tant de photos, de gravures, de chromos... Les Tuileries ou le Louvre ? Oui, oui, c'est très grand, très grand... Je m'en souviens aussi.

Il reconnaissait tout, comme n'importe quel enfant du siècle. Il lui semblait que ce n'était pas la première fois qu'il venait à Paris, qu'il y revenait après une longue absence. De sorte qu'il voulait parler de tout, s'arrêter pour évoquer des détails historiques ou artistiques sur chaque édifice. Mais le trafic continuel ne lui permettait pas de confronter ses souvenirs à la réalité ni de rien faire d'autre que de pousser des exclamations et poser des questions.

Enfin la voiture s'arrêta dans la cour de l'hôtel Continental, Mimi, légère comme une gazelle, alla à la réception faire inscrire « M. et Mme Foix » ; elle demanda les meilleures chambres, une voiture de luxe, une femme de chambre et un valet particuliers. Pendant ce temps, au milieu de cette cour luxueuse, Foix, tout heureux de se voir entouré d'une si nombreuse domesticité qui le débarrassait avec force « pardon » et révérences de tout ce qui pouvait le gêner, s'informait auprès de Pi, avec des airs de grand seigneur, des nouvelles de la Bourse et lui exposait ses plans pour le lendemain. Il l'invita à sa table par simple politesse et le congédia. Ensuite, quand il se vit installé dans les magnifiques chambres donnant sur la rue de Rivoli et qui dominaient le beau jardin des Tuileries, il eut comme une explosion de joie ; il embrassa Mimi « qui savait si bien interpréter ses désirs ».

– Tu es un trésor, lui dit-il, tu vaux ton pesant d'or. C'est cela qu'il nous fallait.

Mais alors que son regard s'extasiait en contemplant du balcon le flot de voitures qui s'écoulait sur la grande rue, qu'il était charmé par la foule élégante qui fourmillait sous les ombrages du jardin des Tuileries au milieu d'innombrables statues, de fleurs et de jets d'eau, une larme de regret voila sa vue ; il pensait à sa famille, « ingrate et stupide, qui n'avait pas voulu l'accompagner pour jouir de ces splendeurs » ; une révélation amère et tout intime lui serrait le cœur : il se sentait petit. « Que valaient ses millions à côté des milliards représentés par ce qu'il voyait ? Qu'était-ce qu'un petit banquier de Barcelone ici ? » Le grand rideau de ciel étendu sur les Tuileries et la place de la Concorde, l'immense perspective du palais du Louvre qui enfilait, en descendant la rue, les flèches et les coupoles se détachant çà et là sur l'immensité de la ville, écrasaient son esprit par le poids d'une grandeur et d'une richesse jamais vues et lui révélaient l'insignifiance de ses forces et de son nom. Il tourna la tête à droite et à gauche et tandis que son regard glissait sur l'éclat du flot de voitures qui s'écoulait doucement à ses pieds, il se sentit solitaire, perdu, en proie à une nostalgie poignante, très amère.

Il lui sembla que s'il se tâtait il ne se trouverait pas, que sa personnalité avait disparu, que ses amis, ses admirateurs, sa famille étaient loin, si loin !... des ombres impalpables qui revivaient sans corps, sans couleur, dans les abîmes de la mémoire comme des morts. Un flot de larmes troubla son regard. Il ferma la fenêtre ; il se laissa tomber sur un fauteuil où il resta un moment à moitié assoupi, à moitié en pleurs.

– Qu'est-ce que tu fais ici ? Tu ne t'es pas encore changé ? demanda Mimi en sortant de la chambre voisine, habillée et maquillée, ses yeux brillant d'une folle gaieté. On a déjà sonné la cloche, il faut aller déjeuner.

Foix leva la tête, il trouvait cette femme répugnante. « Non, ce n'était pas de caresses vénales qu'il avait besoin, mais de quelque chose de pur, et d'honnête, qui nous soutient et nous encourage dans les moments difficiles, ressort unique de nos désirs et de nos joies, seule fraternité qui console, seule humanité qu'on aime. Il trahissait, il offensait gravement sa femme et tous les siens. »

– J'arrive, répondit-il avec un grognement que cette fille de joie ne remarqua même pas.

Il alla se déshabiller dans le cabinet de toilette avec une telle amertume au cœur que, s'il l'avait osé, il se serait enfui de l'hôtel.

Malgré cela, deux minutes plus tard, en foulant l'immense et luxueuse salle à manger pour se placer à une des longues tables que les miroirs se faisant face reproduisaient à l'infini, sous les grands lustres ornés de grappes d'ampoules électriques, devant l'éclat de l'argenterie et du cristal, les bouquets de fleurs, les têtes soyeuses des élégants convives,

Foix reprit un peu de son calme. Le luxe et le bien-être qui l'entouraient, contentèrent sa vanité puérile et apaisèrent un moment ce sentiment de nostalgie et cette pointe de remords honnête ressentis tout à l'heure. Ils sortirent après dans un magnifique landau pour voir les grands boulevards et se promener sur la vieille avenue des Champs-Élysées. Il régnait partout une grande animation ; quantité de voitures berçaient des couples joyeux qui bavardaient et riaient sans s'occuper du voisin, sans compter ceux qui dans la demi-pénombre de la place de la Concorde ou des Champs-Élysées échangeaient tranquillement des baisers. Mais Foix se limitait à sourire affablement en proie à nouveau à ses regrets et à sa torpeur.

Enfin, après deux jours passés à la Bourse et à la Coulisse, à s'enquérir de la marche des affaires, à travailler avec son correspondant, à parler avec des gens de connaissance de Barcelone de l'état des cotations passage Jouffroy, ou à vider un demi à la terrasse du café de Madrid, enfin, en un mot, quand il se vit à nouveau au travail et qu'il se sentit plus à l'aise pour se déplacer et qu'il baragouina un peu mieux les quelques mots français qu'il connaissait et qu'il renifla cet air familier que seul Paris offre aux étrangers, alors Foix se consola de sa tristesse.

Soit à cause de la victoire des Anglais qui avaient déjà pris Alexandrie et se disposaient à marcher sur Le Caire, soit parce qu'on recommençait à parler en Espagne de la reconversion projetée par Camacho, le marché extérieur espagnol était monté de 25 à 26 7/16 et à Paris et à Barcelone la tendance à la hausse continuait, tandis que Londres vendait ces titres. Cette divergence de positions qui pouvait faire réfléchir les spéculateurs à long terme se prêtait donc, pour ceux qui sauraient acheter et vendre, à de gros bénéfices. Foix se mit alors à l'exploiter en lançant ses ordres d'achat jusqu'à la capitale anglaise et, profitant des différences de change existant entre les trois marchés, il commença à obtenir de très bons résultats.

Ce fut alors que la joyeuse Mimi lui parut de nouveau d'excellente compagnie, quand il se mit à savourer les splendeurs et les commodités de Paris ; ce fut alors qu'il courut hâtivement tous les après-midi à la recherche de cette femme, la félicitant de la fortune qu'elle lui faisait dépenser en robes, chapeaux et bijoux. Elle étendait sur les tables et les divans toutes ces merveilles qui la transformaient en une véritable demi-mondaine ; bien que cela coutât des milliers et des milliers de francs, Foix payait avec plaisir, intérieurement satisfait de cette « aumône » qu'il faisait à Mimi en lui permettant ces caprices.

Dans cet état d'esprit Foix, après son travail, voulait prendre du plaisir et il en prenait vraiment lorsque, à la tombée de la nuit, il se promenait affalé dans son landau, sur la belle avenue des Acacias, délaissée déjà par les nababs (dont une grande partie s'était éloignée de Paris à cause de la chaleur) mais encore sillonnée par des milliers de luxueuses voitures qui défilaient silencieusement, occupées par des femmes et des hommes élégants aux airs aristocratiques.

Après déjeuner il fréquentait les rares théâtres ouverts, les cafés-chantants en plein air des Champs-Élysées, se laissant tomber enfin sur les boulevards à la recherche d'une connaissance avec qui parler à nouveau de son idée fixe.

Pendant ce temps, Mimi, occupée à se couvrir de bijoux et à bien remplir ses malles, supportait avec résignation la compagnie de cet homme tellement bonasse qu'elle en avait des remords, tellement vaniteux qu'il lui faisait pitié, tellement pontifiant qu'il l'endormait. Mais quand elle fut bien pourvue de bijoux, son portefeuille bien garni des billets qu'il se laissait arracher avec complaisance et le plus souvent la nuit avec des rires gras, Mimi commença à détester cette vie monotone qu'ils menaient, le sérieux assommant de ce bourgeois si peu spirituel, si casanier, si vaniteux ; se souvenant tout à coup de son passé dans ce même Paris exubérant et bruyant, elle eut envie de briser ses chaînes et de courir s'asseoir à nouveau sur les genoux de Louis Godal, le pauvre petit pianiste pour qui elle avait déjà laissé ce bonnet de nuit de Llassada l'année précédente. Elle en avait assez de cet hôtel, de ces promenades au Bois de Boulogne, aux Champs-Élysées et sur les grands boulevards à l'usage quotidien des prétentieux sans esprit et des étrangers oisifs. Son rêve : Montmartre, Montmartre, la capitale de la capitale, la patrie du paradoxe et de la dérision où se réunissent tous les soirs, épuisés à force de lutter ou énervés par le vice, les farceurs des deux sexes de Paris pour discuter, danser et chanter, se moquant du monde et de leur propre misère, confondus dans un amical mélange ! Demain certains donneront un nom à l'histoire ou à la chronique scandaleuse s'ils ne sont pas avalés auparavant, en pleine obscurité, par les eaux troubles de la Seine ou la porte cachée d'un hôpital.

C'était curieux : l'obsession de Mimi fut dorénavant de retrouver le pauvre musicien et de planter là tout à coup le nabab qui la nourrissait si généreusement. Elle ne voulait plus être promenée, comme une figure de carnaval, sur ce landau et dans des endroits où personne ne la regardait. La seule idée de s'échapper, de s'enfuir avec toutes les richesses accumulées ces derniers temps pour les manger dans un coin de Clichy avec ce crève-la-faim de Godal suffisait à la rendre heureuse.

C'est pour cela qu'un soir où Foix, vêtu d'un frac, les doigts chargés de bagues et sa chemise de brillants, l'attendait pour aller à l'Opéra, Mimi commença à se révolter :

– Non, je ne veux pas y aller. Laisse tomber *Guillaume Tell*. Il vaut mieux aller ailleurs.

– Mais enfin, *Guillaume Tell*, tu méprises *Guillaume Tell* ! Mais c'est le chef-d'œuvre de Rossini !

– Et alors, dit-elle avec effronterie, se moquant de l'admiration moutonnière de cet ignorant. Laisse tomber tes Rossini et tes *Guillaume.* Mon petit, tu t'y entends certainement beaucoup dans ces affaires du deux, du trois et du six pour cent avec quoi tu m'endors si souvent et qui doivent être, d'après ce que j'ai compris, une espèce de jeu de la roulette ou quelque chose de ce genre...

– Ho ! Ho ! l'interrompit-il, scandalisé et intimidé à la fois. Ne dis pas d'hérésie, ma fille, tu n'y comprends rien.

– Je ne comprends rien à quoi ?

– Aux affaires de la Bourse. La Bourse est une institution moderne...

Mais l'Italienne, de plus en plus effrontée, lui coupa sa tirade et riposta :

– Autant que toi en musique. Qu'est-ce que tu y connais, toi, en musique ? Je parie que tu ne sais même pas battre la mesure.

Foix, de plus en plus intimidé, éclata d'un rire embarrassé. Stupéfait par la hardiesse de cette femme, au lieu de se fâcher, il ressentit pour elle ce sentiment d'admiration qui s'empare si souvent, si absurdement, des gens simples ; tout attendri, il s'assit à côté d'elle et lui caressa doucement le visage.

– Et alors, chéri, et alors ? dit-elle en changeant de ton et se faisant désirer. Crois-moi, laisse tomber les opéras et les gens de la haute ; ils ont beau avoir de l'argent, ils ne sont pas de notre condition. Ne fais pas ces yeux-là, je viens de te le dire : ils ne sont pas de ma condition, Dieu merci !

– Et toi tu es à moi sans conditions, dit-il bêtement, baisant un de ses bras nus.

– Laisse-moi te guider et tu me remercieras. Je te montrerai un Paris...

– Quoi ? Que vas-tu me montrer ? dit-il perdant la tête, la regardant extasié, l'eau à la bouche, continuant à bécoter son bras.

– Un Paris beaucoup plus amusant, beaucoup plus drôle que celui que tu as vu jusqu'à présent, beaucoup plus joyeux et à ta portée. Ne sursaute pas ! Beaucoup plus gai et facile à comprendre que tous les opéras. Je t'emmène à Montmartre.

– Où tu voudras...

Avant même qu'il pût finir sa phrase elle s'était déjà échappée pour s'enfermer dans sa chambre, le laissant fort marri ; il haussa les épaules et s'étendit sur le divan pour l'attendre. Au bout de dix minutes Mimi réapparut et il remarqua qu'elle portait une tenue de ville fort simple ; il lui demanda s'il n'était pas trop bien habillé et s'il devait se changer, ce dont par paresse il n'avait nulle envie.

– Non, pas du tout, chéri ! Ne sais-tu pas qu'ici le frac est de rigueur le soir ?

Elle entra dans la chambre à coucher de Foix et en ressortit avec le panama qu'elle lui enfonça sur la tête en disant :

– La seule chose à changer est le chapeau claque ; là où nous allons un panama c'est mieux. Lève-toi, allons.

Il hésitait encore un peu, craignant le ridicule, mais l'Italienne, câline et minaudière, lui assura que dans ce quartier-là c'était du dernier chic, tout à fait *fashionable* et elle l'entraîna de force. Encore tout étourdi, il monta avec elle dans le landau qui les transportait toute la journée.

Mimi commença à lui parler de Montmartre comme d'un monde nouveau, le monde des *réfractaires*, disait-elle, empruntant ce mot aux habitants du quartier. « C'était là qu'on trouvait les grandes têtes et les grands cœurs, les coutumes les plus... » Mais comme après la rue Lafayette et un bon bout de la rue de Maubeuge la voiture enfila des artères de troisième ordre, en pente, très sombres et désertes, et qu'on voyait bien que le cocher non plus ne les connaissait guère, Foix déjà plein de méfiance, demanda « Où diable l'emmenait-on ».

– « Au Bon Coin avenue Trudaine », lança-t-elle au cocher sans lui répondre.

Le landau continua à tourner dans ces rues sombres et solitaires jusqu'au coin des rues Rochechouart et Dunkerque. La large avenue était calme et vide, avec de temps en temps une boutique éclairée, un rare fiacre qui s'éloignait en roulant bruyamment sur les pavés. Des types à l'allure équivoque, avec la haute casquette des voyous, s'arrêtèrent devant le Collège Rollin ; ils avaient l'air de faire des commentaires sur l'étrange présence de cette voiture de luxe dans un quartier pareil. Tout cela n'amusait fichtrement pas le brave Foix ! Mais il suivit l'Italienne qui bondit de la voiture et, sans même tourner la tête, s'engouffra dans la taverne-restaurant du père Josnard. C'était une petite gargote qui puait le beurre, le jambon et le tabac ; elle était bondée du mélange le plus étonnant qu'on puisse imaginer d'ouvriers, d'artistes, d'amazones du Cirque Fernando, de modèles et de filles venant du Moulin-Rouge ; les femmes étaient très gracieuses, avec des robes audacieuses ; beaucoup d'hommes avaient une tenue négligée, la chevelure ébouriffée, surtout les musiciens, à longs cheveux, la pipe au bec, le chapeau à larges bords, les pans de leur lavallière noire tombant, froissés, sur leur veste lustrée. Mais ce qui déplut le plus à Foix ce fut l'aspect de ces barbes hirsutes, de ces visages émaciés par le vice ou par un travail désespéré, ce fut de voir avec quelle voracité avalaient ceux qui mangeaient, avec quelle torpeur suçaient leur pipe ceux qui fumaient, les coudes sur la table, d'entendre le raffut des chansons hurlées en chœur, çà et là, par le public. « C'était un repaire de voyous, de voleurs peut-être. Où diable l'avait emmené cette femme ? Elle avait de drôles de lubies ! »

– Oh, là, là ! Un rastaquouère ! s'écrièrent quelques individus en éclatant de rire quand ils virent entrer le banquier.

Bien qu'il ne comprît pas le mot et qu'il ne soupçonnât même pas qu'on s'occupait de lui, Foix tira Mimi par le bras, décidé à partir.

– *Lasciami dunque !* dit-elle en dégageant son coude, fronçant les sourcils et jetant à Foix un regard dominateur.

Celui-ci abattu, craignant le scandale, fut bien obligé de s'asseoir face à sa lunatique compagne, à la petite table qu'elle avait choisie.

Un garçon se précipita sur eux et leur demanda ce qu'ils allaient prendre. Mais Mimi, sans lui répondre, parcourait toutes les tables d'un regard fouineur, les ailes du nez froncées comme celles d'un petit cheval hennissant, scrutait tous les coins de la taverne, tous les hommes dont elle ne parvenait pas à distinguer les traits sous la lumière crue du gaz.

– Veux-tu prendre quelque chose, osa lui demander Foix, blessé par une bizarre jalousie, plein de mauvaise humeur et écœuré par l'odeur rance de beurre et de jambon qu'on respirait là.

Mais Mimi ne l'entendit même pas, elle sauta de sa chaise et alla au comptoir pour demander au père Josnard qui était là en personne, les manches de sa chemise retroussées, le gilet déboutonné et les bretelles tenant difficilement le pantalon qui glissait sur l'hémisphère inférieur de son ventre outrageusement bombé, s'il savait où se trouvait Godal ; le gargotier était armé d'un grand couteau avec lequel il coupait des tranches de jambon rosé.

– Je ne sais pas. Au « Mirliton » probablement, répondit ce boucher sans quitter des yeux son travail.

– Allons-nous-en, dit Mimi à Foix, sans même s'asseoir.

– Madame désire ? demanda à nouveau le garçon avec impertinence.

– Oui, partir, répondit-elle de plus en plus agacée.

– Merci, madame, dit-il d'un ton railleur.

Une fois dans la voiture, Mimi donna l'ordre au cocher de les conduire au « Mirliton », boulevard Rochechouart. Ensuite elle resta silencieuse, tout comme Foix, que ces scènes remplissaient de confusion, d'étranges craintes et de jalousie. À la fin n'en pouvant plus :

– Et c'est ça que tu voulais me montrer, marmonna-t-il. C'est cela que l'on trouve si drôle, si curieux, le summum de l'esprit moderne ? Tu parles ! En voilà un spectacle, en voilà un public ! Un tripot de minables sans grâce qui n'ont même pas l'excuse de leur jeunesse comme les étudiants.

Mimi se mordit la langue pour ne pas l'envoyer au diable. Son désir de retrouver Godal grandissait dans son esprit avec la violence téméraire d'un entêtement effréné. Plus le pauvre Foix parlait, plus elle le trouvait répugnant, plus augmentait son envie de le bafouer, de le voler, de le planter là pour retrouver le petit musicien, ce pauvret, idéal suprême, dieu maigrichon, seul capable d'inspirer des sentiments poétiques à cette danseuse de café-concert.

– Pourquoi nous arrêtons-nous maintenant, demanda Foix affolé en voyant la voiture stopper sur le boulevard Rochechouart désert.

– C'est parce que nous devons descendre ici, répondit sèchement l'Italienne, prenant déjà le bouton de la portière.

– Mais pourquoi ? cria-t-il en lui saisissant brutalement le bras.

– Nous devons aller chez Bruant.

– Arrête tes histoires ! À la maison, cria-t-il hors de lui, à la fin.

– Non, monsieur, non : nous allons descendre ici. Monsieur Bruant ! Monsieur Bruant, cria-t-elle sans se soucier de faire du scandale.

Foix n'eut pas le temps d'ordonner au cocher de repartir : la porte s'ouvrit devant eux et un grand gaillard aux cheveux longs et au profil napoléonien, vêtu d'une garibaldienne rouge avec un grand nœud noir dessus, le bas des pantalons très larges rentrés dans des bottes, s'approcha de la voiture et salua courtoisement, ôtant le chapeau à larges bords de sa tête et la pipe de ses lèvres. C'était Bruant en chair et en os.

– Qui diable peut-il bien être ce pirate ? se demandait Gil Foix, tandis que Bruant, dans un argot parisien, demandait à « la poule » si le « mec » avait peur ; cessant vite de plaisanter il les invita très galamment à entrer dans la taverne.

– Non, non, merci, merci beaucoup, osa répondre Foix.

Mais Mimi, aidée par Bruant, sauta en un clin d'œil sur le trottoir et Foix, craignant le ridicule, dut la suivre bien malgré lui, assez honteux. Leur entrée fut alors saluée par un drôle de refrain que tout le public reprit en chœur.

Tous les clients étaient des artistes chevelus et des filles légères, mais beaucoup plus gais et « chics » comme disait Mimi, que chez le père Josnard.

– Oh là, là, un rastaquouère, s'écrièrent-ils là aussi, presque décidés à s'amuser du brave banquier.

Celui-ci, pendant ce temps, rouge de rage et de honte dans son frac, étincelant de toutes les pierres qui brillaient sur le plastron empesé de sa chemise au milieu du médaillon de sa grosse chaîne de montre, et sur ses doigts roses et boudinés, pénétrait lentement dans la petite salle derrière Mimi qui souriait, d'un air triomphant, tout en cherchant des yeux quelqu'un de sa connaissance.

– Tiens, voilà Alphonse, mon cher Alphonse, s'écria-t-elle soudain.

C'était un homme dans les trente ans qui avait l'air d'en avoir plus de quarante, mince comme un roseau, le visage poilu, au nez aquilin, au front large et ridé et qui regardait effrontément, un monocle vissé à son œil droit. Il portait, comme les autres jeunes gens qui l'accompagnaient, un chapeau haut de forme à bords plats et un veston très léger fermé par un seul bouton sous le nœud de la lavallière.

– Qu'est-ce que tu veux, marmite ? demanda-t-il souriant et à voix basse à Mimi, sans se lever mais lui tendant les deux mains, des mains sèches, noueuses, terminées par des ongles très longs et sales.

Mimi s'assit de biais à côté de lui ; un des jeunes gens remarqua alors que Foix restait debout derrière elle, l'air penaud, promenant distraitement son regard sur les bibelots et les gravures bizarres qui ornaient les murs, et il offrit une chaise au « rastaquouère » : il le salua d'un signe de tête et sans plus s'occuper de lui continua à parler avec son camarade sans lâcher son bock de bière. Foix piqué par l'amour-propre eut encore assez d'esprit pour songer à commander un rafraîchissement, mais déjà, avant même qu'il l'eût appelé un garçon posait sur la table devant lui deux demis. Foix n'en avait pas encore avalé une gorgée et Mimi guère plus, absorbée qu'elle était dans sa conversation à mi-voix avec ce « M. Alphonse », que le même garçon leur enlevait les verres et leur en apportait aussitôt deux autres. Foix allait protester contre cet abus lorsque plaquant brutalement quelques accords sur le piano, Bruant en personne entonnait sa chanson « À la Villette », une chanson étrange où sont décrites avec un bizarre et poétique sentiment de la vérité la plus triste et la plus déplorable, les relations misérables d'une pauvre fille perdue avec un voyou qui finit ses jours sous la guillotine ; Foix ne comprenait goutte à ces mots d'argot. Néanmoins, avec le silence qui se fit dans la salle, il se disposa à écouter, mais tout à coup il remarqua avec surprise que le garçon venait de leur enlever les nouveaux verres et de les remplacer par d'autres, tandis que le public reprenait en chœur, à la fin des premières strophes, le refrain « À la Villette » d'un ton juste et sentimental, qui réussit même à faire sourire le banquier énervé, tandis qu'il rafraîchissait ses lèvres avec une gorgée de bière. Cependant, à la fin de la quatrième strophe le public détonna et Foix vit le corpulent auteur abandonner son piano et insulter grossièrement son auditoire. Tout le monde se mit à rire, le garçon ramassa et substitua à nouveau les deux verres, dont l'un était encore intact et le chanteur reprit la cinquième strophe au milieu d'un silence respectueux. Le brave Foix mouilla une nouvelle fois ses lèvres, mais dès lors garda son verre bien serré à la main. « Ça suffit comme exploitation, comme abus ! Et ce n'était qu'avec lui que les garçons se comportaient de la sorte ! » Malgré cela, à peine Bruant avait-il chanté encore :

« La dernière fois que je l'ai vu
Il avait le torse à moitié nu
Et le cou pris dans la lunette »

et que le public reprenait

« À la Roquette »

que le garçon comme jailli du sol profita d'un instant d'inattention de Foix pour lui changer une nouvelle fois la boisson. Mais cette fois, le banquier, enflammé de colère, l'avala d'un seul trait, pour éteindre le feu qui le brûlait. Évidemment on le ridiculisait, aussi bien avec le mauvais tour que lui jouait ce garçon impertinent que par les chuchotements que Mimi se permettait à son nez et à sa barbe avec l'insupportable quidam au monocle, qui commençait à lui causer des démangeaisons de jalousie. Et enfin Mimi, qui s'était mise d'accord avec « M. Alphonse » qui lui avait promis de rechercher Godal et de lui laisser l'adresse de ce dernier dès le lendemain au comptoir de chez Bruant, se leva et prit congé. Le garçon présenta aussitôt l'addition au banquier et tandis qu'il la réglait, Bruant entonna de toute sa voix, ce qui fit rire Mimi :

« Tous les clients sont des cochons »

à quoi le public répondit en chœur

« Oh là, là c'te gueul', c'te binette !
Oh là, là, c'te gueul'qu'elle a ! »

L'Italienne eut encore assez de prudence pour pousser en vitesse sa victime vers la porte avant qu'il n'entende le mot cru qui vient après

« Une, deux, trois. »

– Joli spectacle, ma foi ! s'écria Foix en se laissant tomber, épuisé, sur les coussins du landau. Sacré nom, il n'y a pas à dire, tu as du goût ! En voilà des endroits, en voilà des façons, en voilà un ramassis de canailles ! C'est cela le chic pour toi ? De ma vie je n'ai rien vu d'aussi grossier, d'aussi stupide que tout ce que tu m'as fait voir. Ça c'est bon pour vous qui faites bouillir la marmite en montrant les jambes et qui croyez que l'idéal pour l'homme est de penser avec les pieds, porter les cheveux embroussaillés, et se moquer des gens sérieux. Imbéciles ! crétins ! Où sont les gens de talent, les grands cœurs que tu me promettais en y allant ?

– Ç'en était plein, osa-t-elle répondre, d'une voix beaucoup plus nerveuse qu'elle ne le souhaitait, égoïstement, en pareil moment. À côté de toi il y avait un musicien d'un grand avenir qui compose de la musique brahmanique ; celui qui parlait avec moi, M. Alphonse, est déjà célèbre parmi les pointillistes, c'est un maître, un grand inventeur : il a trouvé le blanc en combinant des points rouges et verts... Et pour tout dire, sache-le, ce sont tous, tous des refusés, conclut-elle d'un ton élogieux.

– Écoute-moi bien, reprit Foix, vraiment exaspéré. Ce type au monocle qui me fixait d'un air impudent, c'est un... un... Ne me le fais pas dire. Nous en reparlerons quand nous serons seuls, nous en reparlerons. Ne viens pas me jouer la comédie, tu m'entends ? Car ce qui t'intéressait le moins en allant là-bas c'était tous les brahmanes et les « refusés » et tout ce salmigondis de termes bizarres et d'admirations nigaudes pour cette gueuserie de l'art... de la misère, de la bêtise et de l'indécence, voilà ce que je pense.

Contre toute attente, Mimi haussa les épaules et ferma la bouche ; elle accentua encore son air comme il faut en donnant un discret coup de coude à Foix pour lui rappeler la présence du cocher qui sur son siège entendait les cris.

– Il ne comprend pas ma langue, rétorqua-t-il encore furieux. Mais le fait est qu'il se tut jusqu'à leur retour à l'hôtel.

Une fois là, enfermés dans la chambre, bien qu'un peu calmé par cet air humble que Mimi avait su se donner, il prit un ton sévère, menaça de la congédier si elle recommençait à avoir des caprices aussi extravagants qui l'avaient rendu ridicule ou s'il avait le moindre soupçon qu'elle le trompait avec quelqu'un.

– C'est moi qui paie, c'est moi qui commande. Tu feras ce que je voudrai et rien d'autre, cria-t-il d'une voix dictatoriale.

Mais Mimi qui dès le premier moment avait vu le péril que lui avaient fait courir ces démarches inutiles continua à se taire comme une morte et quand elle vit se calmer la tempête elle put, hypocritement, demander pardon à Foix pour s'être trompée ainsi, elle versa même quelques larmes si douces que le dictateur se pelotonna contre elle comme le plus servile des esclaves et finit par implorer, honteusement, une réconciliation. Elle finit par déposer les armes avec lesquelles elle défendait « sa dignité outragée » et on fit la paix avec des salves de bouchons de champagne et tout et tout.

Ceci n'empêcha pas Mimi dès le lendemain matin, Foix à peine parti, de descendre, mal fagotée, et de prendre un fiacre pour se précipiter chez Bruant, inutilement, ni d'y retourner le jour suivant pour laisser un mot au petit musicien, avec la promesse d'un bon pourboire pour le garçon qui réussirait à le faire parvenir à son destinataire. Celui-ci, malgré tout, restait introuvable.

Foix, en revanche, depuis cette nuit mémorable, avait devant lui une Mimi si soumise et si câline qu'il regrettait de l'avoir grondée si durement et qu'il en était épris comme jamais. Aussi l'invita-t-il un matin à sortir à pied avec lui pour qu'elle se choisisse un beau bijou. « Non, merci... mais si... mais non... » Ils arrivèrent ainsi rue de la Paix et après avoir regardé maintes et maintes fois les devantures des plus grands joailliers, Mimi accepta un chardon en brillants avec une belle perle au milieu qui coûta vingt-cinq mille francs au banquier.

Dès lors cette femme apparut si caressante, si tendre que Foix bavait de contentement, il négligeait même un peu ses affaires et arrivait à trouver que le temps qu'il lui fallait pour écrire à sa famille était du temps gaspillé. Cette chattemite, dans le seul but de l'exploiter davantage en attendant de retrouver son bien-aimé, s'habillait magnifiquement ; très sérieuse et très flatteuse elle allait à nouveau se promener les après-midi au Bois, mangeait avec Foix et ses parasites dans les restaurants les plus chers et l'accompagnait, fort bien mise et avec le superbe chardon sur la poitrine, aux principaux théâtres. Foix ne se tenait plus de joie en se rendant compte que la *high life* de Paris commençait à remarquer sa présence, que quelques têtes se tournaient pour le regarder avec curiosité quand il traversait, affalé dans son landau, la large Avenue du Bois, que pas mal de jumelles de théâtre se fixaient chaque soir, indiscrètement, sur sa loge et que les gens même les plus indifférents chuchotaient sur leur passage, parlaient de ce couple étranger. Ce Paris si grand impossible à conquérir, se rendait peu à peu, se soumettait, devenait accessible au nouveau venu. Foix sentait renaître sa personnalité, rêvait même de la possibilité de figurer là comme à Barcelone. « Il avait déjà commencé à nouer de bonnes relations avec les coulissiers les plus connus ; on l'avait présenté au baron d'Erlanger qui l'avait reçu magnifiquement : c'était un bon commencement ; encore quelque temps et il pourrait traiter sur un pied d'égalité la haute finance, son plus ardent désir. »

Quelle ne devait donc pas être sa surprise quand au beau milieu de cette allégresse, de cette réussite qui le rendait fou de joie, plus que jamais disposé à se laisser extorquer ses sous par l'espiègle et insatiable Italienne, un après-midi en arrivant à l'hôtel il trouva, « quelle idiote ! », qu'elle s'était enfuie, sans laisser la moindre trace. Foix appela les domestiques pour s'informer ; tout ce qu'il apprit c'est que « madame » avait reçu un pneumatique, seule correspondance arrivée pour elle pendant son séjour à l'hôtel, et que peu après l'avoir lu, « madame » avait demandé un fiacre, y avait fait charger hâtivement tous ses bagages et était partie de l'hôtel sans même donner un pourboire à la femme de chambre.

– Mais, monsieur, elle avait bien l'air de ce qu'elle est, ajouta encore celle-ci, d'un air qui fit rougir le pauvre homme, qui mit la main à la poche pour lui tendre un louis.

Le petit musicien enfin retrouvé avait répondu à l'invitation inespérée de Mimi, lui annonçant qu'il était convalescent et dans la plus grande misère dans une mansarde du 39 rue Lepic et qu'il espérait avoir la consolation de la revoir bientôt. L'impulsive Mimi sentit tout son sang affluer à son cœur et sans réfléchir une seconde de plus entassa dans ses malles les robes, les bijoux, les billets de banque soutirés à Foix et sans même lui laisser deux lignes d'adieu, s'envola vers les bras de son ancien amant.

– Ça recommence ! s'écria celui-ci en la voyant étendre sur la table graisseuse et les chaises boiteuses de la mansarde toutes ces richesses et se souvenant du mauvais tour joué à Llassada l'année précédente.

– Que veux-tu qu'on y fasse ? répondit Mimi, les yeux rieurs. Que veux-tu que j'y fasse si Dieu m'a destinée à ces restitutions ? Ne les plains pas, mon Lulu ; ils dépouillent ceux qui sont vêtus, moi j'habille celui qui est nu. Nous sommes quittes, comme on dit ici.

Godal apprécia ses mots avec un grand éclat de rire et il étouffa facilement ses scrupules à l'approuver ; il embrassa Mimi avec la tendresse anxieuse de celui qui meurt de faim et qui voit le pain à la portée de sa bouche.

V

Après la fuite de Mimi, Foix quitta l'hôtel Continental, assez honteux de ce qui s'était passé, mais sans le moindre regret. Il s'installa à l'hôtel de Baden pour se rapprocher de Pi et de la Bourse et se consacra corps et âme aux affaires, sans plus se souvenir, sinon avec une certaine volupté, de cette tête brûlée qu'il n'avait pas aimée vraiment, un seul instant. Sa conscience était tranquille, son cœur sans rancune. « Cette liaison éphémère n'était rien d'autre qu'une passade fort excusable chez un homme riche comme lui et tout l'argent qu'elle lui avait fait gaspiller, tout ce qu'elle avait emporté était bien à elle, elle l'avait bien gagné par les plaisirs qu'elle avait su lui dispenser pendant ce temps. » Ni publiquement, ni secrètement, il ne récriminait contre elle et si elle ne lui manquait pas, s'il se sentait plus content et plus libre sans elle, ce n'était ni par dépit ni par ennui, pas par vertu non plus, mais tout simplement parce que tel était son caractère.

La seule chose qui l'embêtait un peu dans toute cette histoire c'était de penser à l'inutilité de toutes ces dépenses pour se faire connaître. Il aurait voulu attirer un peu plus l'attention des Parisiens, figurer avec ses initiales dans la chronique de quelque journal de Paris où l'on aurait mentionné la présence du généreux banquier catalan voyageant comme un prince en compagnie d'une *bellezza* italienne, bien connue et désirée, selon Mimi elle-même, par les habitués les plus assidus du foyer de la danse de l'Opéra, quelques années auparavant ; il eût aimé que la nouvelle se répandît *sotto voce* à Barcelone pour pouvoir, à son retour, recevoir les sourires et les plaisanteries des amis, en levant les sourcils, en haussant les épaules comme l'homme du monde accueille les applaudissements en hommage à ses excès. Il regrettait même de ne pas avoir été un peu plus franc avec Pi : indiscret et bavard comme il l'était c'est sûr qu'il aurait ébruité le secret. Foix était loin de se douter que Mas, avec qui il avait bavardé un soir en compagnie de Mimi, au café Riche, avait satisfait pleinement son désir dès qu'il était revenu à Barcelone. Grâce à lui, tous les Barcelonais de sa connaissance étaient au courant de sa passade : la famille de Jordi, Rodon, tous les employés de la maison et même sa femme, Catarina, à qui une charitable lettre anonyme révéla le secret.

Mais le cours des affaires finit par absorber totalement son attention, effaçant le souvenir de cet épisode amusant. La baisse continuelle à New York et à Londres s'imposait enfin, bouleversant du tout au tout le marché de Paris. Celui-ci, inondé d'actions achetées aux Anglais, commençait à se ressentir de la rareté du numéraire, l'usure des prêteurs paralysait les affaires et poussait à la baisse la plupart des valeurs. Il n'y avait donc pas moyen de soutenir l'élan sans s'exposer à de cruels déboires.

Foix fut prévoyant : s'arrêtant à temps, il demanda à Eladi de venir le rejoindre, de marquer une pause dans le jeu boursier pour se consacrer exclusivement à l'objet primordial de son voyage. Un monsieur originaire de La Tour de Carol, M. Souler, entrepreneur de chemins de fer avec lequel Foix s'était lié d'amitié par l'entremise de Pi, les accompagnerait et les mettrait en relation avec les principales maisons de matériel ferroviaire et les grandes entreprises de construction. M. Souler, un bon vivant, à la langue bien pendue et à l'imagination débordante avait si bien su gagner la sympathie du banquier catalan qu'ils passaient presque tous les après-midi et les soirs ensemble. M. Souler, fils ou petit-fils d'un Soler aussi catalan que Foix lui-même, présentait aux yeux de ce dernier l'inestimable qualité d'être un Français parlant catalan. Il vivait à Paris dans un certain luxe, avec ses deux filles, orphelines de mère, qui étaient déjà en âge de se marier et qui prodiguaient nombre d'attentions au brave Foix, qu'elles considéraient comme le protecteur de Pi, le prétendant de Clémence, la plus jeune des deux. L'atmosphère familiale que l'étranger respirait dans cette maison contribuait aussi à ce que Foix y passât bien des soirées, où il se distrayait bien davantage qu'en écoutant des chansons ou des comédies qu'il comprenait mal ; dans le désordre et la cohue de Paris, indifférent à l'égard de l'étranger solitaire, cet homme aimant la famille trouvait quelque chose qui commençait à lui manquer, comme un aimant qu'il n'aurait lâché que pour s'en retourner à Barcelone mais qui l'attirait irrésistiblement quand il était question de s'en aller en Belgique ou en Angleterre.

Cette disposition d'esprit fut excellente pour favoriser les plans conçus par Eladi deux jours après son arrivée. C'était au milieu de l'après-midi lorsqu'en arrivant au bureau de Pi, il tomba sur Mlle Blanche ; elle était assise sur un divan avec une autre jeune fille et elle attendait, dans la pénombre projetée par la grande porte vitrée derrière laquelle se trouvaient les bureaux, le moment de pouvoir parler avec le correspondant de Foix. Le jeune homme fut sur le point de manifester sa surprise et de s'arrêter pile pour mieux se persuader de cette réalité qui lui semblait un rêve mais il se contint, feignant de ne pas la voir, il se dirigea tout droit vers la porte et pénétra dans le bureau comme si de rien n'était. La jeune fille fut saisie d'un tremblement et fut tentée de prendre la fuite, mais la crainte d'expliquer les motifs de son attitude à sa nouvelle amie, qui ignorait ses amours, l'arrêta.

– Qui sont ces filles qui t'attendent ? demanda Eladi à Pi en baissant la voix.

– Elles sont mignonnes, hein ?

– Bon, qui sont-elles ?

– Ce sont deux braves filles qui vont ouvrir une boutique de fleurs et de rubans à Barcelone. Elles m'ont viré des fonds et elles viennent chercher de l'argent.

– Sais-tu où elles logent ?

– Holà ! Pas si vite !

– Allons, mon vieux, dis-le-moi.

– Ce sont des filles honnêtes, répondit sincèrement Pi, toujours à voix basse. Mais, brisant soudain le silence de ce bureau où l'on n'entendait que le grincement des plumes sur le papier, il cria :

– N'est-ce pas que vous logez à l'hôtel Bergère, Carmeta ?

– Je vous l'ai déjà dit, répondit la jeune fille en souriant et sans quitter sa place. Pourquoi me le demandez-vous ?

– Parce que j'ai ici un gentil garçon qui s'intéresse beaucoup à vous.

Blanche trembla comme une feuille, mais ce fut inutile ; dès que Pi eut fini de signer, il sortit avec Eladi et fit les présentations, et à partir de là le badinage commença. Carmeta était une brune mince et souple comme un roseau, et bien que désavantagée par une bouche trop grande, un nez pointu, une peau aux pores dilatés, avec des points noirs et des grains de beauté poilus, elle était de ces femmes spirituelles, gracieuses et espiègles qui même laides plaisent beaucoup aux hommes. Douée d'une grande vivacité, veuve prématurément et préférant oublier les tristesses de la vie plutôt que de les couver amoureusement pour assombrir l'existence, elle aimait par-dessus tout la compagnie d'hommes gais avec qui elle discutait, faisait la coquette et se permettait une verdeur, une liberté de langage qu'elle savait fort bien taire devant les gens prudes. L'âge d'Eladi et les quatre paroles de Pi laissant entendre que le jeune homme aimait badiner suffirent pour qu'on prît aussitôt un ton plaisant. Blanche restait pleine de réserve, souffrant et jouissant à la fois de la présence de son amoureux ; mais Pi, qui ignorait aussi les relations rompues, lui lança plusieurs piques et à la fin, dominant peu à peu sa timidité, elle dut prendre part à la conversation ; toujours esclave de sa passion elle regarda à nouveau Eladi avec tendresse, et ils sortirent bras dessus, bras dessous quand ils allèrent tous les quatre dîner ensemble au restaurant. Ainsi rapprochés, sur le trottoir de la rue Vivienne, la réconciliation fut plus rapide qu'ils ne l'attendaient eux-mêmes. Ils parlèrent du hasard providentiel qui les avait fait se rencontrer, des plans actuels de *Blanxeta*, des histoires passées chez Léocadie, et dernièrement chez son oncle Lambert, où sa tante Naïs, une avare, lui rendait la vie impossible ; ayant soulagé ainsi son cœur la jeune fille arriva au boulevard Montmartre les yeux débordants d'allégresse.

– Non, non, dit Eladi, en voyant que l'autre couple allait entrer au Bouillon Duval. Nous allons célébrer cela, je vous invite. Allons chez Sylvain ; prenons un fiacre.

Une fois au restaurant, ils prirent un cabinet particulier ; les garçons, avec le comique feint de malicieuse réserve qu'ils prennent en pareil cas, s'empressèrent autour d'eux. Ils dînèrent magnifiquement, burent à satiété du champagne bien frappé, plaisantèrent sans cesse et décidèrent, pour le lendemain qui était un dimanche, de faire une excursion au Bois de Vincennes et à La Varenne.

Cette nuit-là, la joie empêcha Mlle Blanche de trouver le sommeil. La rencontre providentielle, le bonheur de la réconciliation, les effets du champagne, du dîner, du bon moment passé en compagnie, l'amabilité, la déférence d'Eladi jamais aussi galant et empressé que ce soir-là embrasèrent son imagination inflammable et réveillèrent sa passion jusqu'au délire. Le lendemain, quoique fatiguée par l'insomnie mais l'esprit allégé par la pluie torrentielle qui était tombée de bonne heure le matin, elle ne refusa pas de se perdre un moment avec lui dans les profondeurs du bois, séduite par les roucoulements de son amoureux qui lui faisait la cour ; prise de volupté elle s'étendit languissante, au bord d'un étang endormi sous l'ombre des arbres, elle échangea des serments d'amour avec Eladi, s'attendrit, rêva aux délices d'une existence partagée avec le jeune homme et, tout amollie, se laissa embrasser par lui. L'après-midi à La Varenne, ils contemplèrent les épaisses frondaisons des rives de la Marne où la verdure se réfléchissait sous un voile d'argent mouvant ; tous les quatre ils plaisantèrent dans les cafés chantants qui remplissent de chants et de musique les larges bords de la rivière ; ils burent de la bière, firent quelques tours de valse dans un bal public, prirent une barque et restèrent un bon moment à glisser sur l'eau parmi les centaines de canots qui avec une poussée régulière des rames étaient lancés vers l'amont et vers l'aval par des jeunes gens et des jeunes filles joyeux, joliment habillés en marins, les bras nus, les maillots rayés aux couleurs voyantes, le chapeau de paille sur la tête. Ce fut un après-midi tellement délicieux qu'ils perdirent tous la notion du temps et oublièrent les amertumes de l'existence. Eladi, avec l'ardeur lente et tenace que ressentent plus que personne les tempéraments froids comme le sien quand ils s'enflamment, ne voulut pas que la journée se terminât là : il fallait la prolonger, en profiter jusqu'au bout. Il les invita donc à nouveau chez Sylvain. Les blagues, les rires, ne firent qu'augmenter ; les cerveaux, échauffés, s'affolaient, les vapeurs du champagne mettaient à tout des teintes dorées, et les deux couples, toute honte bue, au milieu des rires et des chatouilles échangèrent des baisers devant les garçons qui intentionnellement entraient tournés de côté, chargés de plats fumants et de bouteilles déjà débouchées, pour repartir très vite en claquant la porte. Le vin les troublait tous mais surtout les deux femmes : sans savoir où elles étaient ni où on les emmenait, elles allèrent passer la nuit chez Pi.

Le lendemain à dix heures, sans forces et les yeux cernés, au moment de la séparation, Blanche se pendit au cou d'Eladi :

– Maintenant, maintenant tu ne peux pas m'abandonner, tu le vois bien, tu ne peux plus jamais m'abandonner. Oh, tu es gentil, tu m'aimes ! Je t'adore, je t'adore ! Je suis orpheline, sans appui. Toute ma vie je serai ton esclave, j'essaierai de rendre ton existence heureuse. Ne m'abandonne pas, ne m'abandonne pas, mon amour !

Eladi, auquel tout son corps faisait mal, était de mauvaise humeur à cause d'une digestion pénible ; il dénoua avec inquiétude ces bras qui l'étreignaient, qui le mortifiaient et il promit à la jeune fille de ne pas la quitter. Mais l'amoureuse ne trouva pas dans le ton de sa voix la sincérité et l'enthousiasme qu'il fallait pour sécher ses larmes ; celles-ci se firent plus abondantes, les prières et les supplications plus insistantes et contraignantes.

– Toi seul peux me sauver ! Carmeta et Pi connaissent notre secret. Si tu m'abandonnais, je ne pourrais pas surmonter ma honte. Eladi de mon cœur, je t'adore ! Jure-moi, jure-moi que tu ne m'abandonneras jamais !

Eladi n'arrêtait pas de jurer, en vain. Elle insistait, pleurant, gémissant, tombant à genoux, l'enlaçant par la taille jusqu'à ce que, excédé par son insistance et surtout par la lutte contre sa propre voix qui refusait de prendre le ton d'une sincérité impossible, il enfonce son chapeau sur la tête et, sur le pas de la porte, se libère de ces mains passionnées qui s'agrippaient à lui, en criant d'une voix âpre et sèche :

– Assez, ça suffit ! Fiche-moi la paix !

Blanche eut l'impression que le ciel lui tombait sur la tête ; désespérée, avalant ses larmes elle s'enfuit de cette maison sans rien dire à personne.

Le même soir Eladi, en compagnie de Foix, prenait le chemin de Bruxelles, et se souvenait avec un plaisir sensuel de la nuit tout en se moquant intérieurement « des prétentions de cette pauvre fille ».

....

Deux jours après Carmeta mettait un terme à une angoissante odyssée de vingt-quatre heures en entrant hors d'haleine, en compagnie de Pi, à la Morgue ; elle éclata en pleurs devant le cadavre tout enflé de Blanche, étendu dans ses vêtements boueux sur une table de marbre au-delà de la verrière embuée. Pi, transi, tremblant, le cœur serré, enleva lentement son chapeau et accablé de surprise versa une larme sans prononcer un seul mot.

– Pauvre fille, pauvre Blanchette, s'écria, encore en pleurs, son amie en sortant de là.

– Mais comment diable est-ce possible ?

Carmeta haussa les épaules, tout en essuyant ses yeux rougis. Ensuite cédant à l'égoïsme qui reprenait ses droits :

– Pour me faire passer ce mauvais moment, ce n'était pas nécessaire de m'accompagner. Elle aurait mieux fait de rester à Barcelone ! s'écria-t-elle.

– Mais comment diable... ? Comment est-ce possible ? répétait Pi.

– C'était une hystérique, elle avait un caractère très bizarre. Une très brave fille, ça oui, très bonne, mais avec des foucades. Si tu n'imagines pas ce qui s'est passé, moi si, c'est ce démon, ton ami, qui est la cause de tout. On commence par rire, on finit par pleurer. Et certaines filles finissent par en mourir, voilà tout.

Tous deux devinrent pâles comme la cire et baissèrent la tête, désireux de faire taire la voix du remords. Et tout à coup ils eurent l'idée de la seule réparation possible, bien mince certainement si c'était une réparation : ils se dirigèrent vers les bureaux pour reconnaître le cadavre et payer un cercueil et un enterrement convenables.

Paris bouillonnait derrière eux avec son formidable ferment de vie ; la Seine s'écoulait à leurs pieds, tachetée de lueurs argentées qui se brisaient, écumeuses, contre les flancs des grandes péniches et des petits vapeurs qui y naviguaient pleins de gens ; là au loin, à hauteur de Passy, le soleil couchant teignait le ciel d'ambre lumineux augmentant de ses splendeurs dorées les pompeuses magnificences de la moderne Babylone.

VI

Foix était loin de se douter des changements et des ennuis qui l'attendaient à Barcelone. Quand il débarqua, le cœur content, la tête pleine de projets, d'illusions, d'espérances, quel choc en voyant qu'à la gare l'attendaient seulement les Balenyà et Bernat ! « Lui, le gérant du chemin de fer de Vilaniu, qui apportait aux actionnaires de si bonnes nouvelles de Bruxelles, de Manchester, ne pas trouver à son arrivée une petite délégation de son conseil, sinon pour l'acclamer, comme il l'avait presque rêvé en venant, du moins pour lui serrer la main ! On voyait bien qu'il revenait en Espagne, où l'on ne tient compte que des charlatans de la politique ! Lui, le meilleur père de la terre, le chef de famille le plus généreux du monde, descendre du wagon et ne pouvoir serrer dans ses bras sa femme et ses enfants ! »

– Alors, que se passe-t-il ? Quelqu'un est-il malade chez moi ? demanda-t-il très inquiet.

– Non, non, rien du tout ; Catarina a un peu la migraine, mais rien de sérieux.

– Et Delfineta ? Et Eudaldet ? Ne me cachez rien, dites-moi la vérité. J'arrive le cœur débordant d'enthousiasme et le voilà gros d'appréhensions. Rassurez-moi, dites-moi ce qu'il y a. S'il le faut je ne manquerai pas de courage pour faire face à l'adversité avec la sérénité nécessaire, et sa voix trembla légèrement à la fin, se demandant si ses frasques à Paris étaient arrivées aux oreilles de sa femme.

– Mais non, mon vieux, non : nous ne te cachons rien. Elles ont dû se mettre en retard. Elles voulaient venir, je t'assure.

Foix resta pendant un moment songeur et muet, pensant à la tempête qui l'attendait peut-être dans son alcôve. Intérieurement il se détesta et une rougeur soudaine empourpra ses joues. Sa récente aventure lui sembla honteuse, une bêtise grossière, répugnante, indigne d'un homme tel que lui. « Jamais il n'avait vu aussi clair. Si sa femme se plaignait, si elle criait, offensée, et le méprisait, elle aurait tout à fait raison... mais non, non, que diable ! Quel mal avait-il fait ? Aucun, il n'avait fait de mal à personne. Avait-il fait du scandale ? À Paris, faire du scandale ? Ha, ha ha ! Mais ni à Paris ni nulle part. Dans quel coin du monde les gens sont-ils scandalisés par une chose semblable ? Parce qu'il avait dépensé, jeté de l'argent pour une femme ? Il l'aurait dépensé aussi, même autrement. Tout un chacun a ses folies, ses faiblesses, le plus sage des hommes fait des bêtises. »

Bernat, en le poussant doucement, interrompit ses réflexions.

– Tu as raison, le domestique va se charger de prendre les bagages. Voici les clés, Ramon. Nous, nous pouvons déjà monter en voiture, n'est-ce pas ? Allons, Jordi, Eladi, on y va ? dit-il, appelant les Balenyà, qui parlaient à l'écart.

Une fois dans la voiture il vanta les excellents résultats de ce voyage (« grâce auquel la compagnie de Vilaniu allait obtenir à des prix beaucoup plus bas que ceux envisagés dans son budget aussi bien le matériel mobile que le fixe »). Il lui sembla alors découvrir quelque désaccord secret entre Jordi et Bernat.

« Il ne manquait plus que ça ! s'écria-t-il intérieurement. Il ne faut jamais séparer la tête des membres. Pour sûr, je vais tout trouver sens dessus dessous ! »

Voyant qu'ils prenaient un air réticent et froid, et que loin de s'enthousiasmer, de l'écouter avec intérêt, ils laissaient voir dans leur regard qu'ils pensaient à tout autre chose, il arrêta brusquement son récit et resta tout songeur, se demandant quelle pouvait être la cause de cette bizarre attitude.

« C'était vraiment désagréable ce qu'il remarquait depuis son arrivée ! Mais il tirerait cela au clair, et il arrangerait tout. »

– Bon, allez déjeuner. On se verra cet après-midi.

Il monta en soufflant les quelques marches menant à son appartement, et toujours soufflant, il pressa le bouton. Mais, heureusement, son frère ne lui avait pas menti : tous les siens étaient bien portants. Le petit, qui fut le premier à arriver, était un peu plus rond, sa fille, bien qu'un peu plus maigre, semblait en bonne forme, Catarina à peu près comme toujours. « Pourquoi donc n'étaient-ils pas venus l'accueillir ? »

– *Pas ce que* maman n'a pas *vou-u*, bafouilla le gamin qui n'arrivait toujours pas à parler correctement.

– Qu'est-ce que tu dis, petit garnement ? protesta sa mère d'un ton indulgent.

La migraine, la peur de rencontrer les Balenyà, qu'elle détestait tous les jours davantage, lui servirent de prétexte, sinon d'excuse assez valable, pour son méfiant mari. Parce que la vérité est que Foix était rempli de crainte. « Heu, heu ! C'était sûr, sa femme se doutait de ce qui s'était passé à Paris ! » Il lui jeta un regard scrutateur, mais en la voyant le soutenir d'un air imperturbable il chassa ses appréhensions, respira soulagé ; il prit le gosse sur ses genoux, le couvrit de baisers et lui annonça, bavant de satisfaction, tous les jouets qu'il lui apportait.

On monta les bagages. La famille réunie dans la chambre à coucher de Foix, celui-ci tendit les clés à sa fille ; tandis qu'il ferait un brin de toilette elle tirerait des valises les cadeaux qu'il leur apportait. Delfineta défaisait les paquets : de jolies ombrelles, des jouets originaux, des bijoux de valeur pour la mère et la fille. Il s'attendait à de grandes exclamations... En vain. « Merci, merci beaucoup... mais c'était gaspiller de l'argent. Pourquoi se montrer si magnifique avec elles ? Les proches, il faut les traiter avec plus de simplicité. C'était trop, vraiment trop... Comme de toute façon elles n'allaient pas les porter !... Une ombrelle comme souvenir aurait suffi. »

– On *diait* que vous n'en *vouez* pas, dit le gamin, courant embrasser son père, sautant de joie avec son *chat au pot*, le jouet à la mode, dans ses petites mains.

– Tu as bien raison, mon fils ! s'écria son père, vraiment attristé.

– Mais non, il ne faut pas faire attention à ce que disent les enfants ! intervint sa femme.

– Bien sûr, papa... Cela nous plaît beaucoup ; et nous vous en sommes très reconnaissantes.

Mais il voyait bien qu'il n'y avait pas d'amour, pas de sincérité, qu'un nuage noir chargé d'éclairs et de tonnerre le menaçait. Le souvenir de Mimi irritait une nouvelle fois sa conscience ; il se mit à chantonner d'un air insouciant pour chasser ses craintes, feignant une indifférence qu'il était loin de ressentir. L'essentiel était de différer, d'éloigner l'éclat. Ainsi, une fois sa toilette terminée, il se hâta de quitter sa chambre, pour se diriger, triste et silencieux, vers son bureau où l'attendait Bernat, les sourcils froncés, le front soucieux.

– Ferme la porte, s'il te plaît. Nous devons avoir une longue conversation et l'avoir vite si nous ne voulons pas être gênés par Jordi : c'est même bizarre qu'il ne soit pas déjà ici.

– Et pourquoi ? Que s'est-il passé ? demanda Foix, en tournant la clé et s'asseyant, très alarmé, à côté de son frère.

Bernat, aussi brièvement que possible, accusa Jordi d'avoir abusé de ses pouvoirs pendant l'absence de Foix, sortant de l'affaire pour lui et pour Rodon plus de quarante mille douros en espèces, lançant sur le marché toutes ses

Vilaniu, celles de son fils et de Rodon, pour lesquelles ils n'avaient pas encore déboursé un sou, et ils les avaient vendues fort cher à d'innocents clients ; il dit finalement qu'il soupçonnait fortement Jordi et son fils de faire du carottage avec le remisier ou correspondant de Madrid.

– Tu n'y vas pas de main morte ! Encore un peu, et tu les traiterais de voleurs ! s'écria Foix en souriant. Je ne doute pas de l'histoire des quarante mille douros, et j'arrangerai cela. Pour le reste, et surtout pour ce qui est des carottages, où sont les preuves ? Je crains que tu ne te fasses des idées.

– Les actions sont toujours en caisse chez nous, mais tu peux voir l'opération notée sur les livres. Pour ce qui est du carottage tu comprends bien que je ne peux pas t'en fournir la preuve formelle, mais il y a des indices très éloquents. Crois-moi, Gilet, je te mets en garde.

– Et c'est là toute l'histoire ? demanda le banquier presque moqueur.

– Gilet, tu trouves que c'est peu de chose ? s'écria le caissier, vraiment scandalisé.

– Ne t'en fais pas, mon vieux, mais laisse-moi respirer, laisse-moi chasser ma peur. Cette tête que tu faisais, quand tu as commencé à m'expliquer, que veux-tu que je te dise ? tout cela m'a fait craindre un désastre terrible, comment te dire ? des choses épouvantables !

– Mais Gilet, pour l'amour de Dieu, ce que je viens de te dire là ne te semble pas assez sérieux ? Comme tu as changé ! s'écria ingénument Bernat qui ne pouvait pas s'expliquer ce calme.

Foix sauta du divan comme piqué par une guêpe ; tout rouge, furieux, il demanda en criant :

– Moi, j'ai changé ? Que veux-tu dire par là ? Tu ne vois pas que tu m'insultes ? Et pourquoi ? De quel droit ? Voyons... Je suis toujours aussi honnête, sais-tu ?

– Je n'ai pas dit le contraire et je ne vois pas pourquoi tu te mets dans cet état. Ne crie pas comme ça, mon vieux.

– Je suis loyal, comme toujours, tu comprends ? J'ai le sens de l'honneur, comme toujours, tu m'entends ? Je suis aussi honnête et loyal que tu peux l'être toi-même, oui, autant que tu peux l'être, tu saisis ?

– Et qui en doute, mon vieux ? Personne n'en doute. Mais ne crie pas comme ça, du dehors on peut nous entendre, on peut écouter et...

– Oh ! Tu as peur qu'on nous entende, qu'on nous écoute ?... Cela prouve que tu ne dis pas la vérité.

Bernat, le flegmatique Bernat, se dressa alors comme si on l'avait piqué lui aussi.

– Gilet, dit-il sans élever la voix, mais accentuant chaque syllabe, personne, jamais, ne m'avait dit cela, jamais je ne m'y serais attendu de la part d'un frère. Tu n'es pas méchant mais tu es stupide. Ouvre la porte.

– Comment, ouvre la porte ? Que veux-tu dire par là ?

– C'est simple, ce que je t'ai déjà dit : ouvre-moi la porte. Sur ce terrain je ne continuerai pas un instant de plus : je veux partir.

– C'est bon ! C'est curieux ! s'écria Foix, de plus en plus stupéfait et déraisonnable. C'est bon ! Ainsi, d'après toi, c'est moi maintenant qui suis coupable, moi qui ai reçu l'insulte et pas toi qui m'as insulté ! Écoute-moi bien, Bernat : dans ce monde d'injustices, l'homme honnête, l'homme raisonnable, l'homme sérieux...

– Va-t'en au diable ! cria soudain Bernat : il ouvrit lui-même la porte et laissa son frère avec son discours dans la gorge et l'effarement dans le regard.

Son premier mouvement fut de le suivre, de courir derrière lui, de le saisir par le col de son veston et de le faire rentrer d'une poussée dans le bureau pour l'obliger à écouter de gré ou de force son discours, aussi bien à cause du respect qu'il lui devait en qualité de patron et de protecteur que par la nécessité d'éclaircir les choses, mais l'avance prise par son frère en colère et la soudaine apparition de Jordi l'en empêchèrent pour ne pas faire du scandale. Il recula surtout devant Jordi ; il se mordit la langue, fit un effort pour paraître serein et se dépêcha d'aller occuper son siège monumental derrière son bureau. Mais Jordi, qui depuis un moment traînait devant la porte et avait même saisi quelques mots de la dispute et compris aussitôt les bonnes dispositions de Foix à son égard, pensa qu'il fallait profiter de l'occasion et aborda la question en lui demandant tout de go, à mi-voix et d'un air faussement distrait ce qu'il avait.

– Rien, rien, bredouilla Foix, sans oser lever les yeux du porte-documents sur lequel pianotaient nerveusement ses doigts tremblants.

– C'est que... dit Jordi, s'asseyant devant lui et se couvrant la moitié du visage d'une main dont seul le majeur lui servait à se gratter le sourcil... j'ai vu ton frère sortir d'ici assez excité, chose rare chez lui, et comme j'ai eu l'impression que toi aussi tu t'étais échauffé, et...

– Et Bernat et toi vous avez été assez idiots pour vous quereller pendant mon absence ! lâcha Foix dans son énervement.

– Quoi ? Je me suis querellé avec ton frère ? S'il t'a dit cela, il ment effrontément.

– Je ne dis pas que ce soit lui qui me l'ait dit, s'empressa de protester Foix, se rendant compte qu'il venait de perdre un point. Personne ne me l'a dit et ce n'était pas nécessaire : à la gare je m'en suis déjà rendu compte.

– Alors, s'il ne t'a pas menti en cela il a dû inventer d'autres choses en parlant de moi.

– Mais mon vieux, pourquoi veux-tu qu'il m'ait parlé de toi ?

– Gilet, les Français t'ont appris à feindre.

– Je t'assure qu'il ne m'a rien dit sur toi.

– Eh bien, moi je mettrais ma tête à couper que si. Enfin, Gilet, tu sais bien que je n'aime pas les faux-semblants, les feintes, personne ne déteste autant que moi l'hypocrisie. Si tu n'oses pas le dire, c'est moi qui le dirai : Bernat m'a accusé de tripotages, de choses louches.

– Au nom du ciel, ne fais pas de mauvaises suppositions, ne viens pas te fâcher toi aussi maintenant.

– C'est toi qui t'es fâché le premier, n'est-ce pas ?... Bien sûr, qui ne serait pas fâché par les sottises de cet homme ?

– Pourquoi ? Allons, explique-toi, dit Foix nerveusement, en colère contre lui-même en voyant qu'il n'ouvrait la bouche que pour donner des arguments à son adversaire. « Seigneur, quelle journée, quelle fichue journée ! »

– Parce que c'est ainsi, mon vieux, parce que Bernat quand il s'agit d'affaires est un imbécile. Tu ne le crois pas ?

– Mon frère a beaucoup de talent et il est très honnête.

– Qui dit le contraire ? Mais son talent n'est pas un talent financier : les procédés, le maniement des affaires, il ne les a jamais compris : tu ne peux pas nier cela.

– Il a de grandes idées, des points de vue grandioses.

– Oui, pour les inventions, pour l'industrie... même si tu veux pour imaginer des plans, des choses à entreprendre. Mais il ne s'agit pas de cela, non, je fais allusion au détail, à la façon d'agir, de faire marcher un négoce. Sur ce point il n'y entend rien, il se fait du souci, il prend peur et parfois il craint même que la chose la plus normale, la plus légitime, soit une escroquerie. Est-ce que je sais, moi ? Ce sont des craintes qui proclament son intégrité, qui est certaine, mais qui mettent aussi en évidence son ignorance, sa nullité absolue... et qui en toute bonne foi les suscite. Non, je m'imagine si bien ce qu'il a pu te dire que je pourrais te le répéter syllabe par syllabe.

– Alors, tu vois bien que vous étiez fâchés ?

– Je ne me suis fâché avec personne.

– Bon, offensés, disons. Avec toi il faut parler comme un livre.

– Offensé, oui, je le suis : ça c'est différent. Offensé oui, et très offensé ; parce que j'ai bien vu avec quelle méfiance il regardait mon administration, son opposition à certains de mes ordres de paiement, au point que quelquefois j'ai même dû me formaliser. Bien sûr que je me sens offensé ! Et plus encore maintenant où j'ai vu comment, dès l'arrivée du *maître d'école* il courait comme un gamin pour tout rapporter, tenant pour vrai ce qui n'est que des manies à lui.

– Mais comment sais-tu ce qu'il m'a dit ? Tu te l'imagines peut-être.

– S'il ne m'avait pas injurié, s'il ne m'avait pas calomnié, tu n'aurais pas été fâché, comme tu l'étais il y a un instant.

– Tu exagères, le coupa Foix, regrettant de plus en plus son énervement, son imprudence, souhaitant vivement réconcilier les deux parties et leur donner à chacune satisfaction.

– Eh bien, je te le répète car moi je te connais, je sais que ta grande intelligence, ton équité t'empêchent de te fâcher pour des vétilles et je sais aussi que ce qui te fait sortir de tes gonds est l'injustice, uniquement l'injustice. Tu étais fâché, donc on parlait de moi injustement.

– Voyons, c'est une idée fixe ! Qui t'a dit que nous parlions de toi ?

– Je l'ai entendu moi-même. Ça y est, je ne veux plus le cacher. Je vous ai entendus, sais-tu ? Je vous ai entendus moi-même.

– *Celui qui écoute aux portes...*

– Tu crois donc que j'ai commis les forfaits dont on parlait ici ? demanda Jordi sur un ton si provocant que Foix vit par terre ses plans de conciliation.

– Je ne crois rien, Jordi, je ne crois rien, osa dire Foix, furieux à nouveau contre lui-même. J'ai juste commencé à te citer un proverbe que tout le monde a sur le bout de la langue quand on voit quelqu'un écouter aux portes. Mais parfois, comme maintenant, le proverbe se trompe.

Jordi retint le petit sourire méfiant qui allait lui échapper et leva un peu les yeux pour lire dans ceux du banquier. Voyant avec quelle crainte celui-ci parlait, il attaqua ferme :

– Quoi qu'il en soit, Gilet, dorénavant il y aura entre ton frère et moi une barrière infranchissable. Que comptes-tu faire ?

– La détruire, vous réconcilier, voilà.

– Impossible.

– Comment ça, impossible ? Pourquoi ?

– Parce que... c'est lui ou moi. Voilà.

– Allons, mon vieux ! Ça va passer.

– Tu te trompes du tout au tout : je ne pardonne pas la calomnie, je ne permets pas qu'on mette en doute mon honnêteté.

– Cela veut donc dire que tu as tout entendu, s'écria Foix naïvement.

– Tou-out ? objecta l'interpellé, troublé un moment par l'aveu inespéré que la question de Foix recelait. « Ainsi Bernat l'avait-il vraiment accusé de vilaines, de très vilaines choses ? Le fieffé coquin ! Il convenait donc de savoir de quelles choses. S'il faisait semblant de le savoir, l'autre allait tout chanter. »

– Tout, oui, tout, affirma-t-il hardiment.

– Mais alors tu vois bien que je me soucie comme d'une guigne de cette histoire de quarante mille douros ! C'est vrai que tu ne m'as rien écrit là-dessus. Malgré cela j'ai supposé aussitôt qu'aussi bien toi que Rodon vous me donneriez des explications dès qu'on se retrouverait et que vous légaliseriez la situation si vous ne l'avez pas déjà fait.

– Bien sûr, mon vieux. Ce n'est rien du tout, seulement Bernat est un imbécile. Nous avons employé quarante mille douros à la Bourse pour notre propre compte, Rodon et moi, et pour des dépenses domestiques indispensables. Parce que tu dois déjà être au courant, n'est-ce pas ? Nous avons acheté une voiture, Eladi ne t'en avait rien dit ?... Tu comprends, je deviens vieux, je suis un peu fatigué ; Pauleta est comme toutes les femmes, cela la flatte, vois-tu ? Et il me semble qu'avec ce que nous gagnons, le garçon et moi, nous avons bien le droit et les moyens de nous offrir cette commodité. C'est de là, de cette affaire que, je crois, provient la haine de ton frère : tout ce qu'il t'a dit est dicté par l'envie.

– Mais non, tu te trompes. Ce ne sont que des scrupules qui ne doivent pas t'offenser venant de qui ils viennent.

– Et encore, pour cette histoire des quarante mille douros telle qu'on te l'a rapportée je ne me fâcherais pas, car ce n'est qu'une sottise et rien d'autre. Mais le reste, tout le reste ? insinua Jordi sur le ton sournois et rusé d'un inquisiteur.

– Pour les actions, tu veux dire ? Je suppose que vous ne les aurez pas endossées sans remboursement mais de façon intérimaire, n'est-ce pas vrai ?

Jordi, vert de rage, se frottant d'une main les joues et pianotant nerveusement de l'autre sur la table, osa répéter, bien que sans lever les yeux du sol :

– Mais... et le reste, encore ? Et le reste ?

– Voyons, au nom du ciel ! Cette histoire de carottage est trop absurde, mon vieux ! Qui diable peut te croire capable d'une chose pareille ? C'est ce que tu as dit : mon pauvre frère n'entend rien aux affaires et c'est pour cela qu'il craint si souvent qu'il y ait des tricheries et des saloperies. Mais, tu le vois bien, de tout cela tu peux t'en faire un sinapisme. Allons, Jordi, tout ça c'est si peu de chose, si inoffensif, que ce n'est même pas de la calomnie. Il faut arranger cette affaire et je l'arrangerai.

– Je ne le pense pas, riposta Jordi hochant la tête et se levant en homme qui ne veut pas prolonger la conversation de peur de se compromettre.

– Tu m'y aideras.

– Ah ! moi, non.

– Il le faut pour la maison, il le faut pour vous tous.

– Même si tout doit crouler, je ne ferai pas un pas vers la concorde !

– Que dis-tu là ? osa crier Foix, se sentant blessé dans son amour-propre.

– Ce que tu entends, répondit l'autre d'un air résolu et avec une impudence telle que Foix se sentit un peu intimidé. Je te le répète : c'est lui ou moi. Le seul arrangement envisageable je ne te le propose même pas parce qu'il est impossible.

– Impossible ? Dis toujours.

– Ton frère m'a outragé, il m'a calomnié de façon vile : alors ton frère devrait venir ici me demander pardon à genoux : je n'exige pas moins. Et tu sais bien que cet orgueilleux de Bernat n'acceptera jamais de s'abaisser ainsi.

– Mais par tous les saints du Ciel ! N'avons-nous pas convenu que tout cela, tout ce que mon frère m'a dit, ne méritait même pas qu'on s'en soucie, que ce ne sont que des fantaisies d'un ignorant qui n'entament en rien ta réputation ni la confiance que tu mérites ? Je comprendrais ton courroux si la délation, appelons-la délation pour lui donner un nom, te portait le moindre préjudice à mes yeux, mais puisque tu continues à être pour moi l'homme de toujours, si tu es le premier à reconnaître que mon frère est un ignorant en matière d'affaires et que ses alarmes, nées de cette ignorance et de rien d'autre, doivent nous faire rire, pourquoi dois-tu te mettre en colère ? Comment peux-tu exiger de lui qu'il vienne te demander pardon à genoux pour un péché qui n'est même pas véniel ?

– Eh bien, moi je l'exige.

– Jordi, je ne te reconnais plus. L'homme, avant toute chose, doit être logique. La logique est aussi nécessaire à l'homme que...

– Finissons-en, veux-tu ? Assez de discours. C'est lui ou moi. Fais ce qu'il te convient le mieux : tu choisis entre cet imbécile malveillant et ceux qui te veulent du bien et qui peuvent te rendre service. Songes-y, réfléchis et agis selon ce qui te semblera le plus favorable à tes intérêts. Sache qu'en attendant je ne remettrai plus les pieds dans cette maison tant que s'y trouvera l'infâme délateur.

Et ouvrant la porte presque par surprise Jordi disparut, laissant le pauvre Foix accablé de chagrin, éperdu, troublé, maudissant ses bontés et son retour à Barcelone. Il resta un bon moment sans pouvoir raisonner au milieu de la confusion de ses idées. Les déclarations du sentiment faisaient chavirer sa raison, les voix de l'orgueil et du dépit lui suggéraient tantôt des pensées folles comme de fermer la maison et d'envoyer tout promener, tantôt de congédier son frère et son cousin et de faire table rase de tout le personnel ; enfin, au bout d'une demi-heure de délire il se rasséréna un peu et il mit tous ses espoirs dans une intervention d'Eladi. « Celui-ci calmerait son père, saurait le convaincre. Il se chargerait de Bernat lui-même, en personne et tout de suite. »

– Quim ! Appelez-moi mon frère.

– M. Bernat ? Il est parti. Et voici la lettre qu'il m'a laissée pour vous.

C'était une lettre de démission formelle, irrévocable.

– Va-t'en au diable ! s'écria Foix, donnant un coup de poing sur la table. Entêté ! Ingrat !... Foutre ! Quelle sorte de gens sont mes frères ! Moi je me décarcasse pour les enrichir, pour les rendre heureux, et eux ils répondent par le coup de pied de l'âne. Vous pouvez bien courir tous les deux ! Maudit orgueil, maudite dignité, écueil des pauvres ! Où ira-t-il échouer à présent, perdant tout ce qu'il avait gagné, ce rêveur impénitent ? Ne sait-il donc pas que l'orgueil ne nourrit pas son homme ? A-t-il mesuré ce qu'il vient de perdre ? Jamais, au grand jamais, je ne me serais attendu de sa part à une bêtise de cette taille, à pareille ingratitude.

Il déclama ainsi encore un bon moment, puis il se consola un peu en pensant qu'avec sa démission Bernat lui-même résolvait le conflit. Cependant il fut aussitôt pris de nouvelles craintes : « Comment Catarina allait-elle prendre la chose ? N'y aurait-il pas encore des scènes chez lui ? »

Et comment ! Elle eut lieu dans la chambre de Catarina, la porte fermée et à la lueur indécise de la flamme d'une bougie qui se réfléchissait tremblante dans le vide bleuté du miroir de la coiffeuse. Foix à son retour, au lieu de continuer jusqu'à sa chambre, éteignit sa bougie, enleva sa robe de chambre et se montra désireux de passer la nuit avec sa femme. Mais Catarina, qui avait eu assez de mal à se contenir pendant la journée, devina avec dégoût les intentions de son mari ; elle ralluma la bougie et sans ouvrir la bouche elle allait la lui tendre quand elle sentit la main de Gil se poser sur son épaule ; elle se retourna d'une seule pièce et lui demanda, le visage durci, ce qu'il voulait.

– Mais... chérie... répondit-il d'une voix suppliante, avec un sourire amoureux qui se glaça devant ce sérieux menaçant, nous sommes restés séparés si longtemps...

– Va-t'en, va-t'en dans ta chambre. Ne me fais pas dire ce que tu mérites.

– Sacré nom, nous y voilà ! pensa-t-il. Elle sait déjà l'histoire de Paris. « Mais, que diable ! Quel mal avait-il fait ? N'était-ce pas préférable de souffler sur le feu pour qu'il s'allume et s'éteigne une bonne fois, plutôt que de laisser la braise latente ? En parlant ils pourraient s'entendre, ne pas laisser les choses s'envenimer... en avant, donc. »

– Ma chérie, ne sois pas comme cela. Souviens-toi que je t'ai toujours aimée...

Et il esquissa le geste de la prendre contre lui pour la caresser. Mais Catarina, rapide comme une anguille, se glissa de côté, courut s'enfoncer dans un coin d'ombre et se laissa tomber sur la première chaise qu'elle trouva.

– Diable, diable ! s'écria-t-il en son for intérieur. La voilà bien farouche, hum ! Il prit la décision de s'asseoir et il s'affala à son tour sur un petit fauteuil à l'autre bout de la pièce, feignant d'être offensé et triste, sans dire un mot. Mais au bout d'un moment, entendant Catarina pleurnicher, il ne put se contenir davantage et il s'écria :

– C'est cela, pleure, comme si tu étais l'offensée... Je rentre ici les bras chargés de cadeaux, plein du désir de vous revoir... et vous ne venez même pas à la gare. J'arrive à la maison, assez inquiet et...

– Si tu avais eu la conscience nette tu n'aurais pas été inquiet du tout.

– Ma conscience n'est pas nette ? Pourquoi ?

– Tu ne le sais que trop. Ne me le fais pas dire.

– Qu'on me la coupe si je te comprends.

– Comédien !

– Moi, comédien ? Je ne l'ai jamais été. Allons, Catarina, ne sois pas comme ça. On dirait que tu ne me connais pas. À quoi ça rime ces pleurs et ces insultes maintenant ? N'ai-je pas fait, toute ma vie, tout ce que j'ai pu pour toi ? Ne viens-je pas de te donner une preuve de ma tendresse avec les bijoux et les autres présents que je t'ai offerts en arrivant ? Quelle offense t'ai-je faite pour que tu me reçoives en me faisant la tête, pour que tu me traites à présent comme jamais tu ne l'avais fait ? L'injustice est un péché que...

– Il vaudrait mieux que tu te taises et que tu me fiches la paix ! coupa-t-elle exaltée, cessant de pleurer.

– Eh bien, je ne veux pas me taire, dit-il s'exaltant à son tour. Celui qui doit se taire est celui qui est fautif.

– C'est pour cela que c'est toi qui dois te taire et pas moi.

– Alors accouche une bonne fois, voyons cela, cria Foix, perdant la patience qu'il s'était imposée.

Catarina se dressa, l'air décidé, et sortit d'un tiroir la lettre anonyme dénonçant les fredaines de son mari avec Mimi, elle la lui mit sous les yeux, presque sur sa bouche, comme si elle voulait la lui faire avaler.

– Tiens, au cas où tu croirais que je suce encore mon pouce, où tu penserais que tu peux me tromper et te moquer de moi ! Vicieux, noceur, effronté ! Si tu t'imagines que je suis assez bête pour te pardonner une faute aussi énorme, tu te trompes. Si tu as rêvé que j'allais supporter tes vices et recevoir ensuite, résignée, les caresses mensongères que tu voudrais me faire avec les mains et les lèvres que des traînées sans honte et sans conscience ont infectées, tu te trompes complètement. Qu'est-ce que tu cherches ? Pourquoi es-tu revenu ? Moi, je ne te l'ai pas demandé.

– Mais... chérie, s'écria Foix, avec plus de peur que de courage. Comment peux-tu faire cas d'une lettre anonyme ? Tu accordes du crédit à des calomnies malveillantes comme celles-ci ? Ceci est très vulgaire, Catarina.

– Arrête avec ton « vulgaire » et pas « vulgaire ». Tout cela est la pure vérité, tu m'entends ? Ta femme, ta malheureuse femme, à qui tu avais juré fidélité devant l'autel et que tu tuerais si elle te trahissait comme tu viens de le faire, ta femme, tu m'entends ? a dû entendre partout, et même dans sa propre maison, des allusions, des mots qui lui ont confirmé, sale hypocrite que tu es, qui lui ont tout confirmé et qui l'ont obligée à se cacher dans les coins pour pleurer sur cet affront, sur le malheur de ses enfants, sur ton impudence !... Mais si tu veux encore des preuves, je peux t'en donner encore, malheureusement !

– Quelles preuves ? dit-il, sortant soudain de son abattement, désireux de savoir jusqu'où allait l'infamie du délateur.

– Tiens, regarde, regarde ce petit mouchoir que ta fille, ta fille innocente, a trouvé parmi les tiens dans ta valise. À qui sont-elles ces initiales ? Ne sont-elles pas celles de cette roulure italienne que tu as promenée dans le monde comme une reine, au grand scandale des honnêtes gens ? Vas-tu me dire que c'est un mouchoir d'homme ? Tiens, sens-le, il empeste encore un parfum que les femmes comme il faut n'ont jamais mis. Vois-tu ? Par ta négligence les doigts de ma fille ont dû le toucher !

– Mais voyons, une repasseuse à l'hôtel peut s'être trompée et l'avoir mis avec les miens, et moi être tout à fait innocent, osa-t-il dire encore pour apaiser l'indignation de cette femme. Et alors, avouant à demi ses frasques, il essaya d'obtenir son pardon en soutenant la théorie que l'adultère d'un homme, s'il n'était que passager, commis ainsi au cours d'un voyage, était presque naturel, sans gravité aucune puisqu'habituellement il ne comportait pas de conséquences. « Ne l'avait-il pas invitée à l'accompagner ? Alors, pourquoi l'avait-elle laissé partir tout seul ? »

– Ah, Gilet, comme tu es corrompu ! s'écria-t-elle d'un air de commisération qui le rendit furieux.

– Quoi, corrompu ? Pourquoi tant d'histoires ? Tu vas me faire perdre la tête ! J'admets tes cris de jalousie, j'admets tous les soupçons que tu voudras, mais je n'admets pas les sermons, la pitié humiliante de qui ne sait pas de quoi il parle. Que connais-tu de la religion, de la morale, de la société ? Que sais-tu de ces grandes questions ? Tais-toi une bonne fois et finissons-en. Je te demande seulement où est le mal que je t'ai fait. Quelles conséquences pour ta réputation, ta santé, ton portefeuille ?

– Gilet, tu vas me rendre folle ! Tu te figures que je suis sotte... Je sais que je le suis, mais pas autant que tu le penses. Tu t'imaginais qu'en me sortant quatre mots bien choisis, ou une de tes pensées, je serais convaincue et que tu allais me faire taire bien vite. Eh bien, je n'ai pas fait d'études et je m'en passe fort bien, je ne prends pas des airs de grande dame, comme toi qui prends des airs de grand monsieur parce qu'on a de l'argent, je ne fais pas étalage de mots bizarres pour cacher mon ignorance, mais j'ai la conscience tranquille et cela vaut dix fois plus que ton savoir. Sotte ou pas sotte, je puis aller la tête haute n'importe où, sotte ou pas sotte, je suis plus utile que toi à mes enfants, sotte ou pas sotte, je ne ferais pas contre ma maison les folies que tu fais, je ne gaspillerais pas mon argent pour me déshonorer et commettre des péchés, je ne roulerais pas ma dignité dans la fange, je ne risquerais pas la fortune des miens en me débarrassant de la seule personne honnête que j'ai à mes côtés pour veiller sur elle.

– Je te laisse pour ce que tu es, dit-il feignant un mépris qu'au milieu de ses ennuis il était bien loin de ressentir pour la mère de ses enfants.

– Tu auras bien raison, parce que toi et moi nous ne pourrons jamais plus nous entendre.

– Où ai-je gaspillé mon argent ?

– À Paris, avec une salope.

– Catarina !...

– Ne crie pas, tu ne me fais pas peur. Tu as envie de me faire parler, alors je parle.

– Mais tu n'as pas le droit de m'insulter.

– Je ne t'insulte pas, je te dis tes quatre vérités.

– Ce sont des manies à toi, rien d'autre. Tu appelles cela des vérités ? Et tu crois qu'elles te donnent le droit de me maltraiter, de m'injurier, de me calomnier ! Quand est-ce que j'ai risqué la fortune de mes enfants, moi ? Tu ne sais même pas ce que tu dis ! Imbécile, pauvre imbécile !

– Quand ? Quand tu l'as confiée tout entière aux mains des Balenyà, en te débarrassant du pauvre Bernat, seul rempart qui te restait contre les mauvaises intentions de ces gens-là.

– D'où tiens-tu que je me sois débarrassé de mon frère ? S'il te l'a dit, il t'a menti.

– Il ne m'a rien dit, mais il me suffit de vous connaître l'un et l'autre, de connaître ton aveuglement à l'égard de ces hypocrites, pour comprendre ce qui s'est passé et de qui est la faute.

– Ce que tu devrais comprendre c'est ta mission : elle consiste à ne pas te mêler de choses auxquelles tu n'entends rien, qui ne sont pas de ton ressort. Que sais-tu des affaires du bureau de la maison ? Quels motifs as-tu pour mettre en doute la fidélité des Balenyà ? À cause de ton antipathie passionnée de femme je dois me séparer d'eux ? Ce serait un comble ! Que la personne la plus impartiale du monde vienne ici : elle déclarera que toutes les paroles vomies par ta bouche ne sont que des imbécillités, de pures imbécillités !

– Idiot, vaniteux ! murmura-t-elle, éclatant à nouveau en pleurs.

Foix, les mains dans les poches, les yeux enflammés par la rage, marchait de long en large, scandalisé par ce qui lui arrivait.

– Oui, oui, tu as raison, dit-elle, la voix enrouée par les larmes, je suis une imbécile. Va-t'en, va-t'en. N'en parlons plus. Laisse-moi en paix.

– Que veux-tu dire, avec ça ? Que tu me chasses de la chambre ? riposta Foix d'un air de dérision, les yeux hors de la tête. Et si je te disais que je ne veux pas partir ?

Elle se sentit un instant comme accablée par l'impuissance de son sexe, effrayée par le despotisme de la loi qui la soumettait au pouvoir brutal d'un parjure, mais se reprenant soudain grâce à sa conscience, à sa dignité blessée, elle se leva tout à coup et dressée comme un serpent, d'une voix rauque que l'indignation rendait implacable, elle riposta :

– Et alors ? Tu crois que je ne saurais pas me défendre ? Après ce que tu as fait, brisé ton serment et traîné dans la boue ton honneur, qui peut m'obliger à vivre avec toi ?

– Catarina !... cria-t-il hors de lui, levant la main pour la battre.

– Bats-moi, bats-moi ! C'est tout ce qu'il te manquait ! cria-t-elle avec l'accent du mépris le plus profond.

Mais Foix, faisant un effort suprême pour se calmer, tourna le dos, prit la lumière nerveusement et laissa sa femme noyée dans les larmes ; il entra dans sa chambre et se jeta sur le lit où il soulagea son cœur en pleurant. Une voix intérieure, celle qu'il avait entendue tant de fois, lui disait que sa femme outragée avait raison, et en se souvenant de la fermeté et du courage avec lesquels venait de le défier et de l'humilier cette femme, il la bénissait et la détestait, la maudissait et l'admirait plus que jamais.

VII

« Barcelone, le 10 octobre 1881.

Non, mon très cher ami, non ; il est impossible que je reprenne ma place de caissier ; il est impossible que j'ose conseiller quoi que ce soit ; impossible, qu'au cas où j'oserais, on écoute aucun de mes conseils. Le premier point est impossible à cause de ma fierté, de mon point d'honneur, de ma dignité ou comme tu voudras l'appeler. Pour le deuxième j'en serais empêché par la guerre sourde que les Balenyà mènent contre moi, par l'opinion que mon frère a de moi, surtout maintenant où son état d'esprit est très spécial. »

« Barcelone, le 20 octobre 1881.

Tu veux encore des explications ? Je n'osais pas te les donner pour ne pas avoir l'air de critiquer un frère que j'aime, mais tu as raison, je me dois de te les donner parce que tu es de la famille, par l'importance que tu attribues déjà à mon acte et aussi pour que tu ne te lances pas, à cause de mes propos vagues, dans des suppositions injurieuses ou du moins hasardeuses, ce qui serait pire. Par ailleurs, je sais fort bien qu'entre des amis discrets parlant de personnes que, malgré tout, nous aimons tous les deux, il n'y a pas de médisance possible, parce qu'il ne peut pas y avoir de mauvaise foi, ni maligne intention, ni divulgation ultérieure, ni joie méchante, mais au contraire, l'éveil de la pitié, et un ardent désir d'amélioration.

Après ces explications je vais te parler plus tranquillement. Il n'y a pas, comme tu le soupçonnes, de pertes d'argent et pas davantage, que je le sache, de bouleversements chez eux à cause des enfantillages de ce voyage à Paris, que Pi t'a déjà raconté. Si elle en sait quelque chose, elle l'a pris comme il fallait ou alors elle sait très bien dissimuler.

Ce qui se passe c'est que les foucades de Gil ont pris une autre forme : celle d'une vanité sans limites, d'un orgueil effréné. Il a suffi que Pinyol meure et que quatre ennemis de Rodon soient venus lui offrir d'appuyer sa candidature au siège de député de Vilaniu pour qu'il accepte l'enjeu, s'exposant même à perdre l'amitié si ancienne de celui qui avait pour lui une si grande considération et qui, avant lui, aspirait à représenter sa circonscription. Tu sais bien que Rodon n'est pas en reste pour ce qui est du désir de figurer : tu peux donc imaginer comment finira la lutte entre ces deux-là. Ni l'un ni l'autre ne veulent céder, ils se sont déjà heurtés plusieurs fois assez fortement : la fin sera un désastre. On voit bien que la matérialité de l'argent ne satisfait que l'avare. Chez ceux qui ne ressentent pas la passion de l'avarice la richesse réveille quantité d'aspirations qui dormaient dans leur cœur impuissant à les réaliser jusque-là. La satisfaction de jouir du superflu ne leur suffit pas : ils comprennent plus que jamais que l'homme ne vit pas seulement de pain. Une foule d'idéaux impossibles essaiment dans leur cerveau, les poursuivent jour et nuit, les torturent.

Tel est aujourd'hui l'état d'esprit de cet homme qui maudissait la politique il n'y a pas quinze jours encore, qui méprisait comme puérile toute autre ambition que celle de gagner de l'argent. Et le voilà aujourd'hui à Madrid, achetant au prix de banquets et d'humiliations la protection officielle dont il a besoin pour triompher de son ami de toujours et s'en faire un ennemi irréconciliable. Et tout cela pour quoi ? Pour une notoriété illusoire, un prestige passager de chef de bande et pour risquer avec ses absences et ses négligences inévitables, de perdre son ancien prestige, son affaire, et à Dieu ne plaise, son honneur même.

Comment veux-tu, dans cette situation, que je lui tienne tête et que je fasse pour lui et la famille ce que raisonnablement je devrais faire, comme tu me le dis, et que je ferais si mon frère était différent ? Si toi qui es loin, tu te vois déjà dans l'impossibilité d'agir à cause de la fausse opinion que Catarina et lui ont de toi, combien plus t'y verrais-tu en étant à ma place et en observant les choses de près ? Je te dirai simplement que je ne suis même plus membre du conseil de la Société de Vilaniu. Et sais-tu pourquoi ? Parce que dans une réunion plénière je me suis opposé, avec deux autres camarades, à l'accord de partager un dividende de six pour cent de bénéfice alors que la plupart des actions ne sont pas encore tout à fait couvertes et que la compagnie n'a pas de quoi payer, je ne dis pas les commandes qu'il passa de façon insensée en Belgique et en Angleterre, mais même pas les expropriations engagées pour la construction de la voie ferrée. Vouloir obtenir par ce moyen une hausse fictive, et à la fin désastreuse, me semble condamnable, n'est-ce pas ? Ne s'y serait-il pas opposé lui-même il y a un an ? Eh bien ! Il a suffi que nous qualifiions de téméraire et de funeste cette proposition pour qu'il nous sorte, brûlant de colère, les yeux hors de la tête, déraisonnant tout à fait, le discours le plus absurde et le plus offensant que tu puisses imaginer ! Les Balenyà et leur comparse ont alors déchaîné un tel tollé contre nous que nous avons été obligés de nous en aller, haussant les épaules, levant les sourcils, accablés par la désillusion et la surprise.

Comment veux-tu, donc, je te le répète, qu'un homme, ainsi gonflé de vanité par les applaudissements flatteurs et intéressés de ces gens-là, écoute le moindre conseil de qui doit le contredire, surtout si à ses yeux le conseiller manque totalement comme moi d'autorité en matière financière. Ne te fais pas d'illusions, mon cher Francesc : mon frère m'a écouté émerveillé (je répète ta phrase) lorsque, pauvre de moi !, j'ai bafouillé devant lui quelques-unes de ces idées saugrenues qu'il appelle "nouvelles philosophies" mais si quelquefois je me suis permis de manifester des doutes ou de faire des objections concernant l'affaire il ne m'a pas écouté : avec un sourire de commisération et une petite tape sur l'épaule il m'a signifié de m'occuper de mes affaires et de laisser courir.

Va-t'en savoir, à présent, qui avait raison. En considérant froidement les choses tu verras que ce n'est pas si facile de se faire une opinion. Toi-même, dis-moi si tu penses que je m'y connais ou que je ne m'y connais pas en ces choses-là. (Je dois t'avertir que je ne suis jamais parvenu à comprendre le mécanisme du jeu boursier, que souvent je trouvais immorales certaines opérations qui aux yeux des intéressés étaient parfaitement morales et légitimes.) Alors comment pourrais-je conduire Gil sur le bon chemin s'agissant d'un ordre de connaissances que j'ignore absolument ? Est-ce qu'un ignorant peut avoir un jugement sûr dans cette matière, ni dans aucune autre ? L'opinion sur la moralité elle-même (alors que celle-ci est étroitement liée à une législation et à des us et coutumes admis et que je ne connais pas du tout), est-elle pour moi aussi nette qu'il le faudrait pour condamner ou absoudre, ou pour guider quelqu'un ? Bien sûr que non ! Et ne viens pas te moquer, et ne me redis pas, encore une fois, que je suis l'homme des doutes et des appréhensions : tu vas y penser, tu vas y réfléchir et après tu me diras si tu oserais donner des leçons à un médecin, aussi obtus te semblât-il. »

« Barcelone, le 7 novembre 1881.

Je vois, mon cher ami, que tu as attrapé ma manie de philosopher. D'après toi, en matière de moralité, on ne doit pas analyser : la conscience apporte soudain la solution, presque toujours parfaitement juste et sans qu'on ait besoin d'un examen ultérieur ni de faire appel. L'instinct de justice pure, qu'on trouve même chez les plus pervers, est le meilleur des juges. Nous écoutons sa première exclamation, son mouvement le plus spontané, et cela suffit : c'est un verdict infaillible, toujours supérieur à toute réflexion ultérieure. C'est toi qui le dis, mais moi je crois cela très, très discutable. Et si je le crois c'est parce que je ne pense pas que l'homme civilisé ait gardé un seul instinct vierge, et je n'accepte pas non plus que la faculté de discerner le bien du mal soit instinctive.

Les lois et les doctrines qui règlent nos actes et sur lesquelles repose notre jugement, sont-elles autre chose, dis-moi, que des conventions humaines qui meurent ou se transforment à chaque changement de civilisation, pour ne pas dire à chaque changement de mode ? Ne crois-tu pas que tout ce qui de nos jours règne ou gouverne dans le domaine idéologique n'est qu'un conventionnalisme plus ou moins en divorce avec la nature éternelle, la vérité absolue ? Est-il possible, donc, que respirant dans cette atmosphère notre jugement moral soit instinctif, naturel, comme tu le supposes ? Crois-tu possible que la raison humaine, aussi forte soit-elle (et elle ne l'est guère), habituée comme elle l'est à voir noir ce qui est blanc, sache voir blanc ce qui est noir ? Comment le pauvre esprit humain pourra-t-il, avec le brin d'esprit qui lui reste (s'il lui en reste un brin) trouver ce critère infaillible de justice qui lui est nécessaire pour résoudre les choses comme la loi de Dieu l'ordonne ?

Enfin, cessons de nous empêtrer dans ces discussions, laissons tomber. Arrêtons de philosopher, nous deviendrions fous. Parlons de choses concrètes et abandonnons les idées absolues et les principes abstraits : laisse-moi te dire qu'à partir du moment où je réprouve comme une mauvaise action le partage des dividendes, avec ou sans raison, je réprouve la mauvaise intention de ceux qui le défendent, voilà l'affaire. Et puisque tu me comprends et donc ne critiques pas mon départ, j'ai la conscience tranquille et c'est ce qu'il faut.

Mais laissons là ces affaires désagréables pour parler de la très bonne nouvelle que tu me donnes au sujet de ton tableau et de la non moins bonne que je dois t'annoncer relative à mon prochain voyage à Paris.

Quand tu me disais que tu n'étais pas né pour peindre, je te laissais dire mais je ne te croyais pas, parce que quand j'ai emballé pour te les envoyer les objets de ton atelier, les études de corps féminins qui y figuraient ne pouvaient pas passer inaperçues à mes yeux. Que tu dises ou non que je suis ignorant dans cette matière (jeune, j'ai fait trois ou quatre années de peinture aux beaux-arts) pour moi ces études sont superbes ; l'homme qui, le pinceau à la main, dessine de cette façon, est capable de trouver dans sa palette la délicatesse de couleurs de ces têtes-là, fera tôt ou tard ce que finalement tu fais. Alors, en avant ! Ne laisse pas refroidir ton enthousiasme, n'abandonne pas la tâche et espérons qu'à mon arrivée à Paris je la trouverai déjà bien avancée. N'importe quel prix, une simple mention au Salon, te feraient connaître beaucoup mieux qu'une médaille en Espagne. Paris est à la tête du mouvement artistique moderne et il n'y a aujourd'hui aucune célébrité mondiale qui n'ait reçu le baptême dans les eaux de la Seine. Courage, donc, et en avant !

Le voyage que je t'annonce n'obéit pas au désir que j'éprouvais déjà de m'éloigner d'ici après ces événements qui ont empli mon cœur d'amertume, mais à un hasard étonnant qui peut faire ma fortune et que je vais t'expliquer brièvement. Chacun a ses manies, toi les tableaux, moi les inventions. Il s'agit d'une invention. Si je réussis je deviendrai riche. La cigarette-allumette, dont j'avais presque trouvé la solution, je l'abandonne.

Il y a donc quelques jours j'ai rendu visite à mon frère Peret dans la grande forge où il travaille comme contremaître. Bavardant avec lui au pied d'un laminoir en train de fonctionner, nous avons remarqué que la courroie de transmission, mise à grande vitesse, s'allumait soudain et lançait un puissant jet de lumière et d'étincelles sur un pointal qu'ils venaient de ficher dans le sol pour monter un échafaudage à quelques centimètres de distance pour réparer la barre soutenant la courroie. Étant donné que celle-ci était loin d'être neuve et qu'elle avait toujours fonctionné à la même vitesse, sans jamais s'allumer le moins du monde, nous avons fait arrêter la machine. Nous avons arraché le pointal qui par sa proximité nous gênait pour bien voir les choses et en examinant la courroie nous avons remarqué, à notre grande surprise, qu'elle n'était pas brûlée et n'était pas plus chaude que d'habitude. Nous avons remis à nouveau la machine en marche et rien : elle fonctionnait comme les autres jours, sans cracher ni lumière ni étincelles, devant tous les employés de la forge : comme il était déjà un peu tard, ils restèrent sans rien faire avant la sortie, commentant avec les directeurs ce qui était arrivé, mais personne ne sut découvrir la véritable cause du phénomène. Inutile de te dire que cette nuit-là je ruminai longuement là-dessus. Le lendemain matin le laminoir ne fonctionnait pas, mais il marchait l'après-midi. Soucieux, impatient, et presque convaincu qu'à force de réfléchir j'avais trouvé enfin l'explication, je m'acheminai vers la forge. Deux serruriers montés sur la planche étayée par le pointal démontaient un anneau de la barre soutenant la poulie de transmission ; celle-ci étant à nouveau attachée on mit le laminoir en marche et aussitôt la courroie recommença à cracher une flamme et des étincelles à n'en plus finir. Je demandai si la courroie était lâche et s'ils y avaient mis quelque chose pour qu'elle soit mieux enclenchée. On me répond qu'on y a mis de la résine et je m'écrie : eurêka ! Pour un peu je devins fou. Mes soupçons, mon cher ami, étaient fondés : ce mystère était un phénomène électrique ; je me trouvais sur le point de faire une découverte très importante ! J'ai demandé aux serruriers de descendre de l'échafaudage et d'arracher à nouveau le pointal. Celui-ci arraché, adieu lumière et étincelles ! Exact, exact, tout s'expliquait ! Le hasard venait de me faire découvrir un grand générateur d'électricité. Par égoïsme, cependant, je n'ai rien dit de ma trouvaille. J'ai essayé seulement de vérifier une nouvelle fois le phénomène, en remettant à nouveau le pointal à sa place. Et voyant que la machine lançait encore une flamme et des étincelles, j'ai haussé hypocritement les épaules et j'ai dit que je ne comprenais pas, alors que mon cœur était sur le point d'éclater... et j'ai passé des heures à errer à travers champs, seul avec mes pensées.

Pour le dire tout net, mon garçon ; cette chose-là est une machine électrostatique d'une grande puissance productrice et si je trouve le moyen, que je crois avoir déjà trouvé, de l'utiliser comme puissante génératrice d'électricité dynamique, me voilà devenu quelqu'un. Voici donc ce qui me conduit à Paris. Si j'y trouve ce qu'il me faut, je serai connu et j'aurai une vieillesse heureuse. Qu'en penses-tu ?

Excuse-moi de t'avoir obligé à lire ce long protocole, mais à quoi servent les vrais amis sinon à ce que l'homme profondément attristé, ou au contraire rempli de joie, puisse se soulager ? Toi qui me connais tu verras sûrement une grande preuve d'amitié dans la longueur de ces lettres, venant surtout d'un homme qui habituellement parle si peu et écrit encore moins. Enfin, il y a bien des façons de se faire plaisir dans la vie. L'égoïsme revêt beaucoup de formes et l'une d'elles est d'aimer beaucoup ses bons amis à cause de la consolation qu'ils apportent au cœur quand on a besoin de se confier, tu verras que lorsque je serai à Paris toi aussi tu te confieras à moi au sujet d'une autre affaire qui serre tellement ton cœur que tu n'as pas voulu la confier au papier. Crois-moi, je vous plains tous les deux : elle a beaucoup maigri. Allons, ne fais pas semblant de me gronder. Et peins, peins sans relâche : c'est pour elle que tu le fais. Je ne dis rien d'autre. »

VIII

Foix, excité par la guerre que lui avaient déclarée les partis politiques de Vilaniu et scandalisé de voir que Rodon, « cet homme qui lui devait tout », avait l'impudence de s'allier avec eux, qu'il était le premier à le mordre par des sarcasmes et des réticences de mauvais goût, ne prit pas de repos, n'épargna aucun moyen pour devenir populaire dans la vallée, pour assurer sa candidature. Il opposa publiquement aux principes politiques prônés par ses adversaires, l'exécration que devait mériter aux yeux de tout homme honnête cette coalition de partis qui se haïssaient mutuellement, l'insigne mauvaise foi, l'immoralité politique représentée par cette alliance monstrueuse. À la médisance dissimulée et traîtresse qui tendait à discréditer le banquier et le gérant du Vilaniu, en le supposant à moitié ruiné pour effrayer les clients et les actionnaires, il répondit en lançant des poignées d'or, en payant religieusement les dividendes promis, en commençant à la hâte, selon des plans plus ou moins bien établis, les travaux du canal de la Solana et l'hôpital dont il faisait cadeau au bourg. La résonance de tout cela dans la région fut immense : Foix devint, pour les blancs et les noirs (à quelques rares exceptions) l'idole du district : la coalition subit une grande débandade et ses promoteurs se trouvèrent aussi penauds qu'un chat mouillé.

Sous de tels auspices, et entouré du prestige de l'argent, il ne tarda pas à voir les portes des ministères s'ouvrir devant lui. Avec la souplesse intéressée de celui qui aspire à se hisser à un poste à n'importe quel prix, il gagna bientôt la bonne volonté des ministres et il s'empara du levier qui lui convenait ; il brisa des combinaisons antérieures, des compromis avec des amis ou des partis, et quand il quitta la capitale du royaume il pouvait dire, et il ne s'en privait pas, il en avait plein la bouche, qu'il avait triomphé.

Il est vrai que pendant cette période, à cause des réticences de Rodon et d'on ne sait quels autres actionnaires avides de toucher de l'argent et de s'éviter des engagements ultérieurs, on vendit des actions ce qui causa une grande baisse des Vilaniu ; Foix fut d'autant plus effrayé que cette baisse était pour lui inattendue et inexplicable, mais il se produisit très vite une réaction telle que les actions montèrent de trente-sept à quarante-cinq (sans doute parce que la Compagnie avait reçu à temps une formidable cargaison de traverses) ; alors il se tranquillisa bien vite et n'y pensa plus.

Son enthousiasme était donc très grand en revenant de la capitale. Pendant son séjour il avait écrit à sa femme des lettres très affectueuses, sa conduite avait été sérieuse et honnête ; il pensait aussi que pendant cette absence, la réflexion aurait agi sur l'esprit de sa femme. Pour toutes ces raisons Foix s'attendait à être reçu joyeusement. « Comment ne pas retrouver une Catarina enfin calmée et même contente de la notoriété qu'il était en train d'acquérir ? » Mais en arrivant chez lui il put constater très vite que cette fois aussi il s'était fait des illusions. Cette femme n'avait pas changé depuis son départ : renfrognée, silencieuse, dure comme un roc. La jeune fille, idole de son père, ne se montra pas non plus aussi effusive et contente qu'il l'eût souhaité. Tous les jours plus maigre, l'air de plus en plus absent, elle n'ouvrait presque pas la bouche ; un voile de profonde tristesse s'étendait sur ses yeux. Foix tout d'abord se sentit accablé, vraiment affligé ; ensuite il éprouva de la colère et de l'antipathie envers cette épouse si rancunière qui lui assombrissait l'existence. Le déjeuner fut tellement silencieux et triste que même Eudaldet, toujours zozotant, qui au début n'arrêtait pas de poser des questions, finit par se taire, tout craintif. Delfina, furieuse contre elle-même en voyant que ses pensées lui échappaient, alors qu'elle avait voulu engager, comme il fallait, une conversation agréable, craignant aussi la conduite imprudente de sa mère, quitta la table avant d'avoir fini le dessert et courut se réfugier dans sa chambre pour se soulager dans les larmes du poids qui l'oppressait.

Déjà lors des disputes au sujet de Bernat la jeune fille avait deviné jusqu'à un certain point la mésentente de ses parents ; un jour elle affronta la mauvaise humeur continuelle de sa mère, qui répondait sèchement et de façon insultante à tout le monde, et osa lui dire, avec toute la délicatesse possible, que la façon dont elle traitait son mari pouvait lui porter préjudice.

– Crois-moi, maman, en le traitant durement il s'éloignera encore plus de toi. Papa, si on sait y faire, est un homme docile, mais si on le contredit il s'entête. Tu le rapprocheras encore davantage des Balenyà.

– Que sais-tu de ces choses, pauvre ignorante ? avait répondu Catarina avec brusquerie. Il vaudrait mieux qu'au lieu de te mêler de choses dont une fille respectueuse ne doit pas se mêler, tu prennes soin de ne pas me blesser d'un autre côté avec cet air de victime que tu as pris depuis quelque temps sans raison aucune.

Et Mme Foix avait persisté dans cette attitude, repoussant son mari par des rebuffades chaque fois que celui-ci éprouvait la noble impulsion de provoquer une explication pour en finir avec cette mésentente, se rendant à discrétion si nécessaire.

Mais sa femme, têtue comme une mule, restait de glace, et, comme l'avait déjà prévu la « pauvre ignorante », Foix resta sur ses positions et les Balenyà, pétris d'astuces, tâchèrent de profiter pleinement de l'occasion. S'emparant du bureau de Foix tandis que celui-ci, tout content, rongeait l'os de la politique, ils faisaient et défaisaient à leur guise, tantôt en lui dissimulant – à lui, le propriétaire de l'argent ! les faux pas dans l'affaire, tantôt en passant sous silence l'abus commis en syndiquant avec quatre amis, mais avec les capitaux de Foix, les actions des Vilaniu, afin de l'éblouir avec la hausse ; tantôt, enfin, en cachant les ruineuses combinaisons qu'ils se permettaient pour s'emparer des énormes sommes d'argent exigées par le chemin de fer sans inquiéter le méfiant actionnaire.

Un jour ou l'autre leurs manigances seraient découvertes mais en attendant Jordi et Eladi prenaient de grands airs, sortaient de la caisse de grandes quantités d'argent au titre de salaires et de participation aux bénéfices ; Pauleta se faisait conduire en voiture à toute heure, tantôt en landau, tantôt en coupé, s'y prélassant comme une duchesse, plus ornée qu'une châsse, allant d'une boutique à l'autre, revenant entre-temps chez elle au milieu de tout un tas de boîtes et de paquets de toutes les couleurs et de toutes les tailles. Elle n'allait pas, comme Jordi et Eladi, rendre visite à sa cousine ni à « sa nièce chérie, par manque de temps », mais elle n'arrêtait pas de s'excuser et de prendre des nouvelles de leur santé par des billets rédigés d'une mauvaise écriture et avec une orthographe pire encore, mais sur un papier spécial, épais et souple, orné de jolies vignettes et parfumé à l'opoponax à faire tourner la tête du lecteur. Ces billets étaient apportés par un petit groom blond, qui revenait toujours avec une réponse orale plus ou moins défigurée selon le temps que le garçon avait mis à jouer ou à flâner dans les rues ; mais l'ex-couturière, loin de vouloir comprendre, multipliait les billets et n'oubliait jamais d'inviter Delfina aux innombrables excursions qu'elle faisait aux villages de la côte ou aux villas des alentours. Elle était installée au Passeig de Grâcia, à quelques mètres de chez Rodon, et les voitures des deux familles dansaient un ballet continuel d'une maison à l'autre : Montserrat et Pauleta se voyaient fréquemment. Bien souvent, alors qu'elles sortaient ensemble, sous prétexte qu'elles devaient ensuite se séparer, elles prenaient chacune leur coupé et s'en allaient ainsi, en convoi, chez la même modiste. Rendues à moitié folles l'une et l'autre par cette richesse inespérée, elles rivalisaient à dépenser allégrement et à vouloir faire l'apprentissage de grandes dames, ne négligeant aucune occasion de se faire de nouvelles relations, exagérant la courtoisie et l'amabilité au point d'inviter chez elles les blancs-becs et les vieux birbes qui leur faisaient la cour dans les boutiques, ou leurs voisins de loge à l'Opéra, voire des gens rencontrés par hasard ; chacune d'elles introduisait dans sa maison, ses vêtements, ses attitudes et son langage les nouveautés que l'autre venait de saisir. Puisque la question de la candidature n'avait pas brouillé leurs maris cette union s'étendait à toute chose, les deux ménages déjeunaient souvent ensemble, soupaient en sortant du théâtre dans quelque café ou, mieux encore, restaient chez l'un ou l'autre jusqu'à une heure tardive devant un dîner froid généreusement arrosé de champagne, pour mieux « faire la noce ». Eladi, quant à lui, on ne le voyait plus dès le soir tombé ; d'après sa mère c'était parce qu'« en sortant de la Coulisse il s'en retournait travailler, le pauvre ! ». Mais le sourire qui se dessinait sur les lèvres des hommes ne rendait guère crédible cette affirmation. Les mauvaises langues assuraient qu'il passait ses loisirs à courtiser la dot de Rachel Llopis et à rendre visite, tard dans la nuit, à Mme Solervall, veuve selon les uns, mal mariée au Mexique selon d'autres, extraordinairement riche et de mœurs légères d'après la rumeur publique.

Les Balenyà se doutaient de ce qui se passait chez Foix, Rodon regrettait déjà d'avoir tenu tête un jour à son vainqueur, tous étaient convaincus de la nécessité de ne pas rendre Foix soupçonneux à leur égard et surtout de ne pas le voir leur tourner le dos. Déjà pendant que le banquier se trouvait à Madrid et qu'ils se débarrassaient, sauf des intransmissibles, des actions souscrites et pas encore payées, ils réfléchirent à la façon de l'attirer encore davantage ; on confia à Jordi la tâche d'effacer la plus petite trace d'opposition entre les deux rivaux moyennant une formule honorable, du moins en apparence, pour l'un et l'autre.

En ayant ainsi décidé, à la première occasion qui s'offrit un soir de novembre où les deux cousins montaient les Ramblas, Jordi commença en disant :

– Gilet, Rodon t'aime beaucoup, il regrette énormément, il est intimidé, il souhaite de toutes ses forces, comme moi-même, que tu lui pardonnes. Il ne faut pas, en aucune façon, qu'entre le président du conseil de la compagnie de Vilaniu et le gérant de celle-ci il y ait mésentente. Je crois que le piège qu'on nous a tendu le jour de la baisse était né, entre autres choses, des rumeurs sur vos disputes. Je crois avoir trouvé une formule de conciliation qui n'est dommageable ni pour l'un ni pour l'autre.

– Et c'est quoi, ta formule, demanda Foix, gonflé de vanité en voyant Rodon à ses pieds et décidé à lui être agréable dans la mesure du possible.

– C'est très simple, mon vieux, fais-le sénateur. Fais le contraire de ce que se proposaient les gens de Vilaniu quand fut constituée la Compagnie, ignorant que tu ne peux pas être sénateur pour le moment.

Foix réfléchit un moment, sans trouver le moyen.

– Moi ? Et comment veux-tu que je le fasse sénateur ?

– En écrivant au ministre. Écoute-moi, Rodon a été membre de l'Assemblée Constituante, il a donc droit à un poste de sénateur.

– Mais, mon vieux, il est de l'opposition ! Comment veux-tu que le ministre oblige le Conseil Régional...

– Non, tu ne vois donc pas qu'il y a une autre place, celle des *Amigos del País*, et que ceux-là feront ce que leur ordonnera le ministre ?

– Et Rodon acceptera cela ?

– Avec joie, mon cher, avec joie ! J'ai tout combiné, et nous sommes d'accord. Si tu fais ce qu'il faut pour obtenir cela, il n'y aura rien eu entre vous deux : il rompt publiquement avec les Carlistes, avec Pep Galceran et avec Cot, et se met inconditionnellement à défendre ta candidature, vous allez tous les deux à Vilaniu pour effacer, par votre seule présence, les méfiances au sujet des travaux du chemin de fer. Là, on vous donnera la sérénade, on vous portera en triomphe, et avec le sang vif de ces gens-là, imagine, quel remue-ménage !

– D'accord, dit Foix, surmontant quelque opposition d'amour-propre, et admirant une fois encore l'astuce de son cousin. Cela ne me coûte rien, ne me porte aucun préjudice et nous faisons bonne figure tous les deux, réduisant le nombre de nos ennemis à quelques naïfs. Tu as raison. Pepet Galceran ne peut pas être sénateur ; le ministre est persuadé que la majorité du parti, formée d'actionnaires de la Compagnie, votera pour moi ; il est même courroucé de voir ce garçon entrer dans une alliance aussi monstrueuse que cette coalition et que, sans écouter les avertissements du chef de son parti, il ne se soit pas encore retiré au nom de la discipline et de l'union nécessaires. Je n'avais pas pensé à cette place des

Amigos del País et je ne m'étais pas souvenu que Rodon, en sa qualité d'ex-député de la Constituante, pouvait être sénateur, parce que les jeux de la politique sont nouveaux pour moi. C'est, en effet, une excellente solution, Jordi, excellente ! Je vais écrire aujourd'hui même selon les souhaits de Rodon et je crois, que dis-je, je suis sûr, que le ministre, qui est déjà mon ami, ne me fera pas un affront !

– Et qui veux-tu qu'ils y mettent à moins d'y mettre un étranger ? Et puis... de l'opposition, de l'opposition... je ne sais pas si Rodon l'est encore beaucoup. Il commence à se faire vieux, à sentir le frein de la prudence. De plus, et que cela reste entre nous, tu connais déjà son faible : ce qu'il veut c'est figurer. Être sénateur, cela le comblera, tout comme sa femme, tu comprends ? Et s'il voit que pour y parvenir il lui faut pactiser plus ou moins, tout en sauvant bien sûr les apparences, il ne nous le dira pas, vois-tu ?, mais laisse-le faire : il cédera aujourd'hui un peu, demain beaucoup, il reculera pour gagner son siège, et ensuite pour le conserver.

– À propos, dit Foix oubliant un peu l'affaire qu'il voyait déjà bien avancée, je te coupe la parole, mais sais-tu que ce matin nous nous sommes croisés en voiture, Montserrat et moi ? Je l'ai trouvée bien jolie, bien en forme.

– Oh, elle s'habille très bien ! Tu comprends, ma femme s'y connaît pas mal, lui donne de bons conseils, la guide...

– Oui, bien sûr que l'habillement... Mais je veux dire qu'elle est bien épanouie, rondelette et fraîche sans être trop grosse, enfin qu'elle a *le bon point* comme disait *Mussiu* Soler.

– C'est une très brave fille, très aimable. Et aimant rire ! Si tu voyais les chahuts que nous faisons parfois avec elle en sortant du théâtre ! Je te dis que cela vaut la peine. Enfin, tu le verras, viens un soir ! s'écria Jordi pour l'attirer davantage.

– Vois-tu, c'est cela que je voudrais chez moi, mon vieux ! On finit de travailler, alors allons nous amuser, allons rire, nous griser de joie pour nous distraire des soucis de la journée et nous offrir les plaisirs qui reviennent aux hommes qui gagnent autant que nous, Dieu merci ! Mais chez moi j'ai deux figures d'enterrement capables de vous faire détester la famille et tout ce que tu voudras.

– Mon vieux, c'est le deuil. Ça leur passera.

– Le deuil, le deuil ! La belle excuse ! Je ne sais même plus depuis combien de temps ma belle-mère est morte ! Tiens, même son mausolée est terminé. Va donc savoir pourquoi elles pleurent, ce qu'elles veulent. Notre vie appartient à Dieu : Mme Monica était une personne âgée. Je lui ai fait bâtir un mausolée qui vaut huit mille douros. Que veulent-elles de plus ? S'habiller en noir, rester jour et nuit à la maison, cela guérit-il l'âme de sa peine ?

– Écoute, osa alors lui demander Jordi, regardant son cousin par-dessous ses lunettes, es-tu bien sûr que Delfineta ne soit pas tombée amoureuse ?

– De qui veux-tu qu'elle le soit ? demanda Foix naïvement.

– De quelqu'un qui n'est pas Eladi.

– Eh, mon vieux, et ton Eladi, qu'a-t-il fait pour la conquérir ? s'enhardit à dire Foix, s'arrêtant tout à coup au milieu de la place de Catalunya, un peu impatienté par la question de l'autre.

– Il a trimé et il trime pour la prospérité de ta maison, répondit Jordi baissant soudain les yeux et la voix, regrettant presque d'avoir abordé cette question, bien qu'elle le rongeât depuis quelque temps.

– Idiot ! Cela ne rend pas les filles amoureuses ! Et encore moins ma fille qui a des sentiments trop élevés pour mêler l'amour et l'intérêt. Je te le demande encore : qu'est-ce qu'il a fait, ton fils, pour gagner le cœur de ma fille ? dit Foix s'enflammant davantage.

– Mais vois-tu, je crois que dès le commencement il s'est senti méprisé. Personne n'aime les rebuffades et... ne te fâche pas, mon vieux, ne te fâche pas... ccpendant, toi, tu avais fait une promesse et... veux-tu me dire ce que tu as fait pour la tenir ?

– Tu me fais des reproches pour cette promesse, une promesse qui dans tous les cas ne peut être qu'au conditionnel ? s'écria Foix devenant déjà tout rouge.

– Je ne t'en fais pas le reproche. Ne te mets pas en colère, autrement n'en parlons plus. Mais une objection en entraîne une autre, et moi, ce que je voulais te dire, c'est que tu n'as pas fait grand-chose...

– J'ai fait tout ce que j'ai pu.

– Tu as fait si peu que tu ne t'es pas rendu compte de qui ta fille est amoureuse.

– Oui, le baron, hein ? Allons, mon vieux, allons.

– Je ne dis pas le baron.

– Alors qui ?

– De ton beau-frère Francesc.

– Bah ! Arrête ! De cet imbécile ? Ma fille ne se mariera pas avec un barbouilleur, tu m'entends ? Je t'ai toujours dit que ta femme te fait prendre des vessies pour des lanternes. Allons, Jordi, je n'aurais jamais cru que tu étais aussi puéril : une si grande crédulité est indigne de ton intelligence.

– Enfin, tu as peut-être raison, mais il est certain que... dit Balenyà se mordant la langue et commençant à reculer aussi habilement que possible.

– « Il est certain que... » Que veux-tu dire ? Que le mariage avec Eladi ne se fait pas ? demanda Foix interprétant la réticence.

– Je ne veux pas dire cela, souligna Jordi calmement, je voulais dire que tu ne peux pas t'expliquer la tristesse de ta fille.

– Ah ! ça c'est une autre affaire. Tu te trompes, la petite est souffrante et sa mère ne sait pas la distraire ; c'est tout simple, vois-tu ?

Jordi jugea plus prudent de fermer son bec et ils marchèrent un bon moment sans dire un mot, chacun ruminant de son côté, Balenyà sa canne sur les lèvres, Foix la sienne en travers des reins, leur visage fouetté par le vent humide et froid qui faisait s'envoler les feuilles mortes des arbres et papillonner les flammes des réverbères. Mais en arrivant au Passeig de Grâcia, presque désert et embrumé par la pluie de feuilles qui se balançaient dans une nuée de poussière d'or, Foix s'arrêta souriant devant un petit vaurien habillé en clown, le visage horriblement barbouillé de plâtre et d'ocre rouge, annonçant aux trois ou quatre badauds qui l'écoutaient les merveilles du spectacle qu'on montrait de l'autre côté de l'estrade faite de cretonnes rouges, avec des miroirs et des lustres en verroterie, du haut de laquelle il débitait son boniment :

– *Thétis, messieurs, n'a pas de ventre, ni d'estomac, ni de jambes, et cependant vit, parle, pense, mange et répond à toutes les questions que le public veut bien lui adresser. C'est la femme la plus belle parmi les belles, mais elle est moins extraordinaire que sa sœur Lune, la décapitée, qui conserve miraculeusement la vie depuis plus de dix ans et sans vieillir, quoiqu'il lui manque tout le corps.*

– Ces charlatans m'amusent beaucoup. Écoutons-le un peu. Parfois ils ont de ces trouvailles ! Il faut être bête pour avaler ces bobards !

– L'air ne te gêne pas ? demanda Jordi, désireux d'attirer son attention sur autre chose, le voyant à nouveau distrait.

– Tu crois ?... En effet, nous pourrions nous enrhumer. Il y a du vent. Et regarde toute cette poussière ! répondit Foix remarquant tout à coup le temps qu'il faisait.

– Bon, tu resteras dîner ? L'as-tu dit à Quim pour qu'il avertisse Catarina ?

– Pas besoin de l'avertir !

– Oh, non, mon vieux ! Pas ça !

– Je suis si fâché contre elle, c'est si désagréable de manger à la maison à présent, que je finirai par prendre pension dans un restaurant. Voilà où j'en suis !

Alors Jordi prit doucement son cousin par la taille et lui dit tout bas avec un grand sourire :

– Ne crois-tu pas que Catarina s'est doutée de tes frasques à Paris ? Ne penses-tu pas qu'elle se sent offensée à cause de ça ?

– Alors, toi aussi tu es au courant de cette histoire avec Mimi ? demanda Foix à son tour, plus fier qu'un blanc-bec surpris en pleine aventure galante.

– Qui ne le sait pas, mon cher ? Tout Barcelone en a parlé.

– Pourquoi ne m'en avais-tu rien dit alors ?

– Parce que l'occasion ne s'était pas présentée, comme maintenant.

– Bon, et toi qu'est-ce que tu en penses ?

– Moi ? Que tu as bien fait. Mais ta femme ne doit pas penser la même chose.

– Tu t'imagines ! Nous savons bien comment elles sont ! Elles ne veulent pas comprendre la différence qu'il y a entre un mâle et une femelle. Personne ne leur fera comprendre cela. Et cependant tu vois bien ce qui m'est arrivé. Rien d'important : quelques jours d'amusement et rien d'autre. Tout serait oublié comme un rêve s'il n'y avait pas eu un méchant esprit, et il n'en manque pas, qui prît soin d'en informer Catarina.

– Et maintenant la voilà jalouse, n'est-ce pas ? Mais tu ne crois pas que de surcroît elle est furieuse pour quelque chose d'autre ?

– Pourquoi veux-tu qu'elle le soit ?

– Parce qu'elle voit que j'ai pris la place de Bernat.

– Tu reviens là-dessus ? Non, mon vieux, non.

– Naturellement, que peux-tu dire d'autre ? Mais tu sais bien que depuis longtemps nous avons remarqué, chez nous, l'antipathie que nous lui inspirons. Et tu ne dois pas t'étonner qu'à cause de cela, quand tu es absent, aucun de nous n'aille la voir. Enfin, peut-être un jour y verra-t-elle clair et nous rendra la justice que nous méritons.

– Écoute, le coupa Foix, en voyant qu'ils arrivaient devant la maison de Jordi, et profitant de cette circonstance, et si nous allions chez Rodon ? Tu ne crois pas que si je lui fais en personne cette proposition il en sera plus reconnaissant ?

– Ce n'est pas une mauvaise idée. Laisse-moi avertir le concierge pour que Pauleta nous attende.

Foix, alors, arrangea machinalement sa cravate. L'image de Montserrat lui faisant signe de son éventail au fond de son coupé, affectueuse et souriante, élégante avec son agréable embonpoint, passa à nouveau dans sa tête comme une vision charmante qui le poursuivait.

– J'en ai assez des gens qui me font la tête, j'en ai assez de recevoir des rebuffades ! s'écria-t-il intérieurement, plein de mélancolie.

IX

Après leur réconciliation les deux rivaux se consacrèrent à la politique, à tel point que Jordi commençait déjà à regretter de les avoir poussés dans cette voie. Ils avaient passé une semaine à faire des allées et venues, dans le même coupé, entre la Préfecture et l'État-major, à aller d'une maison à l'autre des politiciens les plus influents, pour être sûrs d'être élus. Finalement ils étaient partis pour Vilaniu jouer la comédie politique. Ils se promenaient triomphalement là-bas, faisaient des discours à chaque banquet, étaient assiégés toute la journée par quatre badauds, larmoyants d'admiration, fêtés par un nombreux groupe d'actionnaires cupides qui tout en maniant l'encensoir s'inquiétaient de tout ce qui avait trait au négoce et applaudissaient les déclarations politiques qu'ils n'avaient même pas écoutées.

Ils avaient délaissé totalement les affaires, bien qu'ils en parlassent souvent, comme s'ils étaient toujours sur la brèche ; l'un et l'autre plongeaient avec délices leur vanité dans un bain tiède, livrés à la plus agréable paix de l'esprit. C'est alors qu'un soir Jordi et Eladi, enfermés dans le bureau de Foix, s'entretinrent de la sorte :

– Et alors, comment allons-nous pouvoir nous en sortir ? La fin du mois approche, la caisse, tu le sais bien, est vide. Il va nous arriver la traite du chargement de traverses, la liquidation de la fin du mois, les intérêts, un tas d'échéances...

La situation difficile d'octobre nous l'avons surmontée, mais maintenant nous avons celle-là.

Eladi, à demi couché sur le divan en face de son père qui occupait le siège de Foix, cacha son visage empourpré dans ses bras repliés qu'il appuya sur un coussin et continua à réfléchir sans répondre, tandis que son père disait :

– Ce diable de Rodon m'a effrayé avec son projet de séparer les caisses et de demander dix pour cent de plus aux actionnaires.

– Pauvres de nous, si on le laissait faire ! marmonna Eladi sans lever la tête.

– Je ne le sais que trop ! L'affaire par terre, tout serait fichu ! Mais, allons, assez d'angoisses : Foix ne peut les connaître et, les connaissant, il ne nous saurait gré de celles que nous avons connues déjà.

– Et vous, vous, vous auriez de quoi manger maintenant ?

Jordi, les coudes sur la table, enfouit aussi son visage dans ses mains et pendant deux minutes son fils et lui restèrent muets.

– Ces foutues Almanses ne montent pas ! s'écria à la fin Eladi sans bouger.

– Comment ? dit son père, écartant ses mains des yeux et le fixant d'un regard ébloui et craintif.

– Tu as donc recommencé tes magouilles ? Pour l'amour du ciel, ne faisons pas de ces choses ! Il ne nous manquerait plus que cela ! Tu sais bien ce que je t'ai déjà dit : il faut être extrêmement prudent en ce moment. Gilet te l'a interdit. Rodon et moi nous devons encore les quarante mille douros et nous courons le danger que d'un moment à l'autre Foix s'en rende compte. Alors, dis-moi, tu as recommencé tes combines ?

– Mais non, mais non.

– Alors, pourquoi ton exclamation sur les Almanses ?

– Parce que notre salut, aujourd'hui, en dépend en grande partie, répondit le jeune homme en se redressant pour s'asseoir et regardant son père avec l'air de vouloir continuer la conversation.

– J'ai combiné quelque chose.

– Je te comprends de moins en moins.

– C'est très simple : j'ai fortement encouragé une de mes amies, Mme Solervall, à acheter des Vilaniu, mais elle ne peut pas le faire sans avoir vendu auparavant les Almanses.

– Elle peut les vendre à tout moment.

– Mais pas au prix nécessaire pour pouvoir placer soixante mille douros en Vilaniu.

– Ce n'est pas rien ! Elle n'a pas d'autres valeurs ?

– Bien sûr ! Mais elle ne veut pas s'en défaire.

– Et si les Almanses n'augmentent pas ?

– À la fin je les lui vendrai, mettant sur son compte soixante mille douros en Vilaniu comme si nous avions encaissé toute la somme.

– Et quand nous lâcherons les actions sur le marché et que les Vilaniu commenceront à baisser ?

– Qu'elles baissent le plus possible ! On lui demande un nouveau dépôt. Si nous pouvions déclencher la baisse, en ce moment nous serions sauvés : les nouveaux dépôts nous enlèveraient nos angoisses, dit Eladi avec le plus grand sang-froid.

– Je pense bien ! dit Jordi avec naturel.

– Mais, vous voyez, cela ne représente que soixante mille douros. Ce que nous devons encaisser et ce que nous pourrons gagner ces jours-ci ne dépassera guère le même montant. Puisque nous avons besoin de deux cent mille douros à la fin du mois nous serons bien obligés de mettre en gage des dépôts.

– Je ne le vois que trop ! Nous en mettrons en gage, dit Jordi en haussant les épaules comme quelqu'un forcé à se résigner. Si au moins nous n'étions pas déjà endettés du mois dernier...

– Mais que voulez-vous faire ? Lâcher les actions et provoquer petit à petit la baisse pour nous dédommager, autant que possible, des ventes effectuées le mois dernier pour monopoliser les Vilaniu et payer le coupon ; une fois la baisse obtenue, créer une caisse spéciale pour la compagnie et leur donner l'os à ronger ou alors... faire ce que vous ne voulez pas : recommencer à jouer à la Bourse. Tous les fonds sont très hauts : nous ne pouvons exiger de personne le replacement. Vous deux vous ne croyez pas prudent d'émettre les dix-sept mille actions qui manquent ni exiger un nouveau dividende ; pendant ce temps l'oncle se lance dans des travaux et...

– Oui, je comprends, je comprends très bien, on ne peut pas continuer ainsi. Mais, tu le vois, quand nous aurons offert le coupon et mis une prime si haute aux actions nous ne pourrons pas exiger des actionnaires un autre dividende, ni émettre de nouvelles actions sans montrer le bout de l'oreille et nous enfoncer totalement.

– Tout ce que vous voudrez, mais dans ce cas d'où pouvons-nous tirer des sous si ce n'est du jeu ?

– Tu ne vois aucune autre solution ? questionna Jordi comme celui qui appelle au secours.

– Je n'en vois pas d'autre. Cela fait trois nuits que je n'en dors pas. Vous voyez, pour me procurer quelques sous j'ai dû batailler avec cette dame comme ce n'est pas possible, m'exposant à je ne sais quoi si je ne trouve pas le moyen de suppléer dans la comptabilité au bonus promis, tout en étant sûr qu'elle va me maudire si demain arrive la baisse. Si l'oncle m'avait autorisé à sortir les trois cent mille douros qu'il a à la banque Mercantile, en ce moment je les lui triplerais et nous serions tous couverts, mais il n'a pas confiance dans les fondateurs de la Banque de Crédit, et il n'y a rien à faire... alors que ce serait tout à fait possible. Voyez, en courant des risques, j'ai déjà donné des ordres pour que rien de cela ne figure sur les livres. Le moment venu nous arrangerons tout ça.

Jordi resta pensif un bon moment.

– Bon, pour le moment, vois-tu, dit-il enfin, ce qu'il faut c'est nous sortir de ce mauvais pas d'une façon ou d'une autre. Ramasse les sous de la nouvelle cliente, profitons de toutes les différences possibles dans les opérations au comptant et de la fin du mois, mettons des dépôts en gage, faisons traîner les choses avec les chefs de travaux, tâchons de nous en tirer. Nous avons huit jours. Quand Gilet sera de retour je m'occuperai de lui. Le moment du bilan approche : je lui ferai voir que tout ce qui se passe pour le chemin de fer est de sa faute car c'est à cause de lui que les gens ont voté ; après cela il lâchera les trois cent mille douros.

– Comme cela, oui, nous pourrions tout arranger parce que je les placerais à la Banque de Crédit et en huit jours je les lui triplerais.

– Qu'est-ce que c'est que cette Banque de Crédit ?

– C'est un attrape-nigauds que le Bouledogue prépare. Vous avez déjà entendu dire que ce type s'y entend. Les actions du Crédit grimpent à toute vitesse : en nous retirant à temps nous gagnerions à coup sûr.

– Oh, c'est Giró qui a entrepris cette affaire ? Alors, laisse-le courir. Tu as raison : c'est un fin connaisseur. Et pourquoi n'y jouons-nous pas un petit peu ?

– Quelqu'un y a déjà songé.

– Qui ? Toi ?

– Oh, moi... et maman.

– Que me dis-tu là ? s'écria Jordi content et amusé. Et combien joue-t-elle ?

– Ne lui en parlez pas, hein ? Ce sont des secrets entre elle et moi. Mille petits douros, de ceux dont vous lui aviez fait cadeau.

– Elle pourra se construire un château !

Tous deux éclatèrent de rire. Mais aussitôt le front de Jordi s'assombrit, comme si une nouvelle bourrasque noircissait ses idées et d'une voix triste, il ajouta :

– Elle a bien raison de se prémunir, mon garçon ! Tout ce que nous ne pourrons pas ramasser maintenant, même si c'est infime...

– Allons, ne vous effrayez pas. La situation n'est pas aussi désespérée.

– Tu parles ! Si ton oncle s'enfonce...

– Il me doit plus de deux cent mille douros, s'écria Eladi, plein d'assurance.

– J'en dois plus de dix-huit mille à la maison, poursuivit Jordi tout triste, sans contredire l'affirmation de son fils.

– Il nous en resterait toujours plus de cent quatre-vingt mille. Cela au cas d'une liquidation générale, et les choses n'iront pas jusque-là. Les Vilaniu que nous lui avons endossées baisseront beaucoup quand elles nous auront servi à payer les expropriations et les contrats, mais celles qui resteront je les aurai déjà placées chez nos clients. Laissez-moi faire. L'oncle a encore les reins solides.

– Encore ! C'est toi qui le dis. Mais si nous n'avons pas le temps d'arracher l'argent aux actionnaires, si en attendant nous trébuchons...

– Mais nous ne trébucherons pas !

– Vois-tu, je n'ai pas autant confiance, mon garçon. Parce que, veux-tu que je te dise, je crois au destin, et tu l'as bien vu, je n'ai jamais eu de chance, dit Jordi de plus en plus mélancolique. Donc, poursuivit-il, si tu veux bien écouter mes conseils, en supposant que tu veuilles me procurer une bonne vieillesse... parce que je ne peux pas croire qu'une fois marié tu abandonnes tes parents qui ont fait tant de sacrifices pour toi, si tu veux suivre mes conseils, je te dis que ce que tu devrais faire, et très vite, c'est te marier. C'est maintenant qu'il faut prendre une fille riche, car plus tard, si tout cela tombe par terre, adieu !

– Je vous vois venir, répliqua Eladi tranquillement ; un petit sourire malicieux sur ses lèvres montrait qu'il connaissait bien les astuces de son père. Vous êtes au courant de tout.

– J'ai entendu dire quelque chose au sujet d'une fille Llopis.

– Et rien d'autre ? osa demander malicieusement son fils.

– Mais tu ne m'as rien dit !

– Ne faites pas l'innocent, voyons ! Vous ne savez pas combien elle possède, cette jeune fille ? M. Obiols, l'ami de l'avocat Oliveras, ne vous a-t-il pas dit que Rachel doit avoir environ quatre-vingt-dix mille douros ?

Jordi sourit comme un père extasié en voyant que son enfant était si malin.

– Tu sais tout, toi ! s'écria-t-il gentiment. Je m'informais seulement, fiston.

– C'est M. Obiols lui-même qui me l'a dit.

– Eh bien, quatre-vingt-dix mille douros ne sont pas à dédaigner. Pourquoi ne pousses-tu pas l'avantage, pourquoi perds-tu du temps ?

– Et l'oncle, comment prendrait-il la chose ?

– Ah, c'est cela que tu crains ? N'aie pas peur !

– Oh, n'aie pas peur, c'est vite dit ! Si j'avais pu retirer de la maison, ou si je voyais le moyen de le faire, les deux cent mille douros, je ne craindrais rien, mais pour le moment j'ai plus peur de cela que de toutes les autres choses dont nous avons parlé. Si l'oncle se fâche...

– Écoute-moi.

Eladi fit deux pas et s'assit de l'autre côté de la table, attentif aux paroles de son père. Celui-ci lui raconta sa conversation avec Foix sur la place de Catalunya, et il ajouta :

– Lui, toujours confiant, ne soupçonnait même pas où je voulais en venir. Mais vois-tu, j'en ai appris assez. Gilet n'est pas un homme capable d'imposer sa volonté à sa fille et encore moins à sa femme, surtout en ce moment, à cause de leurs disputes, comme tu le sais déjà, ce qu'il souhaite c'est éloigner tout motif d'ennuis domestiques. Par ailleurs, telles que les choses se présentent, il faut se dire qu'un tiens vaut mieux que deux tu l'auras. Pour ton oncle, ton mariage avec Rachel serait au contraire une solution parce que cela détruirait le péril des scènes qu'il craint toujours, que cela adoucirait Catarina, et que si à cause de la réconciliation de celle-ci avec son mari nous étions obligés de quitter l'affaire, avec ce que tu aurais et l'argent de ta femme nous pourrions leur tirer la révérence.

– Donc, d'après vous...

– D'après moi, j'irais de l'avant sans crainte et en vitesse. Si tu le veux, je suis à ta disposition pour aller demander sa main. Quel âge a-t-elle, cette jeune fille ?

– Elle a bien vingt-six ans, encore qu'elle n'en avoue que vingt-deux.

– Oui, bien sûr ; c'est ce que ta mère et la Rodon disent de toutes les femmes : deux ans que les autres leur donnent, deux autres qu'il leur convient toujours de s'enlever. Ces comptes-là tout le monde les connaît. De toute façon le résultat est qu'elle peut bien disposer de ce qui lui appartient. Elle est très éprise de toi ?

– Sa sœur me fait peur.

– Pourquoi ? Serait-elle intelligente ?

– Elle le croit, mais elle ne l'est pas ; cependant elle est intéressée et elle domine Rachel. Elles parleront des chapitres matrimoniaux et en ce moment, vous le savez, nous ne pouvons pas donner les deux cent mille douros.

– Il n'est pas nécessaire de les donner. À Gilet qui ne se doute de rien, nous ferons signer facilement une reconnaissance. Il s'agit de barbouiller une trentaine de chiffres et de le flatter ; nous ferons semblant de ne pas les vouloir ou alors de les accepter finalement comme cadeau de mariage, comme une dot. Nous lui épargnons des conflits domestiques, nous renonçons à un compromis qui l'ennuie ; il le fera volontiers. Laisse-moi faire ; j'ai toujours fait ce que j'ai voulu de ton oncle ; il est généreux, il est reconnaissant et il ne demande que l'occasion de le montrer publiquement, unissant ainsi à l'exercice de ses vertus la satisfaction de la vanité. S'il devait te donner cet argent en privé, peut-être y réfléchirait-il, mais devant seulement te les promettre devant nous, le notaire, les sœurs Llopis et deux témoins qui pourront en parler partout, il le fera, et avec joie encore. Si nous ne lui demandons pas de remettre effectivement la somme mais seulement les intérêts, et si nous obtenons qu'il te garantisse le capital avec cet appartement, par exemple, tu es sûr que même si, pour le moment, tu n'as pas tout, une bonne partie te sera déjà bien garantie.

– Mais, et la tante ?

– Ta tante ? Si nous agissons maintenant elle n'en saura rien. Allons, crois-moi : maintenant ce qu'il faut c'est se hâter.

– Vous voyez tout très facile, moi... répondit Eladi hésitant.

– On dirait que tu as de la paresse à te marier.

– Mais oui, pourquoi le nierais-je ?

– Et alors ? La jeune fille ne te plaît pas ? Tu as peut-être un autre engagement ? Je suis un homme, j'ai été jeune comme toi : tu peux tout me dire sans crainte. Nous sommes seuls ici, tu n'es plus un gamin et je peux te parler clairement : je comprends tout. Ma question, dans tous les cas, vise seulement à te conseiller, souligna Jordi voyant que le tour pris par la conversation contrariait un peu son fils malgré son insouciance habituelle.

– Oh, c'est que j'aime beaucoup la liberté, se borna à répondre celui-ci.

– Crois-tu par hasard que tu la perdrais ? Voyons, ne sois pas bête. Après la lune de miel l'homme est à nouveau au service de ses affaires. Tu me fais presque rire ! Mais bah, tu ne me trompes pas, moi, tu ne me dis pas la vérité.

Eladi haussa les épaules, se mit à se tirer la barbe d'un côté et de l'autre, le regard perdu au plafond, sans proférer un seul mot. Un brin de honte palpitait dans cette âme endurcie quand il imaginait le scandale que pourrait faire Mme Solervall si elle se voyait bafouée, trompée dans son amour et dans ses intérêts par l'homme à qui elle ne s'était donnée qu'après une longue résistance et mille serments ! La Solervall n'était pas femme à se payer de bonnes paroles ni à s'incliner devant des menaces. Elle était dangereuse par sa véhémence et sa jalousie et davantage encore par son histoire, que personne à Barcelone ne connaissait, par sa vie présente, mystérieuse même pour Eladi lequel, y compris dans les moments de la plus grande intimité, n'avait pas pu lui arracher la clé de l'énigme.

– Si tu es veuve, pourquoi ne nous marions-nous pas ? avait dit Eladi en la voyant si riche. Nous irons chez le curé quand tu voudras. Alors je ne pourrai plus t'échapper comme tu en as si peur, toutes tes craintes s'évanouiront. Tu veux bien ? Je suis décidé.

– Non, pas pour le moment, avait-elle répondu en hochant la tête, retenant sa lèvre inférieure avec ses dents bien alignées, d'une blancheur irréprochable. Et après l'avoir contemplé un moment tout en jouant avec ses cheveux, elle avait ajouté enfin, en se jetant à son cou, cachant son visage, d'un ton languissant :

– Ce jour viendra, tu verras.

– Et si en attendant je te quitte ? avait-il demandé d'une voix mi-tremblante mi-souriante.

– Je te tuerai, avait-elle répondu en retirant ses bras, se redressant et le fixant d'un regard menaçant qu'adoucissait bien vite un sourire aigre-doux impénétrable.

– Alors, d'où viennent les lettres, les cartes que tu reçois ?

– De Queretaro, tu le sais déjà.

– C'est un homme qui te les envoie ?

– C'est mon mandataire.

– Laisse-moi en voir une, laisse-moi lire une de ces lettres.

Elle avait répondu en hochant la tête et en donnant à son amoureux une légère tape sur le nez.

– Arrête de faire ta câline. Et si c'était ton mari ?

Une autre petite tape.

– Assez, te dis-je. Laisse-moi voir une lettre, rien qu'une.

– Ah, ah, lui aussi il est jaloux ! dit-elle mutine. Ainsi nous serons deux à souffrir, moitié-moitié !

Et il n'avait jamais pu aller plus loin, bien qu'après chacune de ces scènes cette femme impénétrable le couvrît d'ardentes caresses ; mais jamais ne s'effaçait de son visage le mystère insondable de son âme et jamais Eladi ne découvrait, dans ses prudentes perquisitions à travers cette maison, le moindre indice de l'histoire qui l'intriguait tant.

Placé par son père, à qui Eladi ne pouvait pas expliquer ces choses, entre l'arbre et l'écorce, sentant d'un côté l'aiguillon de l'égoïsme et de l'autre reprenant courage contre la possible vengeance de cette femme, dont il commençait déjà à se lasser, il finit par promettre que dès le soir même il forcerait les choses pour que son mariage avec Rachel puisse avoir lieu le plus tôt possible.

– Tu veux dire que tu te sens le courage de te concilier sa sœur aînée ? demanda Jordi tout attendri et seulement pour savourer la confirmation de ce qu'il tenait déjà pour assuré.

– Une circonstance favorable me le laisse espérer.

– Et c'est...

– Que le baron d'Esmalrich est sur le point de demander la main de l'aînée, qui n'attend que ça. S'il se décide, comme les gens le disent, la joie d'Emilia, l'envie qu'a Rachel de se marier, peuvent nous aider beaucoup.

– Mais même sans cela, quels obstacles pourraient-elles y mettre, s'écria le père, offensé rien qu'à l'idée que ces jeunes filles pussent, même en rêve, refuser son Eladi. D'où sortent-elles, qui sont-elles ? à quoi prétendent-elles ? Ce sont les filles d'un gargotier. Tandis que toi... tu peux leur dire : mon père est officier, au mariage il peut encore exhiber ses galons de capitaine et tout un tas de décorations. Ma famille s'est distinguée depuis longtemps, parmi mes aïeux il y a un chanoine célèbre, le docteur Balenyà i Molins qui fut archiprêtre, et un général, le général Gonzalez de Povero, petit-cousin du beau-père de mon grand-père paternel. Qui pourront-elles nous montrer, elles qui font tellement les fières ? Quatre minables de là-bas, de la Plana de Vic, qui ne doivent même pas avoir de croix au cimetière.

– Pas de ça, papa, non. En ce moment il me semble entendre Maman et non pas vous. Allons, au nom du ciel, ne parlons pas de ces bêtises des vieux ancêtres, cela ne fait plaisir qu'aux imbéciles. Ce n'était pas là l'obstacle ; d'un côté Emilia a toujours répugné à se voir coiffée au poteau par sa sœur, d'un autre côté le jeune Mas fait aussi la cour à Rachel, et donc je ne la vois pas encore bien décidée en ma faveur. Cette histoire avec Mas dure déjà depuis un moment et à ce qu'il paraît la jeune fille commence à se fatiguer de le voir toujours hésitant. Si sa sœur se fiance avec le baron elle ne mettra plus d'obstacle au mariage de la petite. Avec l'envie qu'a Rachel de se marier depuis longtemps, vous imaginez !... Dans ce cas je crois que le premier arrivé emportera le morceau.

– Ne t'endors donc pas, conseilla son père, levant la séance.

X

Huit jours plus tard grande affliction chez Foix. Celui-ci était revenu de Vilaniu malade. Épuisé par la vie agitée qu'il menait depuis l'été, fatigué par tous ces repas excessifs et désordonnés, fourbu par tant de discours improvisés, tant de voyages, tant de sorties et par le manque de sommeil, il avait été obligé de se coucher, frissonnant et claquant des dents.

Catarina se résigna alors à faire son devoir d'épouse et, laissant de côté ses rancœurs, bien que sans desserrer les lèvres, elle accompagna le malade dans la chambre et l'aida à se déshabiller. Ensuite en le voyant trembler sous les draps, elle ajouta des couvertures, le borda soigneusement, lui apporta une tisane chaude pour le faire réagir ; après avoir fermé les volets, sa fille et elle s'assirent, silencieuses, au chevet du malade attendant le résultat de ce traitement. « Il allait probablement s'endormir, il suerait un bon coup et ce serait fini. »

Elles restèrent quelques minutes dans ce silence et ce repos tranquille, mais ensuite, en remarquant que Gilet commençait à se tourner d'un côté et de l'autre et qu'il ne répondait pas à leurs questions, la mère et la fille se levèrent, allumèrent une bougie pour le regarder et lui trouvèrent la peau brûlante, les yeux clos, la figure boursouflée et rouge comme le feu.

– Gilet, Gilet !

– Papa, papa !

Voyant que le malade ne faisait même pas un signe pour répondre et que son agitation grandissait sans cesse, qu'il ne cessait de se tourner et se retourner dans le lit, les deux femmes restèrent figées, perplexes. Soudain le malade marmonna quelques mots inintelligibles d'une voix enrouée et très profonde qui rappelait celle des derniers jours de Mme Monica.

– Dépêche-toi de demander de la moutarde et de l'eau tiède, ma fille, dit Mme Foix devenue soudain très pâle. Et comme l'agitation de son mari grandissait encore, au point que même en luttant sans arrêt on ne parvenait pas à le faire tenir tranquille pour qu'il puisse transpirer comme il fallait, et comme il était inutile de l'exhorter, de lui dire des mots gentils, parce qu'il était devenu sourd et qu'il avait comme perdu la tête, Catarina prit peur pour de bon. Le souvenir de sa mère lui revenait à l'esprit et dans son ignorance Mme Foix ne considérait pas comme impossible que son mari vînt à mourir comme était morte sa mère. Une fois cette pensée enfoncée dans sa tête, Catarina resta effrayée, tremblante, éperdue.

– Il faut courir, il faut courir chercher le docteur, demanda-t-elle dès qu'on apporta les sinapismes de moutarde.

Mais ces révulsifs ne servirent qu'à faire rougir la peau du malade. Celui-ci était tout aussi agité, soupirait douloureusement, soufflait par moments comme s'il étouffait, lançait les bras en l'air en poussant des espèces de glapissements, grognait d'une voix rocailleuse des mots incomplets, des phrases décousues ou alors, la bouche ouverte, les lèvres remuant silencieusement, il soutenait des conversations mystérieuses.

Devant ce spectacle qui ressemblait de plus en plus à celui offert par Mme Monica, Catarina souffrait horriblement ; c'était un supplice que le médecin éternisait en n'arrivant pas.

Delfineta ne faisait qu'entrer et sortir de l'alcôve, renvoyant des messages, apportant des remèdes de bonne femme. Mais tous s'avéraient inefficaces, ne pouvaient qu'augmenter le désespoir de ces deux cœurs avec la série grandissante de désillusions qui les frappait. En attendant, l'épouse atterrée par la crainte que son mari pût mourir comme sa mère, sans reprendre connaissance, versait des larmes de remords pour sa récente conduite envers cet homme généreux ; elle aidait de toute son âme sa fille et comme prise à son tour de délire elle priait tous les saints du ciel pour que Dieu ne lui enlevât pas son mari et surtout qu'Il ne le prît pas sans qu'elle eût pu lui demander pardon.

– Non, mon Dieu, non, s'écriait-elle, parce que moi je lui ai déjà pardonné et c'est lui qui doit maintenant me pardonner pour avoir été si rancunière, si sourde à son remords, pour avoir été si intolérante envers ses faiblesses, alors que vous, Seigneur, vous nous pardonnez les plus grands péchés. Sainte Catherine glorieuse, implorez-Le, intercédez pour moi auprès du Seigneur avec toute la ferveur de votre sainte charité pour qu'il ne me laisse pas veuve dans ce monde avec mes deux enfants et l'affliction de mon remords dans l'âme. Si c'est un châtiment que Dieu m'envoie, croyez que je l'ai déjà reçu avec l'angoisse si profonde que j'endure en ce moment et que j'endurerai tant que je ne verrai pas mon mari sauvé. Je promets sérieusement de m'amender, en songeant aux souffrances de la Sainte Vierge, bien plus grandes que les miennes. Je porterai l'habit de Notre-Dame des Douleurs pendant deux ans, en signe d'humilité et d'amour pour mon mari, je saurai reconnaître ses vertus, lui être reconnaissante de ses bontés et pardonner ses fautes, comme il convient à une épouse chrétienne. Je vous le promets de tout mon cœur. Ne soyez pas sourd à mes prières, Seigneur, ne m'abandonnez pas à la solitude de la croix... car je n'ai pas, pauvre de moi !, les vertus de Notre-Dame, votre très Sainte Mère. Voyez-moi repentie et sans forces et versez sur moi votre miséricorde infinie !

Le désarroi de cette femme était tel qu'il ne pouvait s'expliquer que par la similitude de l'aspect du malade avec celui de sa défunte mère, et aussi en connaissant à fond son repentir : c'était seulement à cause de son caractère têtu que Mme Foix avait caché le pardon que son mari avait su obtenir par ses lettres et sa conduite. En ce moment son entêtement lui semblait un péché impardonnable et la crainte de ne pouvoir s'en racheter devant son mari la rendait folle de douleur, la faisait pleurer à flots, tandis que sa fille, tout en prenant sur elle, croyant que le danger n'était que passager, éclatait en pleurs elle aussi et s'attendrissait en songeant que le désespoir de sa mère, causé sans doute par une contrition très profonde, leur rendrait à tous enfin la paix perdue.

Pendant ce temps, quelle confusion dans la tête du pauvre malade ! Quel délire pendant deux jours ! Quels embrouillaminis, quelles angoisses ! Dans les ténébreuses régions de sa pensée enfiévrée, il voyait d'abord Mimi et Catarina en compagnie du ministre de l'Intérieur, au visage orné de favoris, Jeroni et M. Souler qui entraient à la taverne de Bruant, transformée magiquement en un des immenses hangars de construction de locomotives de la maison John Cokering à Seraing. Ils discutaient en entrant, sans savoir pourquoi, mais un millier d'ouvriers, frappant en même temps, les assourdissaient et les laissaient sans voix sous le bruit épouvantable de leurs coups de marteau jusqu'à ce que le père Josnard, surgi d'on ne savait où avec son tablier, le couteau à la main, couvert de graisse de lard, lève le bras, il brandissait l'arme, poussait un cri effrayant et les électeurs de Vilaniu applaudissaient chaleureusement. Mais la cloche de la Bourse commençait à sonner et tout le monde dévalait la rue, certains tombant dans le souterrain de l'hôpital, tandis qu'Eladi, sourd aux cris désespérés de Foix, emmenait, la tenant par la taille, sautant et dansant, Montserrat Rodon et que Francesc se tordait de rire en lui adressant les plus étranges grimaces.

Soudain le décor changeait et Foix, rempli de chagrin, se retrouvait au cimetière de Barcelone, assis, pieds et mains liés, la tête coiffée d'un bonnet de nuit ; il était dans une voiture conduite par un cocher anglais, plus rouge qu'une tomate. Foix criait en vain qu'on lui enlevât son bonnet pour mettre un chapeau lorsqu'au milieu d'un bosquet d'arbres de Hyde Park il découvrait le tombeau de sa belle-mère ; en descendant pour admirer les trois statues qu'il y avait fait placer, se rendant compte que les deux anges prostrés étaient Catarina et Delfineta, il les prenait par le bras, voulant les emmener. Mais alors une forte averse se mettait à tomber, Rodon et Jordi apparaissaient dans un coin et voilà qu'ils étaient tous les trois dans une salle à manger confortable, très bien éclairée, et qu'ils chahutaient avec les filles de M. Souler et avec Pauleta et Montserrat ; cette dernière parlait italien et l'embrassait en pleurant et riant à la fois, tout en faisant un éloge passionné de Montmartre et de ses musiciens, et maudissait les chemins de fer espagnols, les peintres espagnols, l'atmosphère de l'Espagne et les banquiers du monde entier. Foix, hors de lui-même, lui enfonçait ses griffes dans le cou pour l'étrangler, mais un policier qui ressemblait à Bernat le contenait et l'emmenait au bureau de la rue Ample ; une fois là-bas, transformé en maître d'école, un martinet sous l'aisselle, il l'obligeait à s'asseoir, mettait de grands livres devant lui et le menaçait avec un poignard s'il n'étudiait pas bien. Il en était là quand une étrange créature, vêtue de petits miroirs d'argent étincelant, la chevelure d'un rouge flamboyant, montée sur un cheval plus rapide que l'éclair, lui lançait un lasso qui s'entortillait autour de son corps et l'emportait loin, très loin, tandis qu'il ressentait une douleur au flanc qui le faisait se recroqueviller comme si le nœud de la corde s'enfonçait dans son foie. La course continuait cependant, très rapide, longue, interminable, comme était interminable le chemin qui ne finissait jamais, qui semblait ne devoir jamais finir, malgré la sueur d'angoisse et de douleur du pauvre prisonnier. Le malheureux, la main dans le nœud criait pour demander pardon, pour implorer secours, à droite et à gauche, et tous les cinquante pas il voyait tantôt Catarina, sculptée, sur un piédestal, tantôt une chanteuse, sur le sol, chantonnant, se tenant sur un pied : la première, farouche comme la mort, la seconde, joyeuse comme la vie, l'une et l'autre indifférentes à sa douleur. À la fin le cheval ralentit l'allure à l'entrée d'une vallée très sombre dans l'air de laquelle tournoyaient des cerceaux enflammés d'une lumière bleue et rouge ; le nœud se desserra et le patient glissa doucement vers le bas de la côte, écrasé par la fatigue et l'obscurité jusqu'à…

Le troisième jour il commença à renaître, il ouvrit les yeux et il découvrit que celle qui lui serrait amoureusement la main droite était Catarina et celle qui lui touchait le front tout doucement était Fineta. Il ne se souvenait pas de s'être couché, ni ne savait très bien où il était.

Enfin il pria d'une voix voilée :

– Ouvre un peu plus les volets, mon enfant, et il prit la main de sa femme pour la porter à ses lèvres, tandis que la jeune fille s'empressait d'obéir à cet ordre.

– Tu te sens mieux ? demanda amoureusement son épouse, sans opposer aucune résistance à la tendre manifestation de son mari.

Celui-ci lui baisa la main, un peu craintif encore, tourna les yeux avec délices, frotta sa langue saburrale contre le palais et les lèvres, et serrant aussi la main de sa fille revenue s'appuyer à gauche de son chevet il marmonna, très ému :

– Merci ; combien d'heures cela fait-il que je suis au lit ? demanda-t-il aussitôt, faisant claquer sa langue qui lui semblait trop grosse pour sa bouche.

– Trois jours, mon petit.

Ce « mon petit » dit par Catarina lui alla droit au cœur, lui fit voir un monde nouveau, comme si véritablement il ressuscitait à une nouvelle vie. Un baume de bien-être se répandit dans tout son corps.

– C'est donc que j'ai été très malade ?

– C'est fini, maintenant, papa, affirma joyeusement la jeune fille, faisant discrètement signe à sa mère d'avaler les larmes qui étaient sur le point de la compromettre.

– Très malade, n'est-ce pas ? continua à demander Foix d'une voix très faible, regardant, affolé sa femme et sa fille.

– Assez, assez malade, mais il ne faut plus en parler, dit Catarina prenant une expression joyeuse et passant un mouchoir sur les lèvres desséchées de son mari.

– Comme vous avez dû souffrir toutes les deux, pleurnicha le malade, comme vous avez dû souffrir !

– Tiens, ma fille, apporte-lui...

– Oui, de l'eau avec du sucre candi, pour lui rafraîchir la bouche.

– Non, attends, pria le malade, serrant plus fort les mains qui retenaient les deux femmes. Ne me quittez pas encore. Je me sens si bien ainsi ! Vous êtes deux anges. Et moi, moi... j'ai été tellement... !

Ici Foix ne put terminer et éclata en sanglots. Et comme Catarina se mit à pleurer elle aussi, la jeune fille, prenant sur soi, s'enfuit jusqu'à la table au milieu de la chambre, essuya deux larmes d'immense soulagement et revenant avec le verre d'eau, elle maugréa :

– Voyons, papa, maman ! Maintenant que, Dieu merci, nous sommes tous en bonne santé... maintenant, il faut pleurer ? Buvez, buvez, papa, trempez vos lèvres. Vous ne voyez pas le beau soleil qu'il fait aujourd'hui ? Vous avez su y faire, vous avez dormi tout le temps qu'il a plu ! Mais regardez-moi ce beau soleil aujourd'hui ! Allons, vous avez bien bu ? N'est-ce pas que vous avez déjà la bouche plus fraîche ?

Foix, laissant voir encore une larme qui tremblait au bord des yeux, caressa doucement le visage de sa fille pour la remercier.

Le docteur arriva juste à ce moment-là, mettant un terme à ces scènes de tendresse dont on ne sait pas jusqu'où elles seraient arrivées. Après une auscultation rapide, il eut un petit sourire et annonça :

– Allons, il n'a plus de fièvre, nous pouvons chanter victoire, ce qui inonda d'allégresse les trois cœurs.

– Ce qui veut dire que j'étais près de la fin ? demanda le malade reprenant des forces et voulant s'expliquer l'étrange changement de Catarina qui le surprenait si agréablement.

– Mais non, monsieur, non ! dit le docteur presque en riant. Mais ces dames vous aiment comme vous le méritez. Croyez-moi, elles ont souffert bien plus que vous. Elles étaient épouvantées ! Pour elles, oui, vous étiez à l'article de la mort, mais pas pour moi. Ce que vous avez eu n'a rien de grave. Bon, à midi une petite soupe, ce soir une autre et un peu de poisson et après-demain vous pourrez vous lever. Maintenant, reposez-vous tous les trois, vous des angoisses passées et M. Foix de tout ce désordre dans son cerveau. Vous avez dû en avoir des idées embrouillées et des visions étranges, n'est-ce pas ?

– Ne m'en parlez pas ! Et c'est pour cela que j'ai encore un peu mal à la tête, docteur ? répondit le malade pas encore tout à fait débarrassé de ses appréhensions et ses doutes.

– Exactement. Tout passera avec un bon sommeil. Donc, reposez-vous. Au revoir.

Le docteur parti, Catarina, poussant un grand soupir de soulagement courut s'agenouiller aux pieds de son image de la Vierge devant laquelle brûlaient deux cierges depuis trois jours.

Foix, seul dans le calme de sa chambre, passa un bon moment à ruminer le passé, sans parvenir à s'expliquer et à comprendre le changement de sa femme. Il finit par s'endormir mais pendant son sommeil, comme dans celui de la nuit suivante, il rêva encore beaucoup. Il était surtout tourmenté par un cauchemar diabolique dans lequel il se voyait lui-même couché dans le lit en train de raconter à Catarina, sans omettre un seul détail, ses relations avec Mimi ; sa femme, horrifiée de l'entendre, voulait fuir mais il la retenait fermement par les bras, sans tenir compte de ses secousses et de ses gémissements. Mais dans l'après-midi du lendemain, après s'être bien reposé, ayant les idées claires, Foix profita d'un moment où Delfineta les laissait seuls pour inviter Catarina à s'étendre à côté de lui sur le lit. À cause de ses vêtements et du poids de ses chairs abondantes, et aussi en raison d'une certaine répugnance, Catarina eut du mal à le faire. Cependant elle le fit, sans ouvrir la bouche.

– Qu'est-ce que tu veux ? demanda-t-elle tendue et prête à sauter du lit si elle entendait venir sa fille.

Foix ne savait par où commencer. Avec un mouvement de honte fort naturel il tourna la tête du côté opposé et demanda à mi-voix :

– Cela veut-il dire que tu me pardonnes ?

– Oui, murmura-t-elle seulement, non moins honteuse.

– De tout cœur ?

– De tout cœur, mon chéri.

Leurs deux mains se rencontrèrent, s'étreignirent, passèrent d'une bouche à l'autre, tandis que des larmes silencieuses glissaient le long de leur visage.

– Ah, comme je suis heureux ! soupira-t-il en se retournant et en passant doucement ses bras autour du cou de sa femme.

Mais voyant qu'elle éloignait la tête sans pouvoir étouffer un soupir :

– Quoi ? Qu'est-ce que tu as ? Ne pleure pas, ne pleure pas ! N'en parlons plus ! Je t'aime, je t'ai toujours aimée ! s'écria-t-il, posant les lèvres sur son front, plein d'émotion.

À ce moment-là, cependant, Catarina ne put s'empêcher d'éclater en sanglots.

– Allons, ma chérie, ne pleure pas. N'en parlons plus ! répéta-t-il généreusement.

– C'est que...

– Quoi ? Dis, dis-moi : confie-toi à ton mari.

– C'est que... celui qui doit pardonner c'est toi, osa-t-elle dire enfin, cachant encore plus son visage.

Foix ressentant une joie jusqu'alors inconnue prit sa femme par le menton et couvrit de baisers son visage.

– Moi, moi ? s'écria-t-il se relevant et regardant fixement sa femme, les yeux resplendissants de bonheur. En voilà une bien bonne ! Comment veux-tu que je ne te pardonne pas ?

– Je t'ai rendu l'existence insupportable pendant plus de deux mois...

Foix étouffa sa voix en lui mettant la main sur la bouche. Et plein d'enthousiasme, il dit amoureusement, sa bouche collée à l'oreille de sa femme :

– Tais-toi, tais-toi.

Il se fit un silence dont tous deux jouirent avidement. Enfin il la lâcha, ils se regardèrent jusqu'au fond des yeux et sourirent avec amour.

– Imaginons que nous recommençons à nouveau, que nous sommes jeunes mariés. Tu t'en souviens ? dit-il avec un arrière-goût de tristesse auquel la félicité actuelle ne pouvait remédier.

Mais à ce moment la porte grinça. Catarina sauta prestement du lit pour aller s'asseoir rapidement sur une chaise d'où elle vit arriver sa fille sur la pointe des pieds, apportant une assiette.

– Tu peux ouvrir les volets, mon petit, papa ne dort pas.

– Je lui apportais son bouillon, c'est l'heure.

– Apporte le bouillon, Fineta, apporte, dit son père d'une voix si claire, si joyeuse, si gentille qu'elle semblait trempée dans le soleil.

La jeune fille vit sur ces visages l'arc-en-ciel du bonheur et son cœur sauta de joie. Mais en passant à nouveau la porte elle s'écria intérieurement avec amertume :

– Ils sont heureux ! Heureux ! Tout le monde est plus heureux que moi !

Le lendemain Foix, les jambes encore faibles, pâle, les yeux cernés, quitta son lit et passa la journée dans sa chambre, bien couvert, affalé dans son fauteuil, à côté de la table qu'on lui avait installée près du balcon. Il parcourut les journaux, ouvrit sa correspondance et lut, très flatté, une lettre particulière du ministre l'assurant que le Gouvernement accéderait volontiers à la demande de la Compagnie de Vilaniu de faire entrer tout le matériel sans acquitter de droits de douane. Cette lettre, le soleil qui dansait sur les papiers de la table et la paix qu'on respirait dans la maison le remirent d'aplomb, lui redonnèrent l'envie de parler que depuis si longtemps il avait dû refréner chez lui. Ainsi, pendant la matinée, il bavarda à bâtons rompus : d'abord avec Jordi, ensuite avec Eladi et enfin avec Rodon qui s'étaient empressés de lui rendre visite. Et après le déjeuner, quand les deux femmes s'installèrent, l'ouvrage à la main, autour de lui, saisi par l'atmosphère familiale il ne put prendre ni un livre ni un journal, il parla à sa femme et à sa fille, leur décrivant ses voyages en Angleterre, en Belgique et en France ; il parla avec un grand enthousiasme des attentions dont il avait été l'objet dernièrement à Vilaniu, du plan et de l'extension du nouvel hôpital, des choses qu'il avait vues à Madrid et des personnages importants dont il avait fait la connaissance.

– Quand j'y retournerai vous viendrez avec moi. Il faut en finir avec cette vie de nonnes que vous menez. Puisque nous sommes encore jeunes, il faut en profiter, surtout toi, ma pauvre enfant, n'est-ce pas, Fineta ?... Les gens regardent tout, commentent tout à leur façon et de la moindre chose ils font toute une histoire : ils sont encore capables de croire que nous vivons mal ou que chez nous il n'y a pas assez d'argent pour que vous puissiez vous montrer.

– Mais nous sommes en deuil, nous n'en avons pas envie...

– Allons bon ! Le deuil, le deuil ! Il ne doit donc jamais finir ?... Il y a au moins un an que ma belle-mère est morte ! s'écria-t-il avec une telle bonne foi que la mère et la fille se mirent à rire.

– On voit bien que tu vis à toute vitesse et toujours distrait ! dit Catarina.

– Eh oui, papa ! Il y a tout juste six mois, voyons ! ajouta la jeune fille, cassant avec les dents le fil de sa broderie.

Foix devint tout rouge, compta mentalement et vit qu'elles avaient raison. Si peu de temps s'était écoulé ? Il en avait fait des choses en six mois !

– Bon, d'accord. Mais au moins la petite peut recommencer à sortir. Voilà, Fineta, je t'emmènerai à Madrid. Peut-être que la ville ne te plaira pas autant que Barcelone, mais les gens y sont très aimables et...

– Rien que pour voir le musée du Prado j'aimerais y aller, l'interrompit la jeune fille, se souvenant de ce que Francesc lui avait affirmé. On dit qu'il est superbe, n'est-ce pas ?

– Je n'y suis pas allé, mon enfant. Comparé au Louvre ou au Kensington, il m'a semblé bien petit. Celui qui comme moi, a vu tout l'espace que ceux-ci occupent, le Prado, vois-tu ?... Mais comme tu n'as pas vu les autres, si tu en as tellement envie je t'y emmènerai. C'est juré !

Mais juste à ce moment entra le petit Eudaldet, qui revenait de l'école accompagné par le négrillon et la conversation s'arrêta.

– Eh bien, mon petit monsieur ! dit son père en lui ouvrant ses bras et le serrant contre lui pour l'embrasser. Tu as déjà l'air d'un vrai étudiant ! Tu te tiens très raide, avec ce cartable si plein de livres !... Qu'est-ce que tu étudies en ce moment ?

– Cet *apès*-midi de la *Géogâphie*, bafouilla le gamin, ouvrant de grands yeux pour regarder son père qui s'amusait à caresser les cheveux soyeux de l'enfant.

– *Géographie ? Voyons*, demanda Foix en castillan, prenant le ton d'un maître d'école. *Quelle est la capitale de l'Angleterre ?*

Eudaldet mordilla son index, leva les yeux au plafond, et au bout d'un moment, quand tous les présents attendaient la réponse la bouche ouverte, il dit :

– *D'Angleté-e* ? Tais-toi !... *D'Angletée... Londes.*

– Bravo ! s'écria son père, lui tendant un douro.

– Je m'en *zouviens*, quand Papa y est allé, ajouta l'enfant. Panxito, qui profitait des jouets autant qu'Eudaldet, souriait pendant ce temps, sans quitter du regard la pièce resplendissante ; Delfineta quitta sa chaise pour aller préparer le goûter du petit.

Le couple resta seul et Foix regarda tendrement sa femme qui venait de lui rendre, poussée par un mystérieux mobile, la paix chez lui, la famille, tout ce qu'il désirait le plus quand il l'avait perdu ; éperdu de reconnaissance, plein de générosité, presque sans savoir comment, d'une voix tremblante et honteuse il commença à insinuer qu'il lui devait une explication.

– Une explication ! Pourquoi ?

– Parce que je te la dois. En changeant de conduite, en redevenant tendre, en m'entourant de la chaude affection familiale tu m'as touché le cœur.

– Bien, mon vieux, n'en parlons plus, dit-elle presque plus honteuse que lui.

– Allons, écoute-moi : toi et moi nous ne faisions qu'un, et il faudrait que cela recommence.

– Voilà une chose que je n'ai jamais vue, que je n'attendrai jamais, protesta Catarina riant malgré elle.

– C'est que vous, les femmes, vous ne voulez pas le comprendre. Mais ne m'interromps pas, car sur ce point on pourrait discuter longtemps. Revenons à ce que je voulais te dire, c'est que je n'aime pas et je n'ai jamais aimé gouverner comme un despote. J'ai toujours reconnu à chacun ses droits tout comme je me fais un devoir de défendre les miens si quelqu'un veut me les enlever.

– Je ne comprends pas où tu veux en venir, riposta-t-elle en plissant le front et quelque peu mortifiée.

– Écoute-moi, lui demanda-t-il avec douceur. Je crois que ce qui te fâche le plus c'est de voir les Balenyà à mes côtés, n'est-il pas vrai ?

Elle tendit l'oreille et ouvrit de grands yeux, fort surprise. Est-ce qu'il serait capable de se séparer de ces gens-là ? Oh, quel bonheur !

– Je ne le nie pas, murmura-t-elle.

– Eh bien, je veux te dire... j'ai le devoir de te dire, parce que ta bonté et ma reconnaissance l'exigent, que si, contre ta volonté, je ne me suis jamais séparé de ces parents, ce n'était pas par despotisme.

– Oh, mon Dieu ! se dit-elle, fort déçue, voyant où il voulait en venir.

– Ce n'était pas par despotisme, ni pour le plaisir de te contredire, ni même par caprice, pour me passer de ton opinion, de laquelle, comme un bon époux, je dois tenir compte souvent, mais parce que ton opinion (ne te fâche pas) n'était pas une opinion, mais un cri né de la passion, et la passion est mauvaise conseillère.

– Bien, mon vieux, arrête : le passé est le passé. J'ai déjà compris que tu es le patron : alors c'est à toi de commander. Ce que je veux, c'est que tu sois content, que Dieu te conserve près de nous. Je ne veux plus jamais te compliquer la vie en quoi que ce soit. Voilà tout.

– Merci beaucoup, répondit-il à nouveau très ému. Mais, vois-tu, ici il ne faut pas parler de patron. Quand il s'agit de diriger notre intérieur, ou de tes propres intérêts..., c'est hors de question : c'est toi, rien que toi, toujours toi qui commandes ; mais les affaires, qu'est-ce que tu y connais ? Il me semble que tu ne dois pas être offensée si je te dis que tu n'y entends rien.

– Oui, mon vieux, oui : tu as tout à fait raison ! Je me suis trompée. Il faut me pardonner, n'en parlons plus.

– Attends, attends un peu, chérie. Écoute : toi et Delfina vous avez le droit de trouver les Balenyà antipathiques, comme c'est malheureusement le cas. Je ne vous en empêche pas. Mais réfléchis et dis-moi : qui m'a aidé autant qu'eux ? Qui, parmi tes parents et les miens a travaillé et travaille pour la maison comme ils le font ? Tu vois bien, même cet imbécile de Bernat a déserté au plus fort de la bataille. Si je pouvais mener l'affaire tout seul, uniquement pour te faire plaisir je les aurais déjà remerciés (à l'amiable, s'entend, parce que je n'ai aucun reproche à leur faire) mais comme cela est impossible... car pour diriger une maison aussi importante que la nôtre un homme seul ne suffit pas, ni deux, ni trois et il est très dangereux que certains postes de la maison, dont les titulaires doivent me remplacer en cas d'absence ou de maladie, soient occupés par des étrangers à la famille, par des gens n'ayant pas d'amour ni de considération pour mon nom, qui peuvent oublier que je veux que tout soit fait avec loyauté, honnêteté et honneur... alors, bien sûr, je dis... même si cela doit te fâcher... et je t'assure que je le regrette... je dis que je dois appuyer Eladi et Jordi, dont par ailleurs, je te le répète, je n'ai aucun motif de me plaindre.

Sa femme haussa les épaules et ne dit pas un mot, désireuse d'en finir, pensant qu'elle connaissait déjà par cœur tout cela.

– Tu comprends, maintenant ?

– Oui, chéri, oui. Mais étant donné que j'ai décidé de ne me mêler en rien des affaires du bureau, tu n'avais pas besoin de me le rappeler. Tu ne peux pas te passer de Jordi et d'Eladi ? Tu n'as qu'à les garder. La seule chose que je te demande c'est que les choses restent comme maintenant, que tu ne recommences pas à me les amener ici à la maison.

Quels préjugés ! Quelle antipathie, ressentie par sa femme et sa fille, contre ces braves gens ! Assurément la cause en était les prétentions d'Eladi à la main de la jeune fille ! Pour tranquilliser Catarina à ce sujet, Foix fut sur le point de lui raconter la conversation qu'il avait eue avec Jordi place de Catalunya, mais soudain il se rappela qu'il n'avait pas encore osé communiquer à son épouse la promesse qu'il avait faite un jour à Jordi ; il rougit et après une pause, il changea de sujet, demandant d'un air câlin :

– Écoute, Ninona... Lui-même fut étonné d'avoir retrouvé au bout de la langue ce diminutif que tous deux trouvaient délicieux quand ils étaient fiancés et qu'il avait oublié une fois marié, craignant qu'il manquât de sérieux.

– Ninona ! s'écria Catarina en riant, revoyant soudain les lointaines perspectives de sa jeunesse enfuie.

– Oui, Ninona. Laisse-moi le dire, maintenant que personne ne nous entend. Que d'années ont passé depuis... ! Et tous deux s'attristèrent en y songeant.

– Écoute, tu ne pourrais pas me dire à présent à quoi est dû ton changement d'attitude qui me rend si heureux ?

Elle hocha la tête, cacha son visage, donnant à ses épaules une attitude de prière fort éloquente.

– C'est une curiosité qui me travaille depuis deux jours. Allons, ma petite, dis-le-moi.

– Ne me le fais pas dire, pria Mme Foix toute honteuse.

– Je ne comprends pas tes réticences. Allons, dépêche-toi, dis-le-moi.

– Mais tu peux bien l'imaginer ! Tu as été malade, j'ai eu peur que tu meures, et...

La voix de leurs enfants qui revenaient interrompit la conversation, mais Foix, qui avait tout compris, fou d'enthousiasme, eut le temps d'ajouter très vite, avant l'arrivée des enfants.

– Bien, ma Ninona, maintenant nous recommencerons à dormir ensemble, n'est-ce pas ?

XI

Sous prétexte de célébrer en famille l'anniversaire d'Eladi, les Balenyà invitèrent à dîner le cousin Foix. Le menu fut exquis, la conversation agréable et animée, le beaujolais excellent, le bordeaux était un Château-Lafite et le champagne un Veuve-Cliquot, le café un délicieux moka et les cigares les meilleurs de La Havane. Un domestique vêtu d'un frac et une femme de chambre habillée en noir avec un petit tablier et des poignets blancs avaient assuré un service parfait, avec une régularité mathématique, à partir de sept heures du soir. Mais comme la conversation se prolongeait et que Foix avec son bavardage n'en finissait pas de fumer son aromatique havane qui lui brûlait les doigts, la maîtresse de maison qui se morfondait dans l'attente du résultat final du programme, osa lever la séance en quittant sa chaise, offrant cérémonieusement son bras à l'invité qui fut bien obligé de jeter son cigare et de se diriger à son bras vers le petit salon. L'ex-couturière lui fit une place sur le canapé capitonné et s'assit à côté de lui avec une indolence étudiée, tout en faisant attention à ne pas friper sa robe en faille mordorée, avec des ornements et des rubans mauves qui la serrait beaucoup et dans laquelle elle était sur le point d'éclater. Jordi s'affaissa sur le fauteuil à côté de Foix, Eladi sur celui à côté de sa mère et aussitôt Pauleta, donnant une petite tape sur le dos de son voisin lui dit en souriant qu'on lui réservait une grande surprise.

– Oui, une surprise très agréable, n'est-ce pas mon fils ? N'est-ce pas Jordi ?

Celui-ci s'empressa d'annoncer, en quelques mots, le mariage de son fils avec Rachel. Foix sauta presque du divan. Pouvait-il souhaiter rien de mieux que de se voir délié du plus grand engagement de son existence ?

– Eh bien, mon vieux ! s'écria-t-il joyeusement et ingénument. Tu es un excellent chasseur !... Tu as visé juste comme toujours, Eladi. Ce n'est pas rien Rachel Llopis ! Une jeune fille jolie comme un cœur, et sans parents ! Que peut-on souhaiter de plus ? Je te félicite de tout mon cœur, je vous félicite tous pour ce choix qui à mon avis ne pouvait pas être plus judicieux ni plus digne de vous sous tous rapports.

Et, oh ! bizarreries du cœur humain ! Foix qui était si content, prononça les derniers mots avec une telle nervosité, née d'un dépit indomptable, que ses auditeurs le perçurent.

– Et vous êtes déjà fiancés ? demanda-t-il aussitôt en se reprenant.

– Oh ! non, mon vieux, non, on n'en est pas encore là, intervint Jordi, en traînant sur les mots.

– Bien sûr que non, mon oncle ! renchérit Eladi.

– Ça se comprend, ajouta Pauleta. Comment peux-tu imaginer que nous serions allés trop loin ?

– Je ne vois pas pourquoi vous seriez allés trop loin.

– Mais si, mon vieux, cela eût été dépasser la mesure, te faire une offense et...

– Taisez-vous, maman, corrigea le jeune homme, lui rappelant des instructions antérieures.

– Tais-toi, ma femme, tais-toi, laisse-moi parler, ajouta Jordi du ton sec dont il parlait habituellement à son épouse. Non seulement nous serions allés trop loin, comme elle dit, dans le sens qu'on aurait manqué au respect que nous te devons tous en faisant avancer les choses plus qu'elles ne le sont, mais mon garçon se serait bien gardé d'arriver même au point où elles en sont si toi-même, il y a un mois, place de Catalogne, t'en souvient-il ?, tu n'étais pas revenu sur ta promesse de le marier avec ta fille.

– Cela ne s'est pas passé ainsi, rétorqua Foix tout rouge et quelque peu mortifié. Ce que je t'avais dit, répondant à tes griefs, c'est qu'une promesse comme celle-là on ne peut jamais l'entendre qu'au conditionnel.

– D'accord, mon vieux, d'accord : c'est vrai.

– Naturellement, ajouta Pauleta.

– C'est ainsi que nous l'avons comprise, conclut le jeune homme.

– Et qui peut penser que tu tiennes parole pour toi et pour les autres ? poursuivit Jordi. Ce n'est pas cela. Ce que je veux te dire c'est que mon fils souhaitait tellement épouser sa cousine et respecter ta volonté que jamais il ne se serait adressé à une autre jeune fille sans être bien sûr que ta fille ne voulait pas de lui, et sans être sûr aussi que tu ne te fâcherais pas s'il cherchait ailleurs. Ce n'est que lorsqu'il a été sûr de tout cela que mon garçon a accepté les bonnes dispositions de Rachel à son égard, il s'est déclaré et il s'est engagé, comprends-le bien, Gilet, il s'est engagé seulement vis-à-vis d'elle, en privé. Avant d'aller plus loin et de formaliser la chose, il fallait te voir, demander ton opinion et ton consentement, en parler tous ensemble et...

– Je vous en suis reconnaissant, mais franchement, moi...

– Voyons, Gilet, nous... laissa échapper Pauleta d'un ton obséquieux.

– Chut, l'interrompit son mari. Nous savons fort bien que tu nous aimes et que tu nous aurais pardonné même cela. Si tout le monde était aussi compréhensif que toi ! Mais « noblesse oblige » comme dit le proverbe. Et puis, il y a autre chose aussi : quand nous demanderons la main de la jeune fille on peut nous parler d'intérêts matériels...

– Voilà la question ! coupa la femme. Mais elle se tut, grâce à un appel du pied de son fils qui n'arrivait pas, malgré son regard sévère fixé sur sa mère, à lui faire clore le bec.

– Les intérêts matériels ? murmura Foix.

– Bien sûr, les questions d'argent, répondit Jordi timidement. Tout ce qu'Eladi possède est chez toi. Tout ce qu'il a tiré jusqu'à présent c'est le salaire que tu lui accordes et celui qu'il reçoit comme secrétaire de la compagnie de Vilaniu. Si on nous demande quel est son capital, quelle est la dot qu'il apporte, que pouvons-nous répondre ? Tu le vois bien, nous ne pouvons pas lui donner une dot, nous avons tout juste de quoi vivre. Nous manquions tellement de tout et étions si endettés !

– Qu'est-ce qu'il dit celui-là maintenant ? se dit Foix en regardant la lampe splendide qui pendait du plafond, les rideaux et le mobilier recouvert de satin jaune paille du petit salon, et se souvenant de tout le luxe dans lequel vivaient ces gens depuis qu'il leur était venu en aide. Il se demandait : à quoi prétendent-ils, que veulent-ils encore ? Était-il possible qu'avec les huit mille douros de salaire que gagnaient à eux deux le père et le fils ils n'en eussent pas encore assez ? Il y avait seulement un an, auraient-ils pu rêver d'une semblable situation ?

Foix, préoccupé par ces idées, resta tout troublé un moment, sans bien saisir les intentions de Jordi. Mais celui-ci, décidé à ne pas le laisser réfléchir longtemps et à le vaincre par surprise, comme il en avait l'habitude, ajouta d'un air innocent :

– Nous avons pensé, Eladi et moi, aux dix pour cent de bénéfices que tu m'avais promis pour lui le jour où je t'ai accompagné acheter ta première voiture. Tu t'en souviens, n'est-ce pas ?

– Quoi ? grogna Foix ébahi par la surprise et fronçant les sourcils pour s'en souvenir.

– Mais oui, mon oncle, intervint le jeune homme. Vous ne vous rappelez pas que ce même soir vous m'avez appelé à votre bureau et vous m'avez dit, il me semble vous entendre encore parce que vos paroles sont restées gravées dans mon cœur, vous m'avez donc dit : Viens ici, tu as déjà parlé avec ton père, n'est-ce pas ? Eh bien, oui, à partir de maintenant tu seras mon fils. Conduis-toi comme tel, agis toujours en accord avec moi et tous deux ensemble nous obtiendrons une haute position.

– Et comment que je m'en souviens ! le coupa Foix perdant quelque peu patience et soulignant ses mots. Mais j'avais ajouté : « pour les êtres chéris que tous deux nous adorons ». La promesse finissait ainsi, les « êtres chéris » auxquels je faisais allusion étaient ma fille et ma femme. Tu ne te maries pas avec ma fille, donc...

– Comment ? s'écria imprudemment Pauleta qui voyait déjà renversé tout ce château de cartes. Ainsi, de même que tu n'as pas tenu ta promesse de...

– Tais-toi ! Va-t'en ! cria Jordi, très inquiet, et sur le point de la prendre par le bras et de la mettre dehors.

– Allez-vous-en, allez-vous-en, maman. Laissez-nous seuls, car vous nous feriez encore dire le contraire de ce que nous voulons. Que savez-vous de ces affaires ? Pour l'amour du ciel, mon oncle, ne faites pas attention à cette femme ! dit Eladi, vraiment en colère et avec le plus grand mépris pour sa mère.

Mais celle-ci, bien qu'effrayée à l'idée de causer de nouveaux orages par la plus insignifiante protestation, resta plantée là, anxieuse de voir comment se résoudrait ce problème si important pour l'avenir de son fils et le sien propre. Cependant son fils et son mari cessèrent bientôt de s'occuper d'elle, préoccupés qu'ils étaient par la réaction inattendue de Foix. Que diable s'était-il passé dans l'esprit de cet homme, auparavant si généreux, si dévoué à leur égard et à présent si pointilleux et parcimonieux ? Devant cette situation et dans un moment aussi crucial, quel parti fallait-il prendre ? Supplier ou menacer ? Foix, de son côté, influencé par le souvenir des fréquents pronostics que son épouse faisait sur ces gens-là, croyait déceler dans ce dîner et cette scène toutes les apparences d'un piège qu'on lui tendait avec la plus grande malignité pour l'exploiter ; il était vraiment hors de lui, tenté d'envoyer au diable, pour toujours, les Balenyà. Quel moment propice pour raffermir la paix chez lui ! Avec quelle joie on célébrerait cette rupture à la maison ! Mais comment remplacer ces deux hommes, beaucoup plus au courant que lui-même depuis quelque temps, des affaires de la maison ? Et que de travail, que de fatigue pour se mettre au courant et pour y mettre un tiers, et cela juste au moment où il était si occupé par les élections et les travaux entrepris !

– Alors ? demanda Jordi d'un ton indéfinissable, regardant le sol, désirant vivement explorer les intentions de son adversaire.

– Eh bien, je veux dire qu'étant donné la façon dont les choses se sont passées, je ne pense pas non plus que vous puissiez exiger que je tienne la seconde promesse, faite sous condition elle aussi, répondit Foix courageusement.

– Personne ne parle d'exiger ! s'écrièrent humblement le père et le fils, saisissant soudain la tactique qu'il fallait adopter pour dénouer la situation.

– Voilà qui est déjà mieux ! répondit Foix, content de pouvoir se radoucir sans perdre la face.

– Nous avons pu nous tromper, et vraisemblablement nous nous sommes trompés. Comme il n'y avait rien d'écrit...

– Et ce n'était pas nécessaire, l'interrompit son fils, en voyant que son père, bien que dissimulant ses intentions, ne tenait pas suffisamment sa langue. La parole de mon oncle vaut plus que tous les écrits par-devant notaire. Je suis le premier à le reconnaître et vous le reconnaissez aussi. Il n'y a eu là qu'un malentendu.

– De votre part, rétorqua Gilet, souhaitant l'entendre dire par Jordi, dont les derniers mots l'avaient vraiment offensé.

– De notre part, indubitablement, de notre part, répéta Jordi, comme regrettant son faux pas. C'est cela même que je voulais dire, mais vous ne m'avez pas laissé finir.

– Alors, résumons-nous, dit Foix, tout aussi désireux que les autres de s'en sortir, que voulez-vous ?

– Vouloir, vouloir !... il vaudrait mieux dire souhaiter.

– Ah, Sainte Vierge ! s'écria Pauleta, croyant que les nuages s'étaient dissipés.

– Alors, que souhaitez-vous ?

– À présent qu'il n'y a plus de malentendus entre nous et que nous pouvons parler avec le calme et la franchise de toujours, il me semble que je peux te le dire sans que nous recommencions à comprendre de travers toutes nos paroles, hein ? Eh bien, ce que nous souhaitons est, tout simplement, que cet oncle si bon que Dieu a donné à notre fils, se souvenant de l'affection filiale que celui-ci lui porte, de l'intérêt avec lequel il prend soin de l'affaire, de l'intelligence et du travail qu'il a déployés pour lui faire gagner des millions, fasse tout ce qu'il pourra en sa faveur, maintenant que le garçon songe à se marier et en a besoin.

– C'est d'accord, je le ferai, dit Foix, l'amour-propre satisfait et le cœur ému. Mais de combien pensez-vous qu'il aura besoin ? Je ne voudrais pas que ce soit trop ou trop peu. J'aime bien Eladi et je vous aime bien aussi : souvenez-vous que je vous en ai déjà donné des preuves en vous donnant votre position actuelle ; mais j'ai mon foyer, j'ai beaucoup de frais et je n'ai pas besoin de vous dire le poids de mes responsabilités. Je n'aimerais pas non plus me montrer mesquin, car ni ma position ni mon caractère, que vous connaissez fort bien, ne me le permettent. Indiquez-moi le chemin à suivre, trouvez le moyen pour que tout le monde soit satisfait, la question des droits et des devoirs étant éclaircie à présent comme je le désire.

– Écoute, dit Pauleta, peut-être en lui offrant ces dix pour cent dont il était question...

– Allons, maman, voulez-vous vous taire, s'il vous plaît ?

– Franchement, ce serait beaucoup trop, dit Foix à mi-voix.

– En aucune façon, dit Jordi voyant la chose impossible. Cela irait chercher au moins dans les deux cent mille douros, n'est-ce pas, mon garçon ?

– Je l'ai déjà calculé et en comptant depuis le mois de mai ce serait à peu près ça, étant donné les opérations avec les Nord et les Vilaniu...

– Oui, ce serait une folie, continua Jordi en remarquant que son cousin ne desserrait pas les lèvres. Nous n'avons jamais voulu te porter préjudice, et maintenant que les choses sont claires nous ne pourrions jamais accepter une somme aussi faramineuse. La jeune fille, d'après des gens bien informés, apportera quatre-vingt-dix mille douros. Naturellement une fille comme ça ne voudra pas d'un va-nu-pieds, on peut en être certain, mais il me semble, à moins, bien sûr, que tu sois d'un avis contraire, et j'ose te répondre en toute franchise parce que tu me le demandes, il me semble que si nous pouvions dire qu'Eladi, outre les cinq mille douros qu'il gagne, a... combien dirons-nous ? un tiers, un quart de la somme citée, c'est-à-dire cinquante mille douros, elle pourrait se considérer satisfaite.

Il s'arrêta, se reposant de ses efforts d'habileté pour parvenir à ce point, et remarquant que Foix, loin d'accepter aussitôt, continuait à se taire réfléchissant et calculant, il reprit à nouveau :

– Et puis, Gilet, cela pourrait se faire sans que tu débourses la somme maintenant. Il n'est pas question de sortir l'argent de la caisse. Tu pourrais le garder pour le faire fructifier, et nous serions bien contents si tu nous payais six pour cent d'intérêts.

Foix, très touché, allait donner finalement son accord quand Pauleta insinua que les Llopis exigeraient peut-être une hypothèque.

– Bon, oui, cela n'est pas un obstacle, lâcha Jordi l'air de rien. Tu pourrais hypothéquer ta maison, n'est-ce pas Gilet ?

– Quoi ? La maison ? Ah, ça non ! Je n'hypothéquerai pas ma maison.

– Je le disais... vois-tu, parce que cinquante mille douros, étant donné la valeur de la maison, ce n'est pas encore une grande charge.

– Non, non, je ne veux aucune charge sur ma maison. Et puis il me semble que *Monsieur* Gil Foix n'a pas besoin de donner toutes ces garanties aux demoiselles dont nous parlons, et pas davantage d'une écriture devant notaire car même sans cela, juste avec ma signature, ou simplement avec ma parole combien de gens ne trouverais-je pas à Barcelone pour me prêter beaucoup plus encore ?

– Certainement ! s'écrièrent-ils tous avec un rire obséquieux, tout en ayant du mal à cacher leur contrariété.

– Non, et il serait même ridicule qu'elles parlent d'hypothèque, maman, mais je pense qu'elles ne le feront pas, affirma Eladi, fatigué d'attendre une réponse que son oncle n'avait pas encore donnée.

Et tous se turent attendant que Foix mît fin à leur tourment.

– Bon, dit finalement celui-ci, croisant ses mains, sans lever son front soucieux incliné vers le sol, je comprends tout ce que vous venez de me dire et, écoutant la voix de mon cœur, je donnerai comme dot à Eladi cinquante mille douros.

Tout le monde, même Foix, respira.

– Mais, reprit-il, je veux changer les conditions que vous proposez et je ne veux pas qu'on déforme celles que je vais vous dire. Écoutez-moi bien, et toi surtout Eladi : je te promettrai par écrit, devant notaire, pour ton mariage, cinquante mille douros, dont dix mille seront payés à la signature de cette promesse et les autres dans les quatre années suivantes, je te paierai entre temps un intérêt de six pour cent sur ce qui restera dû. Si elles acceptent ces conditions je signerai sans difficulté, si elles exigent une hypothèque je n'offre plus rien. Je ne veux pas qu'un don que je fais de bon cœur oblige et peut-être porte préjudice dans l'avenir à mes enfants et je n'admets pas qu'aujourd'hui on considère que ma signature ne suffit pas comme répondant pour une telle somme. Êtes-vous contents ?

Les parents et leur fils se levèrent en même temps pour serrer la main de Foix, feignant des larmes de reconnaissance profonde, l'accablant d'éloges et d'égards, jurant qu'ils n'oublieraient jamais la faveur, la charité qu'il venait de leur faire avec ce généreux geste de son cœur, caractéristique d'âmes délicates comme la sienne, d'hommes de génie comme lui qui ont l'intuition des devoirs d'humanité et la force nécessaire pour dépasser l'égoïsme et l'avarice. Et Foix, convaincu de la reconnaissance de cette famille, prit congé d'eux en les assurant une fois de plus de l'affection qu'il ressentait pour eux, leur serrant la main avec émotion, la larme à l'œil et un doux sourire aux lèvres, doublement satisfait du geste qu'il venait de faire puisque d'une part il pensait qu'ils le méritaient et que d'autre part il voyait que ces braves gens lui en étaient vraiment reconnaissants.

Mais, la porte de l'appartement à peine fermée, et tandis que Pauleta était entrée dans le cabinet de toilette pour se préparer à aller au spectacle, Jordi leva les bras au ciel, regarda son fils, et plein d'indignation et de surprise s'écria :

– Tu as vu comment il devient ? Quel jean-foutre ! Cette façon de marchander et d'imposer des conditions ! C'est l'homme le plus vaniteux de la terre ! Ah, si je pouvais m'en défaire ! Aujourd'hui, alors qu'il nous doit tout ce qu'il possède... manquer ainsi misérablement à sa parole, parce qu'à l'époque nous avons été assez bêtes pour avoir honte de lui faire signer un écrit !

– Non, car qui pouvait imaginer qu'un jour il se dédirait ?

– Nous sommes deux imbéciles, toi et moi, voilà tout ! Parce que si aujourd'hui nous avions eu un papier signé de sa main...

– Et alors ? dit Eladi avec un sourire froid. Il aurait exigé de nous un bilan formel et...

– Ne raconte pas d'histoires, il ne l'aurait pas ramené de la sorte, il ne nous aurait pas humiliés comme ça, il ne nous aurait pas vendu une fois de plus toute cette protection...

– Et il vous aurait payé comme maintenant, car si les choses ne s'arrangent pas, s'il ne sort pas les trois cent mille douros qu'il garde en réserve pour son foutu plan de chantier naval et s'il ne réussit pas un bon coup à la Bourse, il ne paiera pas, voilà tout.

– On verra bien, s'il signe la promesse...

– Il paiera la première échéance.

– Je me chargerai de lui faire payer les autres.

– Si vous arrivez à temps : en quatre ans il peut se passer beaucoup de choses.

– Mais un papier signé a toujours de la valeur.

– Il devient un bout de papier mouillé si le débiteur est devenu insolvable.

– Eh bien, mon petit ! Il t'aurait fait une belle dot ! s'écria Jordi, ne voulant pas encore partager les doutes de son fils.

– Bien sûr qu'il m'a doté ! Savez-vous de quoi ? dit celui-ci avec un rire glacial. D'un hameçon.

La phrase était si crue que Jordi voulut qu'il la lui explique.

– Un hameçon ?

– Mais oui, répondit calmement son fils avec le plus grand sang-froid. Vous ne le voyez pas ? Grâce à la promesse de l'oncle le mariage est chose faite. Ne vous tracassez donc pas. Qui peut mourir de faim avec quatre-vingt-dix mille douros ? Je n'en aurais pas eu autant si je m'étais marié avec Delfina. Croyez-moi, ne critiquez pas l'oncle, il nous a rendu un grand service.

La soudaine apparition de Pauleta parée de son manteau de satin gris perle et d'une fine voilette lui entortillant la tête sous des fleurs et une aigrette qui, tremblante, lui faisait une crête surmontant son chignon, interrompit la conversation entre les deux hommes.

– Bon, allons écouter le ténor Gayarre, sinon nous serons en retard. Heureusement, il ne chante son grand air qu'au dernier acte, dit l'ex-couturière folle de joie comme un enfant. Couvre-toi bien, fiston, et donne-moi le bras. Allons nous distraire, nous avons assez souffert. Mais tout de même, à la fin, tu vois, ton oncle s'est bien comporté, il s'est comporté comme un homme. Tout le monde n'a pas cinquante mille douros. Et puis sa dot à elle, mon garçon ! Ce n'est pas rien ! Ah ! Maintenant oui, on pourra dire que tu as fait un beau mariage ! Veux-tu que je te dise ? C'est peut-être encore mieux que si tu avais épousé ta cousine. Au moins tu n'auras pas cette belle-mère. Ouf ! Cette Catarina ! Dieu nous en préserve ! Si même maintenant on en est arrivé à ce point, imagine ce que cela aurait pu donner plus tard ! Viens, mon garçon, viens, donne-moi le bras. Je suis folle de joie !

– Alors avance et tais-toi, grogna son mari relevant le col de son manteau, que le domestique venait de l'aider à enfiler, et passant devant. Le cocher en bas doit être mort de froid.

À peine la porte franchie il morigéna sa femme : il ne fallait pas dire ces choses-là devant les domestiques.

– Oh ! dit-elle naïvement, tu as raison. Je ne sais même plus ce que je dis, tellement je suis heureuse !... Tu comprends, j'ai tellement souffert le martyre ! Mais, croyez-moi, toute cette résistance qu'il nous a opposée au début ne vient pas de lui, car il est généreux : c'est sa femme, cette traînée de Catarina, la coupable. S'il n'avait pas été influencé par elle il t'aurait donné les deux cent mille douros sur-le-champ. On voit bien qu'ils sont tout à fait réconciliés ! Tu sais ce qu'on m'a dit l'autre jour ? Que depuis un moment elle avait mal au cœur le matin ! Ce serait drôle si maintenant... Seigneur ! une nouvelle sainte Anne !... À la vieillesse mal de jeunesse ! Ha, ha, ha !

– Allons, entre dans la voiture et tais-toi, dit Jordi, souriant enfin à moitié et ouvrant la portière.

XII

Le 3 janvier à neuf heures du soir Foix, épuisé et d'une humeur massacrante, s'affalait sur son lit. Sa femme et ses enfants l'avaient supplié en vain de venir dîner. Il avait besoin d'être seul pour remâcher encore les tonnes de chicotin dont l'amertume emplissait sa bouche depuis quinze jours : il lui fallait chercher, dans les eaux troubles où se noyait sa pensée, la bouée de sauvetage à laquelle s'accrocher au milieu de cette mer déchaînée. « Oui, parce que ou la justice divine n'existait pas, ou il serait sauvé. Quel monde, Seigneur ! Quels mauvais moments ! Que d'amertume ! Quelle iniquité ! »

Catarina entra, désirant le consoler.

– Non, dit-il la voix noyée de larmes, laissez-moi seul, tout seul ; j'ai besoin de réfléchir. Va coucher dans l'autre chambre parce que je ne dormirai pas et je ne te laisserai pas dormir. Ta présence éveille mes remords de ne pas t'avoir écoutée quand il était encore temps, et c'est pire : il me faut penser et je ne peux pas.

– Prends au moins le bouillon que je t'apporte. Tu n'as pas dîné, il y a je ne sais combien d'heures que tu n'as rien mangé. Le bouillon te fera du bien et te donnera des forces.

Foix avala en vitesse le contenu du bol ; une fois seul, dans l'obscurité, la tête enfoncée dans l'oreiller, il essaya en vain de fixer ses pensées sur le cas concret de ce jour pour s'orienter et trouver la solution souhaitée. Impossible ! Son imagination s'était débridée et malgré lui l'entendement devait se taire et céder la place à la folle du logis qui reproduisait les souvenirs avec tout le relief, la forme et les couleurs de la réalité :

« Il fallait reculer de quinze jours, endosser le frac, discuter une fois de plus avec sa femme et sa fille parce qu'elles avaient refusé de l'accompagner, et se diriger dans le même landau qu'Eladi et Rodon, leurs mains gantées de blanc aussi, à l'église de la Conception. L'église était remplie de curieux, pour la plupart des dames et des demoiselles qui, honteuses d'être vues, tournaient le dos comme des enfants voulant se cacher, au passage des gens du cortège. Le trio du landau avait traversé l'étroit passage que la foule laissait pour aller jusqu'au chœur. Celui-ci était plein comme un œuf de dames somptueusement habillées, parées de bijoux et de fleurs, de messieurs en habit, un grand nombre d'entre eux exhibant sur leur poitrine des décorations comme des tournesols et sur leur visage la fierté de leur position dans la hiérarchie sociale. Le sol tout entier était recouvert d'un tapis moelleux, toute l'église était éclairée comme pour les grandes solennités, l'air était parfumé par de grands bouquets ainsi que par de petits bouquets de fleurs d'oranger, venus exprès de Nice, et que deux laquais distribuaient aux demoiselles du cortège quand celles-ci franchissaient le portail. Tout le monde avait deviné qui avait eu l'idée de cette délicate et coûteuse offrande.

– C'est Emilia qui a pensé à cela ! s'écriaient-ils, admirant le ruban de moire blanche, avec la date de la cérémonie écrite en lettres d'or, qui pendait du bouquet.

Finalement arrivèrent les deux fiancées, le gouverneur militaire donnant le bras à l'une, le préfet à l'autre. Habillées de soie brochée blanche ornée de broderie anglaise, et de petits bouquets de fleurs d'oranger, les yeux baissés, l'air modeste et pudique, leur voile entourant d'une gaze très fine leur tête, leurs épaules et les très longues traînes glissant sur le tapis aussi doucement que la brume se levant des prés à l'aurore. Une rumeur persistante monta du public, tout le monde, irrespectueusement, tourna le dos à l'autel ; la curiosité, à ce moment-là, allumait tous les regards, ouvrait les bouches, étouffait les mots. L'avocat Oliveras, le petit Charles, tout raide dans son uniforme de collégien français et M. Reniu, président de l'Académie, plus vénérable par la grande et brillante surface chauve de sa tête, bordée d'une épaisse touffe de cheveux blancs, que par son savoir et son âge, fermaient la marche, cueillant au passage les observations et les exclamations admiratives suscitées dans le public.

Arrivées en haut les épousées s'agenouillèrent chacune rapidement sur un prie-Dieu face à l'autel, jusqu'à l'apparition de l'officiant, un jésuite au teint frais, aux sourcils aussi épais que ceux de ma femme, élégant dans ses manières et dans sa façon de porter la soutane, avec une étole somptueuse, je ne sais quelle médaille au cou et dans ses mains, extraordinairement soignées, un livre richement relié, lequel nous dit de nous préparer. Il se plaça au milieu, tournant le dos à l'autel ; les fiancées d'un côté, la tête tournée vers le baron d'Esmalrich et Eladi, leurs fiancés, qui se trouvaient de l'autre côté. Moi derrière les deux couples, entre le gros marquis de Palausolitar, le jeune baron d'Aiguamurcia et l'ami Rodon, nous quatre étant les témoins des futurs maris, je voyais de surcroît, par-dessus la tête encore inclinée des deux fiancées, au bout de leur traîne, aussi raides que nous, les deux premières autorités serrées dans leur uniforme, le président de l'Académie, sa tête chauve resplendissant à la lumière des cierges, avec toutes ses décorations à gauche sur la poitrine et une sorte de médaille pendant d'un cordon au milieu de la blancheur de sa chemise, puis l'avocat Oliveras avec à ses côtés le petit Charles. »

– Mais pourquoi je pense à tout cela maintenant, mon Dieu ? Pourquoi j'y pense, alors que ce qu'il me faut...

s'écria à haute voix Foix se retournant dans son lit, fâché contre lui-même. Mais ce fut inutile : son imagination, têtue, continua à lui dépeindre la scène :

« Alors que tout le monde était prêt et que le spectacle était digne d'être perpétué sur une toile pour un musée, que l'officiant était déjà sur le point d'ouvrir ce petit livre si joli, voilà qu'un autre prêtre arrive l'air furieux, lui parle à l'oreille, et qu'ils s'en vont dans la sacristie, le jésuite nous faisant signe avec la main de ne pas bouger. Et pendant un moment personne ne bougea. "Ce devait être un petit oubli". Mais au bout d'un moment les gens commencèrent à s'impatienter, à bouger, étonnés de voir que cette suspension se prolongeait tellement. Du public en bas montait une rumeur générale. Les fiancées commençaient à s'inquiéter. Même Emilia abandonnait son attitude pleine de dévotion et pâlissait sous l'ombre délicate de son voile. Alors Eladi, n'en pouvant plus, s'avança vers sa fiancée pour la réconforter et courut vers la sacristie ; trouvant la porte fermée il revint, plus jaune qu'un cierge, et il dit à tout le monde, en riant, de ne pas s'inquiéter, qu'il s'agissait seulement de remplir quelque formalité. Mais sur tous les visages on voyait croître l'inquiétude devant ce fait inattendu et les fiancées se sentaient déjà défaillir de honte et d'inquiétude, malgré les exhortations que leur adressaient les fiancés, les parents et les amis.

– Vous voyez ? Tenez, maintenant l'autre prêtre vient de sortir et il emmène à la sacristie le gouverneur et monsieur le marquis, me fit remarquer Eladi qui n'arrêtait pas d'aller d'un côté et de l'autre. Il ne s'agit que de signatures, messieurs, criait-il de plus en plus décomposé, de plus en plus souriant. Qu'est-ce que je vous disais, mon oncle ? À présent c'est vous qu'ils appellent.

– Moi ?

– Oui, vous. Regardez.

En effet, le prêtre en question venait me chercher et je partis derrière lui. Il ouvrit la porte. Dans la sacristie avant notre arrivée il y avait seulement six personnes : à l'entrée l'officiant et un nouveau prêtre discutant à voix basse, mais avec beaucoup d'ardeur, avec les deux témoins qui m'avaient précédé environ trois minutes auparavant et là au fond une dame, l'air accablé, assise sur une grande chaise en cuir ; le visage de la dame était caché par une voilette noire très épaisse. Elle était étroitement surveillée, presque prisonnière, par un prêtre qui se tenait devant elle.

– Excusez-moi, monsieur Foix, me dit le jésuite quittant le cercle et me prenant la main pour me mener à l'écart. Là, d'une voix si basse que je ne l'entendais presque pas, il m'expliqua le conflit dans lequel nous nous trouvions. Cette dame si parfaitement voilée que je ne quittais pas des yeux, ayant remarqué à quel point ses genoux tremblaient de rage, s'était présentée alléguant contre le mariage d'Eladi l'empêchement de la promesse de mariage que celui-ci lui avait faite et elle s'était déclarée prête à répéter ses allégations au pied de l'autel si, se fiant à la discrétion avec laquelle elle agissait maintenant, on s'avisait de continuer la cérémonie.

– C'est à vous maintenant, continua le prêtre, avec toute la loyauté que notre Sainte Mère l'Église exige de vous dans un moment aussi solennel, de m'avouer si vous connaissez cette dame et si vous avez connaissance de l'engagement pris par votre neveu.

Je m'approchai pour regarder la mystérieuse dame qui, soit dit en passant, était vraiment une femme superbe, avec de très beaux yeux à en juger par leur éclat à travers les mailles de la voilette, et après m'être dûment assuré, je retournai en arrière et déclarai, la main sur le cœur, que je ne la connaissais pas, que je ne savais rien de l'engagement pris par mon neveu et que je ne pouvais pas croire qu'il eût promis le mariage à quelqu'un d'autre qu'à la jeune vierge qu'il conduisait à l'autel.

– Savez-vous ce que je crois, ajoutai-je avec la plus grande conviction. Ou bien cette dame, qui cache si soigneusement son visage, est une folle ou bien c'est une ennemie des demoiselles Llopis qui cherche à se venger, voilà tout.

– Nous le croyons aussi mais, mon Dieu ! mon Dieu ! Quelle histoire !... Venez, s'il vous plaît.

Et nous rejoignîmes le groupe du gouverneur. Celui-ci et le marquis pensaient que l'accusatrice n'ayant apporté aucune preuve, sa parole ne pouvait pas être tenue pour valable, mais au contraire, l'assistance ayant de forts soupçons bien fondés d'avoir affaire à une ennemie effrontée de la pauvre fiancée, ou mieux encore, à une folle, la cérémonie pouvait et devait se poursuivre sans plus penser à l'*Ecclesio vetiture* dont parlait un des prêtres et sans accroître encore l'inquiétude et le scandale qui commençaient à régner dans l'église. Cependant les prêtres voulaient être tout à fait sûrs, pour ne pas donner lieu à des critiques, tout en regrettant de prolonger cette situation ambiguë, à l'occasion, précisément, de deux mariages si mondains.

– Mais enfin, messieurs, dis-je, voyant que les prêtres hésitaient encore, cela ne peut plus durer. Cette situation porte préjudice en même temps à quatre innocents. Croyez-vous qu'il puisse suffire pour suspendre un mariage que n'importe quel imbécile se présente pour alléguer le premier empêchement qui lui passe par la tête sans en apporter les preuves ? Ne croyez-vous pas que je connaisse suffisamment mon neveu ? Quel profit dois-je tirer de son mariage ? Alors si je vous déclare ici que je n'ai pas le moindre doute sur l'innocence de mon neveu, si nous sommes ici cinq personnes avec de l'autorité, de l'expérience, du bon sens, et, Dieu merci, de la religion, et si nous croyons tous les cinq que nous avons affaire à une hystérique, faut-il hésiter encore ? Voulez-vous cependant une preuve plus éclatante ? Appelons l'accusé et confrontons-le avec elle. Moi-même, qui saurai mieux dissimuler en prenant un air souriant pour dissiper l'alarme, j'irai chercher mon neveu.

– Bonne idée, s'écria l'un des prêtres.

– Non, non, dirent les autres, emportés par ma conviction. Que la cérémonie continue, et à la grâce de Dieu. Si cette dame a vraiment raison elle aura aussi le courage nécessaire pour répondre à la requête solennelle, et dans le cas contraire elle n'osera rien dire.

Nous nous approchâmes tous de la mystérieuse folle qui, remplie de honte et de rage à la fois, pleurait comme une Madeleine, mais silencieusement.

– Madame, persistez-vous ? demanda le père jésuite avec une douceur étudiée. Ne l'entendant répondre que par des sanglots étouffés, il poursuivit d'une voix pleine de compassion :

– Alors, allez-vous-en, croyez-moi, partez et ne vous donnez pas en spectacle, ne causez pas de scandale dans la maison du Seigneur. Allez-vous-en, à la bonne heure, vous avez déjà fait assez de mal.

– *Oui*, insista le gouverneur, laissant de côté les égards et la compassion et prenant le ton d'un caporal bourru, *et faites attention que je n'aie pas à vous sortir d'ici entre deux agents qui vous emmèneront au commissariat.*

– *Non, monsieur le gouverneur*, osa dire le jésuite. *Permettez-moi de dire à madame qu'en tant que prêtre je ne puis l'empêcher d'entrer à l'église et de répondre à ma requête au moment solennel.*

– *Tout ce que vous voudrez, mon père mais*, et il se tourna à nouveau vers l'inconnue, *sachez que je suis ici avec mes subordonnés pour vous mettre la main au collet au moindre écart de conduite. Tenez-vous-le pour dit, madame !*

On vit que la femme avalait la réponse insolente qu'elle avait sur le bout de la langue, qu'elle réprimait des pleurs compromettants, qu'elle se maudissait pour son manque de courage. Et tandis qu'on se mettait d'accord, prêtres et témoins, pour dissiper les doutes de ceux qui attendaient dehors et que nous décidions tous de garder le secret le plus absolu sur ce qui venait de se passer, nous vîmes que la femme voilée se faisait ouvrir la porte donnant sur le cloître et qu'elle s'enfuyait rapidement, toute honteuse.

– *Monsieur le gouverneur, vous l'avez effrayée*, dis-je.

– *C'était la meilleure façon d'en finir*, s'écria-t-il en riant et haussant les épaules.

Souriants et détendus, nous sortîmes enfin, disant que tout était la faute de l'envoyé de l'état civil qui avait traîné en longueur.

– Vous voyez, vous voyez ? C'est bien ce que je vous disais, s'écria Eladi, fou de joie. Et s'approchant de moi, il me demanda dans le creux de l'oreille :

– C'est vrai, c'était ça ?

– Et alors, que voulais-tu que ce fût ? répondis-je, alarmé par cette incrédulité dénonciatrice.

Nos deux regards se croisèrent comme deux épées nous blessant mutuellement, mais, sans proférer un seul mot, chacun de nous regagna sa place. La cérémonie commença et se déroula jusqu'à la fin sans aucun autre incident. Mais j'étais assailli de soupçons, je ne parvenais pas à quitter Eladi des yeux et je vis que jusqu'à la fin ses jambes tremblaient, que ses regards affolés n'arrêtaient pas de se poser sur le public, que tout son corps frémissait au plus léger bruit. Combien il a souffert pendant ces moments !

Quand nous arrivâmes chez les sœurs Llopis j'étais déjà convaincu que la femme mystérieuse avait dit vrai, et remarquant qu'Eladi, comme malgré lui, tournait autour de moi pour avoir des nouvelles, je le pris par le bras au moment où il passait près de moi, je l'écartai du buffet pour l'emmener dans un petit salon où personne ne pouvait nous entendre et je lui racontai tout : il était la seule personne à qui l'on pouvait, à qui l'on devait même, découvrir le secret sans faire de tort à personne.

– Ah ! s'écria-t-il couvrant sa honte sous un rire qui tremblait. Je sais qui c'est et il faut que vous le sachiez aussi au cas où elle viendrait vous trouver tandis que je serai à Paris. C'est une maîtresse que j'avais, comprenez-vous ? C'est une traînée, mais riche, très riche. Vous la trouverez parmi la liste de nos clients, elle s'appelle Solervall. C'est une femme qui a beaucoup vécu, très insolente, très rancunière quand elle se fâche. Si vous saviez le mal que je me suis donné tous ces jours-ci pour la dissuader ! Qu'est-ce que j'ai pu suer d'angoisse ! Mais comment voulez-vous que j'aie pu lui promettre sérieusement le mariage alors même que je la crois mariée ? Mais à la voir si jalouse j'ai essayé de la contenir, de la calmer, en espérant qu'avec les fables que je lui racontais et les précautions que je prenais elle ne parviendrait pas à savoir le jour, le lieu et l'heure du mariage... comprenez-vous ? Tout le monde aurait fait de même. Pour le reste, si elle vient vous raconter des histoires, n'en croyez pas un mot, méfiez-vous d'elle. À mon retour j'arrangerai tout. Allons, retournons au buffet, mon oncle, oubliez ça. Quel est le jeune homme qui n'a pas fait pire ?

– Moi, m'écriai-je aussitôt avec réprobation.

– Bon... mais vous c'est vous. Bon, allons retrouver les autres.

Ce n'était pas le moment de discuter ni de le sermonner et je le suivis donc sans mot dire, tout en pensant qu'à son retour de Paris je lui ferais clairement comprendre ce que sont pour moi la bonne conduite, la loyauté, la dignité, l'honneur de l'homme. Parce que... je ne sais pas ce que je vis alors sur le visage de ce garçon, quelle dureté je trouvai dans son intonation, quelle froideur dans ses paroles, faisant penser plutôt à un surin qu'à une épée, que mes nerfs se crispaient comme blessés.

Oui, à son retour de Paris... À son retour de Paris ? Il n'avait même pas eu le temps d'y arriver que Mme Solervall en personne se présenta à la caisse pour réclamer ses six cents actions Almanses laissées en dépôt chez moi. Jordi la pria de revenir le lendemain. Par méfiance, ou peut-être par désir de poursuivre contre Eladi le scandale commencé la veille à l'église, elle fit mine de s'en aller et entra dans mon bureau. Il me semble la voir encore : grande, belle, élégante malgré le désordre de sa toilette et sa robe froissée qu'elle avait dû mettre sans doute à la hâte. À ce moment-là, je ne reconnus pas la mystérieuse femme voilée de la sacristie, mais je devinai ou je vis je ne sais quoi de terrible dans ses yeux et mon cœur se mit à trembler.

– Je voudrais vous parler une minute.

Je tournai la clé de la porte et nous nous assîmes, elle sur le divan et moi sur le fauteuil à côté.

– J'ai déposé chez vous six cents Almanses.

– Ce doit être récemment, ou bien on s'est occupé de vous sans passer par ici, car c'est la première fois que j'ai l'honneur de...

– Mais je n'avais jamais mis les pieds chez vous.

– Ah, je comprends... un administrateur ou un fondé de pouvoir...

– Non, monsieur ; c'est votre fondé de pouvoir qui a pris les actions chez moi, ainsi que les signatures nécessaires.

Je devinai tout de suite qui elle était et elle dut sûrement le lire sur mon visage parce qu'elle me dit avec une intention marquée :

– Je suis Maria Solervall. Vous ne me connaissez pas de nom ? Vous ne vous souvenez pas de m'avoir vue il n'y a guère, assez loin d'ici ?

Par respect pour elle et malgré mon désir de bien connaître l'histoire de ses relations avec mon neveu, je niai totalement, tâchant de mentir le mieux possible, et ce ne devait certainement pas être aussi convaincant qu'il l'eût fallu dans la circonstance, car cette femme me regarda avec un sourire incrédule et s'écria :

– Bon, ça n'a pas d'importance. Voilà l'affaire : je voudrais retirer ce dépôt.

– Il vous appartient, madame. Quand vous voudrez.

– Maintenant, est-ce possible ?

– À l'instant même.

J'ouvris la porte et je fis appeler Jordi.

– Madame, ajoutai-je alors en laissant la porte ouverte, une demande comme la vôtre n'est pas un secret. Tout client est maître des dépôts dont il m'a honoré, il peut me les demander à toute heure.

Jordi entra à ce moment-là et il me sembla qu'en voyant la Solervall il en fut troublé. Je pensai qu'il connaissait cette femme comme étant la maîtresse de son fils et que par un sentiment fort naturel il était contrarié de tomber sur elle.

– Écoute, lui dis-je doucement, Mme Maria Solervall, ici présente, souhaite retirer à l'instant six cents Almanses qu'elle a déposées chez nous. Apporte-les.

La Solervall baissa les yeux tout en faisant osciller entre ses doigts un bout du très long boa qu'elle portait entortillé à son cou.

– Mais j'ai déjà demandé à madame d'avoir la bonté de revenir demain et nous étions d'accord, répondit Jordi plus blanc que la cire et me faisant un clin d'œil pour que je sorte, ce qui m'étonna beaucoup.

– Mais pourquoi attendre demain ? demandai-je en toute bonne foi et contrarié de voir que chez moi un client n'était pas servi sur-le-champ.

Mon cousin après avoir hésité un instant dit que c'était à cause du travail.

– Je suppose, ajouta-t-il, que madame n'est pas à vingt-quatre heures près.

– Vous vous trompez, répliqua-t-elle résolue, en nous lançant un regard plein d'insolence.

Mais Jordi sans tenir compte d'elle continuait à me faire des clins d'œil et, sans me donner le temps de dire un mot, il me poussait dehors bafouillant je ne sais quoi :

– Viens, mon vieux, te rendre compte. Avec les opérations qui nous sont tombées dessus on est écrasé de travail.

Bousculé, stupéfait, je me retrouvai dans le couloir sans savoir comment.

– Tu es un imbécile, chuchota-t-il à mon oreille dès que nous eûmes franchi la porte.

C'était pour moi comme recevoir une décharge à bout portant.

– Viens, viens donc au Secrétariat. Là nous parlerons.

Et me poussant toujours il m'y emmena ; j'étais ébahi de confusion et de surprise.

– Que se passe-t-il ? Je ne te comprends pas, criai-je une fois enfermés dans le bureau d'Eladi.

Il hocha désespérément la tête, avala sa salive, me montra ses dents noircies comme pour me mordre et hochant à nouveau la tête il m'ordonna, oui, c'est ainsi, il m'ordonna :

– Va, va donc dire à cette femme de revenir demain. Je te raconterai tout après.

– Mais qu'est-ce que cela signifie ? Je veux le savoir maintenant, me mis-je à crier hors de moi enfin et tellement effrayé par la conduite mystérieuse de mon caissier que j'en avais des sueurs froides.

– Que nous ne les avons pas, idiot ! Tu ne l'avais pas encore compris ? me cracha-t-il au visage, défiguré en même temps par la colère et le désespoir. Va mettre cette femme dehors ! Nous en parlerons, mais d'abord débarrasse-toi d'elle !

À l'inquiétude, au délire qui s'était emparé de moi je dus les forces suffisantes pour maîtriser mes nerfs qui se relâchaient et, feignant la sérénité, j'allai dire à la Solervall le plus courtoisement possible qu'en effet les employés avaient du travail par-dessus la tête et qu'elle nous rendrait un grand service si elle avait la bonté de revenir le lendemain. Cette femme eut sûrement pitié de l'angoisse qu'on devait lire sur mon visage ou bien elle comprit l'inutilité d'insister davantage parce qu'elle accéda à mes prières, mais je dus subir l'affront de laisser passer sans riposter les mots suivants, prononcés avec un sourire provocant :

– Nous attendrons donc demain. Mais demain faites bien attention, monsieur Foix.

D'abord le principal, pensai-je, contenant ma rage devant cette insulte, et après l'avoir saluée avec un sourire forcé à la sortie du vestibule, j'appelai Jordi. Je fermai le bureau, donnant l'ordre à Quim de ne laisser approcher personne de la porte ; assis chacun à un côté de la table, lui blanc comme la mort, moi plus rouge qu'un piment, je répétai :

– Alors, que se passe-t-il ? Qu'est-ce que c'est, tous ces mystères ? Dis-le-moi et cesse de me tourmenter.

Je ne l'avais jamais vu transpirer autant, même pas le jour où il vint rue Giriti me demander de sauver son fils du désastre, ni user de tant de circonlocutions pour commencer :

– Mais, mon vieux, parle donc ! Tu ne sais pas combien je souffre.

– Ne t'inquiète pas, n'aie pas peur. Il y a des moments où l'on est tout embarrassé. Cette femme m'a fait perdre les pédales, et... maintenant... tu penses déjà... je ne sais quoi.

– Bon, arrête tes préambules. Dis-moi, comment se fait-il que les actions de la Solervall ne soient pas chez nous ?

– C'est très simple : parce qu'Eladi les a vendues.

– Hein ? m'écriai-je fronçant les sourcils. Ne m'as-tu pas dit qu'elles étaient en dépôt ?

– C'est elle qui le dit.

– Et ce n'est pas vrai ? Tu ne le sais pas ?

– Oui, je le sais.

– Alors, ne perdons pas de temps. Explique-toi une fois pour toutes.

– Douterais-tu, par hasard, des bonnes intentions de mon fils ?

– Jusqu'à présent je n'en ai pas de raison. Mais explique-toi au nom de Dieu ou du diable.

– C'est que cette impatience, cet air alarmé que tu prends sont pour moi une offense, tu dois le comprendre.

– Eh bien, cesse de te sentir offensé et parle. Accouche à la fin. Où sont ces titres ?

– On les a vendus et remplacés par des Vilaniu. Soixante mille douros, en quelque action que ce soit, sont toujours soixante mille douros : la faute n'est pas si grave.

– Alors pourquoi réclame-t-elle les Almanses ? Est-ce que par hasard elle ignorait cette opération ?

– Oui, elle l'ignorait.

– Mais... mais pourquoi ? À quel titre a-t-elle confié ses Almanses à ton fils ? Avait-il le pouvoir de faire des opérations avec ? Dis-moi.

– Oui, le jour où elles monteraient à cinquante mais ce jour n'est pas encore arrivé.

– Et en attendant il fallait les garder en dépôt ?

– C'est cela même.

– Alors, comment Eladi a-t-il osé ? On doit obéir scrupuleusement aux ordres des clients, tu m'entends ? Un dépôt c'est la chose la plus sacrée au monde, le sais-tu ? dis-je en criant, vraiment furieux.

– Tu vois... répondit Jordi, feignant qu'un nœud dans la gorge ne le laissait pas parler clairement et que les larmes noyaient sa voix, c'est là l'affaire... Je lui disais bien : "Ton oncle ne saura pas apprécier ton sacrifice..."

– Son sacrifice ? Dis plutôt le mien. Les abus commis chez moi, qui affectent-ils, sinon moi ? Quel nom s'en ressent, celui de ton fils ou le mien ? Ça c'est un comble ! Cela veut-il dire que si vous me compromettez, si vous me déshonorez je dois vous en être reconnaissant ? Jordi, je suis un bon père mais jamais la passion paternelle ne m'aveuglerait à ce point.

Jordi me laissait dire et crier parce qu'il n'osait visiblement pas me parler comme il le voulait, mais se décidant tout à coup il me répondit :

– Si Eladi a fait cela ce ne fut pas avec de mauvaises intentions ni pour le plaisir, mais parce qu'il s'y est vu obligé. Tu comprends maintenant ?

– Obligé ? Par qui ?

– Laisse tomber.

– Je ne peux pas laisser tomber : je dois le savoir. Obligé par qui ?

– Par toi ! lâcha-t-il comme s'il m'envoyait à nouveau un coup de fusil, perdant enfin tout respect et appréhension.

– Par moi, m'écriai-je, alarmé comme jamais et déjà prêt à répondre à l'attaque que cet homme préparait, à en juger par sa façon de me regarder et de montrer les dents. De ma vie je n'avais vu Jordi comme à ce moment-là. Pour la première fois de mon existence l'antipathie que ma femme avait toujours ressentie envers lui me sembla naturelle et tout à fait justifiée. Quelle expression aigre, agressive, perverse, sur le visage de cet homme ! Il était méconnaissable, transfiguré : c'était bien le criminel qui soudain tombe dans le piège et ne peut pas y échapper.

– Oui, oui, par toi ! cracha cette bouche infernale, par toi, qui es coupable de tout, et qui maintenant viens t'exclamer et faire porter la responsabilité à ceux qui, ici, ont souffert le martyre pendant trois mois pour te soutenir et t'aider, alors que tu promenais, fier comme un paon, ta vanité ridicule dans les ministères et les comités, que tu te soûlais de champagne et d'orgueil dans les banquets...

– Tais-toi, voleur, assassin, ingrat, voyou, m'écriai-je, sautant de ma chaise, au comble de la fureur, le prenant par le cou pour l'étrangler. Cela veut donc dire que je suis ruiné, que vous m'avez laissé ruiner sans m'avertir et que vous avez eu, hypocrites ! la bassesse de me flatter pour m'arracher la dot de ton fils afin qu'il puisse s'emparer de celle de la fille Llopis ! Je vais te tuer ici même, coquin, salaud, voleur !

Pendant ce temps ma main, agrippée comme une griffe au cou de cette canaille, était en train de l'étrangler pour de bon, le sang lui montait à la tête, il n'arrivait pas à respirer par la bouche qu'il ouvrait autant qu'il pouvait. À la fin dans un des sursauts que l'asphyxie lui faisait faire, et peut-être aussi parce que, bien qu'au paroxysme de la rage, mon bon naturel ne m'abandonna pas et me fit relâcher inconsciemment l'étreinte, il parvint à se dégager et me cogna contre le mur et il m'aurait certainement tué si pendant qu'il retrouvait des forces et prenait son élan je n'étais parvenu à ouvrir la porte et à appeler Quim. Ce qui se passa ensuite je ne le vis pas. Quand la clarté blessa mes yeux je me retrouvai étendu sur le divan, respirant péniblement ; près de moi se tenaient Pep et Quim qui me regardaient avec compassion. Mon cousin, cette bête féroce, avait quitté la maison, le visage tuméfié, griffé, plein de sang. »

Mais à ce moment-là la volonté de Foix se rebella à nouveau contre le poison de cette imagination qui l'empêchait de réfléchir ou de se reposer. Il alluma, décidé à se lever. Le souvenir très vif de cette bagarre l'effrayait, oppressait son cœur comme s'il s'y trouvait à nouveau. « Peut-être qu'en se levant, en marchant un peu avec la lumière allumée ces souvenirs qu'il aurait voulu effacer à jamais, s'évanouiraient. »

Il se leva et commença à marcher, agité et endolori. Mais il fut distrait par un bruit de pas qui s'approchait.

C'était Catarina qui entrait doucement, un bougeoir à la main, pour voir si son mari s'était endormi.

– Que fais-tu debout, chéri ? Tu ne t'es pas encore couché ? demanda sa femme d'un ton attristé, absolument navrée de voir le visage de plus en plus décomposé et creusé de son mari.

– Quelle heure est-il ? demanda Foix distraitement.

– Une heure, chéri, une heure. Allons, Gilet, mets-toi au lit et ne te désespère pas ainsi. Demain on verra. Si tu ne dors pas, si tu ne te reposes pas, comment veux-tu réfléchir ?

– Je ne puis réfléchir à rien, à rien de ce qu'il conviendrait que je fasse. Les souvenirs me poursuivent comme des bourdons acharnés, et par moments il me semble que je suis pris de délire comme la dernière fois que j'ai été malade.

– C'est pour ça, mon grand ! Crois-moi, couche-toi, calme-toi, n'y pense plus, ne pense plus à rien et essaie de dormir. Veux-tu venir dans mon lit ? Peut-être qu'en te parlant d'autre chose... Je te ferai la conversation, tu te détendras petit à petit et tu t'endormiras. Tu penses, avec les efforts de la réunion de cet après-midi, les ennuis qu'on t'a faits, ne pas avoir dîné... Tu dois être épuisé. Il te faut du repos, dit Catarina, laissant le bougeoir sur la table et s'asseyant presque aussi affligée et épuisée que son mari.

– Tout, tout est par terre ! La gérance, le siège de député, le prestige, le nom, la fortune, l'honneur, oui, même l'honneur, tout est par terre ! s'écria-t-il en pleurant toutes les larmes de son corps, marchant nerveusement d'un bout à l'autre de la chambre. Et tout ça parce que je ne t'ai pas crue à temps !

– Ne dis pas cela. Tu exagères tout. Jusqu'à présent tu n'as perdu que la gérance de la compagnie du chemin de fer de Vilaniu.

– Tout, j'ai tout perdu.

– La gérance et rien d'autre. Réfléchis. Cela fait dix mille douros d'appointements, et ce n'est pas rien, c'est vrai, mais il te reste la banque, il te reste ton énorme quantité d'actions, et la maison et ta réputation et...

– La gérance ! Avoir perdu la gérance me fera perdre les élections. Elles ont lieu dans huit jours, tu verras bien alors. La perte de la gérance m'enlèvera la confiance de mes clients, je perdrai le prestige, la clientèle, l'honneur !

– Mais pourquoi l'honneur, la clientèle, la confiance des gens ? Aurais-tu volé ou escroqué quelqu'un, par hasard ? Non, alors...

– C'est que tu ne connais pas les mensonges qu'à l'heure qu'il est ces gens-là doivent faire courir déjà ! Tu ne sais pas ce qu'ils m'ont déjà lancé au visage, en pleine assemblée générale, ces langues venimeuses de Jordi et de Rodon.

– Rodon aussi ?

– Rodon aussi ! Tous ceux que j'ai tirés du ruisseau et sur lesquels, pendant deux années de suite, je n'ai fait que répandre des richesses, à qui je n'ai cessé d'accorder des faveurs ! Rodon, oui, Rodon retourné comme un gant depuis hier soir par ce salaud de Jordi et par son désir de s'emparer de la gérance ! Rodon, oui, et si le chemin de fer se fait c'est à moi qu'il le devra, si aujourd'hui il possède deux cent mille douros c'est grâce à moi, s'il touchait six mille douros comme président du Conseil de la Compagnie c'est encore grâce à moi, et si demain il est sénateur c'est à moi qu'il le devra ! Rodon, ce renégat, cet hypocrite indécent, aussi fourbe que cette hyène de Jordi ! Ces deux-là, tout comme les autres du Conseil qui bien loin de s'opposer à la répartition du dividende sur l'actif, me mettant ça sur les reins, l'avaient voté en applaudissant : ceux-là mêmes qui en ont profité aussitôt pour lancer sur le marché toutes leurs actions pour me les faire racheter, sont ceux qui aujourd'hui m'ont craché au visage devant la foule des actionnaires en leur disant : « Que croyez-vous que c'était cette répartition ? C'était une martingale, un piège que vous tendait ce monsieur pour se faire élire député et venir après quémander le remède, aujourd'hui indispensable et qui va nous coûter la baisse terrible qu'il nous cache et vous obligera à débourser trois ou quatre fois plus que ce dont il vous a fait cadeau. »

– Ils ont dit cela ?

– Cela et beaucoup plus encore, ces misérables ! Ils ont dit cela, et il n'a servi à rien que je leur montre, aussi clairement que deux et deux font quatre, que la répartition du dividende a été décidée à une grande majorité, que ce n'était pas à mon profit ni en pensant aux élections puisque j'avais lancé cette idée, en plein conseil, deux jours avant qu'on ne me demande d'être candidat. Jordi fut encore assez vil pour crier : « C'est un mensonge ! Autrement, qu'on consulte les actes : confrontez les dates jour par jour. J'ai ici le journal où il est dit qu'on a offert à Gil Foix d'être candidat pour la circonscription de Vilaniu. » Avec une plus grande envie de gifler à toute volée le visage de Jordi, que de parler, j'ai crié : « Messieurs, qu'on apporte les actes et que tout le monde voie si les signatures de tous les membres actuels du Conseil ne figurent pas au bas de l'accord et parmi les premières celle de l'homme qui vient d'avoir le front de me démentir pour se venger, messieurs, par dépit d'avoir été chassé de chez moi. » On m'a rappelé à l'ordre, Rodon a cassé sa clochette, il s'est fait un tumulte indescriptible. Malgré tout j'ai continué : « Messieurs, là où il y a une justice on ne refuse pas à l'accusé le droit de se défendre. Si j'ai parlé ainsi c'est parce qu'il m'a interrompu, qualifiant de mensonge la vérité et manquant au règlement alors qu'en ce moment il devrait être le premier à se taire. » Mais comme l'atmosphère était déjà créée et que leur propos de me chasser au milieu d'un scandale était manifeste, il a suffi que Jordi se lève et proteste contre mes dernières paroles, les qualifiant de calomnieuses, pour que l'assistance en masse se mette à criailler contre moi, que des cannes s'élèvent, me menacent ; me poussant, me bousculant, on me jeta dehors jusqu'à l'escalier, sans écouter mes explications ni mes protestations. Le peuple avait à choisir entre Jésus et Barrabas, et il a fait comme toujours. On m'a sacrifié sans m'écouter. Tu le vois bien, où est la justice ? Si Dieu n'existe pas, s'il n'y a pas de justice divine, pourquoi sommes-nous venus au monde ?

– Ne dis pas cela, chéri ! dit Catarina épouvantée. Allons, n'y pense plus. Viens te reposer maintenant.

Foix s'était assis, pleurant avec la plus grande affliction. D'une voix enrouée par les larmes il s'écria encore :

– Ah, je n'arrive pas à comprendre, je ne parviens pas à m'expliquer comment, pendant si longtemps, j'ai porté un bandeau sur les yeux ! Eladi, Jordi, Rodon ! Des hypocrites, des misérables ! qui m'ont suivi, étaient mes hommes de confiance, qui m'ont fâché avec toi, avec mon frère, avec tous ceux qui m'aiment, pour profiter de moi, pour s'emparer de ma volonté, pour se faire une situation à mes dépens, pour me déshonorer par leurs malversations, pour me voler et ensuite me trahir !

– Allez, ça suffit, ça suffit pour aujourd'hui, Gilet !

– Ah ! et quand je t'aurai raconté toute l'histoire de Blanxeta, comment elle est morte, la pauvre fille, à Paris !

– Blanxeta est morte ?... Et qu'est-ce que cela a à voir avec nous ? s'écria Catarina alarmée, croyant que son mari délirait.

– Oui, morte, morte misérablement. C'est un crime d'Eladi !

– Allons, ne dis pas de folies. Comment le sais-tu ?

– À présent, petit à petit, je connais tout, tout. C'est Pi qui me l'a expliqué avant-hier. Quand tu sauras comment j'ai trouvé les livres, la caisse, les dépôts que j'ai dû dégager ! Quand je t'aurai dit les énormités, les tripotages que Mme Solervall m'a racontés au sujet d'Eladi !... Et moi qui ai aidé au mariage de cet infâme !... Pauvre Rachel ! Un bel avenir l'attend !

– Eh bien, vois-tu, au milieu de notre malheur, Dieu ne nous a pas abandonnés. Toi qui souhaitais tellement que ce fourbe épouse notre fille !... Allons, Gilet, allons nous coucher : n'en parlons plus. Il est trois heures moins le quart. Viens, viens te reposer. Dieu te viendra en aide, tout n'est pas encore perdu.

Et lui prenant amoureusement le bras Catarina arracha son mari de la chaise ; celui-ci, écrasé de douleur, dut se pendre au bras de sa femme pour franchir la porte tapissée sans trébucher.

XIII

Lorsque Rodon et le nouveau conseil se réunirent, ils purent examiner calmement le bilan, les inventaires, les livres et les papiers du Vilaniu et ils furent glacés d'effroi. La Compagnie n'avait pas un sou en caisse, elle devait la bagatelle de deux cent mille douros à Foix et s'était engagée à en payer quarante mille dans cinq jours pour deux chargements de rails qui allaient arriver d'un moment à l'autre ! « Qu'avaient-ils fait ? Quel engagement s'étaient-ils mis sur le dos ? Comment diable Jordi qui était à l'origine de tout ce chambardement ne les avait-il pas avertis ? Personne mieux que lui n'était au courant de l'état des choses : pourquoi donc avait-il fait endosser à ses camarades, sous couvert d'amitié, les mêmes angoisses que devait éprouver en ce moment Foix, son plus grand ennemi ? Jordi ne voyait-il donc pas que cette situation, en soi catastrophique, ne pouvait qu'empirer avec la baisse que les derniers accords allaient promouvoir ? Si l'expulsion du premier administrateur obéissait au généreux désir de sauver le Vilaniu d'une banqueroute imminente, pourquoi Balenyà n'avait-il pas montré cette imminence, pourquoi n'avait-il pas donné le temps à Foix de présenter ses états, d'écouter ses explications, ses plans, ses projets afin de mieux juger et que chacun puisse voir ce qui lui convenait le mieux ?

Il est vrai que Jordi avait commencé par accepter la présidence du Conseil et que par conséquent il devait partager l'engagement des autres. Mais pourquoi donc n'était-il pas venu présider cette assemblée si importante qui avait lieu chez Rodon ce jour-là ? Tout le monde avait la réponse sur le bout de la langue, cependant l'amour-propre, la honte qu'ils ressentaient tous, les empêchaient de la formuler.

Rodon et ses compagnons se regardaient épouvantés, ne savaient comment surmonter leur surprise, dans l'exaltation de leur susceptibilité blessée ils ne pensaient qu'à leur situation honteuse d'hommes abusés, à leur dégoût qu'ils auraient jeté à la face de Jordi s'il avait été à leur portée. C'était cela qui les intéressait, la situation économique de la Compagnie étant reléguée à la deuxième place. Comment délibérer à son sujet alors qu'ils avaient ce poids sur le cœur ?

– Qu'en pensez-vous, messieurs, si on envoyait le chercher ? dit enfin Rodon donnant comme sous-entendu le nom qu'il taisait, convaincu que tous les assistants, qui ne pipaient mot depuis deux minutes, l'entendaient.

– Oui, oui ! s'écrièrent-ils tous en même temps en quittant leur fauteuil comme si on les piquait.

Tous, profondément soucieux, commencèrent à déambuler en désordre dans le salon, sans mot dire, l'un s'efforçant d'allumer un cigare, d'autres s'approchant de la table pour feuilleter les livres et les journaux sans voir leur contenu, celui-ci marchant de long en large, celui-là soupesant un gland des tentures, tel autre s'arrêtant distraitement devant chaque tableau et chaque gravure, le plus songeur de tous s'efforçant de trouver une formule ingénieuse pour se démettre et abandonner tous ces soucis. Mais le plus angoissé, le plus profondément frappé par la tromperie était le nouvel administrateur, l'inquiet Rodon qui était resté les coudes sur la table, la tête cachée dans ses mains, effrayé en songeant aux difficultés de sa mission.

Puis le domestique revint disant que M. Balenyà était alité. Personne ne le crut : pâles, sans oser encore rien dire, ils retournèrent s'asseoir, un sourire ironique sur les lèvres. Au milieu de ce silence douloureux le jeune Tàrrega, qui avait vu non sans envie l'intronisation de son vieil ami Rodon, osa exprimer, mi-souriant, ce que tous taisaient depuis un bon moment.

– Allons, il est clair que nous avons été les instruments d'une vengeance personnelle.

– C'est cela même, dit un autre.

– Je le crois aussi ! s'écria son voisin.

– Cela fait un bon moment que je le pense.

– Tout comme moi.

– Et moi.

– Et moi aussi, dirent beaucoup d'autres.

– Je crains encore quelque chose de pire ; pour notre plus grande honte, qui sait si nous ne sommes pas victimes d'une comédie ourdie par les deux cousins ! s'écria M. Pou, un ex-charcutier rouge comme une framboise, ventru comme un batracien, méfiant comme un renard.

– Oh, non ! Qu'ils se sont fâchés, et bien fâchés, j'en suis sûr et certain. J'ai vu Jordi sortir de la maison le visage en sang !

– Quoi qu'il en soit nous sommes dans de beaux draps, nous jouons un bien joli rôle, reprit le jeune Tàrrega, regrettant de plus en plus de s'être laissé abuser.

– Eh oui, par ma foi, un bien joli rôle qu'on nous a fait jouer ! ajouta Jeroni, le grainetier, qui, une demi-heure après la bagarre, regrettait déjà d'avoir retourné sa veste.

– Et quand est-ce qu'on a fait cela, messieurs ? s'écria plein d'indignation M. Pou, quand cette fripouille de M. Foix ou son neveu ou qui que ce soit avait déjà mis en vente publiquement les actions auparavant destinées aux syndicataires.

Vous ne le saviez pas ? Moi si. Et c'est pour cela, pour cela seulement, que j'ai voté la destitution de cet homme, croyant à la bonne foi de son cousin. Mais si j'avais su ce que nous venons d'apprendre maintenant je ne me serais pas laissé prendre. Coquin ! Il les a vendues à un bon prix ensuite elles ont baissé et maintenant nous les avons sur le dos. Messieurs, nous avons tous l'air de gogos ! À mon avis nous devrions tous présenter notre démission !

– C'est juste, c'est juste ! crièrent deux autres.

– Non, pas ça, pas ça ! s'écrièrent quelques-uns songeant aux deux mille douros d'émoluments.

– La situation est difficile.

– Nous y sommes entrés trahis, trompés !

– Messieurs, cria alors Rodon craignant le tour que prenait la discussion et remarquant que par contrecoup tous ces regrets étaient humiliants pour lui. Si nous déclarons que nous avons été abusés, tout le monde se moquera de nous, si nous démissionnons je ne vous dis rien du ridicule encouru et du danger pour les intérêts de la Compagnie et de toute la vallée des Flors. M. Pou, avec les meilleures intentions du monde et sans s'en rendre compte, dénature les faits, fait dévier la question. Qui nous a placés ici ? Le vote de la majorité. À quoi devons-nous ce vote ? À la confiance que nous lui inspirons. Celle-ci, et pas une autre, est la base de notre situation, quels que fussent les mobiles de M. Balenyà quand il a provoqué d'abord la réunion générale des actionnaires et ensuite l'expulsion de l'ancien administrateur. Mais je demande : fallait-il remplacer ce monsieur ? et je ne dis pas que j'étais ou non le plus apte à le faire. Fallait-il remplacer ce monsieur, lui enlever la gérance ? dis-je une fois de plus. L'état actuel de la Compagnie le démontre, justifie l'accord de la majorité et enlèvera aux yeux de tous ceux qui ont un peu de bon sens le moindre soupçon qui aurait pu blesser notre amour-propre. Laissez donc ces appréhensions, croyez-moi. On nous a placés ici ? Eh bien, nous n'en bougerons pas. L'abandon d'un poste de confiance est toujours au détriment de celui qui l'abandonne.

Les trois quarts de l'auditoire se mirent à applaudir.

L'orateur de plus en plus sûr de lui et enhardi par le désir de vaincre le péril, continua :

– La situation est critique ?... Et qui dit le contraire ? C'est là qu'on voit les hommes, messieurs, c'est pour cela que nous sommes ici. La gravité de la situation, les difficultés du moment nous imposent avec plus de force le devoir de ne pas décevoir les espoirs de nos compagnons, nous obligent à rester les armes à la main, à nous battre comme un seul homme tant que nous aurons un souffle de vie...

L'orateur s'aperçut soudain qu'il était en train de répéter mot pour mot un discours qu'il avait prononcé, il n'y avait pas encore un mois devant la coalition électorale de Vilaniu, il remercia en hochant la tête sous les applaudissements qui venaient d'éclater et après une pause pour prendre une nouvelle orientation, il poursuivit en baissant la voix et d'un ton persuasif :

– Autrement, messieurs, et ce doit être là le mobile et la direction permanente inoubliable de notre conduite, nous exposerions à la rapine des spéculateurs les intérêts de la Compagnie et nos propres intérêts, l'ennemi se flatterait de notre défaite et ce qui est plus amer, pire que tout, nous serions déshonorés devant la conscience publique.

Mais l'opposition restait froide et on entendit M. Pou maugréer :

– Des histoires, tout ça c'est des histoires, et Jeroni murmurer :

– Des mots, rien que des mots.

Alors le nouvel administrateur parla encore une demi-heure, prêchant l'union, invoquant l'esprit de corps, s'efforçant de les convaincre de la nécessité d'emprunter à intérêt au moins cinq cent mille douros pour couvrir les besoins actuels et enrayer la baisse que les ennemis et les craintifs allaient sans doute accentuer ; il recommanda enfin pour couper les ailes à Foix, que chacun essayât de lui retirer les comptes courants et les dépôts que peut-être il avait encore entre ses mains. Mais comme l'ex-charcutier s'entêtait dans son idée d'une démission en masse, mettant au pilori les deux cousins, qui étaient la cause de tout, et que le jeune Tàrrega et Jeroni n'étaient pas encore disposés à appuyer leur compatriote de Vilaniu ni à oublier les faveurs de Foix, il fallut encore discuter, se disputer et se bagarrer durant une heure pour décider la majorité à voter les autorisations demandées par le nouvel administrateur et la convaincre des devoirs que cette situation difficile lui imposait.

....

De son côté Foix, dans la mesure où il lui était possible de considérer calmement les choses, vit que sa situation, bien que difficile, n'était nullement désespérée. Il est vrai que pour payer la Solervall et récupérer les dépôts qu'il trouva mis en gage il dut entamer une bonne partie des trois cent mille douros qui dormaient si bien à la banque Mercantile, mais en revanche Eladi, anxieux de s'en sortir lors de la dernière liquidation et désireux d'obtenir le papier signé par son oncle pour sa dot, avait trouvé le moyen de se débarrasser sans grande perte de la plupart des Vilaniu syndicataires et maintenant les actions que Foix possédait étaient plus facilement négociables. Il lui restait donc encore des moyens pour se refaire des pertes subies pour peu que la chance l'aidât.

« Tout était une question de temps et d'habileté. La protection de mossén Pere, ce saint homme qu'il priait avec une véritable dévotion, ne l'abandonnerait pas. De quels yeux devait-il regarder, depuis le Ciel, les méfaits des Balenyà ? Comment pourrait-il accepter que son neveu qui n'avait jamais failli à sa devise de loyauté, d'honneur, d'honnêteté puisse payer la casse de ces deux ingrats, de ces deux voyous qui étaient en train de le ruiner, sans égards, sans honte et couvraient d'ignominie le nom de sa maison ? Non, non, il fallait avoir foi dans l'intercession de ce saint homme, de l'espérance en Dieu, et il relèverait tout : la maison fondée par mossén Pere ne pouvait s'effondrer comme ça, ne pouvait pas disparaître ignominieusement ! »

Réconforté par cet espoir, Foix respirait avec soulagement et commençait à esquisser des plans pour relever son affaire quand ce matin-là arriva Giberga, son principal agent électoral à Vilaniu ; il lui manifesta ses craintes de le voir perdre l'élection, ce qui désarçonna le banquier. Ses électeurs, presque tous actionnaires du chemin de fer, en le voyant si ignominieusement chassé de la gérance et ayant eu vent de l'état de la Compagnie, indignés de savoir qu'on allait leur demander de nouveaux dividendes, inquiets pour l'avenir de leurs intérêts et convaincus que Foix était coupable de tout, qu'il les avait trompés pour des raisons égoïstes, lui tournaient le dos et le reniant s'empressaient d'aller rejoindre les files du jeune Galceran. C'était tout à fait ce qu'avait craint au début l'ex-administrateur. Quelle infamie ! Quelle déception ! Foix s'exalta comme un fou, prit sa voiture et à toute vitesse courut à la Préfecture, ici et là, pour en tirer finalement la conclusion, fort douloureuse, que tous ses efforts seraient inutiles. L'heure de l'élection approchait, il manquait de temps et de moyens pour faire réagir l'opinion, pour défaire ce qui était déjà fait : le préfet n'osait pas affronter, pour un candidat d'occasion qui avait déjà perdu, l'autre candidat affilié depuis longtemps au parti qui était au pouvoir.

Mis hors de lui par cette nouvelle déception il revint à son bureau. Pepet et Pi, avec des têtes de condamnés, lui annoncèrent que les conseillers et les clients de Vilaniu étaient venus en foule ce matin réclamer le solde de leurs comptes ainsi que leurs dépôts, et comme cela atteignait plus de cent mille douros ils avaient eu toutes les peines du monde à contenir la poussée jusqu'au lendemain, après avoir remis les soixante-treize mille douros qu'il y avait en caisse.

– Voleurs, infâmes ! s'écria Foix, faisant allusion aux gens du conseil.

Il donna l'ordre de vendre immédiatement au comptant toutes les Catalanes et les France qu'il possédait et fou de rage et de haine il jura une guerre sans merci contre Vilaniu et son chemin de fer et pour le moment il rédigea fébrilement un télégramme donnant l'ordre d'arrêter totalement les travaux de l'hôpital et du canal de la Solana.

– Vous croyez ?... osa lui objecter Pepet en le lisant. Vous ne pensez pas que ce sera encore pire ? En voyant qu'on arrête les travaux ils seront encore plus convaincus de votre ruine.

– Et alors ? s'écria Foix très exalté. Qu'ils croient ce qu'ils voudront. Je leur expliquerai ma ruine ! Fripouilles ! Voyous ! Vous, Pi, cherchez-moi toutes les créances que j'ai contre la Compagnie. Cette après-midi même faites-moi une copie des comptes courants de Rodon et des Balenyà père et fils. Je les obligerai tous à danser la gigue malgré eux ! Et si les gens de Vilaniu veulent un canal, que Galceran et Rodon le leur construisent ! Ingrats ! Infâmes !

– Mais faites attention, car demain il faut que nous soyons couverts, osa conseiller encore Pepet.

– Il n'y a pas des fonds de réserve ?

– Nous avons tout donné.

– Et de traites à encaisser ?

– Pour vingt mille douros seulement.

– À la première heure qu'on encaisse celles arrivées à échéance, et qu'on escompte les autres. Que peuvent-ils nous demander encore demain ces crapules ?

Pepet se gratta la nuque et regarda le sol.

– De combien, de combien avez-vous besoin pour demain ? Mon vieux, ne restez pas planté là comme un nigaud.

– Si tous les clients de Vilaniu se présentaient, de deux cent mille douros peut-être.

– Nous n'aurions même pas assez de temps pour les payer.

– Ouvrons les bureaux une demi-heure plus tard, conseilla Pi.

– Combien avons-nous en valeurs de l'État ?

– Pour environ cent quatre-vingt mille douros.

Foix se gratta la tête, fronça les sourcils et il dit avec mauvaise humeur.

– Bon, allez. Demain vous aurez l'argent. N'oubliez pas d'envoyer ce télégramme immédiatement. On se verra à la Bourse, hein Pi ? Foix resta encore une demi-heure sur son siège, hier trône de gloire et aujourd'hui de tourment, considérant dans le silence sa situation, bien plus angoissante qu'il ne se l'était imaginée quatre heures plus tôt. Ses yeux brillaient de larmes et de rage, dans son cœur une voix mugissait clamant vengeance. Il n'arrivait pas à coordonner ses idées, plongé qu'il était dans une affliction rageuse, ses pensées lui échappaient comme l'autre nuit quand il luttait, elles se dissolvaient à nouveau dans des imprécations et des insultes contre tous ces méchants, ces ingrats qu'on trouve parmi les humains. « Il valait mieux, beaucoup mieux mourir que de vivre parmi tant de canailles. » En songeant à la mort il lui revint en mémoire le caveau qu'il avait fait construire dans le nouveau cimetière et il revit sa belle-mère au milieu de la tempête déchaînée qui agitait son crâne et il se souvint de ses paroles : « Vous me faites peur : avoir de la santé et de quoi vivre, cela suffit », que la vieille femme leur répétait si souvent. Foix eut peur, il trembla des pieds à la tête en se demandant si cette peur de sa belle-mère n'était pas prophétique. Le poil hérissé il commença à tourner dans son bureau sans oser même regarder le portrait de son oncle ; mais soudain son regard égaré tomba sur la pile de billets à ordre que Pi avait déposés sur sa table. Il s'approcha machinalement pour les regarder. Toute cette brume de visions illusoires et de souvenirs s'effaça comme par enchantement. Un sourire de confiance brilla dans ses yeux. Il les fixa sur les billets à ordre et remarquant que tous étaient négociables immédiatement il dut porter la main à son cœur pour réprimer ses battements de joie. « Tous à l'ordre ! Avec une simple requête il les faisait encaisser bientôt. Sa revanche était assurée. » Il mit les billets à ordre dans sa poche et devenu un tout autre homme il se dépêcha d'aller rejoindre sa famille pour déjeuner.

Cependant les télégrammes qu'il recevait de Paris et de Madrid une demi-heure plus tard le laissaient soucieux, abattu. Les cotations arrivaient avec une baisse effroyable. Deux jours plus tôt ce mouvement avait légèrement commencé à la Bourse de Londres, mais au bout de quelques heures les cotations avaient réagi faisant comprendre qu'il n'y avait pas de causes sérieuses à ces oscillations. De plus la fièvre d'or loin de diminuer se trouvait à son point culminant : jamais on n'avait vu pareille folie de jouer, les yeux fermés, avec toute sorte d'actions, une telle procession entre la Bourse et la Coulisse. Il n'y avait pas de rumeurs de guerre et aucune révolution ne venait d'éclater de par le monde. Qui était donc assez puissant pour provoquer, dans de telles circonstances, une baisse de deux, trois, de cinq points sur les meilleures valeurs du monde, comme il arrivait à présent ? Foix se précipita à la Bourse, tellement tracassé qu'il n'arrivait pas à bien respirer.

– Que se passe-t-il, demanda-t-il à Giró qui sortait de sa voiture en même temps que lui.

– Excusez-moi, répondit le « bouledogue » entrant en courant dans la cour.

– Mais, mon vieux, s'écria Foix le saisissant par le coude, vous ne pouvez pas m'expliquer ces nouvelles ?

– Rien, rien du tout. De fausses alarmes, répondit l'autre sans ralentir le pas.

– Je ne te crois pas ! pensa Foix se dirigeant vers ses commis qui l'attendaient avec Pi près de la fontaine de Neptune.

– Avez-vous reçu des télégrammes ? lui demanda Pi aussitôt.

– Assez, oui.

– Et alors ? Ça va mal, hein ?

– C'est une baisse incompréhensible, s'écria Foix, la mine allongée.

– C'est le krach, voilà !

– Vous croyez ? dit Foix plongé dans une mer de confusions et n'acceptant qu'avec le plus grand regret l'opinion de Pi.

– Oui, il n'y a pas de doute, insista l'autre, c'est bien cela.

Il lui expliqua alors ce qu'il avait découvert. Tout venait de Lyon, c'était l'endroit choisi par les banquiers juifs pour livrer leur grande bataille à l'Union Générale.

– Croyez-moi, monsieur Foix, celui qui ne vendra pas aujourd'hui le regrettera demain. Vous le savez, je connais bien la Bourse de Paris. Alors une baisse aussi considérable que celle-là en ce moment ne peut s'expliquer que par quelque chose d'important comme ce qu'on raconte : l'affrontement de deux castes irréconciliables.

Foix l'écoutait en souriant, croyant à quelque exagération ou à un nouveau paradoxe du jeune homme, mais celui-ci ajouta avec le plus grand sérieux :

– Entrez, entrez dans la grande salle, regardez ces figures, écoutez ce silence... Tout le monde pense cela, mais personne n'ose le dire.

– C'est vrai, confirmèrent les autres.

– Oui, croyez-moi, les premiers coups de feu sont partis. Sur tous les visages vous lirez la peur qui précède les grands combats. Quand sonnera la cloche, le clairon pour ainsi dire, vous allez voir le tumulte et comment les haussiers d'hier feront le dos rond !

Juste à ce moment arriva un domestique apportant un communiqué à Foix. La baisse continuait, de plus en plus forte. Alors Foix se décida aussi. Une idée traversa son esprit : forcer la baisse des Vilaniu et une fois en dessous de la parité, retourner la situation.

– Il n'y a pas de doute, dit Pi. Si nous parvenons à agir ainsi vous les écrasez.

– Bien sûr, je les écrase et après je fais mon chemin de fer... C'est ça, commanda-t-il, très animé, à ses hommes de paille. À la baisse des Vilaniu tout de suite, le massacre sans pitié. Vendez pour la fin du mois, sans crainte, sauf s'ils tiennent bon... mais s'ils faiblissent, à la baisse, toujours à la baisse !

Le cercle se sépara et Foix, assez réconforté par la solution qu'il venait de trouver, s'en alla vers la grande salle en donnant le bras à Pi, lui recommandant de discuter le plus possible le prix des Catalanes et des France qu'il devait vendre au comptant. Mais à ce moment-là sentant qu'on lui prenait l'autre bras il lâcha Pi et, tournant la tête, il vit que c'était Llassada qui s'agrippait à lui.

– Comment allez-vous, monsieur Llassada ? Que dites-vous de ce chamboulement, dit Gil, parlant de la baisse.

– Oui, j'ai su ce qui vous est arrivé et croyez que je le regrette, répondit l'ancien banquier parlant de la défaite de Foix.

– Ah, dit celui-ci un peu honteux. Vous faites allusion à l'histoire du Vilaniu...

– Mon vieux, l'interrompit Llassada le retenant nerveusement et lui parlant à l'oreille, maintenant c'est le moment de prendre votre revanche, les circonstances sont on ne peut plus favorables.

– Que dites-vous là ? s'écria Foix tout surpris.

– Bien sûr, mon cher, c'est le moment de vous venger, conclut l'autre, l'encourageant par des mouvements de tête et avec un clin d'œil malicieux.

– Le moment de me venger ! dit Foix lentement, amèrement, pour dissimuler.

– Et pourquoi pas ? Des gens qui vous ont fait une saloperie pareille... il faut leur faire la guerre, les enfoncer...

– Je ne suis pas homme à me venger, monsieur Llassada, dit Foix souriant encore par feinte.

– Eh bien, vous avez tort. Moi, à votre place...

– Quand tout dégringole ?

– Précisément, c'est le moment de réussir l'affaire.

– Eh bien, aidez-moi, dit Foix riant naïvement à cause de la joie que cette coïncidence d'opinions lui donnait.

– M. Foix n'a pas besoin de moi, il a encore assez de forces et de courage pour se battre tout seul et vaincre toujours, dit Llassada d'un ton flatteur, prenant congé pour aller plus loin dans la salle, poussé et bousculé.

– Diable ! C'est comme s'il lisait dans mes pensées, murmura Foix avançant à son tour, se livrant à l'épais courant qui s'entassait comme il le pouvait dans la salle, au milieu d'un silence inusité et effrayant. « Oh oui, bénie soit la baisse ! L'heure de la revanche avait sonné ! » d'un côté les billets à ordre qui allaient lui apporter les deux cent mille douros, de l'autre les actions à vau-l'eau, et avec le même argent les accaparer toutes et les chasser tous à coups de pied.

Tout à ses pensées, alors qu'il s'orientait là-dedans comme il pouvait, il tomba presque au pied d'une colonne, sur Jordi et Rodon qui détournèrent les regards en feignant de ne pas le voir tandis que lui s'en écartait, la bile remuée, souhaitant de tout cœur que le clairon, comme disait Pi, sonnât enfin pour commencer l'attaque. Mais tout à coup Giró se retrouva de nouveau devant lui.

– Et vous dites que cela ne sera rien, dit Foix l'air narquois.

Le « bouledogue » se gratta la barbe, lança un jet de fumée, et voyant une petite clairière à côté de l'horloge il y poussa son camarade pour parler plus librement.

– Mon cher, quand je suppose que ce ne sera rien, je veux dire que cela finira vite.

– J'ai bien peur, insinua Foix, souriant à demi, qu'aujourd'hui l'ancien oracle de la Bourse perde sa réputation.

– C'est possible, c'est bien possible, monsieur Foix, rétorqua Giró en ouvrant les bras comme s'il prononçait un *dominus vobiscum*, car je ne me suis jamais considéré comme étant infaillible, savez-vous ? Et je ne suis pas toujours tombé juste, savez-vous ?... Mais de toute façon, savez-vous ? je parie à deux contre un que certaines valeurs... comprenez-moi bien... certaines valeurs ne s'en ressentiront pas comme d'aucuns supposent.

– Ah !... ainsi maintenant vous voyez déjà que la plupart penchent pour la baisse.

– Bien sûr, mon cher ! Et moi aussi, savez-vous ? Mais pas pour tout. Voyez-vous, monsieur Foix, écoutez, parce que c'est phénoménal ! s'écria-t-il en posant les mains sur les épaules de son interlocuteur et avec une agitation nerveuse qui dénotait la grande inquiétude de son esprit. La Banque de Crédit, par exemple... vous voyez, une banque flambant neuf, qui ne prend que trois pour cent de prime, alors que partout, c'est tellement haut... vous croyez que cette oscillation peut lui porter préjudice ?

– Et pourquoi pas ?

– Les émissions de cette banque, qu'ont-elles à voir avec les marchés de l'étranger ?

– Hein ! Vous le savez bien assez vous-même !... par la relation, par l'engrenage qu'il y a entre...

– Quel engrenage, s'il s'agit d'une banque qui n'a même pas encore ouvert ses portes au public, savez-vous ?

– Et qu'est-ce que cela signifie ?

– Pour moi c'est tout à fait clair.

– Allons, monsieur Giró, ne jouez pas les naïfs. Je sais bien que la Banque de Crédit vous appartient et maintenant vous me faites l'article comme si j'étais un plouc.

– Mais non ! Laissez-moi vous expliquer...

– Écoutez ce que je vous dis : « Si l'on rosse ton voisin tu peux préparer tes reins. »

– C'est inouï, monsieur Foix, que des gens aussi sensés que vous soient aussi téméraires. Si vous étiez tranquillement chez vous, ma tête à couper que vous raisonneriez autrement. Cela semble incroyable la force de suggestion que les foules exercent sur vous, on ne le dirait pas, cela semble impossible !

– Bon, que voulez-vous dire avec tout ça ? riposta Gil un peu fatigué par ce bavardage inutile.

– Écoutez-moi.

– Je vous écoute. Alors ?

– Écoutez, mon cher, voulez-vous le conseil d'un bon ami ?

– Quoi ? Que j'achète du Crédit ?

– Mais non, écoutez, voulez-vous jouer à coup sûr ? Jouez à la baisse n'importe quoi, des Vilaniu, par exemple, et d'un autre côté achetez...

– Des Crédits ?

– Exactement.

– Ah ! Pour rien au monde !

Le « bouledogue » sans tenir compte du sourire moqueur de Foix colla sa bouche contre son oreille et lui dit :

– Je me souviens de tout ce que vous m'avez fait gagner avec les Vilaniu, savez-vous ? Si vous m'écoutez vous ne le regretterez pas.

– Mais dites donc, pour parler sérieusement, si la banque de Crédit est si excellente, pourquoi ses actions n'ont-elles pas monté davantage ? Cela fait trois mois qu'elles en sont au même point : à treize, sans bouger de treize... c'est un chiffre pour les femmes !

– Voulez-vous que je vous dise pourquoi ?

– C'est ce que je vous demande.

– Eh bien, je ne veux pas vous le dire. Ce que je puis vous assurer c'est que dans trois jours elles grimperont comme une montgolfière.

– Alors que tout dégringole elles monteraient ? Ne voulez-vous pas dire plutôt qu'elles monteront au paradis ?

– Mon cher, vous êtes un ami et je regrette de vous voir si aveuglé. Approchez-vous, je vais vous le dire.

Et se collant à nouveau à son oreille, avec l'air de lui faire une grande confiance, il lui dit que cette banque avait été créée pour la rénovation urbaine de Barcelone.

– Aïe ! Ce n'est pas demain la veille !

– Pas demain ? Dans trois jours le plan sera approuvé. Croyez-moi, faites coup double : Vilaniu en baisse et Crédits en hausse.

Il lui serra la main et disparut, laissant Foix stupéfait de voir que même le « bouledogue » l'encourageait à faire la guerre aux Vilaniu comme si tout le monde lisait dans ses pensées ou que celles-ci fussent déjà dans la sphère d'un fait fatal.

Mais la cloche sonna et il y eut soudain des remous formidables. Toute la foule entassée là se désagrégea et commença à prendre des directions opposées. Contrairement à ce que l'on attendait on n'entendit pas éclater les vociférations des grandes journées de lutte, pour le moment on entendait seulement quelques cris : J'offre ! J'offre ! qui faisaient tourner le dos à beaucoup, les yeux flamboyant de rage, les visages allongés et affligés. Ce cri, sautant de-ci de-là résonnait, au milieu du silence général, comme les premiers coups de feu d'une guérilla exploratoire. Foix, rongé de curiosité comme tout le monde, se dirigea vers l'endroit où la pagaille était la plus grande, avec le désir physique de se battre. Mais à ce moment-là Jeroni, son ancien client, lui barra le passage. Foix voulut écarter son regard.

– Monsieur Foix, ne me regardez pas d'un mauvais œil, dit l'homme de Vilaniu avec une grande humilité.

« Qu'un traître comme celui-là lui adressât la parole... Il fallait être bien éhonté ! » Foix le toisa des pieds à la tête d'un regard méprisant. Mais Jeroni, décidé à reconquérir l'estime de son banquier, fit face, sans crainte, à cette attitude grossière.

– Voulez-vous, s'il vous plaît, écouter deux mots seulement ? pria-t-il juste à l'instant où éclatait la grande bagarre avec des clameurs vraiment intenables, assourdissantes.

– Vous ne voyez donc pas que nous ne pouvons pas parler maintenant ? répondit Foix très sèchement.

– Mais il est impossible de bouger, en ce moment, vous le voyez bien. On dirait le jugement dernier !

– Bon, que voulez-vous ? Dépêchez-vous...

– Que vous ne m'en vouliez pas...

– Combien de vestes avez-vous Jeroni ? s'écria Gil indigné.

– Je n'en ai qu'une. Ignorez-vous, par hasard, que je n'ai pas fait solder mon compte chez vous ?

– Je ne m'en suis pas du tout soucié, répondit Gil sans dissimuler encore le dédain et le dégoût que lui inspirait ce renégat.

– Oui, monsieur, je n'ai rien voulu retirer de chez vous parce que pour moi M. Foix est encore le M. Foix de toujours.

– Taisez-vous, vous allez me faire rire, s'écria celui-ci, plus désireux de s'occuper du chambard de la salle que d'écouter ces âneries.

– Ce n'est pas parce que j'ai eu un moment de folie, en me laissant embobiner par M. Jordi, et je m'en suis bien repenti depuis, que vous devez me considérer comme votre ennemi : tout le monde peut faire une bêtise un jour, mais si vous aviez pu nous entendre hier, à la réunion, le jeune Tàrrega et moi, vous sauriez à quel point nous vous estimons.

– Je vous en remercie, dit Foix d'un ton railleur. Les autres ont dû me condamner à mort et vous m'avez accordé la vie, n'est-ce pas ?

– Croyez, monsieur Foix, que vous êtes bien injuste envers nous. Et il lui raconta en détail tout ce qui s'était passé et tout ce qui avait été décidé la veille chez Rodon.

– Et les cinq cent mille douros, ils les ont ? coupa Foix sans pouvoir cacher son inquiétude. Qui les leur a prêtés ?

– J'ai appris que c'était Llassada.

– Ce n'est pas possible !

– Mais si, mais si, je vous assure.

Foix se souvenant, scandalisé, du fallacieux conseil que lui avait donné quelques instants auparavant cet autre *ami*, se récria en lui-même.

– Bon, au revoir, Jeroni. Je vous suis reconnaissant de m'avoir appris tout cela, dit-il nerveusement. Et plein d'angoisse il voulut partir à la recherche de ses hommes de paille.

– Écoutez...

– Excusez-moi.

– Deux mots seulement. Si je me défaisais de mes France ?

– Vous les avez eues à combien ?

– À quatre-vingt-dix-neuf sept dixièmes et on les prend à cent quarante-trois. On disait qu'elles monteraient à cent cinquante, mais maintenant...

– Oui, à votre place je vendrais.

– Alors, vendez-les.

– Il y en a combien ?

– Trois cents.

– D'accord.

– Écoutez...

Mais rien à faire, Foix se glissa à coups de poing et de coude dans cette masse humaine et ne s'arrêta pas avant d'avoir retrouvé Pi pour qu'il donnât à ses hommes l'ordre d'arrêter la vente ; s'il l'avait osé, il aurait déjà crié lui-même cet ordre tandis qu'il parlait avec Jeroni.

– Pour l'amour du ciel allez voir vite, vite ce qu'ils ont déjà fait.

Heureusement ils n'avaient presque rien fait parce que les autres tenaient bon, achetant avec une petite fraction de baisse toutes les actions que la peur lâchait. Foix poussa un soupir de soulagement, transmit à Pi l'ordre de vente de Jeroni et il quitta la salle, devenue un enfer de cris et de disputes. Il s'en alla assommé, rageur, la tête lui tournant, chez son avocat. « Plus que jamais les billets à ordre. Puisqu'ils avaient des sous, qu'ils les sortent ! Présentation des billets à ordre le plus tôt possible. Que Jordi paie les dix-huit mille douros qu'il me doit, que Rodon me rende les vingt-deux mille qu'il me doit. Jordi ne les aura pas : soit je lui fais une saisie sur son salaire soit je les leur décompte à son fils et à lui sur le montant de la dot. Allez maintenant, voleurs, souffrez vous aussi ! De plus un opuscule, oui je veux publier l'histoire des infamies de ces gens-là... Et qu'ils fassent attention ; s'ils ne peuvent pas, et ils ne le pourront, contenir la baisse... Alors, ouïlle les malheureux ! Je me jette sur eux, je ratiboise toutes les actions et à coups de balai, à coups de pied je les envoie valser ! » Mais après cet éclat de colère Foix dut refréner l'élan de ses désirs. Bien que la baisse de toutes les valeurs continuât à s'accentuer tous les jours davantage, les Vilaniu se soutenaient autant qu'il était possible. Les forcer tant que la Compagnie aurait de l'argent pour tenir bon était une imprudence ; Foix avec l'astuce du félin, décida donc d'éloigner tout à fait de cette corbeille ses hommes de paille. Patience, l'heure viendrait.

Alors Rodon fut désorienté : il avait cru que la terrible déflagration qui secouait les affaires avait effrayé Foix pour de bon. Sachant par ailleurs que celui-ci avait dû emprunter de l'argent pour se sortir d'embrouilles, il était persuadé, connaissant le caractère emporté du banquier, qu'il valait mieux payer ce qu'il réclamait plutôt que de l'exciter, avec des duperies et des excuses de mauvais payeur, à entreprendre une lutte désespérée et à laquelle on ne savait pas si la Compagnie pourrait résister. Les autres camarades du Conseil manifestèrent la même opinion. « Avec le peu de capital dont disposait la Compagnie, le taux d'intérêt usuraire que Llassada leur prenait, les faillites qui se multipliaient tous les jours, et la peur qui avait saisi les capitaux, auparavant si téméraires, ce n'était pas le moment de provoquer qui que ce fût, et surtout pas un ennemi qui pouvait encore trouver de l'argent et s'acharner sur la victoire comme nul autre. Si on le laissait tranquille, écrasé comme il l'était, si on lui donnait de quoi continuer, il ne se livrerait pas à des violences préjudiciables pour eux tous. Avec les deux cent mille douros l'homme, assurément, pourrait tenir pendant la crise et laisserait à la Compagnie le temps et le calme pour faire de même. »

Rodon, dès que la requête lui fut présentée, paya donc la somme réclamée et se sentit tranquille. Mais cette tranquillité disparut rapidement, le lendemain même du paiement lorsqu'il se vit requis personnellement de payer les autres vingt mille douros et en apprenant que Foix poursuivait Jordi à son tour, parce que ces requêtes sans préavis avaient un tel aspect d'inimitié que Rodon en frémit en songeant à ce qu'il pourrait advenir à la Compagnie dont il était à présent l'administrateur, si avec les deux cent mille douros, loin de l'apaiser il avait donné des ailes à son rival.

Ces craintes se confirmèrent bientôt : deux jours après, quand la caisse de la Compagnie était totalement vide d'argent liquide et pleine d'actions, quand tout s'écroulait, et qu'on ne pouvait plus songer à d'autres emprunts et qu'on ne savait pas d'où sortir le nouveau dividende réclamé, Foix jeta ses gens comme des lions contre les Vilaniu, les faisant descendre à neuf points cinq dixièmes.

Pendant vingt-quatre heures, il y eut une petite réaction dans les cours, ce qui donna à Foix l'espoir de faire un jeu contraire, mais en voyant que la dégringolade des cours s'accentuait à nouveau sans que rien puisse la freiner il s'effraya de sa propre manœuvre : soit il soutenait l'opération, en payant le prix fort, soit il lui fallait emprunter trois cent mille douros qui lui manquaient pour la liquidation de la fin du mois. Et le temps passait et les cours ne réagissaient pas, ce qui augmentait la méfiance et la crainte qui faisaient se cacher l'argent liquide de plus en plus.

Alors, ayant perdu l'espérance dans les pronostics que l'haussier incorrigible ne savait pas abandonner, Foix commença à frapper aux portes de ceux qui lui restaient encore fidèles ; mais ceux-là mêmes qui un mois plus tôt lui auraient mis, les yeux fermés, des millions dans les mains, ne trouvaient pas suffisantes les garanties qu'il leur offrait au préalable ! Du premier au dernier ils connaissaient parfaitement l'état de la situation de cet homme, tous le voyaient déjà par terre, aucun ne voulait l'aider à se relever. Dans la façon même de le recevoir, de froncer le nez en l'écoutant, on voyait bien que tous essayaient déjà d'écarter ce pauvre qui demain viendrait mendier une peseta. Tant de froideur, tant d'égoïsme, toutes ces grossièretés et ces dédains exacerbèrent au plus haut point son amour-propre, il s'entêta à ne pas laisser échapper une occasion d'abattre les Vilaniu, cause de tous ses maux, et rêvait de réussir dans cette entreprise pour, une fois chargé d'or, punir plus tard de la loi du talion tous ces gens qui aujourd'hui le traitaient de la sorte.

Le jour fatal approchant sans qu'il pût sortir de ses déboires, il envoya Pi à Madrid et à Paris pour demander de l'aide et voyant que son émissaire, loin de lui donner des espérances, se taisait comme un mort, se préparant sans doute à rompre toute relation avec lui, qui ne pouvait plus rien lui apporter, il se décida bien malgré lui à aller frapper chez ce bavard de Giró, un des hommes qui lui avait toujours répugné le plus.

Celui-ci venait d'inaugurer, place de la Junquera, une maison de cinq étages, aux proportions mesquines, aux couleurs voyantes, avec une surabondance d'ornements à l'extérieur et à l'intérieur.

– De l'argent... lui répondit-il, chassant d'un doigt couvert de bagues la cendre de son cigare, de l'argent, il m'est impossible de vous en prêter en ce moment parce que... je serai franc, je viens de payer cette maison qui, comme vous pouvez le penser, me coûte une fortune. Vous l'avez bien regardée ? Elle vous plaît, n'est-ce pas ? Elle peut vous plaire, parce que l'architecte...

– Ce n'est pas Cases qui vous l'a faite ? On m'avait dit qu'il était entrepreneur.

– Bien, oui, ça n'a pas d'importance. De plus il est très intelligent. Je lui ai dit : sur la façade je veux que rien ne manque : mettez-y des sculptures, des carreaux de céramique de Valence, de l'or, de l'argent, de jolies couleurs. Faites-moi quelque chose de somptueux, savez-vous ? Quelque chose de gai, de distrayant, que l'on voie de loin. Parce que moi, savez-vous, monsieur Foix ? Je n'aime pas ces maisons en pierre, toutes nues, que l'on faisait jadis, ni ces autres, encore plus pauvres, que jusqu'à présent on a faites par ici. Je pense que...

– Excusez-moi, j'ai beaucoup de travail et si nous pouvions parler de mon affaire...

– Ah, oui, c'est vrai, excusez-moi, monsieur Foix. Je vous disais donc que pour le moment, avec les dépenses que tout ça m'occasionne et tout ce que je suis en train de faire pour le mariage de Feliu, mon fils aîné, savez-vous ? avec Mlle Ridaura, qui apporte une dot considérable et par conséquent je ne peux moins faire, de l'argent il m'est impossible de vous en prêter, mais si je n'en ai pas matériellement j'ai le moyen de vous en procurer. Vous le connaissez déjà : achetez des actions de la Banque de Crédit. Vous vous êtes encombré de Vilaniu et les Vilaniu ne montent pas et il n'y a pas moyen de les galvaniser... Eh bien, achetez des Crédit, mon cher. Dans trois jours vous les vendrez à vingt-quatre ou à vingt-cinq.

Foix, de méchante humeur à cause de ce nouveau refus, s'excusa en prétextant ne pas avoir assez de confiance dans les réformes urbaines :

– Vous voyez bien, monsieur Giró, que bien qu'on annonce depuis des mois l'accord tous les trois jours, il n'est toujours pas sorti, ils restent à treize et ne bougent pas.

– Donc je vous assure que cette semaine sans faute, savez-vous ? l'accord sera conclu.

– Monsieur Giró, vous me l'avez déjà assuré tant de fois que...

– C'est vrai, mais ne comprenez-vous pas que lorsqu'il s'agit d'une entreprise comme celle-ci où il y a tant de millions à gagner, elle éveille toujours des ambitions et fait se déplacer bien des gens qui... savez-vous ? voudraient, savez-vous ?... Enfin, nous nous comprenons. Mais aujourd'hui je vous certifie que tout est arrangé et que dans trois jours, le jour même où je marie mon fils, l'accord sera conclu. Décidez-vous, allons ! Achetez et vos angoisses seront terminées. Ce que je vous demande, par contre, c'est que cela reste entre nous. Je vous révèle des secrets que je devrais taire parce que je vous suis reconnaissant et... savez-vous ?... je veux vous rendre service, mais ce que je vous confie je ne le dirais pas à quelqu'un d'autre, savez-vous ?

Cependant Foix ne se laissa pas convaincre, il lui sembla même que dans tous les conseils de ce fripon il y avait une mauvaise foi évidente. La Banque de Crédit, annoncée avec tant de tapage trois mois plus tôt, n'avait jusque-là donné d'autres signes de vie que le cours mystérieux de ces actions soudain cotées à treize et qui n'avaient jamais bougé de là parce qu'elles étaient toutes sûrement dans les mains de Giró lui-même. Le fait de lui conseiller toujours d'en acheter n'était-ce pas pour lui faire endosser le fardeau ? Bah, cet homme tout en inaugurant des maisons et en mariant des fils en grande pompe, se trouvait dans une situation encore plus angoissante que la sienne ! Oui, que la sienne ! Mais à quelle porte aller frapper à présent ? Le seul banquier de Barcelone à qui il n'avait pas encore demandé de l'aide était Llassada. Mais comment se présenter, comment se contenir devant l'homme qui d'un côté avait pourvu les Vilaniu d'armes bien effilées pour se défendre et de l'autre l'avait poussé, lui, à se jeter dessus pour qu'il se les enfonce dans le cœur ?

En pensant à cette infamie le sang lui montait à la tête et la colère l'aveuglait. Aller voir cet homme c'était s'exposer à le tuer.

Le temps s'écoulait inexorablement et la fin du mois approchait à grands pas ; les clients de Foix étaient fauchés, assommés par la crainte, et au lieu de lui apporter de l'argent et lui faire faire des affaires ils quittaient petit à petit sa banque ; sur le marché boursier presque personne ne faisait d'opérations et il n'y avait pas le moindre signe d'une amélioration des cours. Le tourment du pauvre homme était d'autant plus grand qu'il n'osait pas en parler à Catarina et il devait tout endurer seul, dans cette solitude effrayante dans laquelle l'égoïsme des autres et sa propre honte enferment le malheureux qui s'enfonce. « À quoi bon crier encore ? Il le voyait bien, il en était convaincu : on fait semblant d'aider les petits pour s'en servir, mais s'ils grandissent, s'ils dépassent la taille commune, on se dépêche de les renverser et de les enterrer. »

Tandis qu'il se consumait dans cette amertume infinie, que son corps maigrissait et son âme languissait, il apprit la nouvelle que le nom de Giró avait été affiché sur le tableau des faillis.

– Quand est-ce que cela s'est produit ? demanda Foix glacé de peur comme si cela lui était arrivé à lui-même.

– Maintenant, cet après-midi, répondit Pepet qui revenait de la Coulisse. Il a fait une faillite frauduleuse de plus de deux cent mille douros et on dit qu'il s'est embarqué ce matin pour Buenos Aires.

– Non, ce n'est pas possible ! Vous ne savez pas qu'il a marié son fils hier ? Qu'il donnait une fête somptueuse à cette occasion ?

– Eh bien, on dit qu'il s'est enfui. Quelqu'un l'a vu monter sur le bateau et il est allé en courant prévenir le constructeur de la maison qui, d'après ce que l'on dit, n'avait pas encore touché un sou, et aujourd'hui même il a obtenu la saisie de la maison et de la *Villa Nabab.*

– Que me dites-vous là !

– Et on ajoute encore que les nouveaux mariés, accablés par ce qui leur arrivait, ont dû signer les papiers pour la saisie sur la table même du repas de noces qui, dans ce désarroi, n'avait pas encore été tout à fait desservie.

Foix resta à demi mort en songeant au piège infâme auquel il avait su échapper et au tableau de la Coulisse, ce tableau effroyable, fantasme du déshonneur qui depuis quelques semaines dansait déjà devant ses yeux. « Se voir ruiné, pauvre, sans le sou, était douloureux, certes, mais se voir déshonoré, son nom affiché à côté de celui d'un Giró et de quelques autres escrocs de ce genre... jamais, jamais, plutôt mourir ! »

Son âme subissait ce supplice qui devenait de plus en plus intense à mesure que la date fatidique approchait, aussi mettant de côté son amour-propre avec autant de douleur que si on lui arrachait les entrailles il fit venir à son bureau Jeroni et le jeune Tàrrega pour voir s'ils s'allieraient avec lui et lui procureraient l'argent.

Ni l'un ni l'autre ne pouvaient, ne voulaient courir cette aventure.

– Mais, ajouta Tàrrega, si vous voulez je peux tâter Llassada ; c'est lui qui secrètement a acheté toutes les actions que vous avez vendues et c'est lui qui, en définitive, sera le propriétaire du chemin de fer.

– Llassada ! s'écria Foix, pâle de surprise.

– C'est Llassada qui nous a joué ce mauvais tour à nous tous : du premier au dernier des acheteurs ils étaient tous ses hommes de paille.

– Non, je ne veux pas que vous fassiez pour moi la moindre démarche auprès de cet homme, s'écria Foix, totalement anéanti. Du moins s'il m'a coulé, il a coulé aussi les autres, songea-t-il avec une amère jouissance, la dernière qui lui restât.

Dès que la porte se fut refermée derrière eux, Foix lança un regard d'imprécation au portrait de son oncle et se jeta sur le divan pleurant toutes les larmes de son corps devant l'inutilité de l'ultime effort de sa vie.

– Oh, oui, le dernier, parce que cette fois, moi, je n'en peux plus !

XIV

Un beau matin du mois de mai suivant, Bernat, plein d'émotion et haletant de fatigue, frappa à la porte du quatrième étage que Mme Monica avait habité pendant tant d'années. Les nouvelles du krach, du cataclysme subi par son frère Gil, il les avait apprises à Paris tout comme Francesc qui retourna en toute hâte à Barcelone, laissant le pauvre Bernat tout triste de ne pouvoir l'accompagner. Cependant le peintre et Delfina elle-même, accédant à ses prières, le tinrent au courant des tribulations de la famille pendant quelques semaines, mais il fut obligé de partir pour les États-Unis et depuis son départ du Havre le brave Bernat était sans nouvelles. Cela faisait trois mois, mortellement longs, qu'il ne savait rien de cette famille qu'il aimait tant. Il est vrai que dans sa dernière lettre Francesc se montrait plus optimiste, pensant pouvoir arranger tout cet embrouillamini ; il lui annonçait aussi son mariage avec Delfineta et il lui confirmait que Gilet, qui était tombé malade dès le début, allait mieux.

– Mais tant de choses pouvaient se passer en trois mois ! se dit-il. Comment se fier à des pronostics ? Le pauvre Gilet, qui avait ressenti si durement la chute de sa maison, avait-il réussi à guérir ? Et s'il était mort ?

Bernat arriva devant la porte le cœur serré. Celle-ci s'ouvrit finalement et Bernat se trouva en face de *Panxito*, le petit noir, qui avait grandi d'au moins cinq centimètres ;

il n'avait plus de boutons d'or ni rien qui rappelât son ancien métier de valet, mais un modeste costume de laine comme les artisans.

– Monsieur et madame sont-ils là ? demanda-t-il d'une voix tremblante.

– Ah ! c'est vous, monsieur Bernat ? Entrez, entrez, s'il vous plaît, s'écria le petit noir, un sourire de joie éclairant l'opale de ses yeux et la nacre de ses dents. Je vais appeler Mademoiselle. Ah, non ! Soyez gentil d'attendre un moment car j'entends la marmite qui se sauve et Ursula est sur la terrasse en train d'étendre le linge.

L'ex-valet courut à la cuisine et enleva la marmite qui dégoulinait d'écume bouillante, et il traversa tout affairé le vestibule pour disparaître derrière la tenture qui cachait la porte du salon. Pendant ce temps Bernat s'essuyait le front où perlait la sueur ; il sentait son cœur encore plus oppressé par les souvenirs et les craintes que la vue de ces lieux faisait revivre avec plus de force.

– Elle vous dit d'entrer, s'il vous plaît, cria soudain le jeune garçon réapparaissant à un côté de la tenture et la maintenant relevée.

Mais Bernat n'eut même pas le temps d'arriver à la porte que Delfineta était déjà devant lui, beaucoup plus femme, beaucoup plus fraîche, vraiment transformée par le mariage.

– Vous ici ? Merci, mon Dieu ! Quel plaisir de vous revoir ! Entrez, mon oncle, entrez. Comme je suis contente ! s'écria-t-elle avec un plaisir vraiment réconfortant pour le craintif Bernat. Quand êtes-vous arrivé ?

– Ce matin, à neuf heures.

– De New York, hein ? Voyez-vous, j'étais en train de finir de faire les lits. Ne restons pas ici au salon, je ne veux pas faire de manières avec vous. Entrons dans notre chambre, venez, venez.

Elle le poussa du salon, qui était dans une demi-pénombre et dont on avait conservé le mobilier de Mme Monica, dans la chambre à coucher à gauche, pleine de soleil et pas encore bien rangée, l'installa dans l'un des fauteuils placés devant le balcon d'où l'on apercevait, au-delà de la petite place du Regomir, une grande étendue de toits en terrasse.

– Asseyez-vous comme ça devant moi, que je puisse bien vous voir. Cela fait huit mois, mon oncle, que nous nous sommes vus ! Et quels changements, et que de déboires, en si peu de temps !... Mais vous, Dieu merci, je vois que vous revenez en forme.

– Je t'y trouve aussi. Tu es devenue une vraie femme : on dirait que le mariage te réussit. Sauf que je te trouve les yeux un peu cernés... Y aurait-il déjà du nouveau, par hasard ?

– Ah, vous dites de ces choses ! s'écria sa nièce mi-fière, mi-honteuse de voir que ce vieux garçon avait deviné. Et pour changer de conversation elle lui demanda aussitôt des nouvelles de son invention : avait-il réussi finalement, ses entretiens avec Edison avaient-ils été profitables ?

– Pas tout à fait, ma fille : je dois encore résoudre un détail très important pour éviter des pertes d'énergie. Les secrets de la nature ne se laissent pas découvrir facilement. Les choses faites à la hâte ne peuvent pas réussir. Enfin, je reviens d'Amérique avec la représentation d'une grande entreprise électrique, ce qui me donnera de quoi vivre. Et pendant ce temps je continuerai à étudier, pour voir si je m'en sors. Mais assez parlé de moi. Dis-moi : combien de temps cela fait-il que tu es mariée ?

– Deux mois et trois jours.

– Francesc est-il gentil avec toi ?

– Très, mon oncle, tellement que... croyez-moi, si je voyais papa en meilleur état je ne me souviendrais même pas du passé.

– Et Francesc, est-il content de toi ?

– Il vous le dira, mais je crois que oui. Il est si facile à contenter, le pauvre garçon ! Il est si gentil avec moi, avec nous tous !...

– Et quand est-ce que je pourrai le voir ?

– Bientôt, je crois. Il est en bas, au premier étage, avec ma mère, parce que le pauvre M. Monfar est en train de mourir. Autrement je les aurais déjà fait avertir.

– Pauvre monsieur !... Et Eudaldet ? Et ton père ?

– Eudaldet est à l'école. Papa... Tout à coup le regard de Fina se troubla. C'est papa qui nous cause du chagrin. Je crois que dans notre situation actuelle aucun de nous ne se plaindrait, si on voyait papa dans un autre état, mais de le voir ainsi, croyez-moi, cela nous rend la vie amère. Il est tellement harassé que si vous l'aviez rencontré dans la rue vous ne l'auriez pas reconnu.

– Pauvre Gilet ! Et en fin de compte, qu'a-t-il donc ?

– Nous ne le savons pas. Jamais il ne se sent bien, il passe des nuits entières sans dormir, il ne peut pas digérer ce qu'il mange, tout le fâche, tout le rend furieux, il perd la mémoire et il perd la tête, il lui prend des manies bizarres comme celle de maintenant : depuis huit jours nous n'arrivons pas à l'arracher de sa chambre ; il y mange, il y dort, il y languit dans l'obscurité, sans écouter nos prières ni les conseils des médecins, et il nous tue tous. Pauvre papa ! Il a subi tant d'avanies !

– Mais pourquoi ne sort-il pas ? Pourquoi n'essaie-t-il pas de se distraire ? Peut-être que si vous l'emmeniez dehors...

– Oh, mais il ne veut pas y aller ! On a bien essayé, le docteur le lui a assez dit... Au contraire, je crois qu'à cause de ces conseils il se terre davantage. Rien n'est pire que de le contredire, alors il s'entête, il s'exalte, soutient l'opinion contraire, et alors il suffoque, il a des palpitations telles que nous prenons tous peur, comme vous pouvez imaginer. Et nous ne pouvons rien y faire ! Un jour maman, sur les conseils du médecin, l'emmena en voiture à la Bona Nova. Arrivés là-bas ils descendirent et se promenèrent un peu sur la route, mais voilà que soudain il découvrit la mer et une grande étendue de la plaine de Barcelone et... que fait-il ? il se penche sur un mur bas qui lui servait de balustrade et là il commence à pleurer, à pleurer à flots, sans qu'on puisse l'arracher de là. De retour à la maison il pleurait encore et ma mère, vous pouvez l'imaginer, dans quel état la pauvre ! Et alors il rentre dans la chambre, se met à rêver à son chantier naval, commence à faire des calculs et se met en rage, lançant la plume à chaque instant parce que les opérations ne sont pas justes. Il est resté ainsi pendant trois ou quatre jours mortels, sans que personne ne pût le distraire, mangeant à peine jusqu'à ce que la fatigue et les palpitations eussent raison de lui. Une autre fois il prit Eudaldet et il l'emmena promener au Parc mais une fois là-bas il entendit siffler une locomotive, il s'imagina que c'était celle de la Compagnie de Vilaniu et il retourna aussitôt à la maison en se bouchant les oreilles et faisant de si grands pas que le petit ne pouvait pas le suivre. Huit jours durant nous fûmes au supplice, en le voyant toujours froncer le front, le regard affolé, les mains aux oreilles, tournant la tête à chaque instant pour voir si la locomotive n'approchait pas trop... Je vous assure, mon oncle, que c'est une calamité, un très grand chagrin. Il sort quand on le sort, sinon il reste à la maison sans bouger. Parfois par manque de mémoire ou d'attention il ne trouve pas son mouchoir ou sa montre qui sont, pour ainsi dire, sous ses yeux. Cela suffit pour qu'il s'imagine qu'on le vole et il nous regarde avec méfiance, nous ou la bonne, ou qu'il prenne pour un voleur n'importe qui assez gentil pour venir nous rendre visite ces jours-là. C'est-à-dire qu'on ne sait pas que faire, ni que dire, ni comment le prendre, tout comme s'il était fou, pauvre papa !

– Et le médecin, qu'est-ce qu'il en dit ? demanda Bernat profondément ému. Vous n'avez pas fait venir d'autres médecins, il n'y a que le docteur Canals qui s'en soit occupé ?

– Sept ou huit l'ont vu déjà. Tous disent la même chose, que c'est de la... comment dit-on ?... de la neurasthénie, que cela demande du temps et de la patience, que ce qu'il lui faudrait c'est la campagne... Voilà où nous en sommes.

– Pauvre Gilet ! Et s'il me voit, cela ne va pas remuer des souvenirs, lui faire du mal ?

– Aujourd'hui ? N'y pensez pas. Je ne vous ai pas dit qu'il reste dans l'obscurité, qu'il ne veut voir personne ? Il faudra attendre un autre jour.

– Je vous plains de tout mon cœur. Et pour les questions financières, si ce n'est pas indiscret, où en êtes-vous ? Avez-vous pu sauver quelque chose ?

– Rien, mon oncle, rien, à part ce qui était à maman et cette maison. Et encore, cette maison on a failli la perdre parce que Francesc voulait la donner aux créanciers.

– Que dis-tu là ?

– Comme je vous dis. Et croyez-moi, nous avons eu du mal à lui faire entendre que ce qu'il voulait faire était une iniquité et non pas un acte juste. Il soutenait fermement que les vingt mille douros que la maison a coûté provenaient de l'affaire et pas moyen de l'en dissuader jusqu'à ce que l'avocat lui eût prouvé, chiffres en main, que papa avait commencé l'affaire avec du capital lui appartenant, qu'il avait touché des appointements importants et gagné beaucoup d'argent à la banque qu'il a liquidée sans un sou de perte pour personne, et qu'il était donc impossible de soutenir que ces vingt mille douros provenaient précisément du jeu à la Bourse.

– Oui, mais pour payer des dettes...

– C'est ce que disait Francesc : « Il ne faut pas regarder d'où vient l'argent. » Mais M. Gay, prenant le parti de ma mère et voyant avec peine que nous allions nous trouver à la rue, avec papa malade, pour tout donner à un richard éhonté sans conscience, comme Llassada, qui fut le premier à abuser mon père et les gens de Vilaniu pour s'emparer du chemin de fer, qui lui appartient maintenant, lui dit, pour apaiser ses scrupules de conscience, que c'était là de l'argent perdu au jeu, n'est-ce pas vrai ?

– Sur un plan strictement moral, peut-être. Les gains obtenus au jeu ne m'ont jamais semblé vraiment légitimes, et d'autant moins quand ils l'ont été avec de mauvaises astuces.

– C'est bien cela. S'il s'était agi de plusieurs créanciers de bonne foi ç'aurait été différent. Et puis on peut dire que cette maison, qui a été achetée il y a neuf ou dix mois, ne l'a pas été au détriment des futurs créanciers.

– Naturellement.

– Mais ce n'est pas cela qui décida finalement mon mari, non. Les raisons qui le décidèrent finalement furent que, premièrement, s'il donnait la maison, le pauvre M. Monfar, qui était à la dernière extrémité, serait obligé d'aller mourir à l'hospice, deuxièmement... j'ai l'air d'être un avocat, n'est-ce pas ? Mais, voyez-vous ? nous avons tellement parlé de tout cela... et deuxièmement, il fallait trouver le moyen pour que la donation de la maison que papa entendait faire en faveur de maman, vous le savez bien, et seulement pour tourner la loi, continuât telle qu'elle est, transformée en cadeau fait à ma grand-mère. Parce que Francesc ne voulait pas qu'on puisse dire, en aucune façon, que Papa avait enfreint la loi.

– Que veux-tu que je te dise ? Ce garçon aussi coupe trop les cheveux en quatre.

– Eh bien, ce fut là la cause d'un grand éclat. Devant un si grand malheur, je ne sais pas comment ils eurent le courage, l'un et l'autre, de s'entêter sur une chose comme celle-là. Lui disant non, maman disant si, ils se sont disputés âprement. Lui et moi on s'était déjà fiancés en secret, papa continuait à être malade, incapable de gagner un sou ni de rien arranger ; aussi bien Francesc que moi nous voyions clairement que notre union était le salut de tous, et sur ces entrefaites alors que Francesc s'occupait de tout, qu'il n'arrêtait pas de faire des sacrifices pour nous tous, voilà que maman le chasse de la maison, qu'elle ne veut plus entendre parler de lui, et moi je ne pouvais pas faire la moindre allusion à mon désir de l'épouser. Imaginez, mon oncle, ma peine et mon tourment ! Ah, quand j'y songe il me semble encore impossible que je n'en sois pas morte ! Puis, comme oncle Jordi, que Dieu lui pardonne ! avait fait saisir la maison et que Llassada avait emporté les chevaux, les voitures, les meubles et tout ce qu'il avait pu prendre, nous faisant subir toutes sortes d'humiliations et de misères, maman fut bien obligée de céder parce que, ne vous étonnez pas, mon oncle, un jour elle dut aller mettre des bijoux en gage pour payer les employés et les domestiques qui disaient du mal de nous, devenaient insolents et étaient continuellement à notre porte, les bras croisés pour nous faire rougir davantage. Ah, excusez-moi, mon oncle, j'en ai la gorge nouée ! C'est si triste, si horrible de se souvenir de tout cela ! Figurez-vous qu'un autre jour nous dûmes mettre en gage des chandeliers d'argent, non pour payer des dettes, mais pour pouvoir manger !

– Cela suffit, mon enfant, ne pleure pas, ne m'en raconte pas davantage ! dit Bernat la voix également voilée et la larme à l'œil.

– Ah, ce furent des jours terribles, mon oncle, terribles ! poursuivit Delfina pleurant à nouveau comme si elle les vivait encore. Pour manger ! Et nous n'avions à nos côtés que le pauvre *Panxito* et Ursula qui est la fidélité en personne, la brave femme ! Ce sont nos seuls domestiques aujourd'hui... qui maintenant doivent endurer, et ils endurent comme des anges, les rouspétances de mon pauvre papa !

– Allons, mon petit, assez, assez ! Ne te tourmente pas comme ça, put à peine dire Bernat qu'un nœud à la gorge étouffait.

– Et comme il n'y avait rien d'autre à faire que de quitter notre ancienne maison et porter encore davantage de choses chez le prêteur ou vendre à vil prix des bijoux pour payer un premier trimestre de loyer... je me suis révoltée. Maman, n'en pouvant plus, dut céder, écouta son frère et nous nous sommes installés, à moitié morts, dans ce petit appartement pour vivre très modestement, mais honnêtement. Malheureux, abattus, en proie à la médisance de ce monde qui se disputait pour nous recevoir, qui nous flattait tellement six mois auparavant, nous voilà ici bien seuls... soignant mon pauvre papa, mais moi, pourquoi le cacher ? je suis heureuse même au milieu de tant de peines. Heureuse, oui, de me voir unie à un mari si délicat, si honnête, si énergique et respirant à nouveau cette douce atmosphère familiale que l'intérêt avait éloignée de chez nous et que la modestie et la souffrance nous ont rendues comme une compensation du ciel.

Delfina exhala ce cri de l'âme avec une telle émotion que sa voix s'éteignit et dans le profond silence de la maison l'oncle et la nièce éclatèrent en pleurs aigres-doux qui soulagèrent leur cœur.

– Et maintenant... demanda Bernat s'essuyant enfin les yeux et laissant errer son regard sur l'immense étendue de ciel qu'on découvrait de cette hauteur, tout est arrangé maintenant ? Vous n'avez plus de procès ?

– Tout ?... Après nous avoir dépouillés comme vous avez vu, on aurait pu croire que tout était terminé, car de quoi vit-il mon père sinon de la dot de sa femme et de ce que donne mon pauvre mari ? Eh bien ! malgré tout cela, alors qu'il est malade et sans mémoire, on vient encore souvent, comme par dérision, le mortifier en exigeant de lui des déclarations dans les procès que se font mutuellement Llassada, Rodon et les Balenyà.

– Ah, cela veut-il dire que ces gens-là se disputent maintenant la tunique du Christ ?

– Ni plus ni moins, mon oncle, du Christ qu'ils ont crucifié, répondit la jeune femme en s'essuyant les yeux une bonne fois et retrouvant, dans le registre de l'indignation un ton de voix énergique.

– Donc en ce qui concerne la dot de l'Eladi et les deux pour cent sur les bénéfices du chemin de fer de Rodon, envolés, n'est-ce pas ? dit-il, visiblement satisfait.

– Bien sûr ! Ce sont eux qui nous devaient encore quantité de douros et on a dit que le papier signé par papa en faveur d'Eladi si peu de jours avant la faillite n'avait aucune valeur !

– Finalement celui qui aura fait la bonne affaire c'est Llassada, hein ?

– Oui, c'est celui-là qui a bien arrondi son pécule ! s'écria Delfina d'un air douloureux.

– C'est bien ce qui devait arriver, dit Bernat calmement.

– Que dites-vous là, un homme si pervers, si dénué de scrupules !...

– Mais c'est lui qui s'y connaît le mieux, objecta-t-il reprenant son calme et redevenant le Bernat raisonneur de toujours. Tu peux le prendre comme tu voudras, dans toutes les matières c'est toujours celui qui s'y connaît le mieux qui gagne le plus. Un jour c'est lui qui sera plumé. L'évolution ne s'arrête pas, c'est la loi de l'univers ; c'est une justice tardive, mais c'est la seule, la grande justice.

– C'est que mon père agissait en toute bonne foi.

– Oui, mais à l'aveuglette.

– À l'aveuglette ? Et comment font les autres, d'après ce que j'ai entendu dire ?

– Celui qui joue ne dort pas. Le vrai joueur n'a qu'une ambition, il ne se distrait pas avec d'autres choses, il ne fait confiance à personne, il ne perd pas de vue un seul moment la marche du jeu. Mon frère n'était pas né pour être un joueur : il avait trop d'ambitions différentes. Dans toutes ces embrouilles il a marché à tâtons, car il n'a été que l'instrument du destin pour que le chemin de fer de Vilaniu se fasse. Si on n'avait pas trouvé un homme comme lui, ambitionnant la gloire, passionné, persuasif, on n'aurait pas fait le Vilaniu.

– Mais cela a coûté la fortune et peut-être la vie à mon pauvre père.

– Et la fortune d'autres actionnaires et d'autres vies encore. Mais quelle importance ? Ce sera la richesse pour la vallée des Flors, pour mille générations futures. On ne fait pas de grandes conquêtes sans verser du sang.

– Oncle, vous m'effrayez. Vous parlez d'une consolation ! Et nos larmes ?

– Ne les regrette pas, ma petite. Elles sont l'origine de ton bonheur, du nom et de la fortune de ton mari. Considère l'enchaînement des faits et...

– Mon Dieu, quelle froideur ! Ce que je vois c'est que mon père, votre frère, en mourra ! s'écria Delfina, scandalisée par la complexité de ce caractère.

– Ton père en a assez fait. Quand on a rempli la mission qui nous est impartie on doit disparaître, continua Bernat froidement.

– Taisez-vous, taisez-vous pour l'amour de Dieu ! Vous êtes aussi malade que lui.

– Maintenant c'est votre tour ; toi tu seras bientôt mère ; Francesc, s'il gagne le prix du Salon...

Les yeux de Delfina montrèrent le changement soudain de ses pensées.

– Pour sûr qu'il gagnera le prix ! Les nouvelles sur le succès du tableau le jour même du vernissage étaient excellentes.

– Eh bien, tu verras comme il va monter. Il ne gagnera pas autant d'argent que ton père parce que le travail, même si on a beaucoup de talent, ne rapporte pas autant ni aussi vite que le jeu, mais vous ne le perdrez pas non plus comme lui, car l'argent du jeu ne dure guère et il me semble que ceux qui jouent à la Bourse s'embarquent sur une montgolfière en papier. La montgolfière les fait monter, leur montre des paysages charmants, puis tout s'enflamme soudain et... patatras ! à terre. Ils ont les os brisés par le choc, et ils restent nus, sans rien.

– Oncle, je vous assure, on dirait que vous n'avez pas pitié de mon père. Pourquoi serait-il fini ? Pourquoi devrait-il mourir ? Il est encore bien jeune !

– La vieillesse de l'homme, mon enfant, ce ne sont pas les années qui la font mais la quantité de vie qu'il a dépensée. Je suis le premier à plaindre ton père mais ne ferme pas les yeux devant la vérité, aussi triste et effroyable soit-elle ; crois-moi, ma fille : un homme a beau vivre de longues années il ne fait qu'une seule chose utile, il n'a qu'une seule réussite véritable en admettant qu'il en ait une. Quand le bruit de la locomotive résonnera bruyamment dans la vallée des Flors, quoi qu'on en dise aujourd'hui ce n'est pas le nom de Llassada qu'elle glorifiera, mais celui de ton père. Il a assez fait comme ça.

– Pauvre papa ! S'il vous entendait il pleurerait encore sur l'ingratitude des hommes.

– Par la vanité de l'acteur que nous portons tous en nous, parce que nous ne savons pas raisonner froidement comme il faudrait. Que valent les ovations ou les sifflets des contemporains ? s'écria Bernat possédé par la foi de l'inventeur dont l'espérance ne finit jamais ni le dédain pour l'ignorance des foules. Si on ne peut pas obtenir de victoires sans laisser des morts et des blessés d'un côté et sans distribuer des galons et des décorations de l'autre, où trouver des juges désintéressés, impartiaux, comme la conscience le réclame ? Belle justice celle que peuvent rendre les parents des heureux ou des malheureux ! Et on ne peut pas y échapper ! Crois-moi, Fineta, console-toi. Et ce qui m'arrive à moi est cent fois pire : je cherche, je cherche et je ne trouve pas et je mourrai sans laisser de vestiges... « même en agissant aveuglément comme mon frère », allait-il dire, mais il se tut pour ne pas attrister davantage la jeune femme.

– Vous avez de ces idées ! Jusqu'à mon dernier jour, oncle Bernat, je bénirai votre mémoire, dit-elle émue. Votre nom occupera toujours un lieu de prédilection dans mon cœur ; je sais bien que je vous dois mon bonheur.

– À moi ? demanda-t-il très surpris et attendri. Oh, non, mon petit, non, tu ne le dois qu'à tes qualités, qu'à toi-même.

– Vous croyez que je ne connais pas, par Francesc, vos bons offices, d'abord par vos lettres et ensuite dans vos conversations à Paris ?

– Ah, ce bavard ! Qu'a-t-il inventé encore ? Quand je suis arrivé là-bas, il était maigre comme un clou et il ne pensait qu'à toi ! Comment l'as-tu trouvé à son retour ? N'est-ce pas qu'il était maigre ?

– Mince, oui, très mince.

– Et laid, hein, très laid ? dit Bernat en plaisantant.

– Ah, ça non ! répliqua la jeune mariée ingénument. Pour moi il était très beau, plus beau qu'avant ! On l'aurait dit sorti d'un moule de velours où seraient restées toutes les aspérités !

– Alors qu'il était plus maigre ! Voilà qui est drôle ! Quelle façon de peindre d'après nature ! Je vois bien que toi tu ne peindras jamais !

– Bon, vous voulez que je me fâche ! Et tous deux éclatèrent de rire en lançant un regard rêveur sur la petite place.

– Et dis-moi, dit Bernat au bout d'un moment. Que sont-ils devenus, toute cette racaille ? Eladi, où est-il ?

– Un vrai désastre ! Eladi s'est installé à Paris et on dit qu'il ne reviendra pas, pour ne pas avoir ses parents à charge, eux qui ont tout dilapidé et comme ils n'ont plus le salaire de la Compagnie de Vilaniu que mon oncle percevait, ils ont dû brader les voitures et bien d'autres choses, et ils en sont réduits à nouveau à vivre de la pension de retraite. Ils se sont fâchés avec les Rodon, après avoir été avec eux comme cul et chemise et l'autre jour on nous a raconté que M. Rodon, pour soutenir son rang de sénateur, est en train de s'endetter jusqu'à l'os.

– Et Giró, celui qui avait fait cette escroquerie ?

– On suppose que maintenant il en prépare d'autres en Argentine.

– Celui-là il finira dans un pénitencier. Et l'autre Llopis, Emilia, ne s'est-elle pas mariée avec le baron d'Esmalrich ?

– Exactement. Le même jour qu'Eladi avec Rachel.

– Où est-elle maintenant ?

– Ici. Maintenant qu'elle a un titre et qu'elle fréquente la noblesse elle dit que Barcelone « est un petit Paris[1] ».

Mais un bruit de pas qui approchaient arrêta là leur conversation et ils virent apparaître bientôt sur le seuil de la porte Catarina et Francesc, les visages attristés. Le pauvre M. Monfar, le chercheur infatigable qui avait consacré sa vie et sa fortune à léguer un monument à la Catalogne, venait de mourir dans les bras de ces deux amis compatissants sans même laisser de quoi payer son cercueil. Que faire ? Francesc payerait tout. Au moins le pauvre homme était mort dans son lit, dans l'alcôve de ses parents.

1. En français dans le texte.

– Tu vois quelle catastrophe, Bernat, tu vois ! J'en avais bien peur ! Mais surtout à partir du jour où tu es parti de la maison. Ce jour-là... le ciel me tomba sur la tête ! s'écria Catarina éclatant en pleurs.

– Maman, maman, cria Eudaldet entrant soudain, son cartable en travers de sa modeste blouse à carreaux. *Pouquoi* la *pôte* d'en bas est-elle *femée. Pouquoi pleues-tu ?*

– Parce que le monsieur du premier étage est mort, mon chéri, répondit Delfina s'emparant de l'enfant, lui enlevant sa casquette et lui ébouriffant les cheveux qu'il ne portait plus en longues boucles et lui ordonnant de donner un baiser à oncle Bernat.

– C'est pour ça que tu *pleues* ? Maintenant nous *ions vive* au *pémié* étage ! s'écria le gamin avec joie, se lançant distraitement dans les bras de son oncle. Et vous me laissez *allé* à l'*enteement* avec *Panxito*, hein ? À celui de *gând-mèe* vous ne m'avez pas laissé !

– Bon, mon oncle, venez à mon atelier, nous fumerons une cigarette, dit Francesc en prenant Bernat par le bras, porté par le désir de se confier et de se distraire du triste spectacle auquel il venait d'assister.

– Vous restez déjeuner, n'est-ce pas oncle ? dit Delfina affectueusement.

– On verra, merci beaucoup, dit Bernat depuis la porte.

Mais arrivés à quelques pas de l'atelier du peintre ils entendirent un bruit étrange qui les fit s'arrêter net.

– Que diable se passe-t-il ? On dirait qu'on est en train de scier. Qui cela peut-il bien être ?

Tous deux s'avancèrent sur la pointe des pieds jusqu'à la tenture qui cachait l'entrée de l'atelier. Ils l'écartèrent un peu et virent avec surprise Gilet, tout décharné, en manches de chemise, la ceinture desserrée, une jambe agenouillée sur le bois, l'autre tendue en oblique ; il était en sueur et sciait rapidement des baguettes. Cloués par la surprise ils continuèrent à guetter, sans comprendre les étranges intentions de cet homme.

Après avoir scié une baguette Foix qui ne se doutait pas qu'on le regardait, commença à mesurer la feuillure du cadre d'un tableau qui était posé contre le mur.

– Ah ! pensa Francesc, il veut me faire des châssis ! Pauvre malheureux ! Malade et tout, sa fierté se révolte à l'idée de vivre à mes dépens ! Il rêve de me rémunérer.

Cachant à Bernat cette impression triste et comique à la fois, il s'approcha de celui-ci et lui glissa à l'oreille :

– Dieu merci, il est enfin sorti de sa chambre !

– Ne lui disons rien. Allons-nous-en, répondit l'inventeur d'une voix faible comme un soupir. Il revient au point de départ : il a commencé comme menuisier, comme menuisier il recommence. Laissons-le souffler, peut-être cela le guérira-t-il.

CE VOLUME EST LE CENT UNIÈME
DE LA COLLECTION « MINOS »

ISBN : 978-2-7291-2112-9

imprimé en France
par l'imprimerie Hérissey à Évreux (Eure)
Dépot légal : mai 2014 - N° d'impression : 122372